El engaño
Perdidos en la tormenta

José Antonio Arjonilla

El engaño
Perdidos en la tormenta

El engaño

José Antonio Arjonilla
Titulo Original: EL ENGAÑO
Copyright © José Antonio Arjonilla 2017
Publicado por PULPAPUBLISHING
Portada Copyright © PULPAPUBLISHING
Edición y Diseño de portada Leobardo Arias
Agradecimientos a: Elsa Ma. Torres y Adriana Velarde

ISBN-13:978-1-946973-29-0
ISBN-10:1-946973-29-7

Dedicado a los jóvenes

Prólogo

Año 2010

Jazz era una mujer con un carácter envolvente; cautivaba con sus palabras a propios y extraños. Realmente no importaba lo que ella dijera, pues no era el significado de las palabras en sí lo que era relevante, sino aquello con lo que las acompañaba, ese halo que motivaba a reflexionar y actuar. Se podría decir que lo que dijera o hiciera, tendría una influencia trascendental en quienes la veían o escuchaban, pero eso era solo una apariencia; en realidad era su presencia lo que generaba ganas de seguirla. ¿Por qué? Ni ella, ni los que la rodeaban lo sabían, y mucho menos los que la habían convertido en su objetivo para dominar a los demás.

Jazz, agotada frente a una computadora portátil, ya llevaba dos días tratando de dar con el código para abrir un documento de Tim Naive, el cual estaba protegido. Ya desesperada, recordó aquella noche de tormenta en que ella y Tim habían tenido un encuentro con la naturaleza; una experiencia impactante que los había llevado hasta el borde de la muerte, donde se abrió un portal invisible que los habría de unir de tal modo, que los acercó a lo que cualquier enamorado llamaría el paraíso.

La tormenta, ¡claro! Sí, puede ser la contraseña… —tecleó con rapidez "perdidos en la tormenta," pero nada sucedió. Esperó unos segundos y la computadora se trabó, Jazz la miró enfadada. *¡No* *puedo más!, me voy a dar una ducha para refrescarme y estar más alerta. Tengo que descifrar esto* —caminó hacia el baño y cuando cruzaba la puerta saliendo de la habitación, la computadora abrió un documento con el título—: "Como evitar el robo de las mentes en la Tierra. Espero que esto sirva para detenerlos…" Jazz cerró los ojos permitiendo que el agua de la regadera le diera de lleno en la cara… mientras en la computadora se desplegaban una serie de archivos con la información solicitada.

I

2009 - Un año antes

Jazz Giraldi llegó a su trabajo. Eran unas oficinas elegantes en la zona financiera de la Ciudad de México. Salió del elevador y se cruzó con Lola.

—¿Por qué estás tan preocupada Jazz? ¿No dormiste bien?

—Deja tus cumplidos para otro día Lola.

—Vale tía. Solo trataba de ser amigable. Te juro que lo de Tim fue un malentendido. Yo nunca quise quitarte a tu novio.

Jazz se alejó de ella sin contestarle, entró a su oficina, colocó su bolsa sobre el escritorio y encendió su computadora. Ya había pasado un mes desde que Lola sedujera a Tim. Todo ocurrió en una tarde, cuando Jazz tuvo que salir de urgencia a ver a un cliente, y se le olvidó modificar la hora de su cita con Tim, quien había quedado de pasar por ella. Cuando Tim llegó, las oficinas estaban casi vacías, solo quedaba Lola, una colombiana delgada criada en España, de pelo castaño y cuerpo escultural, quien le pidió a Tim que pasara a la sala de juntas para esperar a Jazz. Él la siguió, y ella lo acomodó en una de las sillas.

La colombiana tenía a Tim en la mira desde que lo vio por primera vez; pero lo empezó a desear con locura desde el día en que él la invitara a tomar un café algún tiempo atrás, cuando había tratado de reclutarla para vender bajo comisión; Tim le echó un par de piropos, mientras su mirada subía y bajaba; sus ojos ocasionalmente daban un vistazo al cuello, para después muy disimulado, ver sus senos —pues Lola se había puesto una blusa con tremendo escote en esa ocasión—. Una frase de Tim se había vuelto constante en su memoria, y en las noches ella la usaba para inundarla de sus fantasías: «Esos ojos tan hermosos pueden hacer que cualquier hombre haga lo que quieras.» Desde entonces, Lola soñaba con esa frase de Tim, y en su imaginación se llevaba a cabo una escena en la que él le decía estas palabras mientras le tocaba las piernas, y con la sangre agitada, creaba nuevas escenas en donde ella se acercaba al clímax del éxtasis con solo sentir el roce de los dedos, que él deslizaba muy despacio sobre todo su cuerpo.

Tim, a pesar de ser un hombre ligeramente bajo de estatura, con cabello castaño claro, grandes ojos color miel y una nariz apenas respingada; resaltaba entre los demás, ya que con una postura de altivez muy natural —inclinando su cabeza hacia atrás; daba la impresión de estar vigilando a cada persona—, lo que le permitía verse por encima de cualquiera. Lola, al quedarse sola con él en el edificio, pensó con rapidez: *Este bombón tiene que ser mío.*

Ella fingió un resbalón y se dejó caer sobre él.

—Disculpa, no sé qué me pasó —dijo sin apartarse de inmediato, como cualquier persona normal lo hubiera hecho.

Tim sintió el candente cuerpo de ella sin atreverse a tocarlo. Lola, aprovechando el momento, y aparentando querer retirarse, deslizo su mano en la entrepierna de él; y sintiéndolo excitado, apartó muy despacio su cuerpo, sin perder la oportunidad de antes frotarlo "por descuido" en sus partes íntimas, para un momento después acomodársele encima.

—Disculpa que te diga esto —le dijo ella acercando su cara a la de él—. ¿Qué loción usas?, es irresistible —susurró mientras tocaba los botones de su blusa y acomodaba la tela, insinuando sus hermosos pechos.

Tim nunca se había fijado en Lola; siempre entraba a la oficina sin ver a nadie, e iba directo en busca de su novia. Llevaba unas semanas meditabundo, ido, hundido en los problemas que le embargaban. Pero en esta ocasión, la insinuación fue tan directa, que no hubo manera de ignorar a la colombiana, dándose cuenta de lo atractiva que era, y al sentir la sexualidad exacerbada de Lola, decidió que ella sería su medicina para ese momento tan aciago que atravesaba, pensando que esto podría ayudarle a remediar su terrible ansiedad, con la estúpida idea, de que el sexo lo colocaría en el mundo real, del cual hace mucho no se sentía parte, y lo alejaría de sus enormes preocupaciones, que —según él—, eran muchísimo más graves que un simple desliz. *Qué importa todo, si el mundo se puede acabar en un instante* —se justificó—. ¿Qué era lo que ese día en particular le atormentaba tanto a Tim? Él, desde tiempo atrás, tenía una sospecha, que no pasaba de ser eso, una simple, tonta y estúpida sospecha. Hasta este día en cuestión, cuando se topó con una experiencia aterradora justo al tomar el camino para ir por su novia. Lo que presenció se tornó en una evidente confirmación, de que las tontas y estúpidas sospechas podrían tener fundamento, entonces se volvió presa de un presentimiento: *"Una catástrofe gigantesca se avecina"* —cosa que se negaba a confrontar. *"Hay una amenaza extraterrestre invisible"* —era la frase que se repetía una y otra vez en su cabeza.

Cuando llegó al edificio de las oficinas donde trabajaba Jazz, se encontraba al borde de un colapso, y Lola Reyes se convirtió en lo que él llamó "su salvavidas." El ansia lo empujó a cometer un acto desesperado para escapar de sus miedos: *¿Y si tan solo el sexo me regresara a la realidad, donde no existiera ningún peligro, donde todo fuera como antes?* Estos deseos cruzaron su mente como un rayo, y así, justificó sus actos:

—Al demonio con todo —se dijo en un murmullo. Tomó a Lola por la cadera y la acomodó sobre él. Se deshicieron de las ropas, que quedaron en el piso tiradas, y en medio de jadeos alocados, desfogaron sus necesidades sin pudor. Siete minutos duró el encuentro. Concluyeron uno al lado del otro sobre la mesa de juntas, en medio de varios contratos arrugados. En cuando terminaron, a él le empezó a embargar un remordimiento al evocar a Jazz: *¿Cómo le estoy haciendo esto a ella?* —se preguntó—. De pronto, en medio del silencio que prevalecía en el espacio del edificio, él alcanzó a escuchar el ruido que emiten los elevadores al ser accionados. Cada vez que el elevador se movía, las luces de la oficina emitían un pequeño ruido.

—Vístete Lola, alguien está subiendo… —Lola corrió por sus ropas, mientras Tim se apresuró a ponerse los pantalones.

Jazz entró agitada, con la idea de que ya nadie se encontraría en el edificio; estaba preocupada por haber dejado plantado a Tim. Se asomó a su oficina y vio que estaba vacía, se movió entonces al pasillo central, pensando que Tim ya tendría rato de haberse ido. *¿Por* *qué me pasan estas cosas a mí? Seguro que ya se enojó... y lo que más me preocupa es que últimamente lo siento tan distante... ¿Será que tiene otra mujer? Maldito teléfono, no sé cómo se me acabó la batería en esta estúpida cita, que muy bien podría haber evitado, y el cliente era un verdadero patán* —pensó.

Jazz estaba a punto de llegar a la puerta principal, cuando vio de reojo a Lola saliendo de la sala de juntas, se detuvo, y le preguntó:

—¿No vino a buscarme Tim? —mientras se acercaba a ella.

—Sí... —contestó Lola nerviosa.

En ese momento Tim salió de la sala de juntas. No se dio cuenta que en su cuello habían quedado algunos rastros de color del lápiz labial de Lola, y como si eso fuera poco, su rostro estaba bastante enrojecido. Cuando la vio, de inmediato sintió el impacto de que ya lo había agarrado en la movida, como si una ola de corriente eléctrica atravesara su cuerpo con enorme fuerza, dejándolo por un instante sin habla.

—Hola Tim —dijo Jazz sin notar nada—. Qué bueno que me esperaste. Te pido una disculpa. No te pude avisar —de pronto Jazz se dio cuenta de que algo no andaba bien: *¡Por qué no está molesto!* —pensó—. *A estas alturas él ya me estaría reclamando por dejarlo plantado.*

—¿Qué es lo que pasa aquí? —preguntó Jazz y volteó a ver a Lola. Ella tenía un poco salida la blusa en una de sus caderas. Algo inusual en ella. Entonces miró a Tim. De inmediato ató cabos. Él había estado con Lola. Por un par de segundos nadie habló; pero los ojos de Jazz comenzaron a echar fuego.

—¿Con ella? ¿Cómo te atreves? —preguntó Jazz dolida, y salió enfurecida a toda prisa.

—¡Jazz! —gritó Tim corriendo detrás de ella—. Déjame que te explique, espera un momento por favor...

Jazz entró al elevador y cerró las puertas en medio de sus ruegos. Tim se recargó en el marco, se tocó la cara y el cabello, como si esto pudiera evitar lo ocurrido. Estaba extremadamente frustrado, lo había echado a perder todo. Había dañado a la única mujer con la que sentía algo diferente. No era sólo su atractivo sexual, era con la única persona con la que podía platicar interesado, sintiéndose comprendido. Ella lo hacía sentir pleno, en su forma más profunda.

Lola lo observaba a lo lejos, y cuando se quedó solo se le acercó silenciosa, tan sigilosa como lo haría un gato, y le susurró al oído:

—Nos vemos mañana cariño… cuando Jazz visita a sus clientes desaparece por horas… y yo siempre tengo alguna cita que puedo intercalar contigo. Nadie notará nada —dijo dándole un beso en el cuello—. En ese momento regresó el elevador, y Lola se metió para desaparecer detrás de las puertas. Tim se quedó inmóvil, con la mirada fija en el piso, jaló aire como si tratara de recuperar sus fuerzas, y caminó con lentitud de regreso a la oficina. Se encontraba tan mal, que daba la apariencia de hundirse. ¿Qué precipitó a Tim para estar tan confundido, que lo llevó a cometer tan grave error?

Después de este acontecimiento, Tim intentó por todos los medios hablar con Jazz, pero ella no contestó ninguna de sus llamadas, ni permitió que se le acercara. Él trató de encontrarla en los restaurantes que cotidianamente visitaban, sin éxito. Al cabo de muchos intentos, dejó de buscarla. Las siguientes semanas serían un infierno para él.

Ya ha pasado un mes y esta víbora de Lola cree que con preguntarme si dormí bien va a recuperar mi amistad. Está loca… Voy a intentar que la corran —pensaba Jazz al acomodarse en su asiento, y empezar a revisar sus asuntos pendientes.

Jazz tenía en su oficina un muro de cristal que daba hacia el pasillo, desde ahí se podían ver con claridad los movimientos de los clientes y las secretarias. De pronto vio como Lola se acercaba caminando muy despacio. Cuando estuvo frente a ella, al otro lado del cristal, Lola se detuvo y le dijo aumentando el volumen de voz para que la pudiera escuchar:

—Tim me buscó —y haciendo una seña con el dedo índice, apuntó a su cuerpo desde su cadera hasta el cuello, y agregó—: Yo no fui… —y con desprecio volteó la cabeza y se fue contoneando.

Jazz se enfureció dando un golpe con el puño en el escritorio y dijo:

—¡Maldita!, me las va a pagar —se frotó la barbilla, para después levantarse de su asiento, dar dos vueltas a su oficina a paso lento, con la firme intención de calmarse, entonces se sentó, y se dijo a sí misma en voz muy baja:

—Olvídalo… —Jazz se puso a escribir febrilmente en el teclado de su computadora, tratando de encontrar algún correo electrónico de Tim, pues aunque ella no le había devuelto las llamadas, quería confirmar que él aún la estaba buscando. Al no encontrar ninguno, con un poco de remordimiento, se preguntó si rechazar sus llamadas había sido correcto, ya que no había dado oportunidad para restablecer la relación.

De pronto se abrió la puerta y entró una de las secretarias y le dijo:

—Le enviaron unas flores muy bonitas, las acaban de dejar en la recepción.

Jazz se levantó y caminó hacia la entrada pensando: *Me las envió Tim, por fin vamos a arreglar las cosas, estoy segura que después de todo, es a mí a quien él quiere... ¡Qué lindo!*

Las flores eran una combinación de rosas con unos delicados toques de lilas, adornadas con un enorme moño de color rojo encendido. Al verlas Jazz se estremeció y recordó el último beso que Tim le diera en una ocasión al despedirse de ella. Su corazón empezó a latir acelerado. Le dio la vuelta al arreglo y descubrió un sobre elegante entre las flores, con un extraño broche de color dorado. Lo abrió y leyó:

"Eres la mujer más hermosa en este universo. Desde que te conocí no he dejado de pensar en ti. Por favor recibe estas flores como una muestra de lo que le ocurre a mi corazón. Espero que me permitas conocerte mejor.

Mark Hammond."

Ella no pudo contener la frustración al ver que no provenían de Tim, mientras surgía una misteriosa curiosidad hacia Mark, al recordar una cita días antes, donde ella le había enseñado una vieja hacienda que estaba en venta. Jazz dio un paso hacia atrás del arreglo, lo observó con detenimiento, y dijo a la secretaria tan seria como cuando dictas un memorándum:

—Por favor ve que a las flores no les falte el agua y colócalas en la sala de juntas.

—Con todo gusto —contestó la secretaria. El teléfono de la recepción empezó a sonar, la joven tomó el auricular y contestó—: Bienes raíces Azul Claro, a sus órdenes.

Jazz era una de las mejores agentes de bienes raíces de esta moderna oficina. Se contrató ahí, después de darse cuenta que todos sus estudios de sociología y economía —los que había cursado con tanto esfuerzo—, no le daban a ganar lo suficiente para comprarse una buena casa; algo con lo que había soñado desde niña.

A ojos de las personas que la conocían, era considerada como una mujer sumamente atractiva y enigmática. Su jovial cuerpo no mostraba los veintisiete años que tenía; sin embargo esa apariencia fresca, contrastaba con una pequeña dosis de amargura —más bien propia de personas mayores—, y todo debido a los fracasos sentimentales y financieros, que en muy corto tiempo había acumulado. Dos años atrás ella se encontraba hundida en la tristeza; acababa de cumplir el cuarto de siglo —como ella lo llamaba—. La vida amorosa de Jazz había sido un tormento arrastrándola hasta la melancolía más dulce, a causa de tres largos noviazgos fallidos, pero de todos, el último había sido el peor, ya que el hombre la había humillado enfrente de sus amigas, dejando en claro su desprecio infame al romper en público el compromiso, pidiéndole que le regresara el anillo que días antes le había obsequiado, y por si eso fuera poco, el rompimiento ocurrió cuando ella no tenía un solo centavo ahorrado; pues acababa de terminar un trabajo social para el gobierno de México; una investigación para el estado de Chiapas, que nunca le pagaron. En medio de esta crisis que pareciera no tener fin, ella vislumbró una esperanza cuando se hizo presente Tim. Desde ese momento las cosas tomaron otro color. Jazz empezó a esbozar las sonrisas antes perdidas, y el brillo de la ilusión la llevó por encima de ese crudo mundo material en el que estaba sumida, y así, la iluminó como lo hace la primavera, que da brillo y color con sus flores y encantos.

Jazz meditabunda, regresó a su oficina a paso lento. *Si Tim no me busca, es que en verdad no me quiere* —estaba abstraída por completo y así permaneció por varios minutos. Más tarde, después de tomarse un café, se animó para continuar trabajando, y abrió un documento en relación a la propiedad que le había enseñado a su posible cliente Mark Hammond, días atrás.

En la tarde, no lejos de las oficinas donde trabajaba Jazz, Tim Naive asistía a una junta de ventas. Él tenía veintiséis años —un año menos que Jazz—; su aspecto no evidenciaba su verdadera edad, siempre lo veían como un joven adolescente, coqueto e irresponsable, pero de traje.

—Tenemos que inscribir a siete personas este mes —decía Alberto Buenrostro, que era el expositor de ese día—. Si cada uno de ustedes sigue "La Ruta Dinámica del Éxito" de Deixter, no tendrán de qué preocuparse. En su próxima paga verán los resultados. Recuerden que los negocios de multinivel son los más avanzados y rápidos que hay. Es un Sistema comprobado que genera más millonarios que ninguno.

Más avanzados... ¿En qué? Puras ventas a lo buey —pensó Tim, al recordar que entró a esta empresa, después de haber desdeñado varios trabajos de ocho horas en una oficina—. *Llevo tres años en esto, y solo he visto a los dueños hacerse millonarios. Deixter se debe estar riendo de nosotros.*

—Miren lo que hizo Randy Boca —decía el locutor muy convencido—. Él, era un camarero del Hilton, y hoy tiene su casa con alberca en Miami —mostrando las fotografías de una mansión con un BMW en la entrada.

A qué hora se va a callar este merolico —pensaba Tim al voltear a ver a sus compañeros, que *asentían con la cabeza a cada argumento*—. *Aquí no veo a ningún millonario, y Alberto Buenrostro, gana bien siendo el mejor en México, pero... ¿Es millonario?... ¡Patrañas!, a otro pez con ese anzuelo.*

—Bien señores. Quiero saber cuántas personas van a inscribir este mes. Daniela, ¿A quiénes tienes en tu lista?

Tim presintió que sería el siguiente al que le preguntarían por sus prospectos.

—Voy al baño —le dijo a su compañero de al lado, y salió de la junta con ganas de no regresar. Tim sabía que salirse era dar un mal ejemplo, y estaba al tanto de que después de un rato tendría que regresar; entonces vería como justificar su ausencia.

En el baño, ya más relajado, Tim no hallaba la paz en su consciencia: *Solo tengo que encontrar dos personas, que como yo quieran ganar un poco más, y que de verdad se pongan a trabajar. Dejaré los sueños millonarios para otros. Yo lo que tengo que hacer es pagar mis deudas, y con más calma, abrir mi propio negocio.* Su pensamiento fue sacudido al escuchar un rechinido al fondo del baño. Tim, curioso, se acercó para averiguar quién estaba ahí, pero al revisar, se dio cuenta que no había nadie en ninguno de los compartimientos. Ahora el ruido empezó a escucharse en la entrada, volteó con rapidez hacia la puerta, y por un instante creyó haber visto una sombra; la figura de un hombre grande, mucho más alto que él. Su respiración se detuvo por fracciones de segundo. Con los pelos de punta se acercó lentamente a la entrada, solo para confirmar que tampoco había nadie. Se estremeció, como si alguien estuviera a punto de matarlo. *¡No! ¡No otra vez! ¿Me estaré volviendo loco? Estoy seguro que vi a alguien.* Frotándose las sienes y en un esfuerzo para recuperarse, caminó hacia el lavabo. Abrió la llave, y con sus manos temblorosas y empapadas, se lavó la cara con agua fría. *Tengo que regresar a la junta.* Tomó una toalla de papel para secarse, pero al tirarla al basurero alcanzó ver de reojo, en el espejo, que había algo que no estaba antes ahí. Miró con atención y se quedó frío. En el espejo había algo escrito con labial carmesí:

Te estamos esperando…

Sus manos empezaron a temblar. Un escalofrío lo atravesó provocándole un enorme shock —una sensación de que perdía el control de su cuerpo—, pues el cambio de temperatura de su organismo había sido tan rápido, que por poco se desmaya. Un sentimiento de confusión envolvió sus pensamientos: *Hay una amenaza invisible, sí… o, ¿estaré imaginando cosas?* Trató de encontrar alguna razón lógica para la nota del espejo: *¿Podría ser que Mary y Jaquie estén jugando conmigo? Desde que entré a trabajar a esta compañía, se me han estado lanzando* —pensó recordando su primer encuentro con ellas—. Un día después de su primera junta, Mary lo invitó a una cena para tres, a la que él se negó con algún pretexto de trabajo. *De seguro son ellas. Voy a averiguarlo en este momento* —y salió del baño hacia la reunión, con la intención de encontrarse con ellas.

Tim abrió la puerta y vio al expositor que seguía en lo suyo.

—Muy bien —decía Alberto—. ¿Quién va a llegar a su siguiente nivel?

Tim buscó entre la audiencia. Daniela había alzado la mano, después encontró a Jaquie y a Mary a su lado, también alzando las manos. *Ahí están estas libertinas, en cuanto termine la junta las voy a agarrar. Sí, seguramente fueron ellas, me acuerdo haber visto a Mary en el pasillo de los baños.*

—Tim —dijo Alberto—. Tú no has alzado la mano. Tienes algún problema para alcanzar tu siguiente estatus? —Tim asintió con la cabeza, mientras buscaba su lugar—. De acuerdo Tim, en un momento platicamos tú y yo. Bueno, dijo dirigiéndose a los demás, creo que todos estamos en el camino al éxito. ¿No es así?

En la sala había doce personas incluyéndolo. Casi todos ellos anotaron cada detalle de lo dicho por el expositor; dos, sólo miraban como mensos con detenimiento el pizarrón, en donde Alberto había anotado los nombres se cada uno, y Tim, se debatía entre sus propios pensamientos, mientras trataba de aparentar que ponía mucha atención a lo que se decía en la conferencia: *¡Qué estúpido fui!, Jazz es única... tiene un magnetismo que me provoca un deseo distinto. Se ha convertido en una necesidad para mí. ¿Qué hago yo aquí tratando de vender a las personas? Me importa un comino lo que diga este engreído. Sé que puedo ganar dinero en este negocio, pero con este tipo ni ganas me dan. Es puro jarabe de pico y no hace nada.*

La junta terminó y Tim se disponía a hablar con Mary cuando fue abordado por Alberto:

—Tim, ¿me regalarías unos minutos?, necesito hablar contigo. Es importante.

—Dime Alberto, ¿de qué se trata?

—No veo que estés siguiendo la Ruta Dinámica del Éxito. Necesitamos que inscribas a siete personas...

—Tengo un problema que debo resolver con urgencia. Es más importante que mis ventas inmediatas. Sé que necesito el dinero, debo mucho en las tarjetas y no puedo trabajar si no resuelvo esto primero.

—¿De qué se trata? ¿Te puedo ayudar? —preguntó Alberto.

—Es un asunto personal... disculpa.

—Está bien Tim, si necesitas algo cuenta conmigo. Tenemos que ganar la nueva posición de líderes en esta empresa, y eso también te servirá para lo que necesites.

—De acuerdo Alberto, déjame ver que hago.

—Perfecto. Háblame en cuanto puedas.

Tim volteó a buscar a las chicas y se dio cuenta que ya habían salido. Enojado salió al pasillo a ver si todavía estaban ahí. *¡Maldita sea! Se han ido. Tendré que aclarar esto el próximo sábado cuando vengan a la junta. No quiero trabajar, no quiero ver a nadie que no sea a Jazz... Pero creo que ella está decidida a terminar nuestra relación. En verdad no sé por qué me preocupé tanto pensando en esta tontería de la invasión extraterrestre. Esa noche en la sala de juntas con Lola, yo estaba tan tonto, tan confundido, tan hasta la coronilla, que no sabía lo que hacía, y todo por culpa de ese estúpido prospecto. ¡Viejo loco! Me revolvió la cabeza hasta la paranoia... ¿De verdad existirán los aliens?* Se sacudió la cabeza con la mano izquierda y se alejó caminado hacia su desvencijado coche, que siempre estacionaba lejos de las oficinas, para que nadie viera la calidad de carcacha que traía. Él sabía que debería aparentar que tenía éxito para inscribir a algunas personas a su red de comercialización, o por lo menos es lo que en verdad pensaba.

Caminó ensimismado, sin darse cuenta de que la oscuridad iba aumentando; unas nubes negras cubrían la luna; al llegar a la esquina encontró a una mujer muy vieja, con miles de arrugas, encorvada, envuelta en harapos, que parecía una bruja de aspecto espectral. Él pasó a un lado, y ella le clavó la mirada y dijo con ojos encendidos:

—¡Estás con nosotros…! Tú no eres cómo ellos. No te engañes…

Tim apresuró el paso, dejando a la horrible bruja hablando sola. Al llegar al auto vio que alguien había dibujado algo con los dedos sobre el cofre, aprovechando el polvo que se había asentado. Sin prestarle importancia, abrió con rapidez la puerta, encendió el motor y aceleró a fondo para dejar el lugar. Ya en el camino, las palabras de la vieja empezaron a zumbar como abejorros, haciendo eco en sus oídos, obligándolo a recordar el encontronazo con Lola. La imagen de ella desnuda cubrió su visión, y por poco se pasa una luz roja; por suerte frenó al rechazar con enojo el recuerdo, miró a los lados un poco espantado y ubicó la calle donde se encontraba. Pero eso no resolvió el torbellino mental que se cargaba, su mente empezó a jugarle chueco otra vez, propinándole las imágenes de aquel viejo loco que visitara justo antes del pecaminoso y apasionado encuentro, el origen de lo que desencadenaría la tempestuosa ruptura con Jazz—. En medio de la confusión, y sin poder distinguir lo que ocurría en la calle, decidió detenerse a un lado. La calle, la temperatura en el aire, la luz… Todo se parecía al momento del encuentro con el viejo. Su mente lo sacudió como un remolino, evocando aquel suceso siniestro:

—*Usted no es un vendedor* —dijo el viejo—. *Es uno de ellos...*

Tim se empezó a poner un poco incómodo.

—*¿A qué se refiere señor González?*

—*No me trate de engañar, usted es uno de ellos... lo sé por su mirada. Nadie me podrá enredar más. Esta es mi vida...*

En aquel momento Tim sintió algo muy extraño con el tipo. ¿Sería su aspecto? Estaba tan arrugado como una pasa. Era realmente feo. Un engendro. Daba la impresión de haberse tragado un gato muerto.

—*¿De qué me está usted hablando?* —le preguntó Tim al viejo. Estaba cada vez más angustiado.

—*No me van a engañar más... aléjese de aquí. Este cuerpo es mío y no permitiré más órdenes... a todos los tienen engañados, nadie se da cuenta, pero yo sí...* —dijo señalando su propio pecho con la mano izquierda— *A este viejo no lo engañan.*

Tim sintió que la temperatura de su cuerpo subía de forma inexplicable, llevándolo al borde de la desesperación.

—*Aléjese* —dijo el viejo mientras sacaba una pistola calibre .45 de un cajón.

Tim se apresuró a buscar la salida, mientras un par de balazos daban en la puerta justo detrás de él. Se metió tan rápido como pudo a su auto y salió huyendo de ahí; vio su reloj y se dio cuenta de que se acercaba la hora de ir a recoger a Jazz. El hombre llegaba a su límite. Sospechaba que existía algún peligro, pero no sabía cuál era. Algo en su interior le decía que todos estaban en riesgo.

El auto permanecía inmóvil. Tim apretó el volante con sus manos, logrando regresar hasta el momento presente, alejándose de estos recuerdos que lo atormentaban, sacudió su cabeza —tal y como acostumbrara hacerlo su padre—, tratando de deshacerse, sin conseguirlo, del miedo que lo engullía. Perdió a tal grado el sentido del tiempo, que nunca supo en qué momento encendió el auto y tampoco la dirección que tomó, pues de pronto se encontró a si mismo entrando a la oficina, sin saber cómo había llegado. *¿Acaso estoy loco o qué?* —se dijo en voz alta—. *Tengo que irme a mi casa* —salió del edificio y se metió al auto otra vez—. *Sí, lo que pasó con Lola fue un loco intento de salir de la confusión... ¡Qué estúpido fui! Solo caí presa del miedo.* Tim encendió su carcacha y se marchó. La noche negra se agitaba con vientos de tormenta. Tim estacionó su auto a un lado del departamento donde vivía. Por alguna razón desconocida, se sentía cada vez más desencajado. *¿Sería esa vieja loca?, ¿o tal vez la ruptura con Jazz?*

Salió del auto y de reojo vio el cofre, se detuvo para mirar lo que habían escrito sobre el polvo, y al leer la nota un escalofrío recorrió todo su cuerpo provocándole un shock de miedo:

Tienes un trabajo que hacer... Te estamos esperando...

Empezó a llover y las letras se borraron casi de inmediato, lo que le hizo dudar si había algo escrito ahí. *¿Qué acaso me estoy volviendo loco?* —pensó—. Corrió hacia dentro del departamento. Sentía que su cuerpo iba a estallar debido a la alta temperatura. Tomó el teléfono y temblando marcó un número.

—Hola ¿Quién habla? —contestó Jazz.

—Soy yo…, Tim, necesito verte con urgencia. Me estoy volviendo loco. ¿Podrías venir…?

II

Jazz estaba ansiosa por llegar al departamento de Tim, faltaban solo dos semáforos. Su pulso se estaba acelerando y su cuerpo desprendía un halo invisible por la necesidad de caricias. Su mente no paraba de dar vueltas, recordando las últimas palabras de Tim: «Necesito verte con urgencia.» Estaba decidida a perdonarlo. Nunca había querido tanto a un hombre. Ella se sintió obligada a estar a su lado desde que inició su relación con él; ¿existía para esto alguna razón que ella desconocía?

Jazz aceleró; el coche parecía una frenética bala en busca de su blanco, y debido a la velocidad casi atropella a un pobre borrachín que con descuido cruzaba la calle; las gotas de lluvia no le permitían ver claro, y su mente confundía la realidad con los sucesos pasados. Sin darse cuenta, evocó aquella ocasión en la que se sintió perdidamente enamorada de Tim. Visualizó su cara en el momento en que él se quedara contemplándola, después de la primera ocasión en que hicieran el amor. Medio aturdida entre el pasado y el presente, y sin percatarse del trayecto, llegó al departamento. Tim abrió la puerta, estaba pálido, despeinado, la camisa desabrochada y los ojos con una mirada vacilante, llenos de miedo. Jazz se acercó y le tocó la frente:

—Tienes calentura, ven —dijo Jazz bastante sería, y tomándolo de la mano, tal y como si fuera un niño, lo llevó hasta la cama—. ¿Ya tomaste alguna medicina?

—No, sabes bien que las medicinas me ponen peor...

—Dime, ¿qué te pasó? —preguntó como si fuera un interrogatorio policiaco. No quería que él tuviera la tonta suposición de que lo había perdonado.

—No sé, ahora me parece tan estúpido..., no sé por dónde empezar.

—No importa —contestó ella—, puedes confiar en mí —y sintió

remordimiento por la forma en que lo había tratado los días anteriores, sin atender ninguna de sus llamadas, y evitando los lugares cotidianos. *¿Estará así de mal por mi desprecio?* —pensó al verlo.

—Jazz, creo que siempre has tenido la razón. Hay cosas que no se pueden explicar. Existen secretos que no conocemos del mundo en que vivimos y esto nos pone en desventaja. Hoy me topé con una vieja bruja. Casi me vuelvo loco... —él dejó de hablar y se le nublaron los ojos.

—Ya, ya. No te preocupes —Jazz se acercó y le dio un beso con ternura sin darse cuenta de que aún no lo había perdonado, pues muy en su interior realmente deseaba olvidar lo ocurrido y reanudar la relación; retiró su rostro y agregó—: Descansa, luego me cuentas lo de la bruja.

Jazz entró a la cocina y llenó un balde con agua fría, tomó una servilleta de tela y doblándola preparó una compresa; al regresar se acercó a él y empezó a acariciar muy suavemente su frente, mientras le decía en voz baja, al igual que una madre cariñosa mima a una criatura:

—Descansa, cierra los ojos, necesitas dormir un rato. Yo te cuidaré, duerme un poco...

Tim se serenó y al cerrar los ojos se quedó profundamente dormido, como cuando un niño busca refugio acurrucándose entre sus padres.

A la mañana siguiente, Tim aún dormía cuando escuchó un ruido en el cuarto...

—Mamá todavía no es hora... déjame un rato más —dijo Tim entre dientes.

—No soy tu mami grandulón —contestó mientras le hacía una caricia en la mejilla—. Soy Jazz.

—¿Jazz? —Tim estiró sus piernas.

—Sí corazón, soy Jazz, la enfermera de los novios holgazanes que no quieren levantarse —y soltó una risita.

Tim abrió los ojos y al tocarse la cara preguntó:

—¿Qué hora es?

—Las ocho de la mañana mi vida —contestó Jazz—. ¿Cómo te sientes? Ya me tengo que ir a trabajar. Tengo una cita para enseñar una mansión que necesito vender. Me urge el dinero.

—¿Qué día es hoy? —dijo Tim, mientras trataba de ubicarse en el momento, pues aún no dejaba de sentirse como un niño, ya que el sueño; donde Jazz era su mujer, en algún punto se había convertido en pesadilla, y sin querer, se había remontado a una ocasión en que se aterrorizó siendo un crío de apenas seis años. La sensación lo perseguía aún despierto. Fue un día donde el viento y el granizo parecían rugir como feroces fieras golpeando las ventanas. Los truenos y relámpagos alimentaron la tormenta; él estaba muy asustado y corrió al encuentro de su madre, para después acurrucarse en su cama. Ella lo mimó y él se tranquilizó.

De pronto Tim recordó la razón del por qué Jazz estaba ahí. *La vieja bruja*. El recuerdo llegó como un aire de lo acontecido el día anterior, y en medio de la confusión que le endilgaba su memoria, Jazz se acercó a él y le preguntó:

—¿Quieres que nos veamos para comer cariño? —ella había dado por hecho, que la reconciliación había ocurrido de forma tácita.

A Tim se le enchinó el cuero ante la amenaza de encontrase solo y tragando saliva, confirmó la cita. En ese momento, se encontraba hundido en una enorme tormenta interior tan profunda que lo sofocaba. Sentía que estando solo, algo desconocido lo iba a arrollar; ni siquiera se daba una idea de lo que tenía hacer ese día, o que había pendiente en la oficina. ¿Tendría acaso que ver a algún cliente en particular? o ¿tenía que ir realmente hasta allá?

—Sí Jazz… ¿en dónde nos vemos? —contesto dubitativo.

—En el café italiano que está a una cuadra de mi oficina, ¿te parece? —dijo ella. Se acercó y le dio un beso, pestañando un par de veces, acompañándolo de una sonrisita—. Bueno, me tengo que apurar mi vida, tengo que llegar a tiempo —dijo cerrando la puerta tras de sí.

Tim se quedó solo, y el miedo, que ya había anunciado su entrada, se hizo más presente. Los ruidos de la habitación se hicieron evidentes. El temor arremetió y se convirtió en un espectro que poco a poco lo envolvía. Saltó de la cama en un intento de alejarlo, pero aun así no lo logró. Esa sensación abominable crecía poco a poco. Podía sentir que algo repugnante tocaba su piel. Movió su cuerpo con velocidad para alejar el malestar. Entró al baño y abrió la llave de agua fría; el chorro golpeó su cuerpo y por unos minutos se sintió aliviado. Lo único que quería era escapar del asunto. Todo esto se asemejaba al miedo que sentía cuando era niño. ¡*Sí*! eso es —se dijo a sí mismo sintiendo el agua fría en la cara—. *Bueno ya pasó, creo que estoy exagerando.* Salió de la regadera, y cuando estaba secándose entró una corriente de aire, y al tocarlo, lo volvió a asaltar la sensación de amenaza, y aunque él se resistía a pensar sobre el asunto, esas frases que habían escrito en el cofre de su auto lo acribillaban como fuego de metralla.

Tienes un trabajo que hacer... Te estamos esperando...

Se vistió a toda prisa y salió como si alguien lo estuviera persiguiendo. *Voy a la oficina, sí, donde hay gente que conozco. Ahí no me podrán hacer nada.*

El coche aceleraba cada vez más, y Tim presionaba el acelerador sin notar como subía la aguja del velocímetro. Sólo pensaba que en ese momento debería estar junto a alguien que conociera, alguien normal. El velocímetro marcó 100 y después 120, inevitablemente una luz roja se encendió frente a él, pero no disminuyó la velocidad, era demasiado tarde para frenar; así que apretó el pie hasta el fondo. Cruzó la intersección a más de 130; de pronto, cien metros delante de él, un auto se empezó a asomar por la bocacalle. Tim lo vio y apretó los dientes sin dejar de acelerar. El otro auto inició su incorporación a la avenida, dando la vuelta con toda la tranquilidad del mundo. El conductor no vio que el auto enfurecido de Tim estaba a punto de embestirlo. Tim cerró los ojos y pensó: *Quizá este sea el fin... bueno, si es así...* Se escuchó un golpe seco. Para su sorpresa, el espejo lateral del lado izquierdo había salido volando en pedazos al golpear el otro coche. Tim miró asombrado a su lado derecho, buscando lo que quedara del espejo lateral, pero este ya no existía. Echó un vistazo por el retrovisor para averiguar lo que le había pasado al otro auto, pero estaba tan lejos que no lo vio. El asunto le devolvió algo de humor, y se dijo en voz baja: "¡Caray!, a esto se le llama suerte" —y en medio de una sonrisa nerviosa desaceleró y paró por completo el coche. Incluso espero unos momentos al otro auto pero nunca apareció. *¿Acaso estaré loco? ¿A qué invasión le tengo miedo? Ya me hubieran liquidado si esta existiera* —pensó mientras volvía a reír al recordar la pérdida de su espejo—. *Bueno, vamos a la oficina. ¡A trabajar! Ahora tengo que ganar un poco más de dinero para comprar un espejo nuevo. Espero no haberle causado mucho daño al otro coche...* Tim llegó a la oficina y no tardó en encontrarse con uno de los tipos que detestaba.

—Hola Carlos, ¿cómo van tus ventas está semana? —le preguntó

Tim al verlo.

—Muy bien amigo —Carlos, con un aire de suficiencia, siempre les decía "amigo" a sus rivales—, pero no he sabido nada de ti, antes eras el hombre a vencer y en las últimas semanas no has hecho ninguna nueva inscripción en la empresa, ¿no es así?

A Tim le tenía sin cuidado esta típica conversación mordaz, así que lo ignoró. *Este es el mundo real con el que necesito tener contacto* —pensó—. *Carlos siempre con sus aires de grandeza. ¡Me importan un comino sus números!..., y yo preocupándome de un ataque del espacio exterior. En realidad solo hay una amenaza: Los vendedores pedantes. ¡Qué estúpido soy! ¿Extraterrestres? ¿Alienígenas? ¿De dónde habré sacado yo esta locura?*

—Voy por los reportes Carlos. ¡Ah!, y te deseo que este mes logres el primer lugar —le dijo dándole la mano—. *Maldito niño engreído, cree que todos están por debajo de él* —pensó Tim al verlo a los ojos.

Más tarde, Tim ya había elaborado una lista de personas que visitaría para cerrar los números del mes. Se levantó de la mesa de la sala de juntas, y se dirigió con Diana —la secretaria—, para despedirse, pero no la encontró en su lugar. Sólo había un papel doblado en el que se leía: Para Tim Naive. Preguntó en voz alta:

—Diana, ¿estás ahí?

Ningún ruido salió del pasillo y tampoco de los cubículos adjuntos.

—Diana, ¿dónde estás? —una taza de café humeaba alegremente al lado de la nota.

Bueno, creo que esto es para mí —tomó la nota y la abrió sin titubear. Leyó lo que estaba escrito en el papel. *¡No puede ser!* Sus manos empezaron a temblar, y su respiración se detuvo —era como si su cuerpo hubiera perdido la vida en ese instante—. En esas fracciones de segundo todo había cambiado; la temperatura de su cuerpo empezó a subir; poniéndolo al borde de un colapso. Hizo un esfuerzo y volvió a leer la nota. Tenía que estar seguro de que eso no era un producto de su imaginación: "Tienes un trabajo que hacer... Te estamos esperando..."

—¿Tim? —escuchó su nombre como si estuviera muy lejos y no pudo contestar, el terror abrumador lo golpeaba sin clemencia. Empezó a sudar, y las gotas aparecieron en su frente. Sintió un frío helado provocando que se le acalambraran las piernas. De un momento a otro, el hombre estaba completamente empapado.

—¡Aquí estoy Tim! —Diana se acercó, y al verlo en tan mal estado agregó—: ¿Qué te pasa? ¿Estás enfermo? —Tim la miró directo a los ojos y sintió que en ella había algo anormal. *¡No!, ¿podrá ser posible?, Claro... ¡ella es parte de esto!* —pensó.

—No me ocurre nada —contestó al fin Tim, mientras limpiaba el sudor de su frente con el puño de su camisa. Diana alcanzó a ver que la mano le temblaba. Él sintió que ella lo miraba atravesándolo, como si fuera una onda fría; contrastando con la amable secretaria que él conocía; de ojos tiernos y cariñosos, muy parecidos a los de su madre.

—Voy a llamar al doctor. No te ves bien. Mejor siéntate...

Tim sintió la frase: "No te ves bien" como una advertencia directa. Había algo en las palabras de Diana... Ya no podía confiar. *Ella no es la misma, sí, eso es. Ahora lo veo muy claro. Todo esto es un engaño.*

—Tengo una cita urgente —le dijo Tim a Diana al salir de la oficina. *Debo ver a Jazz* —pensó y miró su reloj—. *Ya es la hora.*

Tim llegó al café italiano y buscó a Jazz. Ella no había llegado aún. *Me tranquilizaré, ella es la única que puede ayudarme* —pensó—. Se dirigió al baño y entró para mojarse la cara, y buscar reconfortarse un poco. Necesitaba un refugio para su alma y buscó la imagen de su madre, quien solía decirle cuando era un niño: «El agua lo cura todo.» Tim abrió la llave del lavabo y con las dos manos lavó su rostro. Al sentir el agua en las mejillas, recordó la última vez que había estado con su mamá —que falleciera poco antes de la terrible tormenta—. Se acercó al espejo, y este le devolvió un rostro desencajado por la angustia, pero esa imagen le resultó poco familiar, haciéndolo sentirse ajeno a su propia realidad. Retomó el recuerdo de su madre, y abrió por segunda vez la llave del agua, para mojarse de nuevo, mientras retomaba esas frases sabias: «*El agua es tan importante como el aire. Si tienes contacto con ella despejará las cosas malas que en ocasiones la tierra nos acarrea; incluso nos ayuda con los malos pensamientos*» —su madre, siendo muy joven, había estudiado los cuatro elementos, y aunque los familiares siempre habían dicho que estaba un poco chiflada, para Tim ella había sido la influencia más fuerte en su vida. Terminó de lavarse con firmeza y ya más tranquilo arrancó un par de papeles para secarse el rostro;

todo esto lo hizo con los ojos cerrados. Al fin estaba listo. El agua, las palabras de su madre retumbando en su mente, y el papel limpio le regresaban la sensación de pureza; un estado de paz anhelado, que en ese momento sentía. Esperó un poco para abrir los ojos. Alrededor de él había mucho vapor, resultante de la cantidad de agua, casi hirviendo, que él había utilizado, pues la cafetería era una elegante casa que había sido recientemente acondicionada, y el pequeñísimo baño aún contaba con agua caliente —que él sin notarlo, había utilizado en exceso—. El vapor se fue disipando poco a poco; ahora permitía distinguir el espejo que momentos antes se encontrara muy empañado. La tranquilidad sería efímera; se le escapaba de las manos, dejando entrar esa emoción alucinante, que poco a poco se transformaba en un terror inevitable y espeluznante. Él había mirado hacia el espejo y pudo reconocer la nota que se le había estado apareciendo últimamente, que cruzaba la imagen de su rostro; estaba escrita entre las marcas de las gotas de agua que se escurrían: "Tienes un trabajo que hacer… Te estamos esperando…"

Tim quedó horrorizado. Salió del baño sumamente angustiado, sentía que estaban tras de él. El termómetro natural de su cuerpo se había descompuesto, ahora no podía distinguir si tenía o no calentura. Quiso huir a toda prisa y en su trayecto golpeó a una señora que se dirigía al baño.

—¡Estúpido! ¡Fíjese por dónde camina! —exclamó.

Sin prestar atención a lo que la mujer furiosa le decía, siguió como una locomotora hacia afuera y se topó con Jazz, quien lo detuvo en seco.

—Mi vida, ¡qué bueno que ya llegaste! —le dijo.

Él la miró. Tardó fracciones de segundo en reconocerla.

—Hola Jazz —la angustia se le veía a leguas.

—¿Qué te pasa Tim? ¿Te volviste a enfermar?

—No es eso… necesitamos hablar —la tomó del brazo, y casi la arrastra a una mesa alejada en un rincón, en donde no había nadie alrededor.

—Pero, ¿qué te ocurre?

Tim la miró a los ojos y decidió contarle todo, pero por alguna razón su garganta y su boca no respondían, estaban paralizadas. Su mente empezó a dar vueltas, tratando de encontrar lo que tenía que decir: *Nos están invadiendo, se están apoderando de las mentes de la gente, y lo peor es que nadie se da cuenta. Me quieren a mí, pero no he caído en su juego... ¿Cómo se lo explico para que me crea?*

—Bueno Tim... —ella esperaba a que le dijera algo, pero él no decía una sola palabra, solo la miraba.

Jazz se dio cuenta que algo le estaba impidiendo hablar, y supuso —con mucho temor—, que se trataba de Lola, bajó la mirada hacia la mesa y empezó a llorar desconsolada. Esto hizo reaccionar a Tim que sobreponiéndose a su propio malestar; tomó a Jazz por las manos y le dijo:

—No llores mi vida, aún no se han apoderado de nosotros.

Jazz, sorprendida al escuchar el comentario, rápidamente sintió que algo en su cadena de pensamiento no concordaba, y con esa peculiar curiosidad, cuando te das cuenta de una cosa inesperada, le preguntó:

—Entonces, ¿no es Lola?

—¡No!, ojalá fuera Lola —dijo Tim sin tacto.

—¿Qué dices? ¡No tienes vergüenza...! ¡Eres un infeliz! ¡Un idiota engreído! —se levantó de la mesa, aventándole la servilleta a la cara y cuando ya estaba dispuesta a irse, él la tomó del brazo, y le dijo:

—Discúlpame Jazz. No quise decir que prefiero a Lola. Soy muy tonto, por favor siéntate...

—No Tim, no te perdono lo que hiciste, no te lo perdonaré nunca.

—Por favor Jazz, siéntate —todo este exabrupto ~cargado de coraje~ le cayó muy bien a Tim, ya que de alguna manera lo sacudió, y le devolvió algo que él consideraba natural en la vida: "Los sentimientos de una mujer herida." Alejándolo un poco de toda esa angustia y miedo que lo atormentaban. Jazz volvió a sufrir un arrebato de llanto —al recordar la imagen de Lola con la blusa desarreglada, y la cara encendida de Tim después de aquel encuentro traicionero.

—Mi vida —dijo Tim en voz muy baja—. Te pido una disculpa por haberte provocado tanto dolor. Te lo digo con todo el corazón. ¡De verdad!

—No te creo ni una palabra. Hace tiempo que eres otro. Pensar que todo comenzó con aquella tormenta. ¿Por qué me enamoré de ti? Es como si nos hubiera caído una maldición. Dime la verdad. ¿A qué mujer conociste? ¿Es otra mujer verdad? No es Lola ¿verdad? Dime, ¿quién es?

—Mira Jazz, tú sabes que mi madre murió una semana antes de la tormenta y yo me encontraba muy mal; no me reconocía ni a mí mismo; pero cuando te conocí todo cambió. Me devolviste el espíritu de la vida. ¿No te das cuenta?

—Si en realidad me quieres tanto, dime que hacías con Lola. ¿Qué acaso no te satisfago? —a Jazz se le cortaba la voz. Tim se sintió terrible al verla tan sentida—. ¿No soy suficiente mujer para ti...?

—Perdóname mi vida —agregó Tim compungido—. Tú eres la única mujer importante para mí.

—A otro perro con ese hueso. Me buscas, pero no me deseas...

—Te pido la más sincera de las disculpas. Soy un bruto. No pude contenerme; ella me sedujo. ¡Lo juro! Dame una última oportunidad... Por favor.

—No Tim. Te acuerdas del funeral de tu medio hermano. ¿Quién era esa morena que parecía, que parecía una...? ¡Una cualquiera!

—¿Nancy? —preguntó Tim sorprendido. Él sabía muy bien que esa mujer se le había acercado demasiado para darle las condolencias. Nancy gimió y fingió llorar mientras lo apretaba contra su pecho.

—¡Sí!, la descarada esa que no sabía dónde poner sus tetas. Vi cómo se restregaba contra ti mientras te daba el pésame y daba sus gemiditos.

Jazz se puso a sollozar. Tim se quedó mudo por un segundo, pues era verdad lo que Jazz le reclamaba; se sentía como todo un miserable.

—Tienes razón, esa mujer es una cualquiera, pero acuérdate que no le seguí el juego. Me fui contigo para revisar las oraciones que debían rezarse, tal y como lo solicitara mi madre.

—No te hagas la mosca muerta Tim. Si hubieras podido, te hubieras acostado con ella esa misma noche. Lo vi en tus ojos, pero confié en ti, confié sin darme cuenta de quién eres en verdad.

—Por favor Jazz. Perdóname. Soy un animal. Te juro que de ahora en adelante no habrá más estupideces de mi parte. Que me castigue Dios si no es verdad, te juro que es a ti, y solo a ti, a quien yo quiero.

Tim dijo unas palabras más, pero a ella ya se había ablandado el corazón. Jazz —muy en el fondo— estaba encantada de poder decir lo que en verdad sentía; ella no se detuvo hasta que sintió que había logrado una declaración auténtica de arrepentimiento de Tim. Ahora él no se atrevería a acercarse a Lola o a cualquier mujer sin arriesgarse a tener otro ajuste de cuentas con ella. Tim la tomó de las manos e insistió:

—¿Ya me perdonas vida mía...? —le dijo con unos ojos de cachorrito abandonado.

A Jazz se le iluminaron los ojos al verlo así, pero antes de contestar se puso seria:

—De acuerdo... pero si alguna vez te veo coqueteando... te juro que...

Tim le apretó con cariño las manos y acercándose muy despacio, le robó un beso que la dejó muda. Después de esto siguieron dos besos más, y sin haber ordenado nada en el café —ya que ningún mesero se atrevió a interrumpir semejante bronca sentimental—, se levantaron y se fueron.

Cuando llegaron al departamento, la pasión y necesidad de caricias llegaron a su límite. Entraron y las ropas volaron por los aires con tal premura, que pareciera que hubieran contraído sarna. Para Tim, la experiencia fue sumamente intensa y benéfica —desde que se iniciara el drama en el restaurante hasta este clímax tocando el éxtasis—, pues había acaparado toda su atención, dejando a un lado —sin notarlo— sus miedos y preocupaciones.

III

En la imagen se veía con claridad la cama de Tim, ahí se encontraban Jazz y él abrazados fumando un cigarro, que se pasaban el uno al otro, después de darle —en cada turno— una fumada.

—¡No entiendo qué sucede! —dijo Serchy Maps, el más alto de los tres observadores. Él era un hombre de cabello negro tupido, de tez blanca con pómulos salientes, amplias cejas y barba bien cortada.

—Con esta mujer nada funciona —contestó Roda Galop, quien era el asistente de Serchy. Un hombrecito de baja estatura y robusto—. Mira, ella está feliz con este infeliz de Tim; como si nada hubiera ocurrido —agregó mientras señalaba a Jazz en la imagen.

—¡Está feliz con el infeliz! —repitió Serchy y no pudo contener la risa.

—Bueno, hay que ver si podemos reprogramarla. Creo que cometimos varios errores, y que lo que tenemos planeado para ella no alcanza las expectativas deseadas. No es lo que necesita. Hagamos algo al respecto, de lo contrario nuestros trabajos estarán en peligro. Nuestra misión se declarará como un fracaso, y nos relevarán de cualquier trabajo sin derecho a una audiencia —dijo Thymoty Missons en voz muy pausada y petulante. Él era el jefe de los tres; un hombre alto, gordo y fuerte. Su tono de piel era morena oscura; nariz y labios gruesos, y sus ojos siempre estaban enrojecidos.

Los tres hombres observaban la escena holográfica de lo que ocurría en el departamento de Tim. En las siete pantallas adjuntas se leían con claridad los signos vitales de Jazz y Tim, con gráficas de interpretación de sus funciones orgánicas y otros datos relevantes. La pantalla central —la más grande—, era la emisora holográfica, toda cristalina y estaba casi al ras del piso. Proyectaba las imágenes en tercera dimensión frente a ellos, y contenían lo que llaman "Dimensión 22," permitiendo al espectador ser parte virtual de la escena. La máquina aportaba 22 datos específicos que podían ser percibidos simultáneamente. Esto les permitía a los operadores sentir la posible situación futura muy a fondo, y así, verter sus ideas en la computadora para programar el futuro. Las computadoras recibían las órdenes, combinaban los datos y coordenadas, para poder programar el tipo de incidentes que tendrían que ocurrir, con mayor precisión. Esta computadora recibía el nombre de "Futuram," ya que predecía el futuro con un 49% de efectividad; y junto con unas de las sub-computadoras de programación —una máquina llamada "Zuli"— podían modificar el futuro de determinadas personas, llegando a un extraordinario 78% El conjunto de computadoras de la "Futuram" había sido diseñado para manipular a unas cuantas personas —unas principales y otras secundarias—, de una forma muy efectiva; suministrando a las víctimas nuevas órdenes, para que una experiencia futura pudiera ser llevada a un curso programado. Este sistema de la Futuram era rápido y para ser efectivo requería de la observación continua por parte de los programadores, para corregir cualquier desviación del futuro deseado. Las variables que aparecían como desviaciones en el medio ambiente de la persona manipulada, eran abordadas de inmediato, requiriendo que el programador diera una nueva orden para corregir el rumbo. A la persona manipulada o principal le llamaban "la persona marcada." Cuando la desviación en el futuro programado de la persona marcada era de importancia, el programador entraba en acción; le enviaba a otro individuo secundario llamado "el enrutador," para que éste la volviera a encausar o enrutar correctamente.

La Zuli sugería el tipo de persona que debería enviarse —el enrutador—, para tener contacto con la persona marcada. Lo que hiciera el nuevo enrutador en las inmediaciones de la víctima, rectificaría su futuro, acercándola al patrón diseñado en la Futuram. La acción básica del enrutador, era interactuar con la persona de acuerdo a un programa específico, sugerido por la Zuli. El guion le dictaba al enrutador —al igual que un apuntador en un teatro o la televisión—, lo que debería decir, y cómo debería de actuar con la persona marcada, modificando así —de inmediato— decisiones y acciones de la víctima. Los enrutadores eran monitoreados, y redirigidos cada vez que era necesario. Esto lo hacían mediante señales de tipo hipnótico, o mediante contacto con otros enrutadores y otros métodos refinados.

Los procedimientos para hacer que una persona se convirtiera en un enrutador eran diversos. Una de las formas más usadas, era proporcionarle al futuro enrutador varios fracasos, y cuando hubiera alcanzado un punto acentuado de apatía —estado óptimo para ser sugestionable—, se le darían varias órdenes de un programa definido —con el patrón antes mencionado de base— para que las ejecutara sin siquiera pensarlo.

Los enrutadores se seleccionaban entre gente común y corriente que estuvieran cerca de la persona marcada. Había ciertas restricciones; como cuando la Zuli sugería que para manipular a determinada persona, se requerirá otro tipo de sujeto.

—Este Tim no responde —comentó Roda—. Le he enviado varios estímulos y señales y no logro un contacto definido para el seguimiento de su programa. Este tipo no sirve como enrutador. ¿Lo eliminamos?

—Estás loco —contestó Thymoty—. En el programa de opciones que arroja la Futuram nos indica que hay un 73% de posibilidades de fracaso rotundo, si Tim deja de tener contacto con Jazz.

—Bueno entonces olvidemos todo el asunto y evaporemos a esta estúpida de Jazz y escojamos a otro líder —agregó Roda.

—De ningún modo —contestó Thymoty molesto—. Ustedes son a los que deberíamos evaporar. Cuando se inició la misión nos dieron este dato: La primera orden de prioridad es que Jazz Giraldi no puede desaparecer del mapa, a ella se le considera esencial e indispensable para lograr el plan maestro. De acuerdo a los datos arrojados por la Futuram, ella es un arma de dos filos. Si Jazz desaparece, hay un 77% de probabilidades que se genere un levantamiento de conciencia en la población. Según esto, se haría muy famosa. Se convertiría en la mártir que defendió a los oprimidos. Una libertadora glorificada por su lucha en pro de los derechos de las mujeres y hombres…, y otros seguirían su ejemplo, con el estandarte de lograr una mayor conciencia de los derechos humanos; con la intención de mejorar sus capacidades, y así, garantizar el bienestar; todo mediante un trabajo honrado y ético. Retrasaría toda la misión, y nos pondría muy lejos de alcanzar nuestro objetivo, que es una población manipulable. Por otro lado, la Futuram nos dice, que si logramos reprogramar sus acciones en la dirección que buscamos, ella impulsará un nivel de frustración en las generaciones jóvenes, que ayudará a nuestros fines con mucha más rapidez.

—Pero jefe, ¿cómo es posible?, si ella es una simple empleada de esta presuntuosa agencia de bienes raíces —dijo Serchy.

—Veo que ni siquiera han estudiado los datos de las computadoras auxiliares. Miren: En esta gráfica está la información que no han tenido ni la más mínima curiosidad de revisar. Hace poco ella hizo contacto con el millonario Mark Hammond. Él será quien la lleve a la fama, pero por alguna razón, tiene que estar Tim en la ecuación. Aquí están los datos. ¿Captan la idea? ¡Ah!, y si han pensado que evaporar a Mark es la solución, la Futuram nos indica un 82% más alto de posibilidades aún peores.

—Bueno, entonces metamos un "nivel tres de alerta" en la programación de Tim, y reforcemos lo que él tiene que hacer con Jazz —dijo Serchy.

—¡Vaya! Hasta que por fin te expresaste con una idea clara y funcional —afirmó Thymoty.

—A la primera oportunidad empiezo con el nivel tres de alerta. Vamos a sacar a este tonto de su letargo —agregó Serchy enfadado por la insinuación del jefe.

Cuento con ello —contestó Thymoty—. Nos vemos mañana a las 11:30 am., de este estúpido horario terrestre. Voy a elaborar mi reporte, explicando los cambios en el plan maestro. Y tú, Roda, logra que el efecto exterior de cada señal lleve a Tim a la clínica. Les doy veinte horas para modificar a este estúpido enrutador y ponerlo en curso.

—Sí señor —contestaron los dos casi al unísono.

Eran las 7:35 a.m. del día siguiente, y en la oficina secreta solo estaban Serchy y Roda, cada uno manipulando alguna de las computadoras. En la imagen de la Futuram se veían los cuerpos de los dos tórtolos —Jazz y Tim— dormidos. Al poco rato Tim despertó y fue al baño, aprovechó para darse una ducha, y cuando terminó aparecieron unas letras en el espejo empañado dibujándose poco a poco. Él no las había notado: Estaba inmerso evocando el magnífico reencuentro con Jazz. Salió de la regadera y mientras se secaba, notó de reojo algo raro, entonces miró directo al espejo y se dio cuenta que algunas gotas se deslizaban con mayor rapidez que otras, dejando ver una leyenda que lo puso al borde del colapso:

Necesitamos verte… es urgente… hoy en la oficina…

Tim corrió para despertar a Jazz.

—¡Ven! —la tomó de un brazo y casi arrastrándola la metió al baño.

—¿Qué pasa Tim? ¿Cuál es el problema?

Tim señaló al espejo.

—¡Mira! —dijo quedándose callado al ver que el mensaje ya no existía, solo había manchones de vapor y gotas de agua escurriendo.

—¿Qué miro…? ¿Qué te pasa? —preguntó Jazz apenas despertándose.

—No sé cómo explicarlo Jazz…, juraría que había algo escrito en el espejo.

Jazz como una reacción natural, puso su mano en la frente de Tim.

—Creo que todavía tienes calentura mi amor —dijo ella. Estaba despreocupada por completo y muy feliz—. No vayas a trabajar hoy. Regreso lo antes posible. Solo voy a la cita que tengo esta mañana y vuelvo para que comamos juntos, Luego tengo que ir a otra cita, y antes de que anochezca vengo a mimarte y te voy a dar tu medicina.

Tim pensó mientras ella hablaba: *Sí, es lo mejor. No voy a ir a la oficina. Me están esperando y sé que me quieren hacer algo y no se los voy a permitir.* Jazz se metió a bañar mientras él siguió inmerso en sus miedos.

Todo lo que le ocurría a la pareja estaba en la lupa:

—Esto está peor de lo que creíamos —dijo Serchy.

—Sí. Esta mujer se sale de las coordenadas a cada rato y nos da nuevas variables —contestó Roda—. Mira lo que acaba de hacer. Decirle que no vaya a trabajar. ¡Qué estúpida! Lo quiere cuidar como a un bebé. ¿Lo quiere hacer un inválido para mantenerlo? ¡Esto es criminal!

—Bueno —agregó Serchy—, será mejor que le mandes unas señales directo al sistema glandular, para que salga de su departamento como gato espantado. Él parece haber dejado de estar con nosotros. Haz que ese frágil cuerpo que tiene segregue tanta adrenalina que lo haga correr como un leopardo. Solo así lo sacaremos de su estupidez.

—Tienes toda la razón —contestó Roda mientras golpeaba a toda velocidad los distintos teclados—. Tendré que hacer muchos arreglos, pero lo voy a lograr. Voy a hacer que su cuerpo se erice como un puerco espín.

Un rato más tarde Tim estaba meditando la situación en un sillón de su apretujada sala: *No sé cómo hacerle para cobrar mis comisiones. Tendría que haber ido hoy. No tengo ni para comprar un refresco.* Prendió la TV y vio que había una película de vaqueros, trató de ponerse al corriente; se empezó a interesar en la escena cuando un pistolero caminaba en un pueblo abandonado. Inclinó un poco su cuerpo para distinguir con claridad los sucesos. De pronto entró un comercial anunciando una sopa, una señora la servía en un plato, Tim se aburrió y por un instante dirigió su mirada hacia la ventana; repentinamente se empezó a modificar la imagen de la señora del comercial, convirtiéndose en una viejecita, que poco a poco se transformaría en una bruja, muy parecida a la que viera en la calle unos días antes. Tim volteó a ver la televisión, vio a la vieja bruja, y entonces recibió un shock del susto —tan fuerte que saltó un poco del sillón—. La imagen le causó tanto horror que apartó su mirada al instante, dirigiéndola hacia la ventana tratando de evitar el contacto con ella, cuando en el edificio de enfrente vio que había otra viejita asomándose y haciéndole señas. Completamente confundido, volvió a ver la imagen de la televisión tratando de encontrar solo un comercial y confirmar que su imaginación estaba perturbada, pero para su desgracia la bruja seguía ahí, y ahora le decía a la cara: Es urgente... ven a la oficina...

IV

Jazz y una asistente de la oficina esperaban pacientemente al cliente que quería ver la mansión.

—Ya debería estar aquí, ¿no lo crees?, ¿por qué no ha llegado? —le preguntó Doris a Jazz, impaciente. Doris era la asistente de la oficina de bienes raíces, quien preparaba los documentos legales—. Dejé mucho trabajo pendiente en la oficina por acompañarte a esta cita —agregó.

—Los millonarios están acostumbrados a hacer esperar a las personas; ya vendrá —contestó Jazz—. No te traje aquí solo por capricho, y tú sabes que si vendo esta mansión te daré tu comisión, así es que deja de quejarte. Esperaremos lo que sea necesario. Él aún no ha cancelado la cita, así es que de un momento a otro llegará.

—Bueno Jazz, como tú digas. ¿Estás segura que Mark Hammond tiene suficiente dinero como para comprar esta propiedad? En cinco años nadie le ha llegado al precio.

—Tiene el dinero suficiente para comprar esta y cinco más, si quisiera. Lo investigué a fondo. Tiene una fortuna enorme. Lo que me extraña es que siempre anda por ahí haciendo sus asuntos sin mucha asistencia. Cuando lo conocí llegó solo a la cita; creo que traía un BMW; nada del otro mundo.

—Está bien, espero que no te equivoques...

El celular de Jazz sonó.

—Dígame —contestó.

—¿Cómo has estado? —preguntó Mark en tono apacible.

—Muy bien, aquí esperándolo señor Hammond.

—No me llames señor... ¿No recibiste una caricia de la naturaleza en tu oficina? —dijo refiriéndose al arreglo de flores que le enviara unas horas antes—. Llámame Mark. Tutéame por favor...

Jazz se quedó muda. Sintió que los vellos de su piel se erizaban al sentir con claridad que este hombre quería otra cosa. Dudó por un instante en qué contestar, pensando que quizá, la intención de comprar esta propiedad fuera solo un pretexto para acercarse a ella. Recordó la cara de Tim poco antes de dejarlo solo —indefenso, asustado—. Apretó su mandíbula y contestó:

—Gracias por el arreglo floral, es usted muy considerado, pero no crea que esto me va a predisponer para hacerle un descuento en esta mansión.

Se hizo un momento de silencio. Él no contestaba, dejando a Jazz en medio de una pregunta: *¿Lo habré arruinado todo?*

—Eres toda una fiera al ataque... —afirmó Mark—. No, no. ¡No!, más bien eres un tiburón tigre atacando con toda su furia. Nunca he visto a una mujer con estas cualidades. ¡Acepto el reto!, y te comento que no sólo no pagaré menos. Te pagaré el doble por ella, si tienes un argumento válido para no hacerme un descuento.

Nuevamente se hizo el silencio, pero ahora era casi sepulcral.

—Bueno. ¿Qué te parece mi oferta? —preguntó él, suavizando la voz.

Ella ya se había quedado impactada por su actitud tan imponente con los halagos que le había hecho en su contestación. *Es... tan varonil...* —pensó.

Mark notó de inmediato el efecto que había causado, y concluyó que estaba alcanzando el punto de tomar control de la negociación. *Es mía, lo sé...* —pensó y agregó con mucha seguridad:

—Voy a llegar en una hora, tuve una complicación. ¿Me vas a esperar?

—No me voy a mover de aquí.

—Perfecto, ahí nos vemos —Mark guardó su celular esbozando una gran sonrisa.

Doris se le quedó mirando a los ojos con curiosidad.

—¿No le vas a hacer ningún descuento? Te va a mandar a volar. Me extrañó que no te colgara. ¡Sí que eres rara! ¿Así tratas a tus clientes? Con razón tus ventas no suben. Tienes un problema de actitud de suficiencia compulsivo. ¿Ya te vio un psiquiatra?

Jazz seguía ida. Estaba tratando de asimilar lo que había escuchado: *¿Será capaz de pagar el doble de esta propiedad así como si nada?*

—Cállate Doris. Si cerramos esta operación te doy el doble de la comisión que te ofrecí. ¿Qué te parece?

—¿El doble? —Doris se quedó muda por un instante—. ¿Pero… el doble?

Yo creo que Jazz no entendió lo que Mark le propuso —pensó Doris—. El doble que sea entonces —dijo Doris dándose cuenta de lo que iba a ganar—. ¿A quién hay que matar? —y agregó: —Va a llegar este hombre. ¿Qué tengo que hacer?

—¡Así me gusta! Seremos lo más rudas y despiadadas que hayas visto nunca. Si yo te digo que hagas algo, tendrás que hacerlo tal y como te lo diga. No te podrás mover de la posición que yo te marque. ¿Estás conmigo?

—Claro Jazz, pero… ¿Estás segura que no lo vamos a arruinar?

—Por supuesto, nunca estuve más segura en mi vida.

—¿Ya va a llegar?

—No Doris, va a tardar una hora.

—¿Una hora? Bueno, por el doble, si quiere, se puede tardar dos.

Diez minutos después, las dos mujeres estaban sentadas en un enorme recibidor de la espléndida mansión. Doris se moría de aburrimiento y para matar el tiempo comenzó a platicar:

—Sé que este Hammond te mandó un arreglo floral precioso. ¿Eso no te mueve el tapete? Este hombre es rico, guapo, soltero, y te busca —Doris enfatizó la palabra soltero.

—Déjate de tonterías, no es la primera vez que veo estas cosas. Una vez, cuando empezaba en este negocio, recibí un arreglo precioso acompañado de un estuche de arracadas de oro; me ilusioné a lo tonto; cuando se cerró la venta me di cuenta que había sido una treta para obtener un jugoso descuento; el tipo, como si nada, me botó como si fuera una manzana mordida.

—Pero, y qué tal si este hombre es diferente. ¿Dejarías al pobretón de Tim?

—¡No!, Tim es mi media naranja… —dijo mientras la invadía la imagen de Lola con la blusa salida de un lado de la cintura.

—Bueno, no te enojes. Cuéntame… Si tanto quieres a Tim, algo de especial tiene que tener. ¿No? ¿Cómo te enamoraste de él?

—Es una larga historia.

—Yo no tengo prisa, de todos modos tenemos que esperar a Hammond. Mejor aún, falta una hora.

—No estoy muy de humor Doris…

—Por favor Jazz, te prometo que no le contaré a nadie lo que me digas. Seré una tumba. Lo juro. Cuéntame todo. ¿Por qué lo quieres tanto?

Se hizo un silencio dejando a Doris a la expectativa. Jazz la miró y sonrió.

—Hace más o menos un año nos presentó un viejo amigo de mi escuela. Pedro, quien por razones tontas, se había convertido en mi confidente. Él y yo congeniábamos muy bien, nos conocimos en la primaria y desde entonces seguimos con la amistad; curiosamente después de presentarme a Tim, él se marchó a Holanda, donde ahora vive. Yo había tenido un romance con un hombre, y estaba muy enamorada de él, se llama Salvador. Estaba cegada de amor, y no me daba cuenta de lo que en verdad estaba pasando. Era casado, yo lo sabía, pero él me decía que ya no quería a su esposa, y que solo me quería a mí, y que yo era la mujer de su vida, y la muy tonta de mí seguí adelante sin cuestionarlo mucho. Cuando ya llevábamos un año saliendo juntos, yo pensé que ya era hora de formalizar nuestra relación, ese día le pregunté cuando pensaba pedirle el divorcio a su mujer. Él me dio largas. Me convenció diciéndome: «No es el momento adecuado, tengo que preparar a mis hijos...» y la verdad, no recuerdo que más cuentos me inventó. Yo, bien ilusionada, me lo creí. Aparte, sus engaños estaban bien disimulados, ya que todo lo que yo necesitaba me lo daba. Un día mandó un chofer para entregarme un sobre; en él había dinero para ayudar a mi familia. Esto fue un poco después de que le comentara que mi madre tenía que pagar una deuda atrasada... —suspiró—. Era un problema, porque él me hacía pasar muy buenos momentos y yo estaba muy tontamente enamorada; lo quería dejar, pero no podía. Creía que él era el único hombre que me haría feliz.

—¿Era guapo? —preguntó Doris.

—Si vieras que no. Era más bien feo, pero tenía tantas atenciones conmigo, que yo no lo veía a través de su físico. Era gracioso, condescendiente, me divertía mucho con él y me hacía reír. Yo sentía que él era mi media naranja.

—Bueno, ¿entonces qué pasó?

Fue un desengaño muy doloroso; yo le insistí sutilmente que ya teníamos que formalizar nuestra relación, y poco a poco fui apretando más y más... Él se fue alejando, silencioso, como cuando un gato pisa el suelo, para salir sin ser visto. Me hubiera gustado mejor tener un pleito a muerte, que esa dolorosa y larga agonía. Lloré mucho. Después de un tiempo comprendí que tenía que olvidarme de él; aunque me rompiera aún más el corazón. Él me buscó después en plan de amante... y para colmo de males, caí un par de veces en sus garras —fue una enorme decepción—. Apreté mi corazón con todas mis fuerzas y nunca más lo volví a ver.

—¡Guau! A mí nunca me ha pasado nada así. Creo que estoy tan fea, que ni el cartero me mira a la cara cuando le recibo la correspondencia. Ayer al salir por el periódico, mi vecino dio un salto enorme creyendo que yo era su ex-mujer, y todavía se atrevió a decirme que tenía pesadillas donde ella lo asustaba por lo horrenda que está. ¿Lo puedes creer? Pero, ¿y qué más?

—Ya llevaba un buen rato en medio de la depresión, fue entonces cuando Pedro me presentó a Tim, con el pretexto de que él me ayudaría a tener un ingreso extra, que por cierto, en ese momento sí necesitaba.

—¿Qué? ¿Tim te iba a ayudar a tener un ingreso extra?, yo creí que tú lo habías adoptado para ayudarle a pagar sus cuentas.

—Cállate Doris, Tim solamente está pasando por una mala racha, no es lo que tú piensas. Cuando me lo presentaron estaba vestido con un traje azul oscuro y recuerdo que traía un pañuelo blanco en la solapa —se veía tan especial—. Nunca había visto a un hombre tan enigmático, su pose era de un tipo engreído, muy cínico. Su forma de actuar me atraía, pero él solo hablaba de cosas materiales. Sus temas eran sobre cómo comprar cosas, el poder de la atracción, la fama y el dinero. Me metió a ese negocio de vender productos de hierbas para la salud —un multinivel, y lo admito, algo de verdad tienen estos negocios, porque llegué a conocer un par de personas con fortuna—. El caso es que él tenía algo misterioso y magnético. Primero pensé que él no era mi tipo, pero me atrajo poco a poco, cada vez con más intensidad. Con él caí como con ninguno. Todo empezó porque yo quería ganar más dinero y alejarme de mis penas, así es que le seguí el juego de hacer dinero asesorada por él.

—Entonces, ¿cómo es que te prendiste de Tim? ¿Qué te propuso?

—Espera, no comas ansias. Unos días después elaboramos un plan de trabajo. La idea era que inscribiéramos a unos viejos clientes míos, a quienes les llegué a vender alguna propiedad. Hicimos una cita con uno de ellos y fuimos a verlo. Decidimos que lo mejor sería ir en un solo coche. Tomamos el mío; él me platicó que estaba por comprar un último modelo, y que no sería apropiado que nos vieran en su coche viejo.

—Disculpa que te pregunte esto, ¿Acaso Tim tuvo alguna vez ganancias con ese negocio?

—No me interrumpas Doris. Eso no viene al caso. Sí, claro que tuvo ganancias; de hecho cuando fuimos a esa cita él ya empezaba a ganar dinero; pero aquí viene lo bueno, voy al grano. Algo inexplicable pasó esa tarde. Hubo una tormenta...

Jazz se quedó pensativa sin decir una sola palabra. Su mirada estaba fija. Era claro que se había hundido en aquel recuerdo.

—¿Qué les pasó? Cuéntame.

Jazz miró a Doris y agregó:

—De camino a la cita empezó a oscurecerse el cielo, las nubes empezaron a cubrir el firmamento de una manera extraña. Eran negras y la tarde se volvió tan oscura como una noche sin luna. Mi prospecto vivía en las afueras de la ciudad, así es que tomamos un tramo de carretera y después por un camino rural. El viento se hizo muy intenso. Unas grandes gotas empezaron a golpear el auto. Yo manejaba muy despacio, y él solo iba ahí, en el asiento de junto, muy serio, sin decir una sola palabra.

Jazz se quedó callada y sin darse cuenta cerró los ojos por un instante.

—¿Qué pasó? —le preguntó Doris intrigada.

—Fue algo inexplicable —dijo Jazz quedándose nuevamente abstraída por un momento más.

—¿Qué? ¡Ya cuéntame! Esto es mejor que ir al cine, no te quedes toda pasmada.

—Con el coche golpeé una roca que nunca vi, y se escuchó un ruido; era el aire saliéndose del neumático. Tim me miró y dijo reprimiendo su molestia. «¡No me digas que se ponchó la llanta!» Jazz hizo una pausa, buscó en su bolso un cigarro, y lo encendió. Él salió del coche y sacó la herramienta para cambiar el neumático, pero la tormenta arreciaba y el viento y la lluvia eran tan fuertes que lo empujaron junto con la llave que traía en las manos. Cómo pudo se metió al coche, y me dijo que tendríamos que esperar a que el viento amainara un poco. Yo estaba muy asustada; poco después el coche se empezó a resbalar en el lodazal, lo estaban empujando las ráfagas de viento. Los dos entendimos que de seguir así, mi carro se volcaría por una ladera muy inclinada, así es que yo le grité desesperada:

—¡Salgamos del coche...!

—Sí —contestó él—, pero sigue mis órdenes... Sé lo que hay que hacer...

—Me obligó a que nos pusiéramos pecho tierra para evitar la fuerza del aire y así nos arrastramos hasta una parte muy tupida de árboles; con dificultad encontramos un hueco entre unas rocas y un viejo tronco. El frío empezó a calar y por un momento creo que perdí el conocimiento.

Jazz tenía perdida la mirada en el recuerdo, apoyó el codo en su pierna y alejó el humeante cigarro de su cara. Su mano empezó a temblar, y el humo del cigarro empezó a danzar en un baile poco usual.

—Te está afectando esto, ¿verdad? Ya no me cuentes porque me asustas.

—¿De qué hablas Doris?, después de la tempestad viene la calma. ¿No querías saber por qué me enamoré de Tim?

—Sí, pero estás temblando...

—No sé cuánto tiempo estuve inconsciente por la hipotermia. De pronto sentí que una enorme fuerza me sacudió y me dejó completamente despierta. Vi entonces que estaba entre los brazos de Tim. Sentía un calor enorme. Mire alrededor y observé que a unos metros se encontraba un árbol envuelto en llamas. Volteé para ver a Tim, que estaba sentado conmigo encima como si me hubiera cargado y me di cuenta que se encontraba inmóvil; por un instante pensé que estaba muerto. Sus brazos me seguían apretando; como si su cuerpo estuviera atravesando ya el rigor mortis. Hice un esfuerzo y zafé una de mis piernas. Ahí fue donde entendí que él realmente me había cargado para salvarme. Cuando logré liberar la otra pierna, él reaccionó; abrió los ojos de tal forma, que pegué un grito por la impresión —al relatar esto Jazz empezó a reír sin control—. Pobre Tim, casi lo vuelvo a matar del susto.

—Pero entonces, ¿él sí se había muerto...? —preguntó Doris con los ojos tan grandes como los de un búho.

—Yo pienso que sí. Yo creo que después de salvarme murió, y ahí ocurrió algo —no sé qué—, que lo resucitó.

Después del susto él me abrazó —lo que me tranquilizó—, acercó su cara hacia la mía, y empezó a acariciar mis cabellos. Yo lo miré. Era como si fuera otra persona. Su voz se suavizó y dijo cosas que nunca antes había dicho.

—¿Qué te dijo? —Doris se acercó a Jazz.

—Creo que sus primeras palabras fueron: No te preocupes. Estamos a salvo... —y agregó—: Nunca me había dado cuenta de lo linda que eres... —Jazz se quedó callada en medio de su recuerdo: Jazz estaba evocando el rostro de Tim, volviendo a sentir el beso —que, sin esperarlo, él le había dado en aquel momento tan tremendo—, y ahondando más, retomó aquel brillo que vio en Tim en los espejos de sus ojos, los cuales la devoraban mientras el resplandor del fuego los alimentaba.

—¿En qué piensas?, ¿qué pasó? —Doris estaba muy intrigada.

—Me dio un beso.

—¡Ahí te flecho!, ¿verdad?

—¡No!, fue todo al mismo tiempo. Todo se juntó. Algo en él era diferente y me tomó por sorpresa. Eso me impresionó. Obviamente él me había salvado, pero... ¿Qué era lo que había pasado? ¿Por qué había fuego? Recibí sus caricias, sentí su calidez, y me di cuenta que había algo en él tan valioso como el oro puro. Algo que superaba cualquier condición afortunada de poder o de dinero. Él se levantó, sin pedirme permiso me volvió a cargar y caminó por el bosque; la lluvia seguía, pero el fragor del viento disminuía conforme avanzábamos. Cuando me di cuenta, ya habíamos llegado a una cabaña. Él tocó, pero no contestaron, se asomó, y al ver que no había nadie forzó la puerta y pudimos entrar. De pronto era como si nos hubiéramos conocido por siempre. Entre los dos encendimos el fuego en la chimenea y empezamos a hablar... —Jazz se quedó callada.

—Qué emocionante; cuéntame más —le exigió Doris.

El celular de Jazz sonaba sin parar. Ella buscó en su bolso, tomó el teléfono y contestó.

—Señorita Jazz —ella escuchó la voz de otra mujer—. Le informo que el señor Hammond está al llegar. Le pedimos una disculpa por el retraso adicional, en cosa de quince minutos estará con ustedes.

—De acuerdo. Le agradezco sus atenciones —contestó Jazz y apartó el celular.

—Se va a tardar más, ¿verdad? —dijo Doris.

—Vamos a ganar mucho dinero. Nos quiere hacer sufrir, pero yo sé cuál es su juego.

—Bueno, entonces cuéntame. ¿Y ahí fue cuando te enamoraste de Tim? ¿Qué más?

—Te cuento... Me preguntó sobre las cosas que me gustaban; las que me emocionaban; y le conté sobre las mariposas qué revoloteaban en mi pecho. Por primera vez lo vi como un hombre completo y me di cuenta de lo atractivo que era, aunque no físicamente, más bien como un hombre comprensivo, humano y tierno. Realmente se interesó en mí. Lo que de verdad me prendió fue algo que dijo. Eso quedó grabado en mí, y lo he traído conmigo por siempre.

—¿Algún poema o algo así?... —dijo casi suspirando Doris.

—No, me dijo: Si me lo permites estaré contigo siempre. Te guiaré sin ningún interés propio. Te apoyaré y te defenderé sin límite alguno. Salvarte la vida ha salvado la mía... —la imagen de los ojos de Tim brillaban frente a ella y prisionera de esos recuerdos la dejaron muda por un instante—. Créeme Doris, esto es lo que me prendió de él.

—Oye, pero me enteré por Katy que Lola está tras sus huesitos.

—Esa Lola es una vieja desgraciada... Juro que la voy a matar si se vuelve a acercar a él.

—¿Cómo? Tim... —Doris quería saber más.

—Sí, Tim es un hombre muy atractivo y tiene un encanto fuera de este mundo. No es el dinero, porque no tiene; pero cuando está contigo... te lleva hasta las nubes. Esa golfa de la Lola lo hizo caer un día... pero eso ya pasó... Eso es el ayer... —en ese momento Jazz pensó: *No le toleraría una infidelidad más a él. Preferiría morir si eso llegara a pasar. ¿Estará solo en su departamento? ¿Y si Lola está con él en estos momentos? ¡No!, ya basta de tonterías... No puede ser... Sólo es mi imaginación. Tengo que concentrarme en cerrar esta venta.*

Lejos de ahí, en la imagen de 22 percepciones de la Futuram, aparecía Jazz contándole a Doris la historia de Tim.

—Mira esto —dijo Roda—. El primer marcador de ruta sigue en su lugar. ¿Te acuerdas de este marcador? Voy a regresar la imagen para que lo veas:

Serchy puso atención a la pantalla y vio la imagen de Jazz en el momento que le platicaba la anécdota a Doris.

—Este fue un marcador perfecto —dijo Serchy. Los krítalos llamaban "marcador" a un pensamiento implantado en la mente de la persona; una serie de ideas puestas ahí para manipular a la víctima mediante algún enrutador; en este caso Tim—.

—Apoyemos este marcador central que aún tiene mucha fuerza y reforcemos el programa que nos está proyectando la Futuram. Lo único que me hace dudar es que dependemos de ese estúpido de Tim. No está reaccionando. ¿Cuántos refuerzos programados por la Zuli le has enviado?

—Llevo tres. Creo que lo estoy logrando. Tim ya salió hacia la oficina —dijo haciendo una seña hacia la imagen de Tim, en otra de las pantallas, al otro lado de la Futuram.

—Perfecto Roda. Pon a ese estúpido a trabajar. No entiendo lo que está desajustado en él.

Mientras tanto en la mansión, Jazz seguía platicando con Doris a su lado, pero ahora era Doris la que hablaba como ametralladora, ya que la historia de Tim le había abierto el apetito de hablar de su necesidad de amor:

—Fíjate que una vez estaba elaborando los documentos para solicitar una escritura. Llegó un mensajero, y sin que yo lo notara, se acercó a mi escritorio. Yo estaba en lo mío. De pronto sentí algo raro en el ambiente, lo que me obligó a voltear; era ese mensajero observándome. Estoy segura de que le gusté… tenía un gesto de… Doris se sonrojó. En ese momento fue interrumpida por un estruendo que venía del exterior de la casa.

Las dos mujeres se asomaron; el ruido era causado por un helicóptero enorme, que se disponía a aterrizar en el jardín de la mansión.

—Es el señor Hammond —dijo Doris—. ¡Vaya forma de llegar!

Las dos se acercaron a recibir al cliente. El aire agitaba sus cabellos y los hacía girar de un lado a otro, despeinándolas a su antojo. Un señor ayudó a dos señoritas a bajar del helicóptero. Al final salió Mark Hammond.

—¿Cómo estás? —preguntó Mark gritando a Jazz, ya que el ruido de los motores del helicóptero era abrumador.

—Bien, gracias —el sonido de la voz de Jazz apenas fue perceptible—: Síganme —dijo y comenzó a caminar hacia la casa.

Ya en el recibidor de la mansión, el señor Hammond se acercó a Jazz y le dijo en voz baja, con la clara intención de que los demás no lo notaran.

—Así despeinada, te ves guapísima... —el playboy se comía a Jazz con la mirada—. Ella se alcanzó a sonrojar, pero de inmediato actuó:

—Tengo una excelente propuesta para usted. Acompáñenme por favor —afirmó Jazz en voz muy fuerte en respuesta a los susurros de Hammond para que tanto Doris como las asistentes del señor Hammond la siguieran.

—Quiero que me demuestres con todos tus argumentos que esta propiedad vale lo que pides —Mark volvió a acercarse a Jazz y nuevamente le habló casi en un susurro.

—Ven Doris —dijo Jazz otra vez en voz alta, para que ella la sacara de ahí; se sentía asfixiada—. ¿Tienes los papeles que te pedí? Doris la miró pesando que debería de acceder ante tan atractivo candidato. Jazz entendió esa mirada y le regresó una fulminante, mientras trataba de apartarse de lo que sin querer empezó a sentir, entre más se resistía, una atracción insospechada se apoderaba más de ella. Se negó a sí misma este hecho. Solo un hombre de mucho poder se atrevería a seducirla de una manera tan directa. Él mostró tal delicadeza en su trato, que pareciera que sus palabras la tocaran como suaves pétalos de rosa. Jazz empezó a ponerse nerviosa; sus latidos se aceleraron y su respiración se tornó descompasada; Jazz hacia un esfuerzo titánico para que él no lo notara.

—Aquí están las escrituras y los avalúos —Doris le entregó a Jazz unos sobres gordos y pesados.

—No, no quiero ver papeles —le dijo Mark a Jazz sin siquiera voltear hacia Doris—. Si nos permite usted señorita —dirigiéndose a Doris con un ademán, pues su mirada seguía perdida en los ojos de Jazz—, quisiera que nos regalara unos minutos a solas. Necesito tratar algo importante con la señorita Giraldi.

Jazz sintió que la sangre le hervía; sin querer sus manos empezaron a sudar profusamente. *¡Por favor!, no me dejes sola* —pensó con desesperación sonriéndole a Doris, en vano, esperanzada a que le leyera la mente.

—Acompáñame por favor Jazz —le dijo Mark con voz suave al tomarla del brazo, y con delicadeza la llevó a la siguiente sala, que se encontraba al terminar el vestíbulo.

Para Jazz, los segundos que les tomó llegar a la habitación fueron eternos. *Él es verdaderamente encantador... Esto no lo puedo resistir, es que es tan tentador...* —pensó ella, pero al mismo tiempo quería resistírsele—. *¡No!*, —se decía en silencio—. *Sé que Tim es el indicado. ¡Lo sé!*

Ya solos, ella reconoció el salón donde se encontraban, era uno que había sido diseñado ex profeso para la contemplación del arte —conocía la mansión y su historia al dedillo—. Por las ventanas entraban los rayos de luz en diagonal, definiendo el espacio con las partes oscuras, serias, elegantes, y los muros de madera. Los jardines lucían de forma única, hacían gala de una serie de hermosos árboles que eran flanqueados por delicadas plantas, todas raras y exuberantes. Ella sabía que el lugar era perfecto para usarlo a su favor: *La imagen de esta sala exquisita puede conquistar al más rígido comprador* —pensaba cuando Mark la tomó de las manos sorprendiéndola y le dijo:

—Soy todo tuyo, ahora me tienes que convencer sin papeles ni escrituras —le dijo mientras se acercaba provocativamente hacia ella.

El programador principal se molestó y explosó con su compañero:

—No, esto no puede ser —le dijo Roda a Serchy mientras los dos miraban la imagen futura proyectada por la computadora: Mark se acercaba a Jazz para besarla—. La Futuram nos indica que hay un incremento muy rápido de los porcentajes de desviación de nuestro programa central. Jazz se está inclinando a ser desviada hacia los propósitos de Mark. ¡La perderemos!

—¿Cuánto es el porcentaje de desviación del programa?

—Vamos en el 67% y aumentando... Ahora es el 68% —dijo Roda alarmado—. Estamos perdiendo el control...

—¿Puedes recuperar la acción de Tim? ¿Podemos obligarlo a que le hable por algún celular? ¿Ya sabes si Tim ya llegó a la oficina? —preguntó Serchy.

—Espera... tienes razón... —dijo señalando a Tim en otra de las pantallas—. Ahí está. Déjame mandarle un buen refuerzo... Si no nos funciona, será la última oportunidad para este tonto... y quizá también para nosotros —dijo mientras Roda tecleaba frenéticamente con sus dedos.

—Apúrate Roda. ¡Estamos por perderla!

Mark estaba esperando a que Jazz mostrara una pequeña señal para dar el paso final y besarla —como gran conquistador que era, sabía cuándo era el momento; no debería de ser demasiado rápido. Jazz estaba quietecita tratando de contenerse, pues ella también lo deseaba, pero se resistía. Este intercambio de miradas duró demasiado; al final ella abrió ligeramente su boca cediendo en la lucha; sus labios alcanzaron a tocarse cuando el celular de Jazz empezó a sonar.

—Espera —dijo ella, retirándose de Mark y apresurándose para contestar.

En ese preciso momento se disparaba una alarma en la Futuram. Los krítalos se habían quedado de una pieza.

Kramm… kramm…, el horrendo sonido solo duró un par de segundos y se calló.

—Justo a tiempo… —dijo Roda, mientras dejaba salir un suspiro de alivio—. Tocó el 78% pero ya vamos de bajada. Estamos en el 69% y descendiendo. Si hubieran pasado un par de segundos más, la hubiéramos perdido por siempre. De haber llegado al 80% esto hubiera sido irreversible. Puedo imaginar lo que nos hubiera pasado. Ya nos estarían enviando a otro planeta perdido, borrando antes nuestras memorias —Roda estaba seguro de que él sería el primero en sufrir las consecuencias, de fracasar esta misión; él era el oficial de menor rango, así es que más le valía avisparse y sacar adelante el asunto.

V

Jazz escuchó la voz de Tim —que hablaba en tonos muy agudos—, y la hizo sentir que él se encontraba realmente desesperado.

—Tim, ¿cómo estás? —preguntó Jazz mientras Mark la miraba sin entender qué era lo que pasaba.

—¡Te necesito con urgencia! Llegué a la oficina. No sé qué es lo que ocurre, pero siento que me persiguen...

—¿Quién te persigue Tim?

—Por favor, ¿puedes venir de inmediato? Me siento tan mal, que no me puedo mover.

—¿Qué? Te dije que no salieras con calentura a trabajar, que te quedaras en tu casa guardado —la señal se cortó y mientras Jazz trataba de restablecer el contacto, Mark, totalmente desconcertado, no podía creer lo que veía; ella de un momento a otro se encontraba fuera de su influencia. *Esto no está bien* —pensó Mark—. *Tengo que recuperar su atención... ¿Quién es ese tipo con el que está hablando? Ah... ya sé, tengo que hacerle una propuesta... Sí, el dinero... bueno, creo que esto me va a salir un poco más caro. ¡Qué importa!, en unos días tengo otro negocio que me va a dar para comprar con facilidad media docena de estas casas...*

Jazz logró reconectar la llamada.

—¡Por fin! Tim, ¿qué sucede? ¿Me puedes explicar qué te ocurre, sin que te pongas tan ansioso? Estoy en medio de una cita muy importante.

—Jazz. Si esto no fuera tan importante no te llamaría. Alguien está acechándome y quieren algo de mí. ¿Puedes venir por favor?

Tim ya se está imaginando cosas otra vez —pensó Jazz—. *¡Dios mío!, ¿por qué en este momento?*

—Dame un rato y voy para allá. No te muevas de ahí por favor.

—De acuerdo, pero no tardes.

¡Diablos, no sé qué voy a hacer si no llega pronto...! —pensó Tim frotándose la cara, hecho un manojo de nervios.

—En cuanto termine, te llamo, ya estoy en camino. ¿Estás de acuerdo mi vida?

—Sí... —dijo Tim titubeante.

A Mark no le gustó nada escucharla decir *"mi vida,"* pero se lo tragó con toda dignidad y decidido a continuar con su conquista, preguntó:

—¿Podemos concentrarnos en el asunto? —Mark dijo esto soltando en el ambiente un tono irónico, haciendo resaltar el poder de su posición; su mirada manifestaba una combinación de preocupación y suficiencia enaltecida—. Y por favor no me llames de usted.

—Claro, te pido una disculpa, pero es que mi novio está un poco enfermo.

—¡Ah...!, ¿tienes novio?, bueno, era de esperarse que una chica tan linda como tú tendría que estar acompañada. Podría apostar que siempre tienes varios pretendientes rondando, ¿no es cierto?

Mark miró directamente a Jazz mientras el tono de su voz hacia evidente que detrás de sus palabras, el hombre estaba muy inquieto y preocupado por poseerla.

—Bueno, ese no es el tema de esta cita ¿verdad? —comentó ella al mismo tiempo que pensaba: *¡Necesito cerrar esta venta! No me vas a atrapar con tus engaños... Sin duda es un buen partido... ¡De verdad que estoy loca!*

—Tienes razón —afirmó Mark—. ¿Por qué esta propiedad vale lo que tú afirmas con tanta certeza? Demuéstramelo..., gáname. Yo te ofrezco el doble de lo que pides si tus argumentos lo sustentan.

Por un segundo ella se quedó desconcertada. Nunca hubiera esperado un reto de este tamaño. *¿Qué debería hacer ahora?* Recordó súbitamente algo que nunca había mencionado a ninguno de los prospectos anteriores, por considerarlo inadecuado para esos nuevos ricos, que no tenían el nivel cultural necesario; había que echar la imaginación a volar y ganarse al millonario a través de su emoción, no de los argumentos financieros de lo que valía el terreno y la construcción.

—Bueno señor Hammond. Esta mansión fue construida por la millonaria Rita Domínguez, quien se dice fuera amante de Ernest Hemingway alrededor de mil novecientos treinta. Se cuenta que ella en una ocasión viajó a Cuba, y conoció a Hemingway gracias a una coincidencia de poca importancia; a raíz de eso tuvieron unas cuantas citas secretas, en las que ella se entregó a él, y quedó preñada sin saberlo. Rita intentó separarlo de sus dos amores: Cuba y su esposa en turno; pero no lo logró, teniendo que regresar a México, ya que el padre de Rita —un funcionario corrupto del Partido Revolucionario; un tipo ya retirado de la política—, así se lo exigió. Ella utilizó entonces una parte de la fortuna que su padre le había regalado y construyó esta mansión, para invitar a Hemingway a conocerla, con la firme idea de que cuando él llegara, conocería inevitablemente a su hijo, y así —ella imaginó—, que él se quedaría en su nueva mansión —en México—, junto a ella, y entonces vivirían como una familia, unidos y felices por siempre.

—¿Esto que me dices es verdad? —preguntó Mark asombrado después de escuchar la historia.

—En realidad todo son suposiciones de los hacendados vecinos, ya que nunca se pudo confirmar esa información. Unos cuantos curiosos y otros especuladores, buscaron entre las pertenencias de la señora Domínguez —con un permiso que otorgara su hijo—, pero lo único que encontraron fueron unas cartas de amor que ella escribió a Hemingway, mismas que nunca fueron enviadas. Encontraron también muchos escritos —ensayos en su mayoría— supuestamente del novelista, pero nunca hallaron una carta o testimonio del escritor dirigidos a ella. Ni una sola nota que estuviera firmada. Por lo cual, dichos documentos nunca han sido validados como auténticos. Se piensa que ella se quedó loca y que el hecho de alimentar su historia la mantuvo viva, como una flama de esperanza encendida de un amor que nunca existió.

—Bueno, ¿y tú crees que eso es suficiente para que yo pague el doble por ella?

—A eso voy señor Hammond. Hay otro dato, que por sí mismo vale más que la casa, hablando de muros y ventanas. Rita Domínguez dejó una prueba irrefutable, confirmando que lo que ella vivió es verdad. Aquí mismo, en esta sala, fue donde se encontró esa supuesta prueba de amor.

—¿Una evidencia de amor? —Mark miró a Jazz acercándose a ella con cautela; sintiendo ahora una atracción más allá de lo corpóreo. Jazz sintió que Mark la había atravesado con esa mirada, poniéndola a vibrar por dentro. La atracción hacia Mark era evidente; ella sabía que esto la podría doblar en cualquier momento, así que se dijo en silencio: *Debo concentrarme solo en el negocio.*

—Sí, señor Hammond, una evidencia que sólo alguien que ha estado perdido de amor podría entender. Hace como cinco años, cuando remodelaron esta casa, se le ordenó al arquitecto que cambiaran algunas maderas de sus pisos, para que lucieran tal y como cuando fue construida. Toda la obra tuvo lugar sin contratiempos, hasta que un buen día se encontró una caja de madera en un compartimento secreto; fue justo en aquella esquina —ella señaló el lugar—. La caja fue entregada al heredero —el hijo de Rita—, quien por cierto se llamaba Roberto. Él abrió la caja frente al arquitecto y encontró una vieja acta de nacimiento... —Jazz dio unos pasos al ventanal y agregó—: Aquí viene lo interesante... —se quedó callada unos segundos.

—Me tienes de un hilo Jazz —dijo Mark entusiasmando por la historia, mientras se acercaba una vez más a ella.

—Cuentan un par de ebanistas que estuvieron cerca de ellos, que el arquitecto —quien en ese momento se encontraba frente al hijo revisando lo encontrado—, al ver como cambiaba el semblante del heredero le preguntaron: "¿Sucede algo? ¿Qué le sucede Roberto?" —intrigados al notar que, al señor Domínguez, se le veía cada vez más pálido—. Unos momentos después él se desmayó, dejando caer la caja con los documentos. El arquitecto asustado lo ayudó; lo acomodó en el suelo, se quitó con rapidez la chaqueta y se la colocó debajo de su cabeza. El señor Domínguez no volvía en sí, y el arquitecto hizo llamar a un médico ayudado por uno de los ebanistas; se dio cuenta de que Roberto, aún inconsciente respiraba con naturalidad. Se acercó a recoger la caja y los papeles que estaban esparcidos en el suelo. El otro ebanista, que había permanecido todo el tiempo cerca de los dos, se acercó para ayudar. El arquitecto tomó el documento causante del problema y dijo en voz alta frunciendo el entrecejo: «¡Santo Dios! Su verdadero nombre es Roberto Ernest...» y con una expresión aún más incrédula y desencajada agregó: «y su verdadero apellido es Hemingway... No lo puedo creer... ¡La leyenda es cierta! Este papel es un acta de nacimiento con sellos de registro.»

—¿Qué estás diciendo Jazz? ¿Qué el dueño de esta casa es Ernest Hemingway Segundo?

—¡No!..., es propiedad de la familia Ruiz; al morir Roberto Domínguez, la incautaron legalmente para cobrar unas deudas de juego que él había contraído.

—Pero podemos validar la información mediante el acta de nacimiento —prosiguió Mark—, así como la declaración del arquitecto de la obra, de este modo, la casa valdría una fortuna, no el doble que he ofrecido.

Mark se quedó observando la sala, el suelo, y se acercó al lugar donde había sido encontrada la misteriosa caja.

Creo que podré conquistarla; y esta propiedad me dejará una utilidad formidable —pensó él con una sonrisa en el rostro.

—No es tan fácil, señor Hammond. Ese mismo día, un poco más tarde, Roberto Domínguez quemó el acta delante del arquitecto y del doctor que lo auxiliara, y sin el documento, el testimonio del ebanista se convierte en algo refutable. Creo que la propiedad vale mucho más de lo que yo le pido, ya que tiene la posibilidad de convertirse en una especie de tesoro, si es que usted lograra validar la historia; así, coleccionistas y excéntricos, entablarían una lucha para arrebatarse el botín, lo que convertirá la venta en una arena de circo romano; en una de nuestras bellas subastas —tan elegantes y sofisticadas en estos días de sutilezas…; pura garra y colmillo.

—¿Y qué fue del arquitecto? —preguntó Mark—. Su palabra junto con el otro testimonio daría una vuelta de ciento ochenta grados a nuestro favor.

—El arquitecto murió a los pocos días en un accidente automovilístico y por si fuera poco el doctor se fugó del país; fue acusado de ser un charlatán después de curar un par de casos de cáncer.

—Y… ¿qué hay de los escritos que se dice que encontraron de Hemingway?

—Algunos dicen que el hijo los quemó, otros creen que están escondidos… ¿Estarán por aquí ocultos en esta propiedad como el acta? Creo que la propiedad bien valdría tres veces la suma que yo le pido, señor Hammond.

Mark se quedó estupefacto, no sólo por la historia y las posibilidades de hacer un buen negocio, sino por el encanto que ella tenía al contarle el relato. Aquí los papeles cambiaron, ella ya no era solo una mujer atractiva —una hembra más, que debería ser poseída para saciar el hambre de predador compulsivo—, se había convertido en una mujer intrigante, cautivadora y misteriosa, de un magnetismo nunca visto. Él quedó atado a su mirada y sus palabras.

¡Qué mujer! Tiene que ser mía, es única —pensó con firmeza.

—Has ganado princesa. ¡La venta es tuya! —sutilmente le tomó la mano mientras expresaba su supuesta derrota; en su interior sentía la firme intención de poseerla de una buena vez; también calculaba las ganancias de su nueva adquisición. *Bueno, si en Cuba encuentro alguna copia de esa acta de nacimiento, hasta podría tener una excelente recompensa* —él nunca pensó en ganar mucho dinero con la propiedad. Su intención inicial era conquistarla.

Jazz estaba radiante. Sabía, orgullosa, que lo había derrotado, y aunque percibió el contacto de su mano —que la estrechaba—, no le dio importancia. *Soy tan buena e inteligente como él* —pensó.

—No cantes victoria aún, falta el reto más importante de tu vida —le dijo Mark en tono de reto—. No estoy dispuesto a dejarte ir. Una inteligencia sutil y vibrante como la tuya, más tu belleza excepcional, me dejan ver que eres única. Tú eres un verdadero tesoro... A ti te deseo más que a cualquier propiedad material. Ya que estás comprometida te ofrezco un reto: Si el novio que ahora tienes es capaz de hacer que no pienses en mí, ganará, no importará lo que yo haga, sólo tendrás ojos para él. Pero si lo que yo te ofrezco —cosas tan simples, como bajar una estrella para ti para que te diviertas con ella; o pedirle a la luna que se asome y me dé un rayo exclusivo para iluminarte en una noche oscura—, si eso toca por un instante tu corazón, yo seré el ganador. Entonces me verás cómo el amor que mereces —él se acercó a ella, y cuando estaba a punto de darle un beso entró Doris interrumpiendo:

—Creo que lo llaman afuera señor Hammond.

¡Maldita sea!, qué me importa quién me llame —pensó Mark, mientras volteaba a ver a Doris, revelando en sus ojos la frustración al no poder concretar ese beso tan buscado.

Y mientras Mark atendía la llamada, recibiendo el teléfono de una de sus asistentes, Jazz le dijo a Doris en voz baja:

—Me salvaste —*aunque mi instinto animal hubiera querido lo contrario* —pensó—, *pero Tim no tiene la culpa, y si no fuera por él, yo no estaría viva. Se lo debo, sí..., pero reconozco que, cómo me hubiera gustado caer en los brazos de este maldito millonario* —e imaginaba en secreto cosas que solo de pensarlas la ruborizaban, mientras veía a Mark en el teléfono—. *¡Ya! Deja de pensar estupideces* —se dijo a sí misma.

—¿Cerraste la operación Jazz?

—Sí Doris. En cuanto el señor Hammond termine la llamada le

das el contrato. Anota el doble de la cantidad que estábamos pidiendo, ¿ok?

—Lo que usted ordene jefa.

El especialista en búsqueda esbozó una sonrisa al ver lo que ocurría y comentó:

—Bueno, definitivamente Mark es una sorpresa —le dijo Serchy a Roda—, pero mira este nuevo dato que ahora aparece en la Futuram:

Los dos miraron en uno de los monitores las imágenes de Mark firmando el contrato.

—No lo puedo creer. El que Jazz cerrara la venta ha cambiado las variables matemáticas. Es muy probable que este presumido de Mark sea un buen enrutador natural, sin que tengamos que hacer mucho trabajo para inducirlo. Parece que con un solo ajuste podríamos tener a Jazz en un porcentaje de entre el 75% y el 85% hacia la ruta correcta.

—¿Qué hacemos Serchy?

—Modifica las marcas que teníamos para el estúpido de Tim, y usemos a Mark.

Horas más tarde Jazz entró a las oficinas de "Extractos de la Naturaleza" —la empresa para la que trabajaba Tim.

—Debe de estar por aquí —dijo Jazz en voz alta al abrir la puerta de la sala de juntas principal; vio que no había nadie, entonces dio media vuelta para regresar a la recepción y preguntar:

—¿No has visto a Tim Naive? —pregunto a la secretaria.

—Estaba en la sala de la recepción, ah… pero creo que vino una vendedora a buscarlo.

—¿Quién vino?

—La colombiana.

—¿Lola?

Un cambio enorme ocurrió en el rostro de Jazz, convirtiendo su mirada alegre en una mirada de cazador furtivo.

—Sí, tiene usted razón, dijo que se llamaba Lola. Disculpe usted, es que es mi primer día de trabajo aquí.

—¿Y dónde están? —preguntó Jazz con una furia contenida, enfatizando cada una de sus palabras.

—¿Ya checó en su oficina?

—Sí, no están ahí.

—Entonces, deben haber pedido el acceso a una de las salas de privadas para socios.

Jazz caminó hacia las salas sin pedir permiso a la recepcionista, quien se quedó callada al ver que la mujer estaba a punto de echar fuego por la boca como dragón —su enojo era tan grande que sus ojos parecían echar chispas—. Jazz llegó a la primera puerta y la abrió; al ver que no había nadie la cerró; caminó hasta la siguiente y al abrirla vio que estaba interrumpiendo una conferencia de negocios; la cerró sin pedir disculpas. Intentó abrir la tercera, pero no pudo, estaba cerrada con llave, lo que hizo que su desesperación creciera hasta el límite. Tocó con el puño bien cerrado.

—¡Abre Tim! Sé que estás con Lola —dijo casi gritando.

Después de un breve instante, la puerta se abrió.

¡No puede ser! —pensó.

Tim se encontraba recostado de lado en la mesa, no tenía camisa; miraba hacia la pared contraria a la entrada. Jazz no pudo verle la cara, pero lo reconoció. Lola, quien acababa de abrir la puerta, traía la blusa de afuera; la piel de su cara estaba enrojecida y tenía la respiración alterada. La colombiana hizo un intento por recuperar el aliento. Cerró la boca pero aun así no pudo disimular.

Jazz se acercó pero Tim siguió inmóvil sin voltear a verla.

—¡Desgraciado! —Jazz no pudo contenerse y explotó—: Yo que pensé que me querías —y sin esperar una respuesta se dirigió hacia Lola para reclamarle—: ¡Maldita seas! ¡Eres lo peor que hay! ¿Cómo te atreves a quitarme al hombre que yo quiero? Muérete, púdrete y tú —dirigiéndose a Tim—, quédate con ella… Es toda tuya —Jazz salió azotando la puerta sin fijarse que él nunca había volteado a verla.

Lola corrió tras ella y tratando de alcanzarla le gritó:

—¡Espera! ¡No es lo que parece! ¿Qué no te das cuenta que Tim está completamente ebrio?

—¡Ah! Unas copitas primero, para después tener sexo… Ojalá se mueran los dos agarraditos de las manos… Adiós —dijo cerrando la puerta de la entrada en sus narices.

—¡Jazz! —gritó Lola acercando su boca a la enorme puerta de cristal—. Él me llamó… lo juro —pero Jazz no alcanzó a escucharla; se alejaba dando grandes zancadas.

Un momento después Jazz se encontraba sentada frente al volante de su automóvil; le dio dos golpes al volante y lo apretó con todas sus fuerzas para después dejar salir un mar de lágrimas. Estaba irremediablemente desconsolada. Pasaron un par de minutos. Decidió tranquilizarse diciéndose a sí misma en voz baja:

—Desgraciado, yo que pensé que había cambiado. Todo lo que me dijo eran puras mentiras… —y volvió a retomar su llanto a todo pulmón.

Los tres tipos estaban observando las computadoras plácidamente. Los datos empezaron a marcar los números que habían estado buscando.

—Perfecto Serchy —dijo Thymoty viendo a Jazz llorando en su auto—. Este cambio nos pone en el rumbo seguro de la perpetración del plan. Esto asegurará nuestro poder en la Tierra por las siguientes dos kritas —como le llamaban en su planeta al tiempo equivalente a cinco años terrestres.

—Sí jefe. Los porcentajes de éxito de nuestra misión tocaron el 81% en la ruta establecida. Los dos krítalos miraban la imagen de Jazz en el holograma, junto con los demás datos en las computadoras adyacentes. Este es el futuro a programar: Jazz tomará a Mark Hammond como su pareja y lo demás será tan simple como cantar y bailar —como dicen los estúpidos terrícolas.

—Miren esto —agregó Roda—, mientras tecleaba algo en el tablero de la Zuli.

Los tres miraron hacia otra de las pantallas, en donde Roda estaba programando a un nuevo enrutador, una de las asistentes de Mark. Era una rubia delgada llamada Lucy. En la imagen se veía el momento en que la joven entraba al baño de la oficina para lavarse las manos. Cuando encendió el secador de aire, el aparato emitió una onda electro-telepática para ordenarle obediencia:

—De ahora en adelante seguirás mis órdenes —Decía el comando.

La bella joven se quedó atontada recibiendo el aire caliente en las manos. Entró en un trance imperceptible para la otra chica que se encontraba al lado, retocándose el maquillaje. Lucy daba la impresión de estar un poco ida —algo muy común entre los humanos a ojos de los krítalos—. Ella no entendía lo que ocurría. El secador de aire se apagó, pero ella volvió a encenderlo. Estaba atontada, inmóvil, absorbiendo las órdenes telepáticas que le dictaban:

"Elabora de inmediato una nota que pida al señor Hammond llamar a Jazz. Estas son las palabras…"

—Esto es perfecto Roda. Acelerarás el control total de toda la operación mediante esta estúpida secretaria.

Más tarde, Mark estaba terminando de revisar unos documentos, y cuando se disponía a irse a su casa, fue interceptado por Lucy.

—Señor Hammond, tengo una nota para usted. Parece que fue enviada por e-mail y se confundió con otros documentos, por suerte nos dimos cuenta antes de que usted se fuera. Aquí está —dijo entregándole la nota en la mano.

Mark la abrió y la leyó:

«Me puedes llamar, es muy urgente, necesito consultarte algo. Jazz Giraldi.»

Mark esbozó una enorme sonrisa y pensó congratulándose:

¡Qué te parece!, no esperaba que ella me buscara tan rápido.

VI

No puede ser, ¿qué pasa? ¿Qué hace mi cuerpo ahí tendido con Lola empujándome en el pecho? —pensó Tim desprendido de su cuerpo. Como ser, se encontraba muy cerca del techo, y desde ahí hacía sus conjeturas.

—Por favor despierta —Lola le hablaba a Tim en voz baja—, yo solo quería tus caricias, no sabía que venias en tan mal estado. ¿Estás ebrio...? ¿Tomaste alguna droga? ¿Qué voy a hacer yo sin ti mi amor? ¡Por favor reacciona! —ella moría de amor por Tim y estaba a punto de romper en llanto, cuando dos empleadas de la empresa entraron a la oficina.

—¡Qué le sucede! —dijo una de ellas—. Llamaré a urgencias. Espero que lleguen rápido.

—Creo que tomó mucho y ha perdido el sentido —contestó Lola—. Al principio se veía normal, pero cuando se levantó a servirse café, se desmayó. ¡Esto me asusta!, ya duró demasiado para un simple desmayo. ¡Ay virgen de la Macarena, qué no se muera...!

Y lejos de ahí, en la oficina secreta, Serchy, Roda y Thymoty se reían al ver a Tim.

—Creo que se te pasó la mano en la descarga que le diste a su cuerpo —le dijo Serchy a Roda.

—¡Caramba...! —dijo riendo— solo fue una pequeña descarga electro-telepática con la cafetera —justo cuando se servía su café de altura—. Se me pasó la mano ¿verdad?; ¡seguramente era un café de tanta altura, que llegó hasta las nubes!

Thymoty al escuchar a sus subalternos intervino:

—Bueno, basta de juegos. Roda, trata de redireccionar a Tim.

—¿Por qué jefe?, Jazz ya está en un curso seguro. Mejor lo evaporamos de una buena vez.

—Ah pero que impulsivo y bruto eres... —Thymoty subió la voz y sus ojos se enrojecieron—. Ve este indicador —señalando en la última pantalla de las siete—. ¿Qué ves aquí?

Roda —quien en realidad se llamaba Rebatos en su planeta de origen—, hizo un esfuerzo para reconocer su error, pues sabía que más le valía estar del lado de su superior.

—¡Caray jefe! Con razón lo pusieron de encargado del programa central en este maldito planeta de ínfima categoría.

Roda se fijó que en la gráfica, había un vector indicando que Tim seguiría estando en la mente de Jazz en el futuro; también se dio cuenta que había otro indicador de color rojo que se encendía y apagaba desenfrenado. Éste indicaba que el curso seguro de acciones de Jazz podría desviarse peligrosamente si Tim muriera.

Serchy —ordenó Thymoty—. Asegúrate de que Tim regrese al curso adecuado; tómate el tiempo que necesites, de momento Jazz va por buen camino en su relación con Mark, pero no podemos descartar a Tim.

Mientras tanto Lola y las empleadas de la oficina trataban por diversos medios de traer a la conciencia a Tim. Él todavía se encontraba desprendido de su cuerpo —un par de metros por encima de su cabeza—, lo que le permitió —como ser— apartarse, y descansar un poco de la confusión en la que cayera debido a la descarga electrotelepática. *¡Qué diablos!, no me voy a morir hoy. ¿Por qué se ve tan mal mi cuerpo? Voy a salir de esto de una vez por todas. Tengo que encontrar donde está el engaño...* —con esta resolución se deslizó sin percatarse hacia dentro de su cuerpo.

Tim abrió los ojos, levantó el torso y preguntó:

—¿Qué pasó?

—¡Por fin! Gracias al cielo —exclamó Lola.

—¡Ay, qué bueno que ya volvió en sí! —dijo una de las empleadas—. ¿Está usted bien?

Sí muchas gracias —contestó Tim levantándose de la mesa preguntando—: ¿Dónde está mi camisa?

Lola se la dio en la mano y trató de acercarse a él.

—Lola, déjame solo por favor.

—Yo solo trataba de ayudarte: No sabía que estabas tan borracho.

—Para empezar no estoy borracho. Creo que... me electrocuté, o algo así.

—Creí que te morías, y resulta que tu novia se pensó otra cosa...
Te juro...

—¿Cómo? ¿Mi novia estuvo aquí? —ahí Tim pudo recuperar un vestigio de la imagen de Jazz que entraba a la oficina; fue cuando él se encontraba por completo aturdido pegado al techo compulsivamente—. *Sí, ahora recuerdo, me miró, pero... ¿qué diablos dijo? Sólo tengo la impresión de que emitía mucha fuerza, como si fuera una manguera de fuego... Ha de estar furiosa. Sí... eso es.*

—Sí Tim —contestó Lola—, me dijo cosas horribles, cuando yo sólo trataba de salvarte la vida con respiración de boca a boca. También te quité la camisa para darte masaje cardiaco directo al corazón; por eso me subí encima de ti.

Tim apenas la escuchaba. Su mente estaba tratando de encontrar como aclarar el asunto con Jazz. Entretanto las dos empleadas se despidieron cuando vieron que Tim se encontraba aparentemente bien.

—Lo siento Lola, entiendo que me ayudaste, pero me tengo que ir —y sin decir más, Tim la dejó sola en la oficina con las palabras en la boca.

En medio de una confusión inexplicable, Lola buscó en su bolso su cajetilla, sacó un cigarrillo y lo encendió muy despacio —sin importarle lo que dijeran los letreros que prohibían fumar—; se sentó en una silla, y con la mirada perdida pensó: *Creo que es un hombre adorable* —suspiró profundamente—. *No sé qué es lo que tiene este tío pero, ¡macho! desde esa vez no lo puedo apartar de mi cabeza...*

Jazz estaba llegando a su departamento cuando escuchó el celular, se detuvo al lado de una calle, lo buscó en su bolso y al abrirlo vio que era Tim. Apretó el celular con fuerza y emitiendo un grito de rabia lo aventó al suelo dentro del auto:

—¡No!, ¡Fue suficiente...! lo quiero mucho, pero desde este momento se terminó todo.

VII

Tim miraba la televisión tratando de olvidarse de los problemas que lo embargaban. Habían pasado dos días desde el desmayo o electrocución, o lo que le sucediera en las oficinas de la empresa para la que trabajaba. Era la segunda ocasión desde que había iniciado su relación con Jazz, en la que ella no contestaba ninguna de sus llamadas. Él, temeroso aún de enfrentarla, se debatía entre si debería dejarla ir, o buscar convencerla de que todo había sido un error —un tonto malentendido—; pero gracias al antecedente de su desliz con Lola, sentía de antemano perdida la posibilidad de convencerla de que en esta ocasión realmente no había pasado nada. La razón más fuerte de su indecisión se centraba en el enorme temor de perderla para siempre. ¿Qué sería de su vida sin ella? Este era el problema: Él estaba seguro que no encontraría una mujer como Jazz. A diferencia de aquellas que había conocido, ella lo escuchaba, y en verdad lo comprendía. En especial, con los asuntos de sus temores —fueran estos infundados o no—. ¿En verdad existía una amenaza de una invasión extraterrestre? Desesperado, en un intento de apaciguar su mente, se levantó y caminó hacia la cocina para servirse un vaso con agua. La televisión estaba encendida; notó que habían hecho un corte para dar una noticia, y a lo lejos la escuchó:

—Hay una nueva desaparición… —el reportero dejó de hablar y entró la música del corte noticioso.

La palabra desaparición provocó que los vellos de sus brazos se le erizaran, como cuando un globo inflado se frota contra la lana. Su inquietud se convirtió en una advertencia del peligro que él había estado pronosticando. Con sus músculos tensos, al igual que los de un deportista en una competencia, se acercó y subió el volumen del televisor, se acomodó en el sillón y prestó mucha atención.

—Como usted lo escuchó, tenemos una nueva desaparición de una celebridad. Se trata de la hija del senador Rodríguez, Susana Rodríguez Correa. Con esta, en el año suman quince las desapariciones de personas importantes que tenemos en nuestro país. Las personas reportadas son en su mayoría celebridades, líderes, artistas o personas que tienen puestos importantes.

Se suspendió la noticia y la música de un comercial ocupó su lugar. Era un anuncio sobre sopa instantánea. Tim estaba inquieto esperando la continuación de la alarmante nueva. Después de un par de minutos —que le parecieron eternos—, regresó la imagen del periodista:

—Este es un reportaje especial directo desde nuestro país vecino; es un informe que hace un recuento de todas las desapariciones, no únicamente las de personalidades públicas. Solo en los Estados Unidos —que ahora cuenta con la nueva Oficina de Registro de Secuestros— se tienen contempladas estadísticas que evidencian entre 70,000 y 80,000 desapariciones por año; de las cuales se descuentan entre 50,000 y 60,000 casos que se aclaran de modo satisfactorio, ya fuera que la persona regresara, alguien la encontró, la policía solucionó el misterio, o algo por el estilo, dejándonos con una cifra de 20,000 a 30,000 casos sin resolver por año. Si extendiéramos el rango de los casos no resueltos, nos toparíamos con algo terrorífico: En los últimos diez años hemos acumulado la cifra estratosférica de 200,000 casos de desapariciones, y esto es tan solo en los Estados Unidos. Si sumáramos, las cantidades que arrojan el resto de los países que llevan algún tipo de estadística o registro, las cifras llegan a los millones. Sí señores —decía el periodista con énfasis intimidatorio—, en los últimos diez años han desaparecido millones de personas, pero como la enorme mayoría de ellas no son muy importantes, políticos o celebridades, pasan desapercibidas, contrastando con los muchos millones más que nacen cada año. Esto no hace mella, gracias al enorme número de nacimientos en los países en desarrollo. Ahora, si esto ha estado pasando cada año sin que nadie se dé cuenta, se debe en gran medida —con tristeza lo digo—, a que se trata de gente común y corriente; gente que en apariencia a nadie le importaría que muriera o desapareciera del mapa. Como sabrán esto no se consideraba una noticia importante —y vuelvo a recalcar lo mal que andamos al no considerarlo así—; pero ahora que aumentan las cifras de personas influyentes desaparecidas, sí se les da toda la atención; de ahí la importancia de este reportaje. Quiero agregar, que estas cifras no son exactas, ya que se estima que hay entre un 20% y un 30% de casos que nunca se reportan, aunado a esto, están los países que no tienen ningún registro ni seguimiento, como es el caso de nuestra nación.

Después de este corte les daremos más detalles; les diremos quiénes son las últimas personalidades que han sido reportadas como desaparecidas —se cortó la noticia con un comercial de Gaico, la bebida de moda.

Tim se levantó y sacó de un cajón una libreta negra y una pluma; él estaba esperando a que terminara el comercial pero su mano derecha empezó a presentar una leve temblorina; la tomó con la mano izquierda y la sujetó con fuerza.

—Continuamos con el reportaje que nuestro especialista Jorge Restrepo ha elaborado —el reportero se hizo visible; era un señor joven de cabello negro, barba recortada, bigote amplio y unos gruesos lentes oscuros, que impedían que se le vieran los ojos.

—Gracias Joaquín. Este es un reportaje especial con la información recabada de todas las personalidades de relevancia en la sociedad, perdidos en este año. Hasta el momento suman ya sesenta y seis personas muy importantes desaparecidas en todo el mundo. Se cree que la suma real —considerando a las personas que no han sido reportadas a las autoridades locales, por contar con servicios de inteligencia secretos o privados—, podría superar el ciento. De acuerdo a Scotland Yard, el FBI, la Interpol, y otras agencias de Inteligencia, las desapariciones no tienen lazos con el narcotráfico, pero se tiene una enorme sospecha que puedan estar ligadas a un movimiento terrorista hacia los países del eje central angloamericano; ya que no se han reportado desapariciones de esta índole en el oriente del planeta. Hay diferentes teorías acerca de las desapariciones, pero ninguna es concluyente: Un grupo de políticos alemanes afirman que las personas que fueron reportadas en su país podrían ser parte de una confabulación para derrocar al gobierno, en un nuevo movimiento nacionalista. Los especialistas ingleses afirman, que después de revisar las identidades de los desaparecidos, podría tratarse de un grupo paramilitar, el cual nace después de que el general Michael Woof y varios miembros clave del ejército británico, abandonaran Inglaterra hace años, justo después de la guerra de las Malvinas. Se sospecha que Michael Woof ha raptado a muchas personas en América y Europa, para formar una red poderosa, e infiltrar cualquier ámbito económico y político de los principales países de occidente. Estas afirmaciones se basan en que todas las personas desaparecidas contaban con dotes especiales, aunque sus ámbitos y actividades eran muy diversos.

Se hizo otro corte con el mismo comercial de la nueva bebida Gaico —"Súper-Ánimo,"— y Tim —en medio de un arrebato de ansiedad, con las manos sudando y temblando— aprovechó el momento para hacer una anotación en su cuaderno:

Dotes especiales…Todos tienen dotes especiales.

—Continuamos —dijo el reportero—: Esto nos deja mucho que pensar: ¿Será terrorismo? ¿Un plan para manipular la economía?; hasta los médiums han opinado. Vean lo que dice la adivina "Madame Solaris" —apareció la imagen de una mujer gorda con pelo teñido de rojo y cachetes empolvados en exceso—: «Son los seres de otro mundo que los llaman; los que han podido escucharlos, se han ido, porque este mundo ya no les llena…» —sin aviso se cortó la señal—. Disculpen las molestias, tenemos problemas con la recepción de la señal —informó Restrepo—, continuaremos en un momento.

Tim empezó a temblar, tal y como si tuviera malaria en su etapa tardía, mientras que la temperatura de su cuerpo daba un salto veloz, provocando esa sensación espeluznante, que se repetía cada vez con más frecuencia y sin avisar. Tomó su pluma y sujetándola con mucha firmeza —con presión de las dos manos para evitar el frenético temblor que lo atormentaba—, escribió justo debajo de la anotación que había hecho un momento antes:

Misión extraterrestre, vienen por seres con facultades especiales…

Mientras tanto, en las oficinas ocultas donde se monitoreaba la conspiración invisible, Serchy revisaba las diferentes pantallas y los cambios que estaban ocurriendo en las coordenadas del programa futuro de Jazz, cuando en una de las imágenes secundarias vio a Tim anotando lo que para él era una infamia.

—Pero como se atreve… que se cree que está haciendo. A este tipo verdaderamente lo deberíamos de evaporar, qué lástima que no podemos. ¡Maldita sea!

—No te preocupes —contestó Thymoty—, mira las coordenadas

de Jazz; esto no está afectando la programación central. Ella sigue por buen curso; solo manténganlo vivo, más tarde trataremos de hacerlo entrar en cintura, si es que se deja.

—Sí —agregó Roda—, olvidémonos de ese renegado y confirmemos que las coordenadas del programa sigan por buen camino. Por cierto jefe, ¿Podría solicitar mis vacaciones para el siguiente rótalo? —refiriéndose a los periodos de trabajo equivalentes a dos y medio años terrestres—. Ya extraño estar con un par de krítalas exuberantes, recibiendo un baño verde al resplandor de las tres lunas de Kratas.

—Déjate de tonterías Roda —lo regañó Thymoty—. Tenemos que llegar a un 90% sostenido en el programa de Jazz para que te podamos dar unas vacaciones.

—De acuerdo. Me concentraré en que lleguemos a ese punto.

Los tres krítalos —como se les denominaba por ser originarios del planeta Crystalia, descubierto por el general Kritor muchas generaciones antes— dejaron de prestar atención a lo que en esos momentos hacia Tim y se pusieron a hacer otras cosas.

Tim se levantó de su lugar y apartándose de la televisión se dirigió a la computadora. Se conectó al internet y buscó los resúmenes de noticias de las desapariciones a nivel mundial. Su condición era deplorable, el malestar físico lo dominaba, pero en esta ocasión había una diferencia notable… Era la primera vez que confirmaba para sí mismo —de forma consciente—, que su miedo venía de una fuente real. Antes sólo había sido una suposición. Tecleó con rapidez, decidido a resolver el acertijo y a alejarse del miedo que sentía, conforme avanzaba en su búsqueda, empezó a adquirir más certeza de lo que antes solo, incluso a él, le parecieran sospechas infundadas; con la determinación de un ave rapaz en la mirada, su mente empezó a armar un rompecabezas en lo que antes fuera una confusión: *Sí, de ahí viene esto. La clave son las desapariciones…, en especial las de personas importantes. ¿Personas con dotes especiales?, ¿Cuáles dotes?, ¿Qué tienen en común?*

El teléfono sonó y Tim lo tomó:

—Diga…

—Hola Tim. ¿Necesitamos que nos digas si vas a cerrar tu cuota de ventas esta semana? —preguntó Carlos.

¡Diablos, qué estúpido...! Si no cierro antes del mes a dos inscritos más, no voy a tener dinero para pagar la renta —pensó molesto mientras escuchaba a Carlos.

—¡Claro que los voy a cerrar!, nos quedan tres días para el cierre, ¿verdad? Yo lo arreglo.

—Bueno, aparte de eso, quisiera que tuviéramos una reunión de entrenamiento.

A Tim se le revolvió el estómago de solo pensar en gastar dos o tres horas con tonterías de "entrenamiento" y mientras lo escuchaba pensó:

¡Otra vez con ese estúpido entrenamiento! ¡Al carajo con eso! No tengo tiempo para sandeces cuando hay una amenaza de esta magnitud.

—Discúlpame Carlos, pero apenas tendré tiempo para cerrar las ventas e inscripciones que me faltan para este mes. Luego lo platicamos, ¿sale?

—Creo que tienes razón amigo. Cierra el mes con números negros y hablamos.

—De acuerdo —Tim colgó; se acercó al cable del teléfono y lo desconectó—. *¡No más interrupciones!*

Se concentró en la pantalla para encontrar al poco rato un sitio de internet donde se reportaban los nombres de las personas que mencionaban en el noticiero. Anotó en su cuaderno el nombre y apellido de todas las personas desaparecidas en las últimas tres semanas, entonces buscó a cada uno de ellos en otros sitios de la web; quería saber de las identidades y sus ocupaciones.

En la pantalla apareció el nombre de la persona que recién acababa de teclear. Era un hombre albino cuyo nombre era John Riverside. Decano de la Universidad de Washington. Abrió otro documento adjunto: Riverside había elaborado una investigación de la comunicación en réplica avanzada en los jóvenes a través de celulares y medios electrónicos. Anotó en su cuaderno "Investigador sobre comunicación de gadgets" justo a un lado del nombre. En Tim crecía el interés; tecleó el nombre de otra de las personas desaparecidas: Juan Mendis. De inmediato apareció la imagen de un joven moreno con pelo muy negro y facciones gruesas; al abrir la información del personaje reveló: Joven nacido en Costa Rica famoso por haber elaborado la teoría de combustible a base de agua.

Creo que los aliens sólo están desapareciendo a los científicos o genios que crearon algún invento especial. Los demás deben de ser secuestros y otro tipo de crímenes —pensó. Tecleó con más velocidad y encontró otra identidad: María Delmar. En la pantalla apareció una mujer de mediana edad con ojos verde claro y piel bronceada; en sus datos decía: Artista de música marina. Un concepto que lograba que los delfines bailaran al son de las notas.

Pero esta mujer no es una científica —se dijo mientras se rascaba la barbilla. Buscó otro nombre —su ansiedad iba en aumento—, obtuvo los datos de un tipo que trataba con las tribus del Amazonas. Revisó con detenimiento la información para encontrar que el carismático señor en este caso, no era ni científico, ni artista. El hombre; quien tenía rasgos japoneses y un físico muy atlético, no había hecho ningún tipo de invento, u obra artística. *¿Qué característica especial tendría este hombre?* —se preguntaba mientras tecleaba. Sacó más datos hasta que cayó en cuenta de que lo que hacía resaltar a este señor era su trato con los demás: Encontró que antes de desaparecer se había estado dedicando a orientar a jóvenes para que desarrollaran sus habilidades sociales —mismos que ahora reclaman por él—, argumentando que había sido el gobierno quien lo había quitado del camino. Por la información, descubrió que era un hombre muy especial, que había creado un movimiento de consciencia cultural, mediante el cual los adolescentes aprendían a defender sus derechos, obligando a las autoridades a apoyarlos en sus demandas.

Tim se quedó pensativo: *¿Qué tiene en común este último personaje en comparación con los demás?*

Volvió a revisar todos los nombres; saliendo a la luz otra persona con más diferencias aún. Se trataba de una mujer deportista llamada Ekaterina Bairokova.

¿Qué es esto? —se preguntó—. *Esta mujer no tiene piernas. Logró entrar al equipo profesional de minusválidos cuando vivía en un extremo no poblado de Siberia; en ese entonces no tenía ni un solo centavo. ¿Qué diablos tiene en común con los artistas, los científicos y los líderes sociales?*

Su teléfono celular empezó a sonar.

¡No estoy para nadie! —pensó enfadado.

El teléfono siguió sonando, lo que hizo que Tim se enfureciera, y en un arrebato lo contestó al pensar por un instante que podría tratarse de Jazz.

—¿Diga? —en tono de pocos amigos.

—Soy yo de nuevo Tim. ¿Vas a cerrar a los prospectos como quedaste?, mi calificación depende de eso —comentó Carlos en tono ligeramente agudo y marcadamente sarcástico.

—Estoy ocupado con una persona en este preciso momento. El asunto es tal y como te lo comenté —contestó con hostilidad abierta en un tono firme—. Estoy en una de las citas, atendiendo a una de las personas —fingió hablar con el prospecto—: Firme en esta línea por favor... No puedo hablar más por el momento, platicamos más tarde, ¿te parece? *Ya no tolero a este estúpido* —pensó, con la sensación de que él había dudado de la veracidad de sus palabras.

—Disculpa Tim, solo quería saber si de verdad ibas a cerrar lo que prometiste. ¿De verdad quieres causar ese impacto? Tus afiliados necesitan de tu ejemplo.

—Tengo que colgar.

—Sí, adiós, luego te llamo para ver... —Tim cortó la llamada.

Tim estaba muy molesto por la necedad de Carlos, sin embargo, inmediatamente después de colgarle un nuevo suceso ocurrió; algo de lo que dijo él, dio por accidente con lo que rondaba en su cabeza momentos antes de adentrarse en las averiguaciones particulares de los personajes desaparecidos. Se levantó de su asiento y retomó otra vez las palabras que Carlos usara al final de la conversación; las cuales ahora le hacían eco con fuerza:

"...quieres *causar ese impacto.*"

Se apartó por un momento del asunto —aún no encontraba la relación exacta de "...*causar ese impacto.*" y con estas palabras rondando en su mente siguió analizando la personalidad de Ekaterina Bairokova para encontrar al poco rato que ella nunca había logrado ninguna medalla, por lo que la fama no sería una razón que justificara su desaparición; "...causar ese impacto" *Estas palabras...* ¿*Qué significan?* Intrigado recordó otra vez la conversación e imaginó a Carlos cuando decía: "¿De verdad quieres causar ese impacto? Tus afiliados necesitan de tu ejemplo" —las palabras seguían reverberando en su cabeza.

Con mucha prisa pulsó el retroceso y vio el perfil de cada una de las personas estudiadas, mientras en su mente se repetía una y otra vez: "...*causar ese impacto.*"

Sí. Eso es... todas estas personas tenían el potencial para crear un impacto en su campo específico.

—Corroboremos esta información —afirmó entre dientes.

Buscó diez identidades más y encontró, feliz y aliviado, que en efecto, eran individuos que trabajaban en diferentes ámbitos, tenían diversos rangos económicos y sociales, pero había un común denominador: *Todos tenían y habían demostrado un potencial especial para crear un efecto de importancia.*

"Tienen potencial." Sí... buscan a las personas poderosas; no importa si son famosas o no, si han sido descubiertas por el público para admirarlas, o permanecen en el anonimato. Todas estas personas desaparecidas tienen poder, cuando toman la determinación de alcanzar algo, sacan a relucir la tenacidad que poseen. "Esto es lo que quieren los invasores."

Hacía mucho que Tim no se sentía tranquilo, para ser exactos, nunca lo estuvo desde aquella tormenta. La situación era diferente. Ahora tenía certeza. Él sabía que no estaba alucinando y que existía una verdadera amenaza para los hombres de la Tierra. Esa noche por fin durmió tranquilo, tal y como si hubiera sido arrullado con cariño por su madre.

Entre tanto, en el centro de control krítalo, nadie leía los parámetros mostrados por la Futuram, la Zuli, ni cualquiera de las pantallas auxiliares. Thymoty se encontraba en su habitación con una bailarina exótica krítala vestida de verde fluorescente. Ella bailaba seductora al lado de él, su vestido emitía rayos de luz color verde brillante, lo que marcaba las curvas de su cuerpo, en un zig zag hipnótico. Serchy, lejos de las pantallas, disfrutaba de un café expreso triple —él se había hecho adicto a esta bebida desde que ocupara ese cuerpo humano—, y Roda se encontraba sentado en el lugar de monitoreo de las computadoras, pero su cabeza descansaba encima de una bitácora electrónica translúcida, mientas soñaba con estar en uno de los mares verde claro de Crystalia —su planeta de origen.

Ninguno de ellos se percató de que Tim había descubierto algo delicado en su frenética búsqueda.

VIII

Unas semanas después... muy lejos de la ciudad, en un hermoso campo dentro de la recién comprada propiedad de Mark Hammond —y de la que horas antes recibiera la escritura o título de propiedad—, estaban, Jazz junto al magnate, los dos sentados debajo de un frondoso árbol, encima del clásico mantel de cuadritos para un día de campo.

—Gracias por venderme esta bella propiedad Jazz.

—De nada Mark. Pero solo accedí para cumplir con mi palabra. Tú me condicionaste esta cita para la venta. Promesa cumplida... Aquí estamos en el día de campo pactado para celebrar la operación.

—Bueno Jazz, yo siempre cumplo con lo dicho. ¿Qué te pareció venderme la propiedad al doble de lo que el dueño quería?

—No tengo nada que reprochar. Eres un hombre de palabra.

Mark sacó unos quesos, jamón serrano, aceitunas, pan y una botella de vino que traía en una canasta. Descorchó el vino y sirviendo un poco en una copa, se la entregó a Jazz; y aprovechó el momento para discretamente rozar sus dedos con sensualidad.

—Pruébalo. ¿Qué te parece?

—No sé de vinos.

—Eso no importa, pruébalo —él insistió y ella sorbió un poco.

—Muy rico Mark. Creo que nunca he sabido comprar un buen vino. ¿Por qué éste vino? —suspiró mirando el vino resbalarse en los bordes de su copa mientras lo arrullaba de lado a lado. En su paladar se sostenían los rasgos afrutados con un sabor profundo. Ella sonrió:

—Tienes muy buen gusto, sabe muy bien.

—Perfecto mi adorable enemiga.

Jazz sintió estas últimas palabras tan ácidas como un limón.

¿Adorable enemiga? ¿Por qué? —pensó.

—No me mires así Jazz. ¡Eres adorable!, pero tuve que pagar el doble, así es que eres mi adorable enemiga.

En efecto, este hombre es bueno. Reconoce con orgullo su derrota —pensó ella.

Las pruebas de los bocadillos fueron lentas y pausadas mientras platicaban sin ninguna preocupación a la vista, y así las copas se vaciaron y llenaron una y otra vez hasta que la botella se terminó, y Mark sacó otra diferente.

—Veamos qué te parece este *champagne.*

Mark trataba de provocar el deseo de Jazz hacia él, al etiquetarla como "enemiga." un rival financiero, y "adorable" para indicar con claridad que era encantadora; ahora le tocaba a ella dar el siguiente paso.

Jazz reía. Había sobrepasado su límite de copas y todo su alrededor parecía graciosamente volátil. La rigidez con la que la cita había empezado era cosa del pasado, y comportándose como cuando era una niña Jazz le dijo:

—Burbujas... me encantan las burbujas.

—Si te gustan las burbujas —dijo Mark bromeando—, puedo hacer que llenen la bañera de la nueva mansión para que tú te sumerjas en ellas, y así veas lo que significa para mí; y lo haré con una *Champagne* aún más cara que esta.

—¿De veras?, y... ¿cuánto cuesta esta?

—¿Esta botella...? Unos mil dólares.

Jazz sonrió al pensar: *Que inconscientes son los ricos.*

—Recuerda que no me puedes comprar ¿eh? No soy un objeto Mark —contestó en un tono de enojo fingido.

—Nunca haría eso. Prefiero el reto de la conquista por méritos propios —se acercó y tocó el rostro de Jazz delicadamente con sus dedos—. Eres la mujer más atractiva que he conocido.

Ella esperó a que él retirara sus dedos para alejarse un poco.

—Quedamos que solo serían negocios —dijo.

Él se volvió a acercar, y sin tocarla, atrayéndola hacia él con sus ojos, que la invitaban como un imán, le dijo:

—Es como pedirle a una abeja que no toque alguna bella flor. ¡Es imposible! ¿Cómo no sorber el ansiado néctar y así crear esa dulce miel? *Ahora serás mía* —pensó Mark—. ¿Crees que eso es posible con esta belleza que tú posees?

Mark se acercó aún más a ella y agregó:

—Es como pedirle a la naturaleza que pierda su encanto y se engañe a si misma y no encuentre la armonía.

Ahora su rostro estaba a escasos centímetros del de ella. Su mirada era penetrante y envolvente.

—No me pidas más negocios que los del amor —afirmó Mark con una sonrisa—. Sí, este es el único negocio que quisiera tratar contigo. Amarte por siempre y dejarme llevar por tu encanto, dejar prisionera mi alma, a merced de tus caprichos y deseos. Ese es el único negocio que quiero...

Ella —perdida por completo al escuchar la dulzura de esas palabras—, se centró en el brillo de sus ojos.

Es encantador, irresistible... ¡No! —pensó cuando sus labios se tocaron en un beso apasionado, dejándose llevar por el deseo.

Él la tomó y la envolvió en un sinfín de caricias. Sus dedos se deslizaban entre su cuello y la cintura.

¿Eres de verdad o esto es un simple sueño? —ella pensó cerrando los ojos; él dio un giro y la recostó sobre el mantel mientras le besaba el cuello, la apretó con suavidad contra su pecho. Ella abrió los ojos y al verlo, lo empujo retirándolo de su cuerpo y exclamó con fuerza:

—No, no ahora por favor.

Esa noche, Jazz llegó a su casa cuando empezaba a sentir los efectos de la agónica retirada del alcohol. Era el comienzo de una cruda incomparable.

¿Qué hice? ¿Otra vez me dejé engañar? ¿Será verdad que él me quiere? No debí dejarme llevar... Bueno, al menos no accedí a entrar con él a la mansión. Extraño a Tim. Quisiera nunca haber roto... ¿Estará bien?... ¡Ya!, basta de tonterías. Ya terminé con él... No seré otra vez la estúpida a la que le ponen los cuernos. Creo que Mark tiene buenas intenciones... ¿Me llamará mañana?... —y con dolor de cabeza y el estómago revuelto, logró al fin conciliar el sueño entre su debate interno.

Ring, ring, ring... Ring, ring, ring... —sonaba insistente el timbre de la puerta.

—¿Quién será a estas horas? —dijo Jazz mientras trataba de abrir los ojos—. *¡Ay que dolor!* —pensó tocándose la cabeza.

Se incorporó para abrir la puerta. Vio que era Doris, quien sorprendida al verla en ese estado, exclamó:

—Pero... ¿Qué te pasó? —le preguntó abriendo aún más los ojos.

—No es nada —contestó Jazz mientras veía su reloj—. ¿Ya son las diez de la mañana?

—Ajá. Me enviaron por ti porque no contestabas el celular. El jefe te quiere ver de inmediato. Está que brinca por los cielos de contento con la venta. Pero dice que no llevaste todos los papeles a la oficina. Estamos en lo que quedamos; tengo una comisión del doble, ¿verdad?

—Sí Doris —le contestó Jazz condescendiente—. Permíteme, deja me apuro para que salgamos de inmediato. ¿Podrías preparar un poco de café? Estoy que me muero.

—Con gusto.

Minutos más tarde Jazz salió del baño con el cabello mojado y mientras se arreglaba, le comentó a Doris:

—¿No sabes si el señor Hammond ha llamado?

—Te gustó ¿verdad? —dijo Doris con picardía.

—¡No!, es solo que tenía duda de que quisiera cancelar o alguna cosa así. Uno nunca sabe.

Si intentara cancelar significaría que solo hizo la pantomima para aprovecharse de mí, pero... revisé el contrato y estaría muy difícil que algún abogado lo echara para atrás —pensó preocupada.

—Bueno socia, ¿Qué te pasa? ¿Te tragaste un gato o qué? Cuéntame tu aventura con Hammond en esa cita forzada.

—Deja eso para las chismosas del café, Doris. Obviamente que no pasó nada —*Si supiera la verdad...* —pensó Jazz.

Más tarde en la oficina, Jazz fue recibida como héroe por su jefe, quien era un viejo gordo a reventar, feo como un pez gato; el esperpento tenía como nombre Concordio, por si su apariencia fuera poco. Ah, pero tenía una característica que superaba por mucho la fealdad de su cuerpo; era sumamente codo, engreído, y se hacía saber muy adinerado.

—¡Mi vendedora estrella! —le dijo Concordio al recibirla—. Diles a todos que pasen a la sala de juntas. —Le ordenó a la secretaria.

Poco a poco la sala se fue llenando, y el espectáculo se convirtió en una ensalada de miradas de admiración, envidia y especulación.

—¡Silencio señores! —ordenó Concordio—. Tenemos un acontecimiento único.

Se hizo un silencio marcado. Nadie se movía, todos miraban al jefe, quien a su vez los observó uno a uno con rapidez.

—Jazz se ha convertido en la vendedora líder de la empresa. No solo cerró una operación que tenía mucho tiempo en cartera; muchos aquí trataron de venderla y la casa adoptó, gracias a ustedes, el sobrenombre de "la mansión de los Addams." Jazz no solo la vendió, sino que obtuvo el doble de su valor. El depósito ya ha sido confirmado como acreditado por nuestro banco, y en estos momentos ya está siendo transferido a la cuenta del propietario, con nuestra comisión descontada, por supuesto. También, ya di la orden de pagar a Jazz su comisión —Concordio volvió a mirar a los ojos a cada uno de los vendedores—. Quiero que aprendan de ella lo que representa ser un profesional. Le voy a pedir Jazz aquí, en presencia de todos ustedes, que nos elabore un manual para que los capacite y aumenten sus ventas. Ahora, ¿quién está de acuerdo en que ella sea la Directora de Ventas de esta empresa a partir de hoy?

Si alguien se atreve a contradecirme lo corro en este mismo momento —pensó el gordo y engreído empresario.

Los aplausos no se hicieron esperar, y las felicitaciones empezaron a caer en cascada. Lola miraba incrédula a todos desde una esquina del salón.

Maldita presumida, ahora resulta que no solo tiene a Tim, sino que es mi jefa —pensó Lola—. *Se las va a ver conmigo.*

La mayoría de las personas ya se habían despedido, uno a uno saludando a Jazz y felicitándola, cuando —sin decir palabra— Lola se dispuso a salir por la puerta sin ser vista, pero Concordio la vio y la llamó:

—Lola ven.

A Jazz se le retorcieron las entrañas al escuchar a su jefe decir eso.

—Mira Jazz, Lola es la mejor vendedora, después de ti por supuesto. Quisiera que hicieran un buen equipo juntas, y que el año que entra, nuestros competidores se pregunten: ¿De dónde salieron estas chicas para apoderarse del mercado Mexicano...?, y que les parece después apoderarnos del mercado de Sudamérica —dijo el gordo mientras reía a sus anchas.

Las miradas de Lola hacia Jazz estaban empapadas de hipocresía, y las de Jazz eran altivas.

—Está bien —contestó Jazz—, pero no sé si ella pueda dar el ancho para llegar a las grandes ligas. Se requiere de mucha ética para ello.

A Lola le hirvió la sangre por dentro, impidiéndole contestar.

—Sé que lo van a hacer muy bien —respondió Concordio—. Van a crear un equipo indestructible, ya verán.

—Si me lo permite usted Don Concordio, me voy a tomar el día —agregó Jazz—; dejé algunos pendientes por la premura de cerrar esta operación —dijo mientras pensaba: *Me voy a ir a acostar a mi casa un rato para ver si se me baja la cruda.*

—Seguro, vaya usted a donde quiera mi nueva Directora.

—Con su permiso —Jazz inclinó la cabeza a su jefe en forma de saludo y salió de la sala de juntas sin voltear a ver a Lola.

Cuando llegó al coche abrió su bolso en busca de las llaves y vio que su celular estaba apagado, de inmediato lo prendió para quedar sorprendida al ver que había siete mensajes de Mark preguntando por ella —una emoción atravesó su cuerpo creando un repentino escalofrío.

Me ha llamado; de verdad quiere verme. Es en serio, ¿Será porque aún no me ha encamado?, bueno, al menos sé que valgo el doble de lo que pagó por la propiedad... No sé, ¿estará bien que le dé entrada? —y otra emoción le embargó el corazón al recordar a Tim—. *Desgraciado. Infeliz. Sí..., tengo que averiguar si Mark es de verdad mi hombre y no solo una aventura más. Tim no me merece.*

Jazz apartó su celular y evocó la mirada de Mark en aquella cita forzada, su recuerdo fue interrumpido por el sonido del celular que anunciaba otra llamada, y sin prestar atención a la pantalla lo contestó —*de seguro es él.*

—Bueno...

—Jazz, por fin me contestas —dijo Tim con rapidez.

Jazz entró en confusión, ya que muy en su interior ella aún lo quería, pero se había obligado a no ceder después de su último engaño —y aunado a eso estaban sus antiguas decepciones amorosas, que ahora parecían una cascada tan grande como las cataratas del Niágara—. Sus ideas estaban entremezcladas con los sentimientos de amor, los resentimientos del rechazo y el dolor. La pregunta le saltaba en su cabeza sin control: *¿Quién es el indicado? ¿Será Mark o Tim?* Al no poderse contestar se quedó sin decir una palabra.

—Jazz, sé que he sido un estúpido y estoy dispuesto a aclararlo todo; si tan solo me dejaras hablar contigo. Tengo algo muy importante que decirte. Por fin sé lo que está pasando.

—¿Cómo te atreves a hablarme? No tienes perdón de Dios, después de todo lo que he hecho por ti... —colgó el celular interrumpiendo la comunicación—. *Sí, claro que voy a ver a Mark.* —pensó mientras marcaba el número del teléfono. Para colmo, sonó ocupado.

Tim, frustrado al no lograr que Jazz lo escuchara, se alejó de la sala y prendió la televisión. *Tengo que ser precavido, seguramente me están vigilando, de ahí las apariciones de las "inofensivas viejitas" con sus mensajes siniestros. Tengo que averiguar cómo le hacen, cuál es su forma de operar.* Miró al televisor tratando de aparentar una calma que no sentía, mientras —en su mente— buscaba algún plan de acción. En la pantalla, un periodista entrevistaba a una mujer nativo-americana, originaria de Arizona.

—Dígame, usted se hace llamar Shama por la palabra shaman, ¿verdad?

—No, desde muy niña me empezaron a llamar así porque les daba consejos de forma natural a la gente, y con regularidad les servían. Cuando crecí, el número de personas que me buscaban aumentó hasta que me fue insoportable. Eso no lo comprendí en aquel momento y hui de Arizona; siendo una adolescente me vine a refugiar a Tepoztlán.

Tim estaba ido. Su mente divagaba, necesitaba encontrar la razón por la que los aliens o invasores hacían desaparecer a este tipo de personas en particular: *Personas con un potencial especial.*

—Tengo entendido —dijo el periodista—, que usted se regresará a Arizona. ¿No le teme al acoso que tendrá allá?, en especial ahora que ha crecido su popularidad a nivel internacional. En México no hay político o empresario que no la conozca, y aquí entre nos... sé que la han visitado.

—Agradezco de todo corazón a México por brindarme la estancia por tantos años. Aquí fue donde crecí espiritualmente y me quité el miedo de compartir mis dones. En efecto, muchas personas importantes me conocen y algunos de ellos se han convertido en mis amigos. No, no le temo a la popularidad. Fue en México donde aprendí a no tener miedo a ayudar. Aquí comprendí que mi labor en la Tierra es brindar consuelo y apoyo a las personas que lo necesitan. Ahora tengo que regresar a mi lugar natal. Sé que me esperan.

Tim se levantó y fue por un vaso con agua. Apenas escuchaba el murmullo de las palabras de la televisión.

—Bueno Shama, si México ha sido tan cálido con usted, ¿por qué nos deja?, cuando aquí tanta gente la quiere.

—Sé que no debería decir esto en televisión, pero creo que es lo más apropiado. Tenemos que actuar rápido, existe una amenaza enorme. El planeta se está haciendo pedazos sin que nadie sepa cuál es el motivo. ¡Hay una amenaza real!

Cuando Tim escuchó las palabras "amenaza real" regresó con rapidez a la sala. Puso atención y se fijó bien en el rostro de Shama. Su aspecto le impactó; ella era una mujer de cabello negro, al igual que sus ojos, piel morena cobriza de un aspecto casi mágico, pues brillaba de forma única cuando le daba la luz directa. Sencillamente incitaba a la contemplación.

¿Qué sabrá esta mujer? —pensó Tim al acercarse a la pantalla.

De pronto se apagó la televisión.

¡Diablos!, ¿por qué pasa esto ahorita? —dijo mientras pegaba con su puño en el sillón. Se levantó y se dirigió hacia la ventana, y observó que no había luz en la calle, pues los semáforos no estaban funcionando. *Más tarde busco quién es esta mujer.*

Después de un minuto y segundos la imagen volvió. Tim regresó a la sala y tomó asiento, él esperaba obtener algún dato valioso del noticiero, pero para su desilusión solo escuchó la despedida de Shama.

—Agradecemos a Shama, por estar en este programa con nosotros esta noche, y le deseamos lo mejor en su regreso al lugar donde nació, Arizona. Gracias de nuevo Shama, y recuerda que México y Tepoztlán siempre te tendrán en el corazón.

—Gracias por invitarme. Ustedes saben que en espíritu, siempre estaré con ustedes.

¡No puede ser, no puede ser! —pensó. Tomó el teléfono y marcó a información, consiguió el número de la televisora y después de anotarlo encima de un papel, lo marcó —sus manos dejaban ver un poco de agitación nerviosa.

—Nuevo Horizonte TV a sus órdenes.

—Hola, ¿me podría dar los datos de la señora que recién entrevistaron, la señora Shama?

—Por supuesto. El teléfono es 01 800 555 6787.

—Muchas gracias, se lo agradezco.

Tim colgó y de inmediato marcó al teléfono.

—Oficina de Shama a sus órdenes.

—Señorita, ¿me podría comunicar con Shama?

—Lo siento señor, pero la señora Shama ya no está en México. En su lugar está asistiéndonos el maestro Edmundo Valle.

—Pero si la acabo de ver en la televisión hace unos cinco minutos o algo así. Por favor comuníqueme con ella o si no es posible, deme su celular para hablarle, es en extremo importante para mí.

—Lo siento muchísimo señor... Perdón, ¿cuál es su nombre?

—Mi nombre no importa, es urgente que hable con ella. *Si no les digo mi nombre van a pensar que soy un loco* —pensó Tim. Me llamo Tim Naive.

—Mire señor Naive, ella dejó dicho que no llevaría ningún celular y que a donde se fue, no recibiría comunicación de nadie, debido a que estará en una aldea muy alejada de la civilización. Ella mencionó que tiene una misión de gran importancia, y que estará incomunicada por estas razones.

—No, no puede ser. Yo sé lo que está pasando... créame que es referente a esta misión de la que ella habló.

—Señor Naive, me va a disculpar, pero aunque quisiera no podría ayudarle. Aparte, no dejó ninguna dirección, con la intención de asegurarse que nadie interrumpiría su labor.

—¡Diablos!... disculpe. ¿No sabe en qué lugar de Arizona está esa aldea?

—Le repito señor Naive... —Tim la interrumpió agregando:

—Ok, de acuerdo, ya entendí, muchas gracias —y con la frustración reflejada en su cara colgó.

Ella es la clave, pero ¿cómo la localizo? Aparte no tengo dinero ni para comprar un cereal, mucho menos para ir hasta Arizona.

Todo el suceso fue monitoreado cuidadosamente en la oficina de los krítalos, pero a las acciones de Tim, nadie les dio importancia, de acuerdo a la computadora central, la llamada telefónica que había hecho Tim a su exnovia, había asegurado un curso estable de Jazz, hasta en un 85% con relación a Mark.

—Serchy —dijo Roda—, ¿cómo ves la locura de Tim?, según él, la tal Shama tiene algo que ver con prevenir una amenaza, pero esta bruja no está identificada en ninguna de las computadoras. La Futuram no me proporciona ningún dato, no obstante, las coordenadas principales están más fuertes que nunca a nuestro favor. ¿Tú qué opinas?

—Al diablo con Tim y su chamana; la mujer ya ni siquiera está en México.

—Tienes razón.

—Bueno —agregó Serchy—, pero hiciste muy bien en cortar la energía eléctrica en la zona donde vive Tim: no tenemos que correr riesgos con ese estúpido.

Jazz llegó a su casa, se cambió de ropa, se puso un camisón para recostarse en su cama, y procurar así ayudar a su cuerpo a recuperarse de la resaca, cuando sonó su celular:

¡Si es Tim, lo mato! —pensó al sacar su teléfono—. *Ah, no. Es Mark* —pensó muy emocionada, y con algo de nervios contestó:

—¿Si?...

—Hola mi adorable enemiga. ¿Cómo te fue?, ¿pudiste descansar?

—Bueno, aún me siento un poco mareada.

—Ah, es porque no estás acostumbrada a tomar. Tengo un remedio infalible para eso. Paso por ti a las seis para que te recuperes.

—De acuerdo, te espero… —se hizo una leve pausa. Ella se quedó pensativa; por un lado se había dicho que no debería de ceder tan rápido a sus propuestas, pero por otro lado estaba deseosa de averiguar si él podría ser el hombre definitivo, el adecuado.

—¿Sucede algo? —le preguntó Mark— Estoy seguro que te va a encantar —agregó—, lo prometo.

—Bueno, pero ¿dime de qué se trata? No voy a ir a cualquier lado y mucho menos a… —Mark la interrumpió.

—Tranquila princesa. No voy a hacer nada que a ti no te guste. A donde te voy a llevar quisieran ir todas las mujeres. Pero este lugar es secreto y es solo para ti.

No debo de acostarme con él, no debo —pensaba al escucharlo, imaginando estar desnudos los dos en una suite enorme, en medio de sábanas de satín negro.

—¿Es un lugar público verdad? —preguntó en un intento de alejarse de sus pensamientos.

—Baja la guardia. Es un secreto, pues las sorpresas dejan de ser sorpresas si revelas sus contenidos. Paso por ti a las seis, ¿de acuerdo?

—De acuerdo Mark.

Ella se tumbó en la cama, pero aunque hizo el intento, no pudo conciliar el sueño. Para su sorpresa sus malestares físicos, milagrosamente habían desaparecido; media hora después se levantó a comer algo, y gastó algunas horas entre el vestidor y el baño, escogiendo qué ponerse y cómo tendría que lucir su maquillaje.

Sonó el interfono. *Es él* —pensó al ver que eran casi las seis.

—Diga ¿quién es?

—Una disculpa por la molestia, venimos de la Sociedad de Colonos. Es para avisarles que tendremos una junta urgente para exigir a la Delegación la reparación de las rejillas del drenaje. ¿Puedo pasar a dejarle la notificación de la cita?

—No, ahora no, si es tan amable, puede dejarla con alguno de mis vecinos.

—De acuerdo.

Los siguientes minutos fueron eternos. Ella caminaba de un sillón a la cocina, y luego de mirar el reloj de pared, regresaba de nuevo. *¿Me querrá llevar a alguna de sus mansiones? No, eso no...* Vio que el reloj marcaba las seis con cinco minutos, cosa que le hizo cambiar de humor. *¿Pues qué se cree?... ¿Qué me debo de aguantar su falta de atención?* —sus pensamientos fueron interrumpidos por el sonido del timbre. Ella esperaba que sonara el interfono en lugar del timbre de la puerta, lo que le hizo pensar que era su vecina —la latosa de Mary, que a cada rato se le ofrecía algo—. Abrió bruscamente la puerta para encontrarse con Mark, quien traía consigo un ramo de rosas en las manos. Su corazón latió como ametralladora y dijo sin darse cuenta tratando de tragarse un suspiro:

—¡Ah!, eres tú...

—Que, ¿esperabas a alguien más?

—No —contestó sonriente tomando las flores y colocándolas en un florero—, es que pensé que era mi vecina. Me esperas un momento, voy por mi bolsa.

—Sí, claro —ella se alejó, entró al baño, revisó su rostro y retocó con rapidez sus labios, tomó su bolso y asegurándose que guardaba la postura, desaceleró el paso en la forma de caminar, tornándose lenta, delicada y atrayente, para salir a su incierto, sí, pero anhelado encuentro.

Mark la vio y ofreciéndole la mano le dijo:

—¡Te ves increíble!, no puedo decir ninguna otra cosa, pues me quedaría corto.

Jazz le dio la mano, permitiéndole que la guiase al elevador.

Después de largos minutos de trayecto a bordo de un Lamborghini Miura del '74, por fin llegaron a un restaurante junto a una zona boscosa en los bordes de la ciudad. Era un lugar precioso, con vigilancia por todos lados; solo personas realmente influyentes, de poder o gran fortuna, tenían la suerte de conocerlo. Para evitar el acceso de cualquier intruso, el lugar operaba como un club privado, reservando el derecho de admisión solo a aquellos miembros de esta élite; cada socio poseía algunas acciones con un pequeño porcentaje del lugar; otros se habían convertido en miembros honorarios, debido a las constantes donaciones otorgadas al negocio, así como el apoyo de sus allegados de influencia; en este lugar, importantes negociaciones de enormes fortunas fluían como arroyuelos entre las bebidas y la delicada comida. Los miembros honorarios eran aceptados y nombrados en las juntas a puerta cerrada, las cuales se llevaban a cabo cada mes, organizadas por la Junta Directiva.

—¿Este es el lugar sorpresa? —preguntó Jazz intrigada al ver el resplandeciente lugar.

—No, está aún no es la sorpresa, este es solo un aperitivo.

—Nunca había venido a un restaurante como este.

—Aquí puedes pedir lo que gustes, lo que se te ocurra. La comida europea es lo mejor que hay —comentó Mark sin darle más importancia al lugar.

Después de una velada en donde degustaron lo que Jazz llamaría en el futuro "la mejor cena de su vida," Mark estaba ansioso por culminar la conquista. Él alardeaba de ser un conocedor de mundo, lo que incluía saber de esta rara especie difícil de entender, que constituía el mayor reto de conocimiento, que cualquier gran hombre debería poseer: "Las mujeres." Mark la miró con deseo. *El pastel está casi en su punto, la temperatura es ideal, la harina y la levadura en su nivel perfecto, y la cantidad de azúcar no empalagan* —pensó Mark— quien tenía el gusto "en estricto secreto" por la elaboración de repostería francesa.

—Prueba este digestivo de crema irlandesa. Estoy seguro que te va a encantar —él extendió su mano para darle la copa, y cuando ella la tomó, deslizó sus dedos sobre los de ella, provocando que ella se ruborizara.

Es irresistible... ¡No!, no debo bajar la guardia, tengo que asegurarme primero, no quiero equivocarme otra vez, pero, ¿qué tal si en verdad es un hombre buscando una relación formal?, ¿pero, si no? —el pensamiento de Jazz tropezó y se atoró. Intentó hacer un nuevo cómputo pero la solución no llegaba... Ella luchaba para vencer su miedo de dar el siguiente paso con Mark, pues intuía que únicamente quería poseerla.

—¿Te ocurre algo primor? —tomó su mano mientras acercaba su cabeza hacia ella.

—No... mira, es que si esto no es la sorpresa, ¿cuál es? Dime de una vez de qué se trata, me ponen muy nerviosa las sorpresas —en esta ocasión ella no había rechazado su mano, y no encontraba una respuesta al misterio. El contacto ahora era una cuestión de segundo término, que sin darse cuenta, le hacía sentir ese deseo confuso entre querer y no querer.

—Dale un sorbo a la copa, sé que te va a gustar.

Jazz sorbió un poco. *Está delicioso* —pensó—, dándose cuenta que él ahora le acariciaba la mano; deslizando sus dedos de un lado a otro sobre los de ella. El miedo regresó y la envolvió, apoderándose completamente de sus cuerdas vocales, y sin decir nada retiró su mano con rapidez como una salida de último momento.

—Creo que ya no quiero la sorpresa —dijo ella, con un gesto rígido—. Llévame a mi casa.

—Princesa —dijo con una sonrisa delicada—. Te juro, que si el lugar a donde vamos a ir, te ofende o te molesta en lo más mínimo, te regreso a tu casa en ese mismo instante, con la firme promesa de nunca volver a verte.

Las palabras de Mark la hicieron reflexionar: *Qué estúpida soy, qué grosera soy..., aparte, él parece ser el indicado. Se ve que se desvive por mí.*

—Está bien, pero ya vámonos. No aguanto más esto.

Media hora más tarde, con la oscuridad encima, llegaron por fin al lugar prometido. Jazz con los ojos muy abiertos, buscaba un tanto temerosa descubrir cuál era esa sorpresa—. El auto giró para colocarse al frente de una enorme construcción tipo bunker, que estaba rodeada de grandes árboles.

—Ya llegamos, espera.

Ella siguió callada; él estacionó el auto, y de la nada aparecieron tres personas y les ayudaron abriendo las puertas de los dos lados, permitiendo así que ellos bajasen.

—¿Puedo? —preguntó Mark señalando con sus ojos la mano de Jazz y ofreciéndole la suya—. Deja que te guíe.

Ella le dio la mano y los dos entraron al singular edificio, y entonces se metieron a un elevador realmente enorme, cubierto de acero en todos los rincones. Al abrirse las puertas se descubrió una bóveda de unos cincuenta metros de altura.

Jazz estaba asombrada ante semejante lugar. Seis hombres con extravagantes uniformes tipo película de ciencia ficción, esperaban a la pareja flanqueándolos, tres de cada lado. Uno de ellos se les acercó dijo:

—Señor Hammond, señorita. Todo está listo.

—Acércate, vamos —le dijo Mark a Jazz.

Caminaron entre las dos filas hasta un promontorio, donde se encontraban dos receptáculos muy extraños. De pronto unos sillones se desplegaron. Mark la acomodó con mucho cuidado en uno de los sillones tipo Star Wars. Ambos estaban colocados bajo un enorme telescopio de unos treinta metros de largo.

—Abran las compuertas —ordenó Mark a los asistentes—, y apaguen todas las luces.

Las luces se apagaron, y las puertas de cuarenta metros de alto se abrieron dejando entrar la oscuridad estrellada frente de ellos. Ella ya estaba asombrada sin observar aún a través del telescopio. Suspiró, y sin decir palabra dejó salir un simple:

—¡Mmn!...

Mark revisó un par de cosas en los paneles adyacentes a los asientos y ordenó:

—Nos dejan solos por favor. Luis, pásame el control remoto maestro. Yo cierro —Jazz contempló las estrellas mientras todo el personal desaparecía.

Mark tomó el asiento al lado de ella; el telescopio de última generación tenía dos plazas que permitían que la persona se quedara semiacostada, como en una nave espacial.

—Coloca tu cabeza aquí —Mark le indicó esto ayudándole con las manos a posar su cara en un receptáculo, el cual estaba diseñado para que el observador viera las estrellas cómodamente reclinado.

Jazz volvió a suspirar al ver la inmensidad de las estrellas, con colores y formas que sin las enormes lentes no se percibían. Era impresionante ver así la bóveda celeste.

—Esto sí que es una sorpresa Mark.

—Pero es que aún no te he dado la sorpresa...

—¡¿Qué?!... —ella se apartó del receptáculo y lo miró a los ojos, descubriendo que brillaban gracias al resplandor de la luna creciente.

Mark salió de su asiento y colocándose a un lado de ella puso una rodilla en el piso, justo al lado de sus pies. Sacó un estuche de su saco, lo abrió, dejando ver un enorme brillante de color rosado, que emitía poderosos destellos de colores cuando era tocado por las caricias de la luz de la luna. La joya estaba engarzada en una exquisita combinación de aleaciones de oro rojo y amarillo, con pequeños toques de platino.

—¿Te casarías conmigo? Sé que te parecerá inusual, pues ni siquiera nos hemos tratado, pero tengo la seguridad que tú eres lo único que falta en mi vida. Todas las estrellas que están frente de ti te pertenecen. Son tuyas; mediante esta petición te devuelvo el brillo que ellas te robaron. Toma esta joya y contagia con tu luz mi vida. Seamos el uno para el otro de aquí al infini... —Jazz lo detuvo al colocar sus dedos en los labios de Mark. Sus ojos destellaban mientras sostenía un suspiro.

—No digas más Mark, esto es lo más bello que he vivido en toda mi vida —se acercó a él y lo besó, dejando por primera vez sus dudas en el olvido; se separó un poco de él y agregó—: Acepto.

Minutos después, mientras que el programa del fantástico telescopio corría sin que nadie lo viera, Mark invitó a Jazz a una sala situada atrás de la bóveda de observación, en donde la sedujo a poco a poco, con la intención de hacerla suya, y ella correspondió a cada paso, pero cuando ya estaban semidesnudos, y a punto de empezar a hacer el amor —un pensamiento interrumpió a Jazz sin pedir permiso ~tal y como si un molesto fantasma se hubiera entrometido para estropearlo todo~, ella apartó a Mark y empezó a vestirse sin decir nada. De estar embelesada, ahora estaba completamente rígida, ausente de la alegría que la identificaba.

—¿Qué te ocurre mi vida?

—Nada Mark. Tendremos relaciones cuando estemos casados... Algo en mi alma me dice que es lo correcto.

Tim..., tengo miedo de equivocarme —la imagen de Tim se desvaneció muy despacio.

—Pero... —Mark perplejo, cayó en la cuenta de que ella de verdad era diferente—. Está bien mi vida, como tú digas —susurró anonadado mientras se vestía. Le era evidente que ella, a diferencia de todas las otras mujeres que lo pretendían, no buscaba ni su poder ni su dinero.

Horas más tarde Jazz entró a su departamento después de ser acompañada hasta la puerta por Mark. Al poco rato ella se acostó, recordando las palabras que él le dijera minutos antes de llegar a dejarla: *Si te parece conveniente nos casaremos en un mes.* Retomó las imágenes de todo lo que había ocurrido durante el día, deleitándose al igual que lo hiciera de niña, cuando su abuelo le contaba historias de príncipes y princesas; fascinada como en sus primeros tiempos de adolecente, recordó esos sueños cuando se imaginaba casándose de blanco, ante una recepción llena personas elegantes, flores, colores brillantes y música romántica; enseguida recordó las estrellas y los ojos de Mark brillando a la luz de la luna, hasta que sin saberlo se quedó profundamente dormida entre las sábanas.

Lo que Jazz aún no sabía, es que Mark tenía una larga historia de preparar este tipo de sorpresas, con un record —muy bien ganado— de tres exquisitas mujeres que habían terminado siendo suyas. como amantes por algún tiempo, después de que se comprometiera formalmente con ellas. ¿Qué tenía Jazz que tanto le atraía a Mark? Ella, a diferencia de las mujeres anteriores con quienes formalizara compromiso —y que solían tenerlo todo—, era una simple empleada de una oficina de bienes raíces. ¿Cuál era la diferencia? Su última conquista había sido una famosa pintora, antes de ella una prestigiada modelo, y la primera una finísima mujer de alta sociedad. Jazz no tenía un enorme bagaje cultural, ni era una belleza exuberante, tampoco tenía una alta posición de poder y tampoco era rica, aun así, sin tener ninguna de estas características, poseía algo con lo que Mark nunca se había topado: Era capaz de retarlo.

Tengo un mes para que sea mía, y cuando lo logre, alargaré la fecha de la boda, hasta el momento adecuado. Será mía...

IX

Habían pasado más de quince días desde que Mark le propusiera matrimonio a Jazz. Tim sin saber ni sospechar de esto, estaba fuera del país; después de su fracaso al buscar los datos de Shama ese día, salió a comprar algo de comer, y en la puerta se encontró con Juan Zapata —uno de sus vecinos—, quien lo acompañó a una tienda cercana al edificio. En el camino Juan le sacó la plática buscando ayudarlo después de verlo tan apesadumbrado. En la conversación salió el tema del motociclismo —la más grande afición y pasión de Juan, desde que fuera un hippie a finales de los 60s—. Juan le comentó, que en dos días saldría con unos compañeros de motociclismo a la aventura del "American Mile" —que consiste en cruzar todo el territorio de Estados Unidos en motocicleta—, pues dos de sus amigos habían obtenido su nacionalidad norteamericana, tras haber cruzado la frontera como mojados veintiocho años atrás. Cuando Tim escuchó esto, de inmediato se interesó en viajar con ellos, con la idea de llegar a Arizona a buscar a Shama. Después de unos veinte minutos de plática, Juan no tuvo reparo en invitarlo al viaje —después de asegurarse que tenía una visa vigente—. Le propuso viajar, sin que tuviera que gastar un centavo, ya que para Juan, invitar a los amigos, se había convertido en una costumbre, después de vivir aquellas épocas de las comunas, cuando ayudar al que no tenía, era algo muy natural; y el amigo que tenía dinero en el momento, se convertía en el proveedor de los allegados.

Después de horas de pláticas y preparativos en los días siguientes, los dos salieron a su alocado y vertiginoso recorrido hacía los Estados Unidos. Esta se convertiría en una experiencia extraordinaria para Tim, a tal grado, que durante todo el viaje nunca dejó de esbozar una sonrisa sobre su rostro, sin chistar del ensordecedor ruido que la enorme moto emitía. Cuando llegaron a la frontera Juan y Tim se unieron con Edmundo y Jorge, "los gringos," como les llamaba Juan en broma; unas horas después empezaron a cruzar el desierto de Arizona, Tim estaba asombrado con la belleza del lugar; pudo sentir la enormidad del espacio infinito entre las rocas, la tierra y el cielo; entendió por qué Shama buscara este lugar como refugio para su estrategia ante el inminente ataque. Unas horas después llegaron a una vieja aldea, donde pararon para tomar un refrigerio. Al estirar las piernas y echar una mirada al pequeño lugar, Tim decidió que ahí se quedaría para empezar la búsqueda de la afamada Shama. Abrió su cartera y después de ver que en ella tenía tan sólo unos quinientos pesos, pensó: *Si es necesario trabajaré limpiando baños, pero encontraré a Shama.* Dio las gracias a Juan y se despidió de los tres amigos.

En la oficina secreta de los krítalos todo estaba en calma. Tanto Serchy como Roda se encontraban platicando de sus aventuras de pesca, de los famosos peces voladores plateados en el Río Brillante de las Tres Lunas. Ni Tim ni Jazz les preocupaban; las coordenadas de sus computadoras marcaban una tendencia futura estable del 80% en promedio, que aseguraba el dominio de explotación ininterrumpida del planeta Tierra. Thymoty no perdía la oportunidad de divertirse con su asistente del sexo opuesto; esto era lo único que él consideraba necesario para liberar la tensión de su odiosa misión en este planeta —el cual consideraba de tercera categoría—; y muy en secreto, mantenía la firme ilusión de huir a Crystalia a la primera ocasión que se le presentara.

Mientras tanto, en las oficinas de bienes raíces Azul Claro, Jazz estaba muy emocionada, pues después de pasar varios días de trabajo intenso en la coordinación de sus nuevos vendedores, logró en tiempo record que las ventas globales marcaran una tendencia de aumento en un 10%; a raíz de esto, su gordo jefe, "Don Concordio" —más contento que nunca—, la hizo llamar para una junta.

—Jazz —Concordio se rascaba la panza—, te felicito por la labor de dirección que estás llevando acabo.

—Gracias, solo tengo una queja, Lola no está logrando sus metas. ¿Por qué no la coloca en un área administrativa?, quizá lo que necesite sea un descanso de las calles —el comentario hervía en irónicos tonos.

—No, yo sé que Lola será la segunda de abordo. Lo que pasa es que no has terminado el manual para entrenar a los vendedores, y ella más que nadie lo necesita. Debe aprender las técnicas más finas. Lolita sigue siendo una vendedora chapada a la antigua, recuerda que la entrenó su abuelo "El Gran Sputnik;" uno de los vendedores españoles más rápidos de los años cincuentas y sesentas.

Jazz hizo un leve gesto de desagrado al ver que su jefe no aceptaba la sugerencia de quitar a Lola de su equipo.

—El manual está casi terminado, solo me faltan algunos detalles. Por cierto jefe, tengo que salir por quince días; ya sabe, lo de mi boda...

—¡Ah!, mayor razón para que termines el manual antes de que te vayas, y... nada de dejarme abandonado por ese ricachón de tu novio, ¿eh? *Si la retengo, ella y Mark Hammond serán nuestro enlace con los potentados y los más acaudalados de México y del mundo* —lucubraba Concordio, mientras fingía que ella era indispensable para preparar a los vendedores.

—De acuerdo, trataré de terminar lo antes posible y dejarlo en las manos de todos con suficiente tiempo para aclarar sus dudas y orientarlos antes de irme.

—Bien hecho Jazz, las comisiones del 1% de las ventas globales del grupo las tendrás en tu cuenta en unos días, por si quieres disponer de ellas. *Mas me vale tener contenta a esta minita de oro, que es mía, solo mía.*

Dos días después, en la sala de juntas, Jazz entregó el manual en las manos de siete de sus vendedores, y al llegar al lugar donde se encontraba Lola, hizo como que ya se le habían acabado las copias, dejándola sin el manual.

—¡Ay!, disculpa Lola —dijo de un modo muy fingido—, se me acabaron los ejemplares. Luego te paso el tuyo.

Nunca se lo haré llegar a esta maldita golfa —pensó—. *Si quiere uno que le cueste su trabajito...*

—Jazz, yo le doy mi copia —intervino Rita—. Tengo que salir de urgencia a ver a mi madre que está muy enferma, y regreso hasta dentro una semana, bueno, eso espero.

—Gracias Rita —contestó Jazz mientras hacía un entripado—: *¡Ay Rita...! ¿Por qué siempre lo echas a perder todo?*

Lola recibió el manual sonriéndole a Jazz. *¿Dónde escondería a Tim esta presumida?* —se preguntaba Lola—. *No lo he visto para nada.*

Jazz frunció el entrecejo al sentir que no podía detener a Lola en sus intentos para arrebatarle lo que consideraba suyo, y se preguntaba: *¿Por qué se tenía que meter esta zorra con mi novio? De seguro ella lo tiene en su casa. No lo he visto y no me ha vuelto a llamar para nada. Sí ha de ser así... ¡Qué bueno! ¡Que se lo quede para siempre! Al cabo ya no es mi novio.*

No muy lejos de ahí, Mark se encontraba en medio de un enredo mental que lo atormentaba tanto, que sus asistentes ya lo habían notado. Estaba sumamente distraído —algo inusual en él—. En su mente se desenvolvían las imágenes de los momentos con Jazz en diversos restaurantes: Sus ojos retadores, firmes como los de una leona tras su presa, aparecieron en su mente, y por más esfuerzos que hacía, no podía dejar de recordar el brillo que estos desprendían.

—¿Le pasa algo señor Hammond? —preguntó Leticia, la asistente principal de Mark.

—No, no…, es solo que no sé si vamos a hacer la compra de las acciones de la mina de cobre —una trivial excusa para disimular su ausencia.

Faltan unos días para la boda y no la he hecho mía. ¡No sé qué más hacer! ¿Qué tiene esta mujer? —se preguntaba Mark, mientras su mente volvía a invadirlo con fantasías sin su consentimiento. Se le venían encima, una y otra vez, las imágenes de Jazz deslizando su cuerpo sobre él—. *¡Sí, es tan bella y sensual!* —y suspiró.

Leticia buscó en sus papeles los datos estadísticos de la bolsa de valores del cobre, la plata y el aluminio. Tomó los documentos y se lo ofreció a su jefe.

—¿Necesita algo más para determinar su decisión? Este es el reporte del valor del cobre en comparación con otros metales, así como los números actuales de la producción de la mina. ¿Quiere algún reporte adicional de la bolsa o las utilidades del último año?

—No, déjeme solo, voy a hacer una llamada importante, cierre la puerta al salir.

Mark esperó hasta que la puerta estuviera bien cerrada y le marcó a Jazz, pero no hubo contestación; esto le provocó un poco más de incertidumbre y se estremeció: *¿Dónde está? ¿Estará con alguien...? ¡No!...* —volvió a intentar. Trató de establecer la llamada de otro modo, pero tampoco hubo respuesta; sus nervios aumentaron sus deseos de estar con ella, la envidia de que estuviera con otra persona, y entró en un estado emocional desconocido hasta ese momento en su experiencia de playboy; un resentimiento que no disimuló, y así pasó lo que quedó del día con una cara de pocos amigos.

Dos días después, en las oficinas Azul Claro ocurrió algo inusual. Los tres vendedores más comprometidos leyeron el pequeño manual de Jazz y quedaron profundamente conmovidos. Ninguno de ellos esperaba encontrar algo más allá de algunas sugerencias de ventas, pero en lugar de ello, descubrieron algo completamente diferente, algo que les removió las entrañas, los hizo pensar en su futuro, en sus familias, y en lo que ellos podrían aportar al triste mundo en el que vivían.

Una señal de alerta agitó a los invasores, haciéndoles cambiar sus acciones con rapidez.

—Roda, tenemos una señal de alerta. ¡Rápido! Llama a Thymoty.

—¿Qué?, se suponía que todo estaba estable.

—Haz lo que te digo y rápido —urgió Serchy.

—De acuerdo, voy por él, pero no le va a gustar ser interrumpido. Lo vi llevarse a su gatita —como le llamaba Roda a la krítala de Thymoty.

—Cállate y ve por él de inmediato.

Roda llegó hasta la puerta de la oficina de Thymoty y tocó.

—¿Qué *kratas* ocurre? ¡Estoy ocupado! No puedo salir ahora.

—Le pido una disculpa, no se moleste conmigo jefe, por favor. Yo no quería interrumpirlo, pero es que Serchy me pidió que le avisara que es muy importante que venga a ver lo que ocurre en el sistema. Tenemos una señal de alerta.

—¡Con mil demonios Roda!, como dicen los estúpidos terrícolas. Mira que si me salen con una tontería los voy a congelar a los dos.

Thymoty salió hecho un basilisco de la oficina y dejando la puerta abierta le dijo a la sensual krítala:

—Espérame, tómate un whisky mientras regreso, es la bebida

que está en la mesa, te va a gustar, es una de las pocas cosas realmente buenas que tienen estos humanos. No tardo.

—¿Qué es lo que pasa Serchy? —preguntó Thymoty—, más te vale que sea importante porque de lo contrario estarás en problemas.

—La Futuram nos está indicando un posible riesgo en la programación de Jazz. Aquí está la advertencia —dijo señalando un indicador, que titilaba en amarillo.

—¿Qué? Ahora entiendo. Esta es la razón principal por la que Jazz es tan importante. Muy pocas personas en la Tierra tienen este don —comentó Thymoty acercándose a las pantallas.

Serchy manipuló dos de los paneles de control, y delante de ellos apareció la imagen de Jazz con uno de sus vendedores. En tercera dimensión y con sus veintidós percepciones reglamentarias, los hologramas se veían tan reales como si estuvieran allí. Los tres krítalos escucharon con atención la conversación:

—Ahora entiendes lo que hay que hacer ¿verdad? —Jazz hablaba con voz firme y determinante—. Tú vida y tu misión son más importantes que solo vender. El dominio es tuyo y tu rebeldía deberás usarla para alcanzar tu propósito —y como si hubiera ocurrido un hechizo, el vendedor había sido inducido por algo más allá de las palabras que Jazz había expresado, que estaban lejos de reflejar todo el nuevo sentimiento de lucha y voluntad firme, dirigidos a lograr un cambio efectivo. El hombre se alejó de lo que significaban las palabras y entró en un halo lleno de encanto que le permitió sentirse fuerte, valioso como nunca antes.

—Sí —contestó Daniel, que era el vendedor más reacio a cualquier procedimiento—, ahora me queda claro por qué te nombraron como nuestra jefa. Te puedo decir sin tapujos, que no sé si es el manual o simplemente tú, quién me hizo recapacitar sobre mi vida. Ahora todo me parece distinto; ya no me importa mi pasado. Me siento como si hubiera tirado un lastre de una tonelada. Te prometo que a partir de este momento lucho como un guerrero, y no te digo esto para quedar bien, de verdad lo siento.

Aquí Thymoty detuvo la proyección tridimensional y las imágenes de los cuerpos quedaron inmóviles como maniquíes.

—¿Ven este manual que tiene el vendedor en la mano? —les preguntó Thymoty. Los tres krítalos se encontraban a tan solo un metro de la imagen holográfica—. Ella tiene un poder de convencimiento muy especial. Despierta la rebeldía en aquellos que han sido educados para ser gobernables. Mujeres y hombres como ella han hecho las revoluciones y guerras en este planeta. Estos individuos portan como estandarte los temas de "libertad y justicia" —si serán estúpidos estos terrícolas; nunca dejarán de estar manipulados—; después esta "libertad" es dejada en el olvido por parte de los líderes y el juego se convierte en hacer uso del dominio del poder.

Estos individuos en particular, son líderes natos a los que los demás siguen como lo hace un clavo con un imán, pero una parte intrínseca de su personalidad es luchar hasta las últimas consecuencias, al grado donde la muerte ya no importa ante la conquista de su ideal. Debido a estas personalidades, hemos perdido mucho en este planeta —cada vez que teníamos un buen candidato terrícola para succionarlo, se presentaba uno de estos alborotos—. No fue sino hasta después de lo que los terrícolas llamaron la Segunda Guerra Mundial, cuando el famoso Riktor Mort —uno de los científicos krítalos más renombrados— terminó el desarrollo de la Futuram, para aumentar nuestro control, evitando así tener tantas pérdidas al succionar a las personas que ya estaban listas; todo por las consecuencias de la presencia de estos líderes natos. Antes de Riktor, tratamos de succionar a los líderes y obtuvimos muchos fracasos, pues sus pensamientos y cambios son muy erráticos, porque ellos encuentran soluciones donde no las hay; de ahí la idea de Riktor de crear un programa para utilizar a un líder y manipular a muchos en masa. La Futuram tiene almacenada en su memoria cada dato particular de las características de estos líderes, a quienes deberíamos llamar "*Problemum Terricolari*," como los apodó Riktor por su complejidad. La Futuram de Riktor detecta el potencial de "no manipulación" en cualquier terrícola, y pronostica también el "índice de influencia que éste tiene en los demás." Después de la Segunda Guerra Mundial; ya con la primera Futuram funcionando, solo hemos tenido problemas menores, los cuales no han llegado a afectarnos gran cosa en nuestro dominio. Los terrícolas son cada vez más manipulables. Véanlos como se quedan horas viendo la televisión y sus juegos de computadora. Estúpidos. Mientras que nosotros tomamos a los más utilizables para el abastecimiento de energía de nuestro planeta. Presten atención, porque no sé si en las instrucciones para la misión, captaron con claridad que los *Problemum Terricolari* no son fáciles de predecir, y tienen la desagradable costumbre de crear soluciones de la nada para problemas que, en apariencia, serían imposibles de resolver; de ahí que tengamos que dirigirlos por medio de nuestra tecnología y los enrutadores. Ellos tienen tal potencial, que podrían destruir todo nuestro sistema en un momento, si encausan al suficiente número de terrícolas apasionados, o más bien idiotizados, hacia una lucha por sus ideales. Esa es la verdadera razón de por la que Jazz es nuestro objetivo primario. La tarea es usar ese poder a nuestro favor, ¿recuerdan? Bueno, ya basta de darles lecciones... ¿Cuáles son los indicadores adicionales? ¿En qué porcentaje vamos ahora?

Roda se acercó a la Zuli y después de leer varios números volteó a la Futuram y agregó:

—Vamos en un 74% y descendiendo. Parece que ella está cambiando su opinión y la decisión respecto a su relación con Mark; todo indica que esto es por la elaboración de su manual y el impacto que ha creado en sus vendedores. La importancia que ella le da a Mark está perdiendo fuerza.

Thymoty se quedó callado pensando por un momento y entonces agregó:

—¡A esta mujer ya se le metió en la cabeza esa sensación de poder y control debido a lo que sus vendedores le han hecho sentir! Aquí se muestra claramente un indicador, en donde ella ya está considerando retrasar su boda hasta estar segura, y por otra parte, a Mark lo tenemos en medio de una confusión respecto a ella. También él quiere retrasar la boda por ese estúpido capricho de poseerla. Mark ya no nos está funcionando como enrutador emergente.

—¿Qué tal si le mandamos un refuerzo a Jazz? —preguntó Roda.

—No seas necio Roda, pon atención a lo que tenemos en la Futuram —dijo Thymoty—. Si tratas de inducir una manipulación de refuerzo directamente en Jazz, se revertirá en un intento de salvaguardar su determinación y poder, y será un huracán terrestre, causando que la misión se vaya a la basura. ¡No!, hay que mandar un refuerzo hipnótico y tocar a Mark para modificar su actitud, si te fijas, de acuerdo a esto —señalando una gráfica adjunta—, gracias a él, ella podría suavizar su búsqueda de poder, y entonces entraría de nuevo bajo nuestro control. ¡Manda el refuerzo ahora!

Roda se le quedó mirando cómo estúpido, parpadeando sin hacer nada.

—¡Mándalo ya! ¿Qué tanto lo piensas? Tenemos que recuperar

la tendencia. ¡Ya! ¡Hazlo!, que no ves que está bajando cada vez más rápido. Ya estamos en el 72%, ahora el 71%...

—Está bien, aquí voy —respondió.

—Caramba Roda, no tengo tu tiempo —replicó Thymoty entendiendo que Roda era como un robot pues no analizaba con claridad las cosas—, para que podamos sacar provecho de los pocos humanos que nos son útiles, es indispensable que los terrícolas sigan sin saber que existimos; que ignoren lo que en verdad hacemos. De ahí la importancia de cuidar que Jazz continúe con su futuro programado, sin manipulación directa. Si nos equivocáramos induciéndola en directo, ella de seguro nos descubriría y de esto hay probabilidades reportadas de un 82% en la Futuram, lo que provocaríamos es una avalancha imparable. Ella no debe tener ni la más mínima sospecha. *¡A ver si así entiendes, necio!* —pensó—. Y por ningún motivo se te ocurra contradecir mis órdenes cuando no esté presente. No debes de inducir directamente a Jazz. ¿Lo comprendes bien? ¿Te queda claro?

Mientras Thymoty sermoneaba a Roda, Serchy revisaba los indicadores de las computadoras auxiliares.

—Ya envíe la señal —confirmó Roda, y Serchy viendo de reojo a Roda pensaba: *Este tipo nos puede llevar hasta el exilio de las mentes en el olvido.*

Lejos de ahí, en la zona de oficinas corporativas más elegante de México, Mark intentaba llamarle a Jazz desde una fastuosa oficina de diseño oval futurista, con ventanales completos de cristal tratado, para que desde afuera no se viera nada. Al no lograrlo se sentía cada vez más desesperado.

—Leticia —gritó alterado—. Consigue comunicarme con la señorita Jazz. Es urgente.

Un nuevo pensamiento cruzó por su mente: *¿Cómo es que estoy dudando de esta boda?*

—En seguida señor —contestó la asistente.

Entre tanto, en el bar Tonys, en la planta baja del edificio New Trade Center, donde Mark Hammond había situado un par de años antes sus nuevas oficinas matrices, Pedro, el cantinero, colocó una partícula cristalina brillante en una copa —un artefacto llamado por los krítalos "marcador,"— era del tamaño de la cabeza de un alfiler. Se la entregó a una sensual chica que se encontraba sentada en la barra. El objeto desapareció de la vista en cuanto hizo contacto con el vodka que ella tomaba casi todos los días. Gaby dio un sorbo y le comentó:

—Qué bien me cae esto después de lidiar con los presumidos de la bolsa de valores —dijo en voz baja, entre sorbo y sorbo—. ¿Sabes? Ellos creen que lo saben todo, cuando en realidad solo se la pasan ostentando lo que no tienen para atraer a los peces gordos. Mira a Francisco Klid, con su nuevo auto; ese Camaro súper equipado. ¿Sabías que lo debe todo?

—¡Quién lo diría Gaby! —En ese momento entró Francisco Klid al bar con una jovencita acompañándolo.

—Míralo, siempre trae el gesto de que es el dueño del edificio. Sí Pedrito —terminó el último sorbo de su copa—, hoy en la junta, él tomó mi celular confundiéndolo con el suyo y se lo llevó; yo tampoco me di cuenta, son iguales; al minuto entró una llamada y contesté. Era de la agencia del súper coche, cobrándole dos mensualidades atrasadas —soltó una delicada carcajada aderezada con mucho sarcasmo—. Pobre tipo... Es un don nadie...

De pronto, en el cuerpo de Gaby ocurrió una reacción inesperada; le dio un retortijón que la hizo brincar.

—Ay...

—¿Qué te sucede?, ¿te pasó algo? —preguntó Pedro.

—No sé qué fue, es como si me hubieran enganchado con un alfiler por dentro —el marcador que Pedro había colocado en su copa se había fijado y encendido en el interior de su estómago.

En una de las pantallas apareció un una señal.

—Tenemos contacto con la enrutadora emergente —dijo Roda agitado. Aquí van las primeras órdenes —los tres miraron las imágenes de Gaby y su entorno.

—¿Ya te sientes bien? —le preguntó Pedro a Gaby, mientras pensaba: *Ya quedó, está lista* —un pensamiento que era recibido de manera telepática en una de las computadoras que manipulaba Roda.

—Sí Pedrito, quien sabe qué fue ese dolor. Qué raro.

El teléfono que ella portaba en su bolso emitió el sonido de una nueva llamada. Lo abrió y contestó, pero nadie habló y solo el silencio estuvo presente en el teléfono.

—¿Sí?... Diga... ¿Quién habla?...

Una orden telepática electrónica, sin sonido e imperceptible para todos e inclusive para ella, fue inducida a través del aparato, en su mente. Ella colgó mientras un ligero atontamiento la invadía; como cuando uno se levanta de la cama muy de prisa y pierde un poco el equilibrio. De pronto, y sin el menor aviso, empezó a sentir un impulso abrumador que la impelía: "Tengo que ver a Mark Hammond de inmediato."

—Me voy, tengo una cita importante. Es muy importante —y sin decir adiós a Pedro se levantó de la barra y se fue sin pagar.

A Pedro se le dibujó lentamente una sonrisa en el rostro. *Se bebió todo el vodka* —Pedro transmitió su pensamiento a sus amigos krítalos—: *Va para allá. Estoy en espera de otra remesa.* Roda recibió con toda claridad el mensaje telepático y sonrió.

Gaby Ruiz, era una ejecutiva que se desenvolvía muy bien en la bolsa de valores de México; su cuerpo era elegante, siendo una joven mujer de tez morena clara, muy delgada en la cintura y acentuada en las caderas, con cabello negro azabache, facciones finas, ojos pequeños marrón claro, labios encarnados, y de estatura mediana. Su encanto consistía en la forma de vestir, siempre a la última moda, y la elegancia con la que —de forma recta y nariz altiva—; contoneaba su cuerpo con delicadeza. Ella gastaba todo lo que le era posible en verse como una estrella de cine. Muchos hombres, grandes empresarios, la habían cortejado llenándola de regalos, otros habían tratado de seducirla abiertamente, y aunque lo intentaron de mil maneras, nadie del reino masculino había tenido el placer de decir que la había poseído —ella era parte de una especie casi extinta en estos tiempos, posiblemente la última virgen de la bolsa de valores—. Nunca había tenido relaciones sexuales, pues pensaba que algún día —como en los cuentos de hadas—, llegaría su Príncipe Azul. Lo que buscaba, no era fortuna fácil a costa de su físico; lo que quería era a alguien que la escuchara y mimara, tal y como lo hiciera muchas veces su padre —quien muriera a los cincuenta años en circunstancias peculiares—. La imagen de su padre era atrayente por un lado y de rechazo por el otro. El encanto que poseía de ser cariñoso dándole mimos, se rompió cuando ella —ya cerca de la edad adulta— se dio cuenta de que él engañaba a su madre; después descubriría que en realidad era un hombre mujeriego y en extremo mentiroso.

La gota que derramó el vaso, fue cuando él se separó de su madre, para entablar un romance —el cual se suponía era formal—, con una encantadora adolescente. Todo esto culminó en una nueva realidad que arrolló a Gaby y dejó a su paso una abrumadora confusión emocional y de pensamiento cuando se enteró que su padre había muerto mientras hacía el amor con otra jovencita, después de excederse con estimulantes. El problema se endureció. Esto convirtió el asunto del sexo en un laberinto con mil salidas falsas, y por si lo anterior hubiera sido poco para ella —como única hija—, su madre —quien por cierto era una mujer refinada y elegante a la vieja usanza—, se quitó la vida mediante abrir el gas de su departamento; el fatal acontecimiento ocurrió mientras Gaby se encontraba de viaje en una convención de la Bolsa de Valores.

Tengo que ver a Mark —pensó Gaby mientras caminaba de manera apresurada—, *esas acciones que compró no valen lo que pagó por ellas, si pudiera convencerlo de que las venda lo más rápido posible, espero que me pueda escuchar. ¡No hay duda! Sí me va a escuchar* —e imaginó a Mark desnudo con ella en medio de una enorme actividad sexual alocada y escandalosa—*Pero, ¿qué me pasa? ¿Por qué tengo estos pensamientos?*

Mientras los manipuladores veían a sus víctimas:

—Aquí va nuestro enrutador emergente —le dijo Roda a Serchy—. Mira a nuestra virgen mojigata —observando en la pantalla a Gaby a punto de entrar a la oficina de Mark— Solo me falta el refuerzo para Mark —agregó mientras tecleaba a toda velocidad.

En la pantalla lateral izquierda apareció Mark, quien se encontraba revisando un presupuesto. Estaba algo distraído cuando sonó su teléfono de bolsillo. Lo tomó descuidado y contestó:

—¿Bueno…?

Ninguna voz se escuchó y le empezaron a zumbar ligeramente los oídos.

—Diga, ¿quién habla? —Mark insistió.

Junto con la incomodidad del zumbido, lo abordó también un mareo, y sin pensarlo dos veces colgó el teléfono. Se sujetó al escritorio con sus manos, ya que la sensación de caerse no se había ido —en ese momento, Roda instalaba en la mente de Mark una orden imperceptible a su conciencia: *"Las mujeres que te buscan son unas putas impetuosas. Es a Jazz es a quien tú quieres…"*

106

Mientras tanto, en la pantalla lateral derecha se veía como Gaby saludaba a los agentes de seguridad de Hammond. Ella pasó con la mayor naturalidad y cuando estaba por entrar a la oficina privada de Mark, una voz de mando interrumpió el silencio:

—Señorita Ruiz, ¿a dónde cree usted que va? —dijo la secretaria personal del señor Hammond.

Gaby no contestó, abrió la puerta y entró en la oficina cerrándola detrás de sí, ni siquiera miró a la secretaria. Mark la vio entrar, y asombrado por su presencia sin previo aviso, pensó que en la operación de compra del día anterior —en la que Gaby había sido su asesora— algo quedaría pendiente, por lo que le preguntó:

—¿Qué sucede? ¿Ocurrió algo malo con la compra de ayer?

Ella no contestó, continuó atravesando la enorme oficina con un andar lento y cadencioso, lo que por un instante le hizo recordar a Mark, esa ocasión —un año atrás— cuando él tratara de seducirla.

Gaby continuó moviéndose hacia él, pero cada vez con más lentitud. Llegó hasta el escritorio, le dio la vuelta, y sin permitir que él se levantara, tomó a Mark por detrás de su cabeza con una mano, y acercó su rostro hasta el de ella. Lo besó con pasión, y entonces se sentó sobre él.

Los deseos de los dos se fusionaron.

Al fin es mía —pensó Mark—. *Tiene que ser mío* —pensó ella, siguiendo la orden recibida—. Por un instante él contribuyó al bizarro encuentro, pero un par de minutos después —llevando la excitación cerca del límite—, Mark la apartó con un solo movimiento de sus brazos.

—¡No! ¿Qué hago? —pensó Mark enfurecido—. *Solo es una mujer fácil, una puta impetuosa* —Mark recibió esta orden como un flashazo en su cabeza.

Gaby se mostró confundida al ser rechazada. Entonces recuperó la conciencia de lo que acababa de ocurrir. *¿Pero qué fue lo que me sucedió?* Era como si ella hubiera vivido un sueño sin su consentimiento, como una de tantas pesadillas que ella experimentara, pero con esos deseos escondidos de encuentros con hombres atractivos. Más ahora todo era una realidad, tan firme como lo es recibir un balde de agua fría, provocando una confusión arrolladora e inexplicable: *¿Qué me pasó?* Roja de vergüenza, salió de la oficina a toda prisa sin voltear para mirar a Mark.

—¿Viste eso? —preguntó Roda a Serchy—. Soy el mejor programador de enrutadores que hay.

Mark se había levantado de su silla al apartar a Gaby, después se le quedó viendo mientras salía de la oficina a toda prisa. Sin entender nada de lo ocurrido, trató de conciliar sus pensamientos; se sentó en su escritorio y frotándose la barbilla se dijo: *¿Qué acaso estoy estúpido? Es una hembra exquisita... ¡Espera!, es una puta impetuosa, una golfa, sí, una oportunista.*

Estoy seguro de lo que tengo que hacer. Me voy a casar con Jazz, ella es de verdad la mujer ideal. Estoy harto de las mujeres fáciles que se te lanzan encima a la primera oportunidad —parecía haber olvidado, que él era quien había tratado de seducir a Gaby Ruiz sin lograrlo, y que en este caso, ella se alejaba del término "golfa," "puta," "oportunista" e "impetuosa." Pero el razonamiento de Mark estaba oscurecido y manipulado por los krítalos

X

Y lo imposible ocurrió, Mark Hammond al fin se había casado contra todas las posibilidades. Las mujeres solteras y adineradas que lo conocían, se habían quedado con un palmo de narices. Para su sorpresa y horror, se los había arrebatado una casafortunas cualquiera, sin posición social, riqueza o abolengo. La boda se llevó a cabo con un pequeño grupo de familias de poder —en donde hubo solo cien invitados, entre ellos los padres de Jazz y Mark; estos últimos parecían muy afligidos, al ver que su querido y exitoso retoño se casaba con la hija de un matrimonio tan simple—. Cuando la celebración estuvo en su apogeo, los novios se despidieron de todos, tomaron un avión privado, y sin que nadie supiera a donde partían, se dirigieron a Europa, mientras que los ricos y los influyentes se divertían de lo lindo, como si la fiesta hubiera sido diseñada solo para ellos. El viaje fue largo, pero lleno de detalles; Mark se esmeró en consentir a Jazz con comida increíble, vinos exquisitos y muchos regalos, con la finalidad que el viaje perdurara en su memoria y por siempre.

El viaje transcurrió según lo planeado, pero en las últimas horas se encontraron con mal tiempo y el jet se tambaleó con las bolsas de aire, lo que sobresaltó un poco a Jazz —quien estaba bastante cansada—. Cuando el avión salió de la zona inestable y dejó de moverse de un lado a otro, ella ya no pudo más y se quedó profundamente dormida; pues había descansado por lapsos muy cortos antes de la boda, y en ese momento no tenía idea de su ubicación geográfica. *¡Qué viaje tan misterioso!* —pensó entre sueños—. Sentía como si la hubieran metido a una licuadora encendida y la hubieran llevado al Polo Norte, acompañada de todos los regalos que los duendes de Santa Claus habían elaborado para ella —una ilusión que ella había creado desde los tres años, cuando vio una película de navidad junto con su madre—. Todo se enredó entre sus ideas. Por un momento pensó que los cuidados de una de las azafatas, eran los de su madre.

En el trayecto hicieron una escala en París, y partieron sin demora hacia Venecia, donde llegaron ya entrada la noche.

Mark Hammond y Jazz entraron a la *Suite Reale* del hotel Magistroni, uno de los hoteles más exclusivos de la Ciudad en el agua. *Bueno, al fin voy a probar las mieles de la pasión con mi amada* —pensó Mark.

—¿Te gusta la suite que elegí?

—Es hermosa Mark —dijo feliz de tener al fin una cama a su disposición—, pero el viaje se me hizo eterno, creí que nunca llegaríamos. —Jazz, que estaba lista para hacer esa noche de bodas una noche inolvidable para Mark, se quitó los zapatos y se tiró un clavado en la enorme cama, prendió la televisión con el control remoto y en la pantalla apareció una película, nada menos que "Lo que el viento se llevó," y mientras un suspiro atravesaba su cuerpo, un rayo se iluminó la ventana y fracciones de segundo después un tremendo trueno rugió como una fiera gigantesca y salvaje, dejando a oscuras la habitación. Jazz sintió que la vida se le salía, del susto se hizo un ovillo y se abrazó con fuerza de sus piernas.

Mark se encontraba acomodando algunas de sus cosas en el amplio vestidor, cuando se quedó a ciegas, sin poder ver la mano que tenía enfrente. Salió a tientas hacia la habitación y disgustado le dijo a Jazz:

—¡No lo puedo creer! Estamos en el mejor hotel de Venecia y nos quedamos sin luz.

De repente se empezó a escuchar el agua cayendo en el exterior; las ventanas se convirtieron amplificadores de sonido; y donde antes existiera solo lluvia, se precipitó una tormenta tan impresionante como escandalosa.

—¿Qué acaso no hay lámparas de emergencia en esta habitación? —preguntó Jazz apresurada.

—No lo creo. Ya deberían de estar prendidas —le contestó Mark—. Déjame encontrar el teléfono.

En silencio, y sin ninguna sospecha de ser visto, un sentimiento fue acercándose cautelosamente a Jazz; era tan fino como la humedad que, imperceptible, viajaba con el viento; entró en la habitación después de buscar en los rincones, como si supiera con exactitud lo que perseguía; cuando tocó por primera vez el cuerpo de Jazz, un escalofrío la sacudió, y el temor la abrazó dominando su cuerpo.

—Creo que encontré el teléfono —masculló Mark—. ¡Caramba!,

no sirve, es inalámbrico.

Jazz estaba inmóvil y a punto de empezar temblar; sin decir palabra, buscó la colcha y se arropó; algo que nunca antes había experimentado, un escalofrío incontrolable la abrumaba, y ella trataba de superarlo abrigándose para entrar en calor. *Este malestar debe de ser parte de los efectos del cambio de horario… ¡Sí que es horrible!* Pero esta conclusión estaba muy lejos de ser la verdad.

Mark salió de la suite a tientas y se topó con un *bellboy* en el pasillo.

—No se preocupe señor Hammond. Aquí traigo para ustedes estas lámparas de emergencia —dijo colocándolas en las manos de Mark—. Encontrará también tres o cuatro velas en el cajón inferior del vestidor y cerillos entre las amenidades dentro del escritorio.

—Muchas gracias. ¿No tienen planta de luz para estos imprevistos?

—Le pido disculpas, es muy raro, pero se estropeó hoy unas horas antes de que ustedes llegaran.

—Bueno, ya que estoy aquí con usted… mándeme una botella de Dom Perignon del '92, quesos surtidos, jamón serrano pata negra, una variedad de los mejores pasteles y fruta. Ah, y una mesa adornada con velas altas y café Copi Luwak para el final.

—Con mucho gusto señor Hammond.

—¡Ah!, y por favor deje dicho, que con luz o sin ella, no recibiré ninguna llamada. Tomen los recados para que mañana yo los vea.

—Así será señor —contestó el *bellboy* mientras Mark entraba de nuevo a la suite.

Mark alumbró el lugar colocando una lámpara de un lado y la otra en el otro extremo. Jazz abrió los ojos y al ver la luz sintió alivio.

—Mi vida, esto no es lo que yo esperaba, pero ya verás que ahorita se arreglan las cosas.

Jazz se destapó, y se puso en pie muy despacio y tomó una de las lámparas. Todavía estaba en medio de dominar el miedo.

—Ya no te preocupes Mark, con esta luz es suficiente; me voy a ir a arreglar un poco —entró al baño y se dio una ducha, se secó y se arregló. Después entró al vestidor. Ella esperaba que con el baño su malestar se fuera, pero no fue así. Traía un nudo en la garganta. Buscó el *negligé* que comprara especialmente para esta noche y se lo puso. Con detenimiento se vio al espejo y decidió retocarse el rostro con pinceles y coloretes; estaba lista, su cara lucía perfecta y su cuerpo irresistible; sin embargo no estaban presentes ni la ilusión, ni la sonrisa que ella esperaba que acompañarían ese deseo. Eso que ella imaginara mucho tiempo atrás, en su adolescencia, al momento de entregarse en su noche de bodas a su amado, había desaparecido. No sentía ese brillo, y el destello de ilusión la había abandonado a partir de que iniciara la tormenta.

Mark por su parte encendió las tres velas que encontró en el vestidor y dejó la lámpara de emergencia encendida. Se metió al segundo baño y se duchó, pasó al vestidor para asegurar su postura en el espejo y colocarse una elegante bata de satín negro que él eligiera para esta noche. *Me muero de ganas de tenerla conmigo.*

Jazz salió primero del vestidor cuando sonó la puerta. Se puso una bata y abrió. Dos empleados del hotel traían sendos carritos de manjares. Ella sorprendida, los dejó pasar para que acomodaran todo. Cuando los jóvenes prendieron las velas, su ánimo mejoró y se comenzó a sentir más tranquila. *¡Qué lindo detalle! Mark, eres un hombre único* —pensó, recuperando poco a poco la sensación de bienestar. Ella empezaba a disfrutar del colorido de la habitación. Los aperitivos se veían exquisitos, y Jazz por fin comenzaba a disfrutar realmente la noche, cuando una luz enceguecedora entró por las ventanas, acompañada de un nuevo trueno —aún más ruidoso— que arremetió provocando que todo vibrara en la habitación. Jazz se quedó estupefacta. El shock que recibió fue tan grande que la dejo petrificada de miedo. Los dos meseros se alarmaron al verla con los ojos desorbitados.

—Es solo un trueno —dijo uno de los jóvenes—. No se preocupe señora Hammond. No pasará nada.

Ella lo miró a los ojos recuperándose.

—Todo lo que ordenó su marido está servido. Si necesitan algo más no dejen de avisarnos. Aquí le dejo un *walkie talkie* para que nos llamen en caso de que necesiten algo más antes de que regrese la energía.

—Gracias. Se ve delicioso —dijo Jazz, cerrando la puerta con cortesía a los empleados. No tenía hambre, pero la vista era irresistible; cada bocadillo estaba bien acomodado de forma geométrica, rematado con unas flores pequeñitas en las esquinas. Jazz, pensando que un bocadillo le ayudaría a mejorar su estado emocional, empezó por probar uno de los pastelillos. El solo contacto con su paladar le hizo olvidar la sensación de miedo, que ya empezaba a dominar su cuerpo. Y por alguna buena razón, en el exterior del edificio la lluvia amainaba.

—Ah, veo que le he atinado a lo que querías linda.

—Sí Mark, está delicioso.

—Deja descorchar la champaña —Mark hizo lo propio y logró que el corcho saltara por los aires. Sirvió las dos copas.

Pasaron minutos mientras intercambiaron bocadillos, acompañándolos con varias copas de la espumosa bebida. Mark se fue acercando con delicadeza hacia ella, y empezar a acariciarla. Ella se dejó llevar. La botella se acabó cuando los dos estaban en la cama entrelazados como un apretado nudo marino. Ella por fin había entrado en el juego del amor sin poner atención a ello; superando los momentos de miedo.

Es mi esposo, ahora vamos a ver cómo nos va en este encuentro; espero que sea delicado —pensó mientras se besaban con pasión.

Esa sensación de incomodidad perdía su fuerza a cada minuto. Él fue acelerando su paso en las caricias, mientras ella apenas podía seguirlo.

No tan rápido por favor…, dame tiempo —ella se debatía entre decirle o no que iba demasiado rápido, pero no se atrevía.

Mark estaba alcanzando el nivel de éxtasis, dejando a Jazz muy atrás —acercándose con mucha velocidad al punto de estallar—, mientras que para Jazz, lo que unos momentos antes fueran toques de puro placer, poco a poco se convertían en agujas debido al ritmo y la fricción. Todo era como una sensación extraña que combinaba el placer con el dolor.

¡Tengo que detenerlo, no puedo…!

Un tremendo resplandor los iluminó, acentuando la incomodidad en Jazz, que ahora era abrumadora. Los dos se quedaron inmóviles con la mirada fija en la ventana, para recibir el rugido del trueno un instante después, tal y como si fuera un ogro que los amenazara con toda su fuerza.

—¡No!, ¡no!, —ella se deprendió de él, y con la respiración jadeante y el pulso a paso de galope; más por el susto que por el acto sexual, se dio la vuelta para colocarse a un lado de él.

La frustración en Mark era descomunal. Le tomó unos instantes tranquilizarse, respiro un par de veces y entonces, con un poco de esfuerzo, se trató de explicar lo que ocurría, pues nunca había vivido algo semejante. *Le asustan mucho los rayos* —concluyó, mientras en su semblante no podía disimular la molestia.

Mark estaba determinado a resolver esto, así es que se volvió hacia ella e intentó tranquilizarla, la acarició y acomodó sus cabellos; quería ayudarla a superar el susto lo antes posible para colocarse nuevamente sobre de ella y poder terminar, pero cuando él trató de continuar, ella se hizo a un lado.

—Es solo un trueno, no pasó nada. Estos edificios tienen un sistema especial para recibir los rayos. Cayó en el edificio de enfrente sin ninguna consecuencia, te lo aseguro —dijo condescendiente.

—¿Seguro?

—Claro, vamos mi vida. Te adoro —dijo Mark apretándola contra él.

Ella dejó que su cuerpo continuara en el juego de la noche de bodas, pero la sensación extraña ahora la poseía como un títere y la hizo experimentar una necesidad apremiante de abandonar todo.

—¡No! Lo siento Mark… —dijo separándose de él, interrumpiendo por segunda ocasión la conclusión de la cópula nupcial.

—Pero mi vida...

Jazz se levantó y sin pudor alguno corrió al baño sin decir una sola palabra.

Tim…, Tim es mi amor… él casi muere por mí… —se dijo a sí misma mientras evocaba la imagen en donde ella fuera salvada por él en la tormenta. Su remordimiento la hizo trizas y un llanto desconsolado hizo presa de ella. Mark alcanzó a escuchar sus gemidos.

—Mi vida, ¿qué te ocurre? —preguntó Mark pegado a la puerta del baño.

—Nada, nada… —contestó Jazz sollozando.

—¿Por qué lloras?

—Por favor, déjame sola. Por favor…

—Está bien… cuando te tranquilices me cuentas. Te espero en la cama ¿*No le atraigo?* —pensó Mark con preocupación—. *¿Acaso debí de esperar un poco más antes de seguir? ¿Dónde me habré equivocado?*

Para Jazz, la sensación de necesitar a Tim se convirtió en una obsesión en intolerable de un momento a otro.

¿Por qué me casé con Mark? No lo amo. ¿Por qué Dios mío?…

Y al otro lado del mundo, en México, en las oficinas secretas de los krítalos, Serchy miraba con detenimiento los números estadísticos del programa de Jazz, dándose cuenta que después de bajar un par de puntos, el promedio seguía estable sin bajar más. El krítalo observó por unas horas; el porcentaje de éxito en el programa de manipulación de Jazz continuó en 68%. Cuando apareció Thymoty él le comentó:

—Bajó su promedio al 68%, pero se mantiene estable, solo fue un ajuste. Parece que los recién casados tuvieron uno de estos "disgustos terrícolas" que no entiendo. Ahora Jazz duda entre Tim y Mark; pero mientras no se acerque a sus motivaciones de "líder" no creo que esto le afecte mucho.

Y en Venecia, Jazz seguía hundida en el remolino de la incertidumbre, no sabía si debería atreverse o no a platicar con Mark, y confesarle lo que en verdad le ocurría.

...Mark es por mucho el hombre que cualquier mujer daría lo que fuera por tenerlo. ¿Qué diablos me pasa?... —pensaba Jazz—, y una imagen venia y la tocaba, como la fuerte brisa, cuando se avecina una tormenta —ella en los brazos de Tim, en aquella noche frente a las llamas—. A Jazz le llegaba solo un pensamiento una y otra vez. *Nadie daría la vida por mí de esa forma. Tim casi se muere por mí...*

XI

Tim había pasado unas semanas en un poblado del desierto. Lavaba y fregaba sin parar en un viejo y desvencijado restaurante. El dueño del lugar lo aceptó —como a un típico trabajador ilegal; pues ya ningún lugareño quería hacer ese trabajo por un salario mínimo. Así el jefe se aprovechaba, pagando por debajo de lo establecido por la ley, para ese trabajo miserable—. En este sitio paraban los camioneros de carga pesada, aquellos que al ir muy despacio debido al enorme peso de su carga, manejaban muchas horas en el interminable desierto, teniendo que descansar después de un cierto tiempo. Los camioneros estiraban las piernas, después comían, se recostaban un poco, para continuar con nuevos bríos su pesado viaje.

Tim había averiguado que el pueblo, estaba detrás del pico Bangs, como a unos cuarenta kilómetros de una aldea indígena. Su jefe le comentó que a los nativos del lugar, rara vez se les veía por este pueblo al que los buscadores de oro, habían apodado "True Road" —y así se le había quedado el nombre—. Los indígenas de aquella aldea, casi nunca salían de su sagrado refugio.

Con lo que hoy cobre hoy, tendré suficiente para comprar algo de comida, ropa, y un sombrero que me tape de este sol infernal. Tengo que encontrar a Shama. Sé que ella es la respuesta, Ella sabe qué es lo que está ocurriendo —pensó Tim cuando vio que ya daban las cinco de la tarde; hora de su salida del trabajo.

Al día siguiente Tim se dirigió a comprar su ropa y equipo en el único almacén para exploradores del lugar. Un par de botas con punta afilada fue lo primero que compró —siguiendo la sugerencia del dueño del almacén—, ya que los zapatos que traía no le servirían para atravesar ese inhóspito lugar, y unas buenas botas le protegerían de las posibles mordeduras de serpientes, que abundaban por ahí.

—¿Hacia dónde se dirige? —preguntó el dueño—. ¿Está buscando oro?, porque yo le puedo proveer del equipo que necesita.

—No, gracias —respondió Tim—. No busco oro, sólo necesito ropa que me cubra bien del sol. ¿Vienen muchos buscadores de oro? No veo a nadie cargado con ese equipo.

—Tiene usted razón, ya nadie quiere ir a la mina 51 desde que aquel alemán, Rigman, desapareciera en ella.

—¿Qué?, ¿de qué habla? ¿Hay una mina en el pico Bangs? ¿Ahí desapareció un hombre?

—No *kiddo*, la mina está en el borde del pico, en donde los hopis habitan desde hace miles de años.

Tim no entendió porque el hombre lo nombro *kiddo*, pero pensó que si él fuera su padre, así lo llamaría; le sonrió y le dio más detalles:

—La aldea. Sí, ahí es donde me dirijo. ¿Los hopis cuidan de la mina donde desapareció el hombre que usted dice?

—Y yo que creí que todo el mundo ya había escuchado la vieja historia —agregó el hombre.

En Tim crecía cada vez más la curiosidad. El interés inició cuando el viejo mencionara la palabra "desapareciera," pero ahora la conversación era reveladora, pues indicaba la posible ubicación de Shama; su interior ardía sediento de respuestas, así es que prosiguió con sus preguntas mirando al viejo a la cara.

—Por favor cuénteme la historia. Yo no soy de por aquí.

—Eso veo, porque su pronunciación sí que es mala. No sabe hablar bien inglés ¿verdad? *Muy bueno jovencito* —dijo el viejo de grandes barbas, en un español precario—: Acerca de la mina 51 se cuenta, que hace ya muchos años se internaron un grupo de alemanes bajo la dirección de Adolf Rigman, pero para la sorpresa de los mineros que trabajaban en el lugar, el grupo se internó en la mina para desaparecer por muchos días; la verdad es que nadie sabe... unos dicen que fueron días, otros cuentan que años. La cosa es que un buen día salieron a la luz, pero sin tener consciencia del tiempo que había trascurrido en su estancia. Ellos creyeron que acababan de entrar a la mina unas horas antes, y al ver los calendarios, se dieron cuenta de que había pasado mucho tiempo. El asunto es que Rigman y sus hombres se quedaron locos...

—¿Dónde puedo encontrar a Rigman?

El viejo se rio a carcajadas.

—Ay, tú sí que estás en las nubes. Rigman y sus hombres murieron hace mucho. Es solo una leyenda...

—Pero, ¿qué hay de cierto detrás de ello?

—La verdad mi querido amigo, es que en la mina 51 solo hay una conspiración militar. Ahí hacen pruebas de nuevos armamentos, ¿sabes? Cosas confidenciales. Lo único que no han podido hacer, es sacar a los indios de su escondite; a un lado del sitio de pruebas. Este es un pueblo aborigen ancestral de muy pocos miembros, que en 1848 se les nombro "Amerindios" —cuando el estado de Arizona pasó a ser parte de los Estados Unidos, y en 1882, se estableció por orden del presidente Chester A. Arthur, una reserva para los hopis. Se decretaron leyes que los protegían. Este asentamiento, casi desconocido, está a un costado del monte Bangs —y aun ubicándose lejos de la zona de reserva, al este de Arizona—, es un pueblo protegido por la ley. Además, como los hopi son pacíficos y solo siguen con sus costumbres sin interferir en nada, no los han tocado.

—¿Se puede entrar a la aldea protegida de los hopi?

—No. Se encuentra dentro del perímetro militar restringido.

—Pero, ¿usted me quería vender equipo para buscar oro?, ¿no es así? ¿Se puede entrar a la mina 51?

—Sí que estás en la luna. Se dice que a los lados de la mina 51 —una zona libre—, se pueden encontrar vetas de oro casi a ras del suelo.

—Si es así, ¿por qué no veo a nadie viniendo a recoger oro en este lugar?

—Cuentan que después de Rigman, los que se acercaron a la zona se fueron con muchas pepitas de oro, pero todos ellos murieron de cáncer en uno o dos años. Llevamos ya muchos muertos en la lista: Pareciera que ya no hay más valientes que se atrevan a ir por el preciado metal. Todos se han alejado a buscar oro a unas cien millas de la mina original, y algunos han tenido suerte, mas ya no van a la mina 51. A todos ellos les he vendido lo mejor en equipo, como te darás cuenta.

—Y usted que tanto sabe, ¿por qué no va y saca unas cuantas pepitas para usted mismo? Conoce todo y podrá tomar sus precauciones.

—*Mira jovencito*, cuando uno ya tiene mi edad, no le importa si hay oro o diamantes; lo que más desearía es ser joven otra vez y correr nuevamente tras una buena mujer.

—Entonces ¿usted nunca se aventuró en la búsqueda de una fortuna?

—¡Claro que sí! Hace ya unos cincuenta años fui decidido al lugar con la firme intención de regresar rico, pero quería estar seguro de que tomaría lo mejor, por lo que en lugar de buscar en la zona libre, decidí buscar el oro en la mismísima mina… Aún lo recuerdo como si fuera ayer. Quería meterme al maldito lugar; no me importaba que los militares estuvieran custodiándolo por ahí. Preparé un plan y una noche sin luna me aventuré. Ahí tuve la experiencia más aterradora de toda mi existencia. Desde entonces decidí que mi vida sería vender utensilios, casarme, y sentar cabeza. Fue como si el destino me castigara y aquí me tienes.

—Pero viejo, dígame… ¿Qué pasó?

—Siéntate, que todavía te voy a robar unos minutos. Yo estaba a punto de entrar: Mi plan era que en el cambio de turno de la vigilancia, me metería en la mina sin que nadie me viera. Faltaba tan solo un minuto para las diez de la noche, cuando observé que tres luces en el cielo se movían hacia donde estaba agazapado yo y la caseta de los vigilantes de la mina. Me quedé inmóvil. Las luces se movieron con mucha rapidez, y en un abrir y cerrar de ojos se juntaron en una sola luz cegadora, esta cubrió a los dos hombres de la vigilancia —ellos se encontraban a tan solo unos veinte metros de mí—, los vi desaparecer junto con la luz. Con un miedo que sentía hasta la médula de mis huesos, moví mi cabeza muy despacio, casi petrificado, al pensar que esas luces aún estuvieran por ahí, y me llevaran a mí también. Pasmado y temblando hasta los dientes; que sonaban como castañuelas españolas, me di cuenta que habían desaparecido en el firmamento sin dejar señal alguna de su destino. Caminé un metro y me retorcí volviendo el estómago, en medio de un dolor que supongo que mi cuerpo había atenuado por el *shock*, y la impotencia de no poder hacer nada al respecto... —el viejo se quedó callado y tomó un cigarro, lo encendió y le ofreció uno a Tim, pero él no lo tomó, entonces prosiguió—: Horas más tarde yo estaba con calentura en la cama. Juré ese mismo día, que nunca más regresaría a ese maldito lugar.

Tim no dijo una sola palabra... algo en el relato le confirmaba que se encontraba en el lugar correcto, mientras que una sensación de mucha incomodidad se prendía en su cuerpo. Miró con calma al viejo y levantándose de su asiento le agradeció sus atenciones, después de pagarle con todo el dinero que traía en la bolsa. Tomó su ropa y el sombrero, recogió la pequeña maleta con vivieres que ya traía consigo y se despidió del hombre con una gratitud que no había sentido en años.

—Robert es su nombre, ¿verdad?

—Así es *kiddo*... Vete ya. Yo sé que no hay fortuna de oro que resplandezca más que la aventura de desafiar lo desconocido. Vete y vuelve sano, más que rico. Ese es mi deseo. Al verte es como si me mirara al espejo hace muchos años. Pero ¿qué esperas? —el viejo de las barbas, lo miró con añoranza; hacía mucho que nadie le hacía recordar su vida de aventuras—. Ya vete —dijo sonriendo—, no me des más lata...

Tim revisó todas sus cosas mientras cruzaba la puerta, se detuvo, volteo y miró a Robert en señal de despedida, y le sonrió. Salió al sol abrazador con un poco más de esperanza, el calor le recordó a lo que había venido a Arizona. *Tengo que descubrir lo que pasa... Si Shama me ayuda quizá lo logremos.* Después de muchas horas Tim logró llegar a uno de los bordes de la meseta del pico Bangs. Subió unos metros por un costado. La vista era sobrecogedora, el aire hervía en ondas de calor y el cielo mostraba tonos azules mezclados con lilas, rojos y naranjas, mientras el sol en el horizonte empezaba a desaparecer tras las torres de piedra, y la arena parecía cambiar de color a cada momento. Empezó a caminar en busca de la aldea, mas no vio nada en su trayecto; cuando llegó al lado noreste de la base del pico, se detuvo. Volvió a ver a su alrededor —girando 180 grados—, ahí no había nada de lo que buscaba. *¿Acaso podrá ser este el lugar al que Shama se refería?* —pensó caminando un poco más hacia el este—. El sol ya casi había desaparecido; rodeó unas enormes piedras para encontrarse en la aparente entrada de un cráter, que tendría alrededor de un kilómetro de diámetro. Se acercó al borde para darse cuenta de que la profundidad era inmensa, y entonces distinguió unas luces a un lado en el fondo. *¡Caramba...! esto debe ser la mina 51, el lugar sí que es imponente.* El calor se fue convirtiendo en frío y la luz, tímidamente desapareció frente a sus ojos. Dio la vuelta y con calma buscó a su alrededor una superficie plana para descansar. Sacó un *sleeping bag,* y lo acomodó para que el viento no lo golpeara, se recostó sin perder tiempo, y en un instante se quedó profundamente dormido.

Dos horas pasaron y un viento helado empezó a colarse en la capucha del *sleeping bag*, pero esto no lo despertó; el esfuerzo de la travesía había sido agotador. Tim se encontraba ido por completo, sumido en un sueño donde Jazz estaba a su lado en una enorme cama con el viento alborotando su cabello; de pronto el miedo lo abordó; el viento se convirtió en una viejecita, y luego en una bruja desdentada y desfigurada que le decía:

Te estamos esperando...

El terror lo invadió. La segunda vez que la espantosa aparición pronunció esas palabras, el viento arreció despertándolo de golpe: *¡Oh! Gracias a Dios... es solo un sueño.*

Un pequeño sonido lo alertó. Era casi imperceptible, le llegaba a través de una ligera vibración en el suelo —un ~zzzzhhh~ que difícilmente alguien podría percibir; pero él lo hizo, pues estaba acostumbrado a las vibraciones de su cama, causadas por los camiones pesados que pasaban por la calle en donde estaba situado su departamento, en la Ciudad de México; así es que al deducir que era imposible que el suelo se moviera en el lugar donde se encontraba, que era pura piedra, abrió el *sleeping bag* y con todos sus sentidos alerta, se dio a la tarea de encontrar la causa. Sintió que se congelaba, así es que frotándose los brazos buscó otra chamarra en su mochila, y se la puso, mientras debajo de sus pies la vibración crecía, haciendo que ahora el piso empezara a temblar con mucha fuerza. En fracciones de segundo las vibraciones trepidantes lo tiraron al suelo. Una luz resplandeciente lo envolvió. «*¿Qué es esta luz...?*» y no supo más de sí...

XII

A más de diez mil kilómetros de distancia de Arizona, Jazz estaba internada en el hospital DiAngelli en Venecia.

—Doctor. Dígame que no es grave lo que tiene mi esposa —le dijo Mark en perfecto italiano.

—Mire señor Hammond, como ya le expliqué antes: Tenemos que descifrar qué tipo de virus la atacó. Parece ser una variedad de la varicela, un virus mutado, pero no tenemos ningún registro o antecedente de este. Estoy tratando de ver si en algún hospital de la Unión Europea, existe el perfil del virus.

—Llevamos muchos días y no veo en ella ningún síntoma de recuperación —a Mark se veía molesto.

—Usted está pagando a los mejores especialistas. Algunos de ellos han venido de otros países solo para ver a su esposa. Déjelo en nuestras manos.

—¿Cuándo podré entrar a verla? Necesito que me deje entrar a su cuarto.

—No hasta que analicemos las posibilidades de contagio por la actividad específica de este virus; el índice podría ser muy alto. Lo siento. En su momento le daremos permiso para verla.

—¿Ya le bajó la fiebre? —preguntó Mark con más angustia.

—Desde que usted la trajo hemos podido controlarla a medias. Mire, usted ya alquiló una recámara anexa a la zona aislada. Relájese… en la tarde espero recibir algún reporte actualizado de la Organización Mundial de la Salud. Yo lo buscaré cuando sepa algo.

—De acuerdo doctor. Cuento con usted. Por favor haga hasta lo imposible.

—Créame, estamos haciendo todo lo que está en nuestras manos —contestó el doctor, y dándole la mano se dirigió de inmediato a las oficinas administrativas.

No sé qué le pasó. Después de ese maldito trueno todo se fue por la borda. Recuerdo lo que me dijo «Mark, mañana será un día nuevo. Vamos a dormirnos…» Pero cuando despertó tenía casi cuarenta de calentura… ¡Dios mío! Esto no me puede suceder a mí. ¿Por qué ocurre esto cuando por fin tengo a la mujer de mi vida? Por favor, Dios, si en verdad existes, ayúdame… —rogó Mark, mientras recordaba una discusión que tuviera con su padre, mucho tiempo atrás; donde él —con rudeza—, cuestionó la existencia de Dios. Ahora el magnate deseaba el perdón de su padre y el halo divino de su fe.

Y mientras tanto en Ciudad de México, en las oficinas de los krítalos, se sentía una tranquilidad incierta.

—¿Cómo van las cosas? —preguntó Thymoty a Serchy.

En la pantalla de la Futuram se observaba a Jazz en la cama del hospital con varios aparatos midiendo su pulso y otros indicadores de los puntos vitales de su cuerpo, incluyendo un moderno ultrasonido que, sin la necesidad del contacto directo a su cuerpo, registraba otros elementos.

—No veo ningún riesgo con esta enfermedad. Sus porcentajes no han cambiado mucho, tenemos un 67% estable, y la Futuram indica que en cosa de quince días estará fuera del efecto del virus.

Roda, que estaba fuera de la zona de monitoreo se acercó y al ver los indicadores de los monitores adjuntos agregó:

—¿Qué pasaría si se muere?

—Ay… si serás necio en meter tus ideas estúpidas.

Thymoty señaló una de las pantallas a un lado de la Zuli.

—¿Qué dice ahí?

Roda observó y trato de cambiar su comentario:

—Ah... el porcentaje de posibilidades de que muera de esta enfermedad es de .001% Bueno, pero... ¿qué no sería mejor que así fuera?

—Roda, eres un tonto; ponte a estudiar el plan maestro. Jazz tiene que estar viva para ayudarnos a sacar... lo que necesitamos sacar de este planeta —agregó Serchy.

—Ya, déjense de cosas —interrumpió Thymoty— Sí; ella se va a recuperar. Solo es cuestión de tiempo, Mark parece estar muy decidido para retenerla; eso nos ayuda a que ella recapacite quedándose con él, en lugar de regresar con el estúpido de Tim, que nunca ha servido como enrutador principal. ¡Demonios!, ¿cómo fue que pusimos a este tipo en ese papel? Aún recuerdo cuando se nos presentó el plan maestro; se supuso que el enrutador principal tendría que ser alguien confiable... ¡Qué tontería! Cuando yo tenga el puesto de Director en la planeación, nunca cometeré estos errores.

—Estoy seguro que así será —agregó Roda tratando de quedar bien.

—¿Y dónde está el famosísimo estúpido de Tim?, ¿ya lo encontraron?

—No —contestó Serchy—, desde que entró a la zona 51 entre Arizona y Nevada, no tenemos señal de él.

—¿Cómo es posible que nuestros científicos no hayan descifrado aún la razón de la interrupción de nuestras señales en algunas coordenadas de este inmundo planeta? —preguntó Thymoty.

—No lo sé señor —contestó Serchy—. ¿Recuerda usted la vez en que Jazz entró a Tepoztlán y perdimos la señal por más de tres horas?

—Ni me lo recuerdes, fue una pesadilla... —dijo Thymoty parpadeando nervioso—. Programen un par de alertas para cuando surja cualquier señal de Tim. Estaré en mi cuarto de descanso.

Entre tanto, en Arizona las cosas se ponían muy calientes. Tres hombres vestidos de traje negro, discutían sin llegar a ninguna conclusión:

—No lo toquen —ordenó el más alto de los tres—. Está volviendo en sí.

—Pero él es un humano ¿no? —dijo el más bajo.

—Tengo mis reservas... Mira, lo que tengo en los aparatos de medición de su pulso y su temperatura —contestó el gordo.

Tim abrió los ojos, y sin entender lo que le había pasado antes, los miró a los tres con recelo.

—¿Dónde estoy?... —preguntó.

—Te dije que no lo tocaran con los detectores... —dijo el más alto de los hombres; quien fungía como jefe—. Esto es una reacción normal de amnesia temporal provocada por la succión lumínica. ¿Lo ves?

—Bueno, tienes razón —contestó el gordo—, cuando encontramos a los alienígenas, nunca perdieron la conciencia en ninguna de las succiones.

A Tim casi se le salieron los ojos cuando escuchó la palabra alienígenas.

—¿Alienígenas? ¿Ustedes trabajan con aliens?

—Por favor llévalo a la zona de reposo y asegúrate que le inyecten los sedantes necesarios —ordenó el jefe, Rick Ramson, al mismo tiempo que se preguntaba en si este supuesto "buscador de tesoros" podría ser un miembro de una facción antagónica del gobierno que desde hacía tiempo quería arrebatar el poder a Noa Hide.

—Yo me encargo —comentó el bajito.

—¡Un momento! —dijo Tim—. ¿A dónde me llevan? No necesito ningún calmante.

—Creo que Ramson —refiriéndose al jefe—, tenía razón. Los alienígenas no tienen estas reacciones tan emotivas —agregó el gordo—.

El hombre delgado hizo una señal y aparecieron tres soldados que sujetaron a Tim y lo metieron a una sala, donde lo subieron a una camilla. Un doctor se acercó y le inyectó una sustancia en el brazo.

—¡No!, por favor. No estoy mal... por fav... —Tim se hundió en la inconsciencia.

Minutos después, en otra oficina cercana, Rick Ramson marcó a su superior:

—¿Qué sucede Rick? ¿Por qué me llamas a estas horas de la madrugada? —contestó Noa muy molesto.

—Disculpa Noa, pero tengo un hombre que fue succionado por accidente; él no estaba programado para las pruebas.

—¿Es un humano?...

—Sí... fue un error de uno de los nuevos agentes que piloteaba la nave cerca de la mina. Hacía una prueba de vuelo cuando visualizó a un intruso, los indicadores de la nave chillaron un par de veces, lo que puso muy nervioso al novato, y creyendo que era un peligro potencial, lo succionó. Ya lo sancionamos por no seguir el protocolo de la cadena de mando para casos de emergencia. Lo siento, el joven simplemente se espantó. Pero hay algo que no me checa Noa; el hombre succionado preguntó alarmado, si trabajábamos con alienígenas; comprenderás que quiero estar seguro que este tipo no es de la facción opositora.

—Bueno, aíslen al sujeto y controlen bien sus signos vitales. Mañana llego con ustedes...

—De acuerdo —Rick colgó el teléfono.

Noa Hide, un hombre de edad avanzada, era el Director de "El Viento Invisible;" proyecto confidencial que estaba dedicado a la investigación extraterrestre. Un proyecto que fuera financiado desde un principio por Donald Diamonds —un multimillonario ahora retirado—. En 1970 descubrieron una nave extraterrestre en la zona de la mina 51. No la pudieron abrir por ningún medio hasta el año 2006, cuando se utilizara por primera vez un método novedoso de reversión de los vectores potenciales electromagnéticos. A los científicos les llevó tres años más poder encender la nave y hacer las primeras pruebas de vuelo; descubriendo que la nave podía convertir los cuerpos de las personas en subfontones o nanopartículas de luz desmaterializándolos para poder transportarlas, o mejor dicho, succionarlos hacia dentro de la nave. Esto era posible aun cuando ésta estuviera a mucha distancia. En su etapa de experimentación descubrieron que las personas succionadas perdían el conocimiento en el proceso, provocándoles bastante aturdimiento y confusión. Durante tres años no encontraron a ningún alienígena, pero esto ya era historia; fue toda una sorpresa para los científicos, así como de Noa Hide y Donald Diamonds. Un par de meses atrás habían descubierto que dos de los humanos —a quienes habían succionado en sus programas de experimentación—, en realidad eran alienígenas, pues durante el procedimiento posterior a la succión ellos no habían perdido la conciencia; algo que, al principio, no les decía nada en particular, pero a la hora de determinar las causas de las diferencias, realizando una serie de análisis exhaustivos a todos ellos —siete en total—, fue donde empezaron a surgir las sospechas. De entre todo el grupo había algo raro en los dos últimos hombres —que nunca perdieron su estado de alerta—. La temperatura era una de esas cosas. De manera anormal, la tenían entre uno y dos grados por encima del promedio, pero aún con esa febrícula o calentura, no mostraban signos de enfermedad alguna. Otra diferencia que dejó perplejos tanto a los doctores como a los científicos, fue que su pulso estaba un poco más acelerado de lo normal, sin mostrar señal de ningún padecimiento. La información se fue acumulando con rapidez, y cuando las sospechas de Noa se acrecentaron —estando él en la supervisión directa— la probabilidad de que los dos individuos pudieran ser alienígenas, aumentó a causa de otro suceso inesperado; uno de ellos había desaparecido al ser recostado en una cama para una revisión exhaustiva; el sujeto estaba conectado con cables a todo su cuerpo, y cuando los médicos se disponían medir todas las corrientes eléctricas en su organismo, en fracciones de segundo se evaporó. Poco después el otro alienígena también desapareció; fue al momento de enterarse de lo ocurrido a su compañero; solo se desvaneció. Cuando fueron a buscarlo, su ropa se encontraba en el suelo del cuarto aislado, como si se hubiera escapado desnudo. Nunca encontraron a ninguno de los dos.

Después de hablar con Noa, Rick se había quedado pensativo: *¿Cuántos extraterrestres* —aliens, como dicen ahora— *estarán infiltrados como empleados de nuestra base?* Sonó el teléfono Interrumpiendo sus pensamientos.

—¿Diga? Compañía de Investigación Metalúrgica a sus órdenes… —esta era la clave con la que se contestaba el teléfono en las oficinas de acuerdo al protocolo de seguridad.

—Soy yo, dijo Noa, me quitaste el sueño… me dejaste pensando y en lugar de darle más vueltas en la cabeza decidí llamarte. No creo que este hombre sea de la facción de oposición del gobierno; más bien creo que se trata de una infiltración. Mira Ramson, desde que logramos abrir esa nave, sólo hemos encontrado dos alienígenas, y fue dentro de nuestra zona 51. ¿Recuerdas cómo sus cuerpos desaparecieron en nuestras narices?

—Lo recuerdo, más de lo que me gustaría hacerlo —contesto Rick.

—Si este hombre no ha desaparecido, seguro que es humano. Me pregunto: ¿Por qué razón estaría espiándonos? Creo que hay algo más. Hay que tener cuidado, quizá tenemos una conspiración de otro tipo. Mañana haremos una investigación a fondo.

—Buena idea, Estaré listo…

Al día siguiente Tim empezó a recuperar la conciencia, abrió los ojos y haciendo un esfuerzo que le pareció titánico, empezó a ubicarse; estaba en una habitación donde había cuatro camas, volteó a ver hacia el otro lado y un fuerte dolor le invadió desde la frente hasta los hombros impidiendo continuar sus movimientos; se llevó ambas manos a la cabeza tratando de apaciguar la desagradable sensación, pero no lo logró; se quedó quieto; de este modo sintió —al fin— un poco de alivio. Después de unos minutos empezó hacer un nuevo intento, ahora con movimientos sumamente lentos y mucha precaución; así consiguió ir cambiando la posición de su cuerpo evitando en buena medida las sacudidas de dolor intenso y repentino. Tim dejó pasar varias horas para hacer un nuevo intento.

Sigo dentro del complejo militar... ¡Diablos!, ¿qué me inyectaron? Este dolor es insoportable. Tengo que salir de aquí. No veo a ningún militar. Tendré que hacer un esfuerzo... Sí... creo que sí... —se levantó, y renqueando por la dolencia, salió del cuarto a hurtadillas, y en el borde de la puerta se agachó y asomó la cabeza para ver que tres soldados jugaban a las cartas en una mesa repleta de vasos y botellas, los envolvía una nube de humo, mientras una melodía country pegajosa se repetía una y otra vez. Las palabras de los tipos sonaban como sonidos machucados, distorsionados por el volumen; todo era demasiado para Tim —no entendía maldita la cosa—, pero vio que ninguno de ellos miraba hacia la puerta; los tres estaban discutiendo —muy acalorados— concentrados en las cartas. *Si me pego por completo al piso, podré deslizarme sin ser visto* —concluyó Tim—. Puso su pecho pegado al piso y empezó a moverse lentamente hacia el pasillo, el ruido provocado por el roce de su cuerpo era mitigado por la música y el barullo, Tim alcanzó llegar al final del pasillo y estando a un paso de estar fuera de la vista de sus captores, se empujó con más fuerza, aumentando el ruido, justo cuando la canción terminaba. Uno de ellos volteo, y Tim —que sudaba profusamente—, apenas alcanzó a salir al pasillo; el soldado, que era el que estaba en medio de los otros dos, alertado por el ruido se levantó; los otros dos interrumpieron una acalorada discusión de apuestas, lo miraron extrañados y uno de ellos preguntó:

—¿Qué te pasa Fred? ¿Ya te vas? No seas gallina; quieres irte cuando estoy ganando la partida.

—¿Gallina yo? Escuché un ruido. ¿Qué ustedes no lo escucharon?

—¿Un ruido? No seas mariquita y siéntate a cumplir como los hombres.

Fred miró con detenimiento hacia la entrada sin notar nada raro; jaló aire llenado sus pulmones y les contestó:

—Mira Buck, vas a ver quién soy, prepárate…

El parloteo y la música siguieron, y Tim aprovechó para salir al exterior. Estaba oscureciendo y caminó como pudo, estaba exhausto pero decidido a salir. Alcanzó a ver que había dos solados en una de las entradas; y a uno de ellos, Tim lo notó especialmente agitado. Se acercó hasta estar a unos cinco metros de la malla de las puertas de alambrado; estaba oculto esperando el momento oportuno; pasaron solo unos minutos, que le parecieron eternos, finalmente oscureció. La desesperación se apoderó de Tim. *Si alguno de los solados se asoma al cuarto donde estaba yo cautivo, estoy perdido… ¡Tengo que salir ya!* —pensó.

Uno de los vigilantes, el que había estado inquieto, le comentó al otro:

—Creo que algo me cayó mal al estómago. Voy al baño, ya no aguanto —y entró al puesto de vigilancia.

El otro, aprovechando la ausencia de su compañero, sacó una cajetilla de cigarros y encendió uno. Empezó a caminar hacia el lado opuesto de la entrada, tarareando una canción.

¡Ahora o nunca! —Tim caminó agachándose hacia la puerta de alambre y cuando llegó a ella se tiró al suelo, la puerta estaba reforzada por debajo, así que no podía deslizarse. A un costado, junto al puesto de vigilancia, una parte del enrejado estaba suelto. Tim trató de soltar más la malla, pero temía hacer mucho ruido. Desde el baño se escuchó un sonido muy reconocible, al que el soldado que fumaba comentó:

—Oh… ¡Damn! Vamos Mike, ¿qué comiste que traes esa diarrea? —y soltó una carcajada, que Tim aprovechó para deslizarse bajo el hueco de la malla. El soldado dio la vuelta y mirando hacia el cielo continuó con la canción:

—"Y si fueras el viento o si fueras una estrella…"

Tim salió al fin. Se arrastró hacia los matorrales lo más lento que pudo —para no hacer ruido—, y mientras el vigilante seguía en la luna, logró ocultarse bajo la oscuridad de la noche.

Nunca jamás alguien había escapado después de ser noqueado con esa cantidad de drogas inyectadas, por lo que a ningún soldado se le ocurrió ir a revisar la condición del prisionero.

—Tengo que encontrar la aldea —se dijo Tim entre dientes, y mientras se hundía en el dolor, hizo un último esfuerzo para llegar jadeando hasta los arbustos más altos. *Es mi única salida; estos tipos no saben lo que hacen y si me agarran de seguro me matan.*

Noa Hide llegó en un helicóptero al complejo y mientras sobrevolaba el lugar Tim escapaba entre los arbustos. Se aseguró de no ser visto colocándose boca abajo en la parte más tupida de la maleza.

No me dejaré agarrar otra vez, claro que no...

Noa estaba ansioso por estar en tierra firme; frotaba un sobre una y otra vez con sus dedos y miraba constantemente hacia la ventanilla cuando sonó su celular, lo tomó y vio que la llamada era de Donald Diamonds, Presidente de la corporación Diagari LTD y principal accionista de la misma —un monstruo de muchas cabezas; dueña de bancos, empresas de software, telecomunicaciones, distribuidoras, maquiladoras, exportadoras e importadoras, bienes raíces, minas, centros de corte de diamante y filiales pequeñas—. Diamonds, siendo un hombre de noventa y dos años, engañaba a todos sobre su verdadera edad, pues poseía una figura y un espíritu juvenil únicos.

—Donald, sé que te preocupa la seguridad —Noa afirmó con mucha determinación—. Haremos una revisión a todo el personal de la base. Los militares tendrán que aceptar nuestras condiciones.

—Noa, asegúrate de que comprendan que si no nos permiten hacer nuestras propias pruebas a todo su personal, no tendrán ni un centavo más... —dijo muy firme el millonario.

—Bueno Donald, ya aterricé, nos hablamos más tarde y te informo.

—Haz lo necesario Noa...

En cuanto Noa y las personas que venían en el helicóptero entraron en el edificio, Tim corrió con todas sus fuerzas bajo la zona de maleza. Las cámaras de seguridad lo captaron corriendo, pero los guardias que deberían haber visto las imágenes proyectadas estaban recibiendo a la comitiva, por lo que Tim pasó la zona de seguridad sin que nadie se diera cuenta de su escape.

Dios me estoy muriendo —jadeaba Tim en medio del dolor que ahora le alteraba la visión. Caminó dando tumbos en medio de algunas rocas, para caer inconsciente, justo enfrente de la entrada a una cueva.

Noa gritó con fuerza a Ramson:

—¿Cómo que no está? ¿Cómo pudieron perder a una persona drogada en un complejo de alta seguridad? ¡Estúpidos! Ahora sí estoy enojado. ¡Olvídense del subsidio y los bonos especiales!

Ramson se quedó paralizado escuchando con un nudo en el estómago —sabía que ahora si estaba en problemas—, pero conociendo a Noa, contestó de forma sumisa, dando una explicación que le permitiera escapar de la culpa.

—No te pongas así Noa. Me dice el doctor que la droga que le administró no le permitirá mucho movimiento, al activar la circulación tiene un efecto de patada de mula que lo noqueará. Sólo hay que buscar por los alrededores. Ya mandé una brigada para atraparlo.

—Más te vale Rick, si es que quieres conservar las medallas en tu pecho.

Después de esto, Rick ordenó al capitán Don Watson que agregara otra cuadrilla de sus hombres para que buscaran al fugitivo.

La noche había cubierto las sombras y las escondía en los rincones, dejando solo un recuerdo de la ilusión de venganza de Rick Ramson y el famoso doctor psiquiatra Sean Drogstum.

—No entiendo —Drogstum se tocaba la cabeza.

—Sí tú no entiendes, ¿qué crees que pienso yo? —dijo Ramson

colérico—. Se supone que tú eres el experto en controlar la mente de los hombres. ¿Dónde está esa droga milagrosa que no permitiría que este hombre se moviera de su lugar? Despídete de la buena vida de ricos que llevamos. Mañana viene Donald Diamonds y seguro que va a cortar los fondos para esta operación. Esta es una operación secreta, el proyecto no existe, ni existió nunca para nadie. Todo lo que tenemos es gracias a que Diamonds paga todo. Ningún gobierno pagaría por una operación para combatir a unos cuantos aliens, que de acuerdo a la propaganda nunca han existido. ¡Me lleva el demonio! ¿De qué sirve que ustedes se la pasen observando a tantas ratas, cuando nosotros, los humanos, estamos tan lejos de ser tan estúpidos como para vivir en las coladeras?

—¿Dónde está el jefe de seguridad? —le dijo a un asistente—. Aún no me ha dado el informe que le pedí.

Un hombre alto, con la mirada furtiva y enorme pecho entró en la oficina.

—Dígame señor Watson. ¿Dónde está el fugitivo? Hace ya cientos de horas que salieron sus hombres y no tengo respuesta. ¡Dígame! —gritó muy alto Ramson—. *¡A ver si así reaccionas estúpido!* —pensó.

—Revisamos en cada rincón del lugar y no lo encontramos señor —reportando la falta de novedad con voz fuerte frente a él.

—¿Se les ocurrió de casualidad que se pudo esconder en la aldea de esta tribu que vive en las vecindades? ¿Cómo se llaman? Los antiguos hapi…

—Hopi —contestó Watson.

—Sí, ¿revisaron en la aldea de estos hopi?

—Claro señor, no solo entramos a la aldea; la revisamos a conciencia; se molestaron mucho, ya que de acuerdo a los tratados no debemos de irrumpir en el lugar sin permiso expreso y acordado previamente. Los hopi no lo escondieron.

—¿Cuántos hombres tiene en la investigación?

—Treinta señor…

—Ponga a todos sus hombres en ella y deje solo cuatro en los

puntos de vigilancia. Quiero a este intruso en menos de 24 horas...
¿Me entiende? —dijo dejando ver una rabia enorme.

—De inmediato —contestó Watson, desapareciendo a toda velocidad.

Lejos de ahí, en el pueblo True Road, adentro de un cuarto del único hostal del lugar, yacía un hombre —más bien un guiñapo de hombre— entre las sábanas de una desarreglada cama. Al lado de él estaba una dama con un atrevido negligé como toda vestimenta, que le hacía lucir sus curvas; llevaba unas enormes pestañas postizas y sus labios lucían un color rojo ardiente.

—Despierta amigo, despierta.

Tim, o lo que quedaba de él, escuchaba a lo lejos una dulce canción:

¿Dónde estás amigo?, ¿dónde estás?...
Extraño tu alma, mi viejo amigo...

—Despierta... amigo —insistió la joven dama.

Con mucho esfuerzo abrió los ojos y al verla se dijo:

—¿Qué me pasó?

—No mucho... ya es la hora. Te tienes que ir. Oso Grande te espera en la cantina. Solo tienes que bajar las escaleras y al salir, cruzar la calle.

Ella le ayudó a incorporarse.

—¿Quién eres tú? ¿Dónde estoy?

—Mira amigo, no estamos aquí por gusto. Oso Grande me pidió que te cuidara hasta que pasara de la media noche y entonces te mandara con él.

—Entiendo... pero... ¿cómo llegué hasta aquí? ¿Seguimos en el área de la Mina 51, en el pico Bangs?

—Tranquilízate, Oso Grande te trajo. Estás a salvo. Nos encontramos en True Road...

—¿En True Road? ¿Cómo me trajo un hombre hasta acá?

—A caballo. Él es uno de esos indios hopis que aún quedan por aquí. Es un gran hombre.

—Bueno, ahora entiendo. Y tú eres…

—Sí, soy. Es el mejor negocio del lugar. Cuando necesites algo solo pregunta por Jenny. De hecho soy una de las dueñas de este pueblo. No hay una mujer como yo. Ya tendré la oportunidad de demostrártelo.

Jenny, a diferencia de otras prostitutas no solo era sumamente atractiva e inteligente, también era culta y poseía un trato tan delicado, que muchas mujeres ya quisieran tenerlo.

—Jenny dijo esto mientras le acariciaba la barbilla.

Tim —que tenía una terrible debilidad por las mujeres atractivas y sensuales—, se levantó como un resorte: *No es momento para esto… qué lástima… Jazz… oh Jazz…* —pensó—. *No debo…*

—Agradezco tu ayuda y tus cuidados… ¿Te debo algo?

—No, Oso Grande ya pagó mis servicios… Nos vemos otro día, encanto.

Tim salió caminado y al bajar las escaleras se mareó; se dio cuenta que aún estaba en mal estado, al grado que tuvo que sostenerse de las paredes.

Parece como si me hubieran apaleado, me duele todo.

Ya en la calle, vio la cantina frente a él —el único bar que aún conservaba el nombre de "Cantina," conservando una larga tradición—, y decidido a resolver el problema y encontrar a Shama, caminó a paso lento, pues era lo más que podía hacer. Antes de cruzar había observado que nadie más lo acompañaba en la desolada calle.

Espero que este hombre llamado Oso Grande conozca a Shama —pensó.

Un golpe en la cabeza lo tiró al suelo, dejándolo en el piso tendido como un bulto.

XIII

Oso Grande estaba inquieto, observaba con mucha atención la puerta esperando al hombre, a quien horas antes le salvara el pellejo. Pasaron los minutos sin que nada ocurriera. Un chiflón se coló por debajo de la puerta acercándose pausadamente hasta que tocó el rostro del hopi.

Algo anda mal —presintió.

Un hombre abrió la puerta y entró —era un empleado de la gasolinera—, y a su paso dejó una corriente helada que se coló acompañándolo. El aire frío alcanzó el rostro de Oso Grande provocándole un escalofrío. *Es él* —concluyó—, y salió corriendo. Vio que en la calle no había nadie, cruzó hasta el hostal y cuando llegó a la entrada se topó con Jenny, quien en ese momento salía.

—¿Dónde está? —preguntó Oso Grande.

—Pero si te lo envié hace más de quince minutos…

Oso Grande, era un hombre fuerte y alto, con facciones auténticas hopi; pómulos saltones, cejas delgadas alargadas, labios gruesos y barbilla pronunciada; poseía además la mirada firme de un león; imponente e insostenible para muchos; era uno de los únicos amerindios de esa aldea que tenían contacto continuo con la raza blanca. Las doctrinas de sus antepasados le enseñaron a creer que los problemas se resuelven a base de la fuerza del espíritu, pero su esperanza y determinación surgió después de descubrir y leer un par de libros sobre el conocimiento y las leyes de la vida, escritos por un autor contemporáneo americano, que él denominó como "el sabio de cabello rojizo."

El hopi puso en práctica en estos momentos algo de lo que él aprendiera de este gran hombre.

"No invalides lo que percibes, tú sabes" —se dijo a sí mismo.

—Estaba un poco débil —agregó Jenny.

Sin dudarlo un segundo, Oso Grande se abalanzó hacia la calle en una carrera frenética; corrió hacia el norte al presentir que de ahí venía algún lamento. Dos calles adelante encontró a Tim tirado como un perro enfrente de la estación de gasolina, mientras dos *"rednecks"* —un gordo con una pañoleta roja amarrada en la cabeza, y el otro alto y fuerte, con una gorra azul raída y sucia—, lo miraban a unos pasos haciendo expresiones racistas:

—¡Es un mojado! —dijo el gordo—. Ya busqué entre sus ropas, no tiene documentos.

—¿A quién le importa el frijolero? —contestó el otro—. ¡Qué se muera por pasarse a este lado!

Oso Grande se acercó con rapidez y con una mirada fulminante hacia los tipos cargó a Tim en sus brazos y se lo llevó. Los rednecks se quedaron comentando en voz baja:

—¡*Fuck!* Con este maldito indio en medio ya no podemos meternos —dijo el gordo—. El día de acción de gracias pasado casi mata a Jack por pasarse de la raya con una de las nenitas de Jenny.

—Vámonos —el fortachón le contestó a su amigo, después de haber desviado la mirada ante la de Oso Grande.

Dos horas más tarde, Tim despertó en medio de las caricias que Jenny le hacía con una compresa tibia.

—Caray ¿cómo le haces para meterte en tantos líos? —le susurró al oído al ver que por fin abría los ojos.

—Déjalo descansar ya Jenny. Mañana será un mejor día y podremos hablarle —ordenó Oso Grande— No es el momento de caricias. ¿Te gustó el muchacho verdad? —al hopi no le gustaba la idea mezclar los asuntos serios con el placer.

Jenny se quedó muda.

Con este Oso no se puede hacer nada. Adivina lo que pasa por mi mente a cada instante. ¡Bah!, si yo siempre he tenido al hombre que he querido... uno más, uno menos —pensó Jenny y se retiró apagando la luz del cuarto.

Al día siguiente, Tim desayunó como si fuera una fiera hambrienta. Jenny se dio el lujo de preparar un exquisito platillo de hot cakes con blueberries, cubiertos con mantequilla derretida, y miel de avispón del desierto; todo con un solo propósito: *Qué tal si fuera mi maridito..., así lo voy a tratar.*

—Mmn... Esto está riquísimo, ¿pero por qué tantas atenciones? ¿Qué quieren de mí?

—Nada, no queremos nada de ti. Yo tengo mucho que agradecer a Oso Grande, y si él me pide que te cuide, aparte de que tú no estás tan mal, —dijo sonriendo—, pues con mucho gusto lo hago. Mira... él es lo mejor que tiene este lugar. Él te salvó. Su visión de la vida es única.

Oso grande se acercó y le lanzó un saludo muy a su estilo:

—Buenos días niño bonito, ¿qué te trae por la zona restringida? ¿Buscas oro?

—No, para nada. Busco a Shama. ¿Es ella miembro de su tribu?

—No la conozco, pero ¿qué con ella?

—Es largo de explicar. ¿Por qué me rescataste?

—También es largo de explicar...

—¿No hubiera sido mejor que me llevaras a tu aldea?

—Es el primer lugar donde buscarían los militares. Si hubiera sido así, ya te tendrían encerrado. Pero aún no cantes victoria, que no estamos a salvo todavía. Necesito que sigas mis instrucciones al pie de la letra, de otra manera no sé si vivirás para contarlo.

—Pero, ¿y yo como sé yo que ustedes no quieren algo raro, o

ilegal? A ver, usted, Oso Grande, explíqueme que se traen conmigo. Oso Grande se sentó con toda calma, lo miró fijo a los ojos, y no habló por un par de minutos. Tim se desconcertó, y al cabo de un momento apartó la mirada y sin saber por qué, sintió que debía aceptar y seguir las instrucciones del hombre.

—De acuerdo —contestó Tim—. ¿Qué hay que hacer?

—Te esconderás mientras haya luz del día. Jenny te llevará a un escondrijo cercano, y en la noche, después de las 11:30 pasaré por ti. Trata de descansar, porque cabalgaremos varias horas. Cuando lleguemos a donde vamos, tú estarás seguro.

—¿En dónde tengo que esconderme?

—Pasa al baño antes, ya que a donde estarás no hay forma de que salgas hasta la noche, y no quiero llevarte oliendo a…

—Ya entendí. ¿Dónde está el baño?

Jenny le señaló la puerta, y Tim entró.

—Bueno Jenny —Oso Grande sacó un fajo de dinero de un bolsillo y se lo entregó en la mano—, aquí tienes lo suficiente para lo que necesites —y dándole un beso en la boca se despidió de ella.

Al poco rato aparecieron varios autos todo terreno en True Road. Las rugientes máquinas se desplegaron por todo el pueblo. De ellos salieron muchos militares. Cada grupo de soldados tenía un jefe al frente vestido con traje y sombrero negro. Empezaron a revisar todos y cada uno de los establecimientos. Johnny —un hombre robusto de tez bronceada y ojos aguamarina— llamó a su grupo, que ya había terminado la inspección de tres casas:

—No, yo conozco a los dueños de estas dos, dejen ese lado, vayan enfrente y revisen esas tres casas.

Jenny miraba por una rendija de la cortina. *¡Con un demonio, vienen para acá! Tengo que apurarme, ¡con un carajo!*

El grupo se dividió, y a un joven gordo con cara de papa le tocó revisar la casa de Jenny. Caminó con flojera hasta la puerta. *Ya quiero irme a comer. Tengo tanta hambre, y el Johnny que la trae contra mí* —pensó al tocar la puerta.

—Abra por favor —dijo el soldado.

—Con todo gusto —contestó Jenny, quien se había colocado un provocativo negligé rojo en su escultural cuerpo—. ¿Vienes por servicio completo, querido?

El gordo se ruborizó y volteó a ver de reojo a su jefe —el famoso Johnny Snap; que se encontraba a unos pasos—. *¡Ay Dios mío! ¡Mira nada más qué mujer!, con esta mamacita hasta se me fue el hambre* —pensó sin quitarle la mirada de encima; la revisó de arriba abajo con la boca entreabierta, y le contestó en voz baja para que no lo escuchara su jefe:

—No señorita… Tengo órdenes de hacer una revisión completa al lugar. Hay un loco fugitivo muy peligroso en la zona.

Jenny se acercó a él y tomándolo de los brazos gimió:

—Ay… ¡No!, por favor revisa hasta el último rincón. Por favor oficial… —asegurándose que "sin querer" tuvieran contacto físico, fingiendo necesitar protección—. Encuéntralo.

Jenny pasó con el soldado y le mostró la sala, después la cocina, donde se le acercó y lo tomó del brazo nuevamente. Caminaron hasta el fregadero —a un lado había un mueble de alacena enorme, en donde se encontraba escondido Tim, incómodamente apretado; apenas escuchaba a Jenny y al sujeto. *No, no puedo más, me van a cachar* —pensó al borde de un desmayo.

—¡Busca bien, que me muero de miedo! —dijo Jenny.

El gordo sintió los senos de Jenny apretándose contra su pecho.

—Tú me vas a cuidar ¿verdad? —ella se retiró y lo tomó de la mano y lo jaló—. Ven, revisa bien en las habitaciones, hazlo bien, que me muero de miedo.

—Yo estoy aquí reinita —contestó el soldado—. Nada va a pasar.

—Mmm… Eres todo un hombre… —ella lo miró provocándolo.

El rápido suceso dejó al joven girando, y cuando hizo la revisión en su mente solo había una pregunta… *¿Cuándo podré ver otra vez a este bombón?*

—Gracias señorita, puede estar tranquila que no hay nadie aquí. Pero después me daré una vuelta para asegurarme que usted esté bien.

—Sí, por favor… necesito de un hombre fuerte como tú.

Llegó nuevamente la noche, y Tim pudo por fin salir del escondite; se estiró como suelen hacerlo los gatos después de una larga siesta, y al ver como lucía Jenny agregó:

—Escuché las voces. Con razón nadie buscó a fondo, me supongo que el soldado que entró se quedó tan pasmado como yo —y reprimiendo sus deseos de continuar con los coqueteos, pensó: *Tengo que serle fiel a Jazz. Tengo que recuperarla... Sí.*

—Ya tendremos tiempo para nosotros —contestó Jenny.

Oso Grande entró a la habitación y con voz acelerada apresuró a Tim:

—Vamos muchacho, que hay mucho trecho que recorrer y solo tenemos unas horas. ¿Sabes montar a caballo?

—Sí, tuve la suerte de aprender a montar en la mansión de un amigo que estaba cargado de dinero; tenía caballerizas y el mejor equipo, pero la suerte solo me duró dos años. Cuando cumplí catorce mi amigo se fue a vivir a Monterrey.

—Eso facilita las cosas. Vámonos.

Más tarde, los dos salieron montados a caballo.

—Es una noche oscura, ideal para pasar desapercibidos. Aunque siempre existe la posibilidad de que hubieran puesto vigilancia a última hora.

Tim lo escuchó sin prestar atención a lo que le decía, él sólo pensaba: *Tengo que encontrar a Shama.*

Más tarde llegaba al complejo militar uno de los vehículos todoterreno.

—Jefe —informó Watson—, encontramos a estos dos fulanos. Son unos vulgares ladrones a quienes les gusta explotar a los indocumentados; estaban completamente borrachos en la cantina de True Road. Tenían esta cartera —y le entregó la billetera a Ramson.

Rick la revisó. No tenía dinero, ni identificación, ni nada. Buscó con más cuidado y encontró una fotografía de Tim, abrazado de una mujer que ellos desconocían —Jazz.

—Watson, esto es del hombre que buscamos. Quiere decir que está en el pueblo. ¡Encuéntrenlo de inmediato!

Los dos hombres cabalgaron por un rato hasta que llegaron a un peñasco, donde el hopi se bajó del caballo y le indicó en silencio a Tim que hiciera lo mismo; de pronto se escucharon fuertes y claros los chirridos y siseos de una comadreja; Oso Grande emitió un chasquido como respuesta; segundos después, apareció —de entre las grietas de las rocas— un hombre delgado y ágil, hopi también, de nombre "Comadreja," que tomó las riendas de los dos caballos.

—Estás a tiempo Comadreja —dijo Oso Grande—. Vuelve a la aldea por el camino largo, y cuando llegues, asegúrate de refrescar, limpiar y alimentar bien a los caballos. Ya sabes, no debe notarse que estuvieron fuera, y nadie debe saber de estaba cabalgata nocturna.

Comadreja se despidió, y desapareció alejándose con los animales. Oso Grande indicó el camino, Tim lo siguió, y minutos después estaban en la entrada de una caverna, que era casi imposible de distinguir gracias a la disposición de las grandes rocas que la tapaban y su forma de caracol; casi no podía verse la abertura, aunque estuvieras frente a ella. Entraron por un pasillo estrecho el cual culminaba en una bóveda. De esta bóveda colosal, partía un túnel de techo muy alto rematado en redondo; todo se encontraba iluminado con un tipo de focos muy diferentes a los que Tim hubiera visto jamás, eran de una extraña constitución, pues irradiaban la luz haciendo que el techo se convirtiera en un reflector. La tecnología que usaban las bases krítalas constaba de dos elementos básicos. El primero era que todos los complejos estaban barnizados en sus cascos, con una pintura brillante, elaborada con un metal traído de Crystalia, que actuaba como una pantalla repelente a cualquier radar o sonda electrónica; lo que impedía que los túneles y las bases fueran vistas a través de cualquier rayo u onda emitidos hacia ellas. El segundo elemento era un sistema de conversión; la misma pintura transmitía el calor del desierto a unos condensadores, para convertirla en luz—. Tim estaba con la boca abierta, no podía creer lo que estaba ante sus ojos. Caminaron una distancia considerable, y cuando llevaban muchas horas se detuvieron. Si no hubiera sido por los relojes, nunca se hubieran dado cuenta de la hora en realidad —eran las siete de la mañana—. Oso Grande determinó que tendrían que descansar, pues todavía les faltaba un largo trecho; sacó de su mochila un par de mantas para cada uno y se tumbaron al suelo hasta quedar profundamente dormidos, cosa que sucedió en segundos, después de tanto ajetreo. Se levantaron siete horas después para continuar su camino, y luego de una larga caminata muchas horas después, se detuvieron a descansar y comer algo. Oso Grande preparó con rapidez un par de panes con carne seca, los comieron con gusto y reanudaron su marcha sin pérdida de tiempo. La caminata subterránea duraría muchas horas más. A estas alturas Tim ya se estaba exhausto —él había sufrido una succión lumínica, después la masiva dosis de drogas psiquiátricas, y para rematar, el maltrato de la golpiza propinada por el par de patanes borrachos—; en comparación con Oso Grande —que se veía entero—, él ya estaba hecho una ruina. Muchas horas después, por fin se sentaron a descansar y comer nuevamente. Ninguno de los dos había hecho más plática, que lo esencial. Tim se devanaba los sesos tratando de encontrar soluciones a sus dudas, cómo resolver la amenaza que recién había confirmado, y que se encontraba ahí mismo. Oso Grande por su parte analizaba si este hombre "Tim," sería el indicado para realizar su delicado plan, sin embargo cuando se veían uno al otro, los dos sabían que para tener éxito, tendrían que ser y actuar como uno solo, ya que les esperaba un reto que parecía por demás imposible.

Era el final de una jornada más, cuando Oso Grande pisó a una víbora de cascabel —imposible de distinguir, ya que se confundía entre la arena, pues tenía los mismos colores del suelo; el animal se había colado por una grieta de un muro, que daba hasta la superficie—; el animal saltó como un diablo hacia él, pero Tim, con un reflejo tan rápido como una mangosta, dio una patada con tal fuerza, que la punta de acero de la bota partió en dos al animal. Las botas con filo que compró habían sido de mucha utilidad y habían cumplido con su cometido. Tim de niño solía jugar soccer con pelotas de tenis pequeñas —una rareza—, y desde entonces había adquirido la habilidad de responder con rapidez con sus piernas.

Es él, esta es la señal. Es la ayuda que necesitaba —pensó Oso Grande, mientras veía el animal destrozado.

Al cuarto día de caminar por el túnel Tim no pudo más, sentía que todo era un sueño, los mareos no cesaban y su visión empezó a nublarse, así es que decidió destapar sus dudas:

—¿Cuándo vamos a llegar...?, a donde sea que vamos, ya no sé si el día es la noche o la noche es el día. Me estoy volviendo loco.

Ustedes los mexicanos sí que son impacientes. Faltan tres jornadas para que lleguemos.

—¿Te refieres a tres días?

—Sí, lo equivalente a tres días.

—¿Me puedes decir por qué vamos a este lugar? ¿Es una base alienígena verdad?

—Así es. Fue construida muchas lunas y soles antes de que tú y yo estuviéramos en este mundo.

—¿Tienes contacto con ellos? —preguntó Tim.

—Mis ancestros conocieron a estos seres; ellos fueron los que tuvieron contacto con ellos. La historia fue transmitida de generación en generación hasta hoy día.

—Estoy seguro que planean deshacerse de nosotros... —afirmó Tim.

—Te equivocas Tim, así te llamas ¿cierto?

—No me equivoco, estoy seguro de lo que digo.

—Mira, esta es una historia que lleva escribiéndose siglos. Los "luciérnagas" —como les llamaron nuestros ancestros a estos invasores—, llegaron desde hace ya muchos, muchos años. No es destruirnos lo que quieren. Ya lo hubieran hecho con la mano en la cintura. Ellos nos necesitan. Somos su combustible, y dependen de nosotros por completo. Ahí está su debilidad; nos utilizan y lo que quieren es que sigamos siendo el suministro, pero están en la parte crítica del final de su raza, pues sus consumos de energía van en aumento y dependen cada vez más de nosotros; que a la vez nos encontramos con menos "potencial creativo." Esto los pone frenéticos.

—¿De ahí las desapariciones de tantas personalidades?

—Exacto, veo que no me equivoqué contigo. Sabía que llegarías.

—¿Cómo sabías que yo iba a llegar?

—Bueno, no lo sabía tal cual. Sabía que tarde o temprano alguien vendría buscando respuestas.

—¿Qué les hacen los aliens a las personas que se llevan?

—Extraen su ingrediente vital. Ellos le llaman crystabita; una unidad de energía extremadamente diminuta que es de lo más potente que hay en el universo, y de muy alta calidad. Todos la tenemos, pero los seres creativos, tienen cantidades enormes de ella. Los científicos de la Tierra aún no la han descubierto.

Al escuchar estas palabras Tim tuvo una sensación muy extraña. *¡Claro, así es!...* —pensó. Como si esta conclusión pusiera al descubierto un *deja vu.*

—Ah…, ahora entiendo —Tim se descubrió emocionado—. Los aliens tienen cuerpos humanos, ¿verdad?

—Claro, compartimos orígenes. Ambas razas éramos la misma mucho tiempo atrás. De hecho, ellos son una rama divergente de la raza humana, la original, igual que nosotros. De tal manera que no les cuesta trabajo portar cuerpos humanos, y así pasar desapercibidos. Desde hace mucho hemos tenido desapariciones de personas en la Tierra, pero como habrás notado, ahora el número va en aumento.

—Sí, pero hay miles de personas que desaparecen. La mayoría de ellas son personas comunes y corrientes. No creo que todas las personas desaparecidas tengan grandes cantidades de esta energía especial. ¿Cómo le llamas? Crista…

—Crystabita. Se llama crystabita. Tengo que explicarte un poco más. Ellos crean una pantalla de humo desapareciendo a muchas personas comunes y corrientes; de este modo los investigadores ven de todo y no solo a los seres creativos con dotes especiales.

—Ah, una pantalla de humo… —repitió Tim asombrado.

—Así es, las guerras entre narcotraficantes, grupos militares y paramilitares, son promovidas tras bambalinas por ellos, para que nadie note las desapariciones de las personas en quienes ellos si tienen un fuerte interés, las personalidades con potencial grande de crystabita. Déjame repetirte algo muchacho. De hecho, todos los seres poseemos crystabita, pero solo un puñado de ellos —los más creativos—, tienen tanta abundancia, que se convierten en el blanco de sus necesidades.

Tim se encontraba azorado, no por lo que estaba escuchando, sino porque cada punto que se tocaba en la plática se convertía en una confirmación indescriptible.

—¡Caracoles!, qué bárbaro… —agregó Tim—. Son parásitos. Más que luciérnagas, les deberíamos de llamar sanguijuelas —y rio sintiendo un necesitado alivio. La carga que había estado aplastándolo, estancada por tanto tiempo, fluyó como un río.

—¿Recuerdas algo de lo que te ocurrió? —preguntó Oso Grande buscando corroborar sus suposiciones.

—No gran cosa. A partir de que me envolvió la luz no supe de mí hasta que desperté con los militares. ¿Sabes qué es lo que me querían hacer?

—Ellos todavía no saben mucho. Apenas hace poco pudieron abrir una de las naves que encontraron hace años. En estos precisos momentos se encuentran experimentando con ella. Están aprendiendo a usar el sistema de succión lumínica. Así es como te atraparon.

—Pero, ¿cómo es que no hay ningún alien en este túnel?

—Este túnel, y lo que verás cuando lleguemos, fue abandonado hace ya unos 60 o 70 años, de acuerdo a nuestros cálculos. El túnel no ha sido descubierto aún por los militares. Todo comenzó cuando en la mina 51 —propiedad del consorcio Diagari—, se hizo una excavación lateral y rompieron una de las paredes de la base de los luciérnagas o krítalos —como ellos se nombran a sí mismos—. Los primeros mineros que entraron se quedaron locos.

—¿Y qué hay de la historia del alemán, Rigman?

—Él fue una de las víctimas del contacto directo de la mina.

—¿Sabes lo que le ocurrió realmente?

—Me parece que sé la misma historia que te contaron a ti. La anécdota de Rigman se ha convertido en un cuento de fantasmas, una leyenda local; y es popular en el pueblo. Tú sabes la gente tiene que entretenerse con algo.

—Entiendo, pero entonces, ¿conoces la razón por la que abandonaron el túnel?

—Los krítalos construyeron las instalaciones tratando de encontrar una fuente de energía alterna, siendo al mismo tiempo una base para procesar la crystabita. Suponemos que no tuvieron éxito en la búsqueda de otra alternativa de energía, y que lo único que encontraron fueron metales pesados muy radioactivos; los mismos que buscaban los alemanes. Pero para los krítalos eso ya era una tecnología atrasada. Después de que entraran Rigman y sus hombres, los krítalos tomaron la decisión de irse para evitar riesgos. Ahí fue cuando abandonaron la base. No querían tener contacto con los humanos; serían descubiertos. Antes de irse sellaron el acceso que se había creado hacia el túnel desde la mina. Años después llegaron los militares —pagados por el consorcio Diagari; los dueños de la mina— y al escarbar por los túneles, rompieron una pared hacia el taller de las naves —desde entonces se han puesto a estudiar la tecnología de vuelo—. Por suerte, el mismo día que ellos entraron yo me encontraba cerca y escuché el ruido. Los cuatro hombres estaban tan asombrados observando la nave, que no se percataron del acceso hacia el resto de las instalaciones; informaron al alto mando, y este les ordenó retirarse hasta que el encargado del proyecto, Noa Hide, un hombre de toda la confianza de Donald Diamonds, se presentara y diera instrucciones detalladas de lo que tendrían que hacer. Esto me permitió cerrar el acceso al resto de las instalaciones. Tuve suerte; mucha suerte, ya que Noa tardó tres días en entrar. Pusieron a los cuatro hombres en cuarentena; pues sabían de la historia de Rigman, y actuaron con cautela. El nuevo comando que entró, estaba equipado hasta los dientes, usaron trajes aislantes completos, equipo de detección de radiación, armas y otras cosas, pero para ese momento ya habíamos construido una pared que ocultaba por completo el acceso a la base y al túnel.

—Oso Grande, pero, ¿cómo sabes todo esto?

—Es una larga historia…

—Mira, si vamos a luchar juntos contra estos krítalos o luciérnagas, más vale que yo tenga los detalles.

—De acuerdo, pero te voy a pedir un favor. Si en algún momento crees que esto es demasiado para ti, o que no tendrás la fuerza para cumplir con lo que se requerirá, necesito que me lo digas para dejarte ir… —Oso Grande esperó un momento sin hablar para ver la reacción de Tim, quien ni se inmutó, y al verlo firme como un roble continuó—: La historia es larga. Yo fui capturado por los aliens cuando aún era muy joven. Me llevaron a una sala especial e intentaron extraer la crystabita. No sabía nada y me moría de miedo, estaba amarrado en una camilla especial, y cuando ya habían comenzado el proceso de extracción ocurrió una de esas cosas extrañas que solo pasan una en un billón —el proceso se interrumpió debido a la falla de un orbital atómico fuera de secuencia—, es una parte vital que sean estables todos estados monoelectrónicos. Suena complicado, lo sé, pero créeme, así funciona. Por un momento quedé suspendido en la nada. Yo creí que ahí terminaría mi vida. Reinaba el más absoluto silencio, y cuando todo pasó, lo que creo fue una media hora, salí de mi aturdimiento —tardé mucho en regresar a mi estado de alerta debido a mi confusión—. Mire alrededor y para mi asombro, estaba solo. Después supe que la falla se había provocado debido a una prueba nuclear, que se realizara a unos cuantos kilómetros de la base donde nos encontrábamos. Los aliens huyeron dejándome ahí solo, pensando quizá, que quedaría inútil o algo así. Yo qué sé. Entonces salí y escapé a toda prisa...

—¿Me podrías explicar más?, ¿cómo hacen la extracción de crystabita? —preguntó Tim.

—Te colocan en una cama que se envuelve con una cúpula de cristal. Cuando inicia el proceso empiezas a percibir una serie de imágenes, que te transportan por completo a la escena que te proyectan. Prácticamente te obligan a entrar en ellas. Dejas de sentir tu cuerpo que está en total reposo. El asunto curioso de estas imágenes, es que presentan problemas, incitándote a pensar en las soluciones para estos. Tú empiezas a plantear las soluciones a cada problema, pues sientes que estas imágenes son tu vida verdadera. Crees y sientes que es tu vida real, olvidándote de tu verdadera identidad y de tu cuerpo. Es en ese momento cuando se chupa la energía o crystabita que estás emanando en el intento de solucionar lo que se te presenta. En la cúpula se concentra la energía —la crystabita—, que es almacenada en un pequeño cubo negro que se encuentra en el punto más alto de la misma. Este pequeño cubo mide unas dos pulgadas por lado. En los últimos años investigué y averigüe que estos cubos negros a que los nombran krits, son separados de la cúpula —una vez cada semana—, para llevárselos a su planeta, Crystalia, donde utilizan la crystabita convirtiéndola en la fuente de energía para alimentar todas sus ciudades. La luz, y los elementos mecánicos que mueven sus fábricas usan la crystabita; básicamente la utilizan en todos los productos que consumen. Aquí viene lo interesante. Su población ha ido creciendo como un gigantesco parásito, exigiendo todas las comodidades con las que ellos viven, para las cuales necesitan cada vez más crystabita, tanto así que se arriesgan a ser descubiertos en la Tierra debido al desmedido volumen que en los últimos tiempos tienen que extraernos; de ahí que ellos fomenten todos estos problemas que tenemos, como una estupenda cortina de humo.

—Es tremendo. Esto confirma mis sospechas…

—Espera Tim, no he terminado. Ellos han perfeccionado el proceso de la extracción de crystabita para minimizar el riesgo. Conservan a las víctimas con vida, mientras puedan mantener sus cuerpos funcionando, y la expimen hasta la última partícula de energía vital, al antes poderoso ser. Alimentan el cuerpo de forma similar a la que se haría con un paciente en coma. Además de que la cama cuenta con un sistema para estimular los músculos, de tal modo que las extremidades no pierdan la fuerza por falta de movimiento; a diferencia de cuando hacían las primeras extracciones, no sé cuántos años antes, donde la víctima quedaba muerta o casi muerta desde la primera vez.

—¡No lo puedo creer!

—Pues créelo, así es. Después de exprimirlos mueren. En realidad la mayoría muere después de la extracción continua; pero a los que quedan vivos los dejan ir; cuando han llegado al límite y no les pueden extraer nada más; son abandonados en las calles, y viven como vagabundos en harapos, buscando comida en los basureros y durmiendo tapados con cartones o periódicos; son muchos de los locos e indigentes que transitan en las calles de las grandes ciudades, y que han dejado de ser un riesgo para ellos. Esto también es de sumo interés Tim. Los krítalos tienen un origen cercano a los humanos, y es notable que a la mayoría no les gusta matar; tal vez les causa algún tipo de remordimiento o de sentimiento similar. Aunque por lo que he averiguado hay una élite que está especializada en la "evaporación" —como ellos le llaman— de los indeseados. Es como una policía de krítalos entrenada ex profeso, que han sido programados por el propio gobierno central krítalo. La finalidad de este grupo es mantener la seguridad de sus operaciones de extracción de crystabita y eliminar a cualquiera que pueda convertirse en una amenaza.

Tim se estremecía con las cosas que Oso Grande contaba. Algo en su mente —como algún tipo de intuición— le sugería que la información ya era de su conocimiento; lo que le causaba temor y curiosidad al mismo tiempo.

—Me tienes muy intrigado —dijo Tim—. ¿Cómo es que sabes toda esta información? Es imposible que en el intento de extracción de tu crystabita te enteraras de todo esto.

—Es que aún no te he contado lo más importante, pero no lo podía hacer hasta estar seguro de que eras de fiar. De esta información dependerá en gran parte que salgamos bien o mal, y que tengamos una oportunidad de que este mundo regrese a la armonía, o sucumba en el intento —Oso Grande suspiró y continuó—: Días después de que me escapara de ser exprimido, empecé a atar cabos de muchas cosas y decidí regresar a las instalaciones de extracción. Descubrí que continuaban abandonadas. Quede completamente sorprendido. Inspeccioné a fondo, cada cosa; cada aparato. Descubrí que había una computadora receptora de las señales de las otras bases. Era un dispositivo pequeño, que cuando te lo colocas en el cinturón o cerca del centro del cuerpo, recibe las comunicaciones de la otra base, y las retrasmite como un holograma frente a ti. Al principio me asusté, pero poco a poco fui investigando el sistema —aunque no entendía en ese momento como funcionaba—. Me aseguré de no oprimir ningún botón hasta que tuviera más información. Con las imágenes que recibí, me di cuenta que para que uno transmitiera se requeriría teclear unos cuantos botones, —que me cuidé de no apretar— y me aseguré de este modo que no pudieran saber de mí. Así, me llevé este computador o dispositivo a mi casa y empecé a recibir día a día una copia de todas sus transmisiones. Después regresé a investigar más, y quedé pasmado, pues ya no había nada en el lugar. Se encontraba completamente vacío. Ningún aparato, nada.

—¿Y no se dieron cuenta de que les faltaba el dispositivo que tú te habías llevado?

—No Tim. Después me enteré que uno de ellos supuso —sin confirmarlo—, que uno de sus compañeros se lo había llevado y el otro pensó lo mismo. Para ellos fue un momento de mucha confusión.

—Pero, ¿por qué abandonaron las bases en donde operaban?

—Eso mismo me pregunté yo. En los días siguientes me enteré

gracias a sus comunicaciones, que estas bases habían sido declaradas inseguras por el Gobernador krítalo a cargo de la Tierra —un tal Kartus Krott—. La razón: Un alto riesgo de seguridad debido a las pruebas nucleares hechas en Nevada y Arizona por los humanos. Esta fue la segunda razón por la que abandonaron el túnel y las dos instalaciones. Los krítalos crearon dos bases; una a un lado del pico Bangs de Arizona y la otra en el estado de Nevada debajo y a un costado de lo que los militares nombraron el área 51; a la que ahora nos dirigimos. Las dos bases están abandonadas desde entonces.

—Espérame un momento… ¿Pero, cómo es que comprendías el idioma de estos aliens?

—Disculpa, no te dije que este dispositivo de intercomunicación, funciona traduciendo todos los idiomas del krota —al inglés, español, francés o el idioma que se hable en la región desde donde se esté uno comunicando—, de tal modo que, cuando ellos tienen que transmitir o recibir datos, puedan revisar o supervisar la comunicación humana. Uno de los dos idiomas se escucha en volumen más bajo que el otro; como cuando estás escuchando una traducción simultánea.

—¡Caramba!, entonces estos aliens tienen una tecnología muy avanzada… Supongo que a raíz de esto has aprendido algo de su idioma.

—Así es muchacho. Creo que ya lo hablo mucho mejor que ellos —dijo soltando una risa burlona.

Los dos hombres continuaron caminando sin descanso; más ahora no notaban el cansancio gracias a la plática, que siguió versando sobre el tema de la invasión con todos sus detalles. Sin embargo algo raro ocurría. Conforme la conversación se hacía más y más profunda, Tim se sentía cada vez más nervioso; y la necesidad de obtener más información se incrementaba; tal y como actuaría una droga alterando un organismo, demandando más sustancia de lo mismo.

—Así es… Alta tecnología. ¿Cómo crees que te succionaron hacia la base? Los humanos siguen investigando y aprendiendo desde que lograron encender el motor de sus naves, que como ya te imaginas, funciona a base de crystabita, pero los militares no saben aún de esto, y creen que funcionan con la luz.

—¿Cuántas naves de los alienígenas tienen?

—Dos. Una de ellas la hallaron en Nevada y la otra al final de la zona 51, junto a la mina del monte Bangs —afirmó Oso Grande.

—¿No se te hace extraño que en Nevada se le denomine zona 51 y en Arizona mina 51? —preguntó Tim—. ¿Por qué los dos con el mismo número?

—Eso es lo que menos nos importa, son detalles que no nos sirven de nada, dejemos las estadísticas de las rarezas a los psicólogos con sus miles de teorías sin confirmar. Creo que un doctor o psicólogo que trabajaba para la familia Diamonds, relacionó los dos lugares con el mismo número a raíz de la leyenda de Rigman, suponiendo que de seguro era debido a los alienígenas que llegaron desde Nevada. Yo más bien creo que es una mera casualidad. Así se llamaba la mina de Diamonds desde mucho antes. Pobre hombre, no tenía idea. Lo único que saben hacer los psicólogos es suponer cosas, en lugar de ver, observar cómo funciona cada elemento en realidad. Nosotros los Hopi sabemos más que todos ellos juntos; la diferencia es que sí podemos ver, en lugar de suponer. Hay demasiadas teorías de esto y hasta el momento ninguna me ha hecho sentido. Si ponemos nuestra atención en tonterías nos perderemos de la información que en verdad es relevante, y que necesitamos. Deja eso… —Oso Grande empezó a dar pasos lentos—. No perdamos más el tiempo.

—Está bien, lo que tú digas, pero ¿cómo es que no te han atrapado, si es que tienen tanta tecnología? —Tim empezó a caminar al lado de él.

—Esa es la habilidad de los Hopi… —dijo soltando una carcajada sin igual.

A Tim no le quedó otra opción que reír con él, liberando la tensión que ya lo apretujaba como a un prisionero rebelde.

—Sé que hay algo más de esto… —agregó Tim—. Si quieres que

luche con todas mis fuerzas y sin piedad, como si luchara por un amor o por un hijo, tendrás que contarme todo.

—Que no quepa la menor duda que lo haré, sobre todo después de ver como rompiste en dos esa serpiente. Más me vale tenerte de mi lado —el hopi volvió a reír—. Mira Tim, hay otra cosa que debes saber —dijo Oso Grande, detuvo su paso, y mirándolo directo a los ojos le agregó—: Paremos a comer algo mientras te pongo al tanto.

Los dos hombres buscaron juntos un lugar donde sentarse, y después de ayudarse en los preparativos —tan unidos como si fueran hermanos—, empezaron a comer carne seca y un queso añejo.

—Bueno muchacho, ¿estás listo?...

—¡Por supuesto! Dispara —dijo Tim mientras tomaba ~ya frío~ lo que quedara del café que Oso Grande preparara horas antes.

—Hay un enorme adelanto tecnológico que tienen los krítalos. Es una computadora múltiple que puede predecir lo que le va a ocurrir a alguien en el futuro, y con ella pueden programar ciertos sucesos seleccionados de lo que le ocurrirá a una persona determinada.

Tim se estremeció

—¡Esto quiere decir, que la persona hará lo que ellos quieren!

—No completamente, ya que todavía no pueden programar al 100% el resultado. Aún tenemos un porcentaje a nuestro favor, aunque en algunos casos es tan pequeño como un diez o veinte por ciento.

—Con razón —afirmó Tim—. ¿Estarán ellos tratando de manipularme...? ¡Podría jurar que eso me ha estado pasando! Me acuerdo haber sentido como si me jalaran y empujaran, sintiéndome como una vil marioneta o como un ratón de laberinto siendo guiado por los túneles. Siempre que yo quería hacer algo, surgía otra cosa o problemas que me intentaban desviar...

—Es posible... ¿alguna vez te sentiste obligado a ir a algún lugar o hacer algo de lo que después te arrepentiste? En particular donde perdiste un poco la noción del tiempo o de los sucesos, y cuando recapacitaste, ¿dudaste de cómo y por qué habías tomado determinada decisión?

Tim se quedó callado.

—Sí... creo que sí —contestó Tim muy pálido.

—¿Te ocurrió esto después de tomarte un trago en algún bar? o ¿recibiste una bebida de alguien que te la preparara? ¿Alguien como un cantinero que se veía sospechoso?

Tim empezó a sentir que su cuerpo era invadido por una fiebre repentina. Sus manos empezaron a temblar un poco y Oso Grande se dio cuenta al instante.

—Por lo visto, sí, te pasó eso. Tú fuiste víctima de ello.

Tim lo miró, se notaba el terror en sus ojos.

—No tienes de qué preocuparte. En esta zona no funciona la grapa que te pusieron. Te voy a explicar. A esa computadora la llamaron "La Futuram," pero no es una simple computadora; es parte de un sistema que ellos han diseñado para manipular mejor a la población, y no tener obstáculos para extraer más volumen de crystabita. El sistema incluye la capacidad de manipular a los individuos —influyentes o líderes— que, si los descubren, podrían detener su proceso de extracción, utilizan a otras personas como enrutadores. Para crear estos enrutadores escogen a un individuo adecuado; le dan a beber —usualmente en algún licor fuerte— un tipo de chip tan diminuto como lo es un granito de azúcar; este se pega en alguna parte del estómago o en el intestino, no lo sé —de ahí la palabra grapa—, y a través de este dispositivo, ya anclado, le darán órdenes, que actuarán como un tipo de hipnosis avanzada, dictándole los movimientos que ellos requieren, de acuerdo a sus planes o programas. No tienes de qué preocuparte. Te repito. En esta zona no funciona la grapa que te pusieron.

Tim siguió inmerso en sensaciones incómodas —como si quisiera salir huyendo.

—Sé que lo que te estoy diciendo no son buenas noticias. Lo siento Tim.

—¿Por qué aquí no pueden ordenarme nada?

—¿Recuerdas que te comenté que ellos abandonaron sus instalaciones y que perdieron dos naves?, bueno, justo después, en la misma época —durante la guerra fría—, ellos desarrollaron la primera generación de la Futuram, para evitar que los seres portadores potenciales de grandes cantidades de crystabita, fueran eliminados por nosotros mismos, los humanos y nuestras guerras, sin que antes pudieran extraerles la crystabita. Así asegurarían el abasto para su planeta. Lo que nunca pensaron es que entre más crystabita sacaran, quitarían cada vez a más individuos creativos de la Tierra, y los sistemas culturales, económicos, políticos y sociales se empezarían a venir abajo con mayor velocidad; esto último les obligó a desarrollar un sistema más avanzado. Así crearon la segunda generación de la Futuram, pero descubrieron que este sistema no funciona en ciertas zonas de nuestro planeta donde hay fuertes campos magnéticos. Una de esas zonas es esta, la Zona 51, pero hay muchas otras. El fenómeno es generado por un extraño metal que ocasionalmente se encuentra junto con el uranio, pero no está confirmado aún por los krítalos. Es por eso que en estas zonas no llegan las órdenes a través de las grapas. Las unidades de energía de transmisión del chip son absorbidas o desviadas por los campos generados por los metales naturales de esta zona, y las ondas de transmisión de la Futuram desaparecen también, cuando entran en contacto con estos campos magnéticos.

—Pero entonces, ¿cómo si puedes recibir sus comunicaciones con el dispositivo que robaste?

—Esto es debido a que son sistemas diferentes. Lo que he podido averiguar es que el kritocom es un dispositivo que funciona con la energía que se encuentra cerca del centro del cuerpo; el punto de emanación está alrededor del estómago.   El intercomunicador parece funcionar con esta energía, y lo que hace, es que invierte los polos de la ubicación de un receptor al otro, violando todas las leyes de tiempo y espacio; pues no viaja la información, todos los datos se colocan de inmediato en el otro lado; ¿cómo lo hace?, no lo sé, pero así funciona. Por lo que he escuchado, la energía que usa el kritocom es mucho más pesada que la crystabita, y siempre permanece en el mismo lugar del cuerpo —donde está situado el dispositivo en el cinturón—, y al no moverse de su posición, esto le permite fluir en lugares energéticos —como en la ubicación en donde nos encontramos en este instante—. En especial, este lugar contiene una enorme variedad de formas de energía, unas están estancadas y otras en movimiento, lo que causa que la mayoría de las ondas de radio y telecomunicaciones sean detenidas, desviadas o dispersadas con mucha facilidad. Te voy a explicar más. Esta energía del cuerpo que usa el kritocom, es muy diferente a la de la grapa hipnótica, que utiliza una onda o partícula de energía, y por ese motivo, cuando un individuo tiene una grapa en su cuerpo, no funciona en estos lugares magnéticos, pues la onda de la grapa no puede viajar, es absorbida de inmediato, y se queda pegada, como cuando un imán atrapa un clavo. Cuando la grapa no tiene interferencia, los individuos son manipulados a través de las ondas emitidas, y cuando esto ocurre la persona entra en un estado de confusión. De pronto pierde el sentido de donde está o lo que debe de hacer, hasta que las órdenes y pensamientos que están siendo transmitidos toman el mando, transportándolo o arrastrándolo hacia lo que los krítalos quieren que haga. Algo sumamente desagradable.

Tim sintió que la sangre le hervía del coraje. Oso Grande estaba al tanto de esto, pues Tim se había puesto rojo y completamente tenso.

—Sí mi amigo… tienes una grapa adentro. Deja de preocuparte que estarás a salvo mientras te mantengas aquí o en cualquier otra zona del silencio.

—Me siento como si estuviera crudo —agregó Tim—, pero esta es una resaca diferente a la de la bebida, es como si hubiera tomado algún veneno.

—Lo importante Tim, es que tenemos una ventaja sobre ellos. Desconocen por completo que nosotros sabemos todo esto.

Tim volvió a sentir un enorme escalofrío pasar por todo su cuerpo, tan rápido como lo haría un rayo fulminante.

—Me parece bien Oso Grande. Estoy contigo para ganar o morir en el intento —Tim dijo esto sin comprender a fondo lo complicado del nuevo compromiso.

—Falta algo más Tim.

—¿Qué?

—La Futuram tiene un mecanismo que les permite visualizar la imagen de lo que les está ocurriendo tanto a las personas que programan, como a los enrutadores. De esta forma ven cualquier escena en sus monitores; las imágenes son tridimensionales. Pueden ver cualquier incidente en particular que ellos deseen. Así reprograman todo lo que parezca una desviación del futuro de las personas en cuestión, sus víctimas.

—¿Pero cómo es que pueden ver lo que ocurre? ¿No me digas que tienen cámaras en todos lados?

—Esto es de lo más refinado... tardé años en entenderlo. Ya que tuve que deducirlo yo mismo a raíz de sus comunicaciones. Los krítalos pueden ver lo que les ocurre a las personas marcadas por la siguiente razón. Es parte del sistema de la Futuram; fue desarrollado para la invasión y control de la Tierra como fuente de abastecimiento, con un bajo consumo de energía. Es un sistema de transmisión telepática inversa. Como te expliqué, a la persona marcada se le implantó una grapa o chip, que quedó adherido en alguna parte de sus intestinos. El sistema funciona de la siguiente manera. La persona usa cierta energía o crystabita para mirar a su alrededor. La imagen que ella ve es transmitida en forma inversa hacia el chip en sus vísceras, como un punto de concentración y encriptación de datos. Los datos son jalados por la Futuram y los convierte nuevamente en imágenes. ¿Entiendes ahora en el lío que estamos?

—Sí claro. Pero dijiste que en esta zona estamos seguros ¿cierto?

—Captas rápido muchacho. La Futuram tiene más de un punto débil. No funciona en estas zonas magnéticas, pero hay algo aún más importante: La Futuram depende de la luz. Para que ellos puedan visualizar a sus víctimas, dependen completamente de la luz.

—¿Cómo es esto? —preguntó Tim en medio de una arremetida de ansiedad en aumento.

—El chip o grapa y la Futuram tienen un enorme defecto: Debido a las ondas, partículas de energía o lo que sea, que tienen que transmitir para ordenar a sus víctimas mediante hipnosis, aunado al tamaño tan pequeño del chip que está adherido al cuerpo, desarrollaron el uso de la luz que existiera en el lugar, como una onda portadora de las órdenes transmitidas a las víctimas. Los fotones se convierten en un vehículo para la orden en el sujeto. Este es uno de los puntos en donde son más vulnerables. Si no hay luz en la escena, los luciérnagas no nos verán, y no podrán ordenarte nada, aunque estés marcado.

—Eso me da un poco de consuelo…

—En base a esto tengo un plan… —dijo Oso Grande con entusiasmo.

—¿Qué tenemos que hacer?

—Ya lo sabrás…

—¿Pero…?

—Aprende a ver cada cosa en el momento adecuado. Ya lo sabrás…

—Pero es que…

—No hay pero que valga…

—Mira Tim, revisa estos diagramas. Te daré los detalles del plan en el momento adecuado. En el primer mapa verás donde se encuentran las bases subterráneas de los krítalos. La mayor localizada en Nevada y la base menor localizada cerca del pico Bangs en Arizona, justo en la famosa intersección de los estados. En el segundo diagrama verás todos los detalles, el mapa subterráneo que une las bases, el pueblo True Road, la base miliar Viento Invisible, financiada por la corporación de los Diamond y con un círculo sombreado, la zona de interferencia con la Futuram, que hemos nombrado Zona 51.

Diagramas entregados a Tim

Krítalo Mayor

Zona 51 de interferencia con la Futuram

Túnel Subterráneo Krítalo

Monte Bangs

Krítalo Menor

Base Militar
Viento Invisible

True Road

XIV

Don Concordio llevaba varios días de desvelos; no había podido
dormir pensando en la razón por la que Jazz no estaba ya de regreso
en la empresa; y para calmar su ansiedad había hecho uso de unas
cuantas pildoritas —aparentemente inofensivas—, recomendadas
por un amigo, a quien se las recetara su psiquiatra; con el sorprendente efecto de estar medio dormido e irritable en el día y medio
despierto y confundido en la noche; y la cosa iba de mal en peor,
pues su esposa, al verlo tan descompuesto, le dijo: «Pues si una pas-
tilla no te hace efecto, tómate dos,» con el resultado maravilloso de
convertirlo en un energúmeno; gritando todo el tiempo, hasta que
"Juanito," uno de sus empleados, le pidió una audiencia, y le dijo
sin miedo a que lo corriera —pues ya estaba harto de él—: «Jefe.
¿Me permite decirle algo? Si su problema es que no sabe cuándo
contará con Jazz, encuéntrela. Hable con ella y pregúntele si va a
regresar o no. Y se acabó el problema. Pero ya deje de gritar todo el
día, diciendo todo el tiempo que no sabemos cómo hacer las cosas,
y que solo Jazz lo hace bien.» El jefe se quedó callado; otorgándole
la razón con el silencio al vendedor, que salió airoso del enfrenta-
miento con el jefe; pasaron un par de minutos y a pesar de que el
empresario seguía meditabundo, con la mirada fija en su libreta de
teléfonos; se levantó enérgico de su asiento y prendió el intercomunicador de un golpe:

—Mariana, localice a Jazz Giraldi —donde se encuentre en su
luna de miel; en África, Asia o Europa, supongo, o donde sea—; y
dígale que necesito hablar con ella.

—De inmediato señor Concordio, pero es que en Europa es de

noche —contestó la secretaria.

—Pues dígale que me llame mañana.

Cuando el jefe llegó a su casa, fue directo a la cómoda a buscar las pastillitas, las sacó y las aventó a la basura y esa noche por fin pudo descansar durmiendo a pierna suelta.

Concordio escuchó a lo lejos que alguien repetía su nombre con un tono dulce y suave; estaba perdido en medio de un sueño de los mejores días de su juventud; y su madre estaba despertándolo para ir a la escuela.

—Conqui, Conqui...

Concordio abrió los ojos, y vio a su mujer acercándose con el teléfono en la mano.

—Mi vida, te llama el señor Hammond.

—¿Mark Hammond? Sí, pásamelo.

—Señor Hammond, usted me lee la mente. Hoy precisamente le iba a llamar a Jazz.

—Por eso estoy llamando. Jazz está enferma y no regresará a su empresa por el momento. Lo principal es que ella se recupere.

—¿Pero... es algo grave?

—Ya pasó el peligro —contestó muy seguro Mark.

—Qué bueno, y... ¿para cuándo tienen pensado regresar? Es que la necesito para dirigir al equipo.

—No lo puedo decir, aparte tenemos que terminar nuestra luna de miel, usted sabe...

—¿Puedo hablar con ella?

—Concordio, ella necesita reposo. Le digo que los doctores me prometieron que ella saldría en unos días; pero aún no está lista.

—Disculpe usted señor Hammond. Es que el grupo de vendedores no quiere hacer su plan de trabajo si no hablan con ella. El escrito que les entregó antes de su luna de miel los motivó mucho, pero alegan que la necesitan, y que sin Jazz no es lo mismo. Le ruego que me ayude con esto.

Necesito que este hombre no le insista a mi mujer; tengo que mantenerlo tranquilo para que no hable con ella —pensó Mark antes de contestar.

—Mire Concordio, yo estoy más preocupado que usted, y para ayudarlo, mañana le depositaré diez mil dólares para compensarlo por la ausencia de Jazz. En verdad no sé si va a regresar a trabajar. Conmigo ella podría vivir como una reina por el resto de su vida, pero no quiero forzar nada. Dejaré que ella lo decida; parece ser que le apasiona lo que hace. *Jazz es tan decidida y firme, que si dice que va a regresar, no podré detenerla; tengo que ir poco a poco y con mucho tacto* —pensó Mark—. Concordio, hoy se supone que podré verla. Le llamaremos en cuanto tengamos la primera oportunidad.

—Muchas gracias señor Hammond… *Más me vale llevarla bien con este ricachón* —se dijo Concordio—. *Sé que si se la lleva, de todas formas podrá darme muchos contactos con millonarios como él.*

—Adiós —dijo Mark.

Unas horas más tarde llegaron tres doctores a la habitación donde Mark esperaba ansioso.

—Señor Hammond —saludó el jefe del departamento de patología del hospital—. Ellos son los investigadores más prestigiados del mundo y están desarrollando los nuevos tratamientos para este virus.

—Gracias doctores. Les agradezco estar aquí. Espero que tengan buenas noticias para mí.

—Así es señor Hammond. Por fin hemos encontrado el perfil del virus. Puede pasar a ver a su esposa.

Mark esbozó una enorme sonrisa.

—Bueno —agregó el doctor Domiani—, hay un pequeño problema. No podrá tener relaciones sexuales durante los siguientes tres meses.

—¿Cómo? ¿Qué dice usted? —contestó Mark sorprendido.

—Sí, la descripción y codificación de este virus específico, nos dice que sólo se transmite mediante actividad sexual.

Mark, callado y serio pensó: *¿Cómo es que ella adquirió el virus? ¿Con quién estuvo antes?*

El jefe del grupo de médicos pescó al vuelo lo que le ocurría a Mark y adelantando un paso le dijo:

—Permítame un momento —dijo tomándolo del brazo para retirarse unos metros de los demás.

—Mire señor Hammond. Sé lo que puede estar pensando. No sabemos cómo se contagió del virus. Es la primera vez que se tiene un registro claro de esta mutación. No se martirice.

—Pero doctor, usted acaba de decir que el contagio es por contacto sexual.

—Sí, pero aún no tenemos todos los datos, y podríamos encontrar más adelante otras variables.

—Está bien… *¡Fue ese novio que tenía! ¡Ese desgraciado infeliz! De seguro él la contagió* —pensó Mark.

Los doctores salieron de la habitación encabezados por el doctor Domiani. *¡Pobre hombre!* —Domiani pensaba tratando de disimular su juicio—. *Después de todo, de qué sirve tener tanto dinero. ¡Es muy obvio que la señora Hammond haya sido contagiada por otro hombre!*...

Entre tanto, Jazz se encontraba dormitando en su cuarto con un pensamiento recurrente que no la había dejado en paz un solo momento; mucho tiempo antes de contraer la enfermedad.

La imagen era tremenda: Ella se sentía sacudida con fuerza y de pronto Tim la sostenía entre sus brazos apretándola; pero él estaba inmóvil con sus ojos abiertos; parecía estar muerto. Miró al árbol en llamas que se encontraba cerca de ellos. El calor impactaba sobre su cuerpo una y otra vez sin cesar. Miró desesperada a Tim y un sentimiento macabro la invadió: *Está muerto… ¡No!*... Esta imagen se repetía, haciéndola revivir la tragedia una y otra vez. En la obsesiva evocación ella sentía —en cada ocasión— ese continuo esfuerzo de zafar su cuerpo de los rígidos brazos inmóviles de Tim. El miedo la invadió hasta la misma médula de su ser, pero de pronto todo se relajó; sus músculos empezaron a soltarse y se dio cuenta que él la estaba acariciando, lo siguiente fue recibir un beso que no esperaba... El momento la envolvía de tal modo que parecía eterno.

Así pasaron los minutos hasta que Jazz entró en un sueño profundo; con su cuerpo abatido por la lucha contra el virus, los antivirales y los analgésicos; sin embargo luego volvió a entrar en ese estado entre la ilusión y el recuerdo, en aquel día de tormenta que él le salvara la vida, o más bien le diera una esperanza para el amor. Tim la llevaba cargando entre sus brazos a la cabaña. En el sueño, ella miraba su rostro una y otra vez; en definitiva era muy enigmático —¿cómo un hombre tan sencillo podría ser tan profundamente apasionado, y dar su vida si fuera necesario por ella?—; el brillo de sus ojos y el tacto de sus manos en su cuerpo, la envolvían cual fiel frazada, transportándola al embrujo de sentirse amada por completo, obligándola a desear vivir con él, aunque tan solo fuera en los recuerdos; los cuales superaban cualquier expectativa, que la realidad —en estos momentos negada— podría darle.

Mark trató de reponerse de la mala noticia que el grupo de médicos le acababa de dar. Por más esfuerzo que hacía, no podía evitar imaginar a Jazz en los brazos de otro hombre haciéndole el amor, y tratando de quitar su atención de esto miró a su alrededor sacudiendo la cabeza con disgusto. *¿Será que no le gustó el sexo conmigo?... ¿Qué acaso no la pude satisfacer? ¿No se enfermaría por mi culpa? Me tengo que tranquilizar. Ella es mi esposa. Me quiere a mí.*

El pensamiento lo perseguía y ahora la imaginaba en una posición erótica jadeando con un corpulento hombre.

—¡Ya! ¡Me estoy volviendo loco! —dijo en voz baja entre dientes—. Tomó una revista que tenía a un lado, la abrió para encontrarse con una de las fotos donde salían él y Jazz recién casados; una foto que él vendiera a una editorial. En la imagen aparecían los dos justo antes de abordar el avión hacia Europa. Se dio cuenta de la enorme sonrisa de ella al lado de él; *Sí me quiere...* —estaba dispuesto a enamorarla—; y salió de la habitación con el firme propósito de conquistarla; y aunque creía que este pensamiento era únicamente de él, estaba lejos de saber la tremenda e inusitada influencia que ejercían los krítalos en sus emociones y decisiones.

—Pase usted señor Hammond —dijo la enfermera—. Ella está aún dormida debido a los medicamentos. Tenga paciencia, en unos minutos le tocará comer y lo más probable es que despierte con mejor ánimo, porque ayer no quiso comer nada.

—¿Qué hoy no se van a poner ustedes sus trajes de astronautas? —preguntó Mark en tono irónico para darse ánimos.

—Ya no hace falta señor Hammond. Los doctores determinaron que el contagio no es por contacto, ni por vía aérea. No se preocupe.

—¿Ya no tiene calentura?

—La fiebre no la ha dejado del todo. Pero ahora está más estable. Con unos treinta y ocho grados promedio en lugar de los saltos hasta casi cuarenta que habíamos tenido los días anteriores.

Mark vio a Jazz con los ojos cerrados. *De verdad que es bella. Hasta enferma es especial* —pensó sonriendo—. Se sentó a un lado de ella y tomándole la mano con ternura se expresó palabras de ánimo.

—Jazz, mi vida estoy aquí… Ya pasó el peligro.

Jazz suspiró sin abrir los ojos.

Me está escuchando… Sí —pensó Mark animado.

Pero ella en su sueño veía a Tim. Él se acercaba y la volvía a besar, para deslizarse entre su cuello y susurrarle al oído: *Estoy aquí Jazz, mi vida* —Jazz sentía a Tim acariciándola.

—Abre tus ojos linda, estoy aquí contigo —dijo dulcemente Mark.

Abre tus ojos linda. Estoy aquí contigo —ahora ella imaginaba a Tim diciéndole esto acariciándole el cabello—. *Sí, tengo que abrir los ojos…, tengo que verlo* —pero ella seguía confundida entre el sueño y la realidad.

Ella por fin abrió los ojos un poco.

¿Dónde estoy?… —pensó, recibiendo un choque al percibir una realidad distinta la que esperaba.

—Mi vida… por fin me permitieron verte… —le dijo Mark conteniendo el aire para después convertirlo en un suspiro.

Ella no reaccionó al comentario. Miró a Mark deseando cambiar su destino, y al confrontar los hechos y recapacitar con rapidez su inexplicable desenlace en una cama de hospital, lo saludó casi sin moverse.

—Hola… Me siento muy débil.

Los tres krítalos que observaban la escena se reían al unísono.

—Mira a nuestra líder —comentó Serchy, mientras observaba a Jazz en la Futuram, se le veía confundida con los hechos—. Está perdida entre sus dos amores. Si serán estúpidos estos terrícolas. Qué bueno que nosotros suprimimos estos sentimientos desde hace mucho. No sé cómo toleran estas incertidumbres…, para qué sentir algo por alguien cuando el sexo y la satisfacción son suficientes, sin ningún compromiso. Es estúpido que el amor te obligue a ser doblegado por la pareja. Y pensar que estos terrícolas tienen las bases genéticas de nuestros ancestros los humacryps.

—Ya déjate de filosofar con las clases de historia —dijo Thymoty, irritado y autoritario—, y mejor dame de inmediato los indicadores. ¿Vamos bajando o nos mantenemos en el 68 % en el curso del programa de Jazz?

—Seguimos con el mismo porcentaje, pero tenemos dos variantes nuevas en esta pantalla; nos muestran la posibilidad de algunos problemas.

—Dame los datos exactos. No me hables como tus ancestros los humacryps —exigió Thymoty en un tono cada vez más molesto.

—Esta gráfica nos indica que hay una alta posibilidad de que Jazz regrese a su antiguo trabajo, motivada por los comentarios de sus nuevos subalternos. En cuyo caso recaerá el poder de dirigir a otros y nos desviaremos en un 26% del curso deseado, con un catastrófico 42% en unos cuantos días y con altas posibilidades de perder el control en ella para siempre en cosa de treinta días.

—Eso está delicado. ¿Qué estás haciendo al respecto Roda?

¿Tienes algún enrutador que refuerce que ella no regrese a su trabajo después de la luna de miel?

—No aún. Estoy buscando un tipo muy sugestionable, pero parece que ninguno me da el perfil en este lugar. La mayoría son descartados por el idioma y la incompatibilidad de su bagaje cultural.

—¡Demonios!... —exclamó Thymoty— y qué con Mark, ¿cómo va la cosa?

—Él sigue su programa como enrutador al pie de la letra. Está decidido a reconquistar a Jazz, con la idea de convencerla de que ya no trabaje. Solo se le cruzan un poco los cables; es todo eso de los celos humanos... Ya sabes, es el lastre doloroso de sus experiencias anteriores. Aun así, él está convencido de que llegó —por sí solo— a la conclusión de que ella es la mujer indicada, el amor de su vida —dijo burlándose—. Qué pensaría si supiera que la idea en realidad fue mía —Roda soltó una carcajada—. Por cierto me encanta como se ríe uno dentro de estos cuerpos humanos. Ja, ja, ja... Me encanta jugar con estos tontos.

—Roda, si sigues con esas tonterías voy a pedir que te reemplacen —dijo Thymoty molesto.

En las imágenes se veía a Mark con cara de preocupación.

—Qué pasa mi vida. ¿Te sientes mejor? —preguntó Mark.

—¿Mark?

Dios mío... estoy casada con él. ¿Qué hice?

—Hace tanto tiempo que no te veía —agregó Jazz con voz apagada.

—Lo sé linda, es que no me dejaban pasar hasta que tuvieran la codificación del virus. Lo bueno es que según los doctores podrás salir en cosa de días. Tu cuerpo poco a poco ha empezado a reponerse.

—Sí, quiero regresar a trabajar... *Tengo que encontrar cómo resolver este embrollo. No puedo seguir así* —pensó al contestar.

—Pero mi vida, casi ni siquiera hemos comenzado nuestra luna de miel. Qué te parece si primero nos paseamos un poquito por Europa. Te voy a llevar a lugares que te van a encantar.

—Existen algunas responsabilidades con las que tengo que cumplir y debo regresar.

—No te preocupes, yo ya hablé con Concordio, y todo está arreglado.

—Mi jefe... tengo que ver cómo va mi equipo de vendedores...
Jazz cerró los ojos lentamente y dijo desvaneciéndose:

—Déjame dormir un rato. Me siento un poco débil...

—Sí mi vida. Descansa —Mark le hizo una caricia en la mejilla y salió del cuarto contrariado.

Jazz, con los ojos bien cerrados y con la firme intención de no abrirlos, evocó a Tim sosteniéndola en sus brazos, con el anhelo de que estas imágenes sustituyeran la realidad a través de un milagro inusitado. *Tim ¿Qué he hecho?* —se preguntaba víctima del sufrimiento.

En la oficina de monitoreo de los krítalos, Serchy miraba un monitor de la computadora auxiliar.

—Pero... ¿Quién infectó a Jazz? —Thymoty preguntó enfurecido.

—Tranquilícese jefe. ¿quién cree usted?... —dijo Serchy, sin inquietarse por el mal genio de su superior—, aunque llevamos más de diez años terrestres monitoreándola y ella ha pasado por tres relaciones, dos humanas y una krito-humana, las probabilidades de que fuera...

—¡Al demonio! —lo interrumpió Thymoty—. Tenemos once meses terrestres para cumplir la misión y esta enfermedad sólo nos está retrasando.

—Eso es verdad, pero no me culpe a mí —comentó Serchy.

—Bueno, no me gusta lo que quiere hacer Jazz —dijo Thymoty—. Está pensando en regresar con sus vendedores. Esto me huele a catástrofe. ¡Nunca he tenido una misión fallida y ésta no será la excepción! ¿Me escuchan? Si logramos que salga de la tonta enfermedad podrá tener ánimos de que Mark la lleve a conocer Europa. Pero hay que hacer que un enrutador la ponga en ese camino; aparte, ¿por qué sigue en cama?, ya debería de haber salido del efecto del virus. De acuerdo a nuestros reportes de la computadora, el virus que la ataca es el krithuü 101 ¿no es así?

—Así es jefe —contestó Serchy; quien era un experto ingeniero de genética krito-humana—. Es muy común que este virus se contagie cuando hay relaciones sexuales entre humanos y krítalos en cuerpos humanos. Lo que pasa es que en ella el virus tuvo una pequeña mutación. Es un krithuü 101-A.

—¿Cuál es la diferencia? ¿Tenemos algún peligro?

—No hay peligro. Este virus lo hemos generado desde hace muchos años terrícolas. Apareció por primera vez cuando nuestros científicos inventaron la cápsula para que pudiéramos habitar los cuerpos humanos. Después de su primera aparición los humanos lo nombraron herpes DR24, pero con los años lo han clasificado de otra forma, y aunque se parezca, no es el mismo. No se preocupe, el sistema inmune de Jazz ha de ser un poco más delicado que el de los demás terrícolas, pero ya empezó a reaccionar.

—Tenemos que hacer algo para llegar más rápido a la consumación del programa con Jazz. Siento como si no avanzáramos nada. Y tu Roda. ¿Ya encontraste a quién utilizar como enrutador alterno?

—No jefe —contestó Roda.

—No quiero que se muevan de sus puestos ni para respirar. No quiero que cuando despierte me digan que vamos en picada otra vez. Me voy a mi habitación —dijo Thymoty mientras caminaba hacia afuera de la oficina.

—No se preocupe jefe. Lo arreglaremos —contestó Serchy,

Minutos más tarde Roda empezó a sentir nervios terrícolas:

—Serchy, esto de estar tanto tiempo en estos cuerpos me está poniendo tan estúpido como ellos. No encuentro a un prospecto adecuado para redirigir a Jazz entre todos estos italianos, y los indicadores de Jazz nos marcan una bajada en pocas horas, y si no hacemos algo ya, Jazz amenaza con regresar a buscar a Tim; no entiendo cómo es posible que ella tenga tantas dudas sobre su relación con Mark, mientras los indicadores de Mark muestran que el lastre que trae de sus infidelidades y engaños a otras mujeres, empiezan a pesar sobre él; el pobre rico está perdiendo su confianza para conquistarla. No lo puedo creer. Ahora tiene celos y coraje, que si no se acomodan lo podrían empujar a terminar su relación con Jazz... Como enrutador está perdiendo mucha fuerza. Es lo que nos indica la Futuram ¿Qué hacemos?

—¡No sé! O encuentras un enrutador nuevo, o nos van a evaporar. ¡Reacciona Roda! —dijo Serchy subiendo la voz—. ¡Te estoy hablando! ¿Qué no me oyes? —Roda estaba ido.

XV

Perdido entre los días y las noches, sin saber la hora en la que vivía, Tim llegó con Oso Grande al final del túnel, en donde se encontraba la segunda base, construida después por los aliens. Esta era más grande que la primera. A Tim le resultaba sorprendente el tamaño y la longitud del túnel por el que se comunicaba con la base menor del pico Bangs.

—Mira Tim —dijo Oso Grande señalando una construcción impresionante.

Una cúpula oval enorme se extendía delante de sus ojos en medio de la colosal cueva. El lugar tenía en el centro una plataforma, que brillaba con un color verde fluorescente; le pareció que se usaba para revisar las naves. Tim siguió los pasos de Oso Grande hasta el borde de la plataforma; y sorprendido, no dejaba de mirar de un lado al otro.

—Es enorme… —dijo Tim—. ¡Increíble!... mientras en el interior de su cuerpo se desajustaba la temperatura con una subida intempestiva.

—Mira Tim, este es el dispositivo que reproduce las comunicaciones alienígenas. Gracias a él tenemos toda la información de lo que ellos están haciendo en estos momentos.

Tim lo observó con cuidado y cuando lo puso entre sus dedos, una corriente eléctrica lo atravesó, y haciendo un esfuerzo enorme para no caerse se lo regresó. *Necesito recuperar la calma* —pensó.

—No muerde amigo —dijo Oso Grande.

—Estoy exhausto. Necesito un descanso. ¿Me explico?

—Tienes razón. En un momento vamos a descansar, pero antes tengo que enseñarte algo…

Entraron a la base por una puerta que se abrió en el momento que se acercaron a esta. Oso Grande caminó hasta una esquina y dobló hacia un lado. Pasaron a una bóveda metálica que brillaba igual que las paredes del túnel. Tim lo siguió en medio de los malestares que anunciaban una enfermedad inminente; la misma que sufriera antes en repetidas ocasiones, desde que vivía en México, cuando iniciaran sus sospechas. Después de caminar por un costado de la amplia bóveda, una de las paredes de metal se abrió de forma automática dando paso a una segunda cámara casi tan grande como la primera. Oso Grande entró seguido por Tim.

—Mira Tim. Este es el artefacto que necesitaremos para nuestro plan. Es una cápsula de transferencia, muy parecida a las cápsulas de succión de crystabita, pero ésta se usa para que los krítalos dejen sus cuerpos en animación suspendida y entren en un cuerpo humano. Si te fijas hay dos cápsulas, una detrás de la otra. Una es para el cuerpo krítalo que se deja en reposo y la otra para el cuerpo humano al que el krítalo se va proyectar —explicó Oso Grande mientras miraba las dos cápsulas del tamaño de un féretro, con una altura de medio metro cada una; ambas estaban colocadas de forma horizontal. En cada una cabía perfectamente un cuerpo humano. La parte superior era una burbuja cristalina y la base tenía un color blanco translúcido.

—Me da la impresión de que sé para qué es esto —dijo Tim señalando con una mano temblorosa la burbuja.

—¿Qué pasa muchacho?

—Creo que me siento mal —Tim se desvaneció y cayó en el suelo desmayado.

Oso Grande lo acomodó, colocándole la cabeza sobre su chamarra y tomándolo de las manos le dijo con firme intención:

Regresa… regresa… regresa…

Tim abrió los ojos muy despacio.

—¡Qué bueno que volviste! Reposa un poco. No te muevas. *Creo que está reaccionando por un choque de órdenes implantadas. Resiste, vas a salir de esto* —pensó Oso Grande apretándole un poco las manos—. Esto confirma que fuiste víctima de ellos.

Tim se ubicó poco a poco en el lugar, y mientras vencía el miedo de perderse nuevamente y caer inconsciente, contestó:

—Creo que tienes razón. Estos objetos me hacen sentir nervioso —se levantó y mirando a los ojos a Oso Grande agregó—: ¡Pero no me dejaré vencer...! Ellos se han apoderado de parte de las funciones de mi cuerpo pero como ser, a mí, no me han vencido.

En Tim crecía con fuerza el deseo de arrebatarle a los krítalos, a como diera lugar, ese control indeseable.

—Así se habla muchacho. Vamos a confrontar lo que tenemos. Hay mucho que tienes que saber antes de empezar.

Oso Grande esperó a que Tim se acercara a la cápsula, notando que ahora su aspecto físico mejoraba —aunque con cierta rigidez.

—¡Vas bien muchacho!, tú eres más fuerte que cualquier grapa que te hayan metido a tu cuerpo. Sígueme. Faltan algunas cosas que necesitas ver. Es por aquí —y caminaron hacia el fondo de la vasta sala donde se hacían las transferencias. Conforme caminaban, Oso Grande le enseñó otras cápsulas similares a la primera, para concluir en una sección que estaba separada por un muro hecho de un extraño cristal verdoso. En el interior de éste se encontraban unas veinte camas con grandes cápsulas ovales cristalinas, que terminaban en una pequeña caja negra al extremo superior —el famoso krit almacenador de crystabita.

—¿Recuerdas lo que te expliqué?

—Sí, pero tú dijiste que cuando regresaste a la base ya no había nada. ¿No es así?

—En efecto. Sígueme. Todavía no he terminado. Te voy a enseñar algo más —caminaron de regreso hasta la entrada, pasando a la primera bóveda.

—Esto es lo que yo vi cuando regrese. Un lugar vacío.

Oso Grande tomó el dispositivo comunicador y lo dejó en el

suelo a unos cuantos pasos de él. De inmediato la entrada a la segunda bóveda se cerró. Donde antes se había abierto la puerta, solo se veía una pared.

—¿Te das cuenta? La clave para entrar a la segunda bóveda es traer el intercomunicador puesto. La base tiene un sistema automático que lo detecta, y entonces se abre el acceso a las salas de transferencia de cuerpos y recopilación de crystabita. Por cierto, el nombre del intercomunicador es kritocom.

—¿Cómo es posible que los krítalos dejaran casi toda la base montada? Debe de ser un equipo muy costoso.

—No más que sus vidas.

—¿A qué te refieres?

—Lo que investigué es que después de que perdieron la primera nave —esto ocurrió justo encima de nosotros, en la zona 51 de Nevada —dijo señalando al techo de la bóveda—, los científicos del gobierno y los militares dieron por casualidad con el descubrimiento de un raro metal con características muy peculiares, llamado *promethyum* por nuestros científicos, y que suele encontrarse junto con el uranio. La clasificación de este metal en nuestro planeta es secreta hasta la fecha, pero no para los krítalos, que ya lo conocían. A este metal los aliens le llaman risky. Le pusieron este nombre porque cuando aumenta considerablemente la radiación en el ambiente, el risky se desestabiliza y se descompone a una velocidad inmensa y estas pequeñas partículas subatómicas, que se disparan y viajan junto con la radiación, matan de golpe a los krítalos. En cosa de horas destruye su sistema motriz y nervioso, dejando al cuerpo como un vegetal viviente.

—¿También es letal para los humanos?

—En cierto modo, pero nuestros cuerpos reaccionan generando primero cáncer por el contacto radioactivo y el efecto del risky ocurre tan lento, que primero se muere la persona del cáncer, antes que caer en un estado vegetativo.

—¿Quieres decir que cerca de aquí se encontró uranio y risky?

—Claro, en toda la zona, desde el Área 51 de Nevada hasta nuestra aldea a un costado de la minas de Arizona, en el pico Bangs; donde está la otra base de los krítalos. Esto nos da una razón más por la cual huyeran con tanta prisa de sus instalaciones.

—Pero como es que los krítalos no se dieron cuenta del risky cuando estaban construyendo las bases. Aparte se ve —por las dimensiones de estos lugares—, que las usaron por mucho tiempo.

—Tim. En esos años —los treinta más o menos—, todavía no habían tenido lugar las pruebas nucleares. Algún tiempo después, construyeron la base militar que hoy se llama Área 51, a unas millas de aquí. Es una base de superficie y no sospechan que está tan cerca esta base krítala. Cuando los militares empezaron a hacer pruebas con bombas atómicas aumentó la radiación en el ambiente y la descomposición del risky —el cual los krítalos ya sabían que estaba ahí—; las partículas empezaron a propagarse en el espacio circundante. Los krítalos caían como moscas. Así es como perdieron las dos naves.

—¡Caramba...! ¡Si son vulnerables al risky, esa será nuestra mejor arma! ¿No crees?

—No es tan sencillo Tim. Los militares están experimentando con el *promethyum*. Dadas sus características de estabilidad relativa, han logrado una fisión atómica en frío, a la que han llamado: *Promethyum-P*, dónde la fisión aumenta su potencia con el *promethyum* o risky. El nuevo combustible es lo más poderoso que existe —según ellos—. Pero todas las naves que han construido para usar el *promethyum-P* se han desbaratado en mil pedazos. Aún no han encontrado una aleación lo suficientemente fuerte y a la vez ligera como la de las naves de los krítalos. Llevan muchos años con estas cosas; si supieran que no necesitan de metales sino de la ausencia de ellos, como en la teletransportación usada mediante luz. Esta es una tecnología muy superior dominada por los aliens desde hace décadas...

Tim estaba aún desconcertado cuando Oso Grande continuó:

—¡Ay!, lo que nos depara con estos locos militares. Ahora usan las naves de los krítalos sin descifrar sus secretos. Son una bola de estúpidos.

—Usemos el risky o *promethyum* y caminemos fuera de la zona 51...

—Mira Tim —dijo Oso Grande un poco desesperado al ser interrumpido tan seguido—. Estoy tratando de darte una clase de ciencia krito-humana en un par de horas, cuando a mí esto me llevó años de estudio. Si quisieras usar el risky para matar krítalos, necesitarás aumentar la radiación para atacarlos y por supuesto que los matarías, pero también te morirás tú en el proceso.

Tim asintió con la cabeza y guardó silencio.

—El plan es simple. Hay que usar la misma tecnología en su contra. Ellos nunca se muestran con su verdadero cuerpo. Nosotros tampoco lo haremos. Uno de nosotros tiene que transferirse a uno de sus cuerpos; pero pienso que todavía hay que ver los puntos vulnerables.

El simple hecho de pensarlo le dio escalofríos a Tim, obligándolo a experimentar una vez más esas molestas sensaciones de febrícula en su cuerpo.

—No te me pongas verde, que para eso tendremos tiempo. ¿Qué te parece que comamos y descansemos un rato?

—Perfecto. Esto me permitirá hacerme a la idea —contestó Tim—. Me supongo que tú no quieres hacerlo.

—No es que no quiera. Ya lo hubiera hecho desde hace mucho. Es que, para que funcione el plan, se necesita a alguien desde afuera para monitorearlo. Las acciones que se tienen que hacer, no las puede ejecutar un solo hombre.

Tim se quedó callado por unas horas. Ayudó pensativo a Oso Grande a preparar la comida. Todo lo que pasaba por su mente era: *Jazz... mi dulce Jazz, si tan solo pudieras escucharme. Te necesito más que nunca. Si hago algo por este mundo, será para recuperarte. Sin ti, nada me importa.*

XVI

Muy lejos de las bases alienígenas, estaba Jazz en el baño del hotel de Venecia, tratando de articular lo que debería de decirle a Mark. Al no encontrar el modo de hacerlo, decidió mejor escribirle una nota. Terminó de arreglarse, y al ver que Mark había salido a una conferencia de negocios en Pádova, ciudad cercana unos kilómetros tierra adentro, tomó asiento en un hermoso secreter y escribió lo que con la voz le era imposible de expresar. Preparó una maleta, tomó su bolso y se fue. Caminó hasta el pequeño muelle y se metió a una lancha taxi.

—*Aeroporto Marco Polo...* por favor —ordenó Jazz en tono firme, con su guía para turistas en la mano.

—Se la signorina! —contestó el tipo del taxi acuático.

La imagen de Jazz en el taxi era vista con alarma desde la oficina de los krítalos.

—No lo puedo creer —dijo Thymoty conteniendo cierta furia creciente—. Se está largando de la ciudad.

—Lo único que nos queda es que tratemos de redireccionar la situación mediante Mark —dijo Serchy.

—En eso estoy —contestó Roda—. Aquí va Mark.

—Más te vale que esto funcione Roda —amenazó Thymoty.

Y en Pádova, Mark sintió un impulso desmedido de abandonar la conferencia. Le había dado un malestar que corría por todo su cuerpo, algo como un cólico agobiante.

—Me van a disculpar caballeros pero tengo que abandonar la reunión. Me empecé a sentir un poco mal. Por favor envíen a mi secretaria todos los datos de su fábrica. Prometo verlos en los dos siguientes días.

Mark salió como bólido.

—No se alarmen señores —dijo Raúl, uno de los socios mexicanos de Mark—. Él revisará los datos y seguramente estaremos firmando el negocio en dos o tres días.

Los tres empresarios italianos se miraron uno al otro.

—Más le vale que esto sea serio Raúl —dijo Dino—. Esto confirma, que uno no sabe mucho de los americanos.

—Usted sabe cómo son los millonarios, excéntricos, y en ocasiones impredecibles. Aparte, cualquiera se puede enfermar, ustedes saben eso. Pierdan cuidado, están tratando con uno de los hombres más serios y poderosos del continente americano.

Mark tomó su Ferrari Testarossa, que recién había comprado para darle una sorpresa a Jazz, y aceleró hasta el fondo derrapando en cada curva. En cosa de minutos llegó a la Piazzale Roma, donde tomo su bote Stingray 225 SX Sport y salió frenético del atracadero rumbo al hotel. *Tengo que verla... Tengo que verla...* —era todo lo que atravesaba por su mente. Llegó al muelle, saltó del bote y entró directo al lobby y pasó sin decir palabra, dejando a la señorita que atendía la recepción con las palabras de saludo en la boca; llegó a la habitación y de inmediato encontró la nota sobre la cama y encima todas las joyas que le había regalado a Jazz. Tomó la nota y la leyó:

Mark. Sé que me quieres. Lo puedo sentir en tu mirada. Lo veo en los detalles hacia mí. No sé cómo decirte esto. Es demasiado fuerte para mí, pero creo que es mi deber hacerlo. Yo no me casé contigo por tu dinero. Aunque me encantan todos tus regalos y detalles costosos. Tampoco me casé contigo por el poder que tienes en la sociedad. Me casé creyendo que te podría querer... Más no pienso ahora que esto sea posible. Me siento terriblemente mal por haberte hecho creer que todo saldría bien. Soy culpable de todo. Te pido una disculpa por traicionar tus sentimientos de amor. Me siento tan mal con todo esto que no puedo ni siquiera verte a la cara. Por favor perdóname.

No trates de buscarme. No quiero romperte dos veces el corazón, con una es bastante. Aquí te dejo las joyas que me regalaste. Pronto te enviaré los papeles del divorcio para que puedas encontrar a alguien, que a diferencia de mí, pueda corresponderte; alguien que pueda amarte por siempre.

Jazz

Mark sintió como si lo hubieran apuñalado en el pecho, era un dolor agobiante que lo obligó a acostarse un momento.

En la Futuram se vio a Mark hecho un ovillo en la cama de la suite.

—¡Haz algo Roda! —ordenó Thymoty.

—Aquí voy señor —dijo Roda—. Espero que este refuerzo sea el adecuado.

Mark recibió un golpe en la cintura que lo enderezó, era una orden electromecánica:

Se frotó la cabeza un poco y recibió este pensamiento creyendo que él lo había concebido:

Tengo que encontrarla... tengo que encontrarla... tengo que encontrarla...

Mark se levantó y corrió hacia afuera. En la recepción preguntó muy sobresaltado:

—¿Sabe usted a qué hora salió mi esposa?

—Sí señor Hammond, tomó un taxi hace unos cuarenta minutos.

—¿Sabe hacía qué dirección?

Mark recibió otra orden de los krítalos: *"Ve por ella al aeropuerto."* Dejó al empleado con la contestación en la boca y salió del hotel. Tomó su Stingray, enfiló por el canal y aceleró a fondo.

En el aeropuerto, se escuchaba un anuncio en los altoparlantes:

—Señoras y señores, el vuelo 701 de Air France para la ciudad de México, vía Paris, saldrá retrasado por treinta minutos. Disculpen ustedes las molestias. En un momento les avisaremos para abordar.

Jazz miró su reloj y tocándose la barbilla suspiro profundo. *¿Por qué se retrasa ahora? ¡No!* —pensó.

Mark estaba como embrujado, manejando el veloz bote como un verdadero maniático loco; empezó a pasar a los otros botes, góndolas y vaporettos con rapidez y cuando alguien se le atravesaba, él hacía sonar la escandalosa bocina y se salía fuera de las rutas acuáticas; se había convertido en un demonio, violando límites de velocidad y cualquier ley de tránsito acuático posible. Cuando pasó frente a Murano, el tránsito disminuyó y Mark le imprimió toda la potencia al Stingray. Así llegó al atracadero del aeropuerto y dirigió la lancha a una velocidad que no le permitiría frenar, pero antes del impacto, dio una vuelta de 180° y echando una considerable cantidad de agua por todos lados, el bólido acuático quedó inmóvil, perfectamente alineado al embarcadero. Se bajó del bote dando un salto —dejando a los tipos del muelle del aeropuerto con la boca abierta, tanto que cuando intentaron decirle que ahí no podía amarrar su bote, Mark ya llevaba mucha ventaja. Corría golpeando a las personas a su paso; dos *carabinieri* empezaron a seguirlo corriendo detrás de él —pensando que era un malhechor—; en segundos, la persecución involucró a nueve elementos de seguridad del aeropuerto; Mark de pronto se detuvo en la entrada de una sala de espera. Reconoció a Jazz, que estaba ahí de espaldas. Los elementos de seguridad y los *carabinieri* lo alcanzaron.

—Está usted detenido —dijo uno de ellos.

Mark volteó y con mirada fulminante contestó:

—¿De qué habla? ¿Está usted loco? ¿Bajo qué cargos? ¿Correr en un edificio?

El Jefe de Seguridad se colocó frente a él.

—Usted puede correr lo que se le dé la gana. ¿Pero hacerlo golpeando a las personas a su paso? Está perturbando el orden público. ¿Me permite su identificación?

—Si lastimé a alguien estoy dispuesto a pagar la multa correspondiente y los gastos médicos si este fuera el caso, pero lo único que quería es alcanzar a alguien antes de abordar el avión. ¡Es algo personal y muy importante! —explicó Mark mientras le enseñaba su pasaporte, sin dejar de mirar hacia el interior de la sala.

El oficial tomó el pasaporte y lo revisó, mientras llamaba por su teléfono para corroborar la identidad de Mark. Hubo un intercambio de palabras en voz baja y el jefe de seguridad asintió.

—Todo está en orden, aquí tiene su pasaporte señor Hammond. Aunque todo esto se trate una *signiorina,* guarde la compostura.

—Así lo haré, no se preocupe.

Todos los elementos de seguridad se retiraron por órdenes del jefe.

En la sala de espera, Jazz estaba muy incómoda, se levantó del asiento y empezó a caminar en círculos alrededor de su maleta. *Más me vale que me tome un té de azahar. Tengo que tranquilizarme. Sí, voy a encontrar a Tim. Tengo que darle otra oportunidad* —pensó, y se volvió a sentar.

Ella escuchó a lo lejos:

—¿Jazz? —la voz venía desde detrás. Volteó y miró a Mark, que ocultaba su angustia—; él rodeo los asientos y quedaron de frente. Ella le sostuvo la mirada sin decir una sola palabra. Él esperaba escuchar algo, pero no fue así, y Jazz no le quitaba los ojos de encima. Mark se consumía por dentro. Ella contuvo la respiración.

—Mark, te dije que no vinieras —dijo Jazz muy seria—. Por favor déjame. Casarme contigo fue el peor error que he cometido en mi vida. Quiero evitar lastimarte todavía más...

Mark se acercó y le tendió una mano invitándola a salir de su asiento.

—Lo único que te pido es..., que como mi legítima esposa me escuches. Si después de hablar conmigo decides irte, no pondré la más mínima objeción. Acompáñame para que platiquemos...

—Pero es que el avión ya se va...

—No te preocupes Jazz. Podrás contar con mi jet, para que te lleve a donde quieras.

Ella se levantó y salió. Fueron a sentarse en un pequeño salón privado en un extremo de esa sala del aeropuerto.

—Por favor escúchame. Eres una mujer muy especial. No hay dos como tú. Me venciste y compré esa propiedad. Tus argumentos son la demostración de tu habilidad; eres la más digna y bella oponente que yo haya tenido. Una mujer que tiene un valor muy por encima de cualquier "bella dona" que yo conociera, y no te importa mi dinero ni tampoco el poder que tengo. No buscas de mí lo que siempre quieren las mujeres: Joyas, vestidos, casas y posesiones. ¿Quién eres realmente...? Eres la persona más valiosa que he conocido en mi vida. No hay un solo diamante que iguale el brillo de tus ojos. Daría todo lo que poseo para retenerte, sin embargo no sé lo que debo ofrecerte. Por favor no hagas de mí un muñeco de trapo sin remiendo. Permíteme conocerte más para apoyarte... Si no tengo éxito, cambiarás de lugar, así como de pareja; pues nunca..., nunca podrás decir que dejaste tu libertad, tu fortaleza y tu determinación. Hoy eres tan libre como lo serás mañana. Un ser con fortaleza como la tuya, no tiene cabida en una jaula, aunque esta sea de oro... Por favor, dame unos cuantos días para conocerte. Recuerda que hoy, todavía soy tu esposo.

Jazz quedó sin palabras al escuchar los argumentos. Mark logró que ella viera las cosas desde un punto de vista muy distinto; se dio cuenta que no todo podía decidirse solo tomando en cuenta sus sentimientos.

Lo que él dice es cierto... Tiene derecho a una oportunidad, ¿y si fuera verdad, y me enamorara de él...? No me puedo permitir otro error a estas alturas —Jazz lo miró de manera directa y penetrante —no eran los ojos de una mujer dulce; sino los de una mujer fuerte y dominante.

—De acuerdo Mark, veamos si en verdad podemos conocernos. Salgamos de dudas.

Y en las computadoras de los krítalos, donde monitoreaban cada movimiento de lo que le ocurría a Jazz, Serchy saboreaba un whisky y se reía.

—¡Qué bárbaro Roda! Te luciste como nunca. ¿Qué órdenes le implantaste a Mark para que se sacara ese discurso de convencimiento?

—Ninguna...

—¿Cómo? —preguntó Serchy.

—Como lo oyes. Desde que se puso en frente de ella, él hizo todo por sí mismo. Creo que de verdad la quiere.

—Yo lo que creo es que nunca voy a entender que se traen estos terrícolas con esta cosa del amor... —dijo Serchy—. No los comprendo. Qué pérdida de tiempo. Lo único que realmente vale la pena es el poder. La sensación de poder. ¿Amor?, ¡ja! ¡Estúpidos humanos!

Mark la llevó al hotel para dejar su maleta, y cuando ella se relajó la acompañó a dar una vuelta por el campo. Jazz se mantuvo distante, pero un poco a la expectativa, prestando atención a los sencillos comentarios que Mark hacía para tratar de lograr que ella participara en la conversación, sin embargo su mente se desviaba, y sus pensamientos regresaban a la duda original que la embargaba.

Creo que Tim tendrá que esperar. ¡Él es mi marido y puedo ver un intento verdadero para lograr que lo nuestro funcione! No sé cómo pensaba regresar con Tim después de lo que me hizo...

Mark por su parte dudaba en decirle que el Ferrari en el que la paseaba, era uno de los regalos que él le había preparado por motivo de la boda: *No es el momento de ofrecer regalos materiales. Necesito ganármela en alma.*

—Mira —dijo Mark señaló a las montañas que enmarcaban la puesta del sol.

—Sí... muy bello —apenas contestó ella.

Mark recordó los escritos íntimos que guardara desde que fuera a la escuela, en su adolescencia, y en un impulso típico de un hombre de negocios lanzó una propuesta:

—Vamos al bar del hotel y mientras tomamos una copa, te daré los detalles de algo que quiero para ti. Tengo una sorpresa.

—No quiero más regalos Mark. Necesito que tú y yo nos conozcamos de verdad para ver si esto funciona —contestó Jazz enfatizando que todo iba a ser bajo sus condiciones.

Ya lo decía yo. Qué bueno que no mencione nada sobre el Ferrari —pensó Mark aliviado.

—No mi vida, no es nada material. Es algo muy especial que quiero mostrarte, primero quisiera decirte algunas cosas que nos ayudarán a entendernos y conocernos más. Qué te parece si primero nos tomamos una copita de algo dulce, platicamos tranquilamente, y después vamos a nuestro cuarto y nos cambiamos de ropa con algo más elegante para ir a un restaurante que quiero que conozcas; la sorpresa lo amerita, te lo aseguro; ¿estarías de acuerdo? —Mark analizaba dubitativo si aceptaría su propuesta; pues ella había sido muy firme en sus palabras.

—Pero nada de regalos lujosos... es que todavía no sé... y no voy a tomar alcohol, solo un té —contestó Jazz titubeante.

—Está perfecto, será un té para los dos.

Mark la sorprendió con un ligero beso que solo tocó sus labios. Ella se conmovió con el detalle y una pequeña ilusión renació en su pecho. *Quizá, ¿acaso él...? ¿Seré yo el problema...? Él es un encanto* —pensó ella, mientras volteaba hacia un lado con delicada coquetería.

La tetera se vació más rápido de lo que la pareja esperaba. Jazz y Mark se miraban con cautela uno al otro, esperando cada uno adivinar cuál sería el siguiente movimiento, como cuando dos rivales compiten y tratan de determinar la mejor jugada.

Mark, quien hasta el momento había tenido una vida llena de conquistas fáciles —sintió que recuperaba su confianza de galán, al descubrir que ella apartaba la miraba dándose a desear—; sintió renovados bríos y más seguridad de que sus pasos lo guiaban hacia el éxito —como era su costumbre—, recuperando su papel de viejo lobo de mar, guiando a su amada por una ruta claramente trazada, sin embargo en esta ocasión había una diferencia sustancial con las experiencias anteriores; él ahora reflejaba —superando todos sus miedos al fracaso—, el interior de sus verdaderos anhelos; aquellos que nunca fueran revelados a nadie. Él los consideraba tan íntimos, tan secretos, que nadie debería verlos nunca; pues pondrían al descubierto el corazón de su alma; tan vulnerable ahora como cuando siendo muy joven tuvo la peor experiencia con su primera novia, a quien amó con locura; cuando descubrió que ella lo había engañado con su propio padre. Su corazón se destrozó, y a partir de ese momento, perdió todo respeto por la imagen del padre, y se juró que sería él quien utilizaría a las mujeres, pues el verdadero amor, ese lleno de tristezas, sería solo un sueño para poetas y un ensayo fallido de enaltecimiento de la paternidad para los estudiantes de las universidades.

"Ella es a quien he buscado." Es sincera, es auténtica y sé que no me mentirá nunca... Si logro conquistarla ahora será mía por siempre. Es el momento adecuado, lo sé... —Mark profundizó con rapidez, sin darse cuenta que lo motivaba su propósito original de compartir el verdadero amor—, y que había abandonado hace mucho tiempo.

Los dos entraron a su habitación. Mark la miró a los ojos y dijo muy misterioso:

—Hoy tengo que enseñarte algo, que nadie ha visto nunca.

—Mark, me intrigas. ¿De qué se trata todo esto?

—Anda, ve a cambiarte, ponte el último traje que te compré y que no has estrenado —el de color negro—. Todavía tenemos que irnos a otra parte.

—Espero que la sorpresa sea tan linda como la invitación que a tomar té —ella desapareció dentro del enorme vestidor.

Mark se cambió de ropa con premura para ir a buscar un archivo en su refinada computadora portátil, tecleando varias contraseñas complicadas; imprimió un documento en un papel, lo dobló con todo cuidado y lo guardó en un sobre, colocándolo en el interior de su saco.

Un rato más tarde, Jazz y Mark estaban sentados en el restaurante. Era un lugar muy elegante y la comida era deliciosa. Jazz estaba resplandeciente; su cuello y sus hombros estaban al descubierto y hacían resaltar un collar de perlas que Mark le había pedido usar para que el atuendo luciera completo. Él vestía un elegante smoking negro; Mark la miró, y tal como cuando se pierde un pez en la profundidad del mar, él se hundió en Jazz, encontrando cada detalle, sus ojos, su piel, esa voz, su aroma, y su emoción rebosante llena de vida: *Es única... Ella no es de este mundo. Es libre; como una extraña orquídea blanca y pura, que con sus delicados tonos y su exótico aroma cautiva al más salvaje entorno. Tengo que conquistarla. Ella es única, de eso no hay duda. Estoy totalmente seguro* —Mark suspiró y acercó una mano para apenas tocar los dedos de Jazz, quien al sentir el delicado contacto, interrumpió los pensamientos encontrados que la sofocaban con dudas: *Y si Tim fuera el indicado... él también merece una oportunidad, casi murió por mí.* El pensamiento de duda se desvaneció al ver a Mark tan tierno y sin apartar su mano agregó:

—El lugar está precioso —y correspondiéndolo, colocó su mano sobre la de él—. ¿Esto es lo que me querías enseñar?

—Deja que traigan los postres y el *champagne*. Entonces verás lo que tengo preparado.

El mesero se acercó, preparó dos delicados prostres flameados, descorchó la champaña y los dejó solos. Llegó un trío de chelo, guitarra y violín. El más gordo de los tres —con el chelo entre las piernas hizo la presentación, usando un español apenas entendible por su delgada voz:

—Espero que la siguiente melodía sea tan dulce y delicada como usted —dijo señalando con un ademán a Jazz—; el señor Hammond la eligió. Esperamos que le agrade.

Jazz, un poco sorprendida, trató de hilar las palabras del músico con la escena.

Mark sacó del bolsillo interior de su saco un papel, lo desdobló, y dio la señal a los músicos para que comenzaran. La melodía inició, delicada, suave, entrelazándose con los tonos rojizos de la tarde, que lentamente se desvanecían anunciando la llegada de la noche; la puesta de sol se fundía con la música, haciendo vibrar hasta las sombras. Mark miró a Jazz a los ojos y con voz firme le dijo:

Esto lo escribí cuando —siendo más un niño que un hombre— aún me encontraba en la escuela, sentí que necesitaba sacar esto de mi alma, con una urgencia que quemaba como carbón al rojo vivo. Nunca nadie las ha escuchado ni leído, porque estaban esperando la llegada del ser amado. Las guardé por años, con la esperanza de que entre todas las mujeres de este mundo, apareciera una, que en esencia, dibujara lo que yo alguna vez soñé. Curiosamente hoy recordé que las tenía —hizo una pausa; Mark respiró hondo e inició la lectura:

Mujer,
Tu belleza me conmueve cual princesa.
Al caminar me transportas fuera de este mundo,
Permitiendo asomarme a las estrellas,
Y tu cuerpo, toda una escultura,
Pero tu ser sobrepasa el infinito,
Que me deja sin respiro,

Haciendo de mi vida todo un nudo,
Donde el único camino es conquistarte,
Donde la única solución para salvarme,
Es sin duda la decisión de solo amarte.
Mujer,
Dame una oportunidad de conquistarte
Y en tu lecho construir un mundo trepidante,
Que no dé tregua al desamor ahora reinante.
Mujer,
Bella hasta el infinito,
Permíteme alcanzarte.

¡Qué tonta y perdida he estado...! —pensó ella, exhibiendo un nuevo brillo en sus ojos; una pequeña luz iluminaba una esperanza. La melodía concluía. Ella lo miró a los ojos sin decir una sola palabra. Mark, se inclinó un poco hacia ella, pero de inmediato se detuvo, manifestando un poco de inquietud en la espera de una respuesta que no llegaba, y con miedo de echar abajo el impacto de lo que había leído, se quedó callado, esperando, con el corazón latiendo, en busca de un desenlace. Los tres músicos apenas respiraban, siendo los únicos testigos de la declaración íntima del millonario. El tiempo se detuvo. Un milagro viajó en el aire como si flotara una noticia entre ángeles. Jazz acercó sus dedos y tomó las manos de Mark, las apretó, acercó su torso hacia él y le dijo con palabras que se arrastraron a través de un tiempo tan incierto como el deseo:

—No tenía idea de lo que tú podías provocar en mí. Bésame...

XVII

Entre los miembros de la misión krítala no se acostumbraban los halagos, pero con la incertidumbre reinante respecto a manipular correctamente a Jazz, la regla empezó a cambiar.

—¡Qué buen trabajo Roda! —dijo Serchy—. Jazz está bajo control.

—Yo no he tenido nada que ver con esto. Mark lo ha hecho todo por cuenta propia. Desde hace mucho que no le mando ningún refuerzo. Qué estúpidos son los terrícolas! Mira este tipo, tan rico e inteligente actuando como un tonto. Bueno, pero algo me intriga. ¿Qué sentirá este tipo? ¿Por qué nuestros científicos decidieron eliminar estas emociones en nuestra especie? No he estudiado la historia krito-humana, pero no me gustaría estar en los pantalones de un ser humano puro.

Lejos de los krítalos y sus frías especulaciones, dentro de la base alienígena de Nevada, se respiraba un delicioso olor que fácilmente levantaría a los muertos. Oso Grande estaba preparando un pescado a las hierbas, en un horno krítalo especial. *Pero, ¿de dónde sacaría Oso Grande ese pescado?*, se preguntó Tim intrigado. Entre las curiosidades que los krítalos abandonaran en la base, había un enorme refrigerador, con una fantástica variedad de platillos congelados y preparados. En toda esta comida —toneladas de ella—, se había aplicado un tipo de tecnología aún desconocida por los humanos; esta permitía que la carne y los otros alimentos conservaran todas sus cualidades alimenticias y su sabor original; tan frescos como peces acabados de pescar.

—¡Eso huele delicioso! —dijo Tim—. Me muero de ganas de probarlo.

—Aguarda un poco. Hambre que no llega a buena altura no es hambre…

—Mi hambre está a mil metros sobre el nivel de la tierra. Soy capaz de comerme yo solo ese enorme pescado.

—Espera Tim, ya casi está listo. El animalito pesa unos seis kilos, y no es solo para dos; en unos minutos tendremos compañía.

—¿Compañía?...

—¿Creíste que yo cocinaría un pez de este tamaño para nosotros solos?

—¿Cuántos más están en tus planes para desmantelar la invasión de los krítalos?

—En un momento conocerás a la mayoría de ellos. Tú y yo solos no podríamos derrotarlos.

—Oye... ¿Necesito saber si conoces a Shama? ¿Es del equipo?

—Claro que la conozco. Shama es solo una de tantas almas que cuentan con una sensibilidad extendida hacia la vida espiritual; pero está lejos de entender lo que está ocurriendo en nuestro mundo.

—Pero ella dijo cosas muy ciertas y yo podría jurar que sabía algo de lo que nos ocurre.

—Mira Tim. He hablado mucho con ella, pero se niega a ver más allá de lo que tiene enfrente. Cree saber todo lo que ocurre, pero está perdida en uno de tantos espejismos que los krítalos difunden mediante estimular conceptos de psicología barata. Sencillamente no puede creer que haya una verdadera invasión alienígena en estos momentos, o desde hace mucho tiempo. Así es que la dejé por la paz. No me importa lo que crea.

En eso se escuchó un bip bip.

—Ya llegaron —dijo Oso Grande.

—Hola, hola... —dijo la mujer que encabezaba el grupo al acercarse al comedor—. ¿Cómo está Gran Jefe?

Oso Grande los saludó a todos. Eran tres personas: Una bella mujer rubia, delgada, con titilantes ojos azul oscuro, un hombre alto y gordo de larga barba con facciones indias, y un hombre delgado de baja estatura, cabello tupido color negro, y con piel tan pálida como la de un zombi.

—Mira Tim —dijo Oso Grande—. Ella es América Free, una cantante de música pop que ha investigado la presencia de los aliens desde niña. Él —señalando al gordo—, es uno de los descendientes de la familia más antigua de los hopis. Su nombre es Águila Dorada, y él —dijo señalando cortésmente al hombrecito—, es un estratega único. Su nombre es Looky Eyes.

—Mucho gusto —Tim saludó de mano a cada uno.

—Bueno amigos es hora de comer. Tenemos una difícil misión que llevar a cabo y más nos vale estar fuertes, así es que les preparé algo especial.

La comida sirvió para que el equipo se conociera. Todos intercambiaron puntos de vista sobre lo que cada uno sabía de los krítalos. Para Tim fue evidente la invaluable labor de Oso Grande, quien los mantuviera trabajando por años de forma independiente, sin que ninguno se conociera hasta ese día. La asistente de coordinación externa —único miembro ausente del grupo en esta junta— era Jenny; quien había sido la encargada de que todos llegaran puntuales a la base. Jenny les había dado las instrucciones exactas para poder encontrar y entrar en la base alienígena. El lugar por el que ellos accedieran, era una de las entradas secretas a la base subterránea de los krítalos, misma que había sido descubierta por Oso Grande; estaba a tan solo cinco kilómetros de la base militar área 51 de Nevada.

—Esto está delicioso —dijo Águila Dorada—. Veo que sabes algunas de las tradiciones ancestrales de nuestras familias.

—Esta receta la alteré un par de veces hasta encontrar el toque mágico, para satisfacer los más delicados gustos krito-humanos...

Todos voltearon a ver a Oso Grande con curiosidad al escuchar sus palabras.

—No se asusten, hace algún tiempo descubrí que el platillo también les gusta mucho a los krítalos. Tengo la sospecha que hace cientos de años, los hopis llegaron a cocinar junto con ellos.

—Pero ¿cómo es esto posible? —preguntó Águila Dorada—. Ellos son nuestros enemigos; hace mucho que sé de cosas espantosas y desagradables que ellos hacen.

—Lo que ustedes no saben es que ellos no siempre han sido así —explicó Oso Grande—. Tiene apenas unas cuantas décadas en las que ellos cambiaron totalmente. Después, se convirtieron en seres muy diferentes, sin sentimientos. Todo empezó con la estúpida idea de uno de sus líderes, un krítalo llamado Serius; este loco pidió a sus científicos que buscaran la forma de manipular por completo las emociones de la población. Para que estas ya no fueran un obstáculo, "el sentimiento" sería eliminado a voluntad en sus ejércitos, de otro modo, Serius creía que los krítalos podrían ser corrompidos al sentir compasión o aprecio hacia sus víctimas —los humanos—. Serius logró su propósito quitando de sus soldados, lo que considerara un obstáculo que impediría la invasión secreta, y la extracción de nuestra energía o crystabita; desde ese entonces ellos no muestran sus emociones; pero no siempre fueron así señores.

—¿Quieres decir, que ellos y nosotros alguna vez fuimos afines? —preguntó Águila Dorada perplejo.

—Exactamente. Hace algún tiempo encontré unas escrituras olvidadas de nuestros ancestros, donde hay mucha evidencia de esto. Después descubrí que en otras partes del planeta, también había señales de que ellos estuvieron en contacto con nosotros de forma pacífica.

Tim se dio cuenta de que, aunque no se lo explicara, esto ya lo sabía. *Pero, ¿por qué?...* —y se quedó quieto con la mirada fija sin encontrar la respuesta; a lo lejos alcanzaba a escuchar la fuerte voz de su nuevo líder, quien no dejaba de asombrar a cada uno con más detalles, y mientras las palabras de Oso Grande fluían hacia todos como una enseñanza necesaria, Looky no le quitaba la mirada a América, quien seductora y abiertamente se acercaba poco a poco hacia él —que estaba sentado a su lado.

—¿Cómo dices que te llamas? —preguntó ella con una sonrisa tan arrebatadora que podría haber cautivado al krítalo más insensible.

Looky —con mucha sorpresa—, reconoció que algo en él debería de gustarle a ese monumento de mujer: estaba intrigado por esa actitud, pues nunca había tenido mucho éxito con las mujeres —en especial con las más hermosas—; él sospechó que había gato encerrado, y como fantástico estratega y analista que era, le dijo:

—¿Qué buscas? Por favor háblame derecho y dime lo que quieres.

Y mientras Oso Grande proseguía con su larga charla, que ahora explicaba lo que se necesitaba para cocinar con los utensilios de los krítalos, América y Looky se entrelazaban en una conversación para nada alienígena.

—¡*Wow!*, eso me gusta de un hombre. Valiente y directo, sin importar las consecuencias.

—Dispara. Sin rodeos, ¿qué es lo que quieres?

—Esas palabras de verdad dolieron. Qué, ¿no puede una mujer tener simple curiosidad por un compañero de equipo? Eso es todo, y no me importa lo que haya sido que te ocurriera con alguna chica, ni lo frustrante que esto fuera. Solo quiero conocerte.

Looky se sonrojó. Era obvio que lo había descubierto.

—Di en el blanco ¿verdad? —ella volvió al ataque como un felino que persigue a su presa.

—Acepto, pensé que...

—No tienes que dar explicaciones —América suavizó su voz mientras giraba su cuerpo aún más para mirarlo directamente, lo que provocó que su rodilla topara con la pierna de Looky.

Él se estremeció al sentir el contacto, y con una sensación magnética imparable contestó con la garganta seca de los nervios:

—Soy un especialista en estadísticas y cálculos de probabilidades. Según Oso Grande yo puedo hacer estrategias que nadie podría. Bueno, eso es lo que él dice, pero...

—¿Y cuáles son las probabilidades de que tú y yo tengamos éxito? —América preguntó arrastrando muy despacio sus palabras.

—No hay probabilidades... —contestó Looky; pues nada en el análisis de los datos a la mano le indicaban que esto pudiera ser posible. Él solo era un hombre sin atractivo alguno para una mujer espectacular.

— ¡¿No?!...

—Es un hecho, no hay probabilidades de que tengamos éxito... —Looky acercó su cara a ella, y quedando a escasos centímetros agregó—: Cuando termine la junta tendré que enseñarte la logística de esto...

América se rio con fuerza y Oso Grande y los demás voltearon a verla:

—Ya los vi... —dijo Oso Grande—. Dejen esos coqueteos para usarlos con los krítalos.

Todos sonrieron al ver que el pequeño Looky se sonrojaba al verse como el centro del espectáculo.

Oso Grande retomó su conversación explicando sobre los trucos de la cocina, y permitió —sin importarle realmente— que América y Looky siguieran con su intercambio de secretos.

—Cuéntame América, Oso Grande dijo que eres una especialista en tratar a los krítalos. Platícame —dijo Looky en tono de reto abierto—, ¿tuviste alguna vez alguna experiencia sexual con alguno de ellos? —mientras el pequeño hombrecito sentía celos solo de pensarlo.

—¡Qué curioso eres!, eso no lo pregunta un caballero —sonrió sin dar una respuesta.

—Ah… Sí la tuviste. Cuéntamela. Esto me da miedo.

América se dio cuenta que Looky se reclinó hacia atrás.

—No… No fue sexo, pero estuve a punto de caer en ese territorio… de no ser por Jenny. Ella me salvó.

—¿Jenny? Eso es intrigante América, pero ahora con más razón tienes que contarme todo…

Qué lindo… le dieron celos —pensó América.

—Todo ocurrió en mi primera asignación —comenzó a relatar ella—; sabíamos que un par de hombres eran en realidad dos krítalos usurpando cuerpos humanos. Yo apenas había sido reclutada por Jenny. A mí me buscó Oso Grande a raíz de que él averiguara que a Jazz le gusta mucho la música pop, —en ese momento a Tim apenas le pareció curioso que alguien más se llamara Jazz— y como yo soy una cantante pop —continuaba América— que he estado investigando desde muy pequeña la posibilidad de la vida en otros planetas, y la existencia de los aliens, era perfecta para sus planes. Jenny me explicó la misión. Tendríamos que ser muy atrevidas y provocar sexualmente a estos tipos y hacer que hablaran; necesitábamos saber cuántos eran y donde estaban operando; este par de krítalos no se comunicaban con los que estaban llevando el proyecto de Jazz; necesitábamos saber si era un grupo disidente de ellos. Llegué a donde sería la reunión, ahí nos presentaron. Solo éramos cuatro personas y él se sentó justo frente a mí. Sirvieron algunos aperitivos y vino tinto para acompañar; yo no quise probar el licor para estar bien consciente; encendieron algunos cigarros puros y siguieron tomando; yo no tuve que esforzarme mucho, pues el tipo era muy apuesto. El alien se hacía llamar Gerardo. Platicamos un rato y entre las risitas y mis secretos seductores, —dijo América sonriendo— él se adelantó un paso más tratando de atraparme y llevarme de una buena vez a la cama. Desgraciadamente su mirada me derretía y mientras que yo caía en su juego él preguntó en el momento más oportuno: «Dime. No tomas, no fumas, pero sí bailas pegadito ¿verdad?». Él se había acercado a mí y yo me perdí y lo besé, dejándome llevar por el deseo. Un momento después recapacité. El tipo me atraía, pero sabiendo que era un alien, me petrifiqué de sólo pensar tener relaciones con él. Por suerte yo estaba siendo vigilada muy de cerca por Jenny —quien platicaba con el otro krítalo—; ella se levantó de su lugar y fingió un resbalón cuando pasaba por atrás de él y se le echó encima; yo aproveche para escaparme con el pretexto de ir al baño, mientras ella lo seducía. En ese instante dejé de ser la fuente de su atención.

—¿Y qué pasó con Jenny? —preguntó Looky curioso.

—En aquel entonces yo apenas conocía a Jenny; ella lo engatusó para que se embriagara usando sus dotes femeninas; cuando él quiso levantarse de su asiento cayó inconsciente al suelo.

—¿Y supieron si ellos eran un grupo disidente?

—No en ese momento, pero días después Oso Grande averiguó que era un pequeño grupo que mantenía vigilados secretamente a los krítalos encargados del proyecto de Jazz.

—Dime América ¿Ellos son iguales a nosotros? —Looky hizo una pregunta para la que ya tenía respuesta, pues él había estudiado a los krítalos en sus actos de invasión en cuerpos humanos, pero la atracción hacia América era tan enorme que necesitaba de algún pretexto para alargar la conversación.

América se dio cuenta de que tenía a su presa cautiva, pues sus ojos no dejaban de mirarla de arriba para abajo.

—¿Qué te parece que salgamos juntos en cuando termine esta misión? Será divertido.

—¿Qué solo soy divertido? —preguntó Looky.

—Sí, eres divertido —América gozaba el efecto que había logrado—. El verte con tus ojitos calculadores me dice que hay algo muy especial en ti. ¿No te gustaría contarme tus secretos?

Looky —quien siempre se había intimidado con las mujeres debido a su estatura—, ahora estaba desconcertado, pues tenía una verdadera belleza natural frente a él haciéndole una proposición, que nunca hubiera soñado.

—¿Yo? —dijo Looky con duda, mientras en su mente se preguntaba—: *Pero mi amor, ¿qué es lo que has visto en mí?* —una frase que guardara como suya desde hacía años, después de escucharla en la canción "Tú estás en mi corazón" de Rod Stewart.

—Sí, tú —ella afirmó, mientras acercaba sus dedos a uno de los botones de la camisa de Looky y lo abrochaba.

Tus ojos son con los que siempre soñé —pensó.

—Señores basta de charlas sociales —dijo Oso Grande en voz alta—, vamos a platicar de nuestra misión. Disculpen que los interrumpa —señalando con la mirada a América y Looky, quienes seguían cuchicheando.

—¿Qué tal si platicamos al rato? —preguntó Looky en voz muy

bajita al escuchar a Oso Grande.

—Luego te explico. —contestó América—, ahora tenemos que...

—¡Señores! —dijo Oso Grande ahora con voz dura—, América, Looky, por favor presten atención..., luego platican.

De inmediato se hizo el silencio.

—Sé lo que cada uno de ustedes han investigado sobre los krítalos. Tú América, puedes detectar las actitudes de un krítalo en un cuerpo humano para conseguir sexo. Tú, Águila Dorada, sabes cuales son los lugares preferidos de los krítalos para poner grapas a sus elegidos y crear enrutadores. Tú Looky, te has especializado en estudiar la tecnología que usan para detectar a las personas que podrían detener su invasión —aquellas potencialmente influyentes—, y la forma en que ellos les reprograman el futuro a estos líderes. Y tú Tim, eres uno de los muy pocos humanos —que como yo—, han sido capturados o programados sin perder, ni consciencia, ni capacidad. Lo que nos pone por encima de sus tácticas de control.

Oso Grande tomó un poco de agua y continuó:

—Aquí está la información relevante que nos dio como resultado que desarrolláramos nuestro plan de ataque. Escuchen con atención: Los krítalos son maestros de la luz, nuestros ancestros los llamaban los "luciérnaga," debido a que su desarrollo tecnológico tuvo lugar gracias a sus investigaciones y descubrimientos sobre la luz. Su alta tecnología está basada en la descomposición de los fotones y el uso de las partículas subfotónicas... La famosa Futuram —ese sistema computarizado que revela el futuro de sus víctimas y lo reprograma— funciona a base de la luz visible por los seres humanos y ellos mismos, utilizando esas partículas subfotónicas que la comprenden. Para que ellos puedan visualizar las imágenes de lo que le ocurre a sus víctimas —estén en el lugar donde estén—; ellos no dependen de cámaras de ningún tipo; pueden ver a una persona determinada y sus alrededores en casi cualquier lugar, y, para ser exactos, pueden hacerlo en el 97% del planeta Tierra; pero la zona donde estamos en este momento, es uno de los pocos sitios que se encuentran en el restante 3%. En este lugar no nos pueden ver —Oso Grande le pidió a Tim que le acercara un pizarrón—. La tecnología funciona como sigue... Miren... —hizo un dibujo del cuerpo de un hombre en el pizarrón; rotulándola como "persona marcada." Después agregó dos cuerpos más, a los que nombró "enrutadores," agregó a un lado la figura de un sol y colocó muchos puntos pequeños alrededor del contorno de los cuerpos, para representar las partículas subfotónicas de luz, y señalando el pizarrón continuó su explicación—: Los krítalos pueden ver lo que les ocurre a las personas marcadas; usan una tecnología que fue creada específicamente para lograr la invasión de la Tierra. Es un sistema de transmisión telepática inversa; en donde a la persona que será programada se le implanta un chip diminuto a través de una bebida —sé que esta información ya todos la saben, pero no está de más recordarlo—; este chip se adhiere al intestino como una grapa. Funciona de la siguiente forma: Primero se marca a la víctima —con el chip—: ahora se utilizará la energía que ese ser emane —no la energía que desprende su cuerpo—, sino la que él usa para mirar a su alrededor, y así percibir el espacio que la rodea. Esta imagen que él ve, es captada por los nanocircuitos del chip, entonces la imagen es encriptada con todos sus detalles, y fracciones de segundo después, es enviada a la Futuram, en donde es convertida otra vez en imagen; las computadoras auxiliares de la Futuram expanden todos los datos recibidos, dándole a la imagen 22 percepciones extra. Esta imagen puede verse en profundidad tal y como si tuvieras a la persona enfrente, y las 22 percepciones les permiten ver los colores reales, el sonido del lugar, el volumen, el tono y timbre de éste, y pueden recibir los datos del funcionamiento de su cuerpo, como son el pulso, los fluidos endocrinos, la sensación orgánica interna, la temperatura, así como el estado de alerta, entre otros datos; todo esto hace que para ellos sea más predecible el siguiente paso de la manipulación de su víctima —la persona marcada—. ¡Ojo…! El chip o grapa y la Futuram tienen un punto débil: Debido a la falta de peso atómico de ambos sistemas, es requerido un cierto nivel mínimo de luz en la escena, para utilizar las pequeñas partículas subfotónicas que componen la luz visible, ni ultravioleta ni infrarrojos, subpartículas que funcionarán como gemelas de ambos lados del sistema, y como una línea teletransportadora, en donde viajará al instante la información desde el chip hasta la Futuram. Los subfotones actúan como puntos de relevo de energía sobre los cuales la onda telepática inversa viaja. Todo lo que la persona marcada ve, así como su medio ambiente, puede ser recodificado, y entonces se obtiene una imagen de la escena.

—La clave entonces es quitar la luz… —comentó Tim mientras los demás asentían.

—Has dado en el clavo Tim —agregó Oso Grande—. Todo el plan es actuar en la oscuridad. Looky..., por favor explica lo que has descubierto de su plan actual con respecto a la señora Jazz Giraldi Hammond.

¡Ah caray!, se llama igual que mi novia pero... ¿con un segundo apellido distinto? —pensó Tim, y mientras seguía la explicación de Oso Grande, comprobaba que era su novia, pero casada con un tal...— *¿Hammond? ¡No! ¿Se casó?*

—¿Qué? —exclamó Tim molesto—. Jazz Giraldi es mi novia. ¿Ustedes conocen a mi novia? ¿Por qué dicen que se apellida Hammond?

—Tranquilo Tim —dijo Oso Grande—. No te lo quise decir antes, pues necesitaba estar seguro de dos cosas: primero, saber que estuvieras de nuestro lado, y segundo, que tuvieras las agallas para luchar con nosotros.

—Tim —Looky se dirigió a él hablando en voz alta—: Los krítalos siguen un programa para utilizar a tu exnovia, ahora Jazz Hammond, su nuevo apellido a partir de que se casara con el millonario Mark Hammond.

—¡Espera un momento! —dijo Tim muy irritado—. Ella es mi novia, no mi exnovia; tuvimos un disgusto, pero ella no puede haberme dejado en solo unos días y casarse así como así.

—Tim, si quieres los detalles te los daremos todos, pero por favor déjame continuar.

—¡Maldita sea...! ¿Están seguros que se casó? ¿Y ésta no habrá sido otra estúpida orden de los krítalos?

—Todo es parte del programa que están manipulando con ella. Si me permites continuar podremos ver objetivamente todos los detalles que sabemos. ¿Me permites...?

Tim asintió y mirando hacia la mesa pensó: *Ese tipo me las va a pagar todas* —la rabia que sentía era tal, que le cambió el color del rostro, enrojeciéndolo.

—Los krítalos quieren convertir a Jazz en líder de un nuevo sistema de succión y recopilación de crystabita —Looky tomó un momento para suspirar, pensando que lo que diría debería de impactar a América, así es que tomó una postura interesante y continuó—: Creo que todos ya saben que los krítalos tienen un problema en su planeta. En Crystalia hay una enorme crisis debido al aumento desmedido de la demanda de energía; cosa que los ha obligado a desarrollar nuevos métodos de succión de crystabita. Las formas usuales ya no son suficientes para satisfacer sus necesidades. Como saben, ellos solían capturar a los seres de alto potencial de crystabita: Ahora esto ya no cubre el mínimo requerido. El nuevo proyecto de los krítalos es extraer mucho volumen de crystabita, sumando pequeñas cantidades de miles de personas; todos los humanos poseen crystabita en pequeñas cantidades. Para esto requieren de un líder de masas, alguien muy popular que pueda convocarlos y meterlos en grandes cantidades a lugares estratégicos, donde podrán hacer una succión masiva sin problema. Les doy más detalles. Las personas llegarán a un auditorio a escuchar a su líder; el lugar estará diseñado para succionar a cada uno de los asistentes. Jazz es la primera persona que ellos seleccionaron para hacer esta succión en masa. Ellos necesitarán que el programa de Jazz funcione en menos de seis meses, de lo contrario el problema del suministro para Crystalia colapsará y su gobierno actual estará en riesgo de perder su poder por completo.

—¿Y por qué no hacen ya esta extracción en cualquier auditorio? —preguntó América—. ¿Qué esperan? Podrían usar a cualquiera de los líderes que hay en el mundo sin la molestia de crear uno… Esos líderes que dan seminarios por todo el mundo.

Oso Grande interrumpió:

—Parece fácil ¿verdad?, pero tengo algunas pruebas de los ensayos que los krítalos hicieron; al parecer no les funcionó. Para que a los humanos les sea extraída la crystabita tienen que llegar a un estado singular, que es muy parecido al del éxtasis místico; un estado donde la persona dirige su imaginación con fluidez, sobre temas que tienen que ver con algo más que las cosas materiales; alcanzando una plataforma o nivel donde puedan ver un poco más allá de su mundo inmediato; entrando en el tema de su trascendencia espiritual.

—Bueno —agregó América—, yo he visto estos estados casi hipnóticos de una audiencia en algunos sermones religiosos.

—Sí América, los krítalos experimentaron en algunas de estas ceremonias y tampoco tuvieron éxito; en estas reuniones, muchos de los oyentes vuelcan todo su ser a tener fe, a dejarse llevar por el líder, lo cual parece no reunir la cantidad de crystabita mínima requerida, ya que los predispone a esperar recibir en lugar de dar…

—¿Y qué hay de las reuniones motivacionales de los grandes líderes de algunas famosas empresas de multinivel? —preguntó Tim—. La gente por lo general se ve muy animada.

—Ja, ja, ja… —Oso Grande se rio abiertamente y agregó—: Tú has estado ahí, ¿verdad?; ¿y no te has fijado en la cara de esperanza que tienen la mayoría? La mayoría desean que se les haga un milagro o algo así. ¡Qué su líder los vuelva ricos de la noche a la mañana! Pienso que hay solo un par de compañías que tienen la decencia de enseñar propiamente a sus asociados. No Tim, los krítalos también fracasaron por completo en esas pruebas. Pero, si dejan de interrumpirme les daré más detalles y podrán entender por qué elaboraron el programa para convertir a Jazz en un líder manipulable a su antojo —tomó un poco de agua y continuó—: Encontraron que, para que los humanos puedan dejar expuesta una cantidad de crystabita lo suficientemente grande para ser de utilidad, el humano tiene que crear imágenes que contengan un aspecto autogenerado, en donde ellos aporten más que el orador; los krítalos descubrieron a base de estadísticas, que el tipo de orador que provoca que su público genere más crystabita, no es aquel que promueve una admiración intensa para sí mismo, sino aquel que logra que los oyentes vuelquen su creatividad hacia afuera, y en ese estado, piensen de inmediato en lo que ellos pueden hacer por los demás; justo entonces los participantes exponen un alto nivel de crystabita. ¿Captan la idea…?, por eso Jazz fue elegida; ella tiene ese magnetismo —esa empatía—; con la extraña peculiaridad de lograr esa introspección creativa en los demás. Pero hay un dato más a tener en cuenta: El líder ya hecho, aquel que ya alcanzó el éxito y lo tiene en sus manos, tiene las habilidades necesarias, pero ojo, este líder no es programable, o mejor dicho manipulable. De ahí que Jazz sea su objetivo ideal.

Tim estaba consternado —no por todo lo que había explicado Oso Grande—, sino por pensar que Jazz era esposa de otro hombre. Durante la disertación de Looky y Oso Grande trató de comportarse, sin mostrar la furia que lo carcomía en lo profundo. Looky había retomado la explicación cuando Tim decidió interrumpirlo:

—¿Desde cuándo está siendo utilizada ella?, yo creía que era a mí a quien querían.

—A Jazz la tienen monitoreada y programada desde hace unos años —contestó Looky—. A ti te tenían como enrutador.

—De ahí los malestares que te dan amigo mío —agregó Oso

Grande—, recuerda que tienes una grapa pegada en tus intestinos. *¡Diablos!, estos malditos... Y mi Jazz... ¿Qué será ahora de ella?* —pensó Tim.

—Continúo —agregó Looky—: Lo que quieren hacer con ella es que se convierta en un nuevo orador, tipo Steve Jobs, Evita Perón, o aún tan grande como Gandhi, si así lo pudieran conseguir; y desde esa plataforma lograr que ella reúna a las personas en salas de cursos motivacionales, o en cursos de lectura rápida, o alguna de estas chucherías; Jazz los llevará como corderos al matadero. En el edificio colocarían recolectores en los asientos y luego lo meterían a un krit o almacenador de energía, y ya está. Todos saldrían agotados de energía creativa, listos para volver a ser arreados como ganado a más de estas congregaciones. Qué ingenuos somos, ¡Ay, de todos nosotros los terrícolas!

Looky se quedó callado y pensativo por un momento, volteo a verlos y continuó:

—Si quieren ver los detalles, los tengo almacenados en una laptop. Ahí están, en orden cronológico, todos los antecedentes de las comunicaciones interceptadas por Oso Grande.

—¿Pero cómo detectan quién es portador de mucha o poca crystabita? —preguntó Águila Dorada.

Oso Grande se levantó de su asiento y volvió a tomar la palabra:

—Ellos diseñaron un dispositivo desde hace muchos años, que mide dos aspectos importantes en el humano. El primer aspecto es si el individuo emana energía con suficiente potencial para llegar a una distancia considerable, y el segundo es…, que tan sugestionable o manipulable es, porque por extraño que parezca, hay seres que tienen una emanación de energía a larga distancia, y a la vez se encuentran en estados susceptibles a la sugestión y manipulación, mientras que otros se encuentran en estados en que no pueden ser manipulables, tengan o no suficiente potencial de energía. Fue muy curioso averiguar que hace muchos años ellos succionaban a cualquier persona; la mayoría de las víctimas no les servían; pero conforme fueron refinando su tecnología, descubrieron las características de las personas más útiles. En la actualidad ellos se topan con dos problemas…

—¿Qué aún hay más problemas? —preguntó América.

Oso Grande se rio.

—Sí, uno de ellos somos nosotros… —todos se rieron aliviando la tensión que sentían.

Y cuando todos dejaron de reír, América intervino otra vez:

—¿Y cuál es el otro problema?

Bueno amigos, ese tema lo dejaremos para después. Necesitaré tratarlo en persona con cada uno. Solo les diré que tiene que ver con una tecnología extraordinaria para el ser espiritual. Supe de ella hace poco. ¡Vale la pena! Esto le está pegando de frente a los krítalos de otro modo; pues ayuda a los hombres a salir de los estados manipulables. Fue desarrollada desde hace algunos años por un ingeniero norteamericano de cabello pelirrojo; yo apenas supe que esta tecnología espiritual existe. Si supieran... Pobres krítalos. Tendrán que retractarse de sus intenciones. ¡Ah!, se me olvidaba. Tomen los expedientes que les preparé y estúdienlos a consciencia. Ahora, vayan a descansar.

XVIII

América entró a su habitación. *Este cuarto se encuentra impecable* —pensó, mientras deslizaba un dedo sobre el mueble que tenía enfrente—, *pero, ¿quién limpia este lugar?* Ella no sabía que los krítalos habían desarrollado un sistema automático que succionaba las partículas de polvo, evitando la suciedad. Se sentó en la cama, y la sorprendió que la tela color manta cruda, cambiaba de temperatura, igualándose a la de su cuerpo; se recostó de lado, y observó que la cama la envolvía en parte, acomodándose a la forma de su cuerpo —un colchón de avanzada tecnología que lograba una perfecta repartición del peso del cuerpo, para dar el máximo descanso—. *Estos tipos sí que saben lo que es comodidad* —concluyó al erguirse; se sentó, abrió el expediente y leyó su contenido:

Reglas de comportamiento para la misión:
1. Ninguna relación sexual hasta la terminación

completa del programa.

2. Dormir en los cuartos asignados a cada uno.

No siguió leyendo. Salió de la habitación que le habían asignado para buscar un vaso de agua, y al llegar al pasillo se encontró a Looky, lo miró y acercándose a él le dijo en voz baja:

—Tendremos que esperar mi rey.

Looky, que no había leído aún las primeras reglas, pensó que ella se había burlado de él y asintió. Medio confundido se despidió y entró a su habitación.

Claro, nunca le atraje de verdad —pensó—, se recostó en la cama y leyó las reglas; entonces cayó en cuenta del desconsolador comentario de América.

Ah... Entonces... sí le gusto.

A la mañana siguiente el extraño equipo tuvo la primera junta formal precedida por Oso Grande.

—¿Leyeron el material que les dejé?

Todos contestaron que sí y América levantó la mano:

—Algo de lo que hablaste ayer me dejó pensando. Si el hecho de que los hombres dejen de ser manipulables es un problema para los krítalos, ¿por qué no simplemente utilizamos la tecnología que nos mencionaste ayer?

—Es muy correcto lo que dices —confirmó Oso Grande—, pero para lograrlo, primero hay que detener el programa de manipulación de Jazz, de otra forma no tendríamos el tiempo suficiente para educar a la población.

—¿En concreto cuál es nuestro plan de acción? —preguntó Tim con la intención de calmarse, pues no toleraba más la idea de haber sido traicionado por Jazz, y aún menos se aguantaba la culpabilidad de haberla engañado primero.

—A eso vamos Tim... Ahora que han estudiado sus expedientes, tienen la información suficiente para que comprendan el plan. La idea es usar lo que sabemos sobre sus debilidades. El primer punto es actuar en la oscuridad. Esto es en lo que son más vulnerables. Sin la luz no podrán vernos y trabajaremos sin que ellos lo sepan.

—Pero hay algo que falta —agregó Tim—. No sabemos cuanta cantidad de luz es requerida para que la Futuram y las grapas funcionen.

—Buen punto. El brillo de la luna es suficiente para que se activen las grapas y se conecten con la Futuram, ya no digamos las luces de la ciudad, que son excelentes para esto. He hecho algunos estudios. A la medida de luminosidad se le llama "lux," y para que tengan una idea simple de esto, cuando la luna se encuentra en cuarto menguante o cuarto creciente, esto nos daría diez mililux, el 10% de una unidad de lux, suficiente para activar el sistema de la Futuram.

—Entonces esto quiere decir —agregó América—, que casi es imposible que lleguemos a ese nivel de oscuridad.

—Correcto, por ejemplo, un cuarto oscuro sería el lugar perfecto. Para resolver este problema tenemos dos soluciones; la primera es ésta —Oso Grande dibujó un cubo en el pizarrón—. Esta es una caja completamente aislada que diseñamos Looky y yo para transportar personas marcadas o monitoreadas. Una vez dentro, estarán seguras, el sistema tiene unos conductos para darle a la persona todo el oxígeno necesario, y en caso de emergencia, tiene un tanque de doce horas de reserva, que serviría cuando haya que transportarla en un avión sin compartimiento de carga presurizado. El interior de la caja es oscuro por completo y el sujeto no podrá ver nada; esto impedirá que la Futuram reciba cualquier señal y los krítalos no podrán rastrearnos, mientras transportamos a quien sea que esté marcado a las zonas seguras, como en la que estamos en estos momentos. La caja está diseñada para ser usada... —dibujó un tipo de traje espacial— junto con esto; lo que le permitirá ir al baño sin que exista contaminación de ningún tipo, y tendrá alimentos sellados —como los de los astronautas— para ser ingeridos durante el viaje.

—¿Pero cuánto tiempo aguantará la persona en esas condiciones? —preguntó América.

—Todo está diseñado para aguantar un máximo de tres días.

—¿Y cómo se va a transportar esta enorme caja? —preguntó Águila Dorada.

—La transportaremos como el equipo de sonido de un grupo de música pop. Tú, América, eres la persona idónea para nuestro plan y pensamos en ti desde que hicimos los primeros esbozos del plan —Oso Grande caminó hacia un pasillo.

—Esta es la caja negra. Looky la nombró "el equipo," con la idea de que cuando tengamos que mencionar esto delante de cualquier persona, no se sospeche nada.

Oso Grande les mostró tres de estas enormes cajas negras y sus detalles, luego les enseñó los trajes y les pidió que regresaran a la sala de juntas.

—Esta es la parte principal del plan. Tenemos que meter a Jazz en esta caja y transportarla hasta aquí, a la base mayor, y solo en caso de emergencia, el lugar de llegada de Jazz podría cambiarse a la base krítala menor de Arizona; y solo en ese caso usaríamos el túnel para llegar hasta aquí, donde tengo todo acondicionado para ustedes. Tim se puede transportar por la superficie dado que toda la zona está bloqueada por la cantidad tremenda de magnetismo.

Oso Grande señaló en un pizarrón con un mapa igual al que le diera a Tim con la ubicación de las dos bases krítalas, la mayor de

Nevada y la menor de Arizona, unidas por el túnel; en el que habían caminado tantos días Tim y él; el conjunto nombrado Zona 51 encerrado en un círculo grande, abarcaba las orillas de tres estados; Utah al noreste, Arizona al sureste, y una porción importante de Nevada en toda la zona oeste.

Comprendía las dos bases krítalas, la base militar del Viento Silencioso y la mina subterránea subsidiadas por Diamond, y la base militar en la superficie del desierto de Nevada del ejército de los Estados Unidos.

—Si existe interferencia en toda la zona, ¿por qué me llevaste por el túnel desde la base de Arizona y no por la superficie al aire libre? —Tim Interrumpió la explicación.

Oso Grande se sonrió sin contestar. Era evidente que había sido una prueba que Tim había pasado con honores.

—Continuemos con el plan. Les voy a explicar cómo lograremos traer a Jazz. América es —por si no la hubiesen escuchado—, una cantante talentosísima de música pop. Eso nos ayudará a crear el engaño. Haremos un show en Europa, donde ella se presentará cantando, y junto con los amplificadores y demás cajas llevaremos el equipo. Águila Dorada fungirá como encargado del equipo y Looky será el productor y empresario norteamericano. Transportaremos a Jazz hasta acá; y al mismo tiempo interrumpiremos la comunicación de los krítalos con su planeta. Pongan atención. Esta parte del plan, la ejecutaremos al mismo tiempo que estemos trayendo a Jazz aquí. Robaremos los contenedores de crystabita —los krits—, para que no puedan usarlos como combustible y regresar a Crystalia. Lograremos que el proyecto de manipulación masiva fracase.

Oso Grande se les quedó mirando a cada uno. Un halo expectante se sentía a flor de piel.

—Hay un punto adicional de enorme importancia. Tendremos a nuestro favor la ausencia de luna o luna negra; esto sucede cuando las trayectorias de la luna y el sol casi coinciden, y no necesariamente se da un eclipse. Al estar cerca uno del otro, el resplandor solar no permite verla. Al ir casi juntos, se generan las noches más oscuras del año. La luna acompaña al sol de uno a tres días, pero esta vez, la cercanía de ambos creará un periodo de interferencia en las comunicaciones entre la Tierra y Crystalia; muy conveniente para nuestros propósitos. Esto durará unas 18 horas; a partir de entonces las comunicaciones ya no sufrirán de esta interferencia, pues la luna creciente tendrá el brillo suficiente para activar las funciones de la Futuram y las grapas. El plan requiere usar estas dieciocho horas de interferencia y oscuridad para el tramo final del viaje de Jazz hasta acá, en todo el camino del desierto hasta la base, cuando ya estén fuera de las luces de la ciudad. Recuerden que una lámpara de poco wataje es suficiente para la transmisión de las imágenes a la Futuram.

Todos estaban en un estado de tremenda excitación, nadie perdía detalle de lo que Oso Grande explicaba.

—Ahora abordemos el punto de neutralizar las comunicaciones con su planeta, Crystalia —Oso Grande nuevamente se quedó en silencio por un momento y sonrió antes de continuar—. En la Tierra, los krítalos tienen un sistema estándar de operaciones para intercambiar órdenes e información con Crystalia. Actualmente solo tienen un punto emisor central de comunicación con su planeta. Este se encuentra en la Ciudad de México.

—¿Por qué solo hay un punto de transmisión? —preguntó América.

—Es una medida de seguridad. Después de años manteniendo varias centrales de comunicación, tuvieron algunos problemas; levantaron sospechas de ciertos humanos suspicaces; y todo por errores de sus operadores; así es que especializaron sus procedimientos. La clave: Un solo punto. Una sola oficina de comunicaciones. Ahí son vulnerables. Tendremos que llevarlos a un punto en donde no tengan nada relevante que comunicar a su planeta, para desconectarlos por completo de Crystalia. Esto se hará una vez que neutralicemos su base de despegue.

—Aquí en el planeta Tierra tienen siete centros de recolección de crystabita; que es donde llevan a los desaparecidos para exprimirlos; de ahí transportan los krits llenos a una base de despegue. Hace poco ellos cambiaron la ubicación de este lugar; también por razones de seguridad. El nuevo lugar está en la zona del silencio, ubicada en el desierto de Durango, en México. Su base anterior fue detectada por un accidente, gracias a un periodista barbón que proyectó en la televisión mexicana una película casera con unas luces extrañas en el cielo. La película estaba truqueada, pero el lugar que habían usado para filmarla quedaba muy cerca a la base de despegue. Los krítalos se asustaron y la cambiaron de inmediato.

—Perdón Oso Grande, tengo una duda —preguntó Tim—. ¿Cómo es que estas bases de despegue no son detectadas por todos los satélites que están dándole vueltas a la Tierra? —al preguntar su cuerpo experimentó una especie de ansiedad incómoda, como si algo perverso estuviera tras él.

—Buena pregunta Tim. Ellos crearon un escudo de proyección holográfica hacia el exterior, exactamente sobre la base. Los satélites siempre captan una imagen tridimensional de acuerdo al entorno, clima, día o noche, que los krítalos proyectan. Los satélites captan esa imagen y así es como pueden aterrizar y despegar sin ser vistos —Oso Grande suspiró y continuó—. Si neutralizamos la base de despegue, todos los siete centros que recolectan crystabita —individuo por individuo— no podrán enviar sus krits.

—¿Y cómo neutralizaremos esta base? —preguntó América.

—Lo haremos en la noche de luna negra. Primero interrumpiremos la electricidad de su base de despegue en el estado de Durango, de tal modo que sus sistemas de intercomunicación a base de luz artificial queden anulados. Entraremos y robaremos el cargamento completo de krits que se disponían a enviar. También quitaremos el krit que usa la nave como fuente de energía, de modo que no puedan despegar.

—Me parece perfecto —afirmó Águila Dorada.

—Diez horas después de que Jazz esté en camino por tierra hacia Arizona —continúo Oso Grande—, entraremos a la fase de la luna negra; momento en que irrumpiremos en la base oculta de Durango... Bueno señores, creo que es suficiente por hoy. Mañana veremos todos los detalles de la logística en relación a Jazz. Preparen sus cosas. Les di una lista de cada utensilio que deberán llevar. Revisen con detenimiento cada elemento y, si tienen dudas o necesitan más información, me dicen. ¿De acuerdo? —a Oso Grande le había llevado más de un año reunir el equipo; lo más complicado había sido la elaboración de las cajas negras de transportación, para ello consiguió a un ingeniero inventor, experto en la fabricación de medios de transporte de animales en vías de extinción; el hombre nunca supo que lo que transportarían serían seres humanos.

—Te veo después —le dijo América susurrándole de cerca a Looky mientras caminaba coqueta hacia el cuarto del equipo.

XIX

Ya había pasado una semana desde que Jazz aceptara la propuesta de Mark para darse la oportunidad de conocerse como pareja; sin embargo ningún contacto sexual había ocurrido, a excepción de unos cuantos besos delicados. En ese momento se dirigían a España por carretera.

Mientras tanto en Barcelona, al interior de un hotel escondido, ubicado lejos del corazón de la ciudad, un italiano chaparrito y panzón, con chaleco rojo brillante, de nombre Marco Prezzi, anunciaba la próxima llegada del señor Hammond y su esposa; sus ojitos se hacían resaltar a través de unos lentes redondos, de cristal gordos y pesados, con una voz chillona y nerviosa que salía de su garganta al ordenar rectitud y perfección, mientras su bigotito estilo Dalí bailaba al hablar como si estuviera dando un sermón. Los empleados escucharon con atención las instrucciones. La comitiva estaba compuesta por dos asistentes personales para los señores Hammond, dos camareros, dos botones y dos recepcionistas.

—En cosa de una hora llegará el señor Mark Hammond con su esposa, Jazz Giraldi de Hammond. Ellos son, hasta este momento, una de las parejas más ricas e influyentes de Norteamérica: En el memorándum que les acabo de dar, tienen las instrucciones exactas para atenderlos, de acuerdo a la información que conseguimos en cuanto a sus gustos personales. Encontrarán también otros detalles de importancia. Escuchen… No quiero ningún error —dijo expresándose en un tono más agudo y su peculiar acento italiano al hablar el español—. ¿Está claro?

El grupo de empleados asintió con la cabeza y salieron a hacer sus labores.

Mientras tanto, en las oficinas de los krítalos en México, avanzaba el plan de manipulación de Jazz.

—Esperaremos hasta mañana en la noche para enviar a las nuevas enrutadoras —son las únicas dos mujeres que encontré con el perfil adecuado aquí en Barcelona—. Ambas ingirieron sus grapas requeridas —dijo Roda a Serchy.

—¿Te aseguraste que fueran las que traen la información actualizada para interactuar con Jazz? —preguntó Serchy.

—Claro, ellas sabrán qué hacer con Jazz justo cuando esté lista para irse a dormir —contestó Roda.

—Pon en la pantalla a las enrutadoras, quiero verlas.

—Aquí están:

En la Futuram aparecieron dos jóvenes muy delgadas, una de piel bronceada con pelo castaño y otra rubia, ambas muy jóvenes, como de unos veinte años. Las dos estaban tomando en un bar mientras se comían unas tapas con jamón serrano. La castaña le dijo a la rubia:

—Estoy feliz con este curro tan guay —dijo refiriéndose al trabajo tan excelente que habían conseguido.

—Ni que lo digas tía, lo que nos pagarán es muy buena pasta. Tan sólo por atender como valet a un par de ricachones mexicanos.

—Cambia a la imagen de Jazz —agregó Serchy—, y sigue monitoreándola. Yo me voy a descansar. Eso de no dormir nada por estar vigilando a Jazz en Europa ya me trae loco. Allá son las dos de la tarde y en cambio aquí es de mañana. Estoy harto de usar estos cuerpos que requieren un periodo de sueño tan prolongado. ¡Ah… extraño mi descanso magnético…!

En la Futuram apareció la imagen del cuarto de hotel de Barcelona.

—¿Te gustó la habitación mi vida? —le preguntó Mark a Jazz.

—Sí, está muy cómoda, Mark ¿te acuerdas que te comenté que van a dar un concierto mañana?

—Sí, ya aparté los boletos desde hace unas horas.

—No sabes la ilusión que tengo de poder ver en vivo a Madonna.

—Bueno, yo nunca fui su fan, pero por ti voy a ver a esa loca.

—No le digas loca, desde que inició su carrera no ha habido una mujer con más éxitos que ella. Es la artista más grande de todo el mundo.

—Te concedo toda la razón. ¡Aún con tantos añitos en su espalda! Hay miles de artistas que la envidian a muerte.

En ese momento sonó la puerta.

—¿Diga? —preguntó Mark desde el otro lado de la habitación.

—Su servicio está listo señor Hammond.

Mark abrió la puerta y dos meseros pasaron una serie de manjares ordenados horas antes por él para el momento de su llegada.

—Se ve delicioso —dijo Jazz encantada.

—Aquí tienen —Mark dio una generosa propina a uno de los meseros, él le dio las gracias, y los dos se retiraron.

—Comienza sin mí, te alcanzo en un momento —dijo Mark al entrar al baño. Solo se concentraba en lograr su propósito:

Tengo que lograr que ella sea mía de forma auténtica, tengo que hacer que se estremezca al verme; no me basta con que me acepte por compasión o compromiso —pensó mientras se veía al espejo sin mover un solo dedo—, *pero tengo que ser paciente, si hago un movimiento en falso, podría perderla para siempre*—. Mark no había intentado tener sexo aún; y aunque no le importaba mucho lo que había dicho el doctor en Venecia, pues había recibido información de que ese virus perdía su fuerza en cuarenta y ocho horas, también sabía que esto tendría que suceder en el momento apropiado.

Mientras tanto, Jazz saboreaba la comida. *Es muy educado... y le importo más que a cualquiera. Bueno, es un buen principio* —sin desearlo ella recordó el contacto sexual con Mark, y sintió un poco de dolor ~más emocional que físico~. Trató de deshacerse del recuerdo, meneando su cabeza tratando de negar lo ocurrido; y para sorpresa de ella, le llegó otro recuerdo ~no buscado~, donde Tim la llevó hasta un clímax de pasión. Esto le provocó dejar de comer el bocadillo que tenía en la boca; tocó su cuello, tal y como lo hiciera Tim aquel día, y una descarga eléctrica atravesó todo su cuerpo erizando sus vellos—. ¡No Jazz! ¡No! —se dijo a si misma con fuerza—, y levantándose de un golpe, se acercó al secreter, tomó un papel y empezó a escribir:

Cualidades de mi pareja...

Es considerado, amable, fiel... Mark...

¿De verdad me será fiel? —recordó Jazz las palabras de su asistente antes de que ella lo conociera: *"Dicen que ese millonario es un playboy."*

—¿Qué te pareció la comida princesita? —le preguntó Mark de

lo más fortuito al salir del baño y caminar directo hacia ella.

—¡Ah…! —ella sintió que había sido descubierta, como si sus pensamientos hubieran sido expuestos a su pareja—. Deliciosa Mark… pero ya no tengo hambre; por favor tú come algo, te toca a ti —dijo mientras escondía el papel con su mano derecha para colocarla debajo de la pierna, dejándolo fuera de la vista de Mark.

Jazz lo miró con detenimiento. Buscaba encontrar algo que le compensara la falta de pasión física que sentía por él. *Sus ojos, sí, sus ojos son hermosos* —se dijo en silencio—. *Sí, son hermosos, muy, muy hermosos* —tratando de que la repetición hiciera eco en su cabeza.

—¿Te sucede algo? —él había notado algo diferente.

—No… ¿por qué lo preguntas?

—Es que creí… ¿te preocupa algo? En un rato nos van a traer los boletos del concierto —Mark sacó el tema del concierto para distraer a Jazz con algo que le interesara y evitar un nuevo rechazo.

—Todo está perfecto Mark. No pasa nada, come y descansemos, eso es todo, creo que tenemos que tomar las cosas con más calma. Solo necesitamos descansar.

Al día siguiente en la noche había un tremendo alboroto en el Palau San Jordi, atrás del escenario de Madonna.

—¿Cómo es que no va a llegar el grupo Humo para abrir el concierto? —preguntó el productor del concierto a su gerente de producción.

—No se preocupe jefe, ya tenemos suplente. Le aseguro que es mejor que el grupo Humo… Ellos han decaído mucho después del suicidio del cantante. ¿Recuerda esa tragedia? La que ocurrió en el 2005.

—¿Y quién es el suplente? Te juro que te voy a matar si no da el ancho.

—La suplente —aclaró el gerente—. Se llama América Free. Es extraordinaria…

—¡Santa mierda! No le digas nada al manager de Madonna. No quiero problemas; y recuerda que tu cuello está de por medio.

En uno de los camerinos cercanos, estaban América, Looky y Águila Dorada, quien acababa de llegar de preparar a los músicos de América.

—¿Cómo lograron engañar al grupo Humo? —le preguntó América a Looky.

—Me infiltré en sus cuentas y cambié los boletos de avión.

América lo miro feo.

—No perderán nada, tienen un seguro que cubre estos imprevistos.

—Tu grupo está listo para salir al escenario y el equipo preparado... —dijo Águila Dorada y América sonrió agradecida.

—Te ves muy gracioso —dijo América haciéndole ojitos a Looky—. Ese bigote largo que te pusiste y las cejas postizas, me hacen recordar los relatos que me contaba mi abuela de sus experiencias —en esa loca época hippie del amor libre, cuando se popularizó la frase 'amor y paz', con ropa con colores sicodélicos y flores en el pelo—; pero creo que se te pasó la mano cuando te pusiste los mentones resaltados y las chapas en tus mejillas, ¿no crees?, pareces realmente un borrachín —le dijo riéndose mucho.

—Y tú, la famosa América, esos labios, y tus ojos... —Looky se quedó callado y le salieron más chapas.

—Dilo chaparrito querido. ¿No te atreves? —preguntó América acercando su cara a unos centímetros de la de él, y extendiendo sus palabras le dijo—: ¿*Una diablita?* —al terminar sus labios casi tocaban los de él. Looky se estremeció, sintiendo pasar la sangre de un golpe por todo su cuerpo y los vellos se le erizaron al ver a América contoneándose al alejarse de él.

—Es hora —interrumpió Águila Dorada—. Looky, tienes que llamarle a Oso Grande.

Looky tomó el celular y marcó un número:

—El concierto va a empezar y el equipo está listo —dijo.

—Perfecto, no olviden empacarlo todo con mucho cuidado una vez que la entrevista termine... —contestó Oso Grande, que se encontraba en el desierto, a veinte kilómetros de la Zona 51, para poder recibir la señal del celular —fuera del área de interferencia—; después de haber viajado en una Harley que guardaba en la base krítala mayor para moverse con rapidez.

—Así se hará —recibió la contestación de Looky.

Tim, que había permanecido en la base alienígena—, tenía dudas acerca de la horrenda caja negra y le preguntó a Oso Grande en cuanto regresó:

—¿Estás seguro que no le pasará nada malo a Jazz en la cosa esa? —preguntó Tim—. *En caso de que ella muriera no lo podría resistir* —pensó.

—Como que me llamo Oso Grande. Deja de preocuparte Tim. Tú sabes que no puedes ir por la grapa que traes adentro —Oso Grande contestó tratando de darle seguridad a Tim; sabía que él, aunque no supiera otros detalles del plan—, era uno de los factores vitales para el éxito de toda la misión.

El concierto tuvo lugar y fue una presentación poco usual de América Free; el público se dividía en aplausos y gritos de locura; la voz de América tenía toques parecidos a la legendaria Janis Joplin. Mientras ella cantaba y envolvía al público, los enormes preparativos finales para la espectacular presentación de Madonna corrían a mil por hora —momento ideal para que Águila Dorada y Looky prepararan la caja negra, una jeringa con un anestésico, unos papeles que enseñarían a Mark, y un celular que entregarían a Jazz en cuanto fuera pertinente—. En la primera fila del centro estaban sentados Mark y Jazz; acompañados por las nuevas enrutadoras colocadas por los krítalos—. Desde el comienzo del concierto, América se acercó al borde del escenario para ubicar la posición exacta de Jazz —le costó mucho trabajo hacerlo debido a los potentes reflectores, pero gracias a las gafas que traía ~parte del atuendo~ los identificó, y en la primera oportunidad que tuvo, se acercó y lanzó su sombrero para que Jazz lo atrapara, pero falló; por fortuna fue Mark quien lo recibió. Sonrió, y mostrándoselo a Jazz con júbilo le dijo:

—Nunca había estado en un concierto de este tipo en mi vida; ¡Es emocionante! —y le entregó a Jazz el sombrero de la artista. Al momento que ella lo tomaba, él se dio cuenta que el sombrero traía una nota adherida en su interior—. Permíteme… ¡Es una nota para nosotros…! —dijo intrigado. La abrió y vio que era una invitación, con un pase para acceder al backstage, en donde podrían saludar en privado a las artistas; América y Madonna. Le entregó la nota a Jazz un tanto extrañado—. Esto es raro…

—¡Qué increíble Mark! —exclamó Jazz—. Esto es obra tuya… ¿verdad?

—No mi vida, te juro que no sé nada al respecto. Creo que ha de haber influido el hecho de que le pedí a mi secretaria que contratara un servicio de atención especial…, pero, ¿qué es lo que contrató?

Mark fue interrumpido por los gritos del público justo cuando América Free finalizaba su fantástica presentación.

—Bueno Mark —dijo Jazz conteniendo el aliento—. Gracias a ti voy a conocer a Madonna... Gracias —se acercó a él y le dio un beso en la mejilla.

Bueno, esto va bien... ¡qué bueno soy...! —pensó, al esbozar una sonrisa típica de playboy.

América salió del escenario. El productor del concierto, fascinado por la voz de la cantante desconocida —la estaba esperando—; le dio la mano extendiéndole una felicitación:

—¡Sensacional! ¡Realmente increíble! ¿Ya tienes un buen representante? —dijo acercándose a ella muy masculino; la vitalidad y atractivo de la joven lo había cautivado. Para él, ella era irresistible.

—Sí, muchas gracias...

En eso empezó el espectáculo principal con Madonna, la multitud gritaba de forma abrumadora.

—Espero que podamos vernos —agregó el productor, subiendo la voz por el escándalo. Él era un hombre delgado de pelo negro, tez morena y de atractivos ojos verdes—. Toma mi tarjeta —dijo colocándola en la mano de América—. Me llamo Pedro Especta.

—Sí, por supuesto —contestó América de forma amable, pero cortante—, después hablamos, tengo una llamada urgente que hacer —y dando las gracias otra vez, caminó con rapidez hacia la parte de atrás del escenario, alejándose de él, quien se quedó con el deseo entre sus labios, al no poder expresar "alguna razón pertinente" para verla pronto.

América llegó a un camerino, entró, y de inmediato fue abordada por Looky:

—¿Recibió el sombrero? —preguntó.

—Sí primor... —dijo sonriendo muy sexy hacia él.

—¡Basta de coqueteos! —Interrumpió Águila Dorada—, aquí viene la ejecución de la parte delicada del plan.

El show continuó mientras cada uno se alistaba para la siguiente fase.

El concierto terminó con el público aplaudiendo y dando tantos gritos eufóricos, que Madonna salió a hacer *encore* tres veces. Cuando finalmente la música terminó, Jazz se levantó y pidió a Mark que la acompañara a ver a las artistas en el *backstage*.

—Vamos, me muero de ganas de conocer a Madonna; y tú Mark, ¿no se te movieron las entrañas al ver a América?

—Es una mujer escultural y tiene una voz impresionante —esta era una pregunta con intención engañosa para calar la fidelidad de Mark—. América... muy guapa, pero nadie está en mi futuro más que tú... —la tomó de la mano y dejó que ella lo llevara hacia atrás del escenario.

—Es por aquí señor Hammond —dijo una de las chicas que los acompañaban—. Nos acaban de informar que hay reservada una sala especial para ustedes, ahí tendrán que esperar para luego pasar a saludar a las artistas —agregó.

Jazz —quien estaba muy emocionada después de haber escuchado a la asistente, dijo sin titubear:

—No Mark, no tengo ganas de esperar... De acuerdo a la nota, podemos pasar directo al camerino. ¿Por qué esperar en otra sala? Esta es una invitación directa —justo al final de esta frase se encendió un foco rojo en la Futuram.

—Pero señora Hammond —agregó la otra chica; a quien le correspondía atender a Jazz—. Hay que permitir a las artistas cambiarse de ropa y arreglarse antes de salir de sus camerinos, ellos cuidan su privacidad —dijo siguiendo instrucciones de Roda, quien alarmado, las había mandado, frenético, mientras intentaba deducir el porqué de la alarma, tratando de corregir la ruta, mientras la Futuram lanzaba otra señal de alerta —ahora sonora— por la pérdida de control.

—Esto que tengo en la mano —contestó Jazz subiendo la voz para que Mark, así como las dos jóvenes la escucharan—, es una invitación directa. Vamos Mark, sígueme.

Llegaron hasta donde estaba un cerco de varios policías.

—Miren —dijo Jazz a los dos oficiales más cercanos—: Esta es una invitación para que pueda pasar a ver a las artistas.

—Señorita —contestó el más alto y fuerte—. Si no trae su gafete, no puede pasar. Usted podrá ser Su Majestad Letizia, pero sin la acreditación correcta no pasa.

—Señora Hammond —dijo una de las enrutadoras—, ¿ya vio usted que lo que le digo es verdad? No se puede pasar.

—Disculpen, disculpen —se escuchó una voz por detrás de los uniformados.

—Oigan —dijo América a los policías, con un par de gafetes en la mano que decían —VIP Backstage— con una sonrisa que podría haber derretido a un iceberg al instante. Le alcanzó las micas a la pareja y ambos se las colgaron al instante—. A los señores Hammond los estamos esperando.

—Gracias —contestó Jazz—. ¿Me permiten…?

Los dos policías dejaron pasar a Mark y Jazz. Las dos asistentes quisieron entrar detrás de ellos, pero los policías les cortaron el paso de inmediato. El oficial de mayor rango, haciendo notar a sus subalternos, que él, después de todo aún tenía la máxima autoridad, ordenó:

—¡No!, ustedes no pasan… Únicamente tienen acceso los señores.

Thymoty dio un grito estridente a sus subalternos.

—¡No puede ser! ¿Esas eran tus fabulosas enrutadoras Roda? Ahora tendremos que esperar a que salgan, para hacer contacto con ellos. De fallar perderemos uno o dos días más…

—No se enoje jefe —dijo Roda—. Se toparán con ellos al salir. Yo lo voy a arreglar. En este momento le mando una orden a Mark, solo necesito un aparato eléctrico cercano… —contestó tecleando furibundo.

—¡Más te vale Roda! ¡Más te vale!

América los llevó hasta un punto en donde esperaba Looky, quien al verlos apretó el documento que traía entre las manos.

—Señor Hammond —dijo Looky colocándose justo enfrente de ellos—. Esta es una propuesta de negocios que la señora Madonna Ciccone me pidió le entregara, y mientras usted lo revisa —de manera informal por supuesto—, su esposa podrá conocer a solas a Madonna, y tener una breve plática de mujer a mujer con ella. Si la propuesta le es interesante, tendrá el tiempo necesario para que sus abogados la revisen con calma, para que lo evalúe; estoy seguro que usted aceptará.

—Pero ¿de qué se trata todo esto? —inquirió Mark.

—Para usted, será solo una propuesta directa de negocios. Revísela. La señora Madonna me pidió que le comentara, que tendrá la completa libertad de aceptar o rechazar el compromiso; en el caso de que no le agrade la idea; Madonna podrá darle algunos detalles, al terminar de platicar con su esposa. ¿Está de acuerdo?

A Mark le saltó la duda. *¿Cómo Madonna no me presenta directo la propuesta?*; acostumbrado a tratar siempre con los dueños de las empresas, esto le sentó mal —su mente viajaba a mil por hora—. *¿Qué tenía ella que hablar con su esposa? ¿Acaso la conocía? ¿Por qué no los invitó de un modo convencional antes del concierto?*

—Si es una propuesta directa quiero hablar primero con la señora Madonna.

—El señor tiene razón Mark —agregó Jazz con voz un poco jadeante por la emoción—. Si es un asunto de negocios, definitivamente es para ti y para nadie más. Ve a ver con tranquilidad de que se trata, mientras yo voy a conocer a mi artista preferida.

Mark la escuchó con cara de desaprobación mientras pensaba: *Tú ganas Jazz, ¿qué me quita ver esta propuesta?*

—De acuerdo Jazz…, por ti, lo que quieras.

—Acompáñeme señorita… —intervino América, ofreciéndole a Jazz la mano para guiarla.

Mark las vio alejarse.

—Sígame señor Hammond —ordenó cortésmente Looky—. Los dos hombres caminaron detrás del escenario, pasando entre los *roadies*.

—Aquí estaremos más cómodos —Looky le señaló la puerta de una oficina adjunta, entraron y Looky le acercó una silla—. Por favor siéntese. ¿Gusta un café o prefiere té?

—Té por favor. ¿Tiene té negro?

—Por supuesto, permítame un momento —se alejó hacia donde ya tenía una tetera y cafetera lista. Preparó el té de espaldas a él y antes de entregarle la taza agregó una partícula blanca muy diminuta —parecida a un gránulo más grande que los del azúcar— que traía en el doblez de su manga.

—Muchas gracias —Mark recibió la taza, y sin dejar de revisar el contrato, le dio un par de sorbos—. ¡Está interesante! ¿Esto es lo que Madonna sugiere…? Había escuchado que ella es una mujer muy audaz en los negocios, esto lo comprueba…

—Sí señor Hammond. Ella siempre ha sido así. Me recuerdo cuando por primera vez trabajé con ella… —Looky observó que Mark estaba a punto de caer al suelo y para evitarlo lo sujetó con las dos manos—. Bueno bello durmiente, dulces sueños —lo acomodó sentado con la cabeza recargada en la pared; retiró el contrato de sus manos, para salir a toda prisa de la oficina, asegurándose de que la puerta quedara bien cerrada.

Looky caminó entre los roadies que acomodaban equipo; volteando a ver a todos lados para saber si nadie se acercaba a la oficina; nervioso y sin darse cuenta, chocó con un viejo y se le cayó el contrato; el hombre —que estaba más cerca—, levantó el papel disculpándose.

—Mil perdones, esto —dijo mirando de cerca las letras el documento—, se le cayó.

Looky le arrebató el contrato, dejando entrever que estaba alterado.

—No lo puede leer, es un documento privado. Tengo prisa. Gracias.

—Faltaba menos, faltaba menos… Un viejo ya no tiene los reflejos que un joven, faltaba menos, faltaba menos —decía el anciano mientras observaba dando zancadas a aquel hombre.

Looky buscó la última oficina del corredor, donde lo esperaban sus amigos.

Momentos antes, cuando Looky y Mark estaban llegando a la oficina, Jazz entraba donde supuestamente vería a Madonna, y en cuanto se cerró la puerta Águila Dorada le tapó los ojos y la sujetó. América le explicaba el porqué de todo ese lío, la confabulación de los krítalos y la manipulación, lo que le ocurriría, y la razón de por qué a ella le estaban tapando los ojos; más Jazz no escuchó nada y gritó y pataleo, exigiendo explicaciones. Águila Dorada —que estaba preparado para esto—, le ató las manos con cuidado.

—Esto es para protegerte. Tienes que creernos… —le decía América—. Y no grites más, el cuarto está aislado y por más que grites nadie te oirá.

—No soy tonta. ¿Por qué me atan?

Looky entró y miró la escena; no pudo decir nada. Los nervios le habían sellado la garganta. Trató de calmarse, y se limitó a escuchar a las mujeres —mientras unas gotas de sudor se hicieron presentes en su frente.

—¿Dicen que hay una conspiración y me están manipulando? Mentiras, puras mentiras…

—Es verdad. Es verdad —al fin pudo hablar Looky. América estaba tratando de hacer entender a Jazz lo que pasaría en las siguientes horas. Jazz tenía los ojos cubiertos con un antifaz; sus músculos se veían tan tensos, tan duros y firmes, como la madera de la silla que la sujetaba. Atrás se encontraba Águila Dorada con una jeringa en la mano. Jazz se quedó callada respirando muy agitada; se había dado cuenta que no lograría nada con sus gritos, y bajando el tono de voz agregó:

—Si esto es un secuestro… Adelante. Mark no les dará nada; yo estaba a punto de divorciarme de él.

—Te equivocas Jazz, esto no es un secuestro y no queremos nada del dinero de Mark. Queremos protegerte de una conspiración que desconoces.

—¡Basta de mentiras! ¡Destápenme la cara para que pueda verlos, ladrones, desgraciados…! Sé que es un secuestro para pedir una fortuna, pero no se van a salir con la suya.

América no sabía qué hacer y sus manos temblaban. Se suponía que ella debería explicarle lo suficiente a Jazz para que ella no se alarmara cuando estuviera en la caja, permitiéndole llegar tranquila a su destino, pero por más que lo intentaba, no lograba que ella la escuchara. Águila Dorada también se puso muy nervioso; su mente estaba llena de dudas: *¿Cuándo será el momento adecuado para inyectar a Jazz? ¿Y si alguien se da cuenta de que estamos aquí y trata de entrar?* Jazz forcejaba con las manos y empezaba a lastimarse; cosa que lo preocupó todavía más, y antes de que la cabeza del indio estallara en mil pedazos Looky intervino:

—¿Te recuerdas de Tim Naive? —preguntó Looky desesperado.

Esta frase hizo que Jazz dejara de forcejar y se quedara quieta, todos se quedaron impresionados del repentino cambio de la mujer.

—¿Tim?

—Sí, Tim —afirmó Looky.

—¿Él es mi secuestrador?

Looky no pudo contenerse y empezó a reír, lo que hizo que Jazz entrara en un mayor desconcierto.

—Jazz, recuerdas que Tim te habló de una invasión…

—Es cierto, pero es que creo que él… *bueno, puede que Tim este loco, pero él daría su vida por mí* —pensó antes de continuar con su contestación—. ¿Es él quien hizo esto?

—Así es Jazz.

—Pero sí ustedes son gente de bien, ¿por qué me tapan los ojos? —ella forcejeó un poco con las manos y se detuvo—. Quítenme esto y aclaremos el asunto como gente civilizada que somos.

—Te tapamos los ojos; pero no para ocultar nuestros rostros, sino para bloquear el chip que tienes adherido dentro de tu cuerpo.

—Espera un momento. ¿Dentro de mi cuerpo?, ¿cómo que tengo un chip dentro de mi cuerpo?, ¿quién me lo puso?

Jazz se quedó tranquila y en silencio. *¿Será verdad? Desgraciados, cómo se atreven...* —pensó.

—Hace mucho tiempo que te lo colocaron en el intestino. Ahí está adherido para poder rastrearte. El chip que te pusieron sirve para que ellos puedan ver lo que te está ocurriendo; funciona con la luz que hay a tu alrededor; pero para que funcione, requiere que tu mires a través de tus ojos. Si tapamos tus ojos, el chip no tiene contacto con la energía de la luz —que actúa como conductora— y la transmisión se detiene.

Jazz movió la cabeza de un lado al otro y apretó los dientes. *No puedo creerlo... ¿Será verdad? ¿Pero por qué me amarran? Bueno, no me hubiera dejado tapar los ojos...* —pensó tranquilizándose poco a poco y entonces preguntó:

—¿Lo que me dices es verdad?

—Claro que es verdad. Cuando lleguemos a nuestro destino podrás corroborarlo con Tim en persona. No tenemos mucho tiempo; ya deberíamos estar en camino. La situación es muy delicada y te lo juro, no tenemos mucho tiempo. ¿Te puedo explicar lo que se requiere de ti?

¿Qué quieren? ¿Será cierto que Tim está detrás de todo esto? Tengo que verlo. Tengo que verlo —imaginó a Tim dándole un beso.

—Sí, por favor... —ella contestó dando un suspiro.

Una pausa marcada dejo saber a Looky que había logrado convencerla.

—Te voy a dar las instrucciones para que puedas llegar sin problemas.

—Estoy lista, dime lo que debo saber.

—Te vamos a poner en un traje parecido al de los astronautas, para que estés completamente aislada de la luz... —la explicación fue rápida y exacta, Jazz, ante la expectativa, por pequeña que esta fuera, de volver a ver a Tim, estaba muy atenta a todos los detalles de cada instrucción y por suerte para Águila Dorada, no tuvo que usar la inyección que tenía preparada.

Un golpe estruendoso de un puño en unos de los escritorios puso a

Roda y a Serchy al borde de un colapso.

—¡Esto es el colmo! —Thymoty gritaba a todo pulmón—. Explíquenme cómo es que de un momento a otro no tenemos señal de Jazz.

—Cálmese jefe —es posible que Jazz sea víctima de un secuestro —intervino Serchy—. Cuando recibimos las instrucciones para esta misión, se contempló la posibilidad de que le cubrieran la cabeza con una máscara, tapándole los ojos —en caso de un secuestro, que tanto abundan en las noticias en este país—; y perderíamos todo el contacto con ella. La Futuram se trabaría...

—Sí, me acuerdo de esa información... —intervino Roda.

—Y tú, estúpido... ¡Cállate!, que te voy a evaporar aquí mismo.

Thymoty se quedó en silencio y sus dos subalternos lo miraron estupefactos.

—¿Y qué tenemos de Mark?, ¿por qué demonios perdimos su señal?

—Aquí está el último registro de Mark —Roda reprodujo la grabación de Mark hasta el momento de su desmayo.

En los monitores de la Futuram se vio a Mark desmayándose y a Looky frente a él, justo cuando se interrumpió la imagen.

—Lo drogó el hippie ese —afirmó Serchy.

—Sí, todo coincide con un secuestro —confirmó Thymoty.

—Si revisamos en detalle —dijo Serchy—, podremos ver quiénes son estos desgraciados para ir tras de ellos.

—Vamos a ver, Roda. Dame la grabación de los últimos dos minutos de Jazz —Thymoty recuperó poco a poco la calma.

—Aquí están —los tres krítalos revisaron con detenimiento la secuencia de imágenes.

—Sí, tienes razón Serchy. Aquí vemos que la cantante la lleva hasta esta oficina; luego, alguien por detrás le tapa la cara. Lo más seguro es que esté involucrada; observen la imagen del concierto; se ve que ella fue la responsable de lanzarle el sombrero con la invitación. ¿Cómo se llama la cantante?

—América Free.

—Preparen sus pasaportes —dijo mientras hacía un ruido extraño, un sonido que sería imposible que un humano pudiera hacer. Era como si una ardilla estuviera royendo una nuez ~"ekriiitrrt;"~ luego torció su rostro de una manera horrenda, sus parpados vibraban, no se alcanzaban a cerrar de una buena vez ~y daba la impresión que su cara se rompería en cualquier instante~. Le tomó algunos instantes recuperar su estado natural como humano—. Dispongan del dinero necesario y ropa para salir. Arreglen todo. Los quiero en Barcelona de inmediato.

XX

Mark escuchaba el sonido del vagón de un tren —que se acercaba y alejaba una y otra vez—, mientras trataba de resolver la razón de no poder despertar: «*Debería levantarme ya. ¿Por qué me quedé dormido al lado de los rieles? Mi padre me va a regañar... Ya tendría que estar con la leña que me pidió... No puedo abrir los ojos, ¿por qué?*»

Pasaron varios minutos antes de que el hombre abriera al fin sus ojos. Escuchó nuevamente el ruido de lo que él imaginara ser un tren. Observó las paredes y objetos de la oficina sin reconocer aún dónde se encontraba. *¿Dónde estoy?* —pensó el desconcertado hombre. Irguió la cabeza muy despacio; los oídos le zumbaban y el cuello le dolía; estaba hecho pedazos. Se levantó y tambaleándose abrió la puerta, y alcanzó a ver cómo un pequeño carrito de utilería hacia el ruido traqueteante que el confundiera con el vagón de un tren. *El concierto... Jazz, ¿dónde está Jazz?* —miró su reloj, y al ver que había pasado tanto tiempo; un rayo de miedo atravesó su cuerpo, primero quemándole el alma y luego dejándolo tan frío como un témpano, abatido. ¿Por qué aceptó dejarla sola? Era de madrugada y en el Palau Sant Jordi solo quedaba personal de limpieza. A excepción de la oficina donde lo habían dejado drogado, y unas cuantas cajas de equipo listas para ser removidas, toda la parafernalia del concierto había sido guardada y salían los últimos camiones. Definitivamente esto era culpa suya; todo había sido un engaño, y a Jazz la habían secuestrado. Tomó su teléfono y de inmediato se puso en contacto con su oficina en Nueva York, e hizo que sus asistentes personales, contrataran los servicios World Recovery; pero el tiempo estaba en su contra, siete largas horas habían transcurrido desde que él tomara el funesto té, de hecho ya estaba amaneciendo y apenas se hacían las primeras llamadas a la policía y a la agencia World Recovery. La investigación ya había iniciado ~pero habían transcurrido muchas horas~; con seguridad los secuestradores estarían ya en otro país completamente impunes—. Sus nervios alcanzaban el límite. Su pulso estaba acelerado a tal grado, que las venas parecían saltar fuera de su cuello. Se tocaba la cabeza con una mano, luego con la otra el cabello alborotado; los ojos enrojecidos mostraban a un Mark al borde de un colapso. Tardó mucho en recuperar algo de la calma que lo caracterizara como un hombre firme y seguro; pero este breve respiro solo sirvió para agudizar su resentimiento.

Horas más tarde, Mark se dirigió hacia el malecón; tenía que tranquilizarse; la costumbre de buscar el mar la adquirió desde niño, a raíz de una ocasión en que él perdiera su mascota —un hermoso perro Collie que murió inesperadamente—, sus abuelos lo llevaron a la playa, y ahí, él se recuperó.

¿Por qué no le dije lo que pensaba cuando pude...? No me lo puedo perdonar; si tan solo pudiera decirle que la amo, que sin tocarla ha llenado mi corazón, que su vida ilumina el lugar en que vivo, y que sin ella estoy tan perdido como un ciego. Ay, qué será de mí sin ella... —Mark suspiró profundo mientras caminaba a paso lento por un lado en el malecón de Barcelona—. *Ay, qué dolor tengo en mi pecho, ¿cómo es que la perdí sin darme cuenta? Pensará que no me importa lo que le pase. Tengo que hacer algo, tengo que encontrarla. Por alguna razón que desconozco ella se ha convertido en el centro de mi vida. Dios, si de verdad estás ahí...* —miró en búsqueda del cielo y solo encontró unas enormes nubes grises—. *Si realmente existes... Si estás ahí, ayúdame a encontrarla...* —sonó su celular, lo tomó con premura y contestó:

—¿Sí?

—Soy yo, Mary, señor Hammond. Le hablo para informarle que los agentes de World Recovery están ahora en coordinación con el jefe de investigaciones de Barcelona. En estos momentos ya están en una reunión para dirigir la investigación.

—Muchas gracias. Manténgame al tanto a cualquier hora, ¿de acuerdo?

—Como usted ordene señor Hammond.

Mark guardó su teléfono y sin darse cuenta recordó algunos momentos del concierto: La cara de Jazz llena de felicidad, sonriendo a su lado —unas lágrimas se desprendieron de sus ojos, las gotas se deslizaron, temerosas de perder el contacto con su piel, como si la emoción tan profunda de la pérdida, las retuviera por más tiempo cerca de él; mientras que una breve ráfaga de viento helado amenazaba con arrebatárselas, y así, arrastrar también su alma como parte de ellas, internándolas en la negrura de la noche que ya se avecinaba.

En el Centro de Investigación de la Policía de la Barcelona, se respiraba mucha inquietud, pues entre los españoles se encontraban dos representantes de sus archirrivales —los muy distinguidos chicos de Scotland Yard—, quienes habían arribado con soberbia a la reunión.

—Miren señores —dijo José Sánchez, quien era el jefe de la oficina; un gordo calvo con la piel tan blanca como la leche—. Este asunto tiene que quedar subsanado de inmediato. No hay razón para que estos granujas escapen sin que los pillemos. Contamos con dos miembros de inteligencia de un país interesado… —y mirando a los dos agentes ingleses, agregó—: Estos hombres trabajarán con nosotros en la investigación. Son Randy Tork y Charles Asks. Ellos son lo mejorcito que tienen los ingleses en lo que se refiere a recuperación de víctimas de secuestro —un comentario que disimulaba su rechazo a trabajar con ellos—. Revisemos lo que sabemos. ¿Qué es lo que tenemos…? Aguilera, presenta los informes de la investigación preliminar. Él es el jefe del Departamento de Secuestros —dijo dirigiéndose a los dos ingleses—. Juan Aguilera que era un hombre delgado, bajo de estatura, con nariz puntiaguda, y cejas muy tupidas, miró celosamente a los asistentes y con rigidez en sus palabras informó:

Lo que hemos encontrado hasta ahora es lo siguiente:

Todo parece indicar que el secuestro fue hecho por un grupo fantasma. Aún no lo hemos podido ligar a ningún movimiento terrorista, tampoco parece ser parte de ningún cártel y en definitiva no pertenece a ninguna de las mafias conocidas. Para lograr el secuestro, lo primero que hicieron fue hackear las cuentas del grupo telonero del concierto de Madonna, para suplirlos con una nueva artista, América; una chica americana que tenemos captada en esta fotografía —mostró una fotografía de la cantante en la pantalla—. Tal parece que operaron con un grupo de ocho o diez personas, pero de ellas solo tenemos la descripción y fotografías de los músicos y la cantante. Se sabe por las entrevistas con el señor Mark Hammond, que uno de los delincuentes es este hombre que se ve aquí —en la pantalla apareció el retrato hablado de un hombre delgado con bigotes, pómulos saltados, pelo largo tapando parte de la cara y una barbilla regordeta—. Ya tenemos en la mira a varios sospechosos que creemos ayudaron en la operación, pero apenas estamos en el proceso previo.

—¿Ya pidieron rescate? —preguntó el agente Randy Tork con un acento muy anglosajón. Él era un joven alto y delgado con ojos azul claro.

—No —contestó el agente Aguilera.

—¿No lo han hecho? —ahora preguntó Charles Asks con un acento casi igual de malo. El otro agente de Scotland Yard era un joven muy corpulento de estatura mediana y cabello tupido, negro como el carbón—. Eso si es raro, porque entonces no estamos hablando de un problema de secuestro común. ¿No se ha reportado ninguna amenaza política?

—No señor, tampoco.

—Quizá no han tenido tiempo aún —agregó el jefe de la oficina—. Deben estar viajando o escondiéndose en algún lado.

—¿Y qué otro dato tienen hasta este momento? —preguntó Charles.

—Ninguno de importancia señor… —y cuando se disponía a dar su opinión personal, con detalles de lo que él suponía podría ser el motivo del secuestro, fue interrumpido por el al agente Tork.

—Señor Aguilera, con la autorización de su jefe, me referiré a usted como mi segundo de abordo. Ahora trabaja para esta oficina bajo mis órdenes —Randy se dirigió a él mientras caminaba en círculos; llamando la atención a todos los agentes, que con disgusto lo observaban—. Se me pidió urgentemente por parte de la Alianza Europea de Inteligencia contra secuestros, que yo mismo dirigiera esta investigación. El señor Mark Hammond es uno de los inversionistas más importantes de la Unión. Necesito que de forma expedita, ustedes consigan todos los videos de los aeropuertos de Barcelona, Girona y Reus, así como los de Zaragoza, Valladolid, Salamanca y Madrid, y que un equipo de sus agentes los revisen a consciencia, buscando nuestros sospechosos; otro grupo de ustedes se pondrá a averiguar todo acerca del pasado de ellos. Hay que poner a otro grupo agentes en la frontera de Francia y hacer el mismo proceso con cada cámara que tengan grabando. También hay que poner un equipo, que independiente del otro, haga entrevistas con cada uno de los empleados de las líneas aéreas. Ah... y necesito los informes directo en mi oficina —la cual yo ocuparé provisionalmente, en un escritorio junto al de su jefe—. Necesito un informe cada hora. ¿Comprenden todos?

Británico pedante —pensó Aguilera—, *y ahora es nuestro jefe. ¡Qué estúpido!*

—Pero señor —contestó Aguilera volteando a ver a su verdadero jefe—, no tengo personal suficiente para cubrir esto; dejaría todos los demás casos que tenemos, sin atender.

—Sabía que esta cosa sucedería —agregó Charles—. Ya discutimos esto con su jefe; y nos adelantamos en resolverlo. Hace unos momentos le entregamos a él una considerable cantidad de Euros que Hammond amablemente donó a su departamento, para que ustedes puedan contratar personal retirado, o buscar la forma de apoyar en esta causa. No hay pretexto. Resolver es primordial.

Malditos millonarios engreídos —pensó Aguilera al escuchar al presumido de Charles—. *Ya que se callen por favor, quiero terminar con esto de una vez por todas para irme a la casa a ver a mi Juanito* —miró su reloj, ya pasaban las diez de la noche—. *¡Me cago en la madre de estos tipos! Lo voy a encontrar dormido... y le prometí que charlaríamos. ¿Por qué decidí ser policía? Pobre de mi crío: Nunca lo veo, y una vez que me lo pide, no le cumplo...*

Y mientras Barcelona recibía una noche oscura y fría, en la zona 51 —al otro lado del globo— era golpeada con una onda de calor inaguantable. La tarde apenas empezaba mientras Oso Grande monitoreaba toda la operación junto con Tim. Los dos habían escuchado las transmisiones de alarma de la oficina secreta de los krítalos en México; sabían que Thymoty se había quedado solo después de ordenar a Roda y a Serchy viajar a Barcelona, con el objetivo de localizar a Jazz; pero para mala fortuna de los dos krítalos, no habían podido salir de inmediato ya que todos los vuelos estaban a reventar y después de una larga espera, apenas estaban cruzando el Atlántico.

—Tim —dijo Oso Grande mientras lo miraba a los ojos—, voy al área donde hay señal de transmisión; tengo que comunicarme con Looky y con Jenny. Estamos a un par de horas para dar inicio a la

etapa más delicada de la operación —entrar a la zona del silencio—
. ¡Lo más delicado del plan!, la hora de robar los krits de la base de despegue.

Tim sintió algo poco usual, como si un remordimiento entrara en su pecho; sin embargo no pudo reconocer su origen. Se preguntó *¿Por qué...?* —sin obtener respuesta alguna—. Era claro que había algo raro, algo desconocido, difícil de identificar; como si un fantasma rondara entre sus emociones y sus confusos pensamientos.

Cuando Tim volteó —pues la sensación lo había petrificado—, Oso Grande ya salía al exterior. Lo recibió una asfixiante onda de calor, y sin prestar atención a esto, encendió la máquina de su moto —que rugió como una bestia— y aceleró, derrapando entre la arena.

Después de muchas millas de recorrido, Oso Grande se detuvo y bajó de su Harley, al igual que un cowboy hubiera bajado de su montura. Traía una pañoleta amarrada a su cabeza y unos lentes oscuros, que junto con el traje de piel y las botas vaqueras, era un disfraz completo, por el cual, bien podría habérsele confundido por un presumido biker. Sacó el celular de su bolsillo y marcó un número:

—Hola —saludó Oso Grande a Looky—. ¿Cómo les fue en el viaje?

—Todo bien gracias, pero nuestra asistente ejecutiva aún no ha llegado —refiriéndose en clave a América.

—Yo creo que no tardará mucho. ¿Llegó bien el equipo?

—Sí, no tuvimos ningún daño, no como en aquel horrible viaje a Canadá —esta era una clave acordada para indicar que Jazz se encontraba en buen estado después de las largas horas de vuelo.

—Hay dos señores interesados en contratar sus servicios —dijo Oso Grande—, y tienen mucha prisa de localizarlos —otra clave que significaba que los krítalos ya estaban tras de Jazz.

—Pues creo que tendrán que esperar otra ocasión para contratarnos, el equipo está apartado y estará dentro de unas horas en camino para terminar un contrato pendiente —esto quería decir que todo marchaba conforme lo indicado.

—¿Y cómo les fue con el papeleo en las aduanas?

—No tuvimos ningún contratiempo.

—Bueno amigo, en cuanto llegue tu asistente, vengan para acá; los espero en la fiesta...

—Por supuesto. Por nada nos perderíamos eso. Ahí nos vemos.

Oso Grande dio la media vuelta y observó a su alrededor. No

había ni un alma en este lugar del desierto, solo arena, y unos cuantos cactus; sacó una cantimplora de un compartimiento de la moto, la abrió y tomó unos tragos. Checó su reloj.

Llegó la hora —pensó. Tomó un celular distinto al primero y marcó a Jenny.

—Hola muñeca.

—Hola encanto, es un honor escuchar tu voz. ¿Quieres que vaya a complacerte? —era la clave para que ella entrara en acción si la respuesta de Oso Grande fuera afirmativa.

—Así es nena. Estoy esperando con ansias. Tú sabes cuánto te necesito; pero en esta ocasión quisiera que vinieras con dos de tus amigas.

—Ah… ¡quieres jugar en las ligas mayores…!

—Si no te importa…

—De ningún modo, pero te costará cuatro veces más de lo usual.

—Eso no es problema.

—De acuerdo ¿A qué hora quieres que lleguemos?

—Cuando oscurezca. Les dejaré la puerta abierta.

—Perfecto. Nunca olvidarás esta noche.

La clave —dos de tus amigas—, significaba que tendría que llevar a dos aliadas más: Laila, y Dona; quienes eran parte del equipo desde hacía seis meses. Oso Grande le avisaría a Jenny cuantas mujeres se requerirían en la operación; dependiendo del número de krítalos que estarían esa noche en la base de despegue de la zona del silencio.

En el último año, Oso Grande había estudiado a fondo los procedimientos de operación en la base de aterrizaje de los krítalos, encontró un punto débil, y él se aprovecharía de esto. Los krítalos acostumbraban usar a las mujeres terrícolas para tener sexo —lo que ya se había convertido en una obsesión—; las introducían a la base los días en que tenían tiempos muertos, entre las jornadas de los aterrizajes o despegues. Esto era mantenido en secreto por ellos, pues rompían todos los protocolos de seguridad. El asunto había empezado poco más de un año antes, cuando un krítalo llamado Jobi, quien —por un castigo—, llevaba cinco años en la base —algo desacostumbrado, pues ellos solían cambiarlos cada cinco meses terrestres—. Jobi buscó una escapatoria a la agobiante rutina, y desesperado, introdujo a una mujer, tuvo sexo con ella, y se dio cuenta de que había algo muy diferente a lo que ellos acostumbraban con las hembras de su raza; la diferencia básica consistía en que, con las mujeres terrícolas, la sensación era intrigante y misteriosa, dejando a los krítalos con una necesidad, que más bien era una obsesión de volver a poseerlas. Ellos solían preguntarse en secreto las razones para esto, y nunca dieron con la causa, pero sospechaban, que el fenómeno podría manifestarse debido a algo distinto que ellas aún tenían —tal vez esa cualidad intangible que en los krítalos enviados a las misiones ya no existía ~las emociones~, erradicadas al inicio de su entrenamiento.

Desde que Oso Grande descubriera este gusto singular, había buscado entre las "mujeres de la vida alegre" —y quiénes entre ellas— podrían tener las cualidades y deseos de querer hacer algo por el bienestar de sus compañeros de la Tierra; así encontró a Jenny, y a través de ella a cinco mujeres más; todas ellas se inclinaron por ayudar a Oso Grande; se instruyeron con él y formaron un grupo muy unido. Él nunca cuestionó su profesión; las trató con todo respeto y las apoyó en lo que pudo, para que comprendieran que su papel era de enorme importancia, y que ellas podrían ser quienes salvaran a la humanidad. Su vida había cobrado un sentido nuevo —una fuerza—, que ahora las convertía en héroes, aunque nunca nadie se enterara de esto.

Jenny ya había estado antes en la base de despegue de los krítalos; ella se sentía orgullosa de ser la mujer más buscada por Jobi "el castigado" —como lo apodaran los otros krítalos—; Oso Grande sabía, que desde que el krítalo la conoció, él no había querido tener sexo con nadie más. Ella viajaba cada cinco días desde la zona 51, hasta un pueblo en Durango llamado Alma Callada —a unos ochenta kilómetros de la base secreta de los krítalos—; donde Jobi usualmente la contactaba.

Desde que Jobi comenzó el ritual de introducir mujeres terrícolas, había desarrollado una habilidad tremenda para engatusar a sus compañeros de trabajo, y que ellos probaran las mieles de lo prohibido, y así, compartieran el secreto. Cada vez que un cambio de personal tenía lugar en la base, Jobi empezaba a platicar con los recién llegados; dándoles argumentos de las ventajas de estar ahí; inventando historias fabulosas sobre las cualidades de las mujeres terrícolas, y cuando ya estaban enredados en medio del misterio, los emborrachaba "inocentemente" y les presentaba a las excepcionales y tórridas terrícolas.

Jenny ya había colgado con Oso Grande. Miró el celular, y después de tomar un respiro prolongado, dijo en voz baja:

—Bueno Jobi, ¡te llegó la hora! —y caminó hacia el bar, donde Laila y Dona y tres mujeres más esperaban juntas en una mesa; al entrar las saludó —ellas eran sus compañeras del complot— y sin detenerse se dirigió al área de los baños; ahí tomó el teléfono y marcó:

—Hola, soy yo —dijo Jenny a Jobi.

—¿Jenny? —contestó Jobi—. No te esperaba tan pronto, habíamos quedado que yo te llamaría a tu celular.

—Sí cariño, es que no aguanto las ganas de verte.

—Estoy ocupado, un trabajo de última hora y… —Jobi se mostró muy serio.

—Lo que tengo para ti te va a volver loco…

Jobi imaginó por un momento una serie de cosas que podría hacer con ella, y al instante dejó de analizar lo que tenía pendiente.

—Está bien, pero tengo dos compañeros en la oficina; ¿puedes conseguir a dos chicas más?

—Claro, por ti hago lo que quieras… papacito.

—De acuerdo, paso por ustedes en la noche al bar —Jobi cortó la comunicación.

Inmediatamente Jenny le marcó a Oso Grande.

—Estamos en camino bombón. ¿Ya abriste la puerta? —esta era la señal que esperaba Oso Grande. Esto indicaba que las tres mujeres partirían hacia la base de despegue conforme lo planeado.

—Despreocúpate, desde este momento dejaré para ti la puerta sin seguro —contestó Oso Grande—. Las espero.

Oso Grande arrancó su Harley —que nuevamente rugió como un demonio—, y aceleró a toda máquina.

En un rato estarán adentro; todo va a la perfección —pensó.

Jobi llegó al bar, miró a su alrededor y observó que solo había un par de hombres en la barra, se dirigió hacia el fondo y vio a Jenny platicando con dos mujeres; una de pelo negro y otra de pelo castaño claro; las dos delgadas, pero con curvas muy marcadas por los vestidos ajustados a sus exuberantes cuerpos; pero para los ojos de Jobi, Jenny era quien robaba su atención, pues se había arreglado el cabello de tal manera —ampliando su volumen y dándole brillo—, que la hacía brillar como un farol en una noche oscura; además se había maquillado con elegancia —usando dos colores azul claro y negro profundo—. En concreto, Jobi se quedó atontado.

—Hola Jenny. ¿Están puestas?

—Como un calcetín.

—Síganme.

Las tres se levantaron y siguieron a Jobi fuera del bar, quien al llegar a una enorme camioneta se dirigió a Jenny:

—¿Ellas ya saben el procedimiento?

—Ya les expliqué, además, traemos tu bebida favorita —dijo enseñando las cinco botellas de whisky que guardaban en una bolsa de tela.

—Entonces pasen, ahí están los antifaces.

Las tres chicas subieron al vehículo y se colocaron unos antifaces negros de dormir. Jobi siempre usaba este procedimiento para que las mujeres no vieran el camino que conducía a la base de despegue. Lo que él no sabía, es las tres ya tenían conocimiento de dónde se encontraba, pues Oso Grande les había dado todos los pormenores.

El sistema stealth o furtivo de antidetección de satélites del vehículo, era similar al de la base. Antes de encender la camioneta, Jobi conectó un escudo distorsionador del campo visual que ocultaba por completo el automóvil; a partir de ese momento ningún satélite en órbita lo detectaría.

—Ya llegamos chicas, pueden destapar sus ojos.

Se encontraban dentro de un estacionamiento subterráneo alumbrado por una luz muy brillante —que llamó la atención de Laila y Dona pues no había una fuente de luz evidente—. Jenny salió de la camioneta y auxilió a sus dos compañeras a salir del vehículo, mientras les dijo en voz alta:

—Recuerden su papel; estos hombres pagan muy bien. Envuélvanlos en el país de los sueños.

—Sí... asegúrense de que mis compañeros queden muy complacidos. *No sé qué tiene esta mujer... me trae magnetizado* —pensó Jobi

Horas más tarde, la fiesta de los krítalos llegaba a su punto máximo; las botellas de whisky se habían terminado; Jenny y sus compañeras bailaban casi desnudas frente a ellos. Esta rutina —un sensual table dance—, era algo muy diferente a las costumbres en Crystalia, cuando Jobi descubrió que esto existía en la Tierra, había quedado tan encantado, que antes de practicar el sexo krito-humano, exigía siempre una buena dosis de este baile —lo que fue ideal para el plan de Oso Grande—. El espectáculo ya llegaba a su final cuando uno de los krítalos —al que llamaban Rak—, se desmayó cayendo hacia un lado; Jobi se acercó a él y lo tomó de un brazo para levantarlo —mientras veía su rostro deformándose, debido a la droga que hacía efecto en su cuerpo—, pero unos segundos después, él también cayó a su lado inconsciente. Zoti —él único que aún estaba consciente—; se levantó alarmado y trató de decir algo:

—Rruan traicooo —una traición, comenzó a decir en krítalo.

Zoti caminó tambaleándose hacia donde se encontraban sus armas —en el compartimento trasero de un sillón—, pero al segundo paso que dio también cayó sin sentido.

¡Rápido! —ordenó Jenny consultando su reloj, que daba las 10:15 de la noche—. Tenemos dos horas para hacer todo; la luna comenzó desde las 8:07, lo que ya está impidiendo las transmisiones de video con su planeta. En esta sala no hay cámaras de vigilancia, ya que Jobi las deshabilitó para que pudiéramos entrar nosotras, pero recuerden que con la luz artificial aún podríamos ser grabadas por las cámaras de la base; imágenes que cuando la luna negra se acabe, serán trasmitidas en automático a Crystalia.

Las tres mujeres desvistieron por completo a Jobi, Jenny tomó sus ropas y se vistió con ellas, tomó su bolso y sacó una máscara especial con el rostro de Jobi —fabricada por Oso Grande en uno de los laboratorios de la base, gracias a varias fotos y videos tomados por Jenny en sus anteriores encuentros clandestinos—. Dona y Laila ayudaron a Jenny a acomodar su larga cabellera, después procedieron a vestirse, mientras Jenny abría la puerta y salía caminado como Jobi, simulando su manera de caminar —que había practicado desde mucho antes—, y se dirigió a otra oficina que estaba a unos veinte metros de ahí; buscó con rapidez el panel de control que había en una de las paredes y se detuvo justo enfrente…

¿Cuál es el interruptor? —tardó un par de segundos en saber cuál era el correcto y lo que debía hacer, entonces lo apretó.

Toda la luz de la planta se fue, y Jenny gritó lo más fuerte que pudo:

—¡¡Listo!! ¿Pueden ayudarme chicas? Necesito mis lentes.

Laila y Dona salieron corriendo a su encuentro, ellas ya traían puestos unos lentes de visión nocturna.

—Aquí los tienes Jenny —Laila se los puso en la mano.

—Muchas gracias —dijo mientras se los ponía—. No sabes el pánico que me dio cuando no podía distinguir cual interruptor debería oprimir para cortar la energía.

—Bueno Jenny, ya pasó lo más difícil.

—Así es, pero hay que darse prisa. ¡Vamos!

—¿Sabes dónde está el cargamento de krits? —le pregunto Laila, mientras la seguían.

—Eso creo chica... Síganme.

Jenny abrió otra puerta y las tres salieron a una área de descomunales dimensiones, donde había una cúpula gigantesca sobre de ella.

—Esta es la pista de despegue —dijo Dona.

Jenny localizó un mueble cristalino verdoso y se dispuso a abrirlo. Después de varios intentos fallidos logró abrir una de las compuertas, para descubrir en su interior, más compartimientos que se necesitaban abrir; esto la hizo explotar de la desesperación, y gritó de mala manera:

—¡Ah! ¡Shit! ¡Fuck damned! ¡Esto es a lo que se refería Oso Grande cuando me advirtió que me costaría mucho trabajo abrir el sistema hermético! Maldita sea...

—¿Cómo es que no tienen más vigilancia los krítalos?, ¿solo eran tres? —preguntó Dona, mientras observaba lo que hacía Jenny.

—Oso Grande me explicó que es una cuestión de seguridad. Si tuvieran muchos krítalos en las bases, tendrían un mayor factor de riesgo debido a los posibles errores que, en teoría, cada miembro podría cometer; aún no han logrado una manipulación completamente segura de los trabajadores que han enviado.

Jenny siguió maniobrando las diversas partes del extraño contenedor.

—Mi bolso está listo —dijo Laila, abriendo el cierre de la parte inferior. Lo que fuera un bolso de mujer, de pronto se convirtió en una maleta—. Dona —ordenó Laila desesperada—, abre los otros dos bolsos.

Al fin, Jenny logró abrir cada una de las compuertas, dejando a la vista los krits dentro del mueble cristalino verdoso, los sacó acomodándolos en orden en las tres bolsas.

—Vámonos —dijo Laila.

—No, nos falta un krit señoritas... —caminó hacia una de las paredes, revisó algunos muebles y luego insatisfecha se dirigió hacia otra pared, hasta que al fin encontró un panel con muchas pantallas de medición; pero no encontraba el lugar dónde debería estar el contenedor. Miró desesperada a cada una de las pantallas; no podía identificar diferencias de una a otra; los segundos parecían años. Ella sabía que si tardaba un poco más todo saldría mal. *Una diferencia, debe haber una diferencia que me señale el lugar... ¿Dónde me dijo Oso Grande que estaría? Todo debe de estar apagado...* —trataba de recordar la información que recibiera antes de la misión—. De pronto se hizo evidente un punto verde adicional al lado de una de las pantallas. Lo tocó con el dedo pero nada sucedió. El tiempo apremiaba y Jenny empezó a tocar todos los botones al azar. Laila y Dona la miraban comenzando a ponerse nerviosas. Jenny seguía tratando de recordar las instrucciones de Oso Grande y cuando estaba a punto de golpear el panel esperando que por arte de magia sucediera algo, se dio cuenta de que había una pequeña luz, muy tenue, casi fuera del rango de sensibilidad de los lentes. Se los levantó un poco para ver el pequeño foco, que sin el filtrado infrarrojo y en esa oscuridad total, parecía brillar un poco más y en todos los colores del arcoíris al mismo tiempo. Apenas tocó el botón para apagarlo y una pequeña compuerta se abrió.

—Aquí está... —suspiró—. Este es el krit que alimenta la base. Lo desconectó y lo guardó. ¡Ya está! No tendrán fuente de energía. Vámonos, no debemos de esperar más.

Y mientras viajaban a todo lo que daba el motor de la camioneta, por esa recta interminable del desierto de Durango, las tres chicas se pusieron a cantar a todo pulmón "El rey" —una popular canción mexicana—, en una noche tan oscura como ninguna, al cobijo del fenómeno de la luna negra.

XXI

En una oficina de cartografía satelital que trabajaba para el gobierno mexicano, se recibió un archivo muy singular:

—Marco, tengo una imagen con algo raro; es en la "zona del silencio."

Marco, en realidad ya se encontraba harto de escuchar teorías de conspiraciones sospechosas, —con cosas raras extraterrestres o sobrenaturales—, por parte de su amigo Alfredo, así que le contestó de mala gana.

—Ya vas a empezar otra vez con tus locuras de la zona misteriosa. ¡Carambas hombre!, ¡entiende! Por mucho que le intentes, nunca vas a lograr que sea tan famosa como el Triángulo de las Bermudas. ¡Ya párale Alfredo!

—Es en serio Marco, ven a ver…

Marco se acercó mientras prendía un cigarro, y haciendo un gesto de desaprobación miró la fotografía que el satélite acababa de enviar. Se quedó sin habla, mirando fijamente la imagen; se acercó al monitor completamente asombrado.

—¿Te das cuenta…? —dijo Alfredo—. Esta construcción no estaba ahí hace unos minutos —y señaló con un dedo la imagen de la enorme pantalla de la computadora.

—No… Seguro que eso ha de haber estado ahí y no te diste cuenta —dijo entre titubeos y fumadas nerviosas al cigarrillo—. Mírale bien, seguro que es una alteración en las fotografías por la falta de luz por la luna negra. Aparte ya es tarde, y es hora de irse a dormir. Deja que nuestros relevos se encarguen de eso. En un rato vamos a estar bien dormiditos en nuestras camas.

—No Marco, mira la imagen anterior y compárala con la de ahora. La luna negra terminó hace rato.

—¿No habrás confundido los archivos? Te acuerdas cuando dijiste que...

—Esto es en serio güey. Mira la imagen de ayer —dijo y cambió la imagen a otro monitor—. Ahora mira la de antier —volvió a cambiar la imagen—. Checa las coordenadas... Esto es una base extraterrestre...

—¡A ver, espérate! ¡Deja ver! —contestó asustado—. ¿Puedes acercar la imagen?

Y aunque Marco era cinta negra, y un experto en peleas cuerpo a cuerpo, por sus clases de Full Contact, le aterraba sobremanera la idea de ser sometido por los alienígenas; y es que Alfredo se la pasaba contándole todo el tiempo, cosas horribles de abducciones, mutilaciones, implantes de pequeñas cosas en la piel que permitían la localización de una persona en cualquier lugar de la Tierra, sondas anales, y cuanta publicación de leyendas ufológicas y urbanas caían en sus manos.

—Sí —dijo Alfredo y comenzó a mover el *mouse*. La imagen empezó a crecer—. Hasta ahí me lo permite el programa. Se pixelea un poco pero nos da una idea.

—Esto es muy extraño Alfredo. Esta enorme figura circular parece un helipuerto o algo así, y estas dos estructuras adyacentes como que centellean. ¡Nunca había visto algo parecido! Tenemos que hacer un reporte; y alguien tiene que ir a ver qué es esto. ¡No lo puedo creer!

Y mientras Alfredo y Marco trataban de llegar a una conclusión, en el planeta natal de los krítalos se avecinaba un buen problema.

Crystalia, un planeta muy similar a la Tierra, con diferencias realmente pequeñas en las cantidades de nitrógeno, oxígeno de la atmósfera y fuerza de gravedad. De no ser por sus mares de color verde flúor, y la niebla púrpura matutina, provocada por la luz de la mañana que al contacto con la *vertina* —un compuesto local contenido en sus mares que provocaba ese color peculiar—, bien podría pasar por nuestro mundo.

En los ventanales del cuartel de Operaciones Especiales de Recepción de Crystabita, se disipaba el color púrpura de la niebla, dejando ver el mar brillante; pues las instalaciones se habían construido junto a la costa, para tener acceso directo al mar; en caso de requerir que alguna nave en problemas descendiera. El comandante miraba el horizonte fijamente cuando escuchó detrás de sí las voces de alarma:

—¡Tenemos un problema grave jefe! —dijo su subalterno.

—No me digas que otra vez habrá un retraso del envió de crystabita.

—¡No señor! Es otro problema más grave.

—¿Acaso el magistrado supo de la debilidad de su mujer?

—¡No señor! ¡Es un problema aún mayor! —el subalterno no quería decir lo que ocurría, ya que sabía que su jefe —un loco de remate—, sería capaz de aniquilarlo por ser él quien se lo dijera.

—¿Acaso el ministro exige aún más cantidad de crystabita?

—¡No señor! ¡Es lo peor que nos podría ocurrir!

—¡Nos van a evaporar por ineficientes! ¡Con mil demonios! ¡Ya decía yo que este plan de enviar a Thymoty a implementar el nuevo sistema no serviría!

—Señor…, hemos perdido la señal con la base de distribución en la Tierra.

—¡Qué dices…! ¡Eres un inepto! —tomó al subalterno por el cuello y lo levantó y lo lanzo por los aires—. Quiero una reunión urgente del consejo. ¡Los espero a todos en la sala de monitoreo de inmediato! —gritó enfurecido.

—En este instante les transmitiré sus órdenes señor —contestó el subalterno levantándose tan rápido como le permitía el golpazo que se había dado.

Momentos después, los miembros del consejo militar de los krítalos entraron a la sala. Bruts Dominanti —el comandante en jefe para la conquista exterior— los esperó de pie hasta que todos estuvieron adentro. Su gesto era el peor que nadie haya visto nunca.

—Generales, les llamé para informarles que tenemos un problema de grandes dimensiones —Bruts llamó a su asistente principal ~un krítalo tímido y resentido llamado Stopy Square~, y le pidió que les explicara lo que ocurría. El oficial, que era un lame botas, se levantó y pidió que proyectaran las imágenes.

—Como pueden ver —la sala de juntas tenía pantallas en todas las paredes que la conformaban—. Aquí está nuestra base de distribución en la Tierra —se visualizó la base—, y en esta otra pantalla ustedes ven la imagen simultánea donde Jobi camina por el pasillo, para detenerse frente al panel de control, tomar el krit de la base, y en ese momento se pierde la imagen—. No hay comunicación con la base de distribución en la Tierra.

—No hay de qué alarmarse —dijo el general Roca—. Esto suele ocurrir en los fenómenos de luna negra terrícola.

—General Roca, acabamos de ver como Jobi desconecta el krit que suministra energía a la base, este no es un problema de la luna negra —contestó Stopy—, las horas del fenómeno ya pasaron y la ausencia de comunicación aún perdura. Esto sólo nos ocurrió en una ocasión, recuerdan cuando… —Bruts interrumpió.

—Sí, hace ya muchas kritas; cuando perdimos las bases del estado de Nevada y Arizona. ¡Si no remediamos de inmediato esta situación; seremos evaporados!, o en el mejor de los casos destituidos y confinados al castigo del olvido.

Un barullo incómodo invadió la sala. Sus voces opacaron la voz de Bruts; y los gestos de terror no se hicieron esperar.

—¡Orden! ¡Orden! ¿Acaso quieren lo peor…? —gritó Bruts.

Un silencio sepulcral invadió la sala.

—Stopy —Bruts dirigió su mirada a él en tono de mando—. Quiero que salga la nave de recolección para la Tierra, y quiero que sea de inmediato, pero en esta ocasión asegúrate que la nave lleve un comando de ataque.

—De inmediato —contestó Stopy—, y salió de la sala para cumplir con el mandato.

—Ah… y si ustedes quieren seguir con sus privilegios; no dirán nada al primer ministro ni a los magistrados. Si alguien se rehúsa a esto quiero saberlo ahora mismo.

Nuevamente se hizo el silencio.

—Y tu Tracky —dirigiéndose a uno de los generales—. Pon a todo tu personal en acción. Trata de establecer comunicación con cada estación. ¿Cuantas tenemos en la Tierra? ¿Todavía son siete?

—No señor. Después del fracaso en Medio Oriente se redujo a dos las bases con acceso a comunicación. La estación del valle del silencio, que se encarga de recopilar crystabita de América y Europa y la del proyecto masivo de Thymoty en Ciudad de México.

—¿Y qué hay de los agentes de captura y succión móvil?

—Todos hacen su trabajo capturando, y recolectando krits, pero ninguno de ellos tiene acceso a los sistemas de comunicación con Crystalia. Con esto de las investigaciones gubernamentales secretas del fenómeno Ovni, se adoptó la reducción como una medida de seguridad. ¿Recuerda?

—¡Qué exploten todos los soles de las galaxias y se hundan los planetas! —dijo muy enojado. ¿Cómo pudimos cometer un error tan estúpido y dejar solo dos lugares? Y qué hay de Serchy, ¿han podido establecer comunicación con él?

—No se encuentra en su lugar. No hay aún señales de que la Futuram esté encendida.

—Quiero que hagan lo imposible y se comuniquen con alguno de nuestros elementos de inmediato… ¿Me escuchan? Y todos ustedes —señalando a los demás—. Mantengan la seguridad al máximo. No se puede filtrar ningún dato hacia el parlamento… ¡ah!, estos estúpidos políticos; por ellos se creó la sobredemanda de crystabita. Es muy fácil prometer más energía… y a la hora de la verdad, ¿quién resuelve sus problemas?

Los generales salieron de la junta dejando solo a Bruts en la enorme sala. Stopy entró agitado y le informó:

—Jefe, la nave está saliendo en estos momentos.

—Bien hecho. Asegúrate que cada uno de los generales haga lo suyo, y si fuera necesario, recuérdales que tengo información confidencial sobre ellos… Tú sabes a que me refiero.

Bruts estaba que trinaba de rabia. Sus emociones llenas de ira hacían resaltar sus ojos, al igual que un felino enfurecido. El comandante era un loco irracional, aun cuando él había sido uno de los promotores del proyecto Emociones Erradicadas; diseñado para ser implementado en los agentes invasores enviados para la recolección de crystabita; se suponía que de esta forma ellos controlarían mejor todas las operaciones; eliminado los factores de las emociones sin sentido; pero él había sido testigo en varias ocasiones, de que el proyecto no había demostrado su eficacia. Él sospechaba que Jobi tramaba algo. *¡Este desgraciado mal nacido es el culpable! ¡Lo voy a castigar como nunca!*

—¿Me puedo retirar? Todo está en marcha.

—Espera. Ponte a investigar todos los detalles de cada imagen de los últimos días de la base de distribución.

—Bueno jefe, yo pienso que el problema empezó con Jobi; ese

castigo que se le impuso de quedarse tantos años en la base, dos kritas es mucho...

—¡Si serás estúpido! No te atrevas a cuestionar mis órdenes. Vete a trabajar... y hazte un favor... ¡No pienses!

Y mientras tanto en México, Thymoty trataba de conciliar un sueño seudohumano, después de tener que pasar horas en el aeropuerto y chantajear a un par de funcionarios para que sus compinches pudieran abordar un vuelo rumbo a Barcelona. Lo que no sabía, es que desde Crystalia lo habían estado tratando de contactar sin éxito. Llegó tan exhausto, que se metió directo a su habitación sin detenerse a ver ninguna de las computadoras —no entró al cuarto de sistemas—; nunca pensó que, aparte de perder el contacto y monitoreo de Jazz, también se había perdido la señal con la base de distribución.

En Barcelona amanecía, y en las oficinas de la policía había un barullo inusual, con muchas personas moviéndose por el lugar, pues una junta estaba a punto de iniciar el ajetreado día. La reunión había sido convocada por un alto funcionario del gobierno de España —el respetado licenciado Ramón Hernández Benítez—; quien pidió que permitieran que Mark Hammond estuviera presente.

—Bien señores. ¿Qué es lo que tienen? —preguntó Hernández.

—Es muy temprano para dar detalles; necesitamos más tiempo —contestó Randy, el detective de Scotland Yard—. Preferimos entregar culpables y entonces daremos un informe. ¿No le importaría dejarnos terminar el trabajo? No querrá usted que ningún tipo de información se filtre, ¿verdad?

—Me importa un comino lo que usted crea sobre correr algún riesgo de que se filtre información. Quiero saber que tienen hasta ahora... ¡Ya!

—Bueno... bueno, es que... es... —Charles intervino al ver a Randy trabado:

—No encontramos ningún rastro de ellos —explicó—. América Free no existe; empezaron a trabajar en este engaño desde hace un par de años; hicieron un perfil de ella en las redes sociales. De un momento a otro crearon una estrella con fans y todo lo que le rodea. Todo es un espejismo, una argucia; ella era una cantante que se presentaba en pequeños bares. En efecto, es una artista muy buena, pero… la persona no tiene registro en ningún país. Es una identidad falsa, simplemente no existe. Su representante, el hombre que hizo el contrato a última hora, tampoco. Los músicos fueron contratados por una agencia de *outsourcing*, les dieron sus partituras y tocaron juntos el día del concierto. No saben nada de nada, ni obtuvimos alguna pista que nos pudiera servir. Los nombres artísticos no tienen respaldo de ninguna identidad real. Usaron nombres falsos, y creemos que salieron del país con otros rostros, seguramente con máscaras o pelucas o algo así —Charles señaló una imagen que se proyectaba en una de las pantallas. Aquí los vemos. Notaran que salen en momentos diferentes el uno del otro, y por distintas puertas, pero ninguno con la señora Jazz Giraldi-Hammond. Sin embargo, en los aeropuertos no hay rastro de ellos. Hay bastantes probabilidades de que ellos salieran disfrazados en algún avión para los Estados Unidos.

—Entonces no tienen nada —afirmó Mark—. No sé qué decir, ustedes son el Scotland Yard…

—Así es señor —dijo Charles—, pero esto no quiere decir que no los vamos a atrapar. Lo haremos. En estos momentos estamos verificando una a una a cada persona de las que salieron de España desde que terminó el concierto.

—¡Más les vale…! El señor Hammond no pagará más si no hay resultados —advirtió Hernández volteando a ver a Mark.

Thymoty se encontraba dormido cuando entró Kat, la hembra krítala que fuera asignada para atenderlo sexualmente; se acercó y le tocó en el hombro un par de veces:

—Thymoty, Thymoty…

—¿Qué?, ¿qué ocurre? —abrió los ojos y observó a la sensual krítala.

—Es que hay una señal roja intermitente en la Futuram y pienso que puede ser importante —a las krítalas asignadas para acompañar a los militares y agentes especiales, se les programaba para satisfacer en todo a sus machos; sin intervenir en la misión. Sus órdenes implantadas eran sencillas: "Tengo que satisfacerlo en todo, ese es el sentido de mi vida." Suprimiendo cualquier emoción y pensamiento propio.

Thymoty se levantó pensando que la señal de alerta sería de Jazz. Se acercó tallándose los ojos y se sentó frente a la Futuram.

—¡Oh! ¡No puede ser! —reconoció la señal del más alto jefe del proyecto para la Tierra, y de inmediato contestó.

—Thymoty, por fin respondes —exclamó Stopy—. El comandante Bruts quiere hablar contigo.

—¿Qué pasa Stopy? ¿Por qué la prisa?

—Es serio, muy serio. Espera... —y le pasó al comandante sin mediar más palabras.

—Thymoty. ¿Dónde estabas? —preguntó Bruts subiendo mucho la voz. El tono irónico alcanzaba un volumen estridente insoportable.

—Es que tuve que salir a resolver algo.

—¿Y Roda y Serchy? ¿Dónde estaban?

—Es que... —Thymoty pensó que la perdida de la señal de Jazz era el motivo del enojo de Bruts.

—Es que ¿qué? Perdimos la comunicación con la base de distribución y tú arreglando un asunto. Eres un inepto. ¿Cuándo estará listo el primer embarque masivo de crystabita?

—Bueno, es que... —intentó buscar alguna contestación que no revelara el problema; por suerte Bruts lo interrumpió.

—No, no me contestes... Ya no sé qué creer de ti. Escúchame bien. Necesito que viajes a la zona del silencio y te asegures que Jobi restablezca la señal. ¿Me escuchas? ¿Me entiendes?

—En este momento salgo para allá.

—Quiero que dejes de hacer estupideces y de una vez por todas pongas en cintura a Jobi. Después de eso me tienes que cumplir con el proyecto prometido. No más retrasos. ¿Me escuchas?

—Yo me encargo señor comandante... —se interrumpió la comunicación.

—¡Carajo! Sí que es estúpido este tipo. Dejó que se cortara la comunicación —exclamó el comandante.

Thymoty fue a preparar una pequeña maleta con un poco de ropa limpia, tomó el kritocom y se lo colocó en la cintura. Tenía dos asuntos pendientes antes de salir hacia la zona del silencio. Revisar los niveles de energía del krit que abastecía a la Futuram, y comunicarse con sus subalternos. Pensó con rapidez que lo que tenía prioridad era ordenar la estrategia de emergencia. Tomó el dispositivo e inició la comunicación, y cuando empezó a hablar con Serchy, ya había olvidado de la revisión de los niveles de energía.

Serchy se encontraba en un hotel analizando una fuerte cantidad de datos en una computadora portátil frente a él; en eso recibió la señal del kritocom —que traía colocado en su cintura, simulando ser el cinturón.

—¿Qué me tienes Serchy? ¿Qué has podido averiguar de Jazz? —preguntó Thymoty.

—Lo que tengo no es muy bueno. Roda investigó todas las muertes registradas; también lo hizo con los cadáveres que no han sido identificados. Ella no está muerta, o no está reportada como tal en ningún lado, por lo que suponemos que sigue con vida. Lograron sacarla del foro donde tuvo lugar el concierto. Aunque no había forma de que saliera sin que alguien la viera; Todos los accesos tenían una vigilancia férrea. Ahora, si los que lo hicieron sabían de la Futuram, podrían haberla sacado con los ojos tapados, como si estuviera enferma, colocándole vendas en los ojos, o algún truco similar, pero en los registros solo hay dos mujeres que salieron en camilla, y ninguna de ellas era Jazz. La posibilidad de que saliera bajo la protección de Madonna también está descartada, lo que nos lleva a la única forma en que la pudieron sacar del lugar. La metieron en uno de los contenedores que se utilizan para el equipo musical, no hay otra posibilidad, porque el lugar fue revisado hasta el último rincón y no encontraron nada. Lo que no sabemos es si está viva o muerta, pero seguimos suponiendo que está viva... ¿De qué le serviría muerta a alguien? Ella no tenía ningún enemigo o razón para esto. Sigue siendo posible de que sea un secuestro, pero descarto que lo hicieran por dinero. Sospecho que ellos saben de nosotros. Es alguien que de seguro tienen conocimiento del sistema de la Futuram, y cómo una persona es monitoreada a través de su visión. Puede ser alguien de nosotros que está disconforme debido a que lo mandaran a la Tierra, y le hayan quitado sus privilegios. Un rebelde que fuera engrapado y que sus órdenes se hayan debilitado por alguna energía terrestre; ya nos ha pasado más de una vez. No sabemos todo aún...

—Puede ser que estés en lo correcto Serchy —Thymoty de inmediato pensó que Jobi coincidía con lo que Serchy acababa de decir, pero se negaba a aceptar que él pudiera ser tan estúpido para meterse en un lío como este. *¡No, no, Jobi definitivamente no puede ser!* —concluyó, y cambió la conversación para recuperar su posición de autoridad—. Tienen que darse prisa, de lo contrario tendremos...

—¡No! Eso no. La encontraremos. Debe estar viva y con los ojos bien tapados. Esto es obra de alguien astuto, alguien que... —Thymoty lo interrumpió:

—¿No se te ha ocurrido que esto podría ser obra de Tim...? ¡Maldito! ¿Quién más podría hacer esto?; aparte coincide con su desaparición.

—Es posible jefe. Cuando monitoreábamos a Mark y a Jazz en los últimos días, ella quería regresar con Tim, aunque primero habría que preguntarse, cómo es que ellos se pusieron en contacto sin que nos diéramos cuenta.

—Los dos deben de estar camino a Arizona —afirmó convencido Thymoty—. Ese fue el lugar donde perdimos la señal de Tim, y ahí está la zona 51, donde no tenemos recepción en la Futuram; la antigua y enorme planta de succión y recopilación de crystabita, con todo y su pista de despegue. Todo abandonado. Arregla todo y viaja para allá de inmediato. Que Roda se quede en Europa infiltrado en la investigación. Yo localizaré a Jobi. Bruts perdió la comunicación con la base de distribución; está como loco y me pidió ir personalmente. Aprovecharé para asegurarme que el muy estúpido no se esté pasando al otro bando. Hay que asegurarnos de que no se filtre nada acerca del asunto de Jazz a Crystalia. Tenemos que reforzar nuestra estrategia y solucionar el problema antes de que la notica llegue a Bruts, o estaremos en problemas. Confío en que, ni tú ni Roda, revelarán nada acerca de mi amistad con Jobi. Sabemos de sobra que esto viola el protocolo de seguridad de la misión, donde se estipula —de forma enfática—, que nadie debe comunicarse con los encargados de la base de distribución, y mucho menos entablar lazos de ningún tipo; estoy seguro que ustedes guardarán el secreto. Cuenten con mi protección; yo evitaré su evaporación, o el exilio en la zona del olvido. ¿Está Roda en este momento contigo?

—No, y no creo que regrese pronto, jefe.

—Hazle saber esto a Roda. ¿Estamos de acuerdo?

—Seremos una tumba; no quiero terminar como un vegetal sin recordar nada de mi vida —contestó Serchy, le bailaron nerviosamente los ojos, ante la expectativa de ser reducido a un pelele sin memoria.

Thymoty se quedó en silencio, pensó que este podría ser su final si no recuperaba a Jazz —Serchy, al ver que su jefe se quedaba en silencio, se atrevió a preguntar:

—¿Cómo es que usted se relacionó con Jobi? Yo supe que él era un rebelde, de ahí que lo castigaran obligándolo a quedarse en la Tierra. De hecho, sospeché de él cuando Jazz desapareció.

—No es correcto que un oficial inferior en rango cuestione mis decisiones, sin embargo creo que ahora es apropiada para ti esta explicación, yo siempre he tenido contacto con Jobi. Cuando éramos jóvenes, él fue uno de mis compañeros en la escuela; Roda y tú ya lo sabían desde aquel día que me escucharon hablar con él; cuando ocurrió aquella tormenta en el desierto; esa ocasión cuando cayó aquel enorme meteoro, que casi arrasara con la base de distribución. Esa vez yo lo ayudé, y ustedes hicieron lo suyo, guardando el secreto, pero la amistad entre Jobi y yo empezó mucho antes; cuando íbamos a la academia. Un día yo estaba robándome unos papeles del profesor de la clase de inteligencia. Me había apoderado de unos documentos confidenciales titulados "Métodos de Infiltración." El maestro me pescó infraganti. En ese momento yo pensé que mi carrera como oficial de la policía secreta terminaría ahí mismo, pero Jobi apareció y hábilmente lo chantajeo. Él le sabía algunas aventuras al maestro, a quien le encantaban las menores y lo amenazó con revelar su secreto si me hacía algo. Realmente es un pillo, pero le debo lo que soy y lo que tengo. Ahora es menester que tanto tú como Roda entiendan que necesitamos apoyarnos en Jobi. Yo creo que él estará de nuestro lado y podremos usar el equipo y los recursos de la base de distribución, ahí hay equipos de tecnología de rastreo muy eficaz; se usan como parte de las medidas de seguridad para proteger el envío de crystabita, y en el caso de que Jazz y Tim se encuentren en alguna parte de Arizona o en otra zona magnética sin señal, de todos modos podremos localizarlos con Jobi asesorándonos. Así es que... adelante. Manos a la obra.

Serchy escuchó con resignación toda la letanía de justificaciones por las posibles futuras acciones ilegales de su jefe, y al igual que en otras ocasiones, se daba cuenta de que no tenía opción; sabía que estaban metidos hasta el cuello, y que la única forma de escapar de la evaporación o del exilio sin memoria, era apoyar a su líder, ya estaba decidido, él violaría todas las reglas —sin pensar siquiera en ello—, cada vez que fuera necesario. Al fin y al cabo, ellos pertenecían a una elite única, pues al igual que Jobi y el personal de la base de distribución, tenían autorización para matar a los humanos, para proteger su misión. Él sabía también, que para que ellos pudieran matar, habían sido sometidos a una programación especial —con supresión hipnótica de cualquier pensamiento que les permitiera tomar responsabilidad, anulando el análisis de las consecuencias de estos actos criminales, aparte de suprimir sus emociones naturales, suplantándolas por actitudes artificiales—, Serchy, diabólicamente se jactaba de eso consigo mismo, de ser muy afortunado por esto.

No cabe duda que estamos empapados de pura basura. No sé cómo fui a caer con este montón de criminales, cuando yo era el mejor de la clase de investigación... —pensó Serchy mientras marcaba un celular para enlazarse con Roda y explicarle las nuevas instrucciones; dejándolo a cargo de la investigación en Europa, mientras él viajaba hacia Arizona.

Roda no tuvo objeción alguna en seguir actuando fuera de los protocolos, al contrario, disfrutó del hecho de correr el riesgo y poder ser descubierto, mientras se imaginaba evaporando —sin razón alguna— a varios individuos en su camino.

Serchy se dirigió a tomar un avión desde Barcelona; viajaría con la identidad de un hombre de negocios; en el aeropuerto tuvo tiempo de maquinar algunas ideas para encontrar a Jazz. La primera idea fue llegar al último sitio en el que visualizaron a Tim en la Futuram y a partir de ahí, buscarlo. Si lo que sospechaban era correcto, Jazz se encontraría con Tim.

Mientras tanto, en una casa en Nueva York, Looky discutía con Águila Dorada, sobre los pasos a seguir.

—No sé qué pasó. América ya debería de estar aquí —dijo Looky angustiado.

—Solamente está retrasada —contestó Águila Dorada—. Vas a ver que de un momento a otro llega… Se ve que te gusta, ¿verdad?, y no la llames más por ese nombre. Su identidad ahora es Jane, y su apellido es Taylor. Recuérdalo, Jane Taylor. No se te vaya a salir decirle América delante de otros.

—Perdón, ya sé, es que se me olvidó lo del nombre que debemos usar. *Esto podría poner todo en riesgo* —pensó—. ¿Cuánto tiempo debemos esperar? —dijo.

—No lo sé amigo, mientras tanto ocupémonos de Jazz. Ya debería estar despierta, ¿no crees?

Jazz se encontraba descansando en una cama, tenía los ojos tapados con un antifaz especial para dormir. Aunque más que antifaz, que así le decían, era un casco ligero que no se podía quitar con facilidad ella misma. En cuanto llegaron a Nueva York la habían sacado de la enorme caja para que pudiera descansar. Se encontraba aún dormida. La pobre había tomado una bebida india a base de lechuga concentrada y la había noqueado más que cualquier bebida embriagante.

—Looky. Prepara sus suministros y descansa mientras ella despierta —dijo Águila Dorada—, porque es muy probable, que cuando ella esté alerta, tendremos que ayudarla con nutrientes y vitaminas, pues la crisis de estar horas dentro de una caja estará en su apogeo.

—¿No podemos llamarle a Oso Grande?, él tiene que saber que América, perdón, que Jane, aún no ha llegado.

—Cálmate Looky. No podremos comunicarnos hasta que él nos contacte a nosotros. Recuerda las reglas de seguridad. Cualquier error nos puede hacer fracasar y quizá no tengamos otra oportunidad.

De pronto se escuchó un gemido de Jazz.

—Está despertando —dijo Looky—. Ya era hora. Sí que se te pasó la mano con tu brebaje.

El indio se acercó a ver a Jazz de cerca y agregó:

—Mi madre decía que hay personas muy sensibles a las hierbas. Nunca vi esto hasta hoy. No creí que la lechuga tumbara a alguien de esta forma. A mí solo me hace bostezar.

—Hola... —Jazz se estiró tratando de quitarse el antifaz— ¿Ya llegamos?

—No te lo quites aún; todavía no es el momento —Looky le sujetó de nuevo las manos.

—¡No aguanto más estar con los ojos cerrados!

—Espera Jazz...

—Pero ¿por qué? —contestó Jazz haciendo fuerza con sus manos.

—Deja que te explique —dijo Looky reteniéndola suavemente.

—Pero, es que esto es un infierno. Déjame abrir los ojos aunque sea por un momento —dijo mientras se incorporaba torpemente al borde la cama.

—Aún no te puedes quitar el antifaz —le contestó Looky—; estamos en Nueva York. Mañana saldremos para nuestro destino final.

—¡No por favor! Te prometo que solo será un momento… Tengo que ir al baño.

—Recuerda que si te quitamos el antifaz ellos sabrán donde estamos.

—Ya no aguanto, si me van a detectar los extraterrestres —cosa que aún dudo—. ¡Qué me importa! ¿Dónde está Tim?

—Tim, claro. Pronto lo verás.

—¡No les creo nada! ¡Al demonio con todo! ¡No lo soporto! Además no sé… ¿A mí para que me quieren estos tipos?

—Tú eres la única razón. Lo que tú hagas puede salvar a mucha gente; familias enteras desaparecen cada año y no se sabe más de ellas. Te pido que recapacites. Es una tortura, pero sé que si aguantas un poco más, lograremos darle la vuelta al problema y ganaremos esta batalla.

—No te creo nada. ¿Qué cuento es este sobre familias desaparecidas? ¡Que te crea tu abuela!

—Por favor entiende la importancia de lo que tú significas en estos momentos para la humanidad. Sé que no te estoy dando más que mi palabra, pero podrás comprobarlo muy pronto, y sé que si desistes no te lo perdonarías nunca. Solo tú puedes lograrlo, y solo… —Jazz lo interrumpió.

—Bueno… —dijo y se quedó en silencio.

Qué tal que este hombre dice la verdad —ella pensó.

—Voy a confiar en ti. Tú deberías de haber sido político. Cuando todo termine quiero que trabajes conmigo…

—Sí, con mucho gusto trabajaré contigo… *¡Espero en verdad que salgamos con vida de esta! ¿Trabajar con ella? ¡Me da igual!, hasta lavaría los baños si fuera necesario para salir bien librado…* —pensaba Looky.

—Bueno, si voy a permanecer con este antifaz puesto; ¿podemos al menos acelerar nuestro viaje para terminar de una vez por todas con esto?

En eso estamos… pero para que puedas viajar necesitamos que te alimentes bien y que recuperes tus fuerzas. Descansa y fortalécete. Saldremos lo antes posible.

Después de esto, los dos hombres ayudaron a que Jazz comiera algo, fue al baño sin destaparse los ojos y cuando estuvo más tranquila platicó con Águila Dorada; quien con astucia la entretuvo; América —ahora Jane Taylor— aún no llegaba.

En Barcelona, Mark llegó a un café, se sentó colocando sobre la mesa un libro. Al poco rato llegó una mujer y le preguntó:

—¿Una sorpresa del amor? Es un bonito libro; ya lo leí. ¿Le gustan las novelas de romance?

—Aunque usted no lo crea "Una sorpresa de amor" es una novela donde el poder es el marco de referencia. ¿Usted es Malva Looks, verdad? —preguntó Hammond para confirmar que ella fuera la persona a la que esperaba.

—Exacto señor Hammond. Viajé hasta aquí a toda prisa. Pero explíqueme. Si usted tiene a Scotland Yard y también a la Interpol, ¿para qué me necesita a mí? Yo ya estoy retirada.

—Lo sé. Pero creo que la suma que le ofrecí le dio el empujoncito que necesitaba para entrar de nuevo a la acción. ¿No es verdad? Tengo entendido que la llaman "El Martillo," porque pulveriza los casos. Sé que su historial es impecable.

—Eso fue en el pasado. He estado muy alejada de todas las investigaciones.

—Detective, ¿o prefiere que la llame Malva? Necesito a alguien que no esté contaminado o influenciado. Las cosas van muy lentas y el asunto es para mí de vida o muerte. Aquí está toda la información —le entregó un sobre abultado—. Por favor revise a fondo todos los datos de la memoria USB que viene adentro. Hay fotos y cronología de los hechos. También hay un teléfono satelital para comunicarse directamente conmigo. ¿Alguna duda?

—Ninguna, lo revisaré y estaré en contacto con usted. Ah… respecto a mi nombre, llámeme Malva por favor —la detective se levantó de la mesa y se retiró.

Qué millonario despilfarrador, aparte de contar con las agencias policiacas más caras del mundo a sus servicios, me paga un dineral por investigar sobre su mujer; debe ser un caso de infidelidad o algo así. ¡Es demasiado dinero para decir que no! Con esta cantidad podré asegurar el mejor futuro para mi hijo, las escuelas y universidades más caras y uno que otro lujo para mí —pensó Malva.

Una vez que revisó bien el caso, la llamada no se hizo esperar; le pidió verlo de inmediato. Acordaron encontrarse en el hotel en donde él se hospedaba. Malva llegó al poco rato. La plática tuvo lugar en la sala de la suite presidencial.

—Tengo información vital para usted.

—Dígame Malva.

—Mire señor Hammond. La conjetura a la que llegaron las autoridades policiacas es que su esposa está muerta; pero no quisieron externar esto frente a usted.

Mark se estremeció al escuchar esto; trató de controlarse y preguntó:

—¿Por qué llegaron a esta absurda conclusión?

—Déjeme explicar la línea de razonamiento que han seguido: No hay una exigencia de rescate. No hay ningún pedido especial de índole político, y no hay exigencias de tipo terrorista. Piensan que pudo ser eliminada; intencionalmente, o bien, por algún error. Lo que no pueden comprender es lo siguiente: Si su objetivo era la extorsión o robar su dinero, lo hubieran hecho directo; ¿para qué necesitarían a su esposa?; a usted ya lo tenían atrapado en esa oficina clandestina. Y si a ella la hubieran raptado para exigirle dinero o algo valioso; ¿por qué no lo hicieron cuando aún lo tenían cautivo? El hecho es que lo dejaron ahí como si nada, simplemente lo drogaron y lo abandonaron. Ahora bien, ¿por qué no sabemos de ella? Los ingleses investigaron la posibilidad de que la sacaran por los accesos del público. Para eso revisaron los videos; todas las entradas cuentan con seis o más cámaras. No hay evidencia de que ella saliera por ninguno de los accesos o las puertas; había una vigilancia muy estricta. Ellos siguen revisando esos videos, pues están conscientes de la posibilidad de que los secuestradores modificaran por completo su vestimenta, y su rostro.

Malva notó que Mark se había recuperado del enfado que le causó que consideraran a Jazz muerta; el hombre no perdía detalle de cada palabra de la detective. Malva lo miró directo a los ojos y continúo:

—Pero esto deja un cabo suelto. Si esto fuera así, ella tendría que haber sido obligada a salir; amagada por alguien mediante algún arma oculta. Los sospechosos directos son los involucrados en la famosa entrevista con América Free y Madonna, pero lo que no coincide, es que los videos muestran a estos sujetos saliendo individualmente sin ninguna compañía. Mire esto: Este es el encargado del equipo de sonido de América Free —le mostró una fotografía de Águila Dorada saliendo con varias cajas y equipo; con unos cargadores asistiéndolo—; y este hombre, que seguro va a coincidir con el hombre que lo drogó —mostró otra fotografía de Looky al salir por otra puerta trasera—. Es él ¿verdad?

—Sí, es él.

—Es poco probable que ella haya salido sola —sin que nadie la obligara—; y menos probable que haya salido con una fisonomía distinta, utilizando una máscara o algo similar. ¿Qué razón tendría ella para esto? ¿Por qué lo haría? Esto cambiaría el panorama por completo, y colocaría a su esposa como sospechosa de un auto secuestro.

—¡No!, eso no es posible —Mark estaba muy molesto—. Ella sería incapaz.

—Lo mismo pensé señor Hammond. ¿Cómo es que ella salió del lugar sin ser vista? La policía revisó todo el lugar butaca por butaca y tampoco encontraron su cuerpo —alejando la posibilidad de un asesinato—. Buscaron por todos los rincones y nada. Disculpe que sea tan dura. En concreto, si este fuera un asesinato... ¿Dónde quedó el cuerpo? ¿Por qué a usted no le hicieron nada? Creo que todo el dinero que usted posee está en sus manos, no en las de Jazz Giraldi. ¿No es así? Para nada estoy de acuerdo con esta conclusión simplista.

—Quitemos los formalismos. Háblame de tú —le pidió Mark.

El quitar los formalismos y el servilismo era necesario, pues la inteligencia de Malva era equiparable al poder de Mark Hammond.

—Me parecen correctos tus análisis —afirmó Mark—, pero entonces, ¿dónde está Jazz?

—En eso estoy. Más tarde tendré algo. Estoy segura.

—Gracias, espero tu llamada.

XXII

El automóvil sacaba polvo tras de sí en una carrera incierta hacia lo desconocido.

—Acelérale Marco, tenemos que llegar en cuatro horas; cuando esté amaneciendo.

—Esto me asusta Alfredo. Deberíamos de ir a la policía y lo sabes...

—A la policía; ¿y qué les decimos? Fíjese mi comandante que descubrimos que hay una construcción alienígena que ayer no estaba aquí en medio del desierto. ¡Nos van a tomar por locos! Aparte traigo la .45 que le bajé a mi abuelo.

—¿Qué? ¿Una pistola...? ¡No la friegues Alfredo! Esto se está saliendo de control. ¿Realmente crees que ahí hay algo raro? ¿Una conspiración de la CIA? ¿Extraterrestres? Aparte, tú nunca has usado un arma. Yo al menos sé pelear. Mi cuerpo es como un arma.

—Te equivocas. Cuando era niño solía ir a cazar... con mi abuelo.

—No sé para qué te estoy haciendo caso. Tengo esposa y dos hijos. No debería estar aquí en una de tus tontas investigaciones sobre los misterios sin resolver que hay en el mundo. Con mis problemas tengo más que suficiente. Lo siento, pero las armas las carga el diablo. Vas solo. Yo aquí me bajo y me regreso en camión; al fin ya vi que si pasan de regreso, aunque sea de vez en cuando.

—¿No me vas a apoyar? —le preguntó Alfredo—, Tú eres el único en que puedo confiar; si no me ayudas, ¿quién lo va a hacer? No seas gacho, acompáñame...

—No seas chillón Alfredo; está bien, te acompaño, pero nada de armas, o me dejas en el siguiente pueblo.

—Tú ganas —sacó la pistola de la parte de atrás de su cinturón y la guardó en la guantera.

Entre tanto en México, en la oficina de los krítalos, Thymoty intentaba ponerse al tanto con lo que debería hacer Roda. Estaba decidido a resolver el problema y trataba de asegurarse que Roda no se equivocara, porque aunque era muy diestro en el manejo de las computadoras, y un experto en programar a los enrutadores, era descuidado —por no decir bruto—, y hacía las cosas muy a menudo sin analizar a fondo sus acciones.

—¿Qué tienes hasta ahora Roda? Date prisa.

—¿Por qué me llamas desde un celular? Traigo puesto el kritocom —a estas alturas los tres krítalos ya habían olvidado todas las formalidades entre rangos y se tuteaban; los tres actuaban como viles criminales, y las órdenes de saludo y distinción de jerarquías eran ahora lo que menos les importaba.

—Es muy simple Roda. El manual de operaciones en casos de desastre dice: "Utilizar medios de comunicación terrestre. Evitar cualquier sospecha. Comportarse más humano que cualquier humano." Por favor quítate el kritocom. Tengo aquí la imagen de Serchy y la tuya en la Futuram. Las grapas de vigilancia interna que nos colocaron antes de partir a la misión siguen funcionando.

—Olvidaba eso Thymoty. ¿Qué tal me veo en tus imágenes?, Ja, ja… ¿Soy tan apuesto como en persona?

—Déjate de estupideces terrícolas. Veo que estás por entrar a esa junta de investigación policial. No creo que estos tipos con todo y su Scotland Yard tengan una pista correcta. Sugiero que ofrezcas ayuda en sus centros de cómputo. No en las computadoras de la policía española, sino en los de la Interpol. La historia es que estuviste involucrado en la elaboración de los nuevos programas de localización de personas desaparecidas y que actualmente se están probando con el FBI en los Estados Unidos. Tu nueva identidad es la del agente que desaparecimos hace tres semanas. Su cuerpo succionado aún se encuentra en la base de recopilación de crystabita de los Pirineos. Espero que hayas estudiado los documentos que te proyecté durante el viaje. Necesitamos que encuentres cómo se escaparon con Jazz, y en especial quiero que averigües quién los está ayudando; las próximas horas son vitales…

—De acuerdo Thymoty, ya nos están llamando para la junta.

—En cuanto puedas márcame por el celular para darme los datos que encuentres…

La reunión estaba presidida por los dos ingleses. Roda se hizo pasar sin problemas por aquel agente especial del FBI; la coartada fue que el gobierno americano lo había enviado como un gesto de cooperación. La sala estaba a reventar, con más de cuarenta personas en ella.

—¡Señores! —dijo Charles—. Estamos investigando una a una las imágenes de todas las personas que salieron del país, justo después de que terminó el concierto, pero no tenemos nada aún, y tenemos un grupo investigando en todas las fronteras de España.

—Señor —dijo Roda alzando la mano—. Soy el investigador especial John Dewey, de la comisión de desarrollo cibernético y agregado legal del FBI, yo puedo agilizar la investigación, solo necesito acceso a la red de Interpol y la CIA. Les muestro mis credenciales —Thymoty se aseguró que Roda y Serchy llevaran suficientes documentos falsos y subidos a la red, para viajar sin problemas un año por el mundo con un sinfín de personalidades.

—Randy —ordenó Charles—, por favor primero confirma su identidad y entonces dale luz verde.

La reunión prosiguió con Charles dando instrucciones a todos sobre la investigación, mientras Roda, ya confirmado como el agente John Dewey, buscaba a mil por hora en los documentos de las redes confidenciales.

La mañana estaba fría y húmeda. Mark no había podido dormir bien desde el día en que despertara en aquella oficina. Se levantó con una resaca de cansancio acumulado. Sus manos temblaban y su cuerpo no respondía a sus mandatos. Deambuló como un zombi en su suite. De pronto escuchó un ruido de alarma, pero no podía identificar de donde venía, ni qué lo originaba. Se talló los ojos y la cara, como si esto ayudara a devolverle su agilidad mental. Caminó en busca del sonido, y al fin reconoció que era su celular, y recordó en ese instante, que era el sonido que él mismo había programado para saber que era Malva; aceleró su paso hasta dar con el teléfono y lo tomó con prisa:

—¡Dime Malva! ¿Qué tienes? —la falta de agilidad y la somnolencia se habían esfumado como cosa de magia.

—Una pista fuerte y firme —contestó Malva.

—¿Cuál es? Dime.

—Te recomiendo que tomes un avión de inmediato hacia Nueva

York. Tengo razones para creer que tu esposa está camino a Phoenix, vía Nueva York

—¿Estás segura de lo que dices?

—Como que me llaman el Martillo.

—Malva, tengo un jet privado. Dirígete al aeropuerto. Una de mis asistentes te esperará en la entrada del bar BBK. ¿Puedes estar ahí en una hora?

—Voy para allá.

—Trae tus cosas, porque vienes conmigo.

Más tarde, Malva subía al jet acompañada por dos mujeres; la guiaron hasta una sala en el interior del avión, en donde ya se encontraba Mark; luciendo impecable, con un puro veracruzano encendido y una copa en la mano; se veía tan fresco como una lechuga. Las noticias de Malva le habían subido el ánimo a tales alturas, que las trasnochadas, y la ansiedad, junto con todos sus miedos, se habían evaporado por completo.

—Malva, ¿te gustan los puros? Ponte cómoda.

—No gracias —se sentó y preguntó—: ¿Podrían darme un buen desayuno? …o cena; traigo los horarios hechos un lío, y con las prisas, se me pasó tomar algo.

—Por supuesto —Mark alzó la mano. Una de las asistentes se acercó—. Por favor ofrézcale una buena comida —la asistente asintió con la cabeza y le entregó a Malva un elegante menú.

—Gracias.

—Malva, ahora explícame… ¿Cómo es que tienes la seguridad de que Jazz viajó para Phoenix vía Nueva York?

—Te explico. Scotland Yard y sus agentes creen que tú eras el objetivo, pero que abortaron la misión por algo que salió mal con Jazz. Siguen creyéndola muerta. Tienen la teoría de que sacaron su cuerpo en una de las cajas del equipo de América Free. La razón para estas nuevas afirmaciones, tiene su raíz en una nueva declaración que apenas fue recibida por uno de los agentes; un empleado de mantenimiento del lugar declaró, que había sido testigo de la salida sospechosa del productor americano. El nombre que usó el tipo es Edward Lans. El empleado —un hombre llamado Roberto Rueda—, afirmó que, durante el concierto, caminaba haciendo su ronda de trabajo, cuando intentó entrar a revisar la oficina —la misma donde te drogaron Mark—, la puerta estaba cerrada por dentro, así que tocó y salió Edward Lans, que le dijo muy enérgico «Nadie puede entrar a esta oficina. No toque usted la puerta, y mucho menos entre a este lugar. Aquí estará descansando en un rato un alto ejecutivo y no debe ser molestado. Aquí no sucede nada.» Dijo que se quedó extrañado, rondando por ahí, y que al poco rato de terminar el concierto, vio salir al tal Edward Lans sumamente nervioso, volteando a todos lados. Lo vio alejarse a paso muy rápido. Estuvo a punto de ir a notificar que algo raro ocurría en el lugar.

—¿Y por qué no lo hizo?

—Cuando se le preguntó, solo dijo que en esos momentos había recibido una llamada de emergencia de su hija, por un accidente vial con la mamá involucrada. Su declaración fue confirmada. Apenas rindió cuentas hace unas horas; el tipo estaba atendiendo a su esposa en un hospital.

—Te entiendo Malva, pero esto no me dice por qué estás tan segura de que Jazz va para Phoenix.

—Sé que va para allá, más no sé para qué va a ese lugar. Tanto la policía como la Interpol, así como Scotland Yard, y las demás agencias, están perdidos en una cortina de humo, pero en su averiguación, hay una cosa en la que concuerdo con ellos: A Jazz la sacaron en una caja grande de color negro. En lo que no coincido, es en que afirman que los secuestradores se deshicieron del cuerpo, mientras se escabullían por ahí usando algún avión. Estoy segura que no tomaron ningún vuelo; ya que los implicados sabían que esto sería lo primero que se investigaría. En efecto, Jazz salió en una de las cajas del equipo, pero se la llevaron en un vehículo, por tierra. La transportaron hasta la frontera con Portugal. En la travesía no fueron detectados en ningún lugar, pero hubo un error en sus planes. Cuando pasaron de España a Portugal, lo hicieron a través del tramo de una vía de ferrocarril abandonada, en la región de la Barca de Alba, para evitar un puesto de revisión de contenedores. Usaron una red ferroviaria que se construyó alrededor de 1880. La cerraron en 1985, y desde entonces no transitan trenes por ella; la utilizan los turistas que caminan por ahí para contemplar el paisaje, que es espectacular.

¿Dices que la llevaron a Portugal?

—Aquí viene lo bueno Mark. Incidentalmente, cuando ellos atravesaron por la vía abandonada, un turista ecológico tomó una fotografía. ¿Quién sale en la fotografía? Un solo hombre con un equipo especial. Al pasar por la caseta de mantenimiento de la vía lo detuvieron, diciéndole que el camino solo estaba abierto para caminantes. Él mostró documentos, con los sellos y autorizaciones de ambos países. La razón de su paso con equipo: Un estudio de reconocimiento de la red ferroviaria para estimar los costos de restauración de los rieles. Este argumento, falso, está fundamentado en los intereses verdaderos de muchos portugueses y españoles, que desde tiempo atrás, exigían a sus gobiernos volver a poner a funcionar un nuevo tren por estas vías, y así fomentar más el turismo; pero aquí viene lo mejor Mark. ¿Cuál era el equipo especial? Una caja negra con ruedas para rieles, diseñada para ser manipulada por una sola persona. ¿Qué hay con esa caja? Es la misma que saliera de la sala de conciertos con este hombre —Malva le mostró una de las fotografías tomada después del concierto, en donde un tipo parecido al de la otra foto, sacaba la caja negra junto con más equipo—. Y ahora mira con detenimiento, es el mismo hombre; y como sus rasgos son de un auténtico nativo americano, lo hemos apodado, "El indio." Él fue el responsable para cruzar a Jazz hacia Portugal.

—¿Y cómo estás segura de esto?

—¿Has escuchado el dicho: Más vale suerte que dinero? Toma, ve esto —ella le colocó un periódico en la mano—. Hace unas horas, cuando te hablé, estaba yo a punto de tomar un café, había un periódico al lado del mostrador, lo abrí y vi esta fotografía. Mírala. ¡Oh sorpresa! Es la misma caja negra fotografiada en el concierto, pero ahora tiene estas cosas, como motores eléctricos, y unas ruedas adaptadas. Date cuenta… Las cajas son iguales… —Malva le enseñaba ambas fotografías—. Si observas a detalle la fotografía, verás, que el hombre tiene los mismos rasgos físicos, y aunque en la foto no podemos ver por completo su cara —pues él pudo cambiar algo de su rostro para no ser identificado—; su estatura y complexión, son idénticas al del hombre que sacó la caja del concierto. El turista que tomó la foto, resultó ser un activista que elaboró este artículo y lo mando al periódico —es evidente que el indio no notó cuando le tomaron la fotografía—. Ahí se menciona, que por fin los gobiernos están tomando en cuenta las miles de peticiones de renovación de la línea internacional del ferrocarril.

—¡Más vale suerte que dinero! —Mark esbozaba al fin una sonrisa—. ¿Y cómo sabes que van a Phoenix?

—Eso fue muy simple. Le pedí a un amigo que investigara en los vuelos y encontrara el destino de este hombre con la enorme caja. El indio viajó con el nombre de Jim Tuco.

—¿Tienes los datos del vuelo que tomaron?

—Sí, pero a estas alturas ellos ya deben de haber llegado. Su destino era Phoenix con escala en New York.

—Pero como explicas que pudieran pasar las inspecciones en las terminales aéreas. Ahí se darían cuenta del contenido en la caja.

—Eso no lo sé aún, pero lo averiguaremos. Es obvio que usaron algún truco para engañarlos.

—Pero dime Malva, entonces tú crees que esté viva, ¿verdad?

—Por supuesto. ¿Para qué un hombre va a cargar con un cuerpo sin vida por varios países? ¿Acaso eso tendría algún sentido?

—Bueno —Mark afirmó animado—… Vamos a Phoenix.

—Espera un segundo, aunque creo que van a Phoenix, necesitamos parar primero en Nueva York para seguir el rastro. También existe la posibilidad de que pudieran haberse quedado en Nueva York solo para despistar. Vamos a verificar primero.

—De acuerdo.

—Creo que sería el momento de que informes a la comisión de investigación, para que ellos hagan una investigación tanto en Phoenix como Nueva York. Ellos pueden usar las redes de informática de la CIA y el FBI.

—¡No Malva! Hay una razón que no puedo revelar al cuerpo policial. Prefiero que tú y yo sigamos el asunto solos, creo que hemos avanzado más sin ellos, esto puede tomar un giro de noticias escandalosas que no me gusta. Hoy en el periódico principal de Barcelona apareció una nota amarillista diciendo que "un millonario norteamericano había perdido a su mujer."

—Sé que todos los millonarios son tarde o temprano acosados por la prensa. Ya deberías de estar acostumbrado a estas cosas, ¿no crees? —expresó Malva sin temor a que Mark la despidiera.

—Malva, no me equivoqué en contratarte. Me dices las cosas sin miedo a mi reacción. No tengo personas que me puedan confrontar y decirme lo que piensan a la cara. Te lo agradezco. Mira, no me gusta el giro que los investigadores han dado, pero no quiero decirles que suspendan su trabajo. Un grupo de ellos revisaron mis cuentas sin que yo supiera, y…

—¿Qué? ¿Acaso estás involucrado en algo ilegal?

—No Malva. La razón por la que te contraté, está en esta nota que me llegó de Jazz; la encontré en mis e-mails cuando ya había movido mar y tierra, involucrando a todo el mundo, incluyendo al Scotland Yard —él le entregó a Malva el e-mail impreso. Malva desdobló el papel y lo leyó:

> Mark, no tengo palabras para explicarte mi ausencia. Sé que me pediste una oportunidad, a la cual con gusto accedí, y así pues, me quedé; porque era lo mínimo que podía hacer ante tus palabras. Eres y serás siempre un hombre excepcional. Aún pienso que no hubiéramos tenido éxito en este matrimonio; el fracaso no fue por ti, lo más seguro es que fuera por mí; no puedo quitarme de encima un viejo amor turbulento y sin sentido; más ahora no te dejo porque esté rompiendo mi promesa, sino porque algo aún más importante está en juego. Los hombres y mujeres de este mundo deben tener una oportunidad mejor; y aunque la Tierra y sus famosas guerras, tanto físicas como las de poder han durado el total de su existencia; no son los políticos, ni los avaros los que en este momento la amenazan, sino una fuerza que podría dejarnos seca la consciencia. Si piensas que estoy loca después de leer esto, te entenderé, y no te reprocharé nada en absoluto. Lo único que espero es poder cumplir con una misión secreta que parece una locura, y no tengo tiempo de explicarte, aunque dudo que me creyeras. Espero que tengamos una segunda oportunidad de vernos; no sé cuándo esto será, ni si algún día ocurrirá; por lo que te pido que tramites nuestro divorcio por abandono de hogar. Así por lo menos me quedará el consuelo de que podrás tener una oportunidad de encontrar a una mujer que de verdad te pueda corresponder; como la gran persona que eres, si la amenaza de la que te hablo aún nos lo permite. No mires atrás, y hazlo. De este modo me quedaré tranquila, y tú tendrás también, esa oportunidad para encontrar esa dulzura magnética, que únicamente podemos descubrir en el amor incondicional. Gracias por todo, Jazz Giraldi

XXIII

Era una mañana sofocante en el pueblo True Road, cuando una hermosa joven empezó a hacer de las suyas...

—Yo invito —dijo la despampanante rubia—. Pidan las cervezas que gusten, hip... —mientras que dos meseras servían un par de jarras de cerveza.

Varios hombres más se acercaron a la mesa —que ya estaba al tope—, cuando un tipo bien parecido entró al bar —era alto, de pelo negro y con pómulos prominentes—, tomó asiento en la barra y ordenó al encargado:

—Un whisky en las rocas. —Al momento de pagar, con la punta de su dedo tocó en la muñeca al cantinero, que se quedó un segundo sin decir palabra. Después, como si nada hubiera pasado, fue por el trago del tipo.

Su vaso se deslizó hasta él en cosa de segundos, mientras otros dos camioneros entraban al bar atraídos por el jaleo, que se escuchaba desde afuera.

—Oye, tú, ¿quién es esa loca? —preguntó con un énfasis especial el serio y mal encarado hombre, después de dar el primer trago de whisky. El cantinero se le quedó mirando por un instante y le contestó:

—Es Eva Jones. Su padre acaba de encontrar un filón de oro, donde muchos lo habían estado buscando sin éxito.

—Escucha, ella es mi hermana y esta conversación no tiene importancia. ¿Estamos? —El cantinero asintió sonriendo como tonto.

Eva subió más la voz y dijo:

—Hay que celebrar. Somos ricos… —hizo un movimiento repentino y se subió a la mesa, entonces empezó a bailar—. Suban el volumen. Tenemos que celebrar.

La música envolvía a la atractiva chica que bailaba moviendo las caderas y eso se convertía, más que una celebración, en un baile exótico. Los camineros y parroquianos empezaron a aplaudir de inmediato; estaban eufóricos. Eva sacudió su larga cabellera y sus movimientos se tornaron más irregulares —pues el alcohol ya empezaba a hacer su clásico efecto—. Se quitó entonces la blusa, para aventarla lejos de ella. El grupo de hombres ya se encontraba enloquecido. Algunos de ellos —dos camioneros, que desde hacía tiempo ya deberían de haber estado en su ruta, estaban perdidos de borrachos, tanto o más que Eva—, tres más —todos ellos empleados del pueblo—, se habían reportado enfermos para poder seguir en el improvisado festejo, y otros, simplemente habían olvidado por completo sus deberes. El hecho era que, el Bar Goldy, se abarrotaba de hombres con deseos de diversión, y en cosa de minutos el lugar estaba a reventar.

Eva siguió bailando —pero ahora fue evidente que la joven había empezado a perder el equilibrio.

—Otra ronda… pa… para… to… dos…

El único hombre que aún permanecía sentado en la barra terminó su whisky, y con rapidez se acercó a la mesa del show, se abrió paso empujando a los borrachos y cargó a Eva con toda rapidez.

—Gra… gracias guapo —dijo ella sujetándose de su cuello—. ¿Có… cómo te llamas? —alcanzó a decir en un susurro.

—Soy Steve.

—¡Oiga amigo!, ¿qué hace? —gritó un hombre encolerizado.

—Es mi hermana —inventó Steve, mientras la sacaba del lugar. La subió en un Jeep y se la llevó al hotel Buena Aventura. Ya en el cuarto la recostó en la cama, después él entró al baño, abrió su celular y marcó.

—Hola… Ya estoy instalado en el lugar.

—Vaya, al fin… ¿Ya entraste a la base? —preguntó Thymoty

—Aún no. Estoy a unas horas de hacerlo. Tengo que preparar todo.

—¡Date prisa! Nuestro pellejo depende de lo que hagas ahora.

Necesitamos que encuentres a Jazz. Estoy ciego en esa zona. La Futuram no funciona en toda la zona 51. De ser posible márcame en dos horas y me das un informe detallado… No gastes más tiempo en planes. Hay que moverse con mucha rapidez.

—Sé lo que hago Thymoty, fui entrenado para rastrear, infiltrar, y controlar cualquier situación fuera de control.

—De acuerdo Serchy, pero… Date prisa. ¿A qué hora entras a la zona 51?

—Thymoty, ya te dije que sé lo que hago; estoy preparando la forma de entrada a la zona. ¿Recuerdas el procedimiento? —la señal se perdió por un par de segundos—. Hola, hola… ¿me escuchas? ¡Diablos! No estoy muy acostumbrado a comunicarme con estos aparatos rudimentarios, ¡ah, qué porquería de celulares!

La comunicación se reestableció.

—Deja de quejarte Serchy. ¿En cuánto tiempo estimas que estarás en la zona? ¡Tenemos que actuar ya!

—Estaré allá en cosa de dos o tres horas; déjame en paz; es mi vida la que está en riesgo. No sé qué tanto veneno de risky esté presente en el ambiente de la base abandonada.

—Eso fue hace mucho; no debe existir rastro alguno; los terrícolas sacaron todo el uranio y de seguro se lo llevaron sin darse cuenta. ¡Tú apúrate…!

Ya había pasado mucho tiempo desde la última transmisión interceptada por Oso Grande en el kritocom.

—Perdimos la recepción de sus comunicaciones —dijo Oso Grande—. Esto quiere decir que los krítalos entraron en estado de emergencia. Tenemos que actuar con mucha cautela.

—¿Qué quieres decir? —contestó Tim, mientras tenía un presentimiento de que otro peligro lo acechaba.

—Parte de los procedimientos de seguridad de los krítalos es suspender el uso del kritocom cuando hay alguna sospecha de que los humanos podamos descubrirlos. Voy al pueblo. Necesito información directa. Si para mañana no te llamo, trata de comunicarte con Águila Dorada y cambia el lugar de recepción de Jazz. Aquí te dejo las claves de la conversación. Todo lo que hablen tiene que estar codificado para confundir a cualquiera que nos estuviera escuchando y que no haya manera de localizarnos. Usa este teléfono. Es una línea que tiene un enlace con Nueva York a través de ocho estados de la Unión Americana; la probé antes de empezar toda la operación. La pusimos como un último recurso para un enlace de emergencia; en caso de un retraso, y en estos momentos estamos en medio de uno grave. Antes de que tu llegaras les entregué a Looky, Águila Dorada y a América los códigos y claves de comunicación. Por seguridad, solo podremos usar la línea una sola vez. Se suponía que en caso de emergencia yo les hablaría, pero sospecho que algo malo pasa en el pueblo y no es conveniente que tú vayas; iré yo; no podemos permanecer con los ojos cerrados. Ah Tim, el tiempo de tu llamada no deberá exceder los tres minutos, ¿comprendes?, y mira este mapa. En este costado del pico Bangs hay un refugio que no es visible. Indícales que se dirijan ahí, usando las palabras clave que están en este papel.

—De acuerdo, pero…

—No tenemos tiempo. Me voy. Solo estúdialo.

Serchy había tenido tiempo suficiente para preparar a Eva. Primero hizo que volviera el estómago, luego, la dejó descansar poco más de una hora, para suministrarle un brebaje hipnótico a falta de una grapa; después de un rato la substancia comenzó a tener efecto y la chica empezó a acariciar la mano de Serchy; ella no le apartaba la mirada —como cuando un gato se encuentra poseído ante un pequeño reflejo—. En este punto él empezó a darle las órdenes verbales. Serchy —quien era un krítalo experto en programación humana— había captado en un instante —cuando observó el seductor baile ocurrido horas antes— la relevante inclinación de las emociones de la chica, y ahora empezaba a usar esto para atar y manipular la mente de la alocada hembra a su antojo:

—Eva. Eres adorable. Tu padre me pidió que fuera por ti, le urge verte; sin ti no podrá lograr su cometido. ¿Comprendes qué tanto te necesita?

—Sí… —dijo ella débilmente.

—Él encontró un lugar secreto, donde hay más oro del que alguna vez podrías imaginar. Necesito que me acompañes y sigas mis instrucciones para ayudarlo; pues teme que unos militares de la zona le arrebaten lo que es suyo. Desde ahora todo lo que te diga será de vital importancia para él, tú sabes que él te necesita. Cada cosa que te pida la harás sin pensar en ello…

Eva, con la mirada fija solo asentía con la cabeza.

—Vamos…, tenemos que irnos —le ordenó Serchy—. Entra al baño y arréglate el cabello.

Serchy se quedó pensativo sentado al borde de la cama: *¡Que no daría por estar en Crystalia en este mismo momento!* De pronto un golpe seco se escuchó en el baño. Serchy se levantó alarmado y abrió la puerta, Eva estaba tirada en el piso en medio de un ataque de convulsiones; la levantó con dificultad debido a los movimientos erráticos y la colocó otra vez sobre la cama.

—¿Qué te ocurre?, ¿qué te ocurre? —le preguntaba, mientras ella convulsionaba y se quejaba una y otra vez; un poco de baba se le escurría por la boca.

Serchy buscó en los bolsillos de su chaqueta hasta que encontró un pequeño objeto brillante con tonos azules; lo colocó en el cuello de la chica, y el aparato de inmediato le indicó unos números y letras ilegibles para los humanos.

—¡Gruaca…! —gritó de un golpe—. Es una baja de azúcar con desorden orgánico por beber tanto alcohol. ¡Con el poco tiempo que tengo para estas tonterías! —Serchy saco de inmediato su maletín, donde tenía una especie de jeringa, dentro de la que claramente se observaban, nadando en una sustancia espesa color fluorescente, algo como unos pequeños bichos. Serchy rápidamente la inyectó en el brazo observando cómo se movían los diminutos corpúsculos. Abrió de un golpe el refrigerador, sacó una lata de soda y le dio a beber unos sorbos.

Eva empezó a reaccionar. Sus espasmos musculares habían desaparecido, pero quedó como un hilacho, y se durmió sin remedio. El krítalo salió de la habitación y caminó hacia afuera del hotel.

No tengo tiempo para buscar a otra presa —concluyó el krítalo con frialdad, mientras caminaba para comprar algo de comida y reconfortarla—. *Tengo que resolver esto. No me quedan más opciones. ¡Ninguna mujer de este pueblo de mierda vale para nada! Para entrar necesito a una hembra muy atractiva, y ésta tiene el perfil correcto...* —así, con el entrecejo bien marcado, el seudohumano entró a la única pizzería del pueblo. A ojos del dependiente, el hombre se mostró tan frío como un témpano de hielo, mientras dentro de él se ocultaba una determinación irreflexiva para lograr su siniestro plan.

XXIV

La tienda estaba tan callada como una tumba cuando el hopi entró.
—Buenas tardes joven... —saludó Oso Grande a un delgado muchacho que estaba al borde del mostrador—. ¿Y dónde está el dueño? Tengo que hablar con él.
—Salió de vacaciones.
—¿Cómo? Si él en su vida ha salido de este almacén.
—Eso dicen señor, pero escuché que lo llamaron desde Texas; un familiar que le avisó sobre una herencia que tenía que reclamar, y se fue.
—¡Ay caray!, nos olvidamos que todos hemos tenido madre y padre, y siempre hay una familia... Bueno jovencito, ¿tú conoces a todas las personas del pueblo?
—Sí... También sé quién es usted. Usted es —y dijo algo parecido a Jhoonaw Tasikpu, lo que quiere decir oso de bronce o café, pero era sabido que a él no le gustaban los apodos—. ¡Perdón!, digo... Usted es Oso Grande.
El muchacho con la cara enrojecida de vergüenza tomó una pausa y continuó:
—Conozco a todos. ¿A quién busca?
El joven había nacido en la casa de al lado del almacén y había visto a todos los que entraban y salían cada día. Sabía quién había encontrado oro; quien había muerto en el desierto, ya fuera por la picadura de una serpiente de cascabel o por pleitos de dinero; y conocía al dedillo la historia de aquel holandés al que se lo había tragado el desierto.

Oso Grande miró hacia los lados tratando hallar una pista de los krítalos en el lugar. *¿Dónde estarán? ¡Desgraciados!* —pensó.

—¿Qué necesita? —preguntó el joven— ¿Quiere que le encuentre la moneda que suele desaparecer de su mano?

La declaración del joven dejó a Oso Grande con la boca bien abierta; en un instante se había dado cuenta qué tanto había envejecido. Intentó recordar el nombre del muchacho, pero solo recuperó la imagen de la madre con el mocoso jalándole el delantal, y ese juego que solían jugar, en el que desaparecía una moneda de su mano para aparecerla en la oreja del niño.

—De acuerdo jovencito, me doy cuenta que estás al tanto de todo. Dime, ¿En la última semana has visto a algún desconocido? ¿Alguien nuevo en busca de tesoros o algo así?

—Sí señor, hoy vino un tipo mal encarado… pero no sé si sea un buscador de oro.

—¿Cómo?

—Sí, nunca vi algo así.

—Explícate muchacho. ¿A qué te refieres?

—Pues mire…, los buscadores de oro siempre preguntan por el equipo necesario.

—Eso no es siempre verdad. Él pudo tener equipo y no querer comprar más —afirmó Oso Grande.

—Puede ser, pero desde niño he visto también que los buscadores de oro siempre tratan de sacar provecho del tendero, preguntan por los lugares recién descubiertos, las minas abiertas, y llegan al grado de ofrecer buen dinero por información privilegiada. Este no preguntó nada de eso.

—Puedes estar equivocado, hay hombres muy callados. No quieren levantar sospechas por si encuentran algo.

—Mire Oso Grande, el hombre compró unos binoculares, sombrero, botas, y unos lentes para el sol; después me preguntó por el paradero del hombre que llegó de México. ¿Sabe a quién me refiero?

—Por supuesto… al hombre que trabajó de lavaplatos, pero, ¿estás seguro que se refería a él?

—El señor me lo describió, argumentando que él era su socio.

Oso Grande se quedó frio; aquí estaba la pista que buscaba.

—Y que le dijiste muchacho, ¿tú sabes dónde está el señor Tim?

—Oso Grande, él se fue con usted para la zona prohibida, la de la base militar.

—¿Cómo? ¿Quién te…? Jenny o…

Oso Grande lo miró muy sorprendido e intrigado; al parecer había fugas de información.

—Dime jovencito. ¿Quién te dijo esto?

—No puedo decirle…

—Está bien, se ve que eres muy avispado. ¿Qué le dijiste al señor?

—Nada, le dije que no sabía nada.

Oso Grande sonrió. Su percepción del joven era la correcta. El chico no era un boca floja.

—De acuerdo… ¿Hace cuánto tiempo que pasó esto?

—Hoy, cuando abrí, a las ocho más o menos.

Oso Grande salió con paso firme del almacén sin decir palabra, y cuando estuvo en la puerta volteó a ver al joven y le mantuvo la mirada en forma de reconocimiento. En ese acto, el joven sintió por primera vez —con mucho orgullo—, que se había convertido en un hombre importante de verdad.

XXV

Oso Grande llegó al bar Goldy en busca de algún indicio de lo que los krítalos tramaban. Sabía que el lugar era uno de los más populares del pueblo, donde cualquier suceso, relevante o no, se ventilaba con sorprendente velocidad. *¿Escucharía alguien del tipo que buscaba a Tim?* Este hombre —de ser un krítalo cómo sospechaba—, ya le llevaba varias horas de ventaja, así es que más le valía moverse rápido.

La multitud de hombres que horas antes acompañaran a Eva se había dispersado y solo quedaban dos pequeños grupos aislados; uno con dos borrachos —justo en la entrada—, y otro con tres asiduos a un lado de la barra.

—¿Qué novedades me cuentas Bob? —le preguntó al cantinero.

—Una buena mañana para mí, Jhoonaw Tasikpu —le contestó de forma familiar—, pero cuídate de que algún borracho estrelle su troca contigo; medio pueblo estuvo bebiendo aquí.

—Ah, ¿sí…? ¿Y qué festejaban para tomar tan temprano?

—¿Te acuerdas de esa niña que siempre andaba por ahí toda chamagosa que siempre se escondía atrás de su papá, y que le gustaba hacer agujeros por todos lados? Eva…

—¡Como no me voy a acordar!, si estuve ahí cuando su madre dio a luz en medio del desierto, mientras el padre estaba ocupado en una mina de pirita, diciendo a los cuatro vientos que había encontrado oro, ¡pobre tonto!

—Pues la niña ha crecido y se ha puesto como un bombón. Armó un buen jaleo aquí, bailando encima de una mesa mientras se quitaba la ropa; y de no ser por su hermano que la sacó del lugar, esto hubiera terminado en violación, y de seguro conmigo arrestado por ser el dueño de un antro del vicio; pero... no tiene importancia... ¿te digo algo? Qué buena cantidad de dinero se movió en cosa de una hora.

Esto es lo que yo buscaba —pensó Oso Grande.

—¿Qué dices? ¡Eva no tiene hermanos...! Su madre murió un año después de que naciera. Su padre es todo lo que ella tiene. ¿Hace cuánto que se la llevó el embustero ese?

—No lo sé. ¡Cálmate!, Qué tal que si tiene un medio hermano. Se fueron hace...

Oso Grande hizo sus cálculos y teniendo en cuenta la hora y lo sucedido, le preguntó:

—¿Cómo unas cinco horas?

—Sí, cómo cinco —confirmó Bob.

—¿Sabes para dónde se fueron?

—No. ¿De verdad crees que esté en problemas? ¿Y si es su amante y se hizo pasar por su hermano?

—¡No!, no lo creo. Dime Bob, ¿cómo era ese tipo?

—Mira, con el lío que se armó, no me fijé mucho en él. Un poco pedante... Creo que se parecía a uno de esos tipos árabes altos de pelo negro, lo que sí recuerdo, es que tenía una pinta imponente, tanto así, que se la llevó y hubo poca oposición.

—Bob, voy al hotel Buena Aventura, de seguro el tipo se alojó ahí.

Oso Grande caminó a paso rápido hacia la puerta, volteó antes de salir, y mirando a Bob directamente le dijo:

—Avísame de inmediato en caso de que el tipo se aparezca otra vez por aquí.

Caminó hacia el hotel que se encontraba a una cuadra del bar, y con la mirada fija en el edificio, meditó sobre la posibilidad de estar cometiendo un error: *¿Y si el forastero resultara ser solamente un simple hombre enamorado?* No tuvo el tiempo suficiente para analizar la situación, pues su mirada se topó con el hombre descrito por Bob. Él se encontraba caminado hacia el hotel al otro lado de la calle. Una vibración extraña atravesó el cuerpo de Oso Grade, y justo después una onda de calor hizo lo mismo —recibió una sensación anómala; parecía una sacudida de aire ardiente golpeando a un hombre moribundo en el desierto—. Todo transcurrió en fracciones de segundo. El individuo traía una caja de pizza en sus manos y una bolsa transparente con dos latas de refresco bajo unos cubos de hielo. Cuando Oso Grande llegó a la puerta del hotel, el otro hombre se encontraba a su lado; los dos intercambiaron miradas —que bien podrían haber sido dagas afiladas—. Oso Grande se detuvo y el tipo entró delante de él, para después subir las escaleras y perderse de vista. El indio caminó sigiloso hasta la recepción y preguntó:

—Hola Mary, ¿recuerdas a Eva, la hija del ermitaño?

—Ah sí, entró con un nuevo amorcito —contestó soltando una risita burlona—; se encontraba, supongo… perdida de borracha.

—¿Y conoces al fulano?

—¿Qué dices Jhoonaw?, el galán acaba de entrar adelante de ti.

—¿Sabes cómo se llama?

Ella abrió el libro de registro, manoseó un par de páginas buscando el nombre y entonces agregó—: Se registró como Steve More. ¿Qué acaso no lo viste?

—Claro que lo vi. ¿En qué cuarto están registrados?

—¿No irás a hacer una escena verdad? —preguntó Mary casi en forma de reproche, recordando que un año atrás, una balacera provocara que el pequeño hotel se cerrara por un mes y esto la había dejado sin trabajo esos días.

—Pierde cuidado Mary, solo quiero ver que Eva esté bien. Necesito conocer a su pareja. ¿Recuerdas aquel lío cuando llegaron unos timadores hace dos años, y como robaron a nuestra gente haciéndose pasar por mineros?

—Sí, no me digas que regresaron.

—No, esto es peor. Dime, ¿en qué cuarto se encuentran?

—En el 35, pero te ruego… —la mujer se quedó hablando sola, pues Oso Grande se encaminó hacia la habitación, y cuando estaba a unos pasos se detuvo, metió la mano en la bolsa del chaleco y tocó con sus dedos un arma diminuta; una pistola adaptada para usarse sin sacar la mano del chaleco.

Él estaba decidido a levantar la cortina de la incertidumbre. Tocó a la puerta, y escuchó una voz que lo hizo estremecerse.

—¿Qué desean…? Por favor no molesten, ¿acaso no ven el letrero?, ¿qué no saben leer?

Al escuchar estas palabras, Oso Grande se dio cuenta que un cartón colgaba del picaporte, que dictaba: "No molestar." Aun así, él insistió:

—Es importante señor. ¿Se encuentra Eva?

Pasaron unos segundos; al indio le sudaban las manos y su pulso se aceleraba; se escucharon pasos.

La puerta se abrió y el hombre que había visto minutos antes se paró ante él.

—¿Qué no fui claro y preciso al decir que no queremos que nos molesten? ¿Cuál es la prisa? —dijo desafiante, mientras su mente trataba de adivinar quién era este tipo: *¿Por qué buscaban a Eva...? ¿O lo buscaba a él?*

—Vengo de parte del padre de Eva; la quiere ver. ¿Ella está con usted, verdad?

Serchy, al verse comprometido por la respuesta, bajó un poco su tono de voz, y decidió cambiar la estrategia:

—Está descansando, y si usted quiere algo con ella tendrá que hablar conmigo y explicarme qué sucede.

No entiendo, si es un krítalo para que quiere a una jovencita; no estoy seguro... Necesito verlo cara a cara —pensó Oso Grande e insistió—: Su padre se puso mal de salud y la necesita.

—Le entiendo, pero ella tomó demasiado y apenas se está recuperando. Qué, ¿el padre está moribundo?

—No sé qué tan delicado es su estado, pero es importante que ella lo vea. El padre se encuentra en mi casa, pero ahora explíqueme usted. ¿Por qué se encuentra aquí en su cuarto? En el bar me dijeron que su hermano se la había llevado, pero ella...

Serchy había adivinado que no tenía hermanos antes de que Oso Grande terminara de hablar y lo interrumpió:

—Soy su novio, Steve More. Deme la dirección. En unos momentos iremos para allá; déjeme avisarle.

Oso Grande se quedó inquieto. *¿En verdad será este hombre su novio?* —la duda cruzó como un relámpago por su mente—. *No lo creo, pero sigamos el juego.*

—Mi casa es la que está pintada de amarillo y blanco, la ubicará enfrente de la tabaquería. No hay otra igual. Los espero ahí.

—De acuerdo, deme un rato para que se sienta mejor y podamos ir —dijo el krítalo al cerrar la puerta.

Oso Grande se fue caminando hacia su casa pensando en cómo abordaría el asunto. Al llegar, abrió el guardarropa y sacó una pistola que acomodó debajo de un cojín de la sala —y con la de su chaleco, ahora estaba preparado con dos armas—. Se sentó a esperar. Sabía que tenía que correr el riesgo de cometer una equivocación, en cuyo caso se disculparía mostrando todo el esplendor de su cara color bronce, muy serio y apenado.

Habían pasado más de dos horas, y la noche estaba impregnando de negro todo el entorno cuando tocaron a la puerta. Serchy había terminado minutos antes la programación en la mente de Eva; colocándola en un estado de sugestión estable; primero controló en definitiva los niveles de azúcar de su víctima —con una sustancia que un único laboratorio en la Tierra, enfocado para la vida, comenzaba a usar, pero que para los krítalos era de uso común en Crystalia—; Serchy solía portar un sinfín de chucherías de mucha utilidad en sus atuendos, obedeciendo a su entrenamiento de infiltración.

—Pasen —el indio los pasó a la sala para que tomaran asiento.

Eva y Steve se sentaron. Oso Grande notó que la muchacha se encontraba con una sonrisa continua, lo que le hizo suponer que podría ser a causa de una grapa. Con cautela se sentó justo a un lado de donde escondía su pistola y se dispuso para lo peor.

—¿Dónde está el padre? —inquirió el krítalo.

—Entenderán que el señor está grave —dijo el indio—, debido a su condición no se pudo mover de la mina; está muy preocupado por su hija y necesita saber que está bien. Dígame, ¿Cuál es su verdadero propósito? —dijo tomando la pistola por debajo del cojín.

—Ella es mi novia —contestó Steve.

Serchy se acercó a Eva y la besó apasionadamente. Ella aceptó con agrado y lo tomó del cuello, alargando el encuentro de los labios. Oso Grande soltó un poco la pistola.

—Mire amigo —dijo Steve en un tono de indignación—, ella es mi novia. Nuestra relación fue un secreto por mucho tiempo, pero es momento de que todos sepan de lo nuestro.

—Si usted vino al pueblo por su novia, ¿por qué no fue directo por ella?, ¿por qué pasó primero a la tienda de equipo de excavación preguntando por otra persona?

Este indio sabe algo —pensó Serchy.

—Pregunté por un loco que pretendía por internet a mi novia desde México. Un tal Tim Naive. ¡Pobre estúpido! Viajó hasta acá en un intento de robármela, ¡ja!, pero el señor no da la cara. ¿Por qué no viene Tim en persona a reclamarme su supuesto amor? ¿Dónde está? Tengo que verlo a los ojos y aclarar las cosas.

Oso Grande apretaba y aflojaba la pistola fuera de la vista de ellos; a tal grado, que el arma parecía un pichón bañado en su jugo.

—¿Tim te pretendió? —Oso Grande se dirigió a Eva.

Ella sonrió aún más —desde que entraron no lo había dejado de hacer.

—Sí, él. Muchos hombres me buscan. No lo puedo evitar. Les encanto.

Algo extraño —no natural— se sentía en sus palabras, sin embargo ella había confirmado lo que el novio había dicho.

—Dígame de una vez por todas, ¿Dónde está ese Tim? Le voy a romper la cara al maricón —dijo Steve.

—Se fue para no volver —contestó el indio.

Oso Grande sacudió la cabeza. *Tengo que protegerlo de este estúpido. Creo que me equivoqué. No sé si es o no un krítalo, pero es una amenaza. No puedo disparar sin tener la certeza de...*

—En tal caso, creo que nos tenemos que ir. ¿Puedo pasar a su baño antes? —preguntó Steve.

—Adelante —le mostró la puerta, y al mismo tiempo soltaba la pistola debajo del cojín.

Al salir del baño Steve llamó a Eva, ella se levantó obedientemente y se colocó a su lado, entonces él se despidió amable de Oso Grande ofreciéndole la mano. El jefe indio aceptó el saludo —al tomar su mano, una sensación amarga atravesó la garganta de Oso Grande—, Steve apretó con fuerza y Oso Grande apretó también como respuesta; mientras Eva los miraba con esa sonrisa medio estúpida.

XXVI

Oso Grande buscó algún indicio que le diera una nueva pista. Muy de noche trató de encontrar al padre de Eva pero no lo logró, el viejo no estaba en el lugar acostumbrado. Lo único que había obtenido eran grandes dolores en las piernas después de caminar sin descanso —algo muy extraño en él; el indio era tan fuerte como un roble, y una larga caminata solo solía causarle hambre—. *¿Qué es lo que me pasa?* —pensó por un momento—. Llegó rendido a su casa y se tumbó en la cama —con una sensación amarga, que crecía paso a paso, viajando de la boca hacia el interior de sus entrañas. *Nunca he sentido esto. ¿Qué me hizo daño?* La amargura se agudizaba y envolviéndolo lo hizo penetrar en una negrura profunda. Minutos después, se quedó dormido.

Cuando empezaba a clarear Jenny entró a la casa de Oso Grande, usó la puerta trasera, como acostumbraba, y se dirigió hacia el interior esperando encontrar a Oso Grande. Sabía que dependiendo de cómo se dieran las cosas él podría no encontrarse ahí —lo cual sería un buen indicio—; pero también sabía que tenía la obligación de verificar que todo estuviera marchando conforme lo planeado, de no ser así, tendría que avisar a los demás. Subió a hurtadillas las escaleras y observó con cautela el lugar; abrió la puerta de la habitación y vio que su amigo se encontraba boca arriba con los ojos semiabiertos, mientras emitía un extraño ruido por la boca que sonaba como una tubería tapada. Ella se acercó asustada —estaba hecha un manojo de nervios—. Al estar frente a él quedó petrificada; se acercó hasta que su rostro se encontraba a unos cuantos centímetros.

—¡Qué te han hecho amor mío!, ¡Oh no!, ¿por qué a ti...?

Le colocó una almohada bajo la nuca, y le tomó la cara con ambas manos.

—¡Aguanta!, ¡aguanta! ¿Qué te han hecho? Espera un momento, voy por agua a la cocina. *Parece que es agua lo que estás perdiendo*

—pensó al observar que su rostro y manos se enjutaban mientras salía un extraño vapor blancuzco con olor acre —como si se tratase de carne ahumada.

Jenny salió corriendo hacia la cocina dando traspiés —los gases desprendidos ~que para algunos organismos resultaban tóxicos~ entorpecieron su sentido de equilibrio—, resbaló y se desplomó dando tumbos por las escaleras.

De pronto, Oso Grande sintió un gran alivio. Se encontraba tan ligero que no podía relacionar su estado con lo que le acababa de ocurrir. Miró hacia fuera de la ventana y observó los primeros rayos de sol anunciando su llegada. Volteó hacia adentro —con la sensación de que algo había olvidado detrás de él—, y vio espantado, que ahí estaba su cuerpo tumbado y quemado. Aterrorizado se acercó y trató de recuperarlo, pero era demasiado tarde; con una ansiedad enorme, trató una vez más de recuperar su cuerpo para poder seguir con su misión; y al no lograrlo se vio obligado a localizar a Tim —asunto que le resultó sorpresivo—, en ese preciso instante ya se encontraba con él.

Tim dormitaba vestido, sobre algunos papeles donde figuraba el plan de Oso Grande. Momentos antes se había reclinado recostando su cabeza en el escritorio, pues el cansancio lo había vencido sin notarlo, y de pronto tuvo un sueño muy vivo. Él entraba en una bóveda y Oso Grande le decía:

—¡Tim!, ¡Tim!, tienes que hablar con Looky y cambiar el punto de recepción con Jazz. Es urgente. Despierta Tim por favor. Soy yo, Oso Grande. ¡Despabílate! Un tipo anda tras de ti. Es un krítalo, no te dejes engañar. ¡Tim!, ¡por favor…! ¡Despierta!

Tim abrió los ojos. Sobresaltado miró hacia los lados y sin entender lo que sucedía tocó su rostro con ambas manos; estaban empapadas de sudor. *¿Qué me pasa? ¿Fue solo un sueño?* —pensó—. Miró hacia los lados; su cuerpo se empezó a enfriar muy rápido, y un espasmo muscular hizo de él un títere en un instante. Corrió al baño de inmediato y vomitó el poco alimento que había ingerido; después escupió un par de veces en el lavabo, la náusea y los apretujones en el vientre —que lo doblaran momentos antes— empezaron a desaparecer. La calma se hizo llegar, y en medio de un escalofrío acompañado de alivio recordó la voz e imagen de Oso Grande; en ese momento entendió lo sucedido: *Era él, sí, estoy seguro, no* *era un sueño, se comunicó conmigo.* Buscó su reloj y vio que eran las seis y media de la mañana. *Tengo que avisarles. Algo grave le pasó a Oso Grande. No hay tiempo que perder.*

Jenny recuperó la consciencia y tocándose la cara enderezó una de sus piernas. La mujer se encontraba desencajada por el olor acre golpeándole en el interior de su frente. Miro a su alrededor y reconoció que estaba en una casa ajena, justo ahí evocó la imagen de Oso Grande sacando vapor por su cuerpo.

—¡Oh no! —se levantó en medio de un dolor agudo en la frente ~donde recibiera el golpe~ y minimizando lo que a ella le había ocurrido se acercó al fregadero, vertió agua en una bandeja y subió a toda prisa las escaleras. Lo miró, lo tocó. Muy a su pesar, su entrañable amigo ya no respiraba. Lloró amargamente.

—¿Por qué te fuiste? Ojala esto me hubiera pasado a mí y no a ti…, con lo que yo te quería mi Jhoonaw.

Oso Grande la había hecho sentir lo que ningún hombre había logrado nunca. Su vida tenía un verdadero significado. Jenny lo besó de nuevo, miró hacia arriba y suplicó:

—Dios mío, si en verdad existes, llévalo por tu camino y cuida de él… —las palabras se desgarraban de su alma.

El cuerpo del enorme indio ahora se encogía a cada minuto. Ella recargó la cabeza sobre su pecho y en medio de un sollozo fue envuelta por un manto de calma que por fin la dejó tranquila —esta experiencia fue tan sublime, que la recordaría desde ese momento hasta el final de sus días—. Ella pudo escuchar a Oso Grande sin oír un solo sonido de sus labios:

Date cuenta que no he muerto. Tú sabes muy bien que esto lo platicamos varias veces. Recuerda lo que tienes que hacer…
Cuando Jenny levantó la mirada, la imagen del Gran Jefe era escalofriante; sin embargo ahora ella estaba serena y firme como nunca. Lo miró por última vez y con voz fuerte le dirigió estas últimas palabras:

—Sea quien sea él que haya sido responsable de esto, se las verá conmigo —y dándole un beso en la mejilla salió de ahí.

Cumpliré mi cometido, sé que, como espíritu estás conmigo.

Entre tanto en el hotel Buena Aventura, en la habitación de Steve

More, se escuchaban las frías palabras de Serchy y Thymoty en conferencia:

—Tranquilízate Thymoty, sólo perdimos un día. La chica está casi lista y los pasos necesarios para entrar a la zona militar están completos. En un par de horas saldremos para allá.

—Pero explícame. ¿Cómo es que tuviste que evaporar a un indio?

—Ya te lo dije, el tipo estaba sospechando y de seguro arruinaría todo. Confirmé que Tim anda por aquí, el indio lo trató de encubrir.

—Serchy, No me importa un terrícola, indio o blanco, me da igual. Nada más quiero tener los datos exactos para cubrirnos las espaldas, y que podamos protegernos de los errores. ¿Cómo lo evaporaste? ¿Con kristogan o con qué?, estos métodos suelen generar sospechas.

—Lo único que tenía a la mano en ese momento era un grano de karamo krakiactivado. Me lo coloqué en la mano y se lo enterré en la palma sin que él se diera cuenta. Tú sabes que el cuerpo mostrará quemaduras, que los estúpidos humanos siempre confunden con exposiciones de radiación; y esta zona está plagada con estas cosas. Le echarán la culpa a las pruebas nucleares.

—Perfecto —contestó Thymoty—. Cambia de celular antes de salir y me marcas cuando ya vayas a entrar a la zona, para tener registrado el nuevo número —ordenó en un tono ansioso.

—¡Tranquilo! —dijo Serchy violando las reglas de respeto entre rangos—. Yo encontraré a Tim y sabremos donde metió la cabeza el avestruz —dijo refiriéndose a Jazz.

Eva despertó y volteó a ver a Serchy tocándose la cabeza.

—Estoy un poco mareada —dijo al enderezarse.

—Te dejo Thymoty. Mi novia ya se despertó —y sin esperar contestación de su jefe, colgó.

XXVII

Era una mañana brumosa en la ciudad de los rascacielos, El equipo se encontraba en una vieja bodega, localizada en el número 327 de la calle Greenwich, cerca de los muelles de Nueva York. Un lugar ideal para esconderlos; fuera de la vista de cualquiera.

—Llevamos más de un día de retraso y no podemos movernos de Nueva York sin las instrucciones de Oso Grande —dijo Looky preocupado.

Looky sufría de un defecto desde que era niño: si se ponía nervioso sudaba mucho, pero en este momento la situación contenía una diferencia de mucho peso: ~América le había tocado el corazón~, por lo que las gotas de sudor eran mucho más abundantes y al igual que un río alimentado por una tormenta, se desbordaban de sus límites naturales y le salpicaban la camisa.

—¿Qué le pasaría a América? —preguntó mientras trataba muy desesperado de secarse con un pañuelo.

—No sé —contestó Águila Dorada—. Y es Jane Taylor —le recalcó—, tú deberás llamarla así desde ahora. Oso Grande me insistió en que repitieras su nombre varias veces para que no te equivoques. ¡Con eso que te gusta el bomboncito...!

—¡Al diablo con el nombre! ¿Pero qué no te das cuenta que estamos en peligro? La operación podría fallar si la detuvieron en algún lugar, y para colmo Oso Grande aún no llama...

—¿Qué sucede...? —se escucharon las palabras de Jazz al despertar de un largo sueño. Se tocó el casco-antifaz con las manos y empezó a tratar de quitárselo. Looky se abalanzó sobre de ella para detenerla.

—¿Qué haces Jazz? Sabes que no puedes quitarte el antifaz.

—Me dijiste hace un día que saldríamos para encontrarnos con Tim. ¡Son puras mentiras...!

—No son mentiras —Looky sujetó con ambas manos a Jazz—. Es que América no ha llegado aún...

El teléfono de la habitación sonó.

Es ella... —pensó Looky.

Águila Dorada contestó:

—¿Diga...?

—Me comunica por favor con el señor Domínguez.

—Con gusto. Permítame —tapó la bocina y en voz baja les dijo: Es Tim, acaba de mencionar la clave de emergencia. Contéstale Looky. Yo me encargo de Jazz —agregó mientras colocaba sus manos sobre las muñecas de Jazz, para que él pudiera contestar—. No pongas resistencia a mis manos. No te lastimaré.

—Jazz —intervino Looky—. Voy a contestar el teléfono. No hables. Voy a poner el altavoz para que escuches la voz de Tim. ¿De acuerdo?

¿Tim? —Jazz suspiró e intervino:

—¿De verdad es Tim? Por favor déjenme hablar con él. Les prometo que no me quitaré el antifaz.

Looky y Águila Dorada sabían que Tim —de estar en peligro—, daría en clave las instrucciones de forma rápida; y hablar con Jazz en estos momentos de emergencia, podría poner en peligro la misión.

—Jazz... por favor, solo escúchalo. No abras la boca o tendré que tapártela —agregó Águila Dorada.

—Está bien, pero suéltame por favor —suplicó Jazz en voz baja.

—Mira Jazz... Por seguridad la conversación será con nombres falsos, pero podrás identificar su voz... —advirtió Looky.

—Está bien —aceptó Jazz.

—Andrés Domínguez a sus órdenes —contestó Looky.

—Soy el señor Hugo —afirmó Tim—. El señor Edward me ordenó decirle que lleven la cotización a la casa de campo; no a la casa principal. ¿Tienen algún inconveniente en entregarla en cosa de un día? ~la señal que indicaba que Jazz fuera llevada al costado del pico Bangs, en Arizona; un lugar diferente ya acordado con Oso Grande por si algo fallaba.

—Sí, pero estamos esperado, ya que la encargada de la entrega de las cotizaciones aún no se presenta. Creemos que se enfermó.

—Ah, entiendo. ¿No puede entregarla usted mismo? No sabe cómo me urge.

—Bueno, si tiene tanta prisa yo se la llevaré en persona. Trataremos de que se entregue lo antes posible.

—De acuerdo —dijo Tim—. Yo no me moveré de ahí para recibirla, la esperaré —y sin despedirse colgó el teléfono.

Jazz pudo reconocer la voz de Tim, pero nada más.

—¿Qué es todo eso del señor Domínguez, y esos nombres inventados? —preguntó Jazz—. Por favor explíquenme. ¿De qué se trata?

—Son claves —contestó Looky—. No podemos correr el riesgo de ser rastreados. Mientras te colocas en la caja te explico. No hay tiempo que perder.

—¡Otra vez a la caja! ¿No hay manera de que podamos viajar de otra forma en que yo mantenga los ojos tapados como ahora?

—No lo creo… —afirmó Águila Dorada.

—Espera… —dijo Looky—. Hay algo delicado en este retraso que no hemos tomado en cuenta. Se me ocurre algo.

—¿Qué tienes en mente? —preguntó Águila Dorada mientras Jazz los escuchaba poniendo cara de fastidio.

—No hay tiempo que perder. Llama a tu amigo que está estudiando actuación. Ese actor de comedia del que me platicaste, cuando llegamos a Nueva York, el tipo que conoces desde niño. ¿Cómo me dijiste que se llamaba?

—Te refieres a Arthur Patt.

—Sí, dile que me encuentre en el estacionamiento grande de aquí a la vuelta, el que está atrás del Spa de Harrison y Greenwich. Que vaya de inmediato. Si no lo consigues, ve que un amigo de él —otro actor corpulento— vaya en su lugar; le pagaremos bien.

—Pero… ¿qué vas a hacer?, esto no está en el plan que diseño Oso Grande. Puedes poner en peligro toda la misión.

—Confía en mí. No tenemos mucho tiempo. Es lo mejor. Oso Grande me buscó por mi capacidad para solucionar problemas. ¡Háblale!

—De acuerdo amigo.

—Jazz por favor metete en la caja. Será solo por un momento, ya lo verás —agregó Looky.

—¡Ay, qué horribles son ustedes, ¿eh?...!, la verdad.

Después de discutir varias veces con Looky, ella aceptó a regañadientes entrar una vez más en la caja. Lo único que la animó fue la ilusión de ver pronto a Tim.

Looky estaba listo para salir con Jazz, cuando se acercó al indio para hacerle una petición personal:

—Por favor encuentra a América... quiero decir, Jane —Águila Dorada lo interrumpió:

—Cálmate amigo mío. Yo me encargo. Vete, que no vas a llegar a tiempo con el actor. Ya está confirmado que llega en un momento al estacionamiento detrás del Spa.

XXVIII

En el aeropuerto de John F. Kennedy trascurría un día como cualquier otro; gente apiñada en las filas, otros entrando y saliendo; turistas, vendedores, hombres de negocios, despedidas y bienvenidas; sonrisas y lágrimas haciendo contraste de una sala a otra. De pronto unas voces se hicieron notar. Una mujer vestida a la última moda estaba siendo acosada por unos agentes de seguridad.

—Está usted detenida por sospechas de secuestro —dijo un hombre vestido de negro.

—Los voy a demandar por retenerme en este lugar, cuando yo tengo varios compromisos que cumplir —dijo la mujer molesta—. Ya he perdido más de un día y ahora me dice que soy una secuestradora. ¿Está usted loco? —les replicaba mientras la llevaban a un cuarto de detención. Una vez dentro la sentaron y comenzaron a interrogarla.

—¿De dónde sacó usted este pasaporte de Jane Taylor?

—¿Pues de donde va a ser?, ¡de la agencia de pasaportes del estado!

—¿Cómo se llama? ¿Quién es usted?

—Jane Taylor. ¿Cómo quiere que me llame?

—América Free, por supuesto. Ese es su nombre artístico.

—No sé a qué se refiere, yo no conozco a esa mujer.

—Pues está detenida.

—¡Exijo que me liberen! No me puede dejar en esta oficina.

—Lo siento mucho. Tendrá que esperar aquí. Usted está en un buen aprieto.

La espera fue larga… la mujer estuvo sola, en una silla incómoda frente a un escritorio, en un cuarto sin ninguna ventana; sintió que el mundo se le venía encima. *¿Qué era esto de que estaba detenida?* Sabía que no debería haber regresado a Nueva York, pero tenía que enfrentar a su padre, "el famoso juez Taylor de la TV." Lo primero que pensó fue en llamarle, pero se abstuvo. *No voy a llamar a papá; preferiría morirme antes de pedirle un favor. No me voy rebajar ante él.* Jane Taylor había tenido un amorío durante su estancia en Barcelona, con un pintor desconocido en el mundo de la alta sociedad, pero muy conocido en el barrio bohemio y los mejores puti-clubs, debido a sus populares cuadros de las prostitutas mejor dotadas. Ella había tomado un año sabático, después de revisar dictámenes y juicios de su padre, en sus últimos años de trabajar con él. Semanas antes de que terminara su estancia en Barcelona, Jane lo conoció; fue por una casualidad; él entró al banco a cobrar un cheque y tropezaron en la puerta. Desde ese momento ella quedó prendada por esa mirada de glotón de mujeres. Empezaron a salir, al cabo de tres días terminó en su estudio desnuda, para ser transportada al lienzo; el retrato apenas iniciaba con tres pinceladas cuando él se acercó a cambiarla de posición y se enredaron con tal pasión que las pinturas y pinceles colorearon sus cuerpos. Eso fue una pintura esplendida que nunca vería nadie. Una semana más tarde, el padre se enteró que ella no iba a dormir al hotel desde aquel día y la reprendió de tal modo que ella decidió regresar a Nueva York, donde después la alcanzaría el pintorcete en cuestión, que a todo esto se llamaba Josepe Burdeos.

Después de muchas horas —que para la desesperada mujer transcurrieron tan lento como los incontables pasos de un ciempiés—, uno de los policías del aeropuerto, y un par de hombres más, entraron a la oficina.

—Señorita, por fin localizamos a la verdadera Jane Taylor. Ella se encuentra en España tomando un año sabático; nos acaba de confirmar que nunca salió de Barcelona. Usted es en verdad la infame secuestradora América Free.

—Miren, ustedes están violando mis derechos al no permitirme contactarme con mi abogado.

—Venga, aquí está el teléfono. Llame a quien quiera. Estoy seguro que la vamos a refundir en prisión por un buen tiempo.

—Por favor. Exijo privacidad para la llamada —buscó en su celular el teléfono de Lui Alberti; quien había sido su abogado en los últimos años. El teléfono sonaba ocupado. Intentó por segunda vez y lo mismo; los minutos transcurrían y ella no lograba contactar con él. Uno de los hombres entró con brusquedad y preguntó:

—¿Terminó?

—No, no entra la llamada. ¡Déjeme sola por favor!

—Le doy cinco minutos; si no consigue a su abogado el estado le asignara uno. ¿Me entiende?

Ella intentó llamar a Lui una vez más, pero sonó ocupado. *Tengo que resolver esta confusión. ¿Qué hago? ¿Dónde está el papel del abogado que me recomendaron en caso de problemas en la entrada al país?* —pensó—. Abrió su bolso y buscó nerviosa entre sus cosas; después de revolver su contenido un par de veces, lo encontró. El papel decía: ... Jim Tuco, *Attorney at Law.*

El teléfono celular de Looky sonó. Águila Dorada —quien se quedara con este teléfono para auxiliar a América— contestó:

—¿Diga...?

—Soy Jane Taylor, ¿Es usted Jim Tuco? Necesito que me apoye legalmente. Me tienen retenida, privándome de mis derechos en el aeropuerto JFK.

—Discúlpeme usted señora Taylor. El abogado tuvo que salir de urgencia para hacer la entrega de un documento importante. Pero no se preocupe, mientras él regresa, ¿en qué la puedo ayudar?

—El problema es que me están acusando de un secuestro y de usar una identidad falsa. Dicen que en realidad soy una mujer llamada América Free.

Águila Dorada estaba sorprendido, ¿de qué se trataba esto? La voz sonaba diferente, pero... ¿Acaso era América la que estaba detenida...?

—No se preocupe, en un rato el abogado estará con usted para sacarla de ahí —dijo Águila Dorada—. *Voy para el aeropuerto. ¿En qué enredo se metió América?* —pensó—.

Dos horas más tarde, en la sección de seguridad del aeropuerto se presentó Águila Dorada; usaba una peluca de pelo rizado, cejas postizas y la cara bien maquillada para parecer un hombre caribeño en lugar de un indio americano. Se presentó como el abogado Jim Tuco, pero no pudo entrar de inmediato, y tuvo que esperar a que los trámites de investigación con los agentes de Barcelona fueran corroborados. Esto duró más de dos horas, para determinar al final que ella quedaría detenida. Se mandaron faxes y se hicieron llamadas intercambiando datos de ida y vuelta entre los dos continentes. Al final, Scotland Yard, el FBI y la policía confirmaron que la mujer era en realidad América Free y que se quedaría ahí arrestada. Un oficial avisó que se la llevarían en media hora más a una cárcel provisional. Jim Tuco caminó por el pasillo para acceder al cuarto donde entrevistaría a la detenida, cuando un detective se le acercó.

—Tengo entendido que usted es el abogado de América Free, Jim Tuco, ¿verdad?

—Así es —contestó Águila Dorada—. Antes de decirle nada tengo que ver a la persona que me está contratando. Ella afirma ser Jane Taylor, no América Free.

—Eso es lo que ella dice, pero concluyentemente hemos corroborado que no es Jane Taylor —dijo mientras los dos caminaban hacia el final del pasillo—. La mujer quedó detenida bajo los cargos de secuestro. ¿Usted conoce a Jane Taylor?

—No señor, no la conozco. Pero ella, sea quien sea me puede contratar. ¿Ya procesaron su ficha? —preguntó Jim Tuco.

—Claro. De momento está detenida aquí —ya habían llegado al final del pasillo donde solo había una puerta con dos chapas sin manija.

—En la otra sala me informaron que ya podía ver a mi cliente. ¿Me permite pasar con ella?

—Por supuesto.

El agente le quitó los cerrojos con dos llaves especiales y le abrió la puerta.

—Pase usted, lo esperaré afuera.

Águila Dorada entró a la oficina y recibió una sorpresa. La mujer que él esperaba ver era América Free; en su lugar estaba alguien, que bien podría haber sido su gemela; este cambio lo dejó mudo.

—¿Usted es Jim Tuco? —preguntó ella.

—Sí...

—¿Qué le pasa abogado? ¿Puede usted ayudarme a salir? Yo no soy América Free.

—Le creo...

—¿Qué le sucede?

—Nada, discúlpeme, es que me quedé pensando...

La mente de Águila Dorada buscaba respuestas: *¿Sabría algo* *ella...? ¿Dónde está América? Oso Grande nunca me dijo que esto podría pasar... ¡Diablos, en verdad se parece a América!*

—Abogado, ¿Qué le ocurre? ¿Quiere que le explique...? ¿Podrá usted ayudarme a salir de inmediato?

—Me temo que no señorita Taylor. Tendremos que esperar a que la procesen, y entonces ver si es posible que fijen una fianza para que salga. Prepararemos su caso para demostrar que no es América Free. Usted dice que es Jane Taylor. ¿Cómo puedo yo corroborar eso?

—Lo que pasó es una locura. Me detuvieron al bajarme del avión, me encerraron en este cuarto y sin explicarme nada, me empezaron a ametrallar con preguntas sobre un concierto; que yo era América Free, y que por favor declarara quienes eran mis cómplices en el secuestro de una tipa llamada Hammond. Me quitaron mi pasaporte y mis documentos; los tienen los agentes. Usted puede llamar a mis asistentes. Tome, aquí están los teléfonos —dijo entregándole un papel en la mano—. Si es necesario podemos hacerlos llegar aquí para que ellos me identifiquen y me dejen libre. Le juro que no soy quienes dicen. Yo soy Jane Taylor.

—Muy bien, con gusto tomaré su caso. ¿Sabe lo que mi bufete cobra en casos como este?

—Por dinero no se preocupe. Tengo suficiente. ¿Qué no sabe quién soy? ¿No ha escuchado hablar del juez Taylor, el que sale en la televisión?

—No. Pero si tiene suficiente dinero como dice, con todo gusto llamaré a sus asistentes. Les diré que estén listos para asistir a la primera audiencia. De momento me voy, tengo que agilizar el papeleo con el Juez. Prepare un cheque de cincuenta mil dólares para empezar. Lo voy a necesitar. Me voy...

—No por favor. No me deje aquí.

—Siento decirlo, pero antes de dejarme pasar a verla me informaron la van a transferir a una prisión provisional. Lo siento mucho, la veo en cuanto tenga la resolución del día de la audiencia.

La pobre mujer se quedó llorando mientras Jim Tuco se alejaba pensativo. *La mujer me da lástima. Soy un canalla al pedirle tanto dinero, pero no podía salirme del papel del personaje.*

XXIX

Águila Dorada sentía un nudo en la garganta; se detuvo en una tienda para comprar un refresco, pero ni siquiera pudo darle las gracias al empleado. No podía hablar. *¿Qué es lo había sucedido? ¿Qué le habrá pasado a América? Y... esta mujer casi idéntica, ¿de dónde salió?* Él le prometió a su amigo, que se encargaría de traerla de regreso. No se podía comunicar con Oso Grande ni con Looky. *¿Qué debería hacer?* —se preguntaba—. La noche empezó a entrar y anunciaba un nuevo descenso de temperatura. Había algo en el ambiente que le hacía sentir muy inquieto. Caminó con la sensación de que se dirigía hacia aquel lugar amenazante, que cuando niño había temido —esa negrura que no lo dejaba dormir; eso desconocido que contenía el poder de convertirlo todo en presa del olvido; de donde nadie nunca jamás podría escapar—. Ya cerca de llegar a la bodega —dónde tenían acondicionado un departamento—, trató de darse ánimos tocándose la cara con la mano derecha —un manierismo que adquiriera cuando encontró muerta a su primera mascota—; apretó con fuerza su barbilla y después su cuello, pero aun así la sensación de amenaza era cada vez mayor.

Abrió la puerta, y antes de tener oportunidad de prender la luz percibió una sombra en uno de los sillones de la sala; un escalofrío recorrió su cuerpo al pensar: *Ya llegaron por mí...*

Instintivamente preguntó:

—¿Quién está ahí?

Quien estaba ahí se levantó como una imagen espectral, y se dirigió hacia él antes de que destrabara sus músculos —que estaban engarrotados por el miedo—; la sombra se acercaba, el indio pudo al fin mover la mano y prender una luz; pero la lámpara lateral de la estancia proyectaba la luz indirectamente hacia una esquina, y él aún no podía ver con claridad al intruso. Él se colocó en posición de ataque y pensó con firmeza apretando sus dientes:

Voy a dar todo y no moriré sin dar batalla.

La figura, aún entre las sombras, se acercó más; la distancia se acortaba.

Quizá ya le podría asestar un golpe —pensó—. *No permitiré que dé un paso más.* Ahí la figura entre las sombras emitió unas palabras cordiales con una voz apenas audible:

—Hola abogado... Espero que no hayas todavía liberado a América Free y siga detenida.

La sorpresa detuvo al indio en seco, evitando lanzar el golpe. *¿Cómo...?* —inmóvil y sin saber qué hacer siguió escuchando:

—Pienso que para la riquilla de Jane Taylor, la experiencia de estar en prisión como América Free le dejará algo bueno que contarle a sus nietos; antes de que la metiéramos en este problema, parecía un trapo viejo, sin vida, sin chispa. Necesitaba algo de misterio, algo emocionante. No te apures... Será una buena sacudida para sentirse viva y luchar por algo. ¡Anímate! ¿No te parece que fue lo correcto? ¿O me prefieres a mí en la cárcel?

Él seguía desconcertado al escuchar esta voz que le parecía tan familiar; se acercó al otro interruptor y prendió todas las luces de la bodega.

—Pero no me mires con esa cara de pocos amigos —dijo ella.

Águila Dorada tardó unos segundos en reconocer a esta mujer vestida completamente de negro.

—Pero ¿Qué demonios...? Uf... Eres... ¿Eres tú? ¡Qué diablos! —exclamó el indio dejando salir un fuerte resoplido de alivio.

—No me digas que esperabas a un krítalo...

—Eh... ¡claro que no! ¡Qué bueno que estás bien América! Pero, ¿cómo es que hiciste este enredo? ¿Por qué te pintaste el cabello color pelirrojo?, y... ¿qué te hiciste en las pestañas?, oh, hasta cambiaste el color de tus ojos...

—Fue algo realmente interesante, pero dime, ¿dónde están Jazz y Looky?

—En camino a la zona 51. El plan se modificó un poco al ver que tú estabas retrasada, pero ya van para allá. Ahora explícame este enredo.

—Fue cosa de suerte Águila Dorada. Cuando llegué al aeropuerto para registrarme, la señorita del mostrador se quedó mirándome e intrigada me dijo:

—Esto está muy raro. El sistema me dice que usted ya compró el boleto. No me pague otra vez, esto sería un error. Usted ya se registró. Usted es Jane Taylor... ¿no es verdad?

Esto me dejó muda. Se trataba de la mujer cuya identidad estaba suplantando. Me di prisa y rectifiqué mi cara de asombro —ella no debería notarlo— y sonriendo le contesté:

—En efecto, ese es mi nombre.

—¡Qué extraño! —la chica del mostrador exclamó y agregó—: No sé qué es lo que está mal. Según esto, usted compró hace una hora su boleto —y volvió a preguntar—: Jane Taylor ¿verdad? Permítame, voy a ir a preguntar al gerente que...

—Ahí la interrumpí: «No lo haga» —le ordené— «Creo yo saber cuál es el error.» Un poco antes —a lo lejos— yo había visto a una mujer muy parecida a mí; fue cuando cruce por el pasillo de la entrada; en ese momento no le di importancia. La señorita del mostrador —muy confundida— siguió buscando alguna respuesta revisando una vez más en su lista de boletos, yo le arrebaté mis documentos de las manos, y le dije: «Ahora vuelvo.» A paso veloz caminé buscando a aquella mujer y la identifiqué. Ella se dirigía hacia afuera de la sala de registro. La miré con detenimiento —tomé las precauciones de que ella no me viera—, y recordé lo que Oso Grande me dijera en una de mis instrucciones mucho tiempo atrás: *«Cuando llegue el momento, cambiarás de identidad. Hay una mujer que es casi tu doble.»*

Ella hizo una pausa, lo miró fijamente a los ojos y continuó:

—Fue interesante encontrar a alguien tan parecido a mí. En ese momento entendí a fondo lo que él decía: *«Cuando llegue el momento tú serás Jane Taylor.»*

—¿Pero él te dijo que esto pasaría? —preguntó Águila Dorada.

—Oso Grande me había explicado que Jane Taylor estaría en España tomando un año sabático. El lugar de residencia sería Barcelona, y gracias al poder económico de sus padres, ella se hospedaría en el hotel Villa del Mar en las afueras de la ciudad. Pero créeme que nunca pensé que me la encontraría en el aeropuerto.

Águila Dorada había estado mirando a América sin mover un solo músculo, pero ahora la interrumpió pidiendo más explicaciones:

—¿Por qué Oso Grande no nos avisó sobre este plan?

América intervino impidiendo que el hombre continuara:

—Espera macho —como dicen por allá—, nada de lo que yo hice

fue planeado por Oso Grande. Cuando me vi en medio del problema de que las dos viajaríamos siendo la misma persona, tuve que improvisar un nuevo plan. Qué mejor ¿verdad?

—Y creo que resultó bien —agregó el indio—, pero aun no entiendo. La verdadera Jane nos llamó por teléfono pidiendo los servicios legales de Jim Tuco. ¿Cómo hiciste eso?

Aquí está lo interesante. Llamé al hotel Villa del Mar y les expliqué que había cambiado de planes y que regresaría para estar un día más ahí. Le dije al *concierge* que no encontraba mi teléfono celular, que por favor me llamara a mi número —que supuse tenían registrado—, para que al sonar yo lo localizara; y le pregunté: «Tiene usted anotado mi número ¿verdad?» él me pidió un momento para buscarlo y me confirmó que sí lo tenían, entonces le pedí que me lo repitiera para ver si era el correcto, y él me lo dictó; yo lo anoté y de inmediato le dije: «¿Sabe qué? acabo de encontrarlo... Aquí tengo el móvil; ¡Ay! qué tonta soy, por favor discúlpeme.» Una vez con el número de teléfono le marqué a Jane y le dije: «Señorita Jane Taylor, le llamo del hotel Villa del Mar para darle el teléfono de asistencia legal en caso de que necesite ayuda en su viaje a Nueva York; la razón de esto es que, me acaban de informar que están muy pesados en las aduanas por una nueva amenaza de terrorismo.» Ella me cuestionó diciendo «...pero si yo cuento con mi propio abogado, Lui Alberti,» yo respondí: «Su abogado Alberti acaba de cambiar de teléfono, se lo daré enseguida; pero él me dijo que era muy importante darle el número del abogado Jim Tuco, en caso de tener alguna emergencia». Ahí le di la orden. No la dejé decidir sobre lo que debería hacer. «Apunte por favor el teléfono por si lo necesita,» y, ¿qué teléfono crees que le di?

—El teléfono celular de Looky —dijo Águila Dorada y sonrió al adivinar—. Créeme que tuve que improvisar al escuchar una voz diferente con el nombre de Jane Taylor. Pensé que habías modificado la voz para ocultar tu identidad de América. Pero dime, ¿cómo es que lograste que el *concierge* no dudara de tu voz?

—Muy simple, el señor me preguntó si me encontraba bien de salud —refiriéndose a la diferencia en la voz—. Yo le dije que me estaba entrando una infección respiratoria.

—Después de la llamada sudé frío. ¿Y cómo la aprendieron a ella y a ti no?

—Aquí viene lo bueno. Yo regresé al hotel, y antes de entrar me puse unos lentes oscuros y un sombrero llamativo; saludé desde lejos al *concierge* y le pedí que me abriera mi habitación. Una vez instalada, marqué a la policía para reportar que alguien me había robado mi pasaporte. Después recibí una llamada en donde me pidieron los datos para levantar una denuncia por robo. Hablé a recepción anunciando que saldría por cosa de un día, pidiendo que al día siguiente mandaran traer la revista Hola junto con unos chocolates de cacao verdadero y los dejaran en mi habitación. Busqué otro pasaporte e identidad falsos, preparados con anticipación para casos como este; transformé mi look, y aquí me tienes como Elsa Marín a tus órdenes. Obviamente arrestaron a Jane Taylor como si fuera América Free, "la secuestradora" —dijo soltando una risita.

—Pues muy bien Elsa, nos tenemos que ir al aeropuerto. Tú viajarás por una ruta, y yo por otra. Tenemos que evitar ser vistos juntos.

—De acuerdo —contestó América.

Los dos tomaron sus respectivos documentos, la ropa necesaria y salieron en dos de los autos que Oso Grande dejara listos.

Y a más de diez mil metros de altura, el jet privado de Mark Hammond se deslizaba por encima de las nubes; el vuelo había transcurrido con un clima excelente. Malva estaba dormitando cuando un nuevo mensaje se anunció en su laptop con un sonido. Ella abrió los ojos, revisó la computadora y después de leer el contenido esbozó una sonrisa, agitó las manos, y emocionada despertó a Mark, quien soñaba que abrazaba a Jazz mientras ella recargaba la cabeza en su pecho.

—Mark, despierta. Tenemos confirmado que han detenido a América en Nueva York. En cuanto lleguemos tendremos más datos.

—¿Qué dices?

—¡Que detuvieron a América en Nueva York!

—¡Excelente! —Mark se levantó de su asiento—. Tengo el presentimiento que todo va a salir muy bien.

—Bueno, al fin nos acercamos a resolver esto —agregó Malva, mientras se sentaba a un lado del asiento de Mark.

—Señorita —le dijo a la asistente—: Tráiganos algo de beber, ah, y también unos bocadillos —él se acomodó en su asiento, y mirando a Malva le preguntó—: ¿Qué gustas comer mi detective?

—Lo que sea, no importa —contestó ella.

Malva observó que había un papel a un lado del asiento. Lo tomó, y al ver que eran notas escritas a mano, dedujo que era algo íntimo de Mark; entonces le preguntó —guardando el tacto necesario— para saciar su curiosidad:

—¿Son tus pensamientos, verdad? ¿Escribes?

—Sí, desde muy joven. Lo hago cuando me siento inspirado. Me gusta hacer notas y ensayos de poesía, pero casi nadie las ha visto; espero que puedas guardar el secreto.

Mark Hammond, en el fondo, era un poco penoso; sentía que había la posibilidad de que alguien se burlara de él; ¿qué podrían decir? Él nunca había estudiado literatura, y mucho menos le interesaba convertirse en un erudito sobre tema; él solo escribía por el gusto de plasmar sus emociones.

—Puedo guardar un secreto, pero, ¿me dejarías ver lo que escribiste? Me llamó mucho la atención una de tus frases que leí sin querer.

—¿Cuál es la frase que te llamó la atención?:

—"No puedo soltar tu mirada." Es una declaración que me hace recordar algo de mi vida… Entonces, ¿me permites leerlo?

—Mira, si la vida de mi esposa está en tus manos, ¿por qué no abrirme de par en par contigo? En ese papel está mi alma. Adelante, léelo. Pero, ¿me prometes no burlarte y decirme en verdad lo que piensas? —dijo Mark.

—Claro.

Malva tomó el papel y leyó en silencio el preciado escrito que Mark hiciera para su amada mujer:

Jazz, si tan solo me permitieras darte a conocer lo que mi corazón dicta… —esto estaba tachado y abajo retomaba:

Jazz, esta es la mejor manera que tengo para expresar lo que tus ojos han provocado al verme:

No puedo deshacerme de tu mirada,
Ni olvidarme de ese día.
Tú estabas de espaldas,
Cuando me acerqué lentamente.
Te diste media vuelta y me miraste,
Me quedé congelado; no pude respirar.
Te habías convertido en fuego.
Consumiéndome al momento.

Esa mirada, esos ojos…
A donde voy los veo,
Y anhelo un nuevo encuentro,
Pero esos ojos ya están lejos…
Mi dama,
Mi amada,
Conmigo estarás,
Soñando te encontraré,
Porque siempre serás,
Mi razón para vivir.

Cuando Malva terminó de leer no apartó la mirada del papel, pues quería guardar en secreto que sus ojos estaban arrebatados y a punto de reventar en lágrimas. Más el secreto no pudo ser guardado, Mark estaba tan atento que de inmediato lo notó.

—¿Qué te ocurre? —él le preguntó al verla mientras retenía las lágrimas.

—No es nada… —las lágrimas fluyeron como ríos.

Él se acercó para consolarla y ella lo abrazó y lloró con amargura. Mark pensó mientras la abrazaba con delicadeza: *Caray… ¿Esto es lo que provocan mis escritos?* Poco después ella se apartó pidiendo una disculpa.

—Tú también tienes un secreto que contarme —dijo Mark.

A Malva se le hizo un nudo en la garganta, tragó saliva, y con una voz entrecortada y llena de emoción, le contó:

—Hace unos años encontré al amor de mi vida. Ya no está con nosotros. Esto que has escrito… Una mirada que tiene el poder de cautivar a un ser de ese modo, me ha recordado ese amor. Cada vez que miro a mi hijo a los ojos siento como si aquel amor aún me acompañara. Esto que escribiste aquí, es… como si hubieses adivinado aquellas emociones que en el pasado inundaron mi ser. Ese amor imposible que dejó su fruto en mí. Discúlpame, sé que no es profesional que me comporte así, pero al leer tu declaración de amor no pude contenerme, me conmoviste hasta el corazón de mi alma. Te puedo decir que sentí por completo lo que dices aquí. Esa mirada… Créeme, tocaste el fondo de mi ser.

—¿Y dónde está ese amor?

—Murió. Es una larga historia. No es el momento.

A Malva una vez más se le salieron las lágrimas. Mark sacó un pañuelo y se lo dio en la mano.

—De acuerdo. No hablemos más de los recuerdos. Por favor ayúdame a encontrar a Jazz.

—Cuenta con ello.

El viaje continuó en silencio. De ahí en adelante los dos se toparían sin remedio con sus respectivas preocupaciones, las cuales sin querer, encontrarían similares encrucijadas.

En Barcelona, Roda, haciéndose pasar por John Dewey, recibía una llamada en su celular. El krítalo abrió el teléfono al ver en la pantalla que se trataba de Thymoty. Salió de la sala de cómputo y en el pasillo tomó la llamada.

—Dime, Thymoty.

—¿Qué pasa Roda? ¿Por qué tardas tanto en tomar el teléfono? Ha pasado mucho tiempo sin tener respuesta.

—Estoy con dos personas en la sala y no puedo salir tan rápido a contestarte.

—El asunto está más delicado de lo que pensé —dijo Thymoty con voz temblorosa.

—¿Por qué dices eso?

—Porque la comunicación con la base de distribución está interrumpida. Jobi no me contesta; traté varias veces con el kritocom y tampoco lo logré.

—¿Acaso es eso tan grave?

—¡Por favor Roda! Es la primera vez que esto sucede desde la década de los cincuenta. En aquella ocasión en que se perdieron las bases y las naves.

—¿Cómo…?

—¿Te acuerdas que yo iba a viajar a la zona del silencio? Antes de salir recordé que tenía que revisar la entrega de los krits de abastecimiento para la Futuram; yo sabía —de acuerdo al protocolo de operación— que ya debería de estar cerca la fecha para recibir una entrega; ¿Recordarás que es Jobi quien nos abastece de los krits?

—Claro que lo recuerdo, nos los manda con ese flacucho que nos trae los repuestos de computadoras.

—¿Y sabes qué encontré? Que debieron de entregarnos un krit justo unas horas antes —ese mismo día—, pero la entrega nunca ocurrió. De hecho retrasé mi salida de la ciudad, a pesar de que desde Crystalia se me había ordenado viajar a la base de distribución sin demora, pero yo sabía que tenía que recibir el krit primero, pues ya nos quedaba muy poca energía. Basta decirte que todo fue en vano. Traté de comunicarme con Jobi por medio de la Futuram y tampoco entró la señal. Pero lo que me alarmó más, fue que al revisar la Futuram, ésta ya tiene muy poca carga; entonces decidí que tendríamos que entrar en el punto de economizar energía. En estos momentos nos queda menos de un décimo de krit para el uso de la Futuram, y hasta que sepa cómo está el asunto, solo la prenderé intermitentemente y en periodos muy cortos. Roda, sé que me enviaste un mensaje confirmando que detuvieron a la cantante América Free en Nueva York, pero yo no puedo ir. Lo único bueno es que por lo menos tenemos una pista. Tú viaja de inmediato a Nueva York como John Dewey y averigua lo que puedas. Estamos en un punto muy delicado y si no lo resolvemos... Olvídate de que nos acordemos uno del otro. Borrarán muestra memoria en el mejor de los casos.

—Tranquilo Thymoty. En este momento salgo.

—¿Qué me ponga tranquilo? No seas ingenuo Roda. No he luchado tanto para perderlo todo ahora. Deja esas tonterías para aconsejar a tus estúpidos enrutadores. En unos momentos saldré para la zona del silencio. Ya debería de haber estado ahí desde hace tiempo; tendré que engañar al alto mando una vez más. Cuando llegue restableceré la señal; y tú sabes que necesito la ayuda de Jobi para controlar la situación... Cuando me comunique con Bruts, todo estará bajo control y tendrá que premiarme... Sí

—Si tú lo dices... —dijo Roda.

—Yo lo digo, y no te atrevas a cuestionarme... Adiós.

Y en las afueras de la zona del silencio, sobre un montículo, Marco y Alfredo miraban una estructura de tres moles, la más cercana y grande era circular, con un diámetro de unos ciento cincuenta metros; al centro de esta se distinguían las puertas en forma de diafragmas, también circulares —que al abrirse dejaban entrar o salir las naves krítalas—; atrás había dos formas pequeñas, una rectangular y la otra como octágono. Las estructuras parecían estar hechas de un metal que despedía destellos color verde claro.

—¿Qué es esto Alfredo? —preguntó Marco.

—Una base alienígena... No puede ser otra cosa.

Los dos hombres estaban pasmados observando la base a unos cincuenta metros de distancia.

—No parece haber ningún movimiento —dijo Alfredo—. Vamos

a acercarnos.

—Yo creo que deberíamos de avisar a la policía para que vengan de inmediato —sugirió Marco.

—¿Y perdernos la oportunidad de ver esto? Llegarán y acordonarán la zona y nunca nadie más sabrá qué hubo aquí. No, vamos a ver un poco más de cerca.

—Estás loco, yo me quedo aquí. Ve tú —dijo Marco.

—Está bien —Alfredo empezó a caminar hacia la base.

Marco observaba como su amigo caminaba con cautela cuando detrás de él sonó un cascabeleo. Sus vellos se erizaron hasta la punta. Volteó y vio una víbora de cascabel con la cabeza un poco levantada dispuesta para atacar.

—¡Oh! —el musculoso joven brincó como una liebre alejándose de la amenaza, y dos segundos después ya estaba al lado de Alfredo.

—¿Qué te pasa? ¿Cambiaste de opinión tan rápido?

—¡Cállate buey! —dijo Marco—, definitivamente, no es mi día. Si muero hoy, prefiero que sea al lado de un amigo.

—Alfredo le dio dos palmadas en la espalda y con una sonrisa en su rostro le señaló el camino—. Vamos, no nos va a pasar nada. ¿Cómo es posible que estés tan grandote, seas el más peleonero y al mismo tiempo seas tan llorón?

A oscuras, con el ambiente enrarecido debido a la falta de circulación del aire y una temperatura elevándose con rapidez conforme pasaba el tiempo, los krítalos encargados en la base en la zona del silencio empezaron a recuperar el conocimiento.

—Jobi, ¿qué nos diste? —preguntó Rak a gatas, mientras trataba de levantarse del suelo.

Jobi apenas alcanzó a escucharlo —era como si oyera una voz con un eco muy lejano— y haciendo un esfuerzo tremendo por fin logró abrir los ojos, entonces vio a Rak gateando con una pequeña baratija terrestre colgada en el cuello y que emitía un tenue halo de luz verde. No podía abrir la boca, hacia el intento, pero no lo lograba; lo que le provocó una "cólera kritolítica," entonces explotó con un gran rugido: «Graxxlicol» —que en krítalo quería decir, lo que en los idiomas terrestres más usados por ellos, era algo así como: «Qué chingados, What the fuck, o Merde o Scheisse»—. Jobi se tambaleó al tratar de levantarse y después de varios intentos logró sentarse en el suelo junto a Rak.

Toda la conversación continuó en krítalo:

—Nos han engañado Rak.

Rak logró levantarse del suelo y dando tumbos trató de prender las luces.

—No tenemos energía Jobi.

—Ayúdame a levantarme Rak. ¿Sabes dónde está Zoti?

Rak tomó a Jobi de un brazo y lo levantó.

—¡Con un demonio amigo! Estaba alucinando con el cielo lleno de angelitas cuando una energúmena me llevó directo al infierno. ¡Qué carajos! ¿Ya viste a Zoti?

Un ruido se escuchó a lo lejos.

—¡Corre!, es una de las puertas de acceso. Debe ser Zoti.

Los dos krítalos se desplazaron a jalones hacia la salida de la sala. Se movían muy despacio, pues aún no recuperaban el equilibrio.

Y mientras sufrían las consecuencias de su mal viaje, gracias al brebaje de peyote con doxilamina que les preparara Jenny, Alfredo y Marco entraban a la base principal por la puerta que había quedado abierta tras la huida de Jenny y sus amigas.

—No se ve nada —dijo Marco.

—Espérame un segundo —le contestó Alfredo, —yo traigo una lámpara de emergencia en el cinturón —y sacó de esas novedades que anunciaban en la televisión, que era una lámpara pequeña, pero alumbraba como una grande, y la encendió.

Al alumbrar se percataron que el lugar parecía ser una serie de oficinas y grandes bodegas con paredes ligeramente translucidas, que parecían reflejar la luz.

—¿Ves ese color verde brillante? —dijo Marco con voz tímida.

Los dos caminaron hacia otra oficina cuando escucharon un sonido espeluznante; era como una pantera gruñendo.

Grrrr… Grrrrr…

Alfredo se detuvo tomando a Marco por el brazo; el sonido se volvió a escuchar intermitente. Parecía que se arrastrara un objeto por el suelo. Alfredo, quien estuviera de valentón minutos antes, ahora era un manojo de nervios.

Rrrrg… Rrrrg.. Rrrrrgg…

—Vamos Alfredo, sígueme.

Los dos avanzaban a hurtadillas y el sonido se repetía haciéndose cada vez más intenso.

—¿Traes la pistola? —preguntó Marco, mientras Alfredo se agarraba más fuerte de su brazo.

—¿Qué? ¿Pues no te acuerdas que me hiciste guardarla en la guantera? —contesto Alfredo entre enojado y asustado.

—Esto es lo que tenemos que hacer —dijo Marco—: Hay que apagar la luz. Lo que sea que se acerque no podrá vernos. Pégate a este muro y no dejes de sujetar mi brazo. Sígueme, tenemos que adelantarnos y tratar de colocarnos de costado de lo que venga; de modo que podamos tener ventaja si tuviéramos que luchar o salir corriendo.

El ruido se escuchaba cada vez a volumen más alto.

Ggrrrrr...Grrr...

Alfredo sintió un mareo tremendo —su pulso se encontraba tan acelerado como el de un chita tratando de alcanzar a una gacela—, y cuando estaba a punto de desmayarse, Marco lo detuvo con una mano y lo recargó contra la pared.

—No te muevas —exclamó en un susurro.

Un ruido diferente se escuchó a unos metros de ellos. Este parecía un gruñido, algo gutural explotando de las entrañas de una fiera: «Groarr.» Alfredo le empezó a temblar. No se podía ver nada. La oscuridad era absoluta. «Ggrrrrr... Ggrrr.» Se escuchó otra vez el sonido; parecía que los tocara. Marco calculó que lo que fuera que estuviera ahí, estaba más o menos a unos cinco metros de ellos, y decidido a tomar ventaja, sacó una navaja de campo que siempre portaba en su cinturón, y sujetando el arma en una mano y la lámpara que permanecía apagada en la otra, tomó la decisión de atacar primero.

—Espérate aquí —le dijo a Alfredo.

Marco dio dos zancadas hacia adelante, pero algo se interpuso entre su pies y cayó de bruces. Su navaja rodo hacia adelante y la lámpara se prendió iluminando el bulto que lo derribara. Alfredo, aún pegado a la pared, alcanzó a ver el rostro del alien y horrorizado pegó un alarido:

—¡No...!

Marco volteó y también vio aquello que lo derribara. Se alejó gateando a toda prisa, mientras que detrás de él se escuchaba el sonido de amenaza: «Ggrrrr...» Volteó a ver hacia la penumbra tratando de identificar lo que provocaba este sonido, y en cuanto se acostumbró a la tenue luz, alcanzó a distinguir bien a dos hombres con extrañas manchas verdes en sus rostros. Ellos arrastraban sus pies a pasos lentos y pausados, emitiendo el espectral ruido.

—¡Maldito terrícola! —le gritó Jobi a Alfredo—. ¿Qué le hiciste a Zoti?

Marco y Alfredo, sorprendidos por escuchar hablar a ese tipo monstruoso en español, miraron al que yacía en el suelo. Esto que había derribado a Marco y que parecía ser un cuerpo... ¿Acaso Zoti era ese bulto en el suelo? Su cara estaba deformada y supuraba una sustancia verde oscuro que brillaba un poco al ser tocada por la luz.

Marco se levantó colocándose frente a ellos dispuesto a luchar. Jobi y Rak apenas se podían sostener. Caminaban descalzos, y su piel —o lo que fuera— sonaba horrible al arrastrase. La luz de la pequeña lámpara iluminaba los rostros de los tres. Las paredes y el techo parecían rebotar la escasa luz que les llegaba, y se podían ver bastante bien las cosas. Marco buscó desesperado donde había quedado su cuchillo, pero no lo encontraba.

—¿Qué es lo que quieren? ¿Quiénes son ustedes? —preguntó Marco, mientras que Jobi aceleraba el paso.

—¡Estúpido terrícola! —dijo en un grito ahogado y se lanzó hacia delante para tratar de tomar por el cuello a Marco, pero él lo esquivó y Jobi cayó al suelo. Alfredo, que se encontraba paralizado por el miedo, terminó por desmayarse; fue demasiado para él —era un hombre estudioso, un intelectual medio debilucho, que siempre había querido comprobar científicamente la existencia de los aliens; pero luchar a muerte con ellos..., eso nunca había pasado por su mente.

Marco por su parte, jamás había creído nada de lo que le decía su amigo, pero que fueran verdad sus teorías, le ponían los pelos de punta; ahora era diferente; había que pelear o morir. Recorrió con su mirada el suelo en busca del cuchillo cuando vio que Rak lo traía en una mano y estaba a punto de clavárselo.

—¿Esto es lo que buscas *wraco*? —que quería decir estúpido en krítalo—. Atrévete a quitármelo.

Lo que los aliens no sabían es que Marco, además de haberse criado en Tepito, el barrio más bravo de la ciudad de México, y desde la adolescencia era todo un experto en artes marciales, había crecido donde las peleas callejeras eran cosa del diario vivir; para defenderse, se había vuelto muy hábil para dar trancazos desde pequeño, y en este momento, estaba muy consciente que de que les habían llamado "malditos terrícolas," calificativo que le sonaba a extraterrestres con malas intenciones, sondas y cuanta cosa desagradable había escuchado de boca de Alfredo.

Jobi se incorporaba cuando Marco se adelantó —y haciendo una finta— aparentó dar un puñetazo a Rak; quien reaccionó al engaño y trató de encajar el cuchillo, pero se pasó de largo; Jobi alcanzó a pegar un rodillazo en la cintura de Marco —quien ni se inmutó, gracias a una excelente condición física y su experiencia en las múltiples riñas de su vida—. Rak entonces, se lanzó con toda la fuerza de su cuerpo contra Marco, recibiendo una serie de puñetazos en la cara mientras era esquivado hábilmente, pero se recuperó en un santiamén ante el asombro de Marco, ambos se midieron por un segundo, y hubo un intercambio de golpes y patadas. Rak se volvió a lanzar contra él empuñando la navaja de la forma más obvia posible, con la intención de dar una estocada mortal; Marco le tomó la mano tratando de arrebatarle la navaja, pero la fuerza del krítalo era mucha, así que le dobló el brazo, con el impulso le aplicó una llave, el krítalo salió volando y cayó al piso encajándose el cuchillo en su propio cuello.

—¡Krgrrssa! —el horrible grito salió ahogado de sus entrañas mientras el Krítalo moría.

—¡Fue suficiente maldito terrícola! —grito Jobi, a quien le salía una extraña espuma verde brillante por la comisura de los labios.

—¿Suficiente? —preguntó—. ¡No para mí, pendejo! —dijo Marco dándole al krítalo una patada en el pecho, con tal fuerza, que cayó golpeando el piso con su cabeza; su cuello tronó igual que una rama vieja lo hubiese hecho al caer y romperse en el suelo. Quedaba uno de ellos aún, con el que se había tropezado y en ese momento trataba de incorporarse; Marco le tomó la cabeza y se la giró bruscamente a un lado. Esta sonó más o menos igual que el cuello de Jobi.

Marco miró con rapidez hacia los lados, y al ver que nada se movía, se apresuró a tomar la lámpara y dirigiéndola hacia el suelo localizó a Alfredo, que permanecía inmóvil, desmayado. Lo tomó con los dos brazos y tratando de animarlo le gritó:

—¡Levántate güey! ¡Alfredo!, te estoy hablando… ¿Me escuchas?

Más él no contestó; sus ojos estaban medio abiertos y se movían hacia los lados sin fijarse en nada.

—¡Por favor amigo mío! ¿Qué te pasa? ¡Reacciona!

En ese momento, una voz se escuchó a lo lejos, desde la entrada del complejo...

—¿Quién está ahí...?

XXX

—Salgan de una buena vez, quiero verlos a la cara —se escuchó a lo lejos.

De pronto Marco alcanzó a ver unos rayos de luz que provenían del pasillo principal.

—¡Traen una lámpara! Alfredo, por el amor de Dios, despierta, alguien viene. ¡Reacciona!

De golpe, Alfredo abrió los ojos, lo miró desconcertado, se incorporó, y angustiado dijo:

—¡Estamos vivos! ¡Uf!, ¿dónde están esos asquerosos extraterrestres?

—Levántate, creo que queda otro y viene para acá —dijo señalando la luz que cada vez era más intensa— Sígueme.

Marco desprendió la navaja del cuello del ensangrentado alienígena y se preparó para la lucha.

—Colócate a un lado de mí —dijo pegándose a una de las paredes. Tengo que derribarlo en cuanto pase. Quiero que salgas corriendo en el momento que lo golpee.

—Sí…, está bien.

—Salgan a dar la cara, ojetes. No les tengo una pizca de miedo. ¿Dónde están las naves? Los tengo que ver. Los he estado vigilando desde hace años, y al fin podré pedirles frente a frente las cuentas de lo que me deben. Al fin pude ver su base; no sé cómo la ocultaban, pero su tiempo se les terminó.

Se hizo el silencio…

No es un alien —concluyó Marco al escuchar estas palabras— y saliendo a su encuentro dio dos pasos adelante.

—¿Quién eres?, déjate ver porque yo seguramente ya maté a los que buscas.

Un anciano se acercó —tendría más de ochenta años, delgado, encorvado, de baja estatura, mejillas hundidas, ojos grises apagados, cabello ralo gris oscuro; ataviado con botas mineras y casaca verde de mezclilla—. El hombre dio unos pasos y frente a él lo desafió:

—Si es verdad lo que dices, demuéstralo.

—Adelante, camina unos metros más e ilumina el piso. Verás a los aliens que buscabas.

El pequeño hombre se acercó al primer cadáver y lo observó.

—Caramba, había leído que los aliens se derretían o se evaporaban, pero este parece un humano con la cara deforme.

—¿Te das cuenta que digo la verdad?

—¿Y cómo sé que no eres tú el alien?

—Por favor mira sus pies; al caminar sonaban de una forma horrenda.

El anciano se acercó y alumbró a unos centímetros las extremidades de Rak.

—Caray, ¿son pies o qué son? Parece que la planta del pie tuviera pequeños cristales. Tienes razón.

Alfredo respiró hondo al ver que ya no corrían peligro y agregó:

—Marco, por favor vámonos. No quiero más sustos.

Un poco más tarde, el viejo JD Mirón les había relatado parte de su historia. Los tres hombres se encontraban platicando afuera de la base mientras sus lámparas eran recargadas por los motores de los vehículos.

—Sí —dijo JD, quien era un militar mexicano retirado, que se había dedicado a investigar sobre los ovnis, desde que una nieta de él, desapareciera en una noche que avistaron luces en el cielo—. Es la primera vez que veo este lugar. Estoy impresionado, pues pasé cerca de este punto muchas veces y nunca vi esta base. Desde hace mucho que marcamos esta zona como "lugar de avistamientos."

—Me supongo que nunca vieron el lugar porque tenían un escudo para hacerlo invisible —agregó Marco—. Leí que el ejército tiene esta tecnología desde los años sesenta.

—Es cierto, yo también he leído de esto —agregó JD.

—Me van a perdonar los dos —dijo Alfredo—, pero esto no parece ser del ejército. Esto es tecnología extraterrestre.

—Estoy seguro de ello —dijo JD—, ahora tenemos que decidir lo que vamos a hacer, porque en pocas horas de seguro estará aquí el ejército, la Interpol, la CIA, la NASA, CIPOL, UNCLE, y vayan ustedes a saber quién más.

—Dejemos esto a ellos —dijo Marco inquieto—. Estamos vivos, es lo que importa.

A Marco siempre le daba por arrepentirse después de aporrear a sus oponentes. «Muchacho deja que haga justicia la policía» —las voces de su madre hacían eco en su mente.

—¿Y perder la oportunidad de saber sobre ellos? —le rebatió Alfredo—. El peligro ya pasó. Están muertos. Marco, he investigado la zona del silencio desde hace mucho; sus misteriosas desapariciones, la interrupción de las líneas telefónicas e interferencia con cualquier aparato electrónico. Yo quiero saber más ahora que tengo la oportunidad.

—Está bien amigo, quédate con JD y te regresas con él en su coche. Nos vemos en la oficina. Cualquier cosa me hablas al celular. Yo me voy en nuestro carro —dijo Marco—. Tengo ganas de contarles la aventura a los del otro turno.

—Marco, no comentes nada aún, por favor. JD y yo lo haremos en cuanto tengamos un poco más de información. Ah, y dame la pistola que guardamos en la guantera.

—Está bien, me aguantaré las ganas de ir con las nuevas, y ahorita te traigo la fusca; no voy a estar contigo para defenderte esta vez —Marco se metió al auto, sacó la pistola y se la entregó por la ventanilla. Alfredo lo miró fijamente a los ojos y dijo estas palabras qué él recordaría por el resto de su vida—:

—Bueno amigo. Ya tienes algo que contarles a tus hijos y a tus nietos. Hoy dejaste de ser un burócrata.

Marco encendió el auto y partió, esbozando una enorme y pícara sonrisa.

XXXI

En la base militar de la Zona 51 del Monte Bangs, se preparaban las pruebas para un nuevo vuelo de la nave alienígena cuando en un Jeep llegaba. Serchy —en este momento Steve More— conducía el vehículo y Eva iba a su lado.

Steve había gastado el tiempo necesario para alimentar la mente de Eva con las instrucciones de su siniestro plan. La mujer había sido manipulada y programada igual que una muñeca. Su estado ausente —gracias a la hipnosis asistida—, había dejado la puerta abierta para Steve. Le ordenó, que cuando llegaran a la base, ella tendría que seducir a quien fuera que se presentara, para lograr entrar evadiendo la vigilancia; usando el cuento de que su padre era un general de la base con un nivel de clasificación secreta y máxima, que la había abandonado a causa de una mujerzuela envidiosa que se llamaba Jazz. Toda la idea era distraer a cualquier hombre en el cerco externo de seguridad. Ella los confundiría aún más haciéndoles creer que necesitaba la ayuda de su padre porque estaba siendo acosada por un novio abusivo y desagradable que no la dejaba en paz, para que así, Steve entrara después como el novio despechado de la chica. La razón de mencionar a Jazz como una mujerzuela, tenía la intención de que, si ellos sabían algo de ella, lo sacaran a relucir —sin saber con quién realmente trataban—, dando información de su paradero. Steve se aseguró que Eva luciera como nunca. Localizó la mejor tienda en True Road —una boutique para los nuevos ricos donde las mujeres de los afortunados buscadores de oro, gastaban sus primeras ganancias—. Le compró un vestido rojo muy ajustado y corto con un enorme escote, delgados tirantes que se cruzaban hasta la mitad de la espalda y un cinturón negro grueso que apretaba muy firme su cintura, lo que hacía resaltar sus redondas caderas; la cortísima falda invitaba a admirar sus torneadas piernas, y unos zapatos de plataforma con un tacón grueso de corcho y madera. Su cabello lucía resplandeciente, pues Steve le pidió que lo arreglase como para una fiesta. La chica se veía como una joven elegante muy sexy; cuando ella estuvo lista, Steve le colocó en el cuello un collar de terciopelo negro, tipo gargantilla, con una gema al centro. La vistosa joya —uno de los muchos artefactos para sus trucos— contenía un sistema de video con cámara y micrófono; así él vería y escucharía cada uno de sus movimientos, y sabría cuando entrar. La transmisión del diminuto aparato era uno de los últimos adelantos de los krítalos, pues podía trabajar en cualquier zona de interferencia magnética —pero por eso mismo, era de corto alcance—, así que se situó a tan solo cincuenta metros de la entrada, en un pequeño recoveco entre las rocas. Ella entraría sola, y minutos después él se presentaría como el novio abandonado, quien la buscaba desconsolado, armaría un arrebato de celos y amenazaría furioso, argumentando que ella de seguro estaba enredada con algún militar.

Eva llegó en el jeep a la puerta de entrada. Una cámara móvil apuntó al auto. Eva se bajó y al llegar a la puerta sonrió...

Desde un pequeño altavoz se dejó escuchar a un hombre, que enérgico le dijo:

—Señorita, retírese por favor, esta es una zona militar con acceso restringido.

—Eva se acercó a un par de metros de la cámara y cuando se detuvo, puso una mano en la cintura y la otra en el cuello; su cabello, que era movido por el viento, la hacía verse más atractiva; entonces dijo muy firme:

—No me voy hasta ver a mi padre.

En la oficina de monitoreo de video de la entrada principal se ENCONTRABAN dos hombres. Uno de ellos era de origen jamaiquino, tenía tez oscura, grandes labios, ojos saltones y un humor jocoso insuperable, llamado Jabb Babba. El otro era un americano, Carlo, hijo de una pareja de latinos: una italiana ~nacionalizada como americana~ y un mexicano —que después de cruzar la frontera como ilegal— obtuviera su *green card* al casarse con ella. Su hijo Carlo —producto de esta unión— resulto tener un enorme atractivo para las mujeres; pues sus ojos revolcados, su tez morena clara y sus facciones masculinas, lo posicionaron como un latinlover poco común entre la mayoría americana.

—Retírese, esta es una zona restringida —repitió el jamaiquino.

—No, necesito ver a mi padre. ¿Por qué no vienes a verme en persona y me explicas las razones de que no puedo ver a mi padre?

Carlo, quien tomaba un café a unos pasos de los monitores alcanzó a escuchar la conversación, e intrigado se acercó al Jabb y le preguntó:

—Oye, ¿quién es ese bombón?

—No lo sé. Quiere ver a su papá.

—Diría que más bien yo quiero verla a ella… Habría que averiguar si no quiere que yo sea su papacito…

—Estoy de acuerdo "compadre" —dijo Jabb imitando el estilo de hablar de Carlo—, pero estamos de servicio; no es hora de ligar. Mejor ve y date una ducha con agua helada. Si esta vez te atrapan te van a encerrar.

—Mira Babas, ella parece un caramelo que me dice: Cómeme… cómeme… Además, si en verdad es la hija de alguno de los comandantes y no la atendemos, nos puede ir mal. Déjame hablar con ella.

Eva seguía afuera con una actitud de superioridad, caminaba de un lado a otro impaciente, y a propósito se acercaba y alejaba de la cámara, moviendo las caderas como si no se diera cuenta de que se las estaban viendo en el monitor. Y eso era con lo que contaba Serchy.

—Podrían hacerme el favor de venir acá afuera y explicarme ¿por qué no puedo entrar?

—Voy. La siguiente chica con la que me tope te toca a ti —dijo Carlo bromeando.

—Ok, pero no vale rajarse, ¿sale?

—Sale.

Se abrió una puerta pequeña a un costado del acceso principal para los vehículos y Carlo salió.

—Señorita, aquí no se permite el acceso a nadie sin una autorización militar.

Eva se acercó hasta él. Carlo se dio cuenta que el monitor no le hacía justicia a la rubia.

—¿No se permite la entrada a nadie? A ver, explíqueme por qué no puedo ver a mi padre.

—Primero, porque no sé quién es su padre.

Carlo se le quedó mirando sin expresión en su papel de militar autosuficiente y pedante, pero por dentro no dejaba de saborearse a esa cosa hermosa de mujer. Eva sabía que la miraba y tomó los modos como de niña abandonada.

—Ustedes se creen muy dignos con uniformes y su autoridad, no les importa que una niña buena sea abandonada por su padre, ni que él se haya metido con una mujerzuela llamada Jazz, y una se quede así como así, sola, triste y abandonada.

El arrebato le pareció muy sexy a Carlo, pero no le importaba cuan atractiva fuera una mujer, no la iba a dejar pasar.

—Lo siento, no puedo hacer nada por ti. ¿Cómo se llama tu padre?

A Eva se le acababan los artilugios y no tenía ningún nombre programado para contestar. Serchy escondido, repetía: Usa el perfume, usa el perfume, usa el perfume vaca estúpida. ¿Qué no te acuerdas lo que programé sobre el perfume? —cómo si ella pudiera escucharlo.

Ella se acercó a él sin contestar, miró a un lado y extendió los brazos hacia su espalda, para alcanzar el remate de la gargantilla. Hizo el movimiento muy lento y sus senos se resaltaron. El viento agitó otra vez su caballera y ella sonrió. Carlo se quedó contemplándola. Ella, tomando el broche —que a la vez era un perfumero—, le dio vuelta y extrajo un par de gotas de perfume con feromonas XX femeninas —herramienta casi indispensable en el maletín de Serchy, que generaba un deseo sexual irrefrenable en cualquier hombre que lo oliera, con la característica de que les nublaba el entendimiento y solo pensaban en tener sexo—. Eva se acercó y alcanzó con la mano la placa que Carlo traía colgada en su pecho, y deslizó sus dedos sobre de ella.

—Veo que sabes imponer tu autoridad, pero, ¿no crees que sería justo que una niña buena pudiera ver a su padre? Él no me ha visto desde que conoció a esa fulana, Jazz.

El perfume llego hasta Carlo, y empezó a sentir que la podía comprender muy bien, que tenía muchas ganas de ayudarla, de estrecharla en sus brazos, y de pronto la empezó a ver endiabladamente sexual.

—Yo… no… —dijo Carlo titubeante.

Ella dio la media vuelta y se alejó unos pasos de él. La mirada de Carlo estaba en las caderas de Eva cuando ella regresó y fingiendo un desconsuelo infantil dijo:

—De acuerdo. Usted manda. Me voy.

—Espera.

Eva se detuvo y volteó.

—Quizá pueda arreglar algo... —Carlo temblaba un poco—. ¿Cómo te llamas?

—Eva —dijo acercándose mientras giraba su cuello hacia un lado de manera muy coqueta.

—¿Y quién es tu padre?

El perfume entró de lleno en las narices de Carlo, que comenzó a sentir un fuego que lo consumía, pero aún se podía controlar.

—Cromwell es su verdadero nombre, pero no sé cuál sea el que usa aquí; es un general y se lo cambió por seguridad. Es un mal padre. Cómo es posible que no quiera hablar conmigo; me ha dejado a la deriva. Ayúdame a hablar con él —dijo deslizando su mano en el cuello de la camisa del soldado—. No sé por qué se comporta así conmigo. De seguro quiere esconder sus amores ilícitos. ¿Sabes algo de Jazz, su amante?

Ella le tocó el cuello de la camisa otra vez —era parte de las órdenes perfectamente implantadas por Serchy—, deslizó sus dedos hacia el pecho y agregó:

—Déjame pasar. Estoy desconsolada. Mi novio me dejó —ella lo abrazó, gimió un poco mientras colocaba su cabeza en su hombro, pero después de un segundo, se alejó con rapidez empujando los brazos del apuesto soldado—. ¡Ay perdón! No sé lo que hago.

Ahora el efecto de las feromonas era evidente. El soldado estaba hirviendo por poseerla.

—¿Cómo puede alguien abandonar a una criatura tan delicada y dulce como tú? —contestó; le tendió su mano y la dejó entrar hasta la oficina de vigilancia que se encontraba a pocos pasos de ahí.

—Esta es mi oficina.

¡Oh no!, ya la dejó entrar —pensó el jamaiquino.

¡Excelente! Ya está adentro —pensó Serchy—. *El plan marcha sobre ruedas.*

Eva ya se encontraba en la primera oficina administrativa de la sección de vigilancia y Serchy observaba el lugar a través de la cámara en la gargantilla de Eva.

—¿Te puedo decir algo? —ella se acercó a él—, pero, ¿no hay nadie más aquí? Lo que voy a decir es muy íntimo.

—Solo está Jabb, mi compañero, pero ese no ladra ni muerde, y aparte está en el cuarto de monitoreo. Dime lo que quieras...

Esto es ideal, solo hay dos terrícolas ahí —pensó Serchy.

Ella se colocó muy cerca del de él y dejó salir estas ingenuas palabras:

—Steve More era mi novio, pero no quiero saber más de él. Necesito a alguien que realmente cuide y me de consuelo. Pero, si te digo que me beses ahora... de seguro pensarás que soy una... —y empezó a retirar su cuerpo del de él.

Él la tomó de la cintura y la besó con pasión. Ella se dejó llevar. Carlo la cargó y se la llevó a una pequeña sala lateral que tenían para tomar café. Ella empezó a desabrochar los botones del uniforme del soldado, mientras él la besaba y despojaba como un mago de sus brevísimas prendas.

Es el momento —pensó Steve—. A paso veloz se acercó a la entrada y frente a la cámara gritó:

—¡Sé que mi novia está aquí adentro! ¡Exijo que me permitan entrar de inmediato!

Steve More traía puestos unos lentes para sol brillantes color plata. En realidad eran unos lentes especiales que le permitían ver los videos tomados por la cámara del cuello de Eva —se veía en un par de recuadros en la parte interna de las lentes; el audio se escuchaba desde el borde de los brazos.

¡Mierda!, es el novio de la chica. Tengo que avisarle a Carlo antes de que esto se convierta en un problema —pensó Jabb al levantarse de su asiento, dejando las pantallas de vigilancia solas y se movió hasta la puerta de la sala del café, para tocar muy fuerte en ella.

—Carlo, tenemos un problema. El novio de la chica está en la entrada.

Serchy confirmó que el hombre no estaba en el cuarto de vigilancia, pues la cámara de Eva transmitía las palabras del hombre mientras golpeaba la puerta. *Ahora* —Serchy pensó—. Sacó una cajita diminuta hecha de una aleación imposible de imaginar siquiera aquí, en la Tierra; deslizó dos de sus dedos sobre esta y el objeto se desdobló ocupando el doble de su extensión; se volvió de un color verde claro brillante y aumentó su intensidad cuando el krítalo dio dos golpecitos con sus dedos en el centro. Una imagen holográfica se desplegó enfrente de él en el octágono que se había formado; ahí se podía ver la base y todas sus puertas y cerraduras en color azul titilante. Steve tocó con el dedo la luz que representaba la puerta frente a la que él se encontraba y la cerradura se abrió. Entró y aceleró el paso. Esto ocurrió en un abrir y cerrar de ojos, al igual que un mago escondería una paloma y la haría reaparecer en su sombrero.

—¡Con un demonio Carlo! No sé qué hacer. El galán de la chica está en la puerta y se ve muy despechado. Por favor abre.

—¿Eh...?, ah... ah, uff..., ha de ser un... un error Babas.

La chica irradiaba una sensación irresistible; ella se acercaba y alejaba jugando, tocando apenas por instantes el cuerpo de Carlo, mientras abría un poco su boca para decirle muy quedito «despacio,» el hombre estaba enloquecido, al grado que no podía pensar en otra cosa que fuera "seguir alimentando esta pasión."

—¡Carlo! No quiero que nos arresten por culpa de una mujer. Nos van a...

Jabb sintió un objeto frío debajo de su nuca.

—No te muevas o te mato. No voltees... Diles que no se preocupen, que el novio ya se fue —le susurró Serchy.

El krítalo sostenía el arma pegada al vigilante.

—Carlo, no te preocupes..., ya se fue el novio. Ya no te preocupes.

—Ah..., pues vete ya... —contestó—. No, tú no mi vida —le dijo a Eva, quien no dejaba de reír mientras jugaba con él. «Si adivinas qué fruta me gusta más te doy un premio.»

Ella cumplía las órdenes implantadas al pie de la letra. Tenía que mantenerlo distraído mucho tiempo.

Serchy solo veía la piel de Carlo en las pantallas de sus lentes obscuros, mientras el audio complementaba la falta de la visión. Las risitas y gemidos alimentaban el regocijo del krítalo al ver lograda su manipulación premeditada.

Todo va sobre ruedas —pensó Serchy—. *Ahora tengo que apurarme para completar la segunda fase.*

Sacó al jamaiquino de la oficina de vigilancia y a punta de pistola lo llevó a la entrada más cercana a la base subterránea de los krítalos. *Tengo que ser preciso y hacer todo en menos de dos horas* —Serchy concluyó para si—, *programé a Eva para tres horas de sexo tántrico, espero que esa hora extra compense cualquier margen de error.*

Tim se había movido a un costado del pico Bangs, el lugar alterno en caso de que hubiera problemas; ahí tendría que llegar Jazz con

Looky. Era un punto estratégico que se ocultaba de la vista de la base militar gracias a la forma de unas rocas, que se inclinaban hacia un lado y con el piso descendiendo; cualquier persona tendría que girar ciento ochenta grados detrás del peñasco para poder ver que había un punto de ingreso —una entrada disimulada en forma de caracol con declive en curva—; el acceso se ocultaba aún más debido a las sombras creadas por las rocas que se levantaban muy por encima, y en los momentos de más luz, la brillantez y el reflejo de la arena hacían imperceptible el camino hacia la cueva; sin embargo existía un punto débil, cuando se acercaba el anochecer y la intensidad del sol disminuía, con la luz llegando a su punto más débil, entonces las sombras desaparecían y en ese momento se alcanzaba a ver, escasamente, el caracol. Los indios hopi conocían este lugar como la palma de su mano y sabían de este secreto desde hacía ya cientos de años; de ahí que Oso Grande tuviera esta entrada escondida como una excelente alternativa para su plan.

Y mientras la mayoría de los militares se encontraban preparando la nueva prueba para volar la nave extraterrestre, Serchy se metió a la mina 51, caminó hasta dar con la pared que ocultaba el acceso a la base krítala, y entró con Jabb, que venía hecho una piltrafa; Serchy lo había drogado al momento de amagarlo. Este acceso era bien conocido por el krítalo; caminaron por un rato hasta que por fin llegó a la cámara de transferencia —los militares desconocían la existencia de toda esta parte de la base—. Se movió muy rápido, mientras empujaba al jamaiquino —quien venía jadeando por el esfuerzo.

—Acuéstate ahí —le ordenó; mostrándole una de las camillas especiales con cúpulas de cristal.

—¿Qué demonios quieres?

—Cállate estúpido —dijo jalándolo hacia la cama.

El jamaiquino se acostó y Serchy se acercó a un dispositivo que se encontraba en un costado. Deslizó dos de sus dedos y el aparato brilló. La cúpula bajó hasta que cubrió la cama con el hombre adentro.

—¡No!, por favor… ¡No! —Jabb trató de resistirse, pero la droga no lo dejó.

Serchy tomó el dispositivo, se quitó los lentes y sacó varios artefactos de los bolsillos, entre ellos el teléfono celular y el kritocom del cinturón. Giró sus dedos en círculo en el dispositivo y una luz brillante verde claro cubrió la parte interior de la cúpula. El jamaiquino se desvaneció de inmediato, quedando en un estado de trance profundo. Su mente se convirtió en su entorno, y perdió el contacto por completo con su cuerpo. Todo lo que lo envolvía eran imágenes de cielos azules, atardeceres, luces tenues de colores que tenían una belleza especial; todo eso atrapaba por completo la atención. Su contacto con el mundo real había desaparecido; ya no había nada que lo ligara a este mundo. Serchy se colocó en otra camilla adjunta a esta y unos segundos después la cúpula se acercó hasta cubrir el cuerpo del krítalo —entonces la secuencia del programa continuó—. Una luz verde cubrió el cuerpo de Serchy; quien cerró los ojos y quedó inmóvil. Pasaron cinco minutos con los dos cuerpos sin ningún movimiento. Ahora Serchy empezó a recibir miles de imágenes y sensaciones cruzadas con ellas; eran ondas de energía que lo golpeaban muy rápido. Las dos cúpulas seguían titilando en verdes fluorescentes, hasta que la del jamaiquino se apagó. La cúpula se deslizó hasta el techo y el hombre abrió los ojos, movió su cara hacia los lados y se incorporó.

—*Vaya, este cuerpo humano es fuerte...* —El krítalo ocupando en el cuerpo del jamaiquino dio un brinco y sacudió los brazos hacia los lados—. *Perfecto, ahora lo que sigue* —desprendió la credencial que tenía colgada en su pecho y la leyó con atención: *Jabb Babba, Sargento. ¡Pero qué nombre tan estúpido! Bueno ¡qué me importa!, ahora yo soy Jabb Babba. Estúpidos terrícolas* —pensó Serchy al hacer caminar su nuevo cuerpo jamaiquino.

La nave se había levantado a cinco metros del piso y se tambaleaba un poco inestable hacia los lados. Uno de los generales decía:

—Está mejor señores, pero no veo que logren estabilizar aún el vuelo. Su movimiento sigue siendo irregular...

En el borde del área de prueba, estaban cinco militares manipulando sus computadoras —en unas tiendas móviles al aire libre—. Al lado contrario se encontraban formados unos soldados; frente a ellos algunos civiles, sentados en unas sillas metálicas —hombres y mujeres—. Serchy se acercó y pudo ver con claridad que la nave estaba vibrando. *Esa nave está perdiendo potencia. Su krit debe de estar agotándose. ¡Esto es muy riesgoso! No sabía que ya habían descifrado cómo manejarlas. Es mucho más delicado de lo que creía* —pensó al ver lo que pasaba—. Checó las imágenes de Eva en los recuadros de sus lentes y confirmó que ella seguía jugando con el vigilante: Se veía la imagen del apasionado enamorado diciéndole: «Eres irresistible, nunca he vivido una cosa así. Vuelve acá, que me estás volviendo loco.» *Ahora es el momento perfecto* —pensó el krítalo al acercarse a los militares de las computadoras. Se dirigió al hombre que observaba las imágenes de las cámaras de seguridad de la prueba de vuelo de la nave.

—Señor. Tengo algo importante que decirle.

—¿Por qué me dices señor? ¿Qué te pasa Jabb?, y... ¿qué haces tú aquí?, no puedes abandonar el área de vigilancia. ¿Qué te pasa? ¿Acaso quieres que te arreste?

—Hay una mujer en la oficina de vigilancia con mi compañero. La dejó entrar sin que yo me diera cuenta.

—¿Cómo es que no te diste cuenta hasta que ella entró? ¿Estás...?

—No señor, yo estaba en el baño —interrumpió el krítalo.

—Si serás... ¡Quédate aquí vigilando el registro de los datos del vuelo! —dijo alzando la voz—. Yo voy para allá. Me las van pagar... —agregó alejándose con rapidez.

Los soldados de los lados miraron cómo el sargento Jabb se sentaba frente a la computadora del mayor. Serchy, sin decir palabra, manipuló la computadora y buscó información sobre Jazz, pero no encontró nada, luego buscó información sobre Tim Naive y tampoco encontró nada de él. Siguió tecleando en el equipo mientras un soldado que se encontraba cerca de él lo miraba; Serchy volteó hacia él y dijo:

—¿Qué mira soldado? Por favor atienda a los civiles de la Dirección del Proyecto —señalándolos. Me parece que necesitan algo. ¡Apúrese!, no se me quede viendo como estúpido. Quédese cerca de ellos y esté al tanto. ¡Pero muévase ya!

—¡Si sargento! —respondió el hombre y salió hacia el otro extremo.

Jabb siguió buscando en las computadoras mientras la nave seguía haciendo pequeños movimientos; de pronto se levantó unos treinta metros por encima del suelo y unos soldados colocaron una vaca debajo de ella.

—Preparados para la prueba de la luz —se escuchó por los altavoces.

¿Qué? —Jabb miró hacia la nave.

La nave emitió una luz brillante sobre el animal, éste se desintegró para volver a aparecer, unos segundos después, y desplomarse desde cinco metros de altura. Se golpeó en el suelo rompiendo sus huesos en medio de un gemido horrendo. Los militares exclamaron al unísono: ¡Oh!

¡Qué estúpidos son! Estos terrícolas saben más de la cuenta. Tengo que avisarle a Thymoty. Tenemos que tomar medidas de control... —pensó el krítalo mientras el cuerpo de Jabb evidenciaba gotas de sudor en el rostro.

El militar tocó la puerta con fuerza.

—Deja de molestar —dijo Carlo, mientras se derretía por Eva— Uf, ay, ven para acá linda...

—Voy al baño papacito. Si quieres seguir conmigo, arregla que no nos molesten —dijo Eva cerrando la puerta tras de sí.

—Sargento Carlo López... Le estoy hablando. ¿Con quién está usted?

—¿Señor...? ¿Mayor Dan?

El mayor Dan Stiffe era la mano dura de la base. Traía a los soldados amedrentados con amenazas; tenía en su historial, el haber encarcelado a dos hombres por más de un año, por no cumplir con llenar los papeles "importantes."

—Abra de inmediato... ¿Qué hace usted con una mujer sin autorización en las instalaciones? ¡Abra!

—Señor, es que me encontraba un poco enfermo... —dijo Carlo mientras corría buscando su ropa.

—¿Cómo? Enfermo... cuentos... —tocó la puerta con más fuerza—. ¡Abra de inmediato! Sé que está con una mujer ahí adentro.

—Mayor Stiffe... ella es mi prima que vino para ayudarme —se acercó a la puerta del baño y susurró—: «Vístete rápido. Necesito que me ayudes a salir de esto.»

—Sargento, déjese de estupideces y abra la puerta.

Carlo se acercó otra vez a la puerta del baño e insistió:

—Cariño, por favor finge ser mi prima... ¿Si?

—¿Qué pasa...? Si no abre usted ahora mismo derribo la puerta.

—Ya voy, es que me siento tan mal —se acercó a la puerta ya con el pantalón puesto y sin camisa, tenía la cara llena del color de lápiz labial de Eva y estaba descalzo, pero así abrió.

—Jefe Dan Stiffe... —dijo cuadrándose.

—Déjeme pasar —exclamó furioso; lo empujó a un lado y entró. En el suelo estaba un cinturón, un calcetín, una caja de pañuelos faciales con dos de ellos fuera de su lugar.

—¿Dónde está la tipa? —caminó por un lado y al pasar, vio la blusa de una mujer. La levanto y dijo con ironía—: Una prima, no es así.

Se abrió la puerta del baño y Eva salió con la camisa de Carlo como único atuendo y solo tenía abrochados los dos botones de la cintura, lo que dejaba ver con claridad las curvas de sus senos y su bella silueta; sus piernas estaban completamente descubiertas, sus mejillas estaban encendidas al igual que sus carnosos labios —rojo escarlata— que brillaban por el labial permanente. La tipa lucía tan despampanante, que el mayor se quedó boquiabierto al verla. *Despide un olor a deseo* —pensó Stiffe.

—¿Tiene usted una iden... identificación señorita? —el mayor Dan tartamudeó.

Ella caminó hacia un pequeño bolso que le había dado Serchy cuando la programó. Tomó una licencia de conducir del estado de Arizona —recién hecha por el krítalo para la infiltración de Eva— y sin que el mayor se diera cuenta, junto con la licencia sacó un cristal diminuto que adhirió a la palma de su mano. El pequeño objeto tenía un pico que apuntaba hacia fuera de la palma. Ella se acercó al mayor Stiffe y le extendió la mano.

—Tanto gusto señor —Dan Stiffe le dio desconcertado la mano y ella la apretó dejando el cristal encajado en su palma sin que él lo notara, pues contenía un anestésico para evitar que la víctima lo sintiera al penetrar la piel.

Ella entregó su licencia y agregó:

—Mire, soy yo... Eva. ¿Acaso necesito enseñarle algo más?

El hombre entró de inmediato en un estado atenuado de su capacidad de análisis, y solo pudo decir:

—No necesita nada más. Usted es Eva...

Carlo estaba completamente asombrado, solo atinaba a preguntarse: *¿De qué se trata todo esto? ¿Qué le pasa al mayor?* Fuera lo que fuera, Eva lo había resuelto.

Eva dijo algo más —programado por Serchy:

—Mire, yo le recomiendo que busque a Jazz Giraldi y a Tim Naive. Ellos son a quienes ustedes deberán encontrar para resolver todos sus problemas —se acercó una vez más a su bolso, pero ahora sacó y entregó las fotografías de Jazz y Tim al mayor.

—Sí señorita. Eso haremos —dijo el mayor y salió del lugar.

Carlo se asomó estupefacto para observar cómo se alejaba.

—¿Qué fue todo eso?

—¿Me puedes dar algo de comer? —pregunto ella.

—Bueno… Vístete —dijo Carlo.

—Dame unos minutos —ella se volteó y caminó hacia el baño mientras se quitaba la camisa, provocando aún más a Carlo. *¡Qué mujer…!* —Carlo se quedó pensando— *Ella es… Es única.*
¿Cómo es que no nos arrestaron…? Al rato me la llevó a la bodega para continuar, Sí…

XXXII

Serchy tomó un jeep y salió de la base por la misma puerta que había entrado. Carlo alcanzó a verlo salir por las cámaras de vigilancia mientras esperaba a que Eva saliera del baño. *¿A dónde irá Jabb?* —se preguntó—. *Bueno, será mejor que no se acerque, no quiero que me vuelva a interrumpir.*

Serchy aceleró a toda velocidad dejando una enorme nube de polvo atrás de su vehículo. Después de recorrer varios kilómetros se detuvo. Sacó su celular y marcó.

—Thymoty. ¡Hay más problemas de los que pensábamos, es necesario tomar medidas urgentes!

—Explícate… ¿Ya entraste a la base?

—Sí, pero ya lograron descifrar la apertura de una de las viejas naves y están haciendo pruebas de vuelo…

—¿Qué? Se supone que era imposible para estos estúpidos terrícolas. Nuestros científicos estaban seguros de que nunca lo lograrían…, pero…

—Olvídate lo que nos han dicho. ¿Cuántas naves se perdieron en aquella catástrofe de la zona 51?

—Creo que eran dos, pero ya sabes la cantidad de mentiras que dicen estos políticos y su banda de traficantes de noticias.

—Bueno, pues con la que están haciendo las pruebas está por quedarse sin energía. Su krit ha de estar casi vacío. Sólo espero que no tengan la otra aquí consigo y que tampoco tengan más krits incautados.

—¿Pero qué has averiguado de Jazz?

—Nada —bufó—. No he encontrado nada de ella en sus computadoras.

—Y qué me dices de Tim… ¿Tienes alguna pista?

—Tampoco. Necesito regresar y buscar más a fondo, y ver también, qué más saben de la otra nave o de los krits. Pero creo que ha llegado la hora de informar al alto mando para controlar esta situación.

—¡No! La única razón por la que no he salido hacia la zona del silencio, es porque tanto tú como Roda están en un punto crítico de la investigación, cerca de averiguar dónde está Jazz; necesitamos reactivar la Futuram en cuanto tengamos su ubicación exacta. Si yo salgo para la zona del silencio, podríamos perder un par de días, que son vitales para poner bajo control el programa de Jazz; en Crystalia no deben de sospechar que la perdimos y que el proyecto está a punto de fracasar. *No quiero ni imaginar lo que me harían, de seguro me evaporarían* —pensó—. Sé que Bruts debe estar tratando de comunicarse con nosotros, pero ya inventaré alguna buena mentira, será fácil; en la historia de manipulación de este planeta, han habido varios problemas similares, como esta ruptura de comunicaciones. Lo primero es recuperar el control del proyecto. Tienes razón, hay que entrar otra vez a indagar si ellos tienen a Jazz. Entonces iré a ver a Jobi. Espero que no se haya metido en otros problemas por allá; el tipo es tan impulsivo… Entra y localiza de una vez por todas a Jazz.

—Correcto Thymoty. Me regreso a la base. Ah, si logras usar la Futuram me verás como un oficial militar de vigilancia llamado Jabb Babba. Le robé por un rato este cuerpo al muy estúpido.

—Bueno... Trata de comunicarte conmigo tan pronto como sepas algo, ¿sí? —Thymoty dio esta orden de tal forma, que más bien parecía un ruego.

—Así lo haré. ¿Y qué me dices de Roda? Necesitamos que nos ayude. ¿Sigue con los engreídos del FBI y Scotland Yard?

—Lo mandé a Nueva York; detuvieron a la cantante. No sé aún de él. Trataré de contactarlo por celular más tarde; y dependiendo de lo que ustedes logren, no me quedará más remedio que viajar a la zona del silencio; ¡con lo que me gusta viajar! Voy a averiguar lo que hizo Jobi, y como sea una estupidez, te juro que lo evaporo. ¿Por qué ponernos a nosotros en este predicamento?, justo cuando perdimos la señal de Jazz. Serchy, no usaremos la Futuram hasta saber algo de ella. Guardaremos lo que queda de energía en su krit, y cuando regrese de la zona del silencio, yo personalmente me traeré un par para continuar con nuestro trabajo. Ok, cortamos.

Serchy tomó el camino de regreso hacia la base; el cielo se empezó a llenar de nubes y el viento empezó a acelerar su paso. Todo indicaba que el mal tiempo estaba por llegar.

El krítalo volvió a entrar al complejo militar bajo la identidad de Jabb. En esta ocasión se topó con Carlo, quien salió a su encuentro, se acercó a la ventanilla del Jeep para proponerle otra locura.

—¡Hola cómplice! Necesito que me cubras otra vez. Todavía tengo a esa lindura ahí adentro, pero ella quiere ir a pasear por ahí. ¿Puedes quedarte con la vigilancia un rato mientras la llevo al pueblo? Tengo la sospecha de que el mayor Stiffe quiere abusar de ella y va a regresar para quitármela.

Este tipo es más estúpido de lo que yo creía —pensó Serchy—. *Necesito quitármelo de encima e investigar rápido.*

—Carlo. Si quieres ayuda, primero necesito saber si conoces algún truco en la computadora de vigilancia, para infiltrarnos en los archivos confidenciales de los servidores centrales. Así podré defenderme de Stiffe y de cualquier militar de alto rango. Y no solo podrás llevarte a ese bombón en esta ocasión, sino que podrás verla cuando quieras. El chantaje es una de las bases de la inteligencia. ¿Qué sabes?

—Esa es una buena idea. Pero… y si nos agarran…

—No tengas miedo. Ella vale el riesgo.

—Amigo, ¡que si lo vale! Nunca he estado tan loco por una mujer. Es algo fuera de este mundo… Fíjate que he observado que el asistente del general Toffi —ese niñito mimado que trajeron de Harvard ~al que le apodan Gen Smart~. Es un genio que está lleno de artefactos raros e increíbles—. Él siempre trae consigo tres o cuatro gadgets, y cuando el general le pide acceso a cualquier cosa, el niño aprieta aquí o acá y le da la información a Toffi.

—Bueno, quédate con tu amorcito unos minutos y cuando regrese puedes irte a dar un paseo. ¿Te parece?

Unos minutos después Jabb estaba a un lado de Gen, quien jugaba con un celular que traía entre las manos. La prueba había terminado y los generales discutían a puerta cerrada en una sala de juntas.

—Hola Gen. Me dijeron que me podrías ayudar a reparar mi línea de trasmisión de datos. ¿Es cierto que tú puedes arreglarlo desde tus aparatitos?

—Sí, claro… —contesto el jovencito que apenas tenía quince años.

—¿Con cuál de tus gadgets lo haces?

—Puedo hacerlo con cualquiera. Este es un teléfono pero también es un detector de líneas de transmisión de datos. Algo que desarrollé en la escuela. Pero no puedo enseñársela a nadie. Aquí me tienen encerrado mis papás; dicen que todo es por mi seguridad, pero ya me aburrí.

—¿Me permites verlo?

—No.

—¿Por qué?

—Porque es mío. Me lo puedes estropear.

Jabb desconcertado por la falta de disposición del joven decidió hacer uso de un truco más vil. Metió sus manos a los bolsillos y encogió los hombros.

—Ni modo genio. ¿Podrías ayudarme más tarde con mi problema?

—Claro, en cuanto el general Toffi me diga que ya no me necesita. El me pidió que lo esperara aquí afuera hasta que terminara la junta.

Jabb le ofreció la mano.

—¿Amigos? ¿Sin resentimientos?

Gen no le dio la mano, nunca se la daba a nadie.

—¿No me das la mano? Esto es un saludo de caballeros.

El joven solo movió la cabeza negándose a darle la mano.

—Ya entendí amigo —dijo Jabb—; voy al baño, regreso en un momento.

El krítalo fingió tropezarse y al caer se apoyó en la mano del joven.

—Oye tú, ten cuidado... —alcanzó a decir Gen.

En el joven cambiaron notablemente el aspecto de los ojos, de estar avivados e indiferentes, a una mirada fija hacia Jabb.

—¿Me permites tu teléfono? —dijo el krítalo.

—Sí —y se lo entregó.

—Gen, haz tu trabajo normal. Más tarde te regreso. Si alguien te pregunta por tu teléfono o por mí. No sabes nada.

El efecto durará casi todo un día —el krítalo se refería al viejo truco de krito-narco-hipnosis provocada por un cristal encajado en la mano del joven—. *Me tengo que apurar. No tenemos mucho tiempo.*

Serchy se encontraba en la oficina de vigilancia. Afuera el cielo estaba ennegrecido y el viento aumentaba su fuerza, aun así, Carlo se había ido con Eva al pueblo. Ahora el krítalo, habiéndose desecho de Carlo, buscaba en las computadoras sin encontrar nada importante. De pronto dio con una pista. La información se encontraba en los archivos más recientes de vigilancia. Esta decía así:

Principal sospechoso —y se veían unas fotografías de Tim.

Nombre: Desconocido.

Identificación: Desconocida.

Información adicional: Peligroso en extremo.

ALERTA:

Si se le localiza se tendrá que informar al alto mando y proceder a su arresto.

Importante: Se requiere al sospechoso vivo.

Al fin. Sabía que daríamos con él. Ahora necesito más información. ¿Cómo funciona este teléfono? Es que no logro descifrar su uso —pensó mientras se rascaba un poco los ojos, la frente y las orejas—. *Para colmo este cuerpo parece haberse contagiado de algo. ¡Uf! ¡Cómo pica esto!*

—Kkkkrrfff —gruño Serchy como solía hacerlo cada vez que algo no salía como él quería—. *Tengo que encontrar a estos infelices* —pensó mientras tecleaba a una velocidad inverosímil.

La noche llegó con una tormenta acompañándola. El viento era tan fuerte que desprendía los matorrales del suelo, y los hacia volar como proyectiles. La temperatura descendía, mientras el cielo, negro como una pantera, anunciaba una fuerte lluvia. La arena hacía imposible la visibilidad a más de unos cuantos metros. Tim se encontraba justo en la entrada oculta, sumamente nervioso. Su cuerpo estaba a punto de reventar debido a los nervios, el pulso y la respiración brincaban como una locomotora, mientras su visión estaba comprometida por las nubes de arena. Él quería ver a Jazz cuando llegara. *Ya deberían de estar aquí. ¿Por qué no llegan?* —pensaba preocupado mientras miraba su reloj y tocaba el teléfono—. *¿Y si les llamo? No, Oso Grande me advirtió del riesgo de esto.*

De pronto alcanzó a ver una sombra.

Ahí están. Seguro que ahí están. Tengo que ayudarlos —salió al encuentro; sus pasos eran pausados, tenía que asegurar cada pie para no salir volando. Vio que algo se arrastraba hacia él, desesperado se aventó para darle alcance y se dio un golpe inesperado en la cara; había topado con las piernas de una mujer. Tim se deslizó hasta quedar a su lado y verla a la cara.

—¿Eres…?

La arena le impedía saber si era Jazz; con las manos tocó su rostro para protegerla de la arremetida del polvo y al sentir la piel supo que no era ella.

—¿Jenny? Ven, te ayudo —la levantó y casi a gatas se la llevó hacia adentro de la cueva.

—¡Ha pasado algo horrible…! —dijo Jenny desencajada.

—¿Qué pasó? ¡Dime!

Ella se soltó a llorar, lo abrazó, lo apretó y en medio de un mar de lágrimas gritó:

—¡No puede ser! ¡No puede ser!

Tim se limitó a abrazarla mientras acariciaba su pelo con ternura.

—¿Por qué…?

—Ya no llores, ya…

Ella se calmó por un momento, volteo a verlo a los ojos, trató de hablar pero no pudo. Las lágrimas volvieron a dominar el momento y se desplomó en sus brazos.

—Ya… Tú ¿estás bien…?

—Sí, pero… ¡No! No…

—Te voy a dar algo de tomar y me cuentas lo que ha ocurrido.

Tim se contenía. *Tengo que ser fuerte…* —sus nervios se habían tornado en un remolino que hacía mil conjeturas—: *¿Qué pasaría?*

—Mataron a Oso Grande —dijo Jenny con una voz impregnada de coraje.

Tim se quedó inmóvil por un momento, mientras un escalofrío recorría su cuerpo.

Lo sabía. No fue un sueño. Él vino a avisarme —concluyó.

—Entiendo lo que sientes… Lo querías mucho.

—Sí, él fue mi amor, mi protector… mi todo.

—Bueno Jenny, su plan está ligado a su alma. Él estará con nosotros. Tenemos que lograr concluir lo que empezamos. ¿Hace cuánto que lo mataron?

—Unas horas. No puede avisarte porque me detuvieron en los interrogatorios de la policía. Para colmo ahora yo soy una sospechosa.

—Eso quiere decir que estamos caminando en la cuerda floja. De seguro los krítalos estarán por llegar; pero lo que más me preocupa es que Jazz está retrasada ¿Lograste robar los krits?

—Sí, los escondí donde Oso Grande me dijo; en la vieja mina de Kurt. La que está abandonada y clausurada por los derrumbes de hace dos años.

—Bien hecho. Mientras tanto, me gustaría saber por qué no han llegado Jazz y Looky. Habría que averiguar que se traen los krítalos, pero con esta tormenta...

—He estado en peores. Cuanto antes sepamos algo, mejor. ¿Qué puedo hacer?

Tim se quedó un momento sopesando las acciones a seguir.

—Hay que aprovechar el tiempo. Ven —la tomó del brazo y la condujo hasta la entrada de la base militar—. Aquí encontrarás un todo-terreno. Está oculto tras los matorrales a un lado de una enorme roca.

—¿Te refieres a la roca del coyote? —dijo Jenny.

—La que tiene como veinte metros de altura y es de forma redonda —agregó Tim.

—Así se llama.

—No sabía su nombre; solo rodéala. Ve al pueblo. Investiga con cautela sobre cualquier persona nueva, y en caso de que sospeches de alguien, avísanos de inmediato. Como aquí no llega muy bien la señal de los celulares, manda todo por mensaje de texto, de este modo cuando llegue Jazz, podremos alejarnos un poco de la zona de interferencia y leer tus reportes.

Toma, colócate esta máscara para la arena.

—Entendido, te aviso en cuanto sepa algo —Jenny se colocó la máscara y se alejó casi a gatas.

Tim caminó de regreso a la entrada secreta. Cuando llegó, la tormenta amenazaba con desplegar todo su poder. Los rayos bajaban de los nubarrones iluminando todo por instantes, en una combinación de tormenta eléctrica con fuertes ráfagas de viento. Las gotas de lluvia se habían convertido en diminutos proyectiles que golpeaban el rostro. El agua y los fragmentos de arena juntos, le causaban ardor en la cara. *No podré quedarme aquí con este temporal. Tendré que meterme. No creo que Jazz y Looky puedan llegar con la fuerza de este viento, no podrán. ¿Por qué le pedí a Jenny que saliera...? Creo que se quedó atrapada en medio del camino hacia el pueblo*

—pensó mientras trataba de tapar su rostro de la lluvia y arena. Dio la media vuelta y se volvió a meter, con una sensación de frustración que lo agobiaba. De pronto un rayo desató su fuerza muy cerca de ahí y alumbró la entrada; al presentarse el sonido del trueno apareció Looky, quien al entrar se cayó al suelo —su cuerpo tenía tanto lodo que daba el aspecto de un espectro fantasmal—. Se incorporó con esfuerzo y alcanzó a ver la silueta de Tim cuando se alejaba.

—¡Ayúdame! Jazz no puede salir del auto. ¡Está en peligro!

Tim volteó. Un segundo rayo iluminó la figura de Looky en la entrada. Una emoción de desesperación golpeó su cuerpo con un disparo de adrenalina obligándolo a correr hacía él.

¿Es realmente Looky o un engaño de los krítalos? —pensó antes de llegar.

Jazz se encontraba con la mirada fija en un pequeño árbol que ardía todavía debido a la descarga de un rayo.

Esto ya lo he vivido antes. No sé qué hacer. ¿Por qué estoy regresando con Tim? —la imagen de aquella tormenta que viviera con Tim se hacía presente. Ella evocaba con tal precisión el momento, que podía sentir aquel beso apasionado después que los dos estuvieran al borde de la muerte—. *Pero si estoy casada con Mark* —reaccionó alejándose por un momento del recuerdo—. *No es justo, después de todo, estoy segura de que él me quiere... Y esto de los aliens... No sé qué creer. Todo es una locura. ¿Y si esto es un puro engaño?*

Otro rayo iluminó de nuevo la escena, lo que la obligó a observar otra vez el árbol que ahora se apagaba por la lluvia, el viento y la arena. El recuerdo la hizo presa una vez más. El beso la envolvía en una emoción desbordante.

Tim abrió la puerta de la camioneta y la tomó de los brazos, la sacó cargando del vehículo y se la llevó. Ella lo abrazó con todas sus fuerzas. Tim daba tumbos hacia los lados debido al viento que empujaba con violencia. El trayecto —que en verdad era pequeño— parecía interminable. En cuanto terminaron de rodear el peñasco, una ráfaga los hizo caer. Tim quedó inmóvil con Jazz en sus brazos.

—Tim, por favor Tim, no te vayas… Te necesito. Tú eres todo para mí —le decía mientras tocaba su rostro con desesperación.

De pronto la lluvia desapareció junto con el viento. Ella acercó su rostro al de él para tratar de comprobar si aún respiraba. Pequeños remolinos de viento se entrelazaban en medio de sus rostros, y se alejaban con la tormenta que ahora disminuía, dejándola con la incertidumbre de si Tim estaba vivo o no. La necesidad de estar con él era tan fuerte que sintió que la tormenta ya no existía.

—Mi vida. Dime algo por favor...Regresa...

Ella limpió tiernamente el rostro de Tim y cuando ya había llegado al límite y se encontraba a punto de llorar, él abrió los ojos y la miró.

—Jazz, ¿estás bien?

Ella lo besó en la boca con tal pasión que lo condujo a un espacio donde nada más importaba; con sus cuerpos entrelazados en caricias; sus almas se habían convertido en una sola, muy fuera de los problemas de este mundo.

Dios mío. Es él... Sí, es él a quien amo... —concluyó ella para sí misma.

Aún me quiere, pero... —Tim entró en conflicto. Una parte de él deseaba estar siempre a su lado, mientras algo más que no podía descifrar le hacía sentir que no debería de estar con ella; pues si así fuera, la llevaría por un camino inseguro.

Un nuevo relámpago se escuchó y una nueva ráfaga de viento, agua y arena los sacudió, se alejó por un instante y regresó con más fuerza.

—¡Vámonos de aquí! —le dijo Tim ayudándole a levantarse—. Tenemos que apurarnos, la tormenta está empeorando —los dos corrieron hacia el interior de la cueva.

XXXIII

Tim llevó a Jazz a través de los túneles y conforme pasaba de una cámara a otra le explicaba algunos detalles del lugar. Jazz miraba llena de desconcierto y asombro. *Las locuras que decía Tim, son reales* —pensaba—. Looky tranquilo, simplemente los acompañaba. Llegaron a una zona de descanso sellada. Ahí estaban los dormitorios de la base, donde Oso Grande había dejado provisiones y equipo —había hecho esto en las dos bases krítalas, en caso de que no llegaran a Nevada—. Se cambiaron de ropa, pues aún estaban empapados, y se reunieron en el pasillo. Jazz miraba sin dar crédito a sus ojos y pasó la mano por uno de los estantes que estaban vacíos; miró sus dedos sin polvo.

—Tienen un sistema que evita que se ensucien las instalaciones —dijo Tim—, no sé cómo funciona pero es un...

—¡Invento extraordinario! —lo interrumpió Jazz—. ¿No habría manera de colocar uno de estos sistemas en tu casa, Tim?

Continuaron su camino.

—Tim —dijo Looky—, sé que Jazz necesita saber todo, pero... ¿qué ocurrió con el plan de desmantelar la energía de la base de aterrizaje en la zona del silencio? ¿Lograron robar todos los krits?

—¡Caray!, es cierto. No te he puesto al día de los últimos acontecimientos. Es que ver a Jazz... me ha dado un poco de sensación de triunfo. Lo necesitaba. Ella es la parte central del plan de manipulación de los krítalos, y por lo menos esto va bien —los tres se detuvieron unos momentos, cerca de la entrada de la sala de transferencia.

—¿Yo soy la parte central? —Jazz se sonrió al hacer la pregunta.

—Hay varias cosas que... no sé por dónde empezar. Ojala todo fuera buenas noticias.

—¿Qué? Dinos que pasó —dijo Looky muy serio.

—Mataron a Oso Grande —dijo Tim e hizo una pausa—. La muerte fue tan extraña, que estoy seguro la provocaron los krítalos, simplemente se secó desde adentro. No sé quién lo hizo, pero lo averiguaremos tarde o temprano —Looky se quedó callado digiriendo la mala nueva y Jazz solo los miraba—. La buena noticia es que Jenny y las chicas lograron robar los krits.

—Lo de los krits está bien, pero que hayan matado a Oso Grande, es delicado —dijo Looky—. Termina de informarle a Jazz más tarde y ocupémonos en este momento de la siguiente fase del plan.

Los tres asintieron y siguieron a Looky, quien a paso rápido, quizá para disimular el sentimiento de tristeza que lo embargaba al enterarse de la muerte de Oso Grande, se dirigió a la sala de transferencia de la base.

—¿Quién era Oso Grande? —preguntó Jazz en voz muy baja.

—Un gran hombre. Él descubrió todo el plan de los krítalos. En cuanto tengamos una oportunidad te cuento, pero en este momento es más importante que sepas otras cosas. Te voy a enseñar algo especial de la tecnología de los krítalos —dijo Tim—, es el método que usan para infiltrarse. Ellos tienen la tecnología para transferirse a los cuerpos humanos.

Los tres cruzaron a través del portal de la entrada. Tim de inmediato se detuvo, levantó su brazo e impidió que Jazz y Looky siguieran adelante.

—¿Qué…? —preguntó Looky subiendo la voz al ver lo que contenía la primera cúpula.

—¿A quién tienen ahí adentro? —preguntó Jazz observando admirada el cuerpo de un hombre; que se encontraba recostado en la primera camilla; la cúpula de cristal oval lo cubría.

Tim se quedó inmóvil. Se sintió fatal en un instante, y le subió la temperatura en fracciones de segundo. *¿Qué me pasa?*

Él sabía que debería ser fuerte; enfermarse no era una opción. Tenía que hacer lo que fuera necesario para que el plan de Oso Grande saliera adelante. Looky observaba el cuerpo del intruso junto con algunos de los objetos que se encontraban en una de las plataformas.

—Tim, no te quedes ahí parado. Ven para acá —dijo Looky molesto.

—Voy, ya voy —dijo al acercarse. Observó que había algo en el suelo, y lo recogió. Era un pequeño papel—. Es un recibo de comida.

La fecha es de hace tres días. ¡Esto acaba de ocurrir!

Tim y Looky estaban estupefactos. Sabían que esto significaba que estaban en problemas. Una transferencia krítala acababa de llevarse a cabo. No sabían de quién era ese cuerpo, pero era seguro que un krítalo estaba cerca.

—¿Quieren decir ustedes que este hombre no estaba aquí antes? —preguntó Jazz—. ¿Y qué hace en esta cúpula? ¿Está vivo?

—Sí Jazz, está vivo. Esta cámara se usa para dejar un cuerpo en suspensión mientras el krítalo se apodera de otro cuerpo que usará hasta que ya no le sea de utilidad. El krítalo que está por ahí dejó este cuerpo aquí suspendido.

—Pero yo lo veo como un ser humano cualquiera —dijo Jazz.

—Lo que sabemos es que los krítalos entran en los cuerpos humanos, pero nunca hemos visto directamente cómo es su aspecto en realidad —intervino Looky—. Ellos los usan en la Tierra, es más fácil para sus planes. Lo que es seguro es que el krítalo dejó este cuerpo a cambio de otro.

—Pero ¿y qué hay con el dueño del cuerpo que se toma prestado…? ¿Qué le pasa? ¿Muere? —preguntó Jazz.

Tim se acercó al módulo de transferencia e intervino:

—No… no muere. El ser queda suspendido en esta cúpula de cristal —dijo señalando la cúpula vacía al otro lado—. ¿Alcanzas a ver esas pequeñas luces de tono verde brillante que viajan de un lado a otro en el interior?

Jazz miraba más de cerca la cúpula adyacente.

—Al ser lo engañan. Esta máquina lo entretiene con un sinfín de imágenes que le transmite de forma electrónica, como en la película Matrix. De modo que el ser espiritual cree vivir algo sin darse cuenta que es meramente sintético —Tim se estremeció sin darse cuenta. Lo que dijo fue con tal certeza que le hizo dudar de sí mismo—: *¿Por qué siento esto?* —pensó sin poder detectar lo que ocurría—, *o… ¿Acaso Oso Grande me dejó obsesionado con los métodos de los krítalos?*

—Lo importante ahora es que tomemos las precauciones necesarias antes de que sea demasiado tarde —les dijo Looky a los dos—. Tenemos uno o más krítalos por aquí. Eso es un hecho.

—Lo importante es proteger a Jazz —reafirmó Tim—.

—Tienes razón —confirmó Looky—. Necesitamos moverte a un lugar seguro de inmediato. La llevaré por el túnel de acceso hacia la antigua base del área 51 en Nevada; es lo más seguro. Nos situaremos a unos diez minutos de la boca de la entrada del túnel. Tomaré unas provisiones de la cámara de descanso.

—¡No Looky! Quiero hacer algo y ayudarlos —dijo Jazz—. Si hay que luchar lo haré. ¿Cómo podemos matarlos?

—El problema es que gracias al sistema de transferencia es difícil saber cuál de las personas con las que tratas es un krítalo —explicó Tim—, y ellos te necesitan a ti Jazz. El plan es usarte para controlar grandes masas y extraerles la energía. No lo sabes, pero tienes un don especial, un magnetismo que sólo poseen unos cuantos. Esto lo han estado planeado por años. No cejarán en su empeño. Si te atrapan harán de ti lo que quieran sin que te des cuenta, no usarán la fuerza física para esto. Será un engaño.

Jazz miró a Tim directo a los ojos y dijo haciendo sentir su miedo en las palabras:

—¡Pero no me quiero alejar de ti otra vez! ¿Me entiendes?

—Jazz. Él estará bien —intervino Looky—. Oso Grande lo preparó para esto. Vámonos. Entre más tiempo pase más peligro corremos todos.

Tim se acercó a ella y la abrazó. Ella lo apretó con fuerza para después acariciarlo. Lo besó con premura y le susurró al oído:

—Prefiero morir si no estás conmigo. ¿Vas a venir por mí verdad? —se desprendió de él sin que tuviera tiempo de contestar. Looky comenzó a caminar volteando hacia los lados, nervioso, urgiendo a Jazz para seguirlo. Tim la observó alejándose con Looky mientras un remolino de confusión lo invadía: *¿Qué es lo que debo hacer?* —pensó—. *Es una belleza* —concluyó sin dejar de verla, y cómo si ella supiera que él no había dejado de observarla, volteó. Su mirada se convirtió en un imán forjado en el alma. Este suceso se mezcló con un centenar de recuerdos de ella. El amor..., el anhelo..., la unión y la separación..., todos los momentos se habían tornado en uno solo.

Tim se escondió cerca de la zona de acceso a la cámara de transferencia. Decidió hacer turnos para estar al pendiente del momento en que entrara el krítalo con la intención de hacer un nuevo cambio de cuerpo, y a intervalos de media hora se movería a la entrada secreta del peñasco; pues sabía que América y Águila Dorada deberían de llegar en cualquier momento; teniendo en cuenta que no podía descontar la posibilidad de que Jenny volviera a aparecer por ahí. Él estaba seguro que los krítalos habían entrado por el acceso principal, el que daba hacia la nueva base militar; y estaba seguro que no habían pasado por la zona de descanso, pues ya se hubiera topado con ellos. Pasaron muchas horas y la noche se transformó en una sombra fantasmal. La temperatura bajó considerablemente e impregnó todo con un frío húmedo que la tormenta había dejado tras de sí. Tim se encontraba escondido en un borde de la entrada del peñasco. Ningún cambio. No pasaba nada. Sin poder contenerse más, se sentó en un pequeño rincón; en un momento cerró los ojos, y sin darse cuenta se quedó dormido.

Una neblina espesa entró y cubrió todo a su paso. No podía ver nada. Pequeñas ráfagas de viento creaban la impresión de bailarinas blancas dando giros. De pronto un pequeño punto negro apareció a lo lejos; y al acercarse se convirtió en una silueta de mujer. Lo que fuera un punto negro era su larga cabellera, envolviendo un semblante de deseo exacerbado. Dos elementos dominaron el entorno. Eran unos ojos grises que resplandecían en su fondo blanco. Las hermosas pestañas negras le daban un toque único. Las cejas finas y perfectamente definidas hacían juego en un tierno rostro redondo. Sus labios carnosos se levantaban de ese rostro como delicados frutos. *Hmn... Jazz...*

No me dejes —le susurró ella al oído—. Su voz era dulce, pero contenía un toque de pesar que se dejaba sentir —igual que un vaso conteniendo agua fría, empapa su exterior al contacto con el aire—. Sus ojos, sus movimientos y su voz, reflejaban como se le desgarraba el alma.

De pronto la neblina la cubrió para desaparecer. *¿Dónde estás...? Jazz por favor espera...* —Tim giró y despertó envuelto en sudor. Observó a su alrededor. La neblina estaba ahí. Una sensación de desesperación lo hizo levantarse de un golpe. Había sido un sueño. Revisó su reloj. *En cosa de minutos va a amanecer. ¿Dónde están América y Águila Dorada? ¿Por qué no llegan? Ya tendríamos que estar empezando la siguiente fase del plan.* Empezó a caminar hacia la cámara de transferencias. *Voy a revisar el cuerpo en suspensión.*

Un nuevo día había llegado. El sol hacia su presencia majestuosa, dejando a su paso brillos anaranjados envueltos con trazos azul violeta. Thymoty se encontraba en medio del desierto con unos binoculares en las manos. Observaba con mucho detenimiento hacia lo lejos cuando sonó el celular.

—Serchy. Ya era hora que te reportaras conmigo. Dame lo que tengas de información.

—Tim está por aquí y lo más seguro es que Jazz esté con él. No los he ubicado aún. Pero hay otros problemas —dijo Serchy, quien aún usaba el cuerpo de Jabb. Se rascó los ojos y empezó a lagrimear sangre—. Este cuerpo está infectado con el "virus de transferencia continua." Había leído de esto en el manual de cambio de cuerpos, pero nunca me había ocurrido.

—¡Eres un imbécil! ¿Ese es el problema? ¿Cómo puedes comparar esto cuando es posible que hayamos perdido el control de la base de embarque de los krits? Y no solo eso, también el sistema de comunicaciones está comprometido.

—¿Qué? —preguntó Serchy alarmado—. ¿De qué hablas?

—Escucha estúpido. Aquí todo está muy mal. Tuve que venir a la base del silencio: ¿Recuerdas el *Dispositivo Rata* que le coloqué a Jobi al empezar nuestro proyecto?, ese aparatito que emitía señales a la Futuram, para que en caso de que nos quisiera traicionar pudiéramos anularlo, pues tú sabes que el tipo era mi cómplice, y yo temía que también fuera mi verdugo; de ahí la razón de ponerle eso. Pues el *Dispositivo Rata* únicamente funciona si el cuerpo está con vida y perdí la señal, lo que quiere decir que está bien muerto. Todo ocurrió cuando encendí la Futuram para saber si tenía algo nuevo de Jazz.

—¿Entraste a la base de embarque? —preguntó Serchy.

—Llegué, pero no he podido entrar —contestó encolerizado Thymoty—. ¡Estoy justo aquí, estúpido! Hay un vehículo junto al de Jobi que no reconozco, y dos rancheros a unos cuantos metros de la entrada. Están platicando. Esto es grave. Se perdió el escudo protector en la ubicación de esta base. Estos tipos se estarán devanando los sesos para explicarse cómo apareció ese complejo en medio del lugar. ¡Tienes que localizar a Jazz ya! Yo trataré de resolver lo que pueda aquí.

—Voy a encontrarla, pero este cuerpo ya está sangrado; ¡es asqueroso! —dijo Serchy.

—¡Tenemos que hacer algo! Si el cuerpo que tomaste se está muriendo, toma otro y ya —dijo Thymoty mientras se jalaba las cejas tan fuerte que se arrancó una.

—Thymoty, es que con esta identidad estoy consiguiendo información. Cambiar a otro cuerpo de autoridad me llevaría tiempo.

—¡Puro estúpido folclore terrestre! ¡Elimina a quien sea necesario! Si logras ubicar a Tim, podrás hacer algo y encontrar a Jazz, y aunque tengamos problemas podremos recuperar el programa. Si ya sabes que Tim está ahí, concéntrate en él. Recuerda que la Futuram aún está funcionando. Después podríamos ir a la vieja base de Europa entre España y Francia y tratar de restablecer la comunicación con Crystalia desde ahí. Revisa también en la vieja base del monte Bangs, por si haya quedado algún krit con algo de energía. Revisa a consciencia todo el lugar.

—Buscaré en la base. ¿Pero qué hay de Roda? —preguntó Serchy.

—Roda ya está en camino para reunirse contigo.

—¿Cuándo llega? —insistió Serchy.

—Ponte a trabajar y deja de hacer preguntas. No sé cuándo va a llegar. En unas horas, supongo. Él quedó de avisar.

Serchy ignoró el enojo de su jefe. Sabía que en estas circunstancias, los rangos salían sobrando y necesitaba más información para salvarse. Así que volvió a acosarlo con otra pregunta:

—¿Pero Roda logró algo en Nueva York? —Serchy hacía gestos debido del dolor que sentía debido al virus.

—Todo resultó un engaño… La mujer que detuvieron no era América Free sino Jane Taylor. Fue un truco estúpido. Pero quien sí estaba ahí era Mark Hammond junto con una detective; ellos siguen los mismos pasos que Roda.

—Me voy Timothy. No aguanto más los dolores en este cuerpo. Voy a tratar de resolver esto de una vez. Tengo que tirar este cuerpo antes que reviente.

—Apúrate y encuentra cualquier krit que haya por ahí. Encuentra a Tim. Necesitamos resolver esto rápido. No me imagino lo que estará planeando el general Bruts… —dijo Thymoty.

—¡Me voy…! Te llamo en cuanto haya un avance —se sacudió la sangre del rostro y sin dejar de quejarse subió al Jeep que había tomado de la base militar.

Tim se moría de hambre. Había pasado mucho tiempo desde que comiera algo, sentía un vacío en el estómago y un poco de debilidad, por lo que decidió desviarse hacia la zona de reposo donde tenían las provisiones, y se preparó uno de los platillos que había en los congeladores.

Qué rico está este salmón ahumado. ¿Cómo habrán desarrollado los krítalos esta tecnología para conservar los alimentos en tan buen estado? —pensó mientras se limpiaba la boca con una servilleta.

Un nuevo escalofrío entró en su cuerpo; fenómeno al que ya se empezaba a acostumbrar debido a la frecuencia con que le pasaba. *Más vale que me apure. Tengo que descubrir quién es el intruso, y América aún no llega* —pensó caminando hacia la cámara de transferencia. Un ruido se escuchó cuando Tim estaba a unos cuantos metros. Se acercó con mucho sigilo —tan silencioso como un gato tras su presa—, se deslizó en el suelo para poder mirar desde abajo e impedir ser visto. Un militar caminaba de una camilla a otra. Sangraba por la boca, por los oídos y los ojos. Gruñía de forma especial y al caminar hacía un ruido que le puso la piel chinita; era como si una uña rayara un pizarrón.

Un repentino cambio de temperatura provocó un mareo desagradable en Tim; se tambaleó y estuvo a punto de desvanecerse y pegarle al suelo con la cabeza. *¿Qué me pasa...? ¿Qué enfermedad tengo? No debo dejar que mi estado impida agarrar a este fulano.*

El mareo disminuyó un poco, y superando con esfuerzo la sensación desagradable, se enderezó para seguir observando.

Es un krítalo... Este ruido es precisamente sobre el que me platicó Oso Grande. Tim evocó las palabras de su amigo: «*Cuando un krítalo ha pasado mucho tiempo metido en otros cuerpos, o ha cambiado muy seguido de cuerpos, genera una enfermedad extraña, la llaman "enfermedad de transferencia continua." Al parecer el ser emite una onda de energía tratando de reconstruir su cuerpo, y ésta, al tocar el cuerpo humano empieza a mutarlo de algún modo. Las extremidades empiezan a hincharse. Las plantas de los pies desarrollan millones de pequeños cristales. Se pierde la movilidad de las piernas obligando al individuo a arrastrarlas, y esto generará un ruido intolerable. Esto es la prueba definitiva; pero antes de llegar a este punto el tipo sangrará por los ojos, los oídos, la nariz y la boca.*»

Krrr, krrrr —gimió Jabb al colocarse en la camilla. La cúpula descendió y segundos después se iluminó su interior con luces de color verde fluorescente, que titilaban rápidamente. La camilla donde se encontraba el otro cuerpo se encendió un segundo después. Tim experimentó una nueva sacudida que lo tumbó al suelo por completo. Su cabeza golpeó el piso de mala forma y perdió el conocimiento al instante; y mientras la transferencia ocurría, Tim yacía tendido a un lado de la puerta alucinando. Lo que le pasó tomó unos cuantos segundos, más para él se sintieron como si hubieran transcurrido varios minutos.

La neblina entró de nuevo a la base. Las ráfagas pausadas de viento transformaron el lugar y las siluetas de fantasmas o espíritus del aire, enrarecieron la escena.

¿Por qué?, ¿y esta neblina otra vez? —se preguntó Tim—. Una sensación de arrepentimiento lo embargó, y con desesperación trató de deshacerse del pesar que le apretaba fuertemente el pecho. Volvió la cara y... *Oh... ahí estás... Tus ojos... ¿Por qué están tan tristes...? Tus labios... Jazz* —él trató de llegar a una conclusión, pero ésta no llegaba. En definitiva, algo que escapaba de su entendimiento, le ocurría.

¿Qué es todo esto?

Ella se acercó, y a escasos centímetros de sus oídos le dijo muy bajito: *No me dejes... No...* —inesperadamente se alejó de él y en ese instante recibió un fuerte dolor en la cabeza.

El malestar le obligó a abrir los ojos.

Unos minutos después se apagaron todas las luces. Los dos cuerpos continuaban colocados en las camillas; de pronto unas pequeñas luces rojas —con diminutos rayos— envolvieron el interior de la cúpula del militar, justo cuando Tim se enderezó.

¿Dónde estoy...? Miró a su alrededor y con sobresalto exclamó: «¡Oh! El krítalo.»

Tim miró buscando más detalles y observó que los dos cuerpos permanecían en las camillas cubiertas por las cúpulas; se incorporó levantándose muy despacio, y cuando ya estaba dispuesto a acercarse se empezaron a levantar las cúpulas de cristal, lo que lo obligó a retirarse hacia afuera de la entrada para no ser visto. Su cuerpo estaba en malas condiciones, pues un nuevo mareo lo atacó. Apenas tuvo tiempo de sostenerse en la pared para evitar caerse.

Serchy —de regreso en el cuerpo de More— se levantó de la camilla y movió la cabeza hacia los lados, hizo tronar su cuello dos veces y gesticuló abriendo la boca de tal forma que parecía que fuera a romperse. Miró el cuerpo de Jabb —que se desangraba en la camilla— y exclamó:

—Por poco me quedo atrapado a la mitad de la transferencia. Maldito militar —dijo Serchy en voz alta—. Se murió justo al final del proceso. Pobre estúpido, se quedó sin cuerpo... Ahora sufrirá de "corpus faltantis." Ja ja ja... ¡Por poco y me toca a mí!

Este tipo es el krítalo. ¿Me pregunto si estará conectado con otros? Si tiene un kritocom los demás sabrán donde estamos, y si me expongo pondré en peligro a Jazz. Ni siquiera tendría sentido matarlo —pensó Tim, cuando una nueva sacudida le arrebató las pocas fuerzas que le quedaban; en esta ocasión no pudo contenerse y se cayó al suelo, provocando un ruido seco, quedando inconsciente.

¿Qué fue eso? —Serchy volteó y se apresuró hacia la entrada. *Oh... es Tim. ¡Qué suerte!, ya no tendré que buscar otro cuerpo. ¡Pobre estúpido! Al fin pondré orden en este asunto* —se arrodilló y verificó la respiración y el pulso.

—Estás enfermo, pedazo de idiota, pero el asunto no debe ser serio ya que la temperatura no es tan alta. Debe ser el fenómeno de... ¡Bueno qué importa! Es el momento ideal para cambiar los planes —cargó el cuerpo y lo colocó en la camilla vacía—. Bueno amigo, es la hora de que me prestes este cuerpo... Ja, ja...

Se escucharon voces a lo lejos.

¡Demonios! ¿Y ahora quien más está por aquí? —pensó al acercarse al mueble donde había dejado sus gadgets; los tomó todos y los guardó en las ropas del cuerpo de Tim, excepto una pequeña cajita con dos compartimientos de diminutos cristales triangulares, que colocó en el bolsillo derecho de su pantalón. Caminó apresurado hacia la entrada de la cámara.

—No veo a nadie —dijo Águila Dorada.

Serchy solo escuchaba un murmullo irregular sin distinguir lo que decían.

—¿Estarán aún aquí? —preguntó América.

—No lo sé.

—Sea lo que sea necesito dormir. No puedo más. Este viaje por carretera en el desierto me agotó...

—No estás acostumbrada, eso es todo. Busquemos a los demás. Looky estará muy contento de verte.

Los dos caminaron por el largo pasillo mientras Serchy se acercaba para recibirlos a un costado de la entrada de la cámara de transferencia. El krítalo sacó dos cristales triangulares y se aseguró que se adhirieran a la palma de cada una de sus manos. Él dio un paso y se dejó ver.

—Qué bueno que ya llegaron. Tim me dejó encargado para recibirlos —dijo Serchy de manera astuta.

La primera reacción de Águila Dorada fue detenerse y contener a América sujetándola de un brazo.

—¿Quién eres tú?

—Un amigo de Tim. Él no tuvo más remedio que llamarme para ayudarlo cuando las cosas se pusieron difíciles...

—Explícate con más detalle. ¿Quién eres?

Águila Dorada no creía que Tim hubiera pedido ayuda a un desconocido. *Debe ser un krítalo* —pensó.

Serchy se acercó a paso lento hasta que estuvo enfrente de los dos.

—¿Me permiten presentarme? —acercó la mano derecha a Águila Dorada—. Me llamo Tom Ámbar.

El indio no le dio la mano. *Esto es muy sospechoso* —pensó.

—Soy un buscador de oro —dijo Serchy sonriendo—. Di con Tim al estar en mi búsqueda —y volvió a extenderle la mano para saludarlo.

Quizá sea verdad —pensó Águila Dorada— recibió el saludo, y sin saberlo el diminuto cristal se encajó en su palma.

—Explícate Tom. ¿Qué sabes de toda la operación? ¿Dónde está Tim?

—Él está con los militares. Lo capturaron. Y usted señorita... Debe de ser América... ¿verdad? Permítame estrechar su mano. Estoy aquí para ayudarles.

—No me lo tome a mal, pero no saludo de mano a nadie que no conozca. Quizá mañana o pasado mañana cuando estemos todos en el mismo canal —América se siguió de largo caminando—. Bueno Tom, llévanos con los demás.

Águila Dorada la siguió y asintió.

—Sí, necesitamos descansar. ¿Dónde está Looky?

¡Con un demonio! No puedo permitir que sigan caminado y encuentren a Tim. ¿Quién será Looky? —Serchy gesticuló y no pudo ocultar su molestia—. *Necesito más información...* —caminó detrás de ellos y cuando estaban a unos pasos de la entrada de la cámara de transferencia intervino:

—Looky ya está esperándolos en la sección de descanso. Vamos con él para que les explique todo —dijo para desviarlos de donde estaba tendido Tim inconsciente.

Serchy estaba a punto de soltar un golpe a Águila Dorada cuando se pasaron de largo la entrada de la cámara de transferencia. En ese mismo momento, Tim estaba haciendo un tremendo esfuerzo hasta logró levantarse, dio un paso y por poco se cae; sudando y con el corazón latiendo con fuerza, se acercó a la entrada.

Definitivamente hoy es mi día de suerte —pensó Serchy—. *Tengo que acercarme a ella. Si coloco el kik cerca de su boca o de su oído tendrá un efecto inmediato —refiriéndose al cristal—. Tengo que fingir algo, una caída a un lado de ella. Sí...* —Serchy se acercó hacia América.

—¡Tú...! —gritó Tim unos veinte metros atrás de ellos.

Los tres voltearon.

—Aléjense de él. ¡Es un krítalo...!

Serchy lanzó un golpe hacia la boca de América abriendo la palma de la mano para introducir el kik, pero el indio intervino atajando el brazo del krítalo y lo empujó hacia la pared usando su propio impulso, Serchy trató de detener el golpe con la mano donde traía el cristal; su cara siguió la misma trayectoria y se encajó el kik en la nariz.

—¡¡Krrrgggg...!! —miró a Tim y gritó—. Estúpido —mientras su cara empezaba a deformarse—. ¿Quién te crees que eres? Tú no puedes hacer... Tú no eres... Tú... —Serchy se derrumbó; su nariz empezó a ensancharse mientras sangraba por los ojos. La piel se pegaba rápidamente a los huesos mientras sacaba un humo espeso de olor repugnante, y los músculos desaparecían haciendo un sonido sordo y crujiente.

Tim caminó hasta ellos con dificultad. Los malestares del mareo, la debilidad, y el sube y baja repentino de su temperatura lo atormentaban, pero su determinación era tan fuerte que aun así llegó.

—¡Tim! —América lo abrazó.

—¿Te alcanzó a tocar? —preguntó Tim.

—No... —y mirando al krítalo exclamó—: ¡Ay... que horrible se está poniendo! —mientras se llevaba las manos a la cara por la impresión.

Águila Dorada se tambaleó.

—A ella no, pero a mí sí. El saludo, Algo... al... alg... —se derrumbó y cayó a un lado del krítalo.

—¡No!, no —América se arrodilló y tomándole la cara le dijo desesperada— Después de todo lo que hemos pasado. ¡Por favor aguanta! —el cuerpo del noble Águila Dorada empezó a humear y a enjutarse. América se soltó llorando.

No sufran por mí. No sufran —el ser se desprendió y los miró desde lo alto—. *Sigan adelante. Sigan adelante. Sigan...* —dijo sin palabras.

Tim se acercó, tomó a América por los hombros y la levantó. Ella lo abrazó, algo parecido a una tensa calma los envolvió.

Sigan adelante. Sigan adelante. Sigan...

—Aún está con nosotros. ¿Puedes sentirlo? —le preguntó Tim.

—Sí, creo que sí... Dio su vida por mí —dijo América comiéndose las palabras en un sollozo.

América había dejado de llorar al percibir que Águila Dorada estaba ahí con ellos. Su presencia fue impactante; le transmitió la paz que necesitaba su alma para despedirse de ellos.

Tim se tambaleó, sus piernas empezaron a perder fuerza. América, al ver como se desvanecía, lo sostuvo evitando que se cayera.

—Tim. Tú no, ¡por favor...! —dijo colocando el cuerpo de Tim en el suelo a un lado del de Águila Dorada.

El cuerpo de Águila Dorada y el del krítalo sacaban humo y se encogían y América empezó a toser.

Este humo es tóxico; siento que me asfixio —pensó.

—¿Qué te ocurre Tim? ¿Tú también? No, por favor —acercó su rostro al de él pero no podía distinguir si respiraba. Tomó su cuello y trató de ver si tenía pulso, pero esto también falló, pues el cuerpo estaba saludando a la muerte. Lo sujeto de los hombros y lo jaló arrastrándolo hasta la sala de transferencia.

—Dios mío, ¿qué hago?

En su desesperación América se subió en él y empezó a dar empujones a su pecho, después le dio respiración de boca a boca. Repitió esto varias veces hasta que perdió el aliento.

Frotó con delicadeza su rostro —ella jadeaba para jalar aire. *Creo que lo estoy perdiendo* —pensó acercándose y le dijo al oído:

—Te necesito. No me dejes sola. Tim, por favor regresa.

Estas palabras hicieron eco en Tim.

Te necesito, por favor regresa... no me dejes sola —ella sin saberlo, había avivado la fuerza de su espíritu; eso fue, lo que en ese momento, salvó a Tim de perder la vida. No podía dejarla; ella lo necesitaba.

Jazz, ¿por qué me dices esto? No te dejaré... lo sabes —el imaginó diciendo estas palabras a su amada.

Tim abrió los ojos —haciendo un esfuerzo descomunal— y un momento *después* volvió a cerrarlos; estaba en un estado de confusión, pues la mujer no era Jazz sino América, y ella era quien hacía estas súplicas.

¿Por qué estoy ahora con América...? ¡No!, otra vez le he sido infiel —pensó moviendo su cabeza hacia un lado—. *Tengo que remediar esto. ¡Ya...!* Abrió los ojos y la miró fijamente. Ella tenía una sonrisa en el rostro y sus ojos se iluminaron. *¿Cuándo me metí con ella?, no me acuerdo.*

—Tim, ¿estás bien? ¿Qué te sucede? ¿Tú también estás infectado? ¿Te tocó el krítalo?

Estas frases obligaron a que Tim mirara a su alrededor. Vio los cuerpos a la entrada de la sala, se secaban con rapidez, y sintiendo una sacudida recordó al fin todo el asunto.

—Oh... América... —contestó él, desvaneciéndose.

XXXIV

Mark Hammond recibió una llamada desde Inglaterra.

—No puede ser. Por más que hemos buscado usando todos los canales de investigación no tenemos nada. Le puedo decir categóricamente, que estos criminales no han dejado rastro alguno.

Mark se quedó sin habla.

—Señor Hammond. ¿Sigue usted ahí?

—Sí claro, ya lo escuché... Si llegan a dar con alguna pista espero saberlo de inmediato.

—Así será, lo tendremos al tanto.

Mark salió del baño con una toalla en la mano. Terminó de secarse la cara —pues recibió la llamada cuando finalizaba de rasurarse—. Se acercó a una mesita que se encontraba en la sala de la suite, escogió un sillón y se sentó; traía puesta una bata blanca, parte de las amenidades del hotel. Su rostro evidenciaba mucho agotamiento por no poder dormir —en las últimas noches solo había dado vueltas de un lado a otro en la cama—. *Tengo que encontrarte. ¿Jazz dónde estás? Dios mío... Espero que no te hagan nada. Te prometo que te voy a encontrar* —sonó el timbre de la detective en su celular.

—¿Malva...?

—Buenos días. Es tarde, lo sé. Dejé que pasaran unas horas para que pudieras descansar un poco más esta mañana.

—Eso quisiera.

—Antes de reportar lo que tengo, ¿te han dado alguna novedad? —preguntó Malva.

—La hay. Me acaban de hablar de la junta de enlace del FBI

desde Londres. ¡No tienen nada! ¿Qué vamos a hacer Malva? Estamos parados... —dijo Mark con la voz muy apagada.

La detective se dio cuenta de que el hombre pasaba por uno de sus peores momentos y con el fin de ayudarle le informó:

—Sé por lo que pasas, pero tenemos algo al fin. A juzgar por los resultados, no han salido de Nueva York. He investigado usando mis contactos; lo de la conexión con un vuelo a Arizona fue una pantalla de humo. Sin embargo creo que no hemos dado con los cabos sueltos. Lo más probable es que usaran otras identidades y de seguro, cambiaron la forma de transporte o simplemente siguen en algún lugar de esta ciudad. Estoy investigando todas las imágenes de las cámaras de video del aeropuerto. Estoy seguro que daremos con ellos —dijo con firmeza.

Una melodía empezó a sonar en el bolso de Malva.

—Mark, tengo que colgar, está entrando una llamada de mi asistente en Miami.

—Sí, toma la llamada. ¿Nos vemos para desayunar en el hotel?

—Sí, en un rato bajo —tomó el celular y contestó:

—Liz, esperaba tu llamada. ¿Cómo está mi niño?

—No te tengo muy buenas noticias. David se enfermó de catarro y anoche casi no pudo dormir.

—¿Qué pasó? Ayer me dijiste que todo estaba bien.

—Es que se trajo un amiguito de la escuela, Peter, y el niño no paraba de estornudar. Jefe, le pido una disculpa, no pensé que... Yo sólo quería que estuviera un poco más contento con un amigo.

—¿Y cómo está ahora?

—No le ha bajado la calentura. Estoy vistiéndolo para llevarlo con la doctora.

—¿Cuánto tiene de temperatura?

—Está en 39 grados, y le estoy poniendo compresas. Ya le di un analgésico para bajarla y nada.

—Por favor llámame en cuanto llegues con la doctora, pero antes pásamelo un momento.

—Aquí está.

—David, habla mami, ¿cómo estás?

—Me siento mal mami. Ven para acá.

—Sí hijito, llegaré lo antes posible; escúchame, Liz te va a llevar al doctor; tienes que hacerle caso, ¿sí?, y yo trataré de estar contigo hoy en la noche o mañana, ¿de acuerdo chiquito?

—Sí mami, pero ven ya... —la voz del chiquillo era lenta y apagada.

Malva había tenido a su hijo como resultado de un apasionado encuentro con su pareja, David Rocks; quien poco después muriera en un suceso en donde ella estuviera comprometida; este era un pasaje trágico de su vida, que al igual que la pérdida de sus padres, la dejara con ese halo de tristeza, con una mirada en busca del amor perdido.

—Nos vemos allá —dijo aguantado las lágrimas—. Dibújame algo y cuando llegue te lo cambio por un regalito, ¿sale? —Malva sabía que a él le gustaba dibujar, y esto pondría la atención del niño fuera de su enfermedad; un truco que le enseñara un buen amigo, el detective Roland.

—¿Un perro o un gato?

—Lo que te guste más mi vida.

—Adiós mami.

—Nos vemos allá, adiós —dijo la mamá y colgó.

Malva marcó a su amigo Tobías —su enlace en el aeropuerto en Nueva York—. Pidió que le reservara un vuelo para Miami y colgó. *Mark, tú y tu mujer tendrán que esperar. Mi hijo David está por encima de cualquier investigación.* Se miró al espejo, arregló su cabello, se aseguró que el labial estuviera perfecto y mirando su figura al espejo pensó: *¿Por qué mi vida me aparta de los seres que amo?* —experimentó un pequeño escalofrío, ~la imagen del recuerdo de David Rocks besándola la envolvió dejándola sin control~ y sus mejillas se tornaron de un tono rosado. Un sonido diferente sonó en su celular e hizo que se apartara del recuerdo de su desaparecido amor. *Lo único que tengo es mi hijo, David junior. Tengo que ir a verlo...* —tomó el celular y contestó:

—Estoy bajando ahora Mark, me hospedaste en el piso más alto.

—Te espero Malva, necesito de tu consejo.

—Dame un par de minutos —y cerró el celular.

Malva entró al restaurante y al observar al personal de servicio con sus trajes inmaculados y sus perfectos ademanes, consideró para sí misma: *Ay estos ricos. Sí que les gusta la vida fastuosa.* Miró hacia los lados y al no ver a Mark se detuvo.

—¿Señorita Malva? —preguntó el capitán de meseros.

—Sí.

—Sígame por favor.

Malva hoy se veía muy diferente, pues traía puestos unos pantalones muy entallados que ahora le hacían resaltar su atlética figura; muslos y pantorrillas bien torneados, y una cintura pequeñita; ella llevaba dos años haciendo ejercicio y su esfuerzos por mejorar su aspecto ya daban los primeros frutos. La tarde anterior había comprado estos pantalones —pues se había quedado sin ropa limpia— y junto con una blusa muy ceñida, que ahora le daba la oportunidad de lucir sus senos firmes y redondos, lucía tal y como desearían muchas quinceañeras.

—Pase por aquí —el capitán abrió una puerta lateral.

Era una sala privada a media luz con una mesa adornada en tonos rosa y durazno. Al entrar Mark la observó tal y como un león observa a una gacela —por un momento Jazz desapareció de su mente y sus hábitos arraigados de playboy, regresaron sin pedirle permiso.

—Buenos días —dijo Mark asombrado.

Malva lo miró y sintió de inmediato una onda invisible de atracción, pero descartó lo que había percibido como "algo propio de la soledad de un hombre al que le ha sido arrebatada su amada debido a las circunstancias adversas de un destino imposible" —es *solo mi imaginación.* Se sentó dando las gracias al capitán que le acomodó la silla, se inclinó hacia Mark y le dijo mirándolo a los ojos:

—Me tengo que ir.

Mark, quien trataba de notar cuál era la diferencia en ella, solo pensaba en eso: *¿Acaso cambió su peinado?* —tardó fracciones de segundo ~que le parecieron siglos~, en comprender lo que ella le había dicho.

—¿Qué dices?

—Mi hijo está enfermo y me tengo que ir. No te preocupes, moveré mis contactos y te mantendré al tanto.

—Ah —él le tomó la mano—. Por favor déjame ayudarte.

Ella se ruborizó y la retiró.

Ay —se dijo a sí misma—*: ¿porque siempre me he de meter en líos con quién no debo?* —y desvió su mirada a un lado.

—Tengo todo bajo control —afirmó.

—De acuerdo, pero, ¿desayunarás conmigo antes de irte?

—Tomaré algo rápido, y me voy, ya reservé mi vuelo.

El capitán estaba esperando a un costado.

—Me trae pan francés y un café americano por favor —ordenó Malva.

—Y para mí, café y un sándwich de pavo ahumado.

El capitán se alejó y los dejó solos. Poco después, los dos comían sin dejar de mirarse uno al otro. Mark se sentía un poco incómodo al sentir tanta atracción por Malva, así es que buscó en su bolsa interior del traje y sacó una carta cerrada.

—Mira Malva, ésta es una carta para Jazz. Ya no sé si lograré verla otra vez, pues estoy perdiendo las esperanzas. La mantendré cerrada hasta que ella la abra. ¿Me ayudarás a encontrarla? Nuestra relación no fue perfecta. Ella estaba relacionada antes con...

—Tim Naive —contestó Malva.

—Bueno, olvidé que eres una de las mejores detectives del mundo.

—Sí, Tim Naive, quien al parecer es un pobre diablo sumamente encantador, según dicen las mujeres con las que ha tenido contacto. El tipo es irresistible.

—Veo que no se te escapa una —agregó Mark—. El hecho es que aunque ella ha sido única para mí —totalmente diferente a todas las mujeres—, nunca dejó de querer al tal Tim. He llegado a pensar que quizá fue ella la que planeó todo para que nunca la hallara. Aun cuando esto sea así, tengo el deber de encontrarla y darle esto —dijo señalando la carta—; para dejarle saber lo que ella fue para mí. He meditado mucho sobre esta carta de despedida. Estoy listo para darle toda su libertad...

Malva lo miraba intrigada; sus ojos brillaban anunciando un toque de alivio. *Qué atractivo es.* Aceptó casi en secreto —hasta para ella misma—, que él podría ser su pareja. *Bueno me tengo que ir. David me necesita. No me tengo que ilusionar con algo imposible.*

—Creo que lo que dices te dará un poco de paz. Mark, me voy, ¿me disculpas?

Mark volvió a acercar su mano y tocó de nuevo la de ella.

—¿Me llamarás cuando veas a tu hijo? Creo que yo debo de permanecer en Nueva York hasta que sepamos qué curso tenemos que tomar.

En esta ocasión ella retiró su mano con una ligera caricia que nació de modo natural.

Le gustó, oh, ¿en qué me estoy metiendo? —ella apartó su mirada de la de él al levantarse.

—Sí, yo te llamo —y empezó a caminar alejándose de la mesa sin mirar atrás; y cuando estaba en la entrada, no aguantó más su deseo de saber si él aún la miraba y volteó.

En efecto, él la miraba... —y sintiéndose admirada—, se despidió con un ademán sencillo, acomodándose el cabello.

Esto no es trabajo, esto es un lío. Le gusto —y con una sonrisa preciosa en su cara se despidió del capitán de meseros.

Malva pasaría las siguientes horas recordando la mirada de Mark y sus palabras. Una y otra vez la escena se repetía en su mente. El corazón de la detective —al igual que un río busca desembocar al mar—, latía con la ilusión de volver a verlo.

XXXV

Y mientras en Europa los mejores detectives del centro de coordinación de Scotland Yard trataban por todos los medios de averiguar algo sobre Jazz, al otro lado del mundo Mark leía las noticias del periódico en relación a sus empresas. Se encontraba en una suite con vista al parque central de Nueva York. Las acciones de sus empresas subían varios puntos en la bolsa de valores. Sorbió un poco de café y después leyó un poco más. A un costado, el sobre cerrado esperaba a que él le diera un momento de su atención. Cerró el periódico colocándolo al otro lado de la mesa, tomó la taza de café y se terminó su contenido, miró hacia la carta y suspiro; la frotó con sus dedos y la puso en frente de él.

A veces me pregunto, cómo es que ya no me llama la atención ganar dinero. Creo que eso es demasiado fácil, ya no tiene ninguna gracia. Cómo quisiera sentir ese entusiasmo e ilusión como cuando tenía quince o veinte años.

Alcanzó una pluma que descansaba en la mesa y escribió en el sobre: Para Jazz Giraldi de Mark Hammond.

Tim, te encontraré. Si Jazz solo puede ser feliz contigo, tendrá que ser así, pero debes de ayudarme primero a encontrarla.

La imagen de Malva despidiéndose de él tomó lugar en su mente.

Hay algo especial en ti, detective. No eres una niña tonta con un cuerpo bonito. Esas mujeres de portada de revista dejaron hace mucho de ser parte de mi interés. Jazz me cautivó con ese carácter de reto y determinación. Nunca le importó lo que yo poseyera, y tú

Malva, tienes en tu haber muchos secretos. Casi puedes leer mi mente. ¿Quién eres tú?

El teléfono sonó con el tono de la detective y contestó de inmediato:

—Malva. ¿Cómo está tu hijo?

—Señor Hammond, soy la asistente de la detective Malva Looks. Le hablo para informarle que llegó bien y se encuentra con su hijo. El niño está recuperándose; le van a hacer un análisis mañana. Ella le hablará en unos días. Me pidió que le dijera que si llegara a necesitar cualquier cosa, no deje de llamarla; que seguirá investigando desde donde esté.

—Gracias señorita —la voz de Mark mostró la caída de su interés al saber que no era Malva—. Yo le llamaré, pierda cuidado.

El bar estaba tranquilo, un par de hombres tomaban cerveza y una de las amigas de Jenny hacía la plática en un rincón con un buscador de tesoros —un tipo raro, que parecía un enorme gambusino de otra época—. La puerta se abrió y entró un hombre apenas un poco más alto que la mayoría. El cantinero volteó a verlo y se le hizo extraño que el tipo trajera tanta ropa encima —pues el calor era intenso—. El hombre se acercó a él con pasos muy marcados, como si tuviera la intención de que todos supieran quien había llegado. Al resonar los tacones de sus botas todos voltearon a mirarle. Una gabardina negra lo cubría y un sombrero puntiagudo y de alas grandes impedía revelar el rostro del individuo. Una vibración especial invadió el lugar, tal y como si un veneno invisible circulara en el aire y tocara a todos. El tipo se detuvo justo enfrente del cantinero y mirándolo a los ojos le dijo:

—Soy John Dewey. Investigador de inteligencia del gobierno. Necesito que usted me dé información.

¡Qué diablos!, yo no he hecho nada, y este tipo parece un demonio de otro mundo —concluyó el cantinero al escucharlo.

—No se quede ahí mirando —sacó una fotografía de Jazz y otra de Tim y se las mostró—. Esta mujer fue secuestrada y es buscada en todo el mundo y este tipo es el principal sospechoso. Sabemos que ellos están por aquí. ¿Los ha visto?

El cantinero —quien era un amigo del dueño y hoy suplía el puesto del encargado— tomó las fotos y observándolas con detenimiento le contestó un tanto reticente:

—No los he visto, pero podríamos preguntarle al dueño. Yo no suelo atender en el bar.

—¿Cómo? ¿Quién es el dueño?

—Hoy no está en el pueblo. Se fue unos días.

—Está usted poniendo en riesgo una investigación... Dígame quien puede informarme, ¡pero en este momento!

La actitud del detective puso al hombre a temblar, pues él había estado en la cárcel, tenía poco en libertad condicional y para colmo, hoy lo habían dejado solo a cargo del bar —regresó las fotografías con la mano temblando y tartamudeó:

—Va...Vaya por favor con el encargado de la tienda de equipo para las minas. Él sabe todo lo que pasa en el pueblo. Yo, yo a... acabo de llegar.

John Dewey estiró su mano, tomó una botella de whisky e ingirió varios tragos para después deslizar la botella en la barra y ponerla al lado del cantinero.

—Más te vale que lo que dices sea cierto —le dijo a la cara—. Si no es así, regresaré, cuenta con ello.

Los tacones resonaron cuando Roda, en este momento como "John Dewey" salió: Todos lo miraron al salir del lugar, y detrás de sí dejó una estela invisible de intriga en el aire —y como un demonio—, robó una moto Harley y en poco tiempo llegó hasta el borde del monte Bangs. Dos horas después se encontraba en la entrada de la base alienígena menor. Había confirmado que sus sospechas eran correctas en cuanto a Tim, más no en cuanto a Jazz. En las tres indagaciones que hizo en el pueblo, pudo constatar que a Tim lo habían visto, pero nunca nadie vio a Jazz.

Bueno amiguito, te voy a encontrar, y entonces podremos localizar a Jazz... que, ¿piensan que podrán escapar? Ja, ja.

Habían dos cosas que los militares desconocían, no así Oso Grande, estás eran la entrada en forma de caracol y un túnel oculto que conectaba la base krítala menor con la mina 51 del Monte Bangs. Roda entró a la vieja base por el acceso de caracol y caminó despacio reconociendo el lugar. No había sabido de Serchy aún. Alcanzó a escuchar un ruido en la cámara de transferencia y se acercó con sumo cuidado hacia la entrada.

—Ah... ah, no me dejes, no —se escuchaba en el interior del lugar.

Roda estaba a un paso de entrar cuando volvió a escuchar las palabras:

—No, no… No te dejaré Jazz.

Es Tim… Están los dos juntos —pensó Roda esbozando una sonrisa. Se puso alerta, tan rígido como una roca, tanto que no quería siquiera respirar. *Está con Jazz. Es mi día de suerte* —su regocijo era enorme—. *Bueno, tengo que actuar con cautela* —él recordó lo que Thymoty mil veces le restregara en la cara—: «*A Jazz la tiene que enrutar Tim. Tratar de hacerlo directamente puede ser adverso.*» *No puedo cometer un error ahora.*

Roda volvió a escuchar un quejido de Tim:

—No, no Jazz. Debes creer lo que te digo… no te dejaré.

Aquí voy —se dibujó una sonrisa malévola en el rostro de Roda. Caminó dos pasos y vio a Tim a unos cuantos metros frente a él—. *¿Cómo, y donde está ella…?* —Tim se encontraba sentado en el suelo, recargado en la base de una de las camillas de transferencia.

—¡Con que aquí estás…! —dijo Roda en voz muy alta.

Tim se encontraba con los ojos entrecerrados, la mirada estaba fija y perdida. Roda —un poco desconcertado— le tomó del brazo y al ver que el hombre no reaccionaba le sacudió la cara.

—Tim. ¿Dónde está Jazz? Te escuché hablar con ella.

Su cabeza se movió al igual que la de un muñeco de trapo.

—Jazz, no… —Tim balbuceo.

—Despierta… Oh. ¡Mierda!, ya veo, estás delirando.

América entró a la última cámara —ella había seguido las instrucciones de Oso Grande al pie de la letra: «Recuerden, en caso de peligro usaremos la cámara de almacenamiento de los krítalos, la que se ubica a varios kilómetros de las cámaras principales de la base de Arizona; diríjanse a ella.» El acceso estaba oculto gracias a algunos cambios efectuados por Oso Grande años atrás.

—¡América! —exclamó Looky con alivio y corrió hacia ella para abrazarla.

—¡Por fin…! Este viaje me pareció el más largo de mi vida.

—No quiero que nos separemos nunca más —agregó Looky y se acercó a América. A ella le brillaron los ojos y acercó sus labios a los de él. El beso fue tan apasionado, que contagió hasta las mismas piedras, haciéndolas vibrar como si quisieran despertar de su sueño eterno. Jazz disimuladamente bajo la mirada para no interferir.

—Tim… —América mencionó su nombre con angustia.

—¿Qué… qué sucede? —preguntó Jazz.

—Necesitamos ir con Tim —América rompió en llanto.

—Dinos qué sucede —dijo Looky.

—Tenemos que ir a la cámara de transferencias. Tim se está muriendo, creo que el krítalo lo contagió de algo; no sabía qué hacer, por eso vine por ti. Tenemos que apurarnos.

—¿Cómo? —Jazz se apretó las manos contra su pecho, y respiró profundo varias veces asustada, se quedó petrificada, por unos segundos no respondió, quería gritar pero no podía.

—Vamos Jazz, no hay tiempo que perder —Looky tomó a Jazz por el codo y la obligó a caminar con ellos.

—¿Pero qué ocurrió? —preguntó Jazz mientras caminaba a la par de sus compañeros.

—Un krítalo trató de matarnos, Águila Dorada y el krítalo murieron, yo logré salir con vida gracias a Tim, pero creo que a él lo hirieron.

Él tiene que vivir, tiene que vivir —pensó Jazz mientras apretaba las manos.

Los tres caminaron desde la cámara de almacenamiento en dirección a la cámara de transferencia. En el camino, América dio todos los detalles de la muerte de Águila Dorada y la del krítalo. Jazz empezaba a comprender la gravedad de todo el asunto. Su corazón se estremecía al pensar que el verdadero amor de su vida podría morir. Recordó con un nudo en la garganta las innumerables veces que ella le dijera a Tim que sus sospechas sobre aliens eran solo su imaginación. El arrepentimiento le calaba muy hondo… Recordó la boda reciente con Mark y sus fallidos intentos de olvidar a Tim; le venían a la mente las veces en que ella se negara a hablarle; los momentos se entrelazaban con las experiencias en que los dos compartieran sus risas, sus pláticas interminables en las que, sin darse cuenta perdieran la cuenta de las horas. Pasó el tiempo de la agotadora caminata y sus piernas empezaron a sentir el cansancio del esfuerzo, más este no era motivo para que ella bajara el ritmo. Su ansiedad crecía a cada paso. Ella se decía una y otra vez:

—Tim, aguanta. *Tienes que ser fuerte* —de pronto, cuando llegaban muy cerca de la ubicación de las cámaras, lo imaginó agonizando y no pudo resistir dar un grito ahogado:

—¡No Tim!, ¡no…!

—¿Qué sucede? —preguntó Looky—. ¿Viste algo? —dijo buscando hacia los lados.

—No, disculpa... *No soportaría perderlo* —pensó.

Los tres llegaron hasta la entrada de la cámara de transferencia. Jazz pidió a Looky que él entrara primero. Ella sentía que no podía resistir verlo muriendo.

—Tienes razón Jazz. Esperen a que les diga que todo está bien para que puedan pasar.

América y Jazz se pegaron a un lado de la pared y Looky caminó sigilosamente. Pasaron unos segundos que parecieron años. Jazz —al no escuchar nada— empezó a perder las esperanzas y su respiración se agitó. América al verla tan trastornada la tomó de los brazos y la apretó.

—¡Aguanta! Todo va a salir bien —susurró, esperando que Looky ya diera la señal, pero no fue así. Los siguientes segundos no fueron tolerables para Jazz. América, al sentirse incapaz de ayudarla la abrazó y la apretó con fuerza. Looky salió y se puso en frente de ellas sin decir una sola palabra; hizo un gesto de asombro, subió los hombros y las cejas y por fin dijo casi masticando las palabras:

—¡No hay nadie!

Ellas no entendían lo que él decía; la sensación de no poder hacer nada se apoderó de Looky. Las miró a la cara y con una sensación de angustia en el estómago, les repitió más pausado:

—No hay nadie. No sé qué pasó, pero Tim no está ahí dentro.

—¿Qué dices? —América fue la primera en reaccionar—. No puede ser. Yo lo dejé recostado a un lado de la camilla.

Jazz sintió un mareo al escuchar las palabras y estuvo a punto de desmayarse; América la tomó del brazo.

—No te preocupes, de seguro se recuperó y está por aquí, vamos...

Los tres prácticamente barrieron con el lugar; miraron de un lado al otro, abrieron dormitorios, bodegas y armarios hasta quedar agotados, pero no encontraron a nadie.

XXXVI

Habían pasado trece días sin una sola noticia para Mark. Por recomendación de Malva él permaneció en Nueva York, mientras ella seguía otra línea de investigación. Se acercaba la hora de la puesta del sol y Mark decidió salir a caminar por *Central Park* para despejar sus pensamientos. En los últimos días todo se había vuelto monótono, mientras sus negocios seguían acumulando utilidades sin que a él le importara esto en realidad. Por alguna razón los últimos acontecimientos habían modificado su punto de vista acerca del matrimonio, su vida, y lo único que le daba vueltas en la mente eran dos cosas; encontrar a Jazz para definir su amor, y saber un poco más de Malva y el misterio que la envolvía, pues ahora como un embrujo, sus ojos y su mirada le venían a la memoria a cada momento.

¿Qué diablos le pasaba? Ella no era tan joven ni tan hermosa... ¿Acaso los años de "tenerlo todo" lo habían hastiado como a un niño que come dulces y chocolates hasta empacharse? Estas preguntas zumbaban en su mente como abejas alrededor del panal.

¿Por qué estoy en esta encrucijada? —se preguntó cuando se detuvo en lo alto de una piedra donde algunos entusiastas, hacían ejercicios de escalada. Colocó una pierna en una roca y se inclinó para observar el brillo del sol anaranjado ocultándose a lo lejos entre los rascacielos, que se veían claramente. A veces le resultaba difícil

creer que eso era Nueva York porque desde abajo no se alcanzaba a ver ningún edificio. *¿Realmente quiero encontrar a Jazz? Me pregunto... ¿Es que estoy condenado para no serle fiel? ¿Qué me pasa? ¿Por qué he llegado a pensar en Malva...? No..., no debo... Creo que Jazz no ha muerto. ¿Por qué he llegado a caer en esto...? No, y aunque ella no me quiera le debo fidelidad. Así debe ser... y aunque sea por esta única vez en la vida debo serle fiel. Sí...*

El sonido de su celular lo sacó de sus pensamientos y aunque no lo escuchó hasta que el teléfono sonó tres veces, lo ayudó a salir de su conflicto interno.

—¿Diga?

—Mark, te tengo muy buenas noticias.

—¿Malva? —Inexplicablemente Mark sintió que ella podría haber escuchado sus pensamientos—: *¿Será que ella sospecha lo que vivo?*

—¿Quién más te llama desde este celular? Bueno, tienes que volver a México, hemos localizado a Tim Naive.

—¿Qué dices?

—Sé dónde está. Necesito que tomes tu avión de inmediato. Avísame en cuanto llegues.

—Salgo para allá.

Horas más tarde, en la Ciudad de México —en el departamento abandonado de Tim—, se escuchó que llamaban a la puerta. El lugar estaba lleno de polvo y sobre la mesa se encontraba un papel impreso con letras rojas en la parte superior. El documento decía:

ÓRDEN DE DESALOJO

El departamento estaba totalmente oscuro y una vela apenas iluminaba una parte de la estancia.

En un sillón que se encontraba al fondo de la sala, una sombra cambió de lugar; era un hombre, y al igual que los crujidos de una casa abandonada, éste se acercó hasta la entrada, se asomó por el diminuto ojillo de la puerta y alcanzó a ver la cara de una mujer.

Fingiré que no hay nadie —el hombre empezaba a alejarse de la puerta cuando nuevamente tocaron con insistencia, pero ahora se escuchó una voz firme:

—Señor, sé que usted está ahí. Por favor abra la puerta.

¿Cómo es que saben que estoy aquí? No puede ser —él se quedó tieso a dos pasos de la entrada.

—Haga el favor de abrir la puerta.

No, no voy a abrir. Me voy a ir a sentar en mi sillón. Al cabo de un tiempo se cansará y se irá —dio un paso más hacia la sala.

—Su departamento ha estado en vigilancia todo el tiempo y sabemos que se encuentra aquí.

Esto último obligó al hombre a dudar de su obstinada negativa.

—Mire, únicamente necesito hacerle unas preguntas. Sé que usted no me conoce, pero yo sí sé de usted, y lo que debo preguntarle es de vida o muerte.

El hombre trató de regresar al sillón, pero cuando escuchó las palabras "de vida o muerte," se paró de golpe, lo que le hizo dar un traspié y el ruido de un periódico tirado en el suelo de inmediato llegó a los oídos de la mujer.

—¡Tim Naive! Sé que está ahí. Por favor abra la puerta.

—¿Quién es? —contestó al fin Tim—. Si la enviaron por lo del desalojo, pierde usted su tiempo. Estoy por dejar este departamento.

—Soy Malva Looks, una investigadora privada. Lo que tengo que preguntarle no tiene nada que ver con su departamento.

—Muéstreme su identificación.

Tengo que verla a los ojos —Tim se acercó y miró por el ojillo mientras sacaba conclusiones en fracciones de segundo—: *Los krítalos suelen* dar *un parpadeo ligeramente retardado comparado al de los humanos* —esto era un descubrimiento que Tim había hecho en los últimos días—. *Pero no puedo correr riesgos* —caminó a la cocina y tomó un cuchillo, lo ocultó en su pantalón y regresó a la entrada.

—Puede ver mi identificación por el ojillo de la puerta.

Tim observó la identificación y el rostro lejano de la mujer sin poder ver con claridad sus ojos. *No sabré si es o no un krítalo hasta que la tenga frente a frente.* Abrió la puerta y dejó pasar a Malva; pero antes pidió una condición para dejarla entrar; la promesa de que ella no prendería ninguna lámpara en el lugar.

Después de que hablaran los dos por unos minutos, Tim había descartado la posibilidad de que esta mujer fuera un krítalo, entonces, al sentirse seguro con alguien que estaba dispuesta a escucharlo, él se abrió de par en par y le reveló parte de su historia, pues sabía que necesitaba cualquier ayuda que pudiera encontrar y deseaba desesperadamente tener a un aliado. Él le contó de forma breve sobre los krítalos y su plan de manipulación en la Tierra. Malva —quien era una experta en interrogatorios— lo escuchó sin mostrar la más ligera seña de duda; pero para sus adentros ponía en tela de juicio cada argumento, y consideraba —sin decir nada— la posibilidad de una psicosis paranoica severa en Tim. Así, él se desahogó y relató la historia hasta los detalles de su último encuentro:

—Hay una oficina no lejos de aquí, que pertenece a los krítalos. Cuando me atrapó este krítalo llamado Roda, yo estaba muriendo, me sentía muy enfermo; creo que aún lo estoy en cierta forma, pues sigo sufriendo cambios de temperatura continuos y no entiendo la razón; eso no importa ahora. Este tipo —si le podemos llamar tipo al krítalo que habitaba ese cuerpo humano—, me llevó hasta esa oficina, ahí se encontraba su jefe, un tal Thymoty; otro krítalo en un cuerpo robado a algún humano. Por cierto, es importante que te explique algo. Si te estoy metiendo en esto, debes saber tanto como yo para defenderte. En los días que pasé enfermo con este krítalo, siendo transportado como bulto de un hotel a otro, en los largos trayectos de la carretera, tuve la oportunidad de ver que Roda parpadeaba diferente a nosotros, y cuando llegué a sus oficinas secretas, su jefe, Thymoty, parpadeaba igual. Esto me dio la clave para determinar si con quien uno habla es un krítalo o un humano. Sus parpados, cuando bajan, dan la impresión de atorarse en el movimiento, como si vibraran en una fracción de segundo. Cuando termina el movimiento y se cierran, parecen trastabillar. La diferencia es muy pequeña, pero si pones atención lo notarás. Cuando están presionados, o algo les molesta, se les acrecienta el parpadeo, parece que tuvieran un tic nervioso, pero es por fracciones de segundo, y si no estás atenta, ni cuenta te das.

—¿Cómo es que escapaste de ellos?

—Antes de que te diga cómo logré escapar, tengo que explicarte algo. Cuando estuve a punto de morir, justo antes de partir de la base alienígena, Roda hablaba solo frente a mí; él creía que yo seguía inconsciente. Ahí alcance a escuchar una conversación tonta con él mismo. El tipo dijo: «Estúpido Tim, ¿por qué dejaste ir a Jazz...?» después de un rato dijo: «...por tu culpa no tenemos más krits y no podemos usar la Futuram, estúpido Tim... aparte tengo que dejarte vivo...» y en un momento en el que el tipo se descuidó y salió de la cámara de transferencia para comer algo, yo —que estaba tendido en el suelo—, al verme solo busqué, en mi ropa, encontré un viejo papel donde apuntaba las horas y los días para no perderme en el tiempo —pues el lugar tiene luz artificial y nunca se sabe con certeza la hora—. Tomé el papel y busqué una pluma pero no encontré ninguna a la mano. Casi no podía moverme, así es que, muy desesperado —pues el krítalo comió la última lata de atún que había encontrado.

Tim interrumpió. Se colocó frente al ojillo y vio que a Malva la acompañaba otro señor. Un escalofrío impactó su pecho y alarmado dio un paso para atrás y dijo con firmeza:

—¿Quién es este hombre Malva? Habíamos quedado en un trato...

—Es el esposo de Jazz.

Ahora el escalofrío se mezcló con desagrado al sentirse invadido en sus intereses íntimos, y cuando abrió la puerta estaba tan turbado que no sabía si era la resaca de la extraña enfermedad o el odio hacia el hombre que le había robado lo más amado; aun así abrió.

—Gracias —dijo Malva—. Aquí tienes algo para comer, te has de estar muriendo de hambre.

Tim recibió la bolsa y la puso a un lado.

—Malva, permíteme un momento a solas con el esposo de Jazz.

—Por supuesto. Voy a comprar algo de beber en la tienda y regreso —ella cerró la puerta tras de sí.

Tim sentía que se desvanecía de un momento a otro; una especie de mareo se apoderaba de él, mientras parado frente Mark, hacía un esfuerzo por juntar sus ideas y ponerlas de una vez por todas en el orden correcto. Jazz era de él y de nadie más. Eso era todo, pero ¿cómo debería reclamar esto? Se armó de valor y habló con fuerza:

—Sé que tú estás casado con Jazz y no sé cómo pasó esto, pero ella es mi mujer... ¿Puedes entenderlo? —su mirada se clavó en los ojos de Mark.

—Tú no eres digno de esa mujer —dijo muy serio, mientras pensaba cómo era posible que esta miseria humana le hubiera robado a Jazz—. Ella merece algo más que esta piltrafa. Solo mírate...

Mark no había terminado de hablar cuando Tim se derrumbó en el suelo y empezó a temblar. Sus ojos giraban frenéticos y su cuerpo empezó a tirar y jalar como si un fuerte veneno lo fuera a reventar desde adentro.

—¿Qué te ocurre?

Mark se arrodilló, se quitó el saco, lo envolvió y lo apretó en un intento desesperado de ayudarlo; pues aunque fuera el causante de la pérdida de su amor, no podía dejarlo morir.

—¡Por favor! ¡Ya! —Tim dejó de temblar de pronto y su cabeza y sus músculos dejaron de moverse quedando totalmente flácidos. Una calma entró en su cuerpo, como lo hace un huracán justo después de presentarse con toda podría regresar en cualquier momento—, froté el papel contra la suela de mi zapato, ensuciándolo, entonces me quité el cinturón e improvisé con la hebilla un burdo lápiz. Así pues, logré dejar un mensaje para Jazz y los demás. Me arrastré un poco más y lo coloqué debajo de la pata de una de las camillas de transferencia, lo menos visible posible; nunca supe si lo encontraron... Si tú eres en realidad lo que dices, una investigadora... ¿Podrás ayudarme a protegerlos?

—Con gusto lo haré, —dijo ella para tranquilizarlo —puedes contar conmigo—. A estas alturas Malva estaba impresionada por todo lo que había escuchado, no sabía todavía si enfrente de ella estaba un lunático perdido, un psicópata asesino o realmente había sido víctima de los aliens. Había cosas en la historia que le había contado Tim, que explicaban una cantidad de inconsistencias que ciertamente la habían intrigado. Y como buen detective que era, siguió escuchando a Tim, alentándolo a abundar en los detalles. Y aunque estaba dispuesta a investigar a fondo lo que le interesaba con relación al secuestro de Jazz, necesitaría mucha evidencia antes de dar por hecho todo lo que él le había contado.

Esto suena demasiado extraño. Necesito investigar acerca de estos aliens, pero creo que por hoy fue suficiente. ¿Será verdad todo esto? —para este momento eran ya más de las doce de la noche y los dos ya se veían agotados. Malva le pidió que descansara, y quedó con él que al día siguiente ella pasaría nuevamente a verlo, agregando que le llevaría comida, para que él no corriera con ningún riesgo por salir del lugar.

—Descansa. Mañana veremos que tenemos que hacer.

—Muchas gracias —contestó Tim cerrando la puerta tras de ella.

Minutos más tarde Malva daba las instrucciones a uno de sus detectives:

—Fernando. Quiero que no dejen de vigilar pero ni por un segundo a Tim. Estén atentos a cualquier extraño que se acerque. Si esto ocurriera me avisan de inmediato, ¡de inmediato...! ¿Me entendiste? ¿Quién es tu reemplazo?

—Carlos, el niño nuevo... Está más verde que una lechuga.

—Pues no dejes que se atonte. Dile que esto es muy, muy importante.

—Sí jefe... —dijo guiñando un ojo, al mismo tiempo que hacía la seña de disparar con sus dedos como un revolver, sonriéndole a su antigua jefa, como era su costumbre. *Ay, ay, ay, el Martillo ya regresó a su humor acostumbrado* —pensó Fernando—. *Y yo que creí que nunca más tendría que trabajar con ella. No sé cómo es que después de retirarse, regresó para tomar un caso. Pero bueno, es un trabajillo bien pagado...*

XXXVII

La detective guardaba sus precauciones. Todo esto era demasiado extraño.

—Mark —dijo Malva—, ten cuidado con Tim. No puedo confiar en todo lo que dice, pero su historia es tan convincente, que me pone los pelos de punta.

—Entiendo Malva, pero ¿qué es eso de los aliens?, ¿tú le crees todo eso? El tipo debe estar loco, habrá inventado esta historia para ocultar alguna fechoría. Quizá él es responsable de la desaparición de Jazz.

—Podría ser que estuviera loco, pero lo dudo mucho. He estado frente a muchos psicóticos asesinos, y siempre me he encontrado infinidad de puntos donde se desfasa su historia con la secuencia de los hechos; en este caso cotejé la mayoría de los datos de su coartada, y cada punto concuerda con la cronología del secuestro de Jazz, la noche del concierto. ¿Cómo supo él de todos estos detalles si ni siquiera estuvo ahí presente? Los datos de los vuelos, la forma en que transportaron a Jazz, las rutas que siguieron, los involucrados, América, el indio. ¡Caramba!, es desconcertante. Ni Scotland Yard, ni la CIA, ni nadie dio con estos datos. Revisé cada uno de ellos.

—¿No dormiste verdad linda? —Mark había notado el color apenas amoratado debajo de sus ojos—. *Aun así ella luce tan atractiva* —pensó.

—No pude; la tentación de corroborar el relato de Naive fue demasiada. No me pude detener. Cuando terminé de verificar vuelos, nombres y evidencia de primera mano, ya era casi la hora en que salía el sol. Ya dormiré después.

—Bueno, yo me eduqué en el mundo de los negocios y la ciencia y no creo una palabra de esto, pero sí para encontrar a Jazz tengo que aprender a bailar con brujos y creer en los marcianos lo haré.

—En mi vida de detective me he topado con algunas circunstancias tan increíbles, que si se las contara a la gente quizá me encerrarían en un manicomio, y con el tiempo he aprendido a ver la vida de otra forma —miró a Mark a los ojos—. Creo que al fin vamos a encontrar a tu esposa.

Mark no se pudo reprimir y la tomó de las manos. Los dos estaban sentados en el asiento trasero de una limosina, que los llevaba al departamento de Tim.

—Perdón —dijo Mark sin soltarla. Malva lo miraba desconcertada y a la vez emocionada al saber que él la buscaba—. No quiero que me malinterpretes. Quiero saber que está bien. A estas alturas, pienso que quizá nunca debí casarme con ella; de alguna forma la convencí, al igual que cuando ganas a un contrincante en una negociación, pero el amor no es ningún negocio y nunca lo será.

La mirada de Mark la había hecho estremecerse; ella sonrió un poco cuando vio que llegaban a su destino.

Malva retiró sus manos justo cuando el automóvil se detenía frente al coche de los detectives que vigilaban el departamento.

—No nos adelantemos a los hechos. Ella aún es tu esposa Mark —abrió la puerta y salió—. Vamos, tienes que ver a Tim.

El chofer salió apurándose y le dio a Malva una enorme bolsa.

—Aquí tiene la comida que ordenó, señorita.

Los golpes en la puerta se escucharon fuerte y claro, y Tim se acercó con tranquilidad sabiendo que sería Malva. Se moría de hambre, pues no había ingerido más que un café viejo sin sabor ni aroma que encontró en la cocina, pues el día anterior se comió la última lata de atún que había encontrado. Se colocó frente al ojillo y vio que a Malva la acompañaba otro señor. Un escalofrío impactó su pecho y alarmado dio un paso para atrás y dijo con firmeza:

–¿Quién es este hombre Malva? Habíamos quedado en un trato…

–Es el esposo de Jazz.

Ahora el escalofrío se mezcló con desagrado al sentirse invadido en sus intereses íntimos, y cuando abrió la puerta estaba tan turbado que no sabía si era la resaca de la extraña enfermedad o el odio hacia el hombre que le había robado lo más amado; aun así abrió.

–Gracias –dijo Malva–. Aquí tienes algo para comer, te has de estar muriendo de hambre.

Tim recibió la bolsa y la puso a un lado.

–Malva, permíteme un momento a solas con el esposo de Jazz.

–Por supuesto. Voy a comprar algo de beber en la tienda y regreso –ella cerró la puerta tras de sí.

Tim sentía que se desvanecía de un momento a otro; una especie de mareo se apoderaba de él, mientras parado frente Mark, hacía un esfuerzo por juntar sus ideas y ponerlas de una vez por todas en el orden correcto. Jazz era de él y de nadie más. Eso era todo, pero ¿cómo debería reclamar esto? Se armó de valor y habló con fuerza:

–Sé que tú estás casado con Jazz y no sé cómo pasó esto, pero ella es mi mujer... ¿Puedes entenderlo? –su mirada se clavó en los ojos de Mark.

–Tú no eres digno de esa mujer –dijo muy serio, mientras pensaba cómo era posible que esta miseria humana le hubiera robado a Jazz–. Ella merece algo más que esta piltrafa. Solo mírate...

Mark no había terminado de hablar cuando Tim se derrumbó en el suelo y empezó a temblar. Sus ojos giraban frenéticos y su cuerpo empezó a tirar y jalar como si un fuerte veneno lo fuera a reventar desde adentro.

–¿Qué te ocurre?

Mark se arrodilló, se quitó el saco, lo envolvió y lo apretó en un intento desesperado de ayudarlo; pues aunque fuera el causante de la pérdida de su amor, no podía dejarlo morir.

–¡Por favor! ¡Ya! –Tim dejó de temblar de pronto y su cabeza y sus músculos dejaron de moverse quedando totalmente flácidos. Una calma entró en su cuerpo, como lo hace un huracán justo después de presentarse con toda su furia.

—¡Al fin! Cedió el ataque. Aguanta un momento —Mark le acomodó la cabeza debajo del saco; entonces se levantó a buscar ayuda—. *Tengo que ir por Malva* —y salió del departamento dejando la puerta abierta tras de él.

Malva estaba a punto de pagar las bebidas cuando entraron dos muchachos a la tienda con los pantalones y unas camisas tan grandes, que parecían un par de engendros salidos de las pesadillas de un diseñador de modas.

—¿Cuánto es señorita? —preguntó Malva.

—Son... —una pistola apuntó a la cara de la encargada.

—El dinero... —dijo el muchacho que le apuntaba.

Malva sintió que la presionaban con algo por la espalda.

—No te muevas o te mato —le dijo cerca del oído el otro estúpido malandrín, que era un tipo flaco y andrajoso—. Tengo una navaja en tu espalda.

—No nos hagan nada —dijo la jovencita que atendía—. Aquí tienen, llévense lo que quieran.

—¿Dónde está el baño? —preguntó el otro asaltante que llevaba la pistola; era un gordo con la cara llena de granos, de unos veinte años de edad.

—Tranquilo —dijo Malva sin voltear a ver—. Llévense lo que quieran.

La empleada ya había señalado el baño al gordo.

—Las vamos a encerrar en el baño. Caminen —dijo el gordo.

Primero pasó la empleada, el gordo la seguía apuntándole con la pistola, Malva caminó tras de ellos y el flaco andrajoso empujaba a Malva con la navaja por la espalda.

En la televisión de la tienda se hablaba de un fenómeno de ovnis que había ocurrido en la noche anterior. Se alcanzaba a oír lo siguiente:

Las autoridades de la calidad del aire han informado que el fenómeno de las luces registradas ayer en la carretera a Cuernavaca, pudo ser provocado por unos globos aerostáticos que portan un sistema de luz de pruebas de medición de las partículas del aire y la visibilidad...

Mark salió del edificio, miró hacia los lados en busca de Malva y no la vio. Atravesó corriendo la calle y se asomó al auto de los detectives que vigilaban el departamento.

—¿Tú eres quién vigila a Tim? —dijo con premura.

—Así es.

—Por favor entra y asístelo. Creo que se está muriendo.

—Yo me encargo —contestó Fernando.

—¿Dónde está Malva? —preguntó Mark.

—Entró a esa tienda —señaló con la mano.

Fernando salió del auto y entró al edificio; dio varias zancadas subiendo las escaleras hacia el departamento mientras Mark se apresuró y entró en la tienda.

—¡Malva! —gritó Mark— ~lo que obligó a los delincuentes a

voltearse, y en el giro Malva tuvo la oportunidad de quitarle la pistola al gordo y la navaja al flaco.

—Denme esto par de babosos —fueron las palabras de Malva, mientras con dos certeros golpes noqueaba al gordo y —con la cacha de la pistola—, doblaba de costado al flaco; el arma se disparó al dar el golpe, rompiendo varias botellas de cerveza. Mark instintivamente se tiró al suelo, mientras el flaco quedaba inconsciente y caía como un costal de huesos en el piso. Un par de policías que caminaban hacia la tienda escucharon el disparo y apuraron el paso mientras pedían refuerzos por radio.

Mientras tanto, Fernando ya había cargado a Tim colocándolo en un sillón. Sacó lo que parecía una luneta de chocolate —color verde claro— tomo la muñeca izquierda de Tim y la apretó contra las venas. En fracciones de segundo Tim dio una sacudida y abrió los ojos, miró a su alrededor y encontró los ojos de Fernando, los cuales trastabillaron dos veces antes de parpadear... Tim se quedó congelado con la mirada fija en él.

¡Oh no! —murmuró Tim—. Este tipo es un... —se escuchó un disparo a lo lejos y segundos después Tim cayó inconsciente.

Unos minutos más tarde, Jazz subía el último escalón cuando vio que la puerta del departamento de Tim se encontraba abierta. Ella traía el papel que Tim le dejara debajo de la camilla de transferencia; éste decía en letras apenas legibles:

"No sirve la Futu... Mexi... busca..."

—¿Pero qué...? —exclamó llevándose las manos a la boca.

Dio los primeros pasos y entró para descubrir que en el suelo había un saco arrugado. Pasó a un lado con cautela. Un sonido de sirenas se empezó a escuchar cada vez más cerca. *¿Dónde está Tim?* —pensó conteniendo la respiración—. *Tengo que darme prisa.* Al ver que el departamento estaba muy oscuro, Jazz trató de prender las luces pero no encendieron; aun así ella siguió buscando a Tim; revisó la recámara, el baño, la cocina y nada, pero en la sala —debajo de varios papeles, y bolsas del mercado— alcanzó a ver una computadora portátil y la tomó. El ruido de las sirenas era ahora estridente. Tim no estaba ahí, y al no encontrar nada más decidió irse y al correr hacia afuera se tropezó con el saco que estaba en el piso y fue a dar al suelo hecha un lío, pues prefirió que su cuerpo pegara primero a que la computadora se golpeara.

—¡Carajo!, solo esto me faltaba —dijo molesta, colocó la computadora a un lado y se tomó con las dos manos la rodilla para tratar de aminorar el dolor del golpe. Justo ahí, frente a ella, se asomaba un sobre de una de las bolsas del saco con el que un instante antes había tropezado. En él leía con claridad: "Para Jazz Giraldi." Lo tomó junto con la computadora y levantándose a toda prisa salió del lugar. Ya en la acera, vio que las patrullas se encontraban en la tienda de la esquina, y un ruidoso número de curiosos se acercaba a mirar y entorpecer todo.

Minutos más tarde Jazz llegó a la habitación que había alquilado en un hotel cercano. Dejó el sobre y la computadora en la cama, se descalzó y se tumbó junto a ellos. Estaba rendida después del largo viaje que hiciera junto con Jenny para llegar a la ciudad. Cerró los ojos para descansar por un momento y sin intentarlo empezó a recordar los acontecimientos justo antes de su viaje. El encuentro con Tim en la base, sus besos; la búsqueda fallida junto con América y Looky, dónde los tres llegaron hasta la desesperación, después de buscar en cada rincón de la cámara de transferencia, y al no encontrarlo continuaron examinando por toda la base, revisaron todos y cada uno de los lugares, hasta que terminó el día, no habían logrado nada; un sentimiento frustrante y agotador los embargaba. El recuerdo era muy vívido. Las palabras de América y Looky hacían eco en su mente:

«—Vámonos a descansar —dijo Looky—, dormir nos permitirá tener las ideas más claras por la mañana.

—¿Y si uno de los krítalos se lo llevó al pueblo? —preguntó Jazz.

—Puede ser. No creo que Tim estuviera en condiciones de salir —dijo América—, el calor lo hubiera abatido. Tienes razón Jazz. Seguro que alguien se lo llevó.

—Solo espero que no hayan sido los krítalos, sino los militares —dijo Looky—. Mañana buscaremos en el pueblo y también averiguaremos si los militares lo tienen. Vamos a dormir.

Los tres se dirigieron a sus habitaciones. Jazz se sentía perdida. ¿Por qué no podía estar con Tim? ¿Lo habría perdido ahora y para siempre?»

Jazz daba vueltas en la cama y se acurrucaba a un lado de la computadora, trataba de descansar, pero lo único que lograba era recordar cada suceso. Empezó a sudar al evocar el momento en que

América —a la mañana siguiente—, le dijera: «Anoche había algo que no me dejaba dormir, pero al fin lo recordé. Cuando traté de ayudar a Tim saqué un sobre de sales que llevaba conmigo en caso de deshidratación; lo abrí y le puse las sales en la boca. Traté de reavivarlo, pero no funcionó, él seguía igual. Al salir corriendo por ayuda, dejé el sobre en el suelo. Lo que no me dejaba dormir era que nunca revisamos el piso ¿Seguirá el sobre transparente ahí? ¿O alguien limpió el lugar para cubrir sus pasos?» Jazz movía su cabeza tendida en la cama —su corazón se agitaba—, recordaba cuando llegó con América y empezaron a revisar el lugar, América se puso de rodillas y distinguió el sobre vacío, se acercó para tomarlo, y cuando estaba a punto de levantarse alcanzó a ver un papel que se asomaba al lado de una de las patas de la cama de transferencia. Ella lo tomó y dijo: «Es un recibo,» y al voltearlo exclamó: «Jazz, esto tiene un mensaje.» Las dos leyeron «No sirve la Futu... Mexi... busca...» Minutos más tarde Looky descifraría que la Futuram no estaba funcionando y que había que ir a buscarlo a la Ciudad de México. Entonces recordó las palabras de él haciendo eco en su mente —dos días después de la desaparición de Tim—: «Jazz, Jenny te llevará hasta la Ciudad de México. Acabo de interceptar la comunicación de un tipo llamado Thymoty.» Con esto podemos confirmar lo que Tim escribiera en el papel. No podrán usar la Futuram hasta tener una pista firme sobre tu paradero; no tienen más krits para suministrar la energía que requiere, y no usarán más los métodos krítalos de comunicación, sólo celulares, esto nos dará una ventaja adicional. Oso Grande diseñó un sistema que nos indica cuando no están usando las computadoras auxiliares de la Futuram —la Futuram y los proyectores holográficos usan un krit, pero la Zuli y las demás, utilizan corriente normal, y mucha—; todo depende de la cantidad de energía eléctrica que estén usando, muy sencillo, pero efectivo... Cuando los krítalos salen de sus oficinas y el consumo baja considerablemente, sabemos que no están usando la Futuram ni las auxiliares, pues el equipo solo funciona cuando todas están encendidas. Lleva este teléfono —Looky se lo dio a Jenny—, América y yo nos quedaremos para estar al tanto de las señales de la oficina y del kritocom, por si ellos lo utilizan. En caso de peligro yo las pondré al tanto y espero que no se dé el caso, pero si ocurriera, tendrás que viajar con los ojos tapados y Jenny te guiará. Cuando lleguen a México busquen a Tim… —esto se repetía una y otra vez en su recuerdo: «Busquen a Tim, busquen a Tim… América y yo te alcanzaremos en México en cuanto confirmemos que no hay peligro. Busquen a Tim» ~la imagen del beso con Tim permanecía en su mente~ entrelazado con la frase: «Busquen a Tim» —el teléfono sonó sacudiendo la memoria de Jazz.

—¿Sí?

—¿Estás bien? —preguntó Jenny.

—Estoy bien, gracias. No sabes cómo disfruté quitarme la peluca y los dientes falsos que me pusiste. Pero no encontré a Tim. Lo único que tengo es su *laptop*; apenas la voy a revisar. ¿Y a ti cómo te fue? ¿Localizaste la oficina de los krítalos?

—Renté una habitación a tres cuadras de ahí —le contestó Jenny—, estoy en el Hotel Ejecutivo Ramson. No he visto entrar o salir a nadie de ahí. Estaré vigilando el lugar a todas horas, y descansaré hasta que Looky y América me puedan reemplazar. Hablé con ellos, ya vienen para acá; están haciendo los ajustes necesarios para modificar su apariencia y viajar en diferentes vuelos con identidades falsas. Si esta es la oficina de los krítalos, parece estar cerrada; aunque no sé si algún krítalo se encuentre adentro y no se asome por precaución.

Las instalaciones de la empresa de software "Final Live" —la fachada de las oficinas de los krítalos— tenía un letrero que pendía de la puerta de entrada: "Cerrado por vacaciones."

La alocada cantante, impaciente por romper con las reglas, caminó hacia su objetivo.

—Chaparrito, ven acá —le dijo América a Looky ~con un acento gringo tratando de imitar el acento mexicano~ mientras se acercaba seductora. Él dio un paso hacia ella y América lo tomó con las dos manos y lo besó febrilmente—. No sé si lo lograremos o no, pero no puedo esperar hasta el final. Si saliera algo mal, al menos nos llevaremos este momento con nosotros —ahora fue él quien la beso con la misma intensidad acariciando su cuello.

—Lo lograremos, no lo dudes —afirmó Looky—, y ten presente que en nuestro próximo encuentro solo tendré atención para ti. Ahora vete, vete ya y aborda ese avión, María López, que con ese color de cabello y tu nuevo color de ojos, algún curioso podría pensar que soy el mujeriego más descarado que hay en el mundo.

XXXVIII

Jazz se encontraba escondida en la suite de un elegante hotel de Ciudad de México; las cortinas estaban completamente cerradas, la luz apagada y frente a ella la computadora portátil de Tim. Estaba desesperada; buscaba una pista que le ayudara a encontrarlo. *¿Tendrían todavía algo de tiempo juntos? ¿Lo volvería a ver?* —pensó ella, mientras buscaba entre los archivos almacenados en la computadora—. Lo primero que revisó no tenía nada más que citas de trabajo de los dos últimos años. Hizo un gesto de desaprobación y volteó a ver a un lado. El sobre rotulado en letra manuscrita: "Para Jazz Giraldi" estaba frente a ella, a un lado de la computadora. *Tengo miedo de encontrar una mala noticia* —pensó—. Estiró la mano y lo tomó. Lo observó intrigada. Tim no me dejaría un sobre elegante, nunca fue su estilo. Debe ser un comunicado de alguien más que está con él. ¿Sabía Tim que yo iría a buscarlo y dejó el encargo? Lo abrió y leyó su contenido:

Necesitaba tu encuentro,
Y no pensé que me buscaras,
Mas, admirado, constaté
Que los dos pisábamos el mismo umbral,
Ambos temerosos de poder entrar,
Callados anhelábamos la unión, y…
Esperábamos el uno del otro una señal.
El silencio temeroso se alejó.
Te gustaría… —dijiste,
Por supuesto —contesté.
El encuentro se convirtió en una explosión,
Que precipitadamente nos dejaba sin aliento,
Para que tu aroma se convirtiera en el verdugo,

Capaz de llevarme a la locura;
Mientras tus ojos, tu boca... esa expresión,
Convirtió todo tu cuerpo en reflejo de tu alma,
Entre tanto yo perdía el contacto con el mío,
Y sin darme cuenta,
Me encontré en medio de tu esencia.
Desde ahí,
Toda la escena se convertiría en un bello lienzo,
Para trascender conmigo al infinito.
¿Acaso hay algo más grande que esto?
Ese día tocaste mi alma,
Y desde entonces vivo preso en el recuerdo,
Buscando otra oportunidad de verte,
Pues no me es posible vivir más sin ti,
Porque te has convertido en mi vida entera;
Así es que seguiré buscando hasta encontrarte,
Y entraré en ese silencio lastimoso de la espera,
Y cruzaré las barreras del miedo y la incertidum-
bre,
De saber que tú buscas lo mismo,
Esa unión, ese momento,
Que con un solo toque pueda convertirse en
tiempo eterno,
Y me olvidaré de todo.
Seré otra vez tú, completamente tú,
Lo mejor de este rudo mundo.
Infinitamente tú.

Jazz, este poema lo escribí para que supieras lo que llegué a sentir por ti, pero ahora entiendo que tú no sentías lo mismo por mí.

Mark

Conforme Jazz iba leyendo, su respiración se aceleraba, se estre-mecía; creía que Tim lo había escrito. *Es hermoso* —pensó dando un suspiro y siguió leyendo hasta el final—, donde se dio cuenta que la carta era de Mark. La sorpresa fue enorme. *¿Es de Mark? ¡No puede ser!* —pensó—. Las lágrimas empezaron a caer cual cascada; apretó la carta contra su pecho y se preguntó en silencio:

¿Por qué Tim tendría la carta de mi esposo? Puedo sentir con toda la intensidad aquel momento del que habla en el poema... ¿Si

al menos supiera donde te encuentras? Te buscaré Mark, yo también te buscaré. Te debo una explicación. ¿Estoy cometiendo un error al dejar a Mark? No sé si tomé la decisión correcta, este hombre es tan elegante y romántico..., no lo sé, pero aunque no lo entienda, primero tengo que encontrar a Tim, y entonces te buscaré a ti.

Guardó la carta y siguió hurgando en la computadora de Tim. Revisó una y otra vez los documentos; ella esperaba encontrar un indicio que no llegaba; cansada y sin ánimos, tomó la computadora para dejarla en el buró y al girarla sonó algo... Era como un pastillero siendo agitado —tac, tac—. *¿Qué? ¿Por qué suena?* La tomó con las dos manos y la volvió a mover de la misma forma y esta volvió a sonar: —tuc, tac, tac—. La llevó a la pequeña mesa de la suite y se sentó. Colocó la *laptop* frente a sus ojos y debe de haber presionado el botón de expulsar porque el compartimiento de DVD empezó a deslizarse hacia afuera, para quedar abierto. Ella lo miró, pero no contenía nada. Sacudió hacia los lados la computadora sonó algo suelto una vez más, y se escuchaba más fuerte: "tac tac." *Ah, hay algo aquí* —pensó—. Puso la computadora de cabeza y el sonido indicaba que algo se deslizaba de un lado a otro. Volvió a mover la computadora de la misma forma pero a la inversa y apareció la sorpresa. Una memoria micro SD brincó desde dentro hacia la mesa.

¿Qué es esto? Es raro que una computadora tenga una entrada para esta memoria —pensó. Le dio vueltas al aparato y encontró una ranura pequeña—. *En efecto, aquí está la entrada.*

La prendió e introdujo la memoria; de inmediato pidió un código desplegando la siguiente leyenda:

"Si llegaste hasta este punto y tienes mi computadora, ahora tendrás que demostrar que eres la persona correcta para abrir esta memoria. Contesta esta pregunta: ¿Qué marcó la pauta de nuestra relación?"

XXXIX

Después de pasar más de quince minutos dando estúpidas explicaciones a cuatro policías —que pertenecían al grupo de los últimos mil jóvenes recién graduados de la nueva Academia Anti Asaltos— y un informe escrito por uno de ellos, lleno de faltas de ortografía, Malva pudo salir de la tienda junto con Mark.

—De plano, no sé cómo pueden tardar tanto en identificar a alguien —le dijo Malva muy molesta a Mark, mientras caminaban a grandes zancadas hacia el departamento de Tim—. Mi puro nombre y fotografía han estado muchas veces en los periódicos. Esto es estúpido. Si Fernando no me ha llamado al celular, es porque todo debe estar controlado. Mark, ¿dices que Tim se puso a temblar...?

—Nunca vi cosa igual. Creí que ahí mismo se moría. Te juro que en mi vida me había pasado ver que un hombre se pusiera así debido a una mujer —Mark miró a Malva—. *Hasta enojada es intrigante.* *Ese carácter fuerte y femenino es único* —pensó cuando entraban al departamento.

—¡Fernando! —dijo Malva alzando la voz.

Los dos caminaron hacia la cocina.

—¿Estarán comiendo? —preguntó Malva.

Al entrar a la cocina se expuso, imponente, un rayo de sol iluminando miles de partículas de polvo, que bien podrían haber sido estrellas en un universo diminuto. Las ventanas de la cocina eran la única entrada de luz al departamento, y las cortinas quedaban tan cortas, que no alcanzaban a cubrirlas.

—Pero si yo lo dejé aquí... —dijo Mark sorprendido.

—Quizá se lo llevó a un hospital —Malva tomó su celular y le marcó a Fernando, el teléfono llamó un par de veces y entró el buzón de voz—. ¡Qué diablos! No contesta. Voy a matarlo...

Pasaron varias horas para que Malva y Mark aceptaran la desaparición de Fernando y Tim. ¿Dónde se habían metido? No lo podían creer. Malva observaba una de las pantallas de televisión y Mark a su lado tecleaba en una computadora buscando algún dato que les ayudara. Se encontraban en una oficina recientemente instalada para tratar negociaciones de las empresas de Mark en México; ésta tenía los sistemas de cómputo más avanzados y tres enormes pantallas de televisión, en las cuales pasaban las últimas noticias. Dos secretarias se movían de un lugar a otro atendiendo lo que Mark dictaba. Los dos exponían las diferentes posibilidades sin llegar a nada. Uno de los noticieros informó sobre unas luces misteriosas grabadas en un video casero en las cercanías de Cuernavaca, junto a la famosa zona magnética de Tepoztlán; la voz del reportero se confundía con el audio de los otros tres canales. Él reportaba una versión diferente a las noticias que ya habían transmitido, explicando que este fenómeno era una tormenta eléctrica inusual causada por grandes nubes muy cargadas de electricidad estática; pero el video parecía que estaba truqueado. El reportero dijo que la persona había entregado el video estaba siendo investigada; que este podría ser un caso de esquizofrenia aguda —de acuerdo al psiquiatra Menty González— quien lo entrevistara siguiendo la petición del gobierno, y que en ese momento aparecía en pantalla hablando con mucha suficiencia; «Puedo afirmar que el tipo dice puras incongruencias —afirmó el supuesto experto, —dice que la humanidad corre peligro, creo que el pobre hombre tiene el clásico Síndrome Post-milenarista de Ufología Catastrófica Explosionada.» La imagen cambió al reportero. «El señor en cuestión, un ingeniero llamado Alfredo Sánchez, es un empleado del gobierno. Experto en topografía y cartografía,» decía el reportero.

Malva recibió en su celular un reporte de la investigación, mientras Mark ordenaba a una de sus secretarias que trajera algo de comer, por lo que ninguno de los dos se percató de la noticia de las luces misteriosas.

El reporte decía de manera enfática:

"No hay rastros de Fernando Robles ni de Tim Naive. No hay forma de encontrarlos. Desaparecieron de la faz de la Tierra. Esperamos órdenes."

Esto terminó poniendo muy molesta a Malva. *No puede ser... ¿Será cierto todo esto de los aliens?* —sus pensamientos de duda se cortaron al sonar su celular.

—Diga.

—¿La detective Malva Looks?

—Sí, dígame —dijo cortante.

—Soy la señora Robles, la esposa de Fernando, el detective que trabaja para usted... —se hizo el silencio—. ¿Dónde está mi esposo?

—Lo mismo me gustaría saber a mí señora.

—Pero si usted lo contrató —dijo recriminándola—. Hace media hora vinieron un par de policías a hacerme preguntas, pero a ellos no les dije lo que nos ocurrió, me dio pena y no me atreví.

—¿A qué se refiere usted? —preguntó Malva.

—¿Usted tampoco sabe dónde está? —dijo la señora Robles angustiada. Malva lo notó y trató de tranquilizarla, a pesar de que ella tampoco tenía idea de qué había pasado con Fernando.

—Ah, señora Alicia, pierda cuidado; daremos con su esposo. Él ha trabajado conmigo muchas veces, no es la primera que pasa esto, y siempre hemos salido bien librados. Daremos con él, o se reportará. En cuanto tenga algo le llamaremos, pero dígame, ¿qué es lo que no se atrevió a contarles a los detectives?

—No está usted para saber esto, pero antenoche ocurrió algo muy raro, nos peleamos... ¿No será que él me ha abandonado?

—Deme su dirección —dijo Malva—, necesito verla.

Una hora más tarde Malva escuchaba a la señora Robles frente a frente.

—Descríbame qué fue lo que ocurrió en el pleito, ¿fue algo inusual?

—Él me dijo que no me quería volver a ver. Yo empecé a llorar... ¡Creo que ya no me quiere! Estoy segura que me dejó por alguna de estas jovencitas con las que trabaja.

—¿Por qué dice eso? Esto no ha de ser...

—Recuerdo cómo veía a dos chicas en la tienda...

—¿Qué tiene que ver eso de las jovencitas? Es muy común que los hombres fijen sus miradas en jovencitas atractivas —el tono de Malva dejaba ver su evidente desesperación.

—No, eso no es así. Él nunca lo hizo..., nunca —la mujer dirigió la mirada hacia el piso, y con un poco de pudor y nostalgia dejó salir una sonrisa nerviosa—. Llevamos más de veinte años de casados y nunca me dio un solo motivo para tener celos o dudar de él; cada vez que nos topábamos con alguna mujer atractiva él solo la miraba de reojo, tratando de que yo no me diera cuenta, usted sabe, siempre nos damos cuenta, pero ayer...

—¿Esto de las jovencitas ocurrió antier, en su día libre?

—Sí, un par de horas antes, estábamos en el supermercado, él se metió al baño. Me extraño que no saliera y lo esperé justo en la puerta del almacén. Por fin salió. Se me quedó mirando de forma indiferente y me dijo: «¿Alicia?» Yo me acerqué a que me dijera porqué me había llamado, pero él solo agregó en un tono inusual, ordenándome: «Vámonos, tengo mucho que hacer.» Esto me desconcertó; él nunca ha hecho nada en sus días libres, detesta mover un dedo; solo quiere ver la televisión. Caminamos unos pasos y pasaron dos jovencitas delante de nosotros, iban platicando. Se paró en seco y se quedó mirándolas de cabo a rabo. Yo me paré a un lado de él mirándolo a los ojos, pero él ni se inmutó y siguió mirándolas descaradamente. ¡Me enfadé tanto que no podía ni respirar! Cuando llegamos a la casa exploté y le grité —los sollozos no se hicieron esperar. La mujer lloró desconsolada y Malva conmovida la abrazó para calmarla—. Él era como si fuera otra persona —continuó entre sollozos—. No podía creer que después de tantos años me haya dejado, y se fue sin remordimiento de conciencia, eso se le notaba. Ya no me quiere.

Malva se quedó muy callada y pensativa.

—Muchas gracias por la información. Quédese tranquila, le avisaremos en cuanto tengamos noticias —tomó su bolso y se despidió.

Hay algo extraño en esto... —Malva recordó la imagen de Fernando momentos antes de que sucedieran los incidentes que culminaran en las desapariciones. Veía con toda claridad su cara y sus gestos. Fernando se encontraba muy serio, con una mirada distinta—. *Es cierto, había algo diferente; él siempre sonreía y guiñaba un ojo como un gesto de obediencia a mi usual rigidez, pero esta vez él no lo hizo...*

Cuando llegó la noche, Malva se fue a dormir con una incertidumbre distinta a todas las que alguna vez hubiera experimentado en las investigaciones de su vasta historia como detective. ¿A qué se estaba enfrentando? No había querido regresar a la oficina de Mark. No eran momentos para mezclar sus emociones; y es que la atracción y sensación de mujer plena que sentía junto a él iban en aumento, y esto, de acuerdo a su pasado, era demasiado peligroso para meterlo —en este álgido momento— a la escena.

Mark por su parte —meditabundo y melancólico— caminaba por la oficina de un lugar a otro. El reloj marcó más de las diez de la noche, pero él no estaba al tanto de las manecillas, su mente y sus emociones eran todo un remolino. De las dos asistentes solo quedaba una de ellas; siempre estaba alguna de las dos para atenderlo. La asistente con el horario vespertino —una trigueña de unos veinticinco años— vio de reojo su reloj. *¿Cómo le digo que me tengo que ir? —se preguntaba—. Por otra parte, si me vuelvo indispensable podré ganar muy buenas compensaciones. Sí, más me vale llevar esto con calma.*

—Señor Hammond, ¿quiere que le ordene algo más de comer?

—No. Solo prepárame un poco de té y consígueme un pastel danés.

—Con gusto —la trigueña se fue a la cocineta y mientras calentaba el agua escribió un mensaje para enviarlo desde su celular: «Pedro, no me esperes, todavía estoy ocupada y saldré mucho más tarde. Ve y descansa. Nos vemos mañana amorcito, y prepárate, porque esta gatita esta ronroneando. Te quiere y te extraña… Kitycat.»

Mark se sentó en su escritorio; no tocó ni la taza de té ni el pastelito, y empezó a rayar puros garabatos con el tenedor sobre el pastel; después tomó unos papeles con la mano derecha —los apretaba haciéndolos bolita para luego aventarlos a un basurero—. No atinaba ni un solo tiro; cuando el suelo estuvo lleno de papeles, se dobló tendiendo su cuerpo en el escritorio; tapó sus ojos con sus manos y se quedó inmóvil por unos segundos. *No soporto más esto. Juraría ante cualquier mesías, me uniría a la religión Jedi y creería cualquier dogma si con eso pudiera ver la luz.* Se levantó de su silla, miró hacia un lado fijamente —como si un fantasma estuviera ahí aconsejándolo en silencio— pasó un minuto, luego dos, para cuando llevaba tres minutos la asistente se acercó asustada:

—¿Se siente bien señor Hammond?

Él se sentó sin decir palabra y tomó de nuevo una hoja de papel, pero ahora escribió en ella mientras la trigueña levantaba los papeles del piso.

"Quisiera poder sentirte, quisiera poder ver tus ojos y esa sonrisa que me cautivó; no sé dónde encontrarte, y si alguna vez te volveré a ver, y no sabes cómo me gustaría que pudieras escuchar mis pensamientos. Jazz, sí, en un principio fui egoísta y quise tenerte, tal y como si fueras una nueva empresa, es verdad y me avergüenzo; te pido perdón... ¿Y si existiera la magia y pudieras escuchar todo lo que pienso?, entonces te diría que he cambiado gracias a ti, a ti que tocaste mi vida para darle un giro de ciento ochenta grados; pero también entendí que no puedo retenerte a la fuerza y que tienes el derecho de ser libre y feliz..."

No muy lejos de ahí, Jazz llevaba horas devanándose los sesos para abrir el contenido de la memoria flash. Había encontrado varios documentos que estaban protegidos con una contraseña, pero no había logrado descifrarla. De pronto la sensación de frustración y fracaso se había evaporado; todo ocurrió en fracciones de segundo; la calma creció y el tiempo de pronto se hizo eterno. En esta extraña tranquilidad la abordó una identidad etérea... *¿Qué es esto...?* —ella lo sintió—. *Sí* —de forma increíble ella confirmó este hecho. Ahí, justo ahí estaba una identidad, un ser, pero físicamente no había nadie. Tardó solo unos segundos en identificar de quien se trataba—.
—Mark... —dijo en un murmullo.

De manera simultánea, Mark sintió también que estaba frente a Jazz —las lágrimas se abrieron paso sin pedir permiso, Mark tomó su pañuelo, limpió su rostro con discreción y se levantó, para pedirle a su asistente que le llevara un sobre.
¿Qué misterio envolverán esas palabras? —pensó la asistente al observarlo guardar lo que acababa de escribir.

No hubo una sola palabra, ni de forma telepática, y mucho menos en el sentido físico. No existió ningún otro significado. Sin embargo, ella obtuvo la certeza de que Mark se encontraba ahí con ella. No supo cuanto duró realmente el suceso, pues para ella la experiencia había durado una eternidad; cuando vio casualmente su reloj, se alarmó al no entender cómo había ocurrido todo; no había transcurrido el tiempo.
Y así como esto vino, se fue. Nunca después pudo determinar los detalles del encuentro, pero a partir de ese momento ella estuvo en paz con Mark.

Voy a descansar, mañana sé que lo lograré.
Un poco más tarde, Jazz al fin consiguió dormir.

Y en Crystalia, Stopy se acercó tembloroso al general Bruts.
¿Por qué tengo que dar estas noticias? ¿Quién me manda ser el asistente de un general? Odio este trabajo. Estúpido trabajo. Si salgo ileso de este problema buscaré escapar del engorro de este puesto; no me importa que me degraden; será mejor a la evaporación... —se acercó y entregó la carpeta electrónica al general.

—¡¿Qué?! ¿Cómo que el escuadrón no podrá comunicarse más con nosotros? Explícame esto Stopy. ¡Están locos! Necesito que se reestablezca el control de la misión en el planeta Tierra ¡ya! Habla... ¡No te quedes callado!

—General... El problema es que la base del desierto fue descubierta por las autoridades locales; encontraron a todos muertos, y no sabemos de los krits; por la información de este reporte, el contingente de rescate no tendrá energía suficiente para su regreso. Hasta dar con los krits suspenderán las comunicaciones normales. Aparte utilizaron más energía de la usual; tuvieron que aterrizar en otra base, esa que usábamos nosotros hace mucho tiempo. El lugar lo llaman Tepos...lan, perdón creo que lo llaman Tepoztlán. No sé, algo así.

—¿Y qué han logrado?

Es toda la información que tengo hasta el momento. El reporte es muy breve. Véalo usted mismo.

—Estúpidos terrícolas... Envía un mensaje en clave intermitente: lo recibirán la próxima vez que tengan que encender la computadora central. Diles que necesito que en periodos equivalentes de un día terrícola nos envíen un mensaje cifrado de la siguiente forma:

K para Krits, E para Encontrados, B para aún en la Búsqueda, R para Regreso, T para Tim, J para Jazz, C para bajo Control, MRC para Misión Recuperada y bajo Control, y los números del 1 al 27 para indicar los días terrícolas para regresar a Crystalia, A para misión Abortada, F para misión Fracasada y SCP para indicar que los terrícolas Saben de Crystalia y P para avisar que hay Peligro —Bruts dictó las claves en un santiamén—. Tenemos un máximo de treinta días terrícolas para restablecer los envíos de energía y evitar que los políticos sepan del problema; aunque tendremos que engañar a algunos sectores de la población burócrata, cortando por espacios breves sus suministros de energía. Diremos que el problema lo causaron los disidentes... —respiró con fuerza; casi bufaba—. Agrega en el comunicado que tienen veintisiete días máximo, para restablecer el control por completo, si es que no se las quieren ver conmigo...

—Sí señor, lo mando de inmediato.

XL

Jazz estaba agotada frente a la computadora portátil; este era el segundo día tratando de dar con el código para abrir el documento de Tim. Ella había usado una combinación sinfín de palabras, que para ella eran significativas en el inicio de su relación amorosa con Tim: "Tus ojos." "Me miraste fijamente." "El beso." "Mi vida." "Mi amor." "Vamos a hacer equipo." "Venceremos juntos." "Seremos ricos." "Ven, tienes que ser mía," y un millar más.

Después de estar horas frente a la computadora sin encontrar nada, su ánimo se fue hasta el fondo.

Creo que en realidad el documento pudiera ser para otra... ¡Desgraciado! —explotó el pensamiento—. *Esto ha de ser para Lola y quizá ni siquiera tiene que ver con la invasión. Seguramente se trata de una de esas historias eróticas de las que nunca se pudo desprender* —pensó tocándose el cabello y alisándolo de forma nerviosa. Suspiró resignada y detuvo sus movimientos al grado de dejar su mirada fija, cuando un trueno se escuchó estruendoso e inesperado y le provocó una sacudida. De pronto recordó aquella noche de tormenta en que ella y Tim tuvieran esa experiencia aterradora.

¡La tormenta!, claro... Sí, quizá estas palabras puedan ser el password... —tecleó sin perder el tiempo ~la tormenta~, pero nada sucedió. Esperó unos segundos y la computadora dejó de tintinear, se congeló sin reaccionar.

¡No puedo más!, me voy a dar un regaderazo para ver si me despejo un poco. Tengo que descifrar esto de una vez —caminó hacia

el baño alejándose de la computadora; cuando cruzó la puerta saliendo de la habitación, la computadora abrió el documento con el título:

"Como evitar el robo de las mentes en la Tierra.

Espero que esto sirva para detenerlos..."

Ya habían pasado más de veinte minutos, y el aparato entró en un estado de hibernación al igual que un viejo cierra los ojos y se deja llevar por el sueño. Jazz terminó y se secó. Estaba tensa; bajo el chorro de la regadera recordó que la computadora nunca le anunció que el password era incorrecto —y como suelen hacer estos aparatos—, se quedó pensando interminablemente. *Tengo que asegurarme* —pensó al vestirse. Apresuró sus movimientos y colocándose a un lado de la computadora la activó con un par de toques esperando la respuesta sin parpadear.

El documento al fin se abrió.

—¡Vaya! —exclamó en voz alta al ver que en la pantalla aparecía una frase que invitaba a la acción:

"Como evitar el robo de las mentes en la Tierra..."

Qué razón tenías Tim, y yo que te creía un tonto obsesionado.

Emocionada empezó a leer el resto del documento:

"Jazz, si estás leyendo esto, pienso que viste mi mensaje en la cámara de transferencia. Lo primero que tienes que saber es que estoy seguro que llegaron más de su clase. Esto te lo dirigí a ti, porque creo que eres la única que puede detenerlos; todo su proyecto está centrado en ti. Ya no tienes de qué preocuparte respecto a viajar con los ojos cerrados o en la oscuridad. Antes de escribir este documento confirmé que no cuentan con suficiente energía; no están usando la Futuram; aún menos para regresar en su nave. La mayoría de sus equipos no están funcionando. Nuestros planes iniciales de sabotear los almacenamientos de los krits —así se llaman los contenedores de la energía que nos roban—, fueron eficaces."

Claro, esto lo supe cuando Jenny nos informó... —pensó Jazz.

Apareció otro documento añadido.

¿Qué es esto? —pensó Jazz y dando otro click lo abrió:

—Oh, Dios...

La fotografía de un hombre con la cara demacrada y chupada apareció ante ella.

Jazz continuó leyendo:

"Lo que ves, es lo que quedó de un krítalo que se hacía llamar Roda. No sé a qué humano le quitaron este cuerpo. Él fue quien me raptó de la sala de transferencia, y si no fuera que yo era parte su plan de manipulación masiva, no estaría vivo; él me hubiera matado ahí mismo en un segundo. El asunto es que este tipo —si es que pudiéramos llamarles así, pues mejor les llamaría ratas o mejor aún cucarachas inmundas, pues se comportan como tales—, tenía un defecto, un defecto que me permitió matarlo y escapar. Este tipo hablaba solo mientras yo estaba moribundo. Así lo escuché dialogar consigo mismo una y otra vez. Recuerdo algunas palabras como: «Desgraciado, si no te hubieras desviado. Ojala pudiera matarte, maldito traidor...»"

En la computadora había dos o tres espacios en blanco y luego continuaban las palabras:

"Cuando recuerdo sus palabras por alguna razón me siento enfermo, siento que me muero, mi temperatura sube y baja sin control y..."

Aparecieron otros dos espacios en blanco sin palabras. Era claro para Jazz, que Tim estaba en malas condiciones en el momento de escribir el documento.

"...tengo que terminar de explicarte todo para que podamos vencerlos... estoy... haciendo un esfuerzo, disculpa, casi me caigo..."

Tim caía en la inconsciencia intermitentemente al escribir el documento. Jazz encontró más espacios en blanco.

"El krítalo dijo... «Tienes que enrutar a Jazz. No tenemos más tiempo. No creo que quieras que nos evaporen a todos...» Creo que me siento un poco mejor. Roda habló por teléfono con otro tipejo, un tal Thymoty; fue la única llamada..., tomó un celular y dijo: «Ya tengo a Tim. ¡Tranquilízate y no me grites...! Lo prepararé para enrutar a Jazz. ¡Tranquilízate! ¿Aterrizaron en Tepoztlán...? ¿Qué? ...un grupo de fuerzas especiales. Dices que están muy molestos ya que no tienen suficiente energía y necesitan por lo menos un krit. ¿Qué tenemos únicamente sesenta y seis horas terrestres para restablecer el control? ¿Qué, están locos o qué?

Tengo que poner en condiciones al estúpido de Tim. Tú me restregaste en las narices que Jazz no puede ser manipulada directamente mediante hidrohipnosis, linohipnosis, narcohipnosis, grapas o electromensajes como cualquier terrícola... Sí, sé que lo que quieren es extraer algo de energía de forma rápida a través de Jazz. Pero no puedo hacerlo tan rápido. ¿Y no puedes usar la Futuram? Ya no grites. Voy a hacer lo que pueda.» Esto me confirmó que no tenían los krits y que íbamos delante de sus pasos, pero me puso alerta de que teníamos más krítalos entre nosotros."

La siguientes dos páginas estaban en blanco. Jazz buscó más texto. Por un momento pensó que esto era todo; lo que empezó a incomodarla al grado de derramar un poco de café en su ropa. *"¡Diablos, qué estúpida soy!"* —se dijo a sí misma—. Limpió las gotas y reanudó la búsqueda; entonces encontró más texto:

"...me quedé dormido, y casi me desmayo. No sé aún por qué me encuentro tan mal físicamente; yo creo que me contagiaron estos desgraciados, pero descuida, no dejaré que esta enfermedad me detenga. ¡Estoy haciendo un esfuerzo...! Ya no quiero recordar más de todo lo que escuché de estos engendros; cada vez que lo hago empiezo a perder el control de mi cuerpo. Con esto, por lo menos tienes una idea de lo que son los krítalos y sus planes; pero podemos derrotarlos, lo sé."

Jazz buscó más pero no había más palabras en la siguiente hoja. Se levantó, fue al baño, abrió la llave y se echó agua en la cara. *Tengo que encontrarlo... Mi vida... ¿Dónde estás?* Regresó y reanudó la lectura, ésta continuaba después más hojas en blanco:

"Me siento mejor. Tuve que tomar un receso para seguir escribiendo. Deduje que —como tú eres el objetivo principal para apoderarse de las mentes de los hombres y drenar todo su poder—, ellos no intentarán nada hostil hacia ti. Únicamente intentarán cambiar tu atención para usarte después. Aprovecha esto. Si te encuentras con ellos engáñalos; hazles creer que eres un dócil corderito manipulable, y cuando veas la oportunidad, usa todo lo que eres en contra de ellos. Pero para lograrlo, tienes que saber algo que te permitirá identificarlos con facilidad. Cuando ocupan el cuerpo que no es el suyo, evidencian —de cuando en cuando— una señal de falta de coordinación muscular involuntaria. Al parpadear habrá una irregularidad y el parpadeo brincará dos o tres veces en fracciones de segundo, como si el ojo no se pudiera cerrar por completo; es parecido a la reacción de un ojo cuando le entra una brizna de polvo. El fenómeno de trastabilleo es tan rápido que si uno no está atento puede pasar sin ser notado. Recuerda, el fenómeno sucede muy rápido —no es tan evidente como cuando escuchas que se atora un tartamudo— así es que no dejes de mirar a la persona a los ojos y si es un krítalo lo distinguirás. Alerta a América y a los demás si puedes. Logré llegar al departamento después de matar a Roda. El estúpido se descuidó y cuando fue al baño para buscarme; pues tenía que averiguar por qué me tardaba tanto; yo tenía la bañera llena de agua, así es que lo aventé a la tina y lo electrocuté con el calentador eléctrico que por fortuna estaba a la mano. Fue fácil, gracias a que este tipo siempre buscaba hoteles de cinco estrellas, y de estos escogía los que tenían los mejores baños; no lo vas a creer, pero estos engendros son muy limpios, a Roda le encantaba bañarse; son cucarachas limpias, ja, ja ja… De seguro llegarán a mi departamento buscándome, así es que no saldré a buscarlos; ellos llegarán por mí. De acuerdo a las noticias de la televisión, aunque no dicen toda la verdad, la base de la zona del silencio está completamente inhabilitada y ocupada por el ejército. ¿Qué haré?, aún no lo sé. Los eliminaré una vez que sepa cuantos son y obtenga toda la información. Tenemos que concentrarnos en mantener bloqueados los suministros de energía y comunicaciones. Si lo logramos, no tendrán acceso a la Tierra. Y si llegan más naves buscaremos bloquear sus suministros una y otra vez, hasta que no puedan viajar más, pues no tendrán energía para hacerlo. No tendrán como llegar. En estos momentos ellos dependen de nosotros. He pensado que usaré sus mismos trucos. Trataré de infiltrarme en cuanto tenga la oportunidad; me haré pasar por uno de ellos. Si estás leyendo esto, es muy probable que yo ya esté entre ellos, ah… y perdóname, esto que te voy a decir, debí decírtelo desde hace mucho tiempo… Realmente te amo. Te amo. Espero poder volver a verte, y si me lo permites, viviré solo para ti."

A Jazz se le encogió el corazón y mientras daba un suspiro se le salieron las lágrimas. «Yo también te amo» —dijo en medio de un sollozo—, volvió a suspirar, miró hacia la computadora y se dijo a sí misma: «Tengo que encontrarlo.» Buscó más datos, pero eso era todo; ella sintió que su corazón palpitaba tan fuerte que le hacía saltar el pecho. *Lo voy a encontrar, esté donde esté* —pensó al recostarse en la cama, apagó la luz del buró y cerró sus ojos; estaba bien despierta, tratando de llegar a una conclusión adecuada de acuerdo al documento de Tim.

¿Y qué debo hacer? Con el dinero que me dio Looky puedo permanecer oculta mucho tiempo, pero creo que es hora de dejarme ver y enfrentarlos. Mañana iré a mi oficina. Espero que aún tenga mi trabajo, y si es así, me aseguraré de hacerme notar. Ellos llegarán, sí, ellos me encontrarán. Si Tim tiene razón, no pueden atentar directamente contra mí.

La mañana resplandecía; los rayos de la luz filtrándose entre las cortinas anunciaban un buen día, cuando el sonido de la puerta de la suite interrumpió las ideas que Jazz buscaba concretar mientras se preparaba un café.

Toc, toc… toc, toc —Jazz se acercó a la puerta y preguntó fingiendo otro tono de voz:

—¿Diga usted…?

—¿Recuerdas a Águila Dorada? —esto identificó a Looky, y Jazz abrió la puerta.

—¡Qué gusto verlos! —dijo Jazz dejando pasar a América y Looky.

—Nosotros somos los que estamos contentos de verte vivita y coleando.

—Yo también, pero, ¿ya desayunaron?

—No aún Jazz, gracias, ¿y tú?

—No. Me preparaba para irme, pensaba comprar algo en el camino.

—Creo que lo más importante es que primero nos pongamos de acuerdo —intervino América—. ¿Te parece bien si ordenemos algo para ti por teléfono? Espera… no sé si es seguro usar el teléfono aquí, quizá Looky o yo debamos ir a comprarte algo por aquí cerca.

—No pasará nada, es una línea de hotel y se usará pidiendo comida —aseguró Jazz—. Usemos el teléfono. Yo quiero un café expreso, el mío ya se acabó, y un croissant, y ustedes, ¿quieren algo así?

—Sí, café con pan o lo que sea estará bien —contestó Looky

América ordenó café con croissants para los tres y mientras llegaba la orden se sentaron en la pequeña sala para platicar.

—Jazz, lo que averiguamos es que la pista de despegue de la zona del silencio fue ocupada por el ejército mexicano, pero después llegó un contingente militar de Estados Unidos; con helicópteros, aviones y un par de generales pretenciosos al mando. Inventaron una historia para cubrir los hechos de las muertes de los aliens.

—Bueno. Eso ya lo sé, y sé muchas cosas más —contestó Jazz.

La siguiente hora fue muy reveladora para los tres, Jazz detalló la información de Tim y cuando terminó propuso un plan que sus amigos aceptaron. Así pues, Jazz salió, tomó un taxi y se dirigió hacia su trabajo, y atrás de ella la siguió Looky, mientras América buscaría en la televisión las noticias sobre el extraño fenómeno de la tormenta eléctrica que recientemente ocurriera en Tepoztlán y remplazaría a Jenny en la vigilancia de la oficina clandestina de los krítalos.

El taxi llegó a las oficinas, Jazz pagó al chofer, y al bajarse observó que había un joven a unos metros de la puerta, se encontraba inmóvil, mirando detenidamente hacia el edificio. *Este tipo se ve sospechoso* —pensó—. *Quizá sea un krítalo…*

XLI

Entre la música se colaba un sonido que parecía no embonar, era disonante; Malva traía pegado a su cuerpo un traje de noche negro con destellos de lentejuela, y Mark, con un smoking negro, la tomaba por la espalda sintiendo su piel con toda su palma, pues el escote de la espalda llegaba hasta la cintura; la melodía que se escuchaba era "Sin ti;" tan romántica, que parecía acariciar a los dos en pasos muy cortos; sus piernas se entrelazaban tocándose cada vez más; ella lo miraba, sus ojos brillaban y él sostuvo la respiración cuando el extraño sonido cortó la canción de tajo, apagando el resto de los instrumentos; de pronto ella ya no estaba ahí, él miró a su alrededor pero no había nada; las demás personas y la pista también habían desaparecido. ¿Qué sucede? El miedo lo invadió... El sonido aumentaba de volumen; era tan intenso que casi lastimaba... *Ah, ¡qué carajos!* —Mark abrió los ojos—. El sonido extraño era el celular. *Es la tonada de Malva* —dijo en voz alta saliendo del sueño. Se estiró para tomar la llamada y contestó:

—Buenos días Malva —*si supieras que soñaba contigo...*

—¿Cómo te va Mark? ¿Por qué no contestabas?

—Disculpa, aún estaba dormido. ¿Sigues en Miami?

—Sí, mi hijo ya está bien de salud. Creo que seguiré aquí, pero te tengo muy buenas noticias. Me acaban de informar que Jazz llegó hace un momento a las oficinas de bienes raíces donde trabajaba antes de casarse contigo. Lo más curioso del asunto es que se presentó como si nada, de acuerdo a mi informante. No sé qué pensar de toda la historia de Tim; quizá el tipo realmente está loco.

—Entonces no fue un secuestro —Mark estaba aún medio dormido.

—¿Quieres que te acompañe para verla? —peguntó Malva.

—No es necesario. Lo que tengo que hablar con ella está tan claro como el agua. Creo que solo tiene que formalizar su decisión. Si no quiere ser mi esposa, el asunto es más simple de lo que pensé. Malva, en cuanto me entreviste con ella necesito verte, ¿estás de acuerdo?

—Claro Mark, pero te estás adelantando. Espera a que platiques con ella y entonces nos vemos. Solo llámame.

Mark colgó mientras caminaba hacia el baño cuando un teléfono diferente sonó.

—¿Sí?

—Señor Hammond, disculpe que lo moleste, soy Raquel. Le hablo yo en lugar de su asistente personal que se reportó enferma. Tengo en la línea a un detective de Scotland Yard que pide hablar con usted con urgencia, y en otra línea tengo a un representante de la policía de Barcelona, con la misma petición. ¿Quiere que lo comunique?

—No, no. Dígales que no me localizó y pídales que le den toda la información; y si no acceden a darle los detalles tome sus teléfonos directos y más tarde yo me comunicaré con usted y me cuenta que pasó.

—Sí señor Hammond, yo me encargo.

Él se metió al baño y tomó una ducha, después se puso un atuendo informal, pero a la vez elegante, tomó un viejo MG convertible de su colección —quería recibir el contacto del aire golpeando su rostro; iba a ser un día muy importante y necesitaba sentirse vivo—; este auto tenía algo especial para él; fue su primera adquisición después de cerrar su primer negocio exitoso; él asociaba el convertible con los retos más exigentes, y ahora que el dinero y las adquisiciones no significaban un desafío, y lo único que estaba en juego eran sus sentimientos, este auto era justo lo que necesitaba para sentirse joven, renovado, como cuando no tenía nada y estaba dispuesto a luchar hasta lo último. El aire le golpeó en el rostro y sus pensamientos dieron vueltas en torno a lo que podría ocurrir con Jazz y Malva, y sintiéndose en medio de un remolino decidió marcar a su asistente:

—Raquel, dígame lo que le contestó Scotland Yard. ¿Fue el señor Charles Asks quien preguntó por mí?

—Sí. Fue muy concreto. Únicamente me pidió que le informara que su investigación ya estaba concluida y que tenían las respuestas de lo que usted solicitó, que por favor le llame para darle todos los detalles.

Lo que pensé, ya saben que Jazz se apareció como si nada.

—¿Y de la policía de Barcelona?

—El señor no me dio nada de información. Dijo que era confidencial y que tenía que hablar con usted.

—Gracias Raquel. Si hablan y hay algún dato adicional me avisa, ¿de acuerdo?

—Así lo haré señor.

Mark estacionó su auto y entró a las oficinas Azul Claro, la recepcionista se levantó de su lugar al reconocerlo.

—¿Busca al señor Concordio? —le preguntó, pero Mark no contestó y se le quedó mirando. La recepcionista —nerviosa— hizo otra pregunta: ¿Le ofrezco un café?

—No señorita, no necesito café ni tampoco vengo a ver al señor Concordio. Estoy aquí para ver a mi esposa Jazz.

—Ay señor, ella acaba de salir.

—¿Cómo?, y, ¿a dónde fue?

—No lo sé, creo que fue a ver una propiedad. Solo habló con el señor Concordio y se fue.

—Entonces si necesito hablar con su jefe.

—Qué pena, él también se fue, pero, ¿quiere que lo comunique con él?

—Preferiría que me diera el nuevo teléfono de mi esposa, imagínese que yo no lo tengo aún —dijo irónico.

—Yo tampoco lo tengo señor Hammond, ella apenas se presentó hoy, pero le voy a marcar a mi jefe, él de seguro que sí lo tiene, permítame.

La señorita habló con su jefe y obtuvo la dirección de la propiedad que Jazz iría a ver. Nunca le dio el teléfono. Concordio se sacó de la manga el pretexto de que ella estaba cambiando de teléfono y todavía no lo tenía.

Mark llegó a la dirección que le proporcionara la señorita. Era una casa muy moderna, incluía lo último en tecnología. Jazz estaba ahí para confirmar que era apropiada para el negocio de Concordio. Jazz ya había revisado las recámaras y se encontraba en la sala de estar, al lado del comedor y la cocina, mirando con curiosidad un monitor central que proyectaba las imágenes de cada habitación y los exteriores de la casa; se acercó para revisar los controles y las opciones que este sistema ofrecía, cuando vio en una de las imágenes que alguien se acercaba a la puerta principal. Se quedó paralizada. *¡Dios mío, es Mark!* —el sentimiento de remordimiento no se dejó esperar, y sin poder definir lo que le debería decir, pensó—: *Pobre hombre, él no tiene la culpa...* —mientras corría a abrirle, para llegar antes de que él tocara el timbre—. Y precisamente Mark se disponía a tocar cuando la puerta se abrió. Jazz se quedó mirándolo sin moverse, y Mark sorprendido de verla tan de repente, se paró en seco y la miró también. Un par de segundos duraría la quietud, y en esa inmensidad de tiempo él entró en duda de todo lo que había pensado tantas veces, y ella en cambio pudo ver a Mark Hammond como lo que era —un error—, que tenía que reparar de una buena vez. Lo abrazó y lloró en su hombro; él también lloró dejando apenas salir las lágrimas, su garganta estaba cerrada, lo que le impidió decir cosa alguna. Ella lo soltó del abrazo y tomó sus manos para decirle ahogando sus palabras:

—Te hice mucho daño... —lo miró a los ojos y de inmediato volteó a un lado.

—No, creo que el daño te lo hice yo a ti... —lentamente se separó dando un paso atrás y continuó—: Tú no estabas segura y yo te persuadí de continuar; me moría por ti, ahora lo entiendo.

—Debí intentarlo, pero no pude..., tengo que decirte algo, y lo digo de corazón: Eres un hombre extraordinario —dijo Jazz casi como apenada, experimentando una sensación revuelta de emociones encontradas—. ¿Podrás perdonarme?

Mark se acercó a ella, le tocó la barbilla haciéndole una caricia y sonrió.

—¿Cómo puedo decirte que no?, si tú eres quien cambió la manera de ver mi vida.

Jazz lo abrazó.

—Gracias por todo lo que me diste, y gracias por ser como eres. No pienso dejar de verte; quiero perpetuar nuestra amistad hasta que seamos ancianos y no tengamos dientes, y que nos ayudemos a caminar con bastones... —ella sonrió de tal modo que lo contagió.

—Jazz, hasta en los momentos más difíciles tienes esa chispa, eres única. *¿Qué hubiera dado yo por encajar en el mundo de ella?, pero no es así* —pensó Mark disfrutando del brillo de sus ojos, y continuó—: Cuenta con ello, pero para que nuestra amistad eche raíces debemos hacer las cosas bien. Tienes que ser libre. En unos días te haré llegar los papeles.

Se ve tan apagado; todo por mi culpa —pensó Jazz.

Los dos se abrazaron, y al despedirse, Jazz se dejó llevar por el impulso —no supo si fue con el deseo de animarlo, o quizá tratando de aliviar sus propias dudas—, acercó sus labios y apenas tocó los de él en un suspiro.

—Adiós —dijo ella.

—Hasta pronto —contestó él un poco desconcertado. Nunca más esos labios serían suyos.

Mark se alejó y antes de llegar a su auto volteó. Ella seguía con su mirada clavada en él.

¿Qué encanto tienes? —pensó Mark.

Una llave entró en el cerrojo y la puerta de abrió de golpe.

—Gracias al cielo, por fin llegaste —dijo Jenny a América al verla entrar al departamento. Jenny había conseguido rentar este lugar apenas unas horas antes.

—Teníamos que reunirnos primero con Jazz.

—Lo sé, pero ya no aguantaba el cansancio, llevo prácticamente tres días sin dormir a base de café y traigo los nervios de punta. Conseguí este departamento; mira —se acercó a la ventana que tenía unas persianas horizontales delgadas—, está ideal para vigilar la guarida de los krítalos; desde aquí sabremos si cualquiera entra a las oficinas de Final Live.

—Perfecto, pues ve a dormir un rato, que yo me quedaré haciendo guardia. En cuanto descanses te daré los detalles de Jazz y Looky; primero duerme.

XLII

Tim estaba completamente perdido, sumido en la inconsciencia; sentado en una silla con la cabeza recargada hacia un lado sobre el respaldo. Trico Rot —el krítalo que estaba dentro del cuerpo que le robara a Fernando; era un militar condecorado con muchos éxitos en un considerable número de misiones de "recuperación de control," logradas en zonas con problemas en Crystalia—, estaba parado a un lado de Tim y frente a él estaban dos hombres más —que eran krítalos también—, y escuchaban a Trico Rot:

—¿Ya tienen el automóvil listo?

—Está afuera esperándonos —respondió uno de ellos—. ¿Lo cargamos? —preguntó el otro.

—Por supuesto —contestó Trico Rot—. Los veré en Tepoz... ¿Cómo se llama el lugar? Lepoztlán, ¡qué importa! Nos vemos en la nave. Asegúrense de prepararlo. No quiero que se nos muera. Lo necesitamos. Él es quizá nuestra única salida...

Los krítalos y Tim estaban en la trastienda del bar Copacabana; donde el cantinero —Polo— era otro krítalo, uno de los asistentes de Roda para colocar grapas en los enrutadores. Trico le pidió a Thymoty buscar un lugar alterno de sus instalaciones en "Final Live," hasta saber que éstas fueran seguras, debido que después del tremendo sabotaje a la base de distribución tendrían que actuar con mucha precaución.

Los dos hombres cubrieron a Tim con un par de manteles, lo cargaron y lo sacaron de la trastienda.

Thymoty entró y colocándose frente a Trico Rot le reportó:

—Mayor. Efectivamente, no queda ningún krit. Solo contamos con el que usa la Futuram. El problema es que está casi vacío, la poca energía que le queda está en la línea roja y la hemos reservado para usarse una sola vez.

—¿Y si conectamos el krit de los motores de la nave a la Futuram? —preguntó Trico Rot—. De todos modos no contamos con la energía suficiente para regresar a Crystalia. Así podremos retomar tu misión original. ¿Qué opinas Thymoty? Ponemos a Jazz bajo control usando a Tim —lo volvemos a poner en forma en unas horas— y entonces procedemos a organizar un evento único para jalar mucha audiencia y así succionar suficiente energía, necesitaremos al menos un millar en la audiencia; y poder llenar los krits suficientes para el regreso de la nave; con una muy pequeña carga para Crystalia —que se aguanten con lo que saquemos— dejando dos o tres para tu Futuram y el restablecimiento de una nueva planta de distribución en Zepostlán o como se llame. Poco después tendremos todo bajo nuestro control, haciendo un evento por semana o algo así; chupando todo lo que necesitamos de estos terrícolas imbéciles.

—Mayor —dijo haciendo una alabanza hipócrita, pues Thymoty le tenía mucha envidia a Trico—. Es una excelente idea.

—Deja de llamarme por mi rango. Sé que estás preocupado Thymoty. No me importa lo que hiciste mal en tu misión. No me interesa evaporar a un compañero que vi crecer conmigo. Tú podrías estar en mi lugar y yo en el tuyo y harías lo mismo por mí. Controlemos este planeta decadente. Recuerda lo que aprendimos en nuestra clase confidencial como agentes de inteligencia militar. Somos una especie privilegiada con el mismo origen que estos estúpidos humanos; con la diferencia que ellos se siguieron por la ruta del fracaso y nosotros por el camino del éxito, al huir hacia otro planeta cuando este empezaba a morir. Ellos creen que los mayas y los egipcios hablaban de Dioses; que sigan creyendo eso, cuando en realidad fue el nacimiento de nuestro imperio —a Trico Rot le encantaba alardear de sus conocimientos de la historia krito-terrestre, y aunque el tiempo apremiaba, él siguió dándole una cátedra a Thymoty, mientras lo miraba pensado—: «*Ya cállate estúpido.*» ¿Recuerdas cuando aquel antropólogo, el tal Héctor Calderón afirmó que los mayas tenían naves?, diciendo que vieran las evidencias de sus gráficos en las rocas… Ja, ja, ja, eran nuestras primeras naves, ja, ja ja. Estuvo cerca, pero nadie le creyó. Tranquilízate amigo mío, no pongas esa cara; les quitaremos lo que les queda de sus mentes para la nueva raza. Vamos a este pueblo Tepoz… ¡Me lleva el diablo!; ¿cómo se llama?

—Tepoztlán —contestó Thymoty.

—Como se llame, qué importa eso.

Los krítalos ya habían salido con Tim rumbo a la nave, mientras el mayor se quedara haciendo unos cálculos matemáticos en un pequeño *gadget*, pasarían quince minutos más antes de que Thymoty y Trico Rot salieran en un Jeep para tomar la carretera; en el camino Trico tomó un celular y marcó:

—Escúchame con atención Krati —quien era el primer oficial bajo las órdenes de Trico Rot—. Tienen dos cosas que atender de máxima prioridad. Lo primero que tienen que hacer al llegar es cubrir la nave con ramas y arbustos, porque cuando yo los alcance desconectaremos el escudo de invisibilidad y la segunda cosa, tan importante como la primera, y que deberán hacer al mismo tiempo que escondan a la nave, es que tendrás que asegurarte que el equipo médico y de programación atienda de inmediato a Tim, y dejarlo listo para enrutar a Jazz lo antes posible. ¿Me entiendes?

—Señor. ¡Entiendo señor! En cuanto lleguemos ejecutaremos las órdenes de inmediato.

Media hora después Thymoty y Trico estaban parados a un lado de la carretera; una llanta había volado en pedazos y los dos krítalos estaban sudando tratando de cambiarla.

—¡Mierda de tecnología anticuada! No puedo hacer que este aparato suba el coche para cambiar el neumático —dijo Trico después de dos intentos de colocar el gato; lo estaba poniendo fuera de la muesca de agarre y se resbalaba.

—Así es. ¡Qué diferencia con los colchones automáticos para levitar objetos! Mira, creo que tienes que colocarla en esta ranura, parece ser el lugar correcto para atorar la pieza del levantador.

Finalmente cambiaron la llanta y reanudaron su viaje, Trico aprovechó para indagar un poco sobre el fracaso de la misión de Thymoty.

—¿Y cómo es que perdiste a tus dos oficiales de logística y programación?

—¡No lo sé! —Thymoty contestó molesto; la pregunta era con claridad una búsqueda de datos que podrían ser usados en su contra en una corte militar—. A Roda lo encontraron electrocutado en el baño de un hotel y respecto a Serchy, no tengo la información aún; quizá esté aún entre los militares en la zona 51. Espero que se reporte pronto.

—¿Pero qué sabes de la base de distribución?

Esto sonaba aún peor que la pregunta anterior.

—Nada, ya sabes que el encargado era un rebelde y tenía rasgos muy claros de ser un disidente. No sé cómo los mataron.

—Pero tengo entendido que tú estabas presente cuando el ejército tomó el control del lugar. ¿Qué hiciste?

—¿Es esta una insinuación de que yo soy culpable de este embrollo? —Thymoty subió la voz.

—Calma, calma —dijo Trico—, no te voy a echar al matadero, pero necesito tener más información para sacar adelante tu misión; sí... tú misión. Nosotros te contactamos ahí, en la zona del silencio, ¿no es así?

—Disculpa, es que creí...

—No creas nada, lo que vamos a hacer es sacar esto adelante; nunca he tenido una sola misión fallida; y esta no será la primera; no quiero culparte de nada, pero como buen recuperador, sé que entre más información tenga, mejores serán mis soluciones. Dime, ¿qué es lo que sabes de la base de distribución?

Thymoty pensó: *Más vale ponerlo de mi lado, de lo contrario él mismo podrá evaporarme en cualquier momento; tengo que correr el riesgo.*

—Sé que es difícil de creer, pero días antes de que supiera que algo ocurría en la base de distribución, perdimos la señal de Jazz y de inmediato entramos en una fase de alerta; mandé a mis dos oficiales a buscarla; ah, y antes de esto, Tim se había ido a Arizona y cuando entró a la zona de interferencia perdimos su señal.

—¿O sea que los problemas empezaron días antes y no fuiste el responsable? —Trico esbozó una sonrisa burlona—; tranquilo Thymoty. Cuando llegamos tuvimos ciertos problemas y terminamos aterrizando lejos de la ciudad; no fue por culpa tuya, eso está muy claro —enseñó de nuevo esa sonrisa sarcástica—; pero lo resolví. Improvisé una trifulca en el pueblo y así tomamos los nueve cuerpos que portamos ahora.

Trico Rot sabía que tenían que lucir exactamente como los terrícolas, y aunque tenían poca diferencia física con los humanos, los ojos fácilmente los podían delatar. Él había leído y estudiado mucho sobre la historia de los krítalos y los humanos, pero era la primera vez que tenía el privilegio de estar en este planeta; para él resultaba muy interesante que la diferencia básica de los cuerpos, fuera que ellos tenían las pupilas redondas —¡vaya qué rareza!—, cuando la de los krítalos eran ovales, como debería ser.

—Dime Thymoty, ¿qué sabe Bruts de todo esto?

—Cuando Bruts se comunicó con nosotros estábamos a punto de recuperar a Tim; pero créeme, no sabíamos lo que pasaba en la base de la zona del silencio.

Thymoty siguió dando los detalles a Trico Rot, mientras continuaban —ya retrasados— el viaje hacia su destino.

Mientras tanto en Tepoztlán, los dos krítalos encargados de tratar a Tim, ya habían logrado que despertara. Se encontraban en la sección médica de la nave krítala, que estaba escondida a un lado de una serie de gigantescas rocas verticales. El escudo que la hacía invisible, consumía poco a poco lo que le quedaba de energía en su krit, mientras seis krítalos la cubrían con ramas recién cortadas de los árboles; ellos no podían permitir ser vistos por algún satélite.

—¿Qué pasó Tim? ¿Te acuerdas de tu trabajo? —preguntó uno de los krítalos. Era un tipo bajo de estatura, gordo, con bigote y cabello canoso. Usaba lentes redondos; vestía pantalón negro con tirantes, camisa blanca de vestir con mancuernillas doradas. Su voz era chillante y molesta; daba una sensación de burla imposible de igualar —este cuerpo humano, era del dueño de un tugurio cercano—. El krítalo se hacía llamar Repo.

—¿Quiénes son ustedes? —preguntó Tim.

—¡Qué tipo! —dijo el otro krítalo; era alto y flaco como un palillo. También era un hombre mayor con cabello en la frente y una calva en la parte de atrás —el cuerpo de este humano era el del contador del dueño del tugurio—. El nombre que usaba el krítalo era Pilo—. ¿No nos recuerdas? —le preguntó con una sonrisa llena de dientes chuecos y amarillentos.

—No seas estúpido Tim —dijo Repo mientras sus ojos claramente trastabillaban—. ¿No recuerdas que estuvimos juntos en tu preparación para esta misión?

Tim abrió los ojos espantado. *¿Yo soy un krítalo?* —su mente se desconectó. Dejó de ver y escuchar lo que ocurría a su alrededor y en el desmayo, un par de imágenes hicieron presa de él: Un tipo joven estaba enfrente de él diciéndole: «Tienes que volverte uno de ellos, al grado que nunca dude nadie de tu origen. Usarás este cuerpo

~señalando al cuerpo de un joven que yacía en una cama de transferencia. Era él mismo, Tim Naive, pero unos años antes~. ¿Estás listo para el cambio?»

Tim se observó a sí mismo en un cuerpo krítalo contestando: «Creo que estoy listo» —Repo interrumpió el contacto de Tim con su pasado, al gritarle a todo pulmón:

—¡Vuelve estúpido! Vuelve, no te hagas el moribundo. Vuelve.

Tim reaccionó abriendo un poco los ojos.

—Déjate de tonterías... —dijo Repo al ver que Tim se recuperaba—. Acuérdate lo que te dije entonces... ¿Lo recuerdas verdad? En aquella ocasión estábamos probando las camas de transferencia. Te dije: «Esto tiene sus riesgos.» Aquel día pasaste la prueba. Mírate, has sobrevivido más que ningún otro krítalo en un cuerpo ajeno. Has roto el record, Tritimm ~este era el nombre del krítalo que desde ese día habitaría el cuerpo de Tim~. Bueno, creo que desde ese entonces nadie te llama Tritimm, ¿será por el parecido con tu nombre nativo?, ¡ja!, ¿cuáles serán las probabilidades?, me pregunto... Entraste tanto en esa personalidad humana que de seguro lo has olvidado, ¿verdad?

Esto último obligó a Tim a evadir el momento, para adentrarse en su pasado una vez más. Recuperó la imagen de Repo en su verdadero cuerpo, y recordó el final de aquella situación: —Repo se veía delgado, pero la sensación de científico farsante era la misma que ahora—. «Bueno si estás listo hagamos esto de una buena vez» —le dijo Repo mientras tomaba las lecturas para encender el dispositivo que iniciaría la transferencia.

Tim recuperó su último diálogo y sus movimientos antes de la transferencia: «Sí, pero tengo que pasar primero al retrete.» Se levantó, sintió sus pasos, vio las paredes, el pasillo estaba oscuro. Abrió la puerta del baño y entró, se colocó frente al lavabo y se miró al espejo. «¡Oh!» —la imagen que vio al espejo de su cuerpo krítalo lo impactó de tal modo, que salió del recuerdo como si hubiera chocado con un resorte, miró a Repo y a Pilo en sus nuevos cuerpos prestados y afirmó asustado—: «¡No soy Tim... soy Tritimm!»

—¿Quién más amigo? —dijo Repo—. No te preocupes, que tenemos aún tu cuerpo aquí, justo aquí; para regresarte a él, pero solo por si tu amnesia persistía. Ven, quiero que veas nuestra nueva sala de transferencia —dijo mientras caminaba delante de Tim hacia la cámara—. Esta es la última generación. Ahora si vamos a lograr que los trastabilleos de los párpados desaparezcan con un nuevo sistema, aunque sigo intrigado por qué tú nunca trastabillaste. Cuando recuperemos el control de este planeta, tengo que hacerte un par de pruebas amigo. Algo debes tener tú que nos pueda ayudar a reforzar el sistema.

Tim miró los nuevos aparatos y las camillas de transferencia, un total de doce, nueve de ellas estaban ocupadas por los cuerpos krítalos de los invasores, dos desocupadas y una más con su cuerpo original —Tritimm—. Se acercó despacio y vio cada uno de los cuerpos, pero al llegar a la camilla donde estaba Tritimm casi se desmaya; Pilo lo sostuvo de un brazo.

—Lo lograremos —agregó Repo—. Te vas a recuperar… Pero por ahora no puedes regresar a este cuerpo; te estábamos esperando, tienes una misión que cumplir… —esas palabras sonaron en su memoria como ensordecedoras campanadas— Con tu ayuda tenemos que lograr que Jazz junte a un millar de personas, y contamos con muy poco tiempo.

¡Esto no puede ser! ¡Esos eran los mensajes que recibía a cada rato! ¿Cómo es posible? ¿Yo…?, no puede ser que… Quizá lo mejor sea suicidarme. Así nunca lograrán manipular a Jazz y nunca lograrán juntar las multitudes que ella pueda convocar —pensó—. Pero… yo le dije que les siguiera el juego, y si me pego un tiro, eso la estaría llevando al matadero; exactamente donde ellos quieren… ¡No! ¿Será que verdaderamente es eso lo que debo hacer? ¡No!, ¡no! ¡no! Yo no quiero eso, y no sé cómo es que siendo un krítalo no lo deseo en absoluto, o… ¿será que esto es parte de la programación?

Un poco después, los tres krítalos —incluyendo a Tim— comían en el comedor de la nave. Tim se había convencido a sí mismo que aparentaría cooperar con ellos, para, en el momento apropiado, dejarlos con un palmo de narices. En todo este tiempo trató de entender lo sucedido en su vida, y sin lograr llegar al fondo de todo, lo único que sabía es que no pensaba como ellos, por la razón que fuera. Había otras preguntas que rondaban en su mente: ¿Por qué no recordaba nada más? ¿Por qué no encontraba su pasado anterior como Tritimm? Sin más tiempo para pensar en el asunto, trató de convencerse a sí mismo de que ayudaría y protegería a Jazz, así como a todos los habitantes de la Tierra. Eso era lo más importante. Nada, ni siquiera su propia vida, tenía ningún valor ahora.

Se escuchó un doble bip en la nave; se encendió un monitor en la pared y apareció la imagen de cómo se abría la compuerta principal y entraban Trico Rot y Thymoty. Repo se levantó de la mesa y se dirigió para recibirlos:

—Ahora regreso. Ustedes terminen de comer —se apresuró hasta la entrada y esperó a que se cerrara la compuerta.

—Qué bueno que llegaron. Ya estaba un poco inquieto —les dijo Repo en voz baja.

—¿Logró su cometido doctor? —le preguntó Trico Rot sin mediar saludo alguno.

—Por supuesto. Tritimm ya recordó su identidad... Necesito un poco más de tiempo para reforzar su programa y que pueda enrutar a Jazz sin fallas.

—Perfecto. Quiero verlo. Acompáñame Thymoty.

Los tres pasaron al comedor.

Trico Rot miró a Tim a los ojos, le tendió la mano y en cuanto se la dio, empezó a apretarla gradualmente mientras subía la voz:

—¡Bienvenido al proyecto de salvación de nuestro mundo! Contamos contigo. ¡Eres increíble! Tú eres el único que puede hacer algo por todos esos krítalos que te esperan en tu hogar, Crystalia. ¿Sabes cuántos millones dependen de ti?

¿Qué...? ¿A quién debo salvar? —esas frases lo hicieron dudar de sus propósitos. *¿Será lo correcto salvar a Crystalia?*

Entre recuerdos borrosos, sabía que Trico Rot estaba entrenado en las últimas técnicas de manipulación. *¿Acaso había algo en su mano? ¿Algún cristal?* —pensó Tim, aunque no sintió ningún cambio.

—Sí señor, daré todo lo que tengo para lograrlo —contestó muy seguro.

¿Por qué dije esto? Ni siquiera lo pensé —la mirada de Tim fue de extrañeza por un momento, pero inmediatamente recapacitó: *Claro, debo hacerle creer que esto es lo correcto.*

—Ya tenemos el reporte de los dos rastreadores que enviamos para localizar a Jazz —interrumpió Tilo.

—Perfecto. ¿Cuál es el informe?

—Jazz se acaba de reportar con Concordio, el hombrecito está feliz por su regreso y listo para lanzar la campaña de ventas más grande de la historia de Bienes Raíces Azul Claro, con Jazz en la televisión. Todo estará listo para preparar un auditorio de tres mil personas en donde ella hablará en vivo a una audiencia perfecta para nuestros fines.

—¿Puedo preguntar cómo lograron preparar tan rápido esta campaña? —dijo Thymoty—. Mi plan original era...

—Muy sencillo —interrumpió Trico—. Concordio recibió hoy un "donativo" —mucho dinero—, como una aportación del gobierno para hacer promoción a un programa abogando por los derechos de una casa digna para todos; en apoyo a la clase trabajadora de México.

—¡Extraordinario! —contestó Thymoty admirado y con una sonrisa—. *Después de todo ganaremos la batalla. Al fin podré regresar a Crystalia* —pensó aliviado.

—Les toca a ustedes. Tim, tienes que terminar tu preparación para poner la cereza en el pastel —agregó Trico Rot—. Ve con Repo para que te de tus instrucciones finales. Tú eres la llave maestra. Muchos dependen de ti.

Tim asintió con la cabeza y se retiró siguiendo a Repo mientras el comandante seguía dando órdenes:

—Tilo. Asegúrate de preparar el salón donde Jazz dará su discurso. Tenemos que succionar toda la energía posible y llenar cuantos krits podamos. Prepara el equipo. Thymoty te ayudará con lo que te falte.

—De inmediato. Yo me encargo —dijo Tilo.

XLIII

América se había ido a descansar y Jenny estaba vigilando la entrada de las oficinas de Final Live con unos binoculares en un trípode detrás de las cortinas. *Nada, yo creo que los krítalos ya se olvidaron de esta oficina* —pensó ella después de los primeros diez minutos de su turno, se alejó un poco para estirarse dando un bostezo, cuando de pronto vio que una mujer se acercaba a la puerta. Jenny se pegó a los catalejos y observó con detenimiento. La mujer miró su reloj —se le veía impaciente—, y un momento después llegó un taxi y una segunda mujer se le unió a la primera; las dos muy bien arregladas, con traje sastre, faldas arriba de la rodilla y tacones altos; vestían como si fueran a asistir a una conferencia de negocios. Jenny trató de ver sus rostros, pero no pudo, pues llevaban lentes grandes para el sol y el cabello largo les revoloteaba en la cara debido al viento. Las dos entraron a las oficinas. *Tengo que reportarles esto* —pensó Jenny tomando el celular para comunicarse con Looky; mientras marcaba, otros tres hombres llegaron, y un momento después otros más se les unieron y entraron.

—Looky, tenemos actividad en las oficinas de Final Live —dijo Jenny—. Entraron dos mujeres, una rubia y una morena, las dos con cuerpos esculturales, parecían un par de mis chicas, pero con vestidos muy elegantes, y uno o dos minutos después entraron seis hombres, primero tres y después otros tres. ¿Sabes algo?

—Lo más seguro es que la función de la Futuram esté restablecida —contestó Looky—. Esto es muy delicado. ¿Está América contigo?

—Hace apenas un rato que se fue a dormir.

—Despiértala, tenemos que coordinar los siguientes movimientos. Estos deben de ser los nuevos krítalos que llegaron para restablecer su proyecto de control de la Tierra.

—De acuerdo Looky.

—Muy bien, yo me pondré en contacto con Jazz de inmediato. Esperen mi llamada en unos minutos.

—Sí, espero tu señal.

Mientras tanto, Tim le marcaba a Jazz; quien al escuchar su voz, se había quedado muda por la emoción, sentía que se le cerraba la garganta.

—Jazz... ¿me escuchas? Jazz, ¿sigues ahí? Jazz...

—Tim... No sabía si aún vivías. Comprenderás que... —él escuchó un gemido—. *Está llorando...* —pensó.

—Discúlpame Jazz, debí comunicarme mucho antes contigo, pero tengo que pedirte que confíes en mí, y sigas mis instrucciones; desgraciadamente no puedo darte los detalles en este momento. ¿Confías en mí?

—Claro que sí...

—Tienes que ir a la presentación de la televisión para tu jefe Concordio. Haz lo que él te pida. Yo te apoyaré y todo saldrá bien.

—Pero Tim, es que...

—Haz lo que te pido. Es muy importante que lo hagas. Tengo que irme. Ya te veré...

—Pero quiero saber si... —Tim colgó.

En la habitación de Jazz había un poco de vapor que salía del cuarto de baño, pues se acababa de dar una ducha; estaba cubierta con una bata secándose el cabello cuando escuchó que su celular sonaba, se acercó y contestó:

—¿Diga?

—Jazz. Hay una nueva noticia importante —estas palabras eran la señal de Looky para que en caso de emergencia Jazz se tapara de inmediato los ojos.

—Estoy lista para recibirla, espero que la noticia sea muy buena —esta respuesta era la confirmación de que ella ya tenía los ojos cerrados y que era seguro para Looky poder hablar.

—Jazz, hay actividad en las oficinas de los krítalos, en este momento te deben estar visualizando en la Futuram. Voy ya para allá, esto es muy serio.

—Tranquilízate Looky, ya tengo los ojos bien cerrados para que ellos no nos escuchen ni nos vean. —Jazz rápidamente puso al día a Looky con lo de la presentación. —De acuerdo a las instrucciones de Tim, —continuó— tengo que ir a la presentación de televisión, y seguir las instrucciones de mi jefe. Tim me apoyará.

—Pero esto es un riesgo enorme. Creo que eso sería exactamente lo contrario a lo que hay que hacer.

—No Looky, Tim me dijo que si confiaba en él, hiciera la presentación.

—¿Estás segura de lo que dices?

—Por supuesto —contestó Jazz.

—Pero, ¿y dónde está Tim? ¿Por qué no se ha presentado con nosotros para coordinar todo?

—Tim me marcó hace unos minutos para decirme que todo iba a salir bien, que diera la presentación, pero que tenía que colgar; se ve que estaba haciendo algo importante, y no me podía decir que era. Looky..., yo confió en él plenamente.

Una semana después, en México, todo estaba listo para la presentación de Jazz, mientras que en Crystalia, la crisis de la falta de energía estaba causando muchos problemas y Bruts solo podía apagar fuegos, haciendo que su gente desapareciera a los krítalos que hacían preguntas y exigencias demandando soluciones, asegurándose que nunca llegaran a los oídos de los políticos.

¿Por qué Trico Rot no se comunica conmigo?, ¡desgraciado!, ¡mal nacido!, después de todo el poder que le he dado y me trata así. Si salgo bien librado de esto lo voy a evaporar lento, muy lento... —pensó Bruts.

Concordio llegó a su casa, entró a la sala y ordenó:

—Mujer, ¿tienes la cena lista? En unos momentos van a llegar mis invitados.

—Sí gordo. Todo está listo —contestó Catalina, la esposa-trofeo del pomposo dueño de "Bienes Raíces Azul Claro."— ¡Gertrudis! Gertrudis, ¿qué acaso no me escuchas? —gritó la señora—. Llama a Alfonso y a María. Estén todos listos para atender a los invitados.

Minutos después la reunión estaba en su apogeo. Los empleados de Azul Claro se daban vuelo haciéndole la barba a Concordio.

—Señores —dijo Lola—. Dejen de platicar y pongan atención. En dos minutos empezarán los anuncios de la compañía —la colombiana se había convertido en la asistente personal de Concordio desde que Jazz estuvo ausente, gracias a sus descarados deslices con su jefe.

Todos dejaron de hablar.

—Esperen, ¿que no ven que no ha llegado Jazz? —dijo Concordio—. Quiero que todos le den las gracias cuando llegue. Por ella tenemos toda esta publicidad patrocinada. No me pregunten cómo ocurrió, pero todos saldremos ganando mucho dinero señores, mucho. En un momento van a ver lo que les digo —lo que omitió Concordio fue que esta publicidad y apoyo del gobierno había sido otorgada con la condición de que específicamente fuera Jazz quien diera los discursos. La concesión del gobierno tampoco fue casualidad. Uno de los krítalos de la misión de Trico Rot se había apoderado del cuerpo de un alto funcionario que tenía este proyecto detenido hacía dos años, para poder extorsionar a varios empresarios con algunos favores entendidos; hecho el negocio, Concordio pagaría ~de su cuenta personal~ una abundante comisión a los involucrados—. Espero que Jazz no tarde —terminó Concordio suspirando.

—No se preocupe jefe —contestó Lola—. Seguro que Jazz ya viene en camino.

Maldita sea la hora en que regresó la pesada de Jazz a la compañía —pensaba Lola mientras se retorcía en su interior por el coraje—. *Si se enfermara o algo le pasara yo estaría dando esa presentación. El prestigio... la fama... Ay como me gustaría...*

—Está bien, pasen la primera parte del anuncio de la televisión y cuando llegue Jazz lo repetiremos —dijo Concordio dando permiso.

El anuncio comenzó a verse en una enorme televisión. Imágenes de cielos azules y casas de ensueño, familias felices, sonrientes y adaptadas aparecían en la pantalla. Un locutor muy conocido hablaba fuerte y claro:

"Por fin tenemos un cielo 'Azul Claro.' Esta es una cordial invitación a los emprendedores, hombres y mujeres que desean una casa digna. La empresa Bienes Raíces 'Azul Claro' y el 'Gobierno de la República Mexicana' ofrecerán diez presentaciones en la sala del nuevo teatro 'Hidalgo'. La entrada es libre. Ustedes tendrán la oportunidad de tener un trabajo digno como representantes de bienes raíces para la

empresa 'Azul Claro', así podrán vender las casas que el Gobierno ha subsidiado para todo México. Los interesados tienen que llamar al teléfono…"
El comercial continuaba dando los datos. ¡Bravo!, ¡bravo! Todos aplaudían y hacían reverencias a Concordio, quien se paseaba como un pavorreal. Todo estaba listo para la presentación de Jazz.

Malva se había despedido de Mark por teléfono; pues aunque le prometiera que lo vería en una cita formal, ella tenía sus propios miedos, después de tantos fracasos con los hombres; ahora sería diferente, en esta ocasión ella se hizo fuerte, reprimiendo su deseo de verlo. Decidió regresar a su casa, ver a su hijo, revisar con calma lo que planeara años antes, y entonces vería a Mark, con la cabeza fría y el deseo físico controlado; así pues, ella se recostó en su cama y prendió la televisión para distraerse antes de dormir, pero en lugar de tranquilizarse y entregarse a los brazos de Morfeo, se despabiló como un niño con ganas de jugar, pues en la pantalla pasaron el anuncio de la presentación de Jazz, que tendría lugar el día siguiente en el teatro Hidalgo de la Ciudad de México. *¿Qué es esto? Esto es muy extraño; primero que nada, ella está desaparecida y de pronto, en un abrir y cerrar de ojos es la protagonista de un proyecto que debe representar millones y ¿subsidiado por el gobierno?* Tomó el teléfono y llamó a la línea aérea:
—Señorita, me reserva un vuelo a la ciudad de México para mañana a primera hora…

Pasaban las nueve de la noche y la calle donde se encontraban las oficinas de los krítalos estaba tranquila y silenciosa; América observaba a través de los binoculares; empezó a cerrar sus ojos mientras un bostezo se apoderaba de ella; y cuando estaba a punto de quedarse dormida, escuchó un ruido metálico que la espantó. Se asomó por los binoculares y vio que un borrachín trataba de forzar la puerta principal del negocio Final Live; el tipo insistía con una barra de metal, raspaba una y otra vez tratando de hacer palanca. *Quiere entrar a robar* —pensó América—. El tipo siguió insistiendo raspando y palanqueando con la barra hasta que un hombre trajeado, uno de los krítalos, abrió la puerta, el borrachín se le quedó mirando tambaleándose de un lado a otro, cuando el krítalo sacó un vaso y le dio algo a beber. *¿Qué es esto?* —pensó—, *tengo que decirle a Looky* *que vea esto,* y dio un pequeño giro hacia la parte de atrás donde descansaba Looky y lo llamó:

—Despierta chaparrito —dijo con su acostumbrado acento gringo—, tienes que ver esto.

Looky se levantó de un salto y al acercarse a la ventana le preguntó:

—¿Salió uno de ellos?, y... ¿qué hace con ese señor?

—Es un borracho que trataba de entrar a la fuerza con esa barra de metal, ¿pero qué le está dando el krítalo? —preguntó América.

—No tengo idea, pero el tipo se lo está tragando...

—Bueno, por lo menos sabemos que siguen ahí, y si no nos equivocamos y únicamente existe esta entrada —como suponemos—, este krítalo debe de ser uno de los dos que están controlando la Futuram; todos los demás se fueron hace días, Jenny lo puso en su reporte.

El borrachín se tambaleó un poco más y levantando el vaso, se alejó de la puerta mientras el hombre del traje se empezó a reír; en cuanto llegó a la esquina el cuerpo del vagabundo empezó a sacar humo de su cabeza y unos segundos después se desplomó en el piso; el krítalo simplemente cerró la puerta tras de sí. Las carcajadas se escuchaban hasta donde estaban ellos.

—¡Ay, qué horror! —dijo América en un apagado murmullo.

Looky la abrazó y la apretó, pues a él le caló tan hondo el horrendo suceso como a ella, América lo miró a los ojos.

—Chaparrito, bésame...

Él la tomó y cumplió con su deseo. *Ella es lo más hermoso que he encontrado en esta vida y debo protegerla...* —la acarició y agregó:

—Linda, tenemos que impedir que estos tipos logren mañana su plan. Tenemos que convencer a Jazz de no dar la presentación. Jenny debe estar por llegar. Ella se tiene que quedar aquí monitoreando los movimientos de la oficina mientras nosotros buscamos a Jazz; aún podemos cambiar el curso de su presentación.

—Sí —contestó ella, para después besuquearse otra vez; las caricias no se hicieron esperar.

—Quiero pedirte esto antes de que pueda arrepentirme de no haberlo dicho. ¿Te casarías conmigo?

Ella lo miró con sus ojos tan brillantes, que parecían estrellas enamorando a la luna.

—No me equivoqué chaparrito. Tú eres el hombre más adorable que he conocido —le acarició la cara y lo abrazó con tal intensidad, que los sueños y anhelos de toda su vida quedaron pequeñitos con lo que la radiante mujer le hizo sentir en su corazón.

XLIV

Dos horas antes de la reunión en la casa de Concordio, Tim se presentó en el departamento de Jazz —un hermoso lugar que Concordio le diera de regalo. En realidad, esto era parte del paquete de condiciones del "donativo del gobierno" para el proyecto "Casa Digna."

Jazz al verlo lo abrazó y lo apretó con todas sus fuerzas, luego se desprendió de él y sin decir más lo besó con pasión y ahí fue cuando ella se detuvo en seco; algo era distinto.

—¿Qué pasa? —ella notó que algo era diferente—. ¿Dime qué es lo que ocurre? —preguntó desesperada—: ¿Estás preocupado? ¿Estás seguro que lo que tengo que hacer es dar estas presentaciones? —le preguntó insistente.

—Sí Jazz, esto es lo que tienes que hacer.

Tim la tomó por la cintura y la besó en un arrebato desmedido. La encaminó acariciándola a la recámara y apagó la luz al entrar. La colocó en la cama y continuó con las caricias.

La señal de Jazz se perdió en la Futuram.

—¡Demonios! De verdad que no entiendo a estos terrícolas; por que les gusta apagar la luz —dijo Trico a Thymoty mientras fumaban y tomaban frente a la Futuram.

—No hay de qué preocuparse. Esto es una costumbre muy normal en muchos de ellos. La última lectura de Jazz nos marcaba un 69% de probabilidades de éxito en el evento de succión en grupo, y de seguro que con esta noche de sexo, amaneceremos un 80% cuando se reanude la señal.

A pesar del deseo desmedido, Jazz lo empujó hacia atrás, y extrañada le preguntó:

—¿Qué te pasa? No te entiendo.

Tim le colocó delicadamente los dedos en sus parpados, y se aseguró de que los ojos estuvieran bien cerrados.

—Jazz... ¡Guarda silencio y escúchame! —murmuró—. Ellos nos están viendo. Conectaron la Futuram con el krit de la nave. Tenemos que hacerlos creer que harás las presentaciones, y no sé aún si ahora que sabes esto podremos engañar a la Futuram, pero tienes que mantener tu mente pensando que vas a hacer lo que ellos quieren que hagas, sin pensar en lo que en realidad haremos. Necesito que finjas. Tenemos que intentarlo. Si quieres decirme algo del plan tendrás que hacerlo —como en este momento— a oscuras.

Jazz empezó a tranquilizarse.

—Está bien, ahora entiendo —Jazz lo abrazó de nuevo.

—Mantén tus ojos cerrados mientras me aseguro que no tengamos nada de luz —Tim tomó el edredón de la cama y lo colocó en la rendija de la puerta; el cuarto quedó completamente oscuro, pues la ventana tenía doble cortina y una pantalla corrediza para tapar la luz de la calle en la noche—. Esperaron unos minutos para acostumbrarse a la oscuridad y cuando Tim comprobó que no había suficiente luz para que la Futuram recibiera algo, le dijo:

—Ahora si podemos hablar sin correr riesgos.

—Tim, tengo que decirte algo más. Looky y América piensan que dar las presentaciones es un grave error y tengo miedo que ellos hagan algo para evitarlo.

—Sé lo que tenemos que hacer. Sé lo que hago. Convéncelos de que todo está bajo control. Tú tienes que dar la presentación y seguir mis instrucciones. ¿Aún confías en mí?

—Nunca he confiado más.

—Perfecto. Únicamente tendrás que ir a tientas; yo te guiaré. Y si Looky y América te buscan tendrás que engañarlos también o evadirlos. Si los pones en la mira de los krítalos podrían matarlos de inmediato —desde la reciente programación con Repo, Tim se sentía nervioso y aturdido, pero nunca le confió nada de esto a Jazz—. ¿Podrás hacerlo? —le preguntó.

—Tim... Necesito entender lo que pasa.

—No te puedo decir más ahora —la tomó delicadamente del cuello y la besó; ella correspondió y se entregaron el uno para el otro como si fuera la primera vez. Tim apaciguó por momentos los nervios; pensó que si todo salía bien podría volver a verla, de lo contrario esta sería su última noche con ella; entre la excitación, se mezclaron las imágenes de Repo con su voz engañosa; él trató de concentrarse solo en Jazz, quien se entregaba apasionada; por momentos sentía que la engañaba, luego trataba de convencerse que la ayudaba. Jazz por su parte había perdido la noción del tiempo; él era todo lo que existía para ella y llegó junto con él al éxtasis tan anhelado para desvanecerse de inmediato fuera del mundo terrenal.

Después de unos minutos de calma absoluta, sin ningún movimiento más que la respiración de sus cuerpos, Tim se levantó despacio, y sin hacer ningún ruido tomó sus ropas y se vistió, después de dejar una nota para Jazz sobre la cama. Se alejó al extremo opuesto de la casa, todo con los ojos bien cerrados —lejos de la habitación donde dormía Jazz—, tomó el teléfono y marcó un número —detectando las marcas para ciegos en las teclas.

—Buenas noches, Taxi-ayuda a sus órdenes.

—¿Es el servicio especial de taxi para ciegos?

—A sus órdenes señor. ¿Cuál es la dirección y a dónde se dirige?

Tim le dio las instrucciones explicando que estaría afuera esperando, justo a la entrada de la casa. De una pequeña maleta que tenía preparada, sacó un antifaz negro para los ojos —como los que se usan para tapar la luz y poder dormir; pero más pequeño—; se lo colocó, lo ajustó bien, y encima se puso unos lentes oscuros —de esos que rodean la cara—, de este modo él no veía nada y no activaría la función de detección de la Futuram sobre él; pues estaba seguro que después de su última sesión con Repo y sus manipulaciones, estaría siendo monitoreado muy de cerca, al igual que Jazz.

El taxi llegó, el conductor se bajó del auto y poniendo la mano de Tim en su hombro, lo guio hasta el carro. El taxista fue muy cortés, y con mucho cuidado lo acomodó en el asiento trasero, después de guardar la maleta en la cajuela. El taxi inició el recorrido y tomó camino hacia las afueras de la ciudad. La noche era ideal. No había luna y el cielo estaba ennegrecido con enormes nubes. El reloj del auto marcaba la una de la mañana con veinte minutos cuando ya estaban en la carretera fuera de la ciudad.

—¿Está todo bien señor? —preguntó el chofer a Tim para hacer un poco de plática. No habían hablado nada desde su partida.

—Sí muchas gracias —contestó Tim sin ninguna intención de

hacer plática. No quería correr ningún riesgo, y para estas alturas él apenas podía cargar con sus propias dudas. Luchaba entre qué era lo correcto hacer con respecto a Jazz, Crystalia, los krítalos y los humanos. Aun así, con toda esta borrasca mental en apogeo hizo un esfuerzo y continuó. *Ella es la única que puede marcar nuestro destino…*

—Me supongo que usted viaja a estas horas por algún asunto muy urgente —insistió el conductor, a quien no le gustaba viajar de noche en carretera, y como costumbre, trataba de platicar con los clientes.

—Todo está bien, solo quiero llegar antes del amanecer. Quiero darle una sorpresa a una dama —lanzó una mentira para zafarse de una respuesta más concreta—. Si no le molesta voy a dormitar un poco; me avisa cuando lleguemos por favor —otra mentira para cerrar la posibilidad de seguir con la plática.

—Sí señor, no se preocupe. Descanse, que lo necesitará para estar fuerte ante la dama —el taxista se sonrió.

El auto se detuvo.

—Ya llegamos señor. Esta es la parte oriental más alejada de Tepoztlán. Nunca había estado aquí. Es un lugar magnético, tengo entendido. Esta es la dirección que usted me dio pero no hay más casas. Es el final de la calle y supongo que el número será de algún terreno. Lo demás es campo abierto.

El taxista miró muy atento a todos lados.

—¿Está usted seguro que aquí quiere que lo deje? Está muy oscuro, la última bombilla encendida está como a cincuenta metros, allá atrás.

—Sí, muchas gracias, déjeme aquí.

Tim sacó de su bolsillo derecho un poco más de lo que la señorita le había dicho al momento de solicitar el servicio y pagó —los krítalos le habían dado un buen fajo de billetes para lo que necesitara; el resto del efectivo lo traía en otro lado. Tim le entregó el dinero en la mano.

—Quédese con el cambio —Tim abrió la puerta del auto; y el chofer de inmediato lo ayudó a bajar y le dio su maleta.

—¿Le ayudo en algo más? —preguntó el chofer.

—No se preocupe. En unos minutos van a pasar por mí.

—¿No quiere que lo acompañe mientras pasan por usted? Esto

está muy solo y no se ve nada. No le cobraré nada extra por esto...
—No gracias. En un momento estará un amigo aquí. Váyase tranquilo. ¡*Ya que se vaya! ¡Carajo!* —pensó.

—No deje de llamarnos si necesita otro servicio —contestó el chofer contrariado al ver la necedad de Tim. Se subió al auto y desapareció.

Solo al fin, Tim dejó la pequeña maleta de viaje a un lado y se removió los lentes y el antifaz sin abrir los ojos. *Dijo que la última bombilla estaba a unos cincuenta metros* —pensó al abrir un solo ojo por un segundo, para saber hacia dónde estaba la bombilla—. *Creo que es seguro si abro los ojos en esta dirección. No veré ninguna luz* —miró, pero no pudo distinguir nada. Sacó un pequeño gadget del tamaño de un dado y manipulándolo lo encendió. Era un detector que le diera Repo al final de su programación. Le serviría para regresar a la nave, porque si se diera alguna emergencia o por seguridad, podría ser cambiada de lugar y en el caso de que conectaran el escudo de invisibilidad, sería imposible encontrarla sin el aparato. El dispositivo localizó la nave e indicó a Tim, con pequeños bips, que únicamente él podía escuchar, la dirección en donde se encontraba. Caminó entre la maleza tropezando un par de veces por la falta de visibilidad. Los ruidos de insectos nocturnos dominaban el lugar con zumbidos. Los bips en sus oídos se intensificaron y de pronto se convirtieron en dos pulsaciones por segundo. La nave estaba frente a él. Se acercó lentamente y la palpó caminando al lado de ella, hasta un punto donde pudo identificar la escotilla de entrada. Se colocó el antifaz y pulsó nuevamente el gadget localizador. La puerta se abrió. Entró a gatas y cerró la puerta. Abrió su maleta, sacó una mascarilla antigás y se la puso, sacó una pequeña botella con líquido y llevándosela en una mano, siguió a gatas hasta donde recordaba que estaban las cámaras para dormir, y cuando supo que había llegado a ellas, destapó la botella y derramó el líquido en el piso. Repo y dos krítalos más recibieron los aromas del gas adormecedor a base de éter —uno de los tantos trucos aprendidos con Oso Grande—. Con mucha cautela y cuidándose de no hacer ningún ruido —pues no estaba seguro de la efectividad del gas—, se dirigió lentamente a la cámara de transferencias —había memorizado dónde se encontraba—. Arrastró su maleta varios metros. *Creo que es aquí* —pensó al palpar la primera camilla—. Tomó la precaución de cerrar la puerta de la cámara tras de sí —así se aislaría completamente del resto de la nave—. Momentos después localizó cada una de las camillas, hasta identificar dónde se encontraba el cuerpo de su origen: 'Tritimm'. Al tocar el cuerpo inerte sintió una oleada eléctrica subiendo su temperatura al punto del desmayo. Se retiró y respiró hondo, descansó hasta que su pulso se recuperó y siguió con su plan. Encontró los controles y los movió de lugar, acercándolos a una de las camillas vacías. "Cuantas veces había estudiado esto en Arizona, para descubrir que era parte de un pasado olvidado de su origen como krítalo." Abrió de nuevo su maleta y sacó un krit —que él tuviera escondido desde el asalto por Jenny y sus amigas a la base de la zona del silencio—, lo conectó a los controles y se recostó en la camilla. *Espero que la energía del krit usado y gastado de la Futuram que intercambiaron, más éste, sean suficientes para hacer la transferencia* —pensó—. Se tragó todas sus dudas, y al momento de encender la transferencia para regresar a su cuerpo original —Tritimm— pensó: *Tim, ahora serás libre y Jazz te buscará muy pronto* —refiriéndose a la nota con instrucciones que él le dejara a Jazz en la cama para cuando ella se levantara al día siguiente.

Las luces de la transferencia se encendieron. Él tenía los ojos aún tapados. Eran las cuatro de la madrugada y aún no clareaba. La transferencia empezó después de que las dos cúpulas de cristal cubrieron ambos cuerpos —el de Tim y el de Tritimm—. Las luces verdes chillantes se encendieron. Inesperadamente hubo un choque de identidades. A una velocidad quizá no comprendida en este mundo, pasaron miles de imágenes, emociones y pensamientos. «¿Quién soy yo? ¿Tú eres…? No, soy yo. No, tú eres…» El encuentro hizo que los cuerpos entraran en un violento estado de shock. Ambos convulsionaron. Se movían como si alguien los estuviera friendo vivos, cuando de pronto uno de ellos —el de Tritimm, debido a la falta de actividad física—, se torció de tal modo que tronó su cuello doblándosele la cabeza hacia un lado y entonces quedó inmóvil. El cuerpo de Tim se aflojó. Ninguno de los dos se movía, y sólo uno respiraba; el de Tim. Las cúpulas de cristal se retiraron pero los cuerpos siguieron en ese estado de inmovilidad y por varios minutos no hubo ningún cambio. Poco a poco, como cuando la marea va en aumento y toca cada vez un poco más de tierra firme, así entró en consciencia el ser que ocupaba el cuerpo de Tim. Al fin había entendido lo que le ocurriera desde aquel día de la tormenta junto a Jazz. Sí, él era Tim, no Tritimm —todo este tiempo, todos esos meses y días desde aquel momento que quedara prácticamente muerto con Jazz entre sus brazos, justo después del choque eléctrico; la impresionante cantidad de energía desprendida del rayo recibido en la tormenta, rompió la transferencia, y Tritimm, sintiéndose fuera del cuerpo de Tim, trató de regresar a su verdadero cuerpo, provocando que Tim regresara al suyo. Sin embargo el krítalo, desprendido de ambos cuerpos y confundido por el choque del rayo, nunca logró entrar y animar su verdadero cuerpo; y así quedó en el limbo ~entre los cuerpos de Tim y Tritimm~, pero con las órdenes krítalas de su misión implantadas hasta lo más profundo; se acercaba continuamente a Tim como una sombra; provocando que tuviera mareos, cambios bruscos de temperatura, reacciones irregulares, y muchos malestares más.

Todo esto lo comprendieron los dos seres en la complicadísima sesión de transferencia que recién intentaran realizar. Tritimm, al ver morir su cuerpo en la camilla, se sintió al fin liberado de su obligado compromiso para el que fuera —con mucho rigor— programado tiempo atrás. Dio las gracias sin palabras a Tim por eso, e, identificándose como iguales sin las ataduras de sus cuerpos, desapareció; quizá para encontrar un nuevo cuerpo krítalo o humano que ocupar, nadie lo supo nunca.

Tim se incorporó quitándose el antifaz. Sabía que los efectos de su última programación con Repo ya no serían parte de él, pues recordaba el dato que Oso Grande le diera en el momento en que le explicara el proceso de transferencia: «La transferencia utiliza una gran cantidad de energía muy condensada y fina, y quema el circuito de cualquier grapa que tuviera adherida el cuerpo del sujeto en el proceso.» Se tocó la cara con las manos. La sensación de bienestar era única; el miedo había desaparecido, y las dudas con él. Hacía tanto tiempo desde la última vez que experimentara este bienestar que ya no se acordaba de lo bien que él se podía sentir. Se levantó y tomó sus cosas retirando el krit del panel de control; salió de la sala de transferencia para dirigirse a la cámara donde dormían los krítalos, y tomando una silla de una cierta aleación de un metal no conocido aquí en la Tierra, los golpeó hasta que quedaron completamente muertos. Salió de la nave con su maleta y corrió por entre las hierbas.

XLV

La mañana estaba fría. Las cortinas no permitían que entrara la luz y Jazz se encontraba profundamente dormida. La noche anterior había sido inolvidable. Jazz soñaba recibiendo besos y caricias de Tim. Las imágenes iban y venían como una canción que repetía sus notas embelesando a su público espectador. Sus ojos, la dulce humedad de sus labios, el tacto de su piel, la fuerza de sus manos apretando su cintura; todo era un hechizo tan esperado, que ella podría permanecer en él toda una vida. A un lado de ella estaba la nota de Tim, inmóvil, esperando a que ella la leyera. Hacía mucho que él había abandonado el lecho. Ya eran más de las diez de la mañana y ella no despertaba aún. De pronto el sonido del timbre del teléfono obligó a que Jazz abriera los ojos. Aventó las sábanas con fuerza. El papel que Tim le dejara se resbaló hacia el suelo al lado contrario de la cama. Se levantó dando tumbos —como si hubiera estado embriagándose toda la noche. No caía en cuenta, que se encontraba en el fastuoso departamento regalo de Concordio—; por fin halló el teléfono y contestó, pero ya habían colgado. ¿Dónde está Tim? —se preguntó buscándolo con la mirada—. ¿Qué hora es? —pensó dirigiéndose al reloj—. ¿Más de las diez? Necesito saber que vamos a hacer. ¿Dónde está Tim?

Los números parecían saltar dando golpes…
—¡Esto no puede ser! La Futuram indica un 37% de posibilidades de éxito en el proyecto de succión y no veo a Tim en las imágenes. ¿Dónde está? —preguntó Thymoty a Trico Rot.
Thymoty tecleaba frenético dando instrucciones para localizar a Tim.
—Debe ser una falla. ¿Está el sistema rotador de fases y recuperación funcionando bien?

Thymoty y otro de los asistentes revisaron varios puntos en las computadoras auxiliares.

—Todo está bien.

Trico Rot no dejaba de ver las imágenes con sus indicadores numéricos.

—Espera Thymoty. Mira esto... —dijo señalando en la imagen principal.

Jazz había escuchado el timbre del teléfono nuevamente y estaba contestando:

—No se preocupe Don Concordio. Estoy bien. Me levanté tarde, eso es todo. Me prepararé para la transmisión. Ahí estaré —dijo esto y colgó.

Apagaré el celular. No puedo revelar ni una sola palabra a América ni a Looky. Tim me dijo que sabía lo que hacía. Confío totalmente en él —tomó el aparato y apretó el botón—. *Tim, por favor dime qué es lo siguiente qué debo hacer. Por favor, no me dejes con esta angustia* —tomó su traje para el evento, lo colocó en la cama, entró al baño y se dio una ducha.

—¿Están ya listos todos los dispositivos listos para llenar los krits? —preguntó Trico Rot.

—Sí señor, contestó el asistente.

—Mira Thymoty. No sé si es un error de lectura de las computadoras, pero Jazz va a presentarse y dará la conferencia para mil doscientas personas, según los datos de ayer. Sigamos el juego. Creo que aún con este bajo porcentaje lo sacaremos adelante.

Pasaron las horas y llegó el momento de la presentación. América y Looky trataron de atajarla antes del evento, pero ella los evadió con facilidad; entró rodeada de varios policías que la escoltaban; aun así América alcanzó a gritarle: «No lo hagas;» un policía le dio un codazo dejándola —casi noqueada— en los brazos de Looky. Jazz entró a un camerino en donde la esperaba Concordio con una pequeña comitiva.

—Estás muy elegante con ese traje. Una digna representante de la empresa —le dijo mientras la maquillaban—. ¿Necesitas algo antes de la presentación? —Concordio estaba tan nervioso como si fuera a tener un hijo.

—Señorita —le dijo el asistente de audio—. Esto es para que pueda escuchar al apuntador en caso de que lo requiera —le colocó el receptor en la cintura y el pequeño aparatito en la oreja.

—No se preocupe. Sé lo que tengo que decir. Señor Concordio, ¿les puedo pedir que me dejen sola? En un momento estaré lista.

—Sí, claro. Salgan todos —en unos segundos el camerino quedó en silencio.

Tim, por favor... ¿Dónde estás? ¿Qué debo hacer en caso de que no llegues? —Jazz se frotaba el cuello nerviosa—. *Esperaré. Yo debo de seguir... en su momento sabré que hacer.*

Alguien tocó en la puerta.

—Señorita. Ya es hora. En tres minutos tiene que estar en el escenario.

—Sí, voy —se miró al espejo y se dijo en voz baja—: ¡Todo va a estar bien!

La luz empezó a desvanecerse con rapidez, dejando en su lugar una sombra.

—Creo que saldremos victoriosos —afirmó Trico Rot—. Escuchaste lo que dijo: Todo va a salir bien.

La imagen de Jazz se veía con toda claridad en los monitores de la Futuram, que con poca energía a la mano, no usaba la función holográfica.

—Sí —contestó Thymoty—. Aparte los porcentajes que marcan nuestro éxito del proyecto están subiendo cada cuatro o cinco segundos. Ya vamos en 48% de probabilidades de éxito.

Jazz estaba parada junto a la asistente que le habían asignado, esperaba la señal para dirigirse al podio donde aparecería ante las cámaras y los números en la computadora subían velozmente: 49... 50... 51... En el instante que ella era presentada por el conductor, la computadora escupía los porcentajes con aumentos a cada segundo: 60, 61, 62 —ella sonreía sin decir una sola palabra—, 68, 69, 70... La música que anunciaba la entrada de Jazz llegó hasta el último rincón del salón, las luces de colores se agitaron moviéndose en círculos, el público expectante empezó a aplaudir. Jazz pensó: *"Tim me dijo que hiciera todo lo que Concordio me pidiera, me aseguró que todo saldría bien, y lo siento más cerca de mí, eso voy a hacer; sí, voy a dar una conferencia que los haga pensar como nunca antes."* La Futuram empezó a saltar dos números por segundo: 76, 78, 80... Un rayo enorme de luz iluminó un lado del telón, Jazz caminó hacia el centro del escenario y la luz la envolvió

mientras la Futuram indicaba tres dígitos por segundo: 86, 89, 92...
Jazz se detuvo y miró hacia adelante mientras escuchaba los aplausos...

—Nunca habíamos llegado al 90 por ciento en la programación de Jazz —dijo Thymoty al ver los números.

La Futuram marcó el 98 y se detuvo en este número. Jazz escuchó ruidos extraños en el auricular del apuntador, a tal grado que movió su mano hacia la oreja y cuando estaba a punto de quitárselo, escuchó una voz entre la estática creada por la interferencia: «Finge un desmayo...» «Finge que te desmayas.» «No digas nada.» *¿Eres tú Tim?* —pensó; pero tardó en comprender lo que Tim pedía, y el público, hundido en un silencio expectante, se preguntaba por qué Jazz no empezaba. Al fin ella obedeció, cerró lentamente los ojos y se dejó caer hacia un lado.

—¡Ah! —se escuchó exclamar a la audiencia, que se levantó alarmada, con gritos entremezclados que pedían con urgencia un médico.

Trico Rot y Thymoty se quedaron mudos. Los números indicadores del porcentaje de éxito para succionar las mentes de la audiencia, caían en cascada con un ritmo descomunal de siete dígitos por segundo. La imagen en la pantalla mostraba como llevaban a Jazz en una camilla hacia atrás del escenario.

Pasaron tan solo once segundos para que la Futuram marcara el número más bajo que jamás hubiera registrado desde que el proyecto de robo masivo de la energía de los humanos empezara, solo indicaba el 9%.

—¡Sabotaje! —gritó Trico Rot enfurecido mientras golpeaba en la silla con sus manos.

Thymoty permanecía en silencio. No podía creer lo que veía.

—¡No te quedes así korkuto! —aulló Trico Rot—. ¡Muévete! Llama al doctor. Él debe saber algo.

Thymoty usó uno de los celulares para tratar de localizar a los miembros de la tripulación, pero no consiguió nada; luego trató de localizarlos usando todos los números móviles asignados en la misión; no parecía haber nadie conectado. Desesperado, marcó a uno de los dos krítalos que estaban encargados de ayudar a transportar los krits cuando la presentación terminara.

—Coco, ¿estás en la parte de atrás del teatro como quedamos?

—Sí, claro, ¡pero esto está muy mal!

—Tienes que hacerte pasar como un doctor y entretener a Jazz; te daré instrucciones.

—De acuerdo Thymoty

Los párpados de los krítalos brincaban cada uno a diferente ritmo por instantes.

XLVI

A Jazz la cargaron seis hombres en camilla y la llevaron hacia los camerinos; cerca de la puerta —ahí la esperaba Coco, el krítalo que se haría pasar por el doctor; traía un pequeño botiquín portátil—, pero antes de que alcanzara a Jazz, Tim se acercó al hombre que cargaba la camilla al frente y lo abordó:

—Es mi novia, permítame ayudarle —y ocupando el lugar del tipo, se inclinó hacia ella y le habló al oído:

—Jazz, no abras los ojos aún.

—¿Tim? —susurró ella; la desesperación de querer abrir los ojos para verlo fue casi incontenible, pero aun así se obligó a ello y lo escuchó ansiosa, recordando que tenía que seguir fingiendo su malestar.

—Sí, soy yo. Tengo un auto en la parte de atrás, todo está listo.

Malva, quien se encontraba entre la audiencia, se acercó lo más rápido posible, pero todo el alboroto no la dejaba pasar, mientras Looky y América, también querían colarse a la parte trasera del teatro; Malva distinguió entre el gentío a América y a su acompañante. *Ella se parece a...* —pensó mientras seguía luchando por atravesar entre la confusión reinante. Ella, hacía conjeturas en fracciones de segundo: *Sí, ella es América... Tengo que verla, pero... no, Jazz tiene prioridad en estos momentos* —pensó—. Sacó su celular y sin que América lo notara le tomó varias fotos, mientras a unos pasos, el krítalo Coco se acercó a Tim.

—Permítame ayudarle, yo soy doctor —dijo el krítalo abordando a Tim.

—No se meta —le contestó Tim mirándolo a los ojos—. ¿Me ayudan a bajar la camilla para que ella se levante? —les dijo a los demás.

Tim ayudó a Jazz tomándola de los hombros, mientras los hombres retiraban la camilla. El krítalo se volvió a acercar e insistió:

—Permítame que yo la atienda —y en ese instante sus ojos trastabillaron.

—¡No! —dijo Tim en voz alta para que todos escucharan—. ¡Por favor! Nadie puede atenderla sin saber lo que padece.

Los hombres al escuchar a Tim voltearon a ver al krítalo, quien se quedó mudo.

—Mi vida, por favor sostente sobre tus pies y no abras los ojos.

Jazz se empezó a enderezar haciendo un gesto de dolor.

—¡Ay, me muero! Mi madre, que mal me siento. ¿Por qué ahora? ¿Por qué a mí? —dijo y levantó un poco la cabeza haciendo una mueca de dolor—. ¡Por favor!, háganle caso a mi novio. Pongan mis pies sobre el piso.

Los hombres le ayudaron a que los curiosos no se acercaran.

—Qué mareo, pero, qué horrible me siento.

—Camina, yo te guiaré —le dijo Tim para que todos oyeran.

—Lo intentaré —balbuceó, mientras fingía tambalearse de forma convincente—. Es una de esas enfermedades raras que nadie conoce. Este señor —dijo apretando a Tim del brazo— sabe cómo debe atenderme. ¿Nos dejan solos? ¡Por favor! ¿Qué no ven que la muchedumbre me afecta? —se tocó la cara con un ademán de desesperación— ¡Necesito aire! Déjenos solos; él me atenderá.

—¡Qué irresponsabilidad! —dijo el krítalo mientras acercaba la mano directo al cuello de Jazz —aparentando querer tomarle el pulso—; pero Tim, que ya sabía lo que trataba hacer, le detuvo el brazo en seco.

—Nadie debe tocarla.

—¡Usted es un imprudente! —dijo el krítalo exaltado, tratando de acercar la mano a Jazz con fuerza.

—Le digo que no se acerque. ¡Quítese! —dijo Tim, lanzando con todas sus fuerzas el brazo del krítalo lejos del cuello de Jazz; la mano del supuesto doctor; pegó en las voluminosas nalgas de una curiosa, que estaba de espaldas, con su novio tratando de tomarle una foto con Jazz al fondo—; la mujer pegó un grito, miró al krítalo y lo abofeteó.

—¡Degenerado! ¿Cómo se atreve? —gritó la curiosa—. Quítenme a éste, que me está manoseando —y dándole golpes con su bolsa, que era bastante contundente a pesar del tamaño, aporreó con furia a Coco. Dos hombres se acercaron al improvisado doctor y lo hicieron a un lado dándole un par de empujones; otros curiosos se le echaron encima y lo obligaron a quedarse contra la pared apabullado. Concordio, América, Looky, Malva y el krítalo —con moretes en la cara—, se quedaron atorados entre la multitud, mientras Tim y Jazz, ya estaban llegando al auto.

El krítalo huyó al baño para refugiarse; se miró al espejo en medio de un quejido y empezó a limpiarse con agua la sangre que escurría de la nariz, cuando su celular empezó a sonar. *No puedo contestar. ¿Qué le digo?, ¿que soy un estúpido?* —pensó.

—¡Carajo! —gritó Thymoty mientras se arrancaba las cejas por la desesperación—, ¿por qué este *korkuto* no contesta?

El teléfono sonó varias veces más...

¿Qué le voy a decir a mi jefe? Krrr... ¡Me va a matar! —tomó el celular y contestó:

—¿Qué pasa? ¿Por qué no contestabas? —preguntó Thymoty.

—¡Se escapó! —contestó Coco—. No pude retenerla.

—¿Cómo? ¿No puedes hacer algo bien? ¡Qué korkuto eres!

—Es que...

—¿Por dónde se fue?, no lo veo en las imágenes de la Futuram.

—Ella tiene los ojos cerrados y no sé para donde se fueron.

—¡Eres un estúpido Coco! —le gritó y colgó.

Al ver esto Trico Rot, desconectó el krit de la Futuram y lo guardó en un bolsillo con cierre de su chamarra.

—¡Korkuto inútil! Esto es lo único que nos faltaba —dijo Trico.

El comandante se enfureció aún más, y dándole empujones a Thymoty lo sacó de la oficina secreta, y le ordenó —a punta de golpes— que manejara el auto hacia el teatro Hidalgo.

—Pero acelera, necesitamos llegar antes de que salgan de ahí. Enciende el radio y el escáner de la policía. Necesitamos saber a qué hospital la van llevar.

Momentos antes, Mark había estado viendo la presentación de Jazz por televisión, pues después de meditar sobre el encuentro con Jazz, había decidido no presentarse y dejar que las aguas tomaran su cauce. Estaba en su despacho privado en una de sus oficinas de Polanco; tomaba un café express, y a un lado esperaban los documentos del divorcio. De pronto la imagen de Jazz desmayándose atrapó su atención; se levantó del asiento, y ordenó que le pusieran el auto a la puerta y poco después subió a su Bentley: aceleró como loco y le marcó a Malva en el camino; pues ella le había dicho que estaría presente.

Malva tomaba fotos de cada suceso, mientras trataba de salir en busca de Jazz, cuando entró la llamada de Mark.

—Malva. ¿Qué es lo que le ocurre a Jazz?

—Estoy en eso Mark —se escuchó entre el barullo.

—¿Sabes algo? ¿Cómo está?

—Tim se la está llevando; creo que está bien, pero no los alcancé. Estoy atorada entre la multitud.

—Voy para allá —dijo Mark—. Mantenme al tanto.

—Estoy tratando de alcanzarlos. Luego te llamo.

—De acuerdo —dijo Mark mientras encendía un escáner muy semejante al de los krítalos y la televisión de su bólido, para sintonizar cualquier información de lo que le ocurriera a Jazz.

Alrededor del teatro Hidalgo había una cantidad de personas inusitada; la presentación coincidía con dos manifestaciones; una que pedía cuentas al gobierno por las mujeres desaparecidas en el norte del país, y otra de los trabajadores de una compañía estatal, que pedía justas indemnizaciones.

Mark iba por el Paseo de la Reforma con dirección al centro de la Ciudad a toda velocidad —recordaba que el teatro Hidalgo, se ubicaba a un lado del Palacio de Bellas Artes—, mientras Trico y Thymoty viajaban por la avenida Insurgentes —se pasaban los semáforos, evadiendo a los demás autos para no chocar—. Tim y Jazz por fin lograron entrar al coche —un Corvette 1967 Stingray coupé—, y tocando el claxon y gritando fuerte a la multitud, Tim logró que los dejaran pasar; los curiosos y morbosos abarrotaban las calles. Jazz se había subido al carro ayudada por Tim y no había abierto los ojos, y al sentir la potencia del automóvil le preguntó a Tim:

—¿Y este carro? No se siente como el tuyo. Suena diferente…

—Cortesía de los krítalos.

—¿A qué te refieres con cortesía?

—Puede que se me hayan pegado unos maletines donde guardan el efectivo que usan para no ser rastreados.

—Ay sí. ¿Cómo puede ser que se te hayan pegado así nada más?

—Bueno, los tomé de una de sus naves. Usan Dólares, Euros, Pesos mexicanos, chilenos, Reales y creo que hay hasta unos Danganis, porque no sé de dónde son esos billetes...

Llegaron a Reforma, y se dieron cuenta que una ambulancia los seguía —con las luces y sirenas encendidas—. Tim venía viendo por el retrovisor con insistencia.

—Nos viene siguiendo una ambulancia —dijo y aceleró.

Trico y Thymoty al fin llegaron al cruce de las avenidas Insurgentes y Reforma; estaban atorados detrás de varios vehículos, cuando vieron pasar el Corvette seguido de una ambulancia por Reforma. Un reportero de la radio decía: «Un zafarrancho se originó desde que Jazz Giraldi se desmayara frente a una audiencia televisiva enorme, a unos minutos de la presentación del proyecto de viviendas del Gobierno y la Iniciativa Privada. Todavía no sabemos el estado de gravedad de la señorita Giraldi. Pensamos que se dirigen para el hospital Español; nuestro helicóptero nos acaba de reportar que van cerca de la Embajada Americana en el Paseo de la Reforma.»

—Pasa a estos estúpidos como sea y dales alcance —le ordenó Trico—. Son ellos.

—Eso intento Trico, ¿qué no ves? —al fin el semáforo cambió y pudieron avanzar y entrar a la avenida Reforma y empezaron a seguir a la ambulancia, que se veía a lo lejos.

Mark, atento a lo que el reportero decía, hizo el cálculo: *Ya deben de estar cerca* —el venía en el sentido opuesto de la avenida—. *Aquí los interceptaré.* Giró en la rotonda del Ángel de la Independencia y pegándose a la orilla se detuvo y esperó. El Corvette y la ambulancia se acercaron y entraron a la rotonda. *Aquí vienen. Se van a tener que detener* —pensó Mark pisando el acelerador—; colocó el Bentley a un lado del Corvette y vio que era Tim y a un lado Jazz; le hirvió la sangre hasta la coronilla, apretó el volante y se adelantó cerrándoles el paso.

—¿Qué sucede? —preguntó Jazz angustiada.

—No abras los ojos. Yo arreglo esto —contestó Tim.

Inmediatamente empezaron las mentadas de madre por todos lados; de por sí la avenida ya se encontraba saturada debido a los manifestantes, pero ahora estaba mucho peor, pues los tres vehículos prácticamente tapaban tres carriles; dejando un pequeño hueco, por donde pasaban los autos de uno a uno. Mark se bajó del auto y se acercó al Corvette, estaba dispuesto a romperle la cara a Tim, quien no se había percatado de que era él, creyendo que podría ser un krítalo. Miró hacia los lados y calculó si podría subirse a la banqueta para escaparse, cuando reconoció a Mark, Tim también se bajó del auto y lo encaró:

—¿Qué te traes Mark? ¿Estás loco?

—¿Qué le haces a Jazz? Si sufrió un desmayo y está enferma deberías subirla a la ambulancia.

Un policía en motocicleta llegó y se puso en medio de los dos, mientras detrás de la ambulancia se armaba una trifulca con otros dos policías tratando de calmar a los que reclamaban que desahogaran el tránsito; Trico y Thymoty se acercaban a pie; habían dejado el coche en el atorón. El motorista preguntó:

—¿De quién es esta belleza? —señalando con un gesto irónico al Bentley Continental GT; pero ninguno de los dos hombres contestó. El polizonte los miró tratando de entender qué diablos traían entre sí —el motorista era alto y robusto, de enorme barriga, bigotes de color negro profundo, y unos lentes de espejo que impedían ver sus ojos rojos de la borrachera de la noche anterior—. Ustedes dos, están atentando contra las vías de comunicación —les dijo subiendo la voz, pero Mark y Tim habían empezado a discutir sin atenderlo.

—Sé lo que hago Mark.

—No sabes nada, y si le pasa algo, te mato.

—No tengo tiempo para explicarte nada. Sube a tu hermoso carrito —señalando el Bentley que bloqueaba al Corvette y luego a la ambulancia— y vete. Ella está bien.

Mark reaccionó colérico. *¿Cómo este estúpido pudo ganarse a mi mujer?* —pensó.

—¡Déjate de caprichitos tontos! Mete a Jazz a la ambulancia y deja que la atiendan.

Jazz respiraba agitada; había reconocido la voz de Mark y se preguntaba *¿Porque está él aquí?*

—Señores, les estoy hablando —dijo el policía, pero ninguno lo escuchaba hasta que gritó:

—¡Cállense los dos! Usted —señalo a Tim—. Ponga a la señorita dentro de la ambulancia, y usted, me hace el favor de quitar su coche, o lo quito yo.

—Está bien —contestó Tim—. Permítame colocar a *mi novia* en la ambulancia, pero tengo que dejar mi coche aquí, pues yo voy a viajar con ella para cuidarla.

—Está usted mal, muy mal —dijo el polizonte—. Usted mete a su noviecita a la ambulancia y maneja su cochecito y se va detrás.

—Si no me queda de otra... —contestó Tim molesto, hizo un gesto de desaprobación y se acercó a Jazz para decirle:

—Hay un policía muy necio; quiere que subas a la ambulancia; sigámosle el juego para que nos deje ir. Todo va a estar bien. Acompáñame —Tim le tendió la mano—. Yo los voy a seguir —los dos dieron unos pasos y se colocaron justo delante de ambulancia. Mark se acercó y le preguntó a Jazz:

—¿Te encuentras bien?

—Estoy bien Mark. No me pasa nada. Después te explico. Tengo que subir a la ambulancia. No te preocupes.

—Pero, ¿por qué tienes los ojos cerrados?

—Créeme, estoy bien. Tengo que hacerle caso a Tim. ¿Podemos platicar después?

—Está bien —contestó Mark con un tono agrio; era evidente su desagrado al ver que Tim la tomaba de la mano.

—Señores, ¿qué tanto hablan?, ¿que no ven lo que están provocando?

Ninguno se enteró de lo que ocurría en esos momentos a espalda de los vehículos. Trico y Thymoty pasaron entre los que se peleaban para que reanudaran el tráfico y tocaron a la puerta trasera de la ambulancia.

—¿Qué ocurre ahora? —preguntó uno de los paramédicos al abrir la puerta.

El joven paramédico vio a dos tipos malencarados ante él.

—Déjeme subir —dijo Trico—. Soy el especialista que llamaron para atender a la enferma, y me acompaña mi asistente.

El paramédico les ayudó a subir a ambos, dándoles la mano. Thymoty y Trico se sentaron al fondo.

—¿Y qué esperan para subir a la señorita? —preguntó Trico.

—No hemos recibido aún la orden —contestó uno de ellos—. Yo no sé ni quién es.

—Ella ya debería de estar aquí —dijo Trico—. Pásenme dos tapabocas y las gorras y por favor pónganselas; no sabemos qué tan contagioso sea el problema en esta ocasión.

El paramédico tomó un par de un compartimiento y se los paso. *Así no podrán ver nuestras caras* —pensó Trico mientras Thymoty y los paramédicos se ponían los suyos.

Y frente a la ambulancia, el policía trataba de apresurar las cosas, pero no le hacían caso.

—Te acompaño —le dijo Tim a Jazz invitándola a caminar hacia atrás de la ambulancia. Mark los siguió a un lado, y detrás de ellos el policía. Al pasar al lado de la ambulancia, Jazz le susurró a Tim:

—¿Estás seguro que debo de ir sola? Yo no quiero estar así con los ojos tapados sin saber qué es lo que pasa.

—No te apures, solo será un momento, en cuanto lleguemos inventaré un pretexto y te llevo a un lugar seguro.

—Ok —ella asintió; su cara de angustia lo decía todo, fruncía el entrecejo como una niña que no quería hacer la tarea; mientras caminaban, un escalofrío recorrió su cuerpo; algo presentía, no sabía lo que era, solo lo sentía en la atmósfera, que estaba enrarecida. Mientras caminaban, Jazz apretó a Tim.

El policía tocó a la puerta con fuerza.

—¡Abran la puerta! —vociferó.

Las puertas se abrieron de par en par, y los dos paramédicos se bajaron para auxiliar a la paciente. Mark tocó del brazo a uno de ellos y le advirtió:

—Se la encargo como a mi vida… —el joven lo miró y asintió.

Tim continuó asistiendo a Jazz junto con el otro paramédico, y cuando ella al fin subió, vio que al fondo había dos hombres más con tapabocas y gorro, pero vestidos de civiles, y un escalofrío corrió por su cuerpo, pero Jazz volvió a jalar su atención.

—Tim, ¿nos sigues?, no nos pierdas de vista mi vida, espera… Te quiero… —pero en verdad quiso decir: Moriría sin ti.

Las dos puertas se cerraban y Tim alcanzó a ver a los ojos a uno de los hombres del fondo —Thymoty—; el choque de las miradas fue como un golpe; como una onda de calor anunciando algo. Tanto Tim como el krítalo sintieron el impacto. *¿Qué hace Tritimm aquí? ¿Se habrá deschavetado otra vez? ¿Por qué no tenemos registro de él en la Futuram?* —pensó Thymoty en un instante y las puertas se cerraron. Tim se había quedado frío; no había reconocido a Thymoty, pero sentía que algo no estaba bien, permaneció completamente inmóvil mirando los cristales pintados de las puertas. *¿Qué?* —la incertidumbre rondó por su cabeza por un par de segundos, que sintió como una eternidad.

—¡Ya basta! Vámonos —dijo el policía y dio un par de palmadas en el costado de la ambulancia para que arrancara.

Mark movió a un lado el Bentley y Tim hizo lo mismo. La ambulancia prendió las sirenas y aceleró. Algo en la mente de Tim daba vueltas a mil por hora en su cabeza. *¿Dos individuos vestidos de traje y con tapabocas? Esa mirada...* —se distrajo tanto al recordar los ojos del tipo que casi le pega al Bentley. Tanto Tim como Mark trataban de ser el segundo; el motorista al darse cuenta de la necedad de los dos —que bloqueaban un carril más—, le hizo la señal a Mark de ponerse detrás de Tim. *Odio a todos estos pinches ricachones presumidos* —pensó al hacer la seña.

Adentro de la ambulancia, los dos paramédicos colocaron a Jazz en la camilla; uno de ellos se esmeró en acomodarla y el otro en tomar el registro de la paciente, los krítalos se miraron uno al otro, sus pupilas estaban dilatadas, les temblaban los parpados y la respiración de ambos era agitada, la frente de Thymoty tenía gotas de sudor que empezaron a escurrir, mientras Trico revisaba todo el instrumental médico de reojo; en fracciones de segundo pensó cómo las mangueras, el tanque de oxígeno, los tubos y el estetoscopio podrían ser armas en un momento dado. El plan estaba en marcha; Trico sabía lo que tenía que hacer, solo esperaba el momento adecuado. El silencio de los de los especialistas le pareció extraño al paramédico asistente.

—Doctor, la paciente está lista —dijo el paramédico que acomodaba la almohadilla—. ¿Quiere revisarla?

¿Qué? ¿Tengo que fingir más? —pensó Jazz.

Trico no contestó. Cruzó miradas con Thymoty, quien movió la cabeza hacia arriba indicando: ¿Ahora qué hacemos? Trico miro su mano y señalándola con los ojos la apretó. La seña era clara de lo que había que hacer. El paramédico asistente insistió al ver que no había respuesta:

—Doctor, ella está lista.

—Tomen los signos vitales —dijo Trico para hacer más tiempo, mientras señalaba con los ojos al paramédico asistente; dando a entender que Thymoty se tendría que encargar de él.

Jazz sintió que el peligro ahora era inminente. La voz lo había dicho todo. No era normal No sabía qué, pero tenía que hacer algo. El paramédico principal, que escribía en una carpeta, se acercó a ella y le colocó el estetoscopio en su pecho.

—Doctor, ¿quiere usted revisar a su paciente? —preguntó nuevamente mientras cambiaba la posición del aparato.

Trico no contestó, se sintió delatado; había que actuar ya.

—¿Quién es? ¡No puede ser mi doctor! —dijo Jazz.

El otro paramédico intervino:

—Tranquilícese señorita —deteniéndola de los hombros, mientras ella trataba de incorporarse.

—¡No! ¡No! ¿Quién es? —ella se exaltó haciendo un esfuerzo por zafarse.

El joven de pronto dejó de sostener a Jazz y sus brazos se deslizaron hasta quedar colgados como si fuera una muñeca de trapo, quedándose pasmado; al subir a la ambulancia, Trico, había apretado un cristal diminuto contra la mano del paramédico. Su compañero volteó a verlo y se asustó.

—¡Pancho! ¿Qué te ocurre?

—¡No! Ustedes son... Jazz abrió los ojos y al verlos trató de gritar, pero Trico le tapó la boca. El otro paramédico intentó impedirlo, pero no pudo; Thymoty lo aventó —con una fuerza brutal— al otro lado, y al pegar en la pared de la ambulancia, ésta se tambaleó, quedando el joven noqueado. El chofer, al sentir el vaivén detuvo la ambulancia. *¿Qué ocurre?* —pensó, y se bajó para averiguar.

—¡Si serás estúpido Thymoty! Ahora el imbécil del chofer va a venir a ver qué pasa.

Tim se bajó también del auto y Mark hizo lo mismo al verlo, mientras el motorista mentaba madres.

Algo anda mal —pensó Tim al recordar una vez más la mirada de Thymoty y en ese momento se dio cuenta—. *¡Son krítalos!*

¡Estos cabrones ya me colmaron el plato! *Ahora si van a ver quién soy yo* —pensó el policía al bajarse de su moto.

Trico sacó dos cristales más de una pequeña cajita que traía en un bolsillo.

—Toma. Son los últimos que tengo. Revisa. ¿Tú traes más contigo? —Thymoty lo miraba pensando que era una estupidez lo que su jefe ordenaba. *A Jazz jamás se le debería tratar de enrutar directamente*; aun así lo recibió. Jazz solo los miraba enfurecida, tratando de librarse de las correas que le había puesto el paramédico unos momentos antes.

—No los traje, pero yo me encargo —dijo Thymoty mientras Trico le tapaba la boca a Jazz.

Thymoty esperó a que el conductor llegara, y al escuchar el ruido de la manivela tratando de abrir, dio una patada a la puerta con todas sus fuerzas. El chofer recibió el golpe en la cara y cayó noqueado al suelo, Thymoty saltó afuera del vehículo y lo volvió a cerrar, entonces corrió para ocupar el lugar del conductor, pero cuando abría la puerta delantera, Tim lo jaló de la camisa y lo tiró al suelo, el gorro se le zafó de la cabeza, y el cristal que traía en la mano voló por los aires. Tim, recordando en un instante que ellos habían intentado robarle su identidad y casi lo habían logrado; provocó en él una furia tan desmesurada que solo pudo concretar esa rabia con un vil insulto.

—Sabía que eras tú cabrón. ¡Te voy a matar! —le dijo Tim al darle un puñetazo en la cara.

El krítalo se levantó del suelo como si nada.

—¿Tritimm? —se le quedó mirando y de un momento a otro cambiaron sus facciones de sorpresa, a un odio descomunal.

—Otra vez nos traicionaste —le dijo Thymoty gritando, e intentó dar una patada voladora, pero Tim la esquivó, y como un mago endemoniado jaló su pierna hacia donde ésta se dirigía, provocándole una caída espantosa.

El motociclista desenfundó su arma y le apuntó a Tim caminado hacia ellos, mientras Mark intentaba abrir las puertas traseras sin éxito, debido a que Trico había puesto el seguro. Jazz gemía; el krítalo la había amordazado, y Mark quería forzar la puerta.

—Jazz, ¿estás bien? —gritaba Mark desesperado, jalando la manija con todas sus fuerzas—. Estoy tratando de abrir.

—Vete estúpido o te mato —gritó Trico.

El policía se acercó un poco más cuando Tim le estaba dando otro puñetazo a Thymoty, que le voló el tapabocas.

—Déjalo. Estás loco. ¿Qué traes con el doctor? —dijo el policía, que apuntaba el revolver a Tim, luego a Thymoty y de regreso a Tim.

—Él no es ningún doctor. Es un criminal.

Thymoty se levantó deslizándose hacia la cabina de la ambulancia, aprovechando que el policía le apuntaba a Tim.

—Cómo no, ya me la creí ¿verdad? Señores… Ustedes están mal, muy mal y los vamos a llevar a la Delegación, pero primero vamos a llevar a la señorita hasta el hospital para curarla. ¿Dónde está el chofer? —el policía volteó para buscarlo; este descuido duró un instante, suficiente para que Thymoty se subiera al volante y acelerara; Mark se cayó al suelo con el jalón del vehículo. Tim trató de alcanzarlo corriendo, pero la ambulancia empezó a alejarse.

—Oficial. ¡Es usted un reverendo pendejo! —le gritó Tim al policía, que miraba como se alejaba la ambulancia a toda prisa y corrió hacia el Corvette.

Aunque Tim era bastante recatado con las groserías, en este momento fluían como un poema de palabrotas, muy apropiadas para la ocasión.

—¡Carajo! —exclamó el policía enfundando su pistola.

—¡Los de la ambulancia son los krítalos! —gritó Tim a Mark mientras corría de regreso a su auto; Mark se levantó y se sacudió el saco. *Ahí va mi saco italiano* —pensó—. La imagen del Malva mirándolo a los ojos se hizo presente. Estaba en deuda con Jazz; pues sabía que gracias a ella había dado con la detective. *Te lo debo Jazz. Vamos a agarrar a estos alienígenas, o lo que sean* —concluyó y siguió a Tim, mientras el policía los veía atontado. *Estos tipos sí que están locos* —pensó al marcar pidiendo refuerzos a la central de policía—. El jefe le dijo que un kilómetro adelante interceptarían a los sospechosos; que los siguiera con cautela; pero el polizonte se hizo el tonto, gastando el tiempo en la llamada; no quería ser parte de una estúpida riña, "y mucho menos por lo que le pagaban." Cuando arrancó la moto ya no sabía hacia donde se habían dirigido. El helicóptero de noticiero que cubría la nota, se había alejado debido a la falta de combustible. Jazz seguía forcejeando con Trico, tratando de zafarse, logrando quitarse la mordaza.

Thymoty metió el acelerador hasta el fondo, llegando a cien kilómetros por hora, cuando apareció un camión por una calle transversal, Thymoty frenó y giró el volante hacia un lado para evitar el choque, y lo logró, pero al tratar de regresar el vehículo a su curso, este empezó a tambalearse como un animal mal herido.

—¡No se van a salir con la suya! ¡No! ¡Extraterrestres de mierda! —alcanzó Jazz a gritar—; mientras la ambulancia daba bandazos de un lado al otro, hasta que el vehículo se volteó dando dos giros de cabeza; Jazz seguía amarrada a la camilla, lo que de alguna manera impidió que se golpeara cuando el vehículo giraba, pero el krítalo no corrió con la misma suerte, pues primero se golpeó contra los anaqueles de instrumentos, rompiéndose una costilla, luego contra el techo, doblándose un brazo, y en el último vuelco recibió un golpe en la nuca con el desfibrilador, dejándolo inconsciente. El vehículo quedó tirado de costado; las llantas estaban girando y mucho humo salía del motor; Jazz cayó encima de uno de los paramédicos que estaba inconsciente, y en el último giro se zafó una de sus manos. La ambulancia se había desviado por unas calles angostas, después de subirse por las banquetas —lo que dejó varados al Corvette y al Bentley varias calles atrás, pues las aceras tenían un peralte alto y los autos no pasaban—. Jazz se desamarró y salió tambaleándose; se alejó renqueando; su vestido estaba rasgado y caminaba descalza.

Poco después, Thymoty salió por la ventana con muchísimo esfuerzo; traía sangre y rasguños por todos lados —había tardado un par de minutos en reaccionar. Se acercó a la parte de atrás —las puertas estaban abiertas— Jazz no estaba, Trico estaba tendido con sangre en la frente, y los dos paramédicos empezaban a enjutarse y sacar humo. Thymoty jaló a Trico. *Aún está con vida* —pensó—. Lo sacó a fuerza de jalones. El olor a caucho quemado y acre de la descomposición de los cuerpos de los paramédicos, era una combinación horrenda.

—No soporto este olor; me voy a caer —se quejó Thymoty cuando ya estaba con Trico afuera de la ambulancia.

Para que queremos a Jazz —pensó—. *No hay nada que hacer, Tenemos que buscar; debe haber algún krit en algún lado. ¡La nave! ¡Sí! Tenemos que ir a la nave. Ahí podremos pensar en la solución.* Cargó a Trico hasta una calle cerrada y lo colocó apoyándose en la pared; sacó lo que parecería un llavero y de este un par de ganzúas krítalas y abrió un auto viejo que estaba estacionado; colocó las ganzúas en el encendido y lo arrancó; para su mala suerte era un Datsun 510 clásico en proceso de reconstrucción, cuyo dueño era uno de los jefes de la policía.

Malva ya estaba en camino hacia donde se encontraba la ambulancia, de acuerdo al último informe del escáner policiaco.

Atrás, Tim y Mark se habían bajado de sus autos, y corrían en busca de la ambulancia.

—Ve por esa calle —señaló Tim con la mano— y yo tomo ésta. ¡Rápido! Antes de que le hagan algo —le gritó.

Mark se movió hacia la otra calle, cuando su celular empezó a sonar, lo sacó sin dejar de correr.

—Mark —dijo Malva—, me estoy dirigiendo hacía el hospital al que llevan a Jazz —dijo mientras manejaba rebasando a todo el que podía.

—No. Sigue la señal de mi celular. A Jazz se la llevaron estos tipos —dijo y colgó

Mark llegó a la esquina y al dar la vuelta vio a lo lejos a Jazz, que cojeaba al caminar; Tim apareció frente a ella del otro lado de la calle y ella gritó al verlo:

—¡Tim!

Él corrió hasta alcanzarla, pero al cruzar la calle se encontró con el coche que manejaba Thymoty —casualmente se toparon otra vez—; el krítalo, al verlo, trató de atropellarlo; cuando Tim lo vio, el coche ya estaba a escasos metros, aun así, logró saltar, recibiendo el golpe en una pierna. Thymoty frenó en seco, buscó el otro cristal en la ropa de Trico —que deliraba inconsciente— y se lo arrebato de un jalón, se bajó y gritó:

—¡Voy a acabar contigo de una vez por todas! —mientras se acercaba a encajar el mortífero elemento.

Tim comenzaba a reaccionar, trataba de levantarse cuando Thymoty se lanzó hacia él; Tim lo pudo esquivar —recordando las veces que se sobrepuso a todos los malestares que sentía cuando estaba poseído—; el krítalo se pegó en el piso a un lado, sin embargo la distancia entre los dos era suficiente para dar una estocada final y encajarle el cristal. Y al igual que en una película en cámara lenta, una fracción pequeñísima de tiempo, bastó para que Tim se diera cuenta que el krítalo quería encajarle un cristal, en ese momento evocó claramente las instrucciones de emergencia de Oso Grande en caso de que tuviera que evitar ser pinchado por algún cristal mortal, hipnótico o narcótico; pero Thymoty estaba demasiado cerca. El krítalo atacó girando el brazo con fuerza, y cuando estaba en el vuelo, recibió una patada en el brazo. Mark —quien corrió para auxiliar a Tim al verlo atropellado— había impedido que el krítalo lograra pinchar a Tim justo a tiempo. Thymoty estaba en desventaja al estar tumbado, pero esto no le impidió levantar una pierna con fuerza y golpear en la espinilla de Mark, que al recibir el golpe se agachó dando un quejido. El coraje llenó la sangre de su cuerpo, y como una máquina de guerra recién engrasada, asestó un puñetazo en la cara del krítalo, suficiente para dejarlo atontado, y cuando estaba dispuesto a asentar otro golpe para rematarlo, escuchó la voz desgarrada de Jazz.

—¡Mark! ¡Mark!

—¿Dónde estás? —gritó Mark en respuesta mirando hacia atrás, pero no alcanzaba a verla.

Jazz apenas podía caminar descalza, iba cojeando con el vestido hecho girones. Mark al ver que el krítalo estaba tumbado sin reaccionar, corrió hacia ella. El krítalo —que por un momento fingió estar desmayado— temiendo haber perdido su única arma, miró hacia su mano. *Aún tengo el cristal* —pensó aliviado al verlo pegado en su palma—, *y está listo para encajarlo.* Tim, que con mucha dificultad trataba de incorporarse aprovechando la oportuna intervención de Mark, vio el gesto de Thymoty revisando su mano. *¡Me lleva el demonio! Todavía tiene el cristal* —concluyó—, y sacando fuerzas prácticamente de la nada, giró su cuerpo hacia el krítalo, le tomó la mano, y la cerró en un puño, haciendo que el krítalo se encajara él mismo el cristal.

—Te llegó tu hora engendro del demonio. Si tomaste este cuerpo, en este país, y conoces sus palabras correctamente, me vas a entender muy bien. Ya te cargó la tía de las muchachas, extraterrestre de mierda —le susurró Tim.

Al sentir su puño cerrado, el krítalo supo de inmediato que su única opción era cambiar de cuerpo. Alterado en extremo por la descarga de adrenalina —porque sabía que contaba con muy poco tiempo—, asestó un golpe en la cara de Tim y se incorporó, para salir corriendo, mientras Jazz caminaba hacia ellos. Mark se dio cuenta que el krítalo escapaba —hacia el lado opuesto al que Jazz venía; y al ver que ella se encontraba medianamente bien, corrió tras el krítalo—. Tim se levantó y le gritó:

—¡Déjalo Mark!

Jazz al ver a Tim suspiró y trató de caminar más rápido. Mark dejó de correr y solo vio como el krítalo tomaba el volante del Datsun 510 y se alejaba con alguien sentado a un lado, aparentemente inconsciente; trató de ver el número de la placa, pero ya iba muy lejos.

Un trecho más adelante, Thymoty se detuvo y se buscó dónde Tim había hecho que se encajara el cristal y mordió con fuerza el dedo haciéndolo sangrar profusamente. El krítalo empezó a emitir unos ruidos tan desagradables —que podrían haber espantado al mismísimo diablo al escucharlos—, mientras arrancaba la manga de su camisa; la enredó como un trapo y la amarró a la altura del antebrazo. *Esto me permitirá llegar a una camilla de transferencia para dejar este cuerpo antes de que se haga humo —pensó.*

Mientras tanto, Jazz y Tim, ambos un poco maltrechos, se abrazaban. Ella lo miró a los ojos y lo beso apasionada. Mark, que ya venía de regreso, vio cómo se besaban y se quedó a prudente distancia. Jazz —quien después de todo, todavía era su mujer—, se veía golpeada pero feliz. Solo atinó a pensar: *¡Caramba! Esto no me lo esperaba, pero... ¿qué se le va a hacer? Ella solo tiene ojos para él; nunca fue mía... y todo por culpa de unos extraterrestres.*

Malva llegó cuando aún se besaban, traía una enorme camioneta rojo escarlata adaptada para todo terreno; se bajó de ella y caminó hacia ellos. Vestía un vaquero ajustado y una camisa amarrada en la cintura; lucía mejor que una modelo de revista.

—¿Están bien? —preguntó Malva.

—Sí —contestó Mark—. Los raptores huyeron en un viejo Datsun 510 rojo clásico con la pintura quemada, no va a ser difícil que los localicen. Voy a pedir ayuda.

Malva se acercó a Jazz y Tim, y afirmó:

—Los vamos a atrapar. Se los aseguro —la pareja asintió con la cabeza y volvieron la mirada el uno con el otro.

Malva procedió a hacerles unas preguntas, mientras Mark no perdía un solo detalle de los movimientos y gestos de la detective, en particular cuando ponía atención a las respuestas de Tim y Jazz, sin contar que su contoneo había dejado a Mark con el corazón dando tumbos. *Dios mío, ¡qué mujer! —pensó deleitándose—*, e imaginó lo que sería su vida si la tuviera por siempre a su lado.

Mark marcó el celular y pidió a una de sus asistentes que lo comunicaran con el Jefe de Policía de la ciudad —Mark, por sus constantes donativos, tenía la influencia necesaria para que se desplegara un enorme operativo de policías y encontrar rápido a los krítalos. Les pidió que le avisaran de cualquier novedad a Malva también. Luego hizo otra llamada para que vinieran por los coches que habían dejado atrás.

Jazz revisó la cara de Tim, y al ver los moretes lo acarició diciéndole:

—¿Te duele?

—Eso debí preguntarlo yo, pero besarte me hizo olvidar que el dolor existe.

—¿Cómo está tu pierna? —dijo Jazz.

—No está rota, que es lo importante —contestó Tim, y sonrió muy contento de tenerla con él.

—Sé que esto ha sido un martirio para ti, pero creo que tienes que cerrar de nuevo los ojos hasta que estemos seguros que no te están monitoreando. ¿Te importaría si los cierras y te guiamos Mark y yo? —Tim de alguna manera se sentía más tranquilo teniendo a Mark de su lado.

Jazz cerró los ojos y se dejó llevar entre los hombros de los dos varones, el destino los había unido, dejando la rivalidad a un lado. Poco después un par de asistentes de Mark llegarían a recoger los automóviles; con instrucciones de llevar el Corvette al hotel de Tim.

—Suban a la camioneta, nos tenemos que ir —dijo Malva. Minutos más tarde dejó a Jazz y a Tim en el hotel donde él se hospedaba. Mark invitó a Malva a comer mientras esperaba respuesta del operativo policíaco.

Jazz se había rehusado a ir al médico.

—Son solo golpes menores —dijo con una sonrisa mientras se sentaba en la sala de la suite. Tim aún tenía la duda de que los krítalos restantes pudieran estar usando la Futuram y un poco más tranquilo al ver a Jazz de buen humor, y casi convencido de que los golpes eran realmente simples moretones, le puso a Jazz en las manos un pequeño paquete.

—Toma Jazz. Siento mucho que tengas que taparte los ojos nuevamente. Compré este antifaz que es mucho más ligero para que puedas descansar bien —dijo.

—¡Qué lata! —dijo haciendo un pequeño mohín—, pero está bien. Creo que tienes que asegúrate de que nadie me rastrea. Me voy a aplastar las pestañas de nuevo —agregó poniéndose el antifaz—. Me despido de ustedes, adiós.

Antes de llevar a Malva a comer, Mark le ofreció su ayuda. Algo en Tim había cambiado; el millonario le había salvado la vida y había demostrado ser un hombre de buen corazón; y sin el yugo de los krítalos encima, ya no le importaba mucho que él hubiera andado con Jazz. Tim estaba sinceramente agradecido. Entre él y Mark había nacido una amistad real. Tim le explicó algunas cosas rápido a Mark y le prometió que en un futuro cercano le contaría toda la aventura, y aunque Mark no quedó satisfecho, y más bien estaba sumamente intrigado, aceptó que Tim tuviera prioridades mayores pendientes, como tratar de averiguar los planes de los krítalos, y ver que los que quedaron, fueran sometidos por la justicia de México y la de los Estados Unidos —encerrándolos—, e investigar si los krítalos pudieran regresar a la Tierra a vengarse. Al despedirse, Tim apretó la mano a Mark demostrando todo lo que sentía sin palabras. Jazz escuchó toda la conversación muy atenta; en su corazón y alma quedaron grabadas las últimas palabras: «No sé cómo agradecerte» —dijo Tim—. «No tienes nada que agradecer. Yo debí conocerte mejor antes de juzgarte. Yo soy el que tengo que darte las gracias» —contestó Mark—. Malva y Mark se despidieron.

Thymoty empezaba a sentir que su cuerpo perdía fuerza. Manejaba muy rápido. Unos minutos después Trico despertó.

—¿Qué pasó? ¿Dónde estamos? —preguntó.

—Camino a la nave. Necesitamos irnos. Jazz escapó y yo necesito cambiar de cuerpo.

—¿Por qué?

—Déjame en paz. Yo te salvé la vida y me lo debes. No me interrogues como si fuera un novato —contestó Thymoty de mala gana.

—¿Por qué el cambio de cuerpo?

—Estoy contaminado con el cristal que te quité, me lo encajó el malnacido de Tritimm —balbuceó Thymoty, empezando a cabecear y casi se impactan contra otro auto.

—Detente. Voy a manejar yo —ordenó Trico.

Thymoty asintió, pues se encontraba muy débil; se detuvo y cambiaron de lugar.

—Pero apúrate, que si no llegamos a tiempo me quedaré muerto en este maldito cuerpo —dijo Thymoty, mientras trataba de llamar al personal de la nave.

—¿Cómo es que nadie contesta en ninguno de los teléfonos?

—¡Oh, Santa Krita conquistadora! Ayúdanos —Trico exclamó desesperado—. Él adoraba a la Diosa Krita en secreto, pues como comandante de inteligencia, no le era permitido creer en ningún dogma, ni ejercer ningún rito o adoración hacia cualquier deidad.

—¡Déjate de rezos prohibidos! Necesitamos más que eso. En la nave botaré este cuerpo y podremos buscar una solución rápida y eficaz para enrutar nuevamente a Jazz —dijo Thymoty.

—Estás intoxicado. Olvídate de tu proyecto. Queda cancelado; y más vale que sigas mis órdenes al pie de la letra, porque de lo contrario... —el silencio dejaba ver que también la mente de Thymoty estaba en juego—. Desde que tomé esta misión para recuperar el control, elaboré dos formas de resolver el problema, y la primera de ellas —tú proyecto— está descartada. Ahora las cosas tendrán que hacerse de otro modo, pero saldremos adelante; nunca he tenido en mi historial un solo fracaso en nada. ¡Nunca! —vociferaba Trico al echarle todo el discurso a Thymoty, que entrecerraba los ojos de cuando en cuando.

—Por favor acelera, siento que pierdo el control —pidió Thymoty.

Si se muere este estúpido tendré que valerme de Coco y mi tripulación para el plan B —pensó mientras aceleraba a fondo. Se pasó un alto esquivando a un par de autobuses que estuvieron a punto de embestirlo; un policía en motocicleta lo vio pasar y arrancó tras de él. Mientras lo perseguía, notificó por radio pidiendo apoyo y unos minutos más tarde, dos patrullas y tres motoristas los atajaron cerrándoles el paso.

—¿Y esto? ¡Malditos terrícolas! —gritó Trico.

Timothy —con sangre seca en la boca, un torniquete en la muñeca y con la camisa rasgada y manchada— salió del auto tambaleándose un poco.

—Yo arreglo esto —le dijo a Trico—. He vivido aquí por mucho tiempo.

—Maldito estúpido, no salgas del coche —dijo Trico.

Thymoty dio un par de pasos, se tambaleó un poco y se detuvo a esperar.

Este grupo de policías no sabían nada del operativo de búsqueda del viejo Datsun, pues cuando dieron la orden por la radio, ellos estaban siendo atendidos por unas prostitutas como pago para dejarlas trabajar en una zona cercana. Pero era evidente que algo estaba chueco, muy muy chueco; un coche viejo, dos tipos con trajes rasgados y manchados de sangre. Dos oficiales se le acercaron mientras los demás policías esperaban en sus vehículos. Eran dos hombres, uno alto y fuerte, y el otro de estatura media, gordo, y con bigotito cantinflesco. El más alto se puso frente del krítalo y preguntó:

—¿Viene usted manejando? O qué...

—No... yo...

—Entonces, ¿qué hace usted aquí? —interrumpió el policía.

Thymoty se le quedó mirando.

—Soy su abogado —dijo no muy convencido.

—Abogados... —se burló el policía—. Sus papeles —le exigió.

—¿Qué? ¿A qué se refiere?

—No se haga él que no sabe. La licencia del conductor y su tarjeta de circulación.

—Un momento —buscó en su camisa, y recordó que al salir corriendo de la presentación había olvidado sus documentos en su saco—. Se me olvidaron en mi trabajo.

—Újule mi estimado, pues busque, busque más...

Los dos policías se miraron uno al otro y el gordo sonrió; sabían que la movida daría mucho dinero.

—Es que tuvimos un accidente y tenemos que irnos al hospital —dijo Thymoty mientras entrecerraba los ojos.

—Pues fíjese que no se va a poder mi estimado —dijo el gordo acercándose todavía más—. Y es que usted no se deja ayudar.

—¿A qué se refiere? —preguntó el krítalo cerrando un poco los ojos—. ¿Qué no ve que mi compañero y yo necesitamos ayuda médica? N... nos... espe... espera nuestro doc... doctor.

Otro policía se acercó a Trico y lo miró detenidamente, luego se acercó a Thymoty y lo miró de igual forma sin intervenir en la acción. Se alejó e intercambió algunas palabras con un elemento de la otra patrulla, después de lo cual le dijo al más alto:

—Estos tipos han de ser asaltantes. Los dos están trajeados, pero sucios, con cortadas, arañazos y sangre. Y este parece estar drogado y huele muy mal; a cuero quemado; ¿que no te das cuenta? Déjate de limosnear y vamos a llevárnoslos a la delegación.

En cosa de nada los krítalos fueron detenidos y trasladados en la parte de atrás de una de las patrullas. Trico y Thymoty no perdían la esperanza de que Coco se hubiera comunicado con los subalternos de la nave y los rescataran; no sabían que todos en la nave estaban muertos.

En la delegación, después de un rato lleno de discusiones entre los policías y los krítalos, el jefe se enteró que el coche que conducían era un viejo Datsun 510 —que habían dejado en el lugar de la detención—; el mismo que estaban buscando en el operativo. De inmediato regañó a todos por ser tan irresponsables y se comunicó con Malva, de acuerdo a las órdenes. Aparte, uno de los dos hombres, coincidía con el agente desaparecido, Fernando Robles; que por años había trabajado para ella, y se esfumara a raíz de que Trico Rott tomara su cuerpo.

—¿Es usted la detective Malva Looks?

—Sí, ¿quién me busca? —contestó ella.

—Soy Carlos Ramírez, de la policía del Distrito Federal. Le llamo porque tengo detenidos a dos sospechosos; los que robaron el Datsun del jefe Alfa. Uno de ellos es el individuo que usted está buscando. De acuerdo a esto, es el señor Fernando…; disculpe, no recuerdo el apellido, pero por las fotografías que usted envió, estoy seguro que se trata de él. Ninguno de los dos trae consigo papeles de identidad.

—¿Me dice usted que no han podido identificar al acompañante? —preguntó Malva.

—Sí, aún no sabemos quién es —contestó el policía—. ¿Puede usted venir?

—Por supuesto, ¿es en la delegación Obregón?

—Afirmativo.

—En un momento estaré con ustedes.

Malva miró a Mark a los ojos, y le dijo que ya habían apresado a los criminales.

—Luego reanudamos nuestra comida —dijo Malva, que ni siquiera había empezado a comer.

—Te entiendo. ¿Le aviso a Tim y Jazz? —preguntó Mark.

—No, espera a que yo te llame.

—No puedes irte antes de que te diga lo brillante y esplendorosa que te ves —le tomó la mano—. Esta es la invitación formal a terminar nuestra cita —se acercó más y tocó sus labios con los suyos.

Malva hervía por dentro con la sutileza del beso.

—Bueno… me voy —dio la media vuelta y salió como la mujer más feliz del mundo.

En la delegación, el jefe ordenó:

—Enciérrenlos de inmediato.

Los encaminaron a la celda y en la entrada Thymoty empezó a enjutarse y sacar humo. Los policías asustados lo empujaron a un lado y se taparon la boca, pues el hedor era horrendo; dos de ellos se desmayaron y el tercero, horrorizado, sacó el arma y ordenó a Trico a entrar a la celda y la cerró, para correr por ayuda. Un par de horas después, habían clausurado el área donde yacía el cuerpo de Thymoty; llegaron hombres de una agencia de la que nadie había escuchado antes, y empezaron a interrogar a los testigos. Mediante preguntas capciosas dirigidas, más unas cuantas pastillas tranquilizantes, lograron confundirlos lo suficiente, para que dudaran de lo que habían visto. A Fernando Robles se lo llevaron esposado, y para embrollar a todos los que tuvieron contacto con el krítalo, los encerraron en un cuarto y les pasaron fotografías de delincuentes en una pantalla; todos se parecían a él; dándoles distintos nombres en cada una, mientras permanecían drogados con "medicamentos relajantes" que les obligaron tomar.

XLVII

Ya solos, Tim se acercó a Jazz y le preguntó:

—¿Sabes cuál es el teléfono de Looky o el de América?

—El de Looky me lo aprendí de memoria.

—Perfecto, en un momento les llamamos, pero primero déjame ver que dicen en las noticias —y prendió la televisión. Tim buscó en todos los canales, pero el desmayo de Jazz ya no era noticia; un error de dicción del jefe de gobierno del Distrito Federal, en una presentación internacional del ballet Ruso en el palacio de Bellas Artes, acaparaba todas las noticias. Jazz descansaba en un sofá de la pequeña suite, que Tim alquilara con la nada despreciable cantidad de dinero arrebatado a los krítalos, después de su hazaña en la nave. En tres maletas, como le contara a Jazz, había hallado principalmente fajos de Dólares y Euros, además de Pesos mexicanos, y chilenos, Bolivianos, Bolívares y otras monedas, que sumaban una fortuna considerable. Él había escogido un pequeño hotel situado cerca de la zona financiera de la ciudad; un lugar con mucho tránsito de peatones y automóviles, ideal para confundirse entre tanta gente si fuera necesario. Tim localizó a Looky y América y les dio las indicaciones para llegar.

Al poco rato el teléfono de la suite sonó y Tim contestó fingiendo una voz más ronca.

—Señor, aquí lo buscan dos personas, es la señorita América Free y su acompañante.

—Dígales que pasen por favor —contestó.

Tim se acercó a la puerta y miró por el ojillo para confirmar que se tratara de sus amigos, y al verlos abrió la puerta.

—¡Que susto nos pegaste Tim! —le dijo Looky al darle un abrazo. América lo saludó dándole un beso en la mejilla.

—Después de hacer tus apariciones de mago —dijo América— y dar ese golpe maestro en el teatro Hidalgo, te deberíamos llamar

"Naive la sombra." ¿Y dónde está Jazz? No supimos de ustedes después de la presentación.

—Aquí estoy amiga, sentadita, calladita y con los ojos bien cerrados. Espero que ésta sea la última vez en que tenga que estar así, ¿verdad? —dijo fastidiada de traer los ojos tapados.

Los cuatro se sentaron en la pequeña sala de la suite y Tim les platicó todo lo ocurrido y la razón de que no los alertara de sus movimientos antes de la presentación. Les dio los detalles sobre las dudas que tuvo de lograrlo, confesó que incluso estaba decidido a morir —para liberarse de su condición—, con tal de impedir la manipulación de Jazz, y con una sonrisa explicó, que quedó sorprendido al verse vivo, después de esto, hizo un plan macabro de cómo podría engañarlos: «Le pedí a Jazz que diera la presentación. Los krítalos tenían que estar seguros que todo sería un éxito, y qué sorpresita recibieron.» Las risas no se hicieron esperar.

—Todo salió bien —dijo Jazz—, pero, por favor ¿cuándo sabremos que ya no es funcional la Futuram para que pueda abrir los ojos?

—Si estamos de suerte, en cualquier momento llamará Jenny; ella está vigilando las oficinas de los krítalos. Lo último que reportó fue que los dos krítalos que quedaban en las oficinas salieron y no han regresado. Después de eso habló a la policía reportando un secuestro, para obligarlos a entrar a sus instalaciones y así confirmar que ya no había nadie en el lugar, pero esto fue apenas hace un par de horas.

—Tú llámale Looky —sugirió Tim—. Quizá ya sepa algo.

Después de un buen rato y varios intentos fallidos, ella fue la que al fin llamó. Looky estaba ansioso de saber de los krítalos, le sudaban las manos y cambiaba la bocina de un lado al otro, pues Jenny acostumbraba a dar muchas explicaciones antes de los hechos concretos. «No saben lo que me pasó. No había podido contestar, porque estaba ocupada con uno de los policías a cargo la investigación.» Looky trataba de saber en concreto que ocurrió, pero ella siguió hablando, dando lujo de detalles; le contó que el oficial le coqueteó al salir del edificio, y que así indagó con facilidad el reporte del policía: Que en las oficinas no había evidencias de ningún crimen; que lo único extraño que vio en el lugar, fueron unos aparatos raros en una parte oculta hasta el fondo. El policía le dijo acercándose un poco más a ella: «Pero esos aparatos raros, qué nos importan, mi damita. Yo apenas sé usar mi celular y mis hijos me hacen burla;

que te parece, si te cuento de mis hazañas —las de a de veras—, no estas tonterías. Tengo cerca de aquí un rinconcito a donde podemos ir. ¿Qué me dices preciosa?» La suposición fue confirmada. La Futuram estaba apagada. Jazz al fin pudo descansar del engorro de tener los ojos tapados y ver al fin a Tim y a sus amigos. América y Looky se despidieron contentos, quedando de comunicarse con Tim al día siguiente, y coordinar lo que hiciera falta. Esa noche, después de incontables días de espera, el chaparrito inteligente, Looky, tendría la dicha de conocer los más íntimos secretos de América —una mujer dinámica y atrevida, que encontrara en él una calidez, un sentimiento de amor y un cuidado, que solo un ser formidable, de baja estatura, podría dar. Al día siguiente, Looky amaneció enredado como taco entre las sábanas; seguía embelesado soñando con América; la veía, se deleitaba dando profundos suspiros y sus latidos la envolvían, mientras América se colocaba el delineador en el tocador.

Poco después de que Jenny saliera de la oficina de los krítalos, todas las computadoras, la Futuram, la Zuli y todas las auxiliares, fueron confiscadas por la misma agencia que encubrió la muerte de Thymoty.

Ya a solas, Jazz miró a los ojos a Tim y pensó: *No puedo quedarme con esta duda, se lo tengo que decir.*

—Tim, tú para mí eres el único que amo, pero tengo una duda, y me tengo que deshacer de ella, y no quiero dejar esto sin aclarar, ya que todo se podría venir abajo y sería muy duro para mí. Por favor dime la verdad —ella hizo una pausa, aclaró su garganta y pregunto—: ¿Realmente te enamoraste de Lola?

Tim la miró desconcertado. En su interior sabía que gozó todo el arrebato sexual, y que aunque se dejó llevar por intenciones desconocidas; era culpable, no había duda. Sin embargo, estaba seguro que a la única que amaba profundamente era a Jazz, quien al verlo titubear por un segundo, estuvo a punto de llorar, por fortuna él empezó a hablar:

—No sabes cómo siento lo que pasó y no sé si me vas a creer o no, pero lo que te voy a decir, es la verdad. Yo estaba siendo manipulado cuando me conociste, fue al krítalo con quien tú trataste en un principio, pero cuando cayó ese rayo, el choque de energía volvió inestable la transferencia y yo regresé a mi cuerpo y… entonces me enamoré de ti, pero aun así yo seguía bajó influencias continuas de aquel ser krítalo, que aún intentaba gobernar en mi cuerpo. Te mentiría si te dijera que no participé cuando tuve relaciones con ella; lo hice y me sentí lo más culpable que hay, pero sé que si hubiera estado en mis cabales, con plena consciencia y control de mi cuerpo, no lo hubiera hecho. Pero lo hecho, hecho está y únicamente lo podré remediar con la completa fidelidad que siempre tendrás de mí. Te amo, y no podría vivir sin ti —las palabras de Tim se impregnaron en la piel y todos los sentidos de Jazz, era como si lo llevara por dentro. Ella suspiró.

A Jazz se le nublaron los ojos y a Tim por igual. Se acercaron y abrazaron. Todo estaba dicho…

XLVIII

Los siguientes días pasaron tan movidos como un huracán rugiente. Malva llegó a la delegación y preguntó por Fernando Robles, y ocurrió lo más bizarro que hubiera alguien escuchado. Por razones que nadie sabía, el delegado ya no estaba en su puesto, y en su lugar se encontraba el subdelegado, que unas horas antes fuera nombrado como suplente, mediante órdenes recibidas del Jefe de Gobierno de la ciudad. No existía más información. Tardó horas en descifrar algunas cosas. La primera impresión de Malva fue: «¿Qué demonios están encubriendo aquí?» Nadie había visto a Fernando Robles ni al otro detenido; los policías afirmaban que eso era un error, que detuvieron a varios delincuentes, pero a ningún Fernando. Uno de los jefes de policía —el más avispado—, dijo que se acababan de llevar a un matón: «Fue una agencia internacional. Lo trasladaron por razones de alta seguridad,» pero no pudo sacar más. Malva le pidió a Mark que la ayudara con sus palancas a investigar por otra vertiente. «¿Quién organizó la presentación de Jazz subsidiada por el gobierno? ¿Quién estaba detrás de este dinero que el gobierno estaba otorgando a Concordio y su proyecto de viviendas?» Malva casi no había dormido, investigando a todas horas, y Mark le seguía los pasos; él teniendo juntas con algunos políticos y empresarios, y ella interrogando a la gente y buscando en los archivos públicos y policiacos. El Jefe de Gobierno nunca respondió a las llamadas de Malva, y cuando Mark intentó contactarlo, él le respondió por medio su asistente, que lo disculpara, ya que las razones para destituir al delegado no las podía discutir con nadie. Al tercer día, Malva se vio con Mark en un restaurante para desayunar y sacar conclusiones. Ella llegó vestida diferente; traía un traje sastre gris, tacones altos, una blusa blanca de solapas anchas y escote largo, con una mascada delgadita apenas en el cuello, su cabello con ondas inmaculadamente acomodadas, y muy bien maquillada. Cuando él la vio se quedó embobado de la impresión. *¿Cómo puede ella ser tan versátil? Qué preciosa se ve* —pensó—. Después del desayuno, ella tenía una cita con un político millonario recién retirado, que al parecer podría tener alguna información; por lo cual ella se había gastado algunas horas en el salón preparando su atuendo; sabía muy bien qué impresión quería lograr con el magnate. «Estás despampanante, déjame admirarte» —dijo Mark—. Las palabras provocaron que el calor inundara todo el cuerpo de Malva en fracciones de segundo. *Dios, no resisto esto; Qué daría por estar contigo, sin preocuparme por ninguna cosa en el mundo* —ella suspiró disimulándolo—. En la plática Mark notó las ojeras que traía, muy bien disimuladas con el maquillaje. Cuando les servían el desayuno, abordaron la marea agitada de preocupaciones que los apabullaba.

—Definitivamente hay un encubrimiento que sobrepasa nuestro ámbito de influencia —afirmó Mark—. Según un informante, esta agencia parece estar ligada al grupo de los siete. Un grupo de las primeras potencias bastante anónimo y por encima del gobierno mexicano.

—¿Qué dices? —dijo Malva intrigada—. Siempre pensé que los gobiernos eran volubles y fácilmente manipulables de acuerdo a sus gobernantes. ¿Quiénes son estos tipos tan misteriosos?

—Son unos cuantos individuos y sus descendientes. Manipulan gobiernos, incrementan y tumban los precios de las monedas y en secreto hacen que el mercado de valores suba y baje. Me acabo de entrevistar con el Secretario del Presidente. El tipo no sabe nada, está en la luna. No sacaremos nada sobre quiénes son los que se llevaron a los alienígenas.

—Tenemos que contactar a Tim. No sabemos si esto esté ligado a los krítalos —afirmó Malva.

—Claro, tenemos que ir con él, pero tienes cita con un político, ¿no?

—Sí, tengo que ver a un tipo retirado que era un fuerte oponente del gobierno —contestó Malva—. Espero ver si por ese lado averiguamos algo.

—No es que quiera desanimarte, pero lo veo poco probable. ¿Quién es?

—Es Mariano Altamirano Reyero.

—Nunca lo he tratado —agregó Mark—. Espero sea de utilidad.

—Ya veremos. La cita es en una hora. ¿Te parece si después vamos con Tim?

—Sí, avísame en cuanto termines. ¿Quieres que te lleve mi chofer?

—No, me gusta manejar. Ya sabes…

El desayuno terminó y la detective se fue dejando una onda dulce y amarga en el alma de Mark; quien sin entender aún el fondo de sus sentimientos, se fue escoltado por dos personas que lo esperaban afuera del restaurante. Más tarde, Malva se vio con él nuevamente. Ella le contó lo poco que pudo averiguar. Todo indicaba que Mark tenía razón; había un lazo invisible de poder que excedía el ámbito del político retirado. Altamirano le dijo: «Solo le puedo comentar lo que se dice, y hago constar que esto no lo digo yo: Hay alguien más, que jala los hilos desde arriba. Hay cosas que ocurren, que ni siquiera el presidente de México, o el de Estados Unidos conocen. Usted es muy valiente, y debe saber que su vida pende de un hilo si trata de investigar muy hondo. No le platicaré de lo que no sé nada.» Malva urgió a Mark para que fueran a ver a Tim.

Mientras esto ocurría en México, en una elegante oficina de Estados Unidos se recibía una llamada:

—Todo bajo control Mister K. Lo tenemos; es un tipo raro. No hemos logrado sacarle nada —escuchó en el celular a Reynaldo Thompson, con su voz chillante. Ellos eran quienes habían sacado a Trico Rot de la delegación en la Ciudad de México y reportaba los resultados del interrogatorio.

El hombre estaba sentado frente a un ventanal de piso a techo, observando el cielo azul rosado desde uno de los edificios más altos de Nueva York. Una delgada rubia le servía café a un lado, y un gato blanco ronroneaba en su regazo. Estaba tranquilo escuchando el informe. Su voz era seca y pareja; parecía no tener alteración o emoción alguna, como si fuera algo previamente grabado:

—Continúen con los procedimientos del interrogatorio y averigüen cómo descifraron las contraseñas de traspaso de fondos del gobierno. Este individuo es el que está detrás de la desviación del dinero del gobierno para las viviendas. Sabes Reynaldo, que eso no tiene importancia; lo que es alarmante es que él y sus secuaces hayan intervenido los enlaces con nuestras computadoras; los hilos ocultos con las cuentas internacionales, y nuestros nexos están expuestos.

—Tenemos que asegurarnos que esto no vuelva a pasar. Estamos elaborando los últimos argumentos legales para meter a prisión a un buen número de políticos, que tuvieron que ver con el lanzamiento del proyecto de fondos para la vivienda —dijo Reynaldo, que era el director de la agencia secreta en México.

—Correcto —contestó Mister K—. Necesito reportar que todo está bajo control. Cuando entraron a la Red, una señal de alerta fue activada hasta arriba. Tú comprendes… Esto es más serio de lo que nadie pueda imaginar. Descifrar y entrar en un sistema de cómputo considerado el más avanzado, le tomaría años a un experto. Pienso que dieron con esto, como el burro que toco la flauta. No puede haber otra razón, pero tenemos que apagar el fuego de inmediato. ¿Me entiendes?

—Por supuesto Mister K, por supuesto.

—Mantenme informado de lo que logres con los otros politiquillos —contestó mientras sorbía el café y acariciaba al gato.

Jazz y Tim esperaban las noticias de Malva y Mark para dar el siguiente paso. No estaban seguros aún de que todo hubiera terminado y habían quedado de llamarse, cuando llegaron hasta su puerta sin avisar. Tim abrió, y al verlos los dejó pasar sin cuestionar su llegada. Se le enchinó la piel al pensar que algo no estuviera bien, y Jazz los saludó entre las tinieblas del miedo; no podría soportar otro encuentro con los krítalos, y la presencia de Malva y Mark no le parecía muy buena señal. Los cuatro se sentaron a intercambiar información. Las posibilidades de que el proyecto de la Futuram continuara, eran nulas; pero les preocupaba que al otro krítalo —Trico Rot— lo hubieran desaparecido del mapa. «Debe ser algo más. Ellos ya no cuentan con krits.» Mark había contactado con su bufete de abogados para que encarcelaran a los políticos que habían metido la mano para aprobar el proyecto de vivienda y el evento de Jazz; así podrían rastrear a los krítalos restantes. Malva le preguntó a Tim si él podría identificar a cualquiera que fuera alienígena. Tim se quedó con la mirada quieta en la pared.

—¿Estás bien Tim?

—Sí, disculpen. Claro que puedo hacerlo, cualquiera de nosotros puede. No tienen escapatoria. Sabemos cuáles son sus debilidades…

—se quedó callado y volteo a mirar a Jazz—. Pero hay que ir a verlos a los ojos, y alguien se tiene que quedar con Jazz, no la podemos dejar sola.

—Ah, no. Esta vez no me quedo al margen. Los acompaño y no hay discusión.

Así los cuatro llegaron a un acuerdo en los detalles finales.

Ni la agencia secreta, ni ellos sabían que estaban trabajando hacia el mismo objetivo. Las dos iniciativas tuvieron lugar de manera efectiva y al tercer día lograron su cometido: La noticia se esparció como fuego, el arresto de un grupo de delincuentes apareció en los titulares de los periódicos, habían sido detenidos por infiltrarse en el gobierno y usar fondos de la nación. En las fotografías aparecían seis políticos —dos de ellos eran krítalos subalternos de Trico Rott—, eran quienes manipulaban y dirigían a los restantes. Todos ellos fueron encarcelados. Los krítalos sabían muy bien cómo se aceitaban los engranes de las autoridades en México y Estados Unidos, y para ello contaban con un enorme fondo de efectivo para estos casos. Todos fueron fichados. Uno de los krítalos logró comunicarse con Coco, para que se presentara asumiendo la identidad del abogado defensor; él usaría el típico soborno y los sacaría como inocentes consignados por error, pero su mañoso plan no funcionó; cuando Coco fue por el dinero a la nave, no solo descubrió que los habían robado, sino que todos los demás estaban muertos en su interior. De milagro salió vivo por la escotilla; todo era una pestilencia venenosa que podría matar a cualquiera que tuviera un cuerpo humano. Tim Naive había despojado a los krítalos de todo su dinero.

—No podré sacarlos —dijo Coco, cuando daba el informe al Teniente de la misión. Me temo que no solo perdimos nuestros cuerpos krítalos, los perdimos a todos.

El Teniente, ocupando el cuerpo de un político muy gordo que sudaba a chorros, gesticuló con tanta fuerza, que se le desgarraban las facciones de la cara; se acercó hacia donde lo esperaba el otro krítalo —un sargento asistente—, y con furia le gruñó: «Tendré que usar este estúpido cuerpo. No aguanto el calor. Idearé un nuevo plan, espera mi llamada.»

Tim llegó para identificar quienes eran los krítalos, Malva logró que le permitieran pasar con ella para hablar con cada uno de los detenidos. Se sentaron en una sala sellada de alta seguridad; atrás de un cristal Mark y Jazz observaban junto con dos policías a los lados. Uno a uno fueron pasando los políticos y administradores de gobierno y no había seña de ningún indicio de que alguno fuera un alienígena, hasta que pasó uno de los tenientes de la misión de recuperación krítala. Se sentó con un gesto de pocos amigos, cosa que ningún otro había hecho. Malva hizo algunas preguntas y el tipo se negó a contestar sin tener a su abogado presente. No mostraba ninguna falla en su parpadeo. Tim empezó a dudar si el tipo fuera krítalo, pero Malva hizo localizar al abogado y lo hicieron pasar. Coco entró y se estremeció al reconocer a Tim. Su mirada cambió buscando auxilio en los ojos de su teniente, quien lo miró aún con más rudeza. Al verlo Tim, de inmediato lo reconoció.

—¿No es usted el doctor que quería revisar a Jazz?

Coco titubeó no logrando terminar de decir una contestación adecuada:

—Sí… es que soy…, bueno también soy abogado.

Malva se acercó dispuesta a atacar con un mar de preguntas; sabía que aquí tenían algo, pero antes de que alguien dijera cualquier cosa, los ojos de Coco trastabillaron.

—Es él. ¡Los dos son krítalos! —gritó Tim levantándose de la silla. Coco se le abalanzó al cuello tratando de ahorcarlo, pero Malva le dio dos patadas en las espinillas y lo doblego con tres golpes más. El teniente también se había levantado para atacar, pero se cayó al suelo debido a las esposas en sus pies.

Lo demás fue seguir los trámites burocráticos. El teniente y Coco quedaron presos y su juicio los apuntaba como culpables de la malversación, con los demás como sus cómplices. Tanto el teniente como Coco, fueron interrogados varias veces por una comisión americana, en realidad le reportaban directamente a la agencia internacional secreta; que seguía tratando de sacarle a Trico, cómo había intervenido las redes cibernéticas supersecretas de los fondos mundiales. Tim y Jazz partieron con los ánimos enaltecidos, sabiendo que los krítalos quedarían refundidos en prisión. Malva se colocó frente a Mark y lo miró a los ojos. No podía decirlo, pero haciendo un gran esfuerzo logró sacar las primeras palabras:

—Pienso… —quitó su mirada y la dirigió al piso tratando de ocultar que los ojos se le hacían agua. Su pasado podía más que la ilusión; si seguía, ¿tendría el final acostumbrado?

—Dime linda, ¿qué…?

—Pienso que todo terminó. Esto se terminó. Los criminales pagarán, sean alienígenas o no. No hay más trabajo por hacer. Tengo que irme a ver a mi hijo, que lo he descuidado más allá del límite.

—Malva. Espera. Necesito verte. No, no todo ha terminado. Esto es el principio. Permíteme acompañarte a tu auto. Sí, ve a ver a tu hijo, pero mañana paso por ti en la mañana. Te tengo que enseñar algo. Y no acepto negativas de ningún tipo...

Ella se quedó absorta y dejo que la acompañara hasta la puerta del todoterreno. Mark la tomó de los brazos, y sin dar tiempo a que dudara, la beso. En ella, todo su interior se movió con fuerza, las piernas estaban a punto de temblar, su respiración se agitó y dejó de percibir lo demás, cerró los ojos. Solo existía Mark. Sus labios y sus brazos eran el universo entero.

XLIX

Malva investigó un poco más y descifró los enlaces de Looky, América, y el indio asesinado; calladamente los dejó en paz, con muchas más incógnitas por investigar. Después de pensarlo mucho, decidió darse una oportunidad con Mark; poco a poco empezó a confiar en él, con la esperanza de que en esta ocasión todo le saliera bien.

La vida de Jazz y Tim era otra, después de todo lo ocurrido habían logrado que los planes de Oso Grande llegaran por fin a buen término, y aunque Tim y Jazz temían que otra nave llegara nuevamente, se dejaron convencer por Looky y América para tomar un respiro y salir unos días de la ciudad, y así, se fueron a una villa alejada de la civilización. Sus amigos arreglaron todo, y les anunciaron de su viaje en una reunión sorpresa, dándoles en un sobre de regalo, los boletos y papeles del viaje para que se fueran a descansar y relajarse de la agitación de los días pasados, al paradisiaco lugar.

Y en Crystalia, Bruts estaba enfurecido. Había entrado a su oficina minutos después de recibir el informe de Stopy. En éste se decía, que todo el contacto con la nave del comando de rescate se había perdido, y para colmo, había sido citado a presentarse ante comisionado por la asamblea del gobierno, debido a varias fallas de suministro de energía en algunas zonas vitales en Crystalia. Entró y con su brazo golpeó el escritorio, aventó los dispositivos de enlace de intercomunicación, los cuales se rompieron en mil pedazos. Stopy —quien lo seguía—, se quedó a un lado esperando lo peor.

—¡Llama a Misto! ¡Lo quiero ver en este instante! Ah, y al comisionado dale largas. Dile que estoy manejando un asunto muy serio, clasificado. Ponlo a esperar en la sala de juntas; entretenlo y encuentra su punto débil en el perfil que tenemos en nuestro archivo krito-identy, y úsalo en su contra; abusa de sus secretos. ¿Cómo se llama el tipo?

—Es Rectant Ran. Creo que es un político que ha ascendido rápido por su origen aristócrata. Lo investigaré de inmediato. Yo me encargo... —salió despavorido. Stopy sabía que estaba en la cuerda floja y que con cualquier error sería enviado a la zona del olvido, en el mejor de los casos.

Minutos después entró Misto, el científico que había llamado, se colocó frente al general.

—No tenemos más tiempo mi querido genio —dijo Bruts en un tono sarcástico recalcitrante—. ¿Ya tienes funcionando la nueva computadora? La Pastdum...

—No general, hicimos varias pruebas y perdimos mucha energía, con dos o tres cuerpos calcinados como resultado. Corregí los desperfectos y quizá pueda funcionar, pero no lo sabemos; el problema es que necesitamos más krits, y...

—Pues no creo que tengamos más tiempo para pruebas, y mucho menos un derroche de energía, cuando me están exigiendo más krits en las zonas externas de Crystalia. Tienes que hacer funcionar a la Pastdum y recuperar la información de lo que le ocurrió a nuestras bases de recopilación de krits en la Tierra. ¡Ponla a funcionar ahora! Es nuestra única salida —el general Bruts y Misto eran cómplices en muchos fraudes y engaños desde hacía mucho. Ellos sabían que dependían el uno del otro. Tiempo atrás, cuando la recopilación de energía de las mentes de los terrícolas de uno a uno se había hecho ineficiente, y empezaron el proyecto de la Futuram, el planteó a Misto que tenían que tener una ruta de salida si el proyecto de manipular el futuro no funcionaba. Así nació en secreto, el plan de desviar fondos y costear el desarrollo de una computadora que corrigiera zonas pequeñas del pasado de los terrícolas, líderes seleccionados para drenar la mente de miles. Para esto último, saquearon los almacenes de krits originalmente destinados al consumo de las zonas externas en los suburbios de la capital de Crystalia, Kritstatburg.

—Bueno —afirmó el científico—, vamos a reprogramar a tu líder, esa Jazz. ¡Demonios!, quien diría que esta terrícola sin chiste se nos saldría de las manos. Tengo todos sus datos hasta que perdimos el contacto con ella a través de la Futuram, en las oficinas de la Tierra.

—Pongamos a la Tierra en nuestro puño —dijo Bruts—. Te veo

en un momento —Bruts entró al baño conteniéndose de caer al suelo. Al parecer su programa emocional tenía algún desperfecto y la rabia que momentos antes mostrara, le provocó un mareo enorme que lo tiró. Tomó del botiquín un líquido azul violeta y se lo colocó con los dedos en la nariz, para aspirar entonces con fuerza.

Misto ya preparaba todo el lanzamiento del programa de la Pastdum, mientras el general recuperaba el pulso y la calma. Después de un tiempo, lograron tener todo listo e iniciaron el procedimiento. El nuevo sistema de la Pastdum podría ser operado desde Crystalia, haciendo una gran diferencia con la antigua Futuram.

Misto y Bruts observaron a Jazz en el concierto de Madonna. La imagen también era de formato tridimensional; con una gama de datos de monitoreo muy superior a la Futuram. Su cuerpo se erguía en medio de la sala.

—Este es el punto de partida —dijo Misto—. Voy a encender los tres krits que me quedan para el proceso —hay que señalar que este proceso requeriría de más energía que tres viajes a la Tierra de ida y vuelta, pero ambos secuaces sabían de sobra que no tenían otra opción. Misto apretó tres botones en secuencia y esperó…

La playa estaba hermosa; se encontraba en una diminuta bahía muy escondida de los grandes hoteles de Oaxaca. El lugar tenía una pequeña cabaña fabricada de finas maderas en su totalidad; estaba adornada con paja en su techo, flores en el porche que daba hacia la playa, y una abundante variedad de palmeras y flores tropicales. Este lugar que América había escogido para ellos, había pertenecido a un rico hacendado, y al morir, sus herederos la habían vendido a una pequeña cadena de hoteles boutique, que eran famosos por su respeto y cuidado al entorno ecológico.

Jazz se encontraba en el porche recostada en un camastro mirando hacia el horizonte. *Al fin estamos juntos. Solo él y yo. ¿Dónde estará?* —Tim había salido hacia el pueblo para comprar algunas cosas para la alacena. Disfrutó recordándolo: «Se veía tan bien, con una sonrisa tan exquisita que me lo comería a besos.» La escena se hizo tan vívida y envolvente cómo si ocurriera en ese momento.

—Tim, te estaba esperando —ella se levantó y le tendió la mano—. Vamos, te preparo algo de desayunar, te me escapaste a comprar las provisiones y no te dije lo que quería.

—Dormilona, apenas podías abrir los ojos cuando me fui; traje fruta, huevos, un poco de salsa que tenían ya preparada, y unos tamales calientitos para el desayuno. Para comer iremos a un lugar que me recomendaron los pescadores. ¿Qué opinas?

Jazz tomó los tamales y los sirvió colocándolos en dos platos y preparó chocolate oaxaqueño con agua, mientras Tim se encargaba de la fruta.

—Se ve delicioso y me muero de hambre.

—Ya lo creo —agregó Tim, no hay como la comida hecha con las manos de verdad.

Los dos comenzaron a comer disfrutando cada bocado —por alguna razón que solo los amantes han conocido—, los sabores se habían impregnado algo de ella y algo de él. No era la comida, sino lo que ellos emanaban, esas caricias invisibles.

Al terminar, Jazz se levantó de la mesa y al intentar dar el primer paso se empezó a sentir sofocada y se volvió a sentar —le costaba trabajo respirar—. Jadeó en un intento de tomar el aire necesario, Tim le tomó la cara con las manos, desesperado:

—¿Qué te ocurre?

Parecía que el sol se había ocultado por unas fracciones de segundo —y simultáneamente esto parecía transcurrir en una cantidad enorme de tiempo—. Tim sintió que ella se le iba de las manos; la cargó y corrió hacia la recamara, pues se desvanecía, la recostó en la cama y entró al baño para empapar una toalla de agua y reanimarla, se la puso en la frente, mientras que en el baño, el espejo se empezó a empañar poco a poco. Unas palabras aparecieron dibujadas con gotas de agua: Te estamos esperando…

Misto y Bruts sonreían al ver que estaban recuperando el pasado frente a ellos; el desmayo y el espejo marcaban el inicio de la desaparición del tiempo presente para volcarse hacia el pasado de Jazz y Tim. Justo ahí cambiarían su destino. *Ahora todo será mío* —pensó Bruts. Los dos trúhanes estaban perturbadamente engolosinados—; cuando escucharon que las puertas se abrían detrás de ellos a golpes.

—¡General Bruts y Misto Lie! Están detenidos por alta traición al gobierno de Crystalia —dijo el soldado que encabezaba una cuadrilla de seis krítalos armados hasta los dientes.

Uno de ellos se acercó a las computadoras y las golpeó con una vara de kristandita —un metal de cristal mucho más duro que el acero—. Todo quedó hecho añicos. El general Bruts había cometido un grave error —confiar en Stopy—, quien al verse a punto de ser evaporado, lo delató con el comisionado, dando detalles precisos de los crímenes que había cometido; éste ordenó destruir todo el equipo del krito lab, previniendo que se usara en su contra.

Y mientras Tim trataba de reanimar a Jazz, el espejo empañado se aclaró y ella abrió los ojos recuperando el aliento.

—¡Mi vida! —dijo él.

—Mi amor —contestó ella al verlo.

—¿Qué te ocurrió?

—Creo que son los males del pasado. Por un momento creí estar otra vez en el concierto de Madonna —él la acarició con delicadeza.

—El pasado es pasado, y nunca más nos atrapará amor mío.

L

Jazz miraba las olas que rompían sus crestas en espuma burbujeante; el sol brindaba toda su energía, haciendo que la arena brillara cuando era tocada por el agua. El ir y venir del oleaje, acariciando la orilla suavemente, le recordaba a su amante, quien momentos antes le besara sus piernas y su cuerpo, en una poesía que se entrelazaba con el aroma del vino tinto que sus labios degustaran. El sonido de la brisa tocó y movió las hojas de las palmeras, Jazz cerró los ojos y transformó ese sonido que escuchara en la habitación poco antes, en la entrega de amor más hermosa de su existencia; evocó el recuerdo en detalle: las cortinas moviéndose —y al tocarse entre sí—, emitiendo pequeños ruiditos como melodías, que acompañadas de las caricias de su amante, lograban una exaltación de sus sentidos cada vez mayor. Tim la llevó por un sendero de placer que nunca había conocido. *¿Hasta dónde llegaría? ¿Acaso existiría algo más?* y cuando estaba a punto de llegar a lo más alto del clímax, dejó salir al aire las palabras que estaban contenidas en su alma: ¡Te amo, oh mi amor...! Palabras sencillas, que se convirtieron en todo.

Tim por su parte, dormía dentro de la cabaña; el recuerdo del encuentro amoroso con ella lo transportaba a un sitio cautivador: El rostro de Jazz se veía hermoso, sus ojos, cubiertos a la mitad por sus bellos párpados, lucían aún más, gracias a las largas pestañas rizadas que elegantemente los adornaban. Sus labios apenas se abrían, dejando ver sus dientes, para ser tocados por su lengua entre las exhalaciones cálidas que aumentaban en ritmo; interrumpidas con esa voz angelical: *¡Mi vida, mi amor...!* —el sonido de un tucán obligó a Tim a abrir los ojos y a disipar el encanto del recuerdo, de lo que él viviera con Jazz momentos antes. Cerró los ojos y retomó el recuerdo mezclándolo con toques de su imaginación. Ahora Jazz bailaba a su alrededor, sus movimientos tan pausados, tan seductores lo hechizaban; en el sueño ellos estaban en una cabaña caribeña, el suelo y las paredes de madera dejaban su olor en el ambiente. Miró a la ventana que daba hacia la playa. Las cortinas de carrizo se movían sonando mientras la brisa se paseaba por la habitación; un enorme abanico daba vueltas infinitas, y los colores amarillos y naranjas del lugar invadían su privacidad, invitándolo a buscar a su amante. *¿Dónde estará?* Ella había desaparecido después que el baile terminara. El tucán se volvió a escuchar. *Ah es el Tucán, ¿será un sueño?, sigo soñando* —abrió los ojos y miró a su alrededor—. Definitivamente la cabaña era distinta, ésta tenía todos los lujos, pero la vista hacia la playa era la misma. *¿Dónde está ella?* Su corazón volcó toda su fuerza y llenó su cuerpo de energía para saltar de un golpe de la cama y asomarse a la playa... *Ahí está* —pensó.

Tim salió de la habitación y pisó con sus pies descalzos la blanca arena. Ella estaba de espaldas a él debajo de una sombrilla de palma; se encontraba recostada en una silla de madera reclinada como cama. Su cabello revoloteaba a un lado debido a una pequeña racha de viento que en ese momento se presentó —tal y como si la naturaleza le avisara que su amante se acercaba—. Caminó muy despacio; en cada paso que daba podía sentir que el universo le pertenecía. Ella era una diosa dando vida a todo, y él era su dueño. Llegó en silencio por detrás, asegurándose que ella no lo notara, y cuando estuvo a tan solo centímetros, él se arrodilló y la besó en el cuello. Ella abrió los ojos, y correspondió con los besos y caricias tan sublimes, que al pasar el tiempo nunca supo si lo que había vivido, había sido parte de un sueño o la realidad, pero, que importaba...

Epílogo

Pedro —quien era nativo de Tepoztlán, bajito, piel cobriza, cara redonda y abotagada, ojos grandes saltones, bigote tipo Zapata, nariz y labios gruesos, dientes amarillos por tanto fumar y con una enorme barriga adquirida gracias a las cuantiosas cantidades de cerveza y pulque que ingería cada semana—, buscaba a su querida mula Filomena —sí, el tipo quería más a su mula que a María, su mujer, a la que obligaba a cargar la leña, para que el consentido animal solo le llevara sus pertenencias personales, en especial sus preciadas bebidas.

—¿Dónde te *metistes* Filomena? —preguntaba en voz alta con su peculiar acento, natural de ese lugar en México, donde las palabras terminadas en e, son pronunciadas como si terminaran en la letra i, y usando el arcaísmo lingüístico de decir *metistes* en lugar de metisteis; llamaba a su mula mientras revisaba detrás de los arbustos.

—¡Filomena!, ¿dónde te *metistes*, pues?

Revisó uno a uno, y caminó hasta ver una gran cantidad de ramas cortadas y un montículo donde estaban apiñabas. Se acercó con curiosidad y quitó una de las ramas más grandes que sobresalía del montón, y con su curiosidad exaltada quitó otra igual de grande a la primera.

—¡Ah chingao! ¿Qué carajos es esta cosa del demonio? —dijo destapando parte del fuselaje de la enorme nave krítala…

Los satélites "Diamond" de la compañía Diagari, el "Morelos IV" del gobierno de México y el "Shadow X" de la armada de los Estados Unidos, enviaron la señal brillante de un objeto metálico de considerables dimensiones, detectado en las afueras de Tepoztlán.

Simultáneamente, las grandes computadoras de diferentes puntos del globo terráqueo empezaron a marcar un punto que destellaba cerca de los famosos montículos del pueblo mágico, mientras en las oficinas mexicanas se hacían notar unas voces de alarma:

—¡Marco, no me lo vas a creer, mira lo que tengo en la computadora! —afirmó Alfredo en el centro de cartografía de México, mientras señalaba con sus dedos una mancha brillante en Tepoztlán.

—¡No! ¡No otra vez!, Alfredo, por favor…

Y muy lejos, sin que nadie lo notara, un planeta antes brillante se apagaba lentamente…

Otras obras
de
José Antonio Arjonilla

Ficción:
"Todo por un amor"
"Identidades perdidas"
"Insomnio y obsesión"
"Amor entre lunas"

Historias cortas:
"La dama del Horizonte"
"Ella entre las redes"
"La nota"
"Con espíritu"
"La vida es bella"
"El deseo"

No ficción:
"El arte de crear impacto"
"Al sabor de contar la historia"

Nota del Autor:
Los nombres, apellidos de los personajes y las empresas, así como las actividades y desempeños de los mismos son ficticios. Si alguno coincide con el de la vida real es mera coincidencia.